1960년대 소설의 근대성과 주제

상허학회

1960년대 소설의 근대성과 주제

상허학회

책을 내면서

상허학보가 12집을 내게 되었다. 상허학회가 소장학자들의 공동연구를 통해 학문적 깊이를 더해온 지 12년째에 접어들고 있다. 그동안 이태준과 구인회를 시작으로 식민지 시기 근대문학에 대한 깊이 있는 연구를 진행할 수 있었던 것은 연구자들의 치열함과 성실성, 그리고 공동연구를 통한 학문적 유대감에 기반하고 있다고 할 수 있다. 이번 호 특집인 '1960년대 소설의 근대성과 주체'는 상허학회의 이런 전통과 새로운 문제의식이 상승적으로 결합한 경우라고 자부할 수 있을 것이다. 그동안 식민지 시기 문학 연구에서 축적된 한국문학과 근대성에 대한 문제의식이, 전후 산업사회로까지 이어지는 '지금, 여기'의 현재성의 연원과 논리를 탐색하고자하는 문제의식으로 심화되고 있다는 점에서 각별히 의미 있다고 하겠다. 이 특집에 실린 글들은 임경순의 「60년대 소설의 주체와 지식인적 정체성」, 김영찬의 「불안한 주체와 근대」, 오창은의 「1960년대 도시 하위주체의 저항적 성격에 관한 연구」, 장세진의 「'아비 부정', 혹은 1960년대 미적 주체의 모험」, 차혜영의 「성장소설과 발전이데올로기」 등이다. 이들 연구는 1960년대 소설을 대상으로 전후 사회에서 산업화시대까지 이어지는 한국 사회의 근대성과 주체의 문제를, 지식인 개념의 의미망, 미적 주체의 다기한 양상과 의미, 산업사회에 새로이 등장하는 하위주체와 개발독재시대의 발전이데올로기를 통해 고찰하고 있는 글들이다. 특히 이 특집에 실린 글 전부가, '670캠프'라는 이름으로 이 시기 소설에 대한 공동 연구를 통해 나온 성과라는 점에서 자부심을 갖는 바이다.

일반논문으로 실린 김진기의 「1950년대 소설에 나타난 파시즘 연구」, 문흥술의 「최인훈의 『광장』에 나타난 욕망의 특질과 그 의의」, 이선미의 「'세계화'와 '탈냉전'에 대응하는 소설의 형식: '기억'으로 '발언'하기」, 김한식의 「시학과 수사학」과 고형진의 「김종삼의 시 연구」 역시 전후부터 최근까지의 문학을 대상으로 새로운 문제의식과 연구경향을 보여준다는 점에서 소중하다고 할 수 있다.

이외에 근대 초기의 이광수의 문학을 대상으로 한 김현주의 「문학·예술교육과 '동정(同情)'」과 정선태의 「이광수의 「농촌계발」과 '문명조선'의 구상」이 개인의 정서적 측면과 문명담론의 두 층위에서 주조되는 문명과 근대의 질에 대한 논의를 진행하고 있고, 박현수의 「동일시와 차별화의 지식 체계, 문화 그리고 문학」, 권명아의 「총후 부인, 신여성, 그리고 스파이」가 각각 1920년대와 식민지 시대 말기를 대상으로 식민화와 자기 정체성 구성의 복잡한 관계를 탐구하고 있다는 점에서 소중한 성과라고 할 수 있다.

우리는 여기에 실린 논문들이 보여주는 각각의 편차들에도 불구하고 나름대로 품고 있는 소중한 문제의식들이 향후 다양한 방식으로 가지치고 심화되면서 한국문학 연구의 활성화에 기여할 것이라고 확신하는 바이며, 이런 활성화에 상허학회가 더욱 활발한 논의의 장이 될 것을 약속한다. 소중한 논문들을 투고해주신 회원 여러분들과 편집에 수고를 아끼지 않으신 편집 실무자, 그리고 깊은샘의 박현숙 사장님께 감사를 드린다.

2004년 2월 15일
상 허 학 회

상허학보
12집

✧ 목 차 ✧

I. 특집

1960년대 소설의 주체와 지식인적 정체성

임 경 순*

60년대 소설이 독자적인 범주로 성립 가능한 것인가는 논란의 여지가 있는 사항으로 이는 넓게는 문학사, 좁게는 각 작가나 작품을 해석하는 관점에 따라 다르게 파악될 것이다. 이 글은 60년대 소설이 전대 소설과 질적으로 구분되는 독자적인 세계상과 인간상을 창조하였으며, 후대의 문학사에 새로운 자원을 형성하여 주었다고 평가하는 관점에 서 있다. 60년대 소설의 새로움을 평가하는 관점에서 보자면 연속보다는 단절, 구분에 더 중점을 두게 되는데 이 구분의 한가운데 있는 개념이 주체 혹은 개인의 성립이다. 이때에 검토되어야 할 것 중에 하나는 이들 주체가 어떤 성격의 개인이고, 주체인가 하는 점으로 여기에는 주체의 사회적인 성립기반에 대한 고려도 필요하다. 시대적 특성과 주체의 성

---

* 성공회대 강사.

격은 밀접하게 연관되는 것으로 60년대 소설이 새롭게 그려낸 것은 '60년대적 주체'일 것이다. 이 글은 이 60년대적 주체의 성격을 당대 사회와의 연관 하에 조망하고자 한다.

60년대적 주체의 성격을 분석할 때에 빼놓을 수 없는 작가가 최인훈과 김승옥이다. 이 두 작가에게는 각기 4·19가 60년을 정치적으로 결정 짓는 사건이었다면 문학적으로는 「광장」의 해였다거나, 가장 60년대적인 작가라는 수식어가 따라다닌다. 그러나 시대와의 연관을 염두에 두고 이들의 작품 활동을 살펴보면 60년대 소설로서의 의미는 중반 이전까지로 한정되는 것이 타당하다. 중반 이후를 넘어서게 되면 최인훈은 시대와의 호흡보다는 개인적인 화두를 밀고 나가는 작업에 치중하게 되며, 김승옥의 빛나는 시기는 「무진기행」의 창작까지라고 할 수 있다. 이들의 소설에서 가장 전형적으로 창조된 주체는 이후 다른 방식으로 조명되는데 이 작업을 우직하리 만큼 끈질기게 수행한 작가가 박태순이다. 이 세 작가의 작품을 통해 60년대적인 주체의 성격을 파악하는 것이 이 글의 목적으로 주체에 대한 논의를 보다 구체적으로 하기 위해 지식인 개념을 원용할 것이다. 최인훈과 김승옥, 박태순 소설이 포착한 주체가 지식인 개념으로 파악될 수 있다는 판단이 깔려 있는 셈이다 .

60년대 사회의 성격과 지식인 개념, 그리고 작품에 대한 분석과 평가에는 글쓴이의 가치 평가가 녹아들어 갈 수밖에 없으며, 일견 그들의 작품에 대한 분석이 냉혹해 보일지도 모른다. 그러나 이는 60년대라는 황무지를 온몸으로 뚫고 왔으며, 그 시대의 모순을 정직하게 앓았고, 그것을 탁월한 문학작품으로 빚어낸 이들 작가의 고뇌와 노동에 대한 나름대로는 최선의 예의였다는 것을 사족으로 덧붙여 둔다.

1. 60년대 지식인, 이중의 질곡

지식인은 역사적이고 사회적인 개념으로 당대 사회의 계급구조나 문화적인 상황과 밀접한 연관을 맺는 존재이다. 60년대 지식인 역시 그들을 배태한 60년대 사회에 의해 일차적으로 규정된다. 60년대는 분화와 미분화의 모순이 항존했으며, 이 모순이 불러일으킨 사회적 파급력이 결정적인 시대였다고 할 수 있다. 60년대를 전시기인 50년대와 결정적으로 구분짓는 4·19는 자유와 평등의 스펙트럼으로도 조명할 수 있지만 생존권 투쟁이라는 면에서도 조명할 수 있는 바¹⁾ 56년 민주당의 선거슬로건은 '못살겠다! 갈아보자.'였으며, 이승만 정권의 존립기반이 흔들리기 시작한 것은 57년에 원조가 급격히 축소되기 시작하면서부터였다.²⁾ 극소수의 특수층을 제외하고는 즉자적인 생존 자체가 위태로웠던 것으로 60년대는 한국 전쟁의 폐허 위에 사회전반적인 분화된 구조를 아직 성립시키지 못한 미분화된 사회로서 출발했다. 그러나 동시에 분화에의 움직임이 태동하고 있던 것이 60년대였다. 60년대가 50년대와 현상적인 동질성을 띠고 있음에도 결정적으로 달라지는 지점이 이것으로 이는 5·16으로 집권한 군부와 같은 강력한 통치기구를 당시 자본이 요청하였다는 사실을 통해서도 감지할 수 있다.³⁾ 즉 극도의 빈곤과 미분화된 사회구조라는 현상적인 상황은 달라지지 않았지만 그 현상의 내부에서는 서서히 세계자본주의 체제 내로의 진입과 생산 구조의 확립, 계급의 분화가 준비되고 있었으며,⁴⁾ 이는 60년대 사회 전반을 규정하는 특징이다. 60년대는 현상적으로는 미분화되어 있으나, 동시에 이제 막 분화된 구조로의 태동을 시작하였고 분화가 진행되어갔다는 특성으로 파악될 수 있는 것이다.

---

1) 박현채는 4·19와 같은 정치적 현상의 배후에는 반드시 한 사회의 경제적인 재생산 과정상의 위기가 도사리고 있다고 말하고 있다.('4월 민주혁명과 민족사의 방향」, 「4월 혁명론」, 한길사, 1983, 47쪽) 4·19의 이념적 함의가 자유와 평등에 대한 지향이었지만 이는 이러한 물질적 배후와 함께 인식되어야 한다. 이것이 간과되면 자칫 60년대라는 시기에 대한 비과학적인 인식을 불러오게 된다.
2) 김성환, 「4·19혁명의 구조와 종합적 평가」, 「1960년대」, 거름, 1984, 19쪽.
3) 김성환, 앞의 글, 53쪽 참조.
4) 박태순, 김동춘, 「1960년대의 사회운동」, 까치, 1991, 305쪽.

이와 같은 60년대의 물질적 기저의 특성은 당시 지식인의 존재형태를 강력하게 규정하게 된다. 사회전반적인 구조의 확립은 이를 합리화하고 의미를 부여할 지식인층을 필요로 한다. 5·16이후 군사정권은 지식인들을 체제 내로 끌어들이는 시도를 하며 이는 대체로 성공을 거두었다.[5] 그러나 굳이 지식인과 지식전문가를 구분한 싸르트르의 논의를 떠올리지 않더라도 이들을 세계를 총체적이고 보편적인 관점에서 해석하려는 지식인이라고 보기는 어렵다. 이러한 보편적인 의미로서의 지식인의 존재형식은 일반적으로 고달픈 것이지만 60년대에는 한층 상황이 어려웠다. 한국전쟁과 분단은 이전 시기 전통과의 연결을 폭력적으로 단절시켰고, 세계를 해석하고 이념을 제시했던 지식인층을 물리적으로 정신적으로 뿌리뽑아버렸다. 그들은 남과 북으로 찢기고 말살당했으며, 반공이라는 허위 이데올로기는 전쟁이 초래한 혹독한 체험과 맞물려 체계적이고 이념적인 세계해석을 원천적으로 봉쇄하고 있었다.[6] 4·19는 이러한 정신적 분위기에 균열을 일으킨 일대타격이었지만 이는 최초의 계기일 뿐이다. 의식의 형태로 세계에 참여하며, 보편적인 세계해석을 자신의 존재의미로 하는 자로서의 지식인을 염두에 둔다면 60년대 지식인은 관료로 편입된 지식전문가와 현실변혁을 위해 지식인으로서의 존

---

5) 이는 반드시 타율적인 것만은 아니었다. 5·16당시 『사상계』는 버마, 파키스탄, 이집트의 군사쿠데타를 다룬 특집을 개재하고 있는데 권두언의 논조는 5·16을 민족주의적 군사혁명으로 파악하고 있으며,(「현대 군사혁명의 유형」, 『사상계』, 1961, 6) 이 시기에 많은 지식인들이 쿠데타를 불가피한 것으로 느꼈다.(홍석률, 「1960년대 지성계의 동향」, 『1960년대 사회변화연구: 1963~1970』, 한국정신문화연구원 편, 백산서당, 1999, 198쪽) 그러나 또한 군사정권에 의한 적극적인 포섭이 있었는데 이에 대해서는 홍석률의 앞의 글, 197-206쪽을 참조할 것.

6) 분단과 전쟁은 국민적 기반을 얻을 수 있었던 정치세력을 모조리 제거하는 역할을 하였으며, 이러한 상황에서 반공이데올로기는 부패한 권력의 자기보존을 위한 정책적인 이념금기의 역할을 하게 된다.(김도현, 「1950년대의 이승만론」, 『1950년대의 인식』, 한길사, 1981, 58-88쪽 참조) 또한 이는 지식인 사회에도 여향을 미쳐 50년대의 대학생은 나약함과 나태, 불신이 지배적인 상태에 놓여 있었다.(고영복, 「4월혁명의 의식구조」, 『4월혁명론』, 앞의 책, 90쪽) 반공주의가 미친 구체적인 영향에 대해서는 김동춘의 「한국전쟁과 지배이데올로기의 변화」(『분단과 한국사회』, 역사비평사, 1997, 37-83쪽)을 참조할 것.

재형태를 스스로 벗어던진 현실개혁세력 어디에도 속하지 못하는, 매우 미약한 맹아로서만 존재하고 있었다. 이는 60년대의 물질적 기저의 성격과도 맞물리는 바, 지식인이 보편적인 자기추구를 하기 위해서는 근거할 계급적 기반과 사회적인 통로가 필요하다. 그러나 60년대에는 계급적 기반도 사회적인 통로도 존재하지 않았으며, 어느 계급 편에 서고 싶어도 설 계급이 없었다. 말하자면 보편적인 세계해석의 담지자로서의 60년대 지식인이 맞닥뜨린 것은 물질적인 기반과 전통이나 여타 사회적인 통로의 부재라는 황무지로서의 세계인 것이다.

이는 60년대 지식인을 이중으로 얽어매게 된다. 허위로나마 기댈 전통도, 사회적인 통로도, 물질적인 기반도 없는 황무지에서 60년대 지식인은 혼돈 속에 고립되어 있었다. 그러나 이 혼돈은 또한 유례없는 가능성이기도 하다. 60년대 사회의 모든 분야가 그러했듯이 자신의 존재의의를 실현시켜가는 운동의 초입에 서 있었던 60년대 지식인은 분화된 사회구조 하에서 계급적 속성에 강력하게 제한되기 이전의 존재였으며, 이는 역설적인 가능성을 제시한다. 형성의 초입에 있었던 존재였던 만큼 그들은 전체적인 세계해석의 선점권을 가지고 있었던 것이다. 이는 초입이라는 시간에만 허락되는 것으로 그들에게 세계는 제한되지 않은 가능성으로 열려 있다. 그러나 뒷받침할 구조도 사회적인 통로도 없는 상황에서 이 가능성은 매우 답답한 모순으로 드러날 수밖에 없다. 가능성과 질곡이 동전의 양면처럼 밀착되어 존재하는 것으로 가능성이 질곡이며, 질곡이 곧 가능성인 것이다. 때문에 60년대 지식인이 체계적인 이념가나 사상가의 형태로 나타나는 것은 거의 불가능하다. 지식인층이 존재하기 위해서는 생산의 잉여가 필수적인 만큼 당시의 물적 기반 하에서 지식인의 형태를 유지한다는 것은 결코 쉬운 일이 아니며, 또한 사회적인 통로의 부재는 지식인의 정서적 고립을 초래할 수밖에 없다. 이러한 상황에서 60년대 지식인은 무엇보다 지식인의 형태를 유지하는 것, 즉 세계에 대해 사고하고 그것에 대해 언표하는 존재로 있는 것 자체가 그들의 존재의의였다.

최인훈과 김승옥, 박태순의 소설이 포착하고 있는 60년대적 주체는 이처럼 정서적 고립과 물적 기반의 허약함 속에서 혼돈과 모순에 빠져 있는 60년대 지식인이다. 그들의 감각과 사고는 세계 전체를 아우르고 있으나 실제로 그들이 할 수 있었거나 한 일은 전무하다고 해도 과언이 아니다. 「광장」의 명준은 남과 북을 아우르는 서사의 주인공이면서도 끝내 은혜라는 한 여성의 품에서 안식을 찾았으며, 마침내는 죽음에 이르렀다. 명준이 원한 것은 무엇이었으며, 그의 죽음은 그로 인한 것인가 세계로 인한 것인가. 김승옥 소설의 인물들은 요령부득의 말들을 목숨 걸고 말하며, 온갖 군데를 힐끔거리고 다닌다. 이들 인물의 병적인 행동 은 어떤 욕망의 추동을 받고 있는 것인가. 또한 박태순 소설의 인물들은 어째서 사회와의 구체적인 관계를 획득하지 못하고, 끊임없이 방황하고 있는가. 그것은 단지 작가의 한계로 인한 것인가. 이들을 60년대 지식인 으로 파악할 때 이러한 의문점들이 설명될 수 있으리라고 생각된다.

2. 정신승리법과 절반의 희생

최인훈의 작품 중에서 60년대와의 연관을 가장 전형적으로 드러내는 작품은 「광장」으로 「광장」의 의의는 무엇보다 이명준이라는 독보적인 인물을 창조하였다는 데 있다. 주지하다시피 「광장」[7]의 기본적인 서사 는 명준이 남에서 북으로, 중립국행 배에서 죽음으로 이동하는 과정이 다. 이 서사를 기본축으로 하여 남과 북의 현실, 남과 북의 연인인 윤애, 은혜와의 연애담이 그려지는데 중요한 것은 이 서사의 표면과 이면의

---

7) 분석의 대상으로 삼은 것은 「새벽」지에 발표했을 때 잡지의 사정으로 삭제되었던 200 여 매가 보충되어 61년에 출간된 정향사판이다. 「광장」의 60년대 소설로서의 성격을 중 점에 두고 있는 만큼 정향사판을 대상으로 삼는 것이 적합할 것이며, 또한 장단점이 있 겠으나 계속적인 개작을 거쳐 지나치게 다듬어진 이후의 판본보다는 정향사판이 더 생 동감이 있는 듯하다.

의미가 서로 어긋나고 있다는 점이다. 「광장」은 표면적인 서사와 감추어진 이면의 의미가 매우 치밀하게 결합된 작품으로 이 작품의 의의를 선명하게 하기 위해서는 일단 이 둘을 분리시킬 필요가 있다.

먼저 작품의 표면적인 서사를 따라가자면 명준이 월북을 하게 된 계기나 죽음을 선택한 이유는 현실에 대한 절망 때문이다. 명준은 철학과 3학년 생으로 매순간을 피방울처럼 진하게 살고 싶고, 사람이 무엇 때문에 사는지를 알고 싶은 세상의 이치가 궁금한 인물로 그가 세상과 소통하는 유일한 방법은 대상에 대한 지적인 접근이다. 문제는 이 통로가 통로인 동시에 벽이라는 사실인데 지적인 접근은 그가 세상과 소통하는 유일한 방법인 동시에 명준이 세상과 단절되어 고립되는 이유이기도 한다. 명준의 주위에는 댄스파티에 열을 올리는 영미나 캬바레에서 섹스폰을 부는 태식과 같은 인물들이 있을 뿐 그와 소통할 만한 지적 능력의 소유자가 단 한 명도 없기 때문이다. 또한 남한 사회의 부패하고 천박한 현실은 세상의 이치를 알고 싶어하는 명준과 같은 인물에게는 혐오감만을 불러일으키는 것이었다. 이로 인해 남한시절 명준의 상황은 매우 고립되고 불만족스러운 것이었다. 그러나 그렇다고 명준이 자신의 공간을 이탈해야 할 만큼 고통스러운 것은 아니다. 명준은 충족되지 않은 가운데 자족적인 삶을 영위하고 있었으며, 명준의 표현을 빌자면 밀실에 머물러 있었던 셈이다.

명준이 자신의 공간을 이탈하여 죽음에 이르게 되는 계기는 외부로부터 오며, 그것은 정치와 이념의 형태를 띠고 다가온다. 명준은 북한의 당 간부인 아버지와 연루되면서 형사에게 구타를 당하게 되는데 이로 인해 남한의 부패하고 혼란한 현실에 대한 환멸은 한층 깊어지고, 명준은 때 묻지 않은 광장을 꿈꾸며 월북을 감행한다. 그러나 그곳의 현실 역시 남한과 동일하다. 혁명의 끓는 피로 정화되어 있으리라 생각했던 북한은 잿빛 공화국이었고, 봉건적 관습과 타성적인 관료의 세계였다. 남한과 북한 모두에 절망한 명준은 전쟁 참가와 은혜의 죽음을 거치면서 남한도 북한도 아닌 중립국을 선택하며, 이는 곧바로 죽음으로 이어진다. 이러한 「광장」의 표면적인 서사는 명준의 선택과 공간이동을 이념의 허구성이나 당대 현실에 대한 비판으로 읽도록 한다. 또한 명준이 정선생에게 피력하던 남한의 정치, 경제, 문화 전반에 대한 비판과 아버지에게 호소하던 북한의 현실에 대한 토로도 이를 지시하고 있다. 명준을 남한에서 이탈시킨 것은 부패한 정치권력이었고, 그를 죽음으로 몰아간 것은 이념의 허구성을 알아버렸기 때문에 생긴 절망이라고 할 수 있는 것이다.

그러나 이러한 표면적인 서사를 수행하는 이명준의 성격을 좀더 면밀히 살펴보면 그 이면에는 다른 의미가 내재되어 있다. 명준은 정치와 이념과 현실에 대해 끊임없이 토로하고 또한 인생행로가 이로 인해 결정된 인물이다. 그러나 명준의 실상은 전혀 정치적이지도 이념적이지도 현실적이지도 않다. 이는 명준이 정선생과 아버지에게 토로하던 현실비판에서 단적으로 드러난다. 명준의 남한 사회에 대한 비판은 구체적이고 깊이 있는 것이라기보다 일반적이고 수사적인 차원에 머물러 있어 당시 남한에 살고 있던 어지간한 사람이라면 피부로 느끼고 있었을 법한 수준에 불과하다. 또한 북한 사회에 대한 비판은 한층 감상적이어서 혁명 혹은 혁명을 이룩한 사회에 대한 명준의 비판은 혁명이 초래하는 매우 복잡한 국가적인 생존의 문제가 모조리 사상된 설익은 소년적 낭만성으로 점철되어 있다. 여기에 명준이 윤애, 은혜와의 사랑에서 보여준 나르시시즘적이고 육체에 강박된 태도가 세상의 이치를 알고 싶어 하고, 이념을 지향했던 인물에게 어울릴 만한 수준의 것인가를 생각해보면 문제는 한층 복잡해진다. 명준은 정치와 이념에 대해 말하지만 실상은 그것을 다룰 만한 능력의 인물이 전혀 아닌 것이다.

표면적인 서사와 명준의 성격 사이의 괴리에는 일종의 정신승리법[8]

---

8) 이 어휘는 주지하다시피 노신의 「阿Q正傳」에 나오는 말이다. 그러나 이를 염두에 두고 사용한 말은 아니며, 자칫하면 이미지가 중첩되어 혼선을 초래할 수 있음에도 이 어휘를 사용하는 것은 이것이 이명준의 세상에 대한 대응방식을 잘 함축하고 있다고 보이기 때문이다.

이 개재되어 있다. 정신승리법은 명준이 세계와의 유일한 소통고리로 삼고 있는 대상에 대한 지적인 접근과 태도를 최고의 가치로 성립시켜 가는 방법으로, 이를 위해 실제로 벌어지는 일과 현실세계의 구조를 자신의 가치 하에 종속시킨다. 현실에서의 명준은 그 존재가치를 전혀 인정할 수 없는 종류의 인간인 형사에게 구타를 당하고, 미이라 따위에는 관심도 없을 공산당원에게 자아비판을 강요당하며, 애써 쓴 기사는 검열에 걸리는 열악한 상황에 처해 있다. 그러나 명준이 궁지에 몰려갈수록 세계의 속악성도 뚜렷해진다. 또한 명준이 중립국을 선택함으로써 명준과 세계 중 어느 쪽이 가치 있는 존재인가도 뚜렷해진다. 명준의 중립국 선택은 중립국이라는 구체적인 공간에 대한 선택이 아니라 남과 북 어느 쪽도 선택하지 않는다는 사실에 중점이 있는 것으로 세계는 명준에 의해 버려진다. 때문에 중립국 선택이 죽음으로 이어지는 것은 필연이다. 명준은 절대적인 물리력을 지닌 세계에 의해 패배해가지만 내면적으로는 자신의 가치를 관철시켜가는 것이며, 그의 죽음은 속악한 세계와 명준의 가치 있는 내면을 선명하게 대립시킨다. 「광장」의 정신승리법은 표면적인 패배를 실제적인 승리로 전도시키는 방법으로 명준은 바다에 몸을 던져 익사하지만 실제로 익사한 것은 세계이며, 명준은 갈매기처럼 자유롭게 초월하는 것이다.

그러나 이는 정신승리법이 역설적인 형태의 것이었던 만큼 절반의 희생을 감수해야만 가능한 일이기도 했다. 현실의 질서를 왜곡하는 일은 소설 속에서도 무리를 불러일으킨다. 사실주의 소설의 외관에서 크게 벗어나지 않는 「광장」을 이명준이 아닌 다른 인물들의 입장에서 읽게 되면 수많은 허구와 의문점이 드러난다. 은혜는 사회주의 국가의 예술가이면서도 자신의 연인이 반동분자이건 그렇지 않건 상관하지 않으며, 월북하여 고위직까지 오른 명색이 당 간부인 명준의 아버지는 아들의 토로에 대해 단 한 마디도 대답을 하지 못한다. 이는 가능한 일인가. 또한 중립국으로 가는 배 안의 포로들이 모두 그렇게 비루한 자들인 것은 어찌된 연유인가. 이 허구와 모순은 소설 속의 다른 인물들이 모조리

명준의 정신이 굳건하게 자기 의미를 관철시키는 과정을 위해서만 봉사하고 있기 때문이다.

이 모순은 작품에서 명준을 제외한 인물 중에서 은혜의 형상이 가장 공들여 묘사되고 있다는 사실을 통해 가장 선명하게 드러난다. 「광장」에 묘사된 은혜의 형상은 환상적이라고 할 만하다. 무용으로 단련된 관능적이고 고운 육체와 이 육체 안에 숨쉬고 있는 그녀의 내면이 명준의 전체를 온통 감싸 안고 있으며, 그러한 은혜에 대한 명준의 사랑과 집착, 소망은 참으로 애절하다. 명준의 은혜에 대한 소망과 사랑은 한 남성의 여성에 대한 그것을 넘어서는 데가 있다. 이는 명준이 비록 내면적으로는 승리했지만 물리적으로는 패배해간 세계에 대한 유일한 보상이 은혜이며, 명준의 고립과 고통을 감싸안아줄 수 있는 유일한 대상이 은혜이기 때문이다. 소설사에서 지적인 가치를 지상 최고의 가치로 정립시키기 위해 고군분투하는 명준과 같은 인물이 은혜처럼 비주체적이고 지적이지 않은 여성에게 소비에트의 이념보다 더 가치 있다는 찬사를 바치는 경우는 드물 것이며, 아마도 「광장」이 유일할 것이다. 남성작가의 소설에 여성 인물의 형상이 작가의 환상과 소망을 체현하며, 또한 타자로서 신비화되거나 오염되는 일은 다반사이지만 「광장」에서처럼 그것이 전면화되고 의미 깊게 수행되는 일은 드물다. 이는 명준이 여성 이외에 자신의 존재의의를 관철시킬 대상을 아무 데에서도 찾을 수 없을 만큼 고립되어 있었다는 사실에 대한 반증이라고 할 수 있다.

명준이 고아라는 설정 역시 의미심장한 것으로 그에게는 사회적인 규정성이 가장 일차적이고 본원적으로 실행되는 가족이 없다. 명준은 자신의 생각과 행동을 관철시키는 데 가장 처리하기 힘든 대상 중에 하나인 가족이 없기 때문에 자유로우며, 변성제 일가의 물질적인 도움으로 인해 고아라는 존재가 가져올 수 있는 물질적, 사회적인 빈곤으로부터도 해방되어 있다. 여기에 아직 사회에 진입하기 전의 학생이라는 신분은 그의 자유를 완벽한 것으로 만드는데 말하자면 명준은 그의 행동과 사고를 제약할 수 있는 모든 물적 조건으로부터 해방되어 있는 셈이다.

주변 인물의 침묵, 명준의 독보적인 위치와 자유, 여성의 전격적인 기투, 이러한 절반의 희생을 통해서만 명준은 자신의 정신의 가치를 관철시킬 수 있었으며, 이 전 과정을 통해 명준은 60년대 지식인으로 탄생한다. 명준이 주위로부터 고립되어 있는 이유는 그가 지식인이라는 사실 자체 때문이다. 세상의 이치를 알고 싶었던 지식인, 이명준은 부패한 권력에의 흡수라는 현실적인 통로 앞에서 분열하고, 이해받고 소통할 길 없는 정서라는 면에서 소외되는 60년대 지식인의 초상이다. 또한 명준이 고작 대학 3학년생임에도 작품 내에서 그토록 독보적인 위치를 차지하는 것은 60년대 지식인의 현실적인 희소성을 반영하는 것이기도 하며, 동시에 명준이 정신승리법으로 창조된 인물이기 때문이기도 하다. 정신승리법은 명준이 자신의 지식인으로의 존재형태를 관철시키는 방법이었으며, 이 현실적으로 불가능한 일이 소설 속에서는 물적인 요소의 철저한 제거를 통해 얻어진다. 이는 「광장」의 작가 최인훈이 60년대 지식인이 처한 모순을 해결하는 방법이었다.

3. 거지의 정열과 과거로의 회귀

「광장」의 이명준이 소설 속 인물로서 전격적인 자유를 누렸다면 김승옥 소설의 인물들은 이와 대척적인 지점에 서있다. 김승옥 소설의 인물들은 매우 희미한 형태로 반영된 계급모순에 묶여 있다. 60년대는 미분화된 사회였으며, 사회의 전반적인 계급구조가 아직 성립되지 않았지만 전통적인 농촌사회로서의 성격은 이미 해체되기 시작했던 시기이다. 때문에 장차 뚜렷해질 계급모순은 농촌과 도시의 대립, 정확히 말하자면 아직 거대하지만 사멸해 가는 농촌과 형성단계에 있지만 농촌의 사멸을 발판으로 점차 비대해져갈 도시의 대립으로 현상하게 된다. 김승옥 소설의 인물들은 이 모순 하에 속박당한 인물들로 명준이 자신의 뿌리를 자르고 작품 속으로 들어왔다면 이들은 자신의 뿌리를 벗어나지도 못하고, 그렇다고 긍정하지도 못한 채 온통 정처없는 방황과 감상, 요설로 자신의 모순을 발산시킨다. 이를 전형적으로 드러내는 작품이 「환상수첩」이다.

「환상수첩」[9]의 정우는 김승옥 소설의 대부분의 인물이 그러하듯 시골 출신의 도시 대학생으로 작품 초반부에 그려진 정우의 서울 생활은 혼란과 방황으로 점철되어 있다. 대학 강의의 허위는 환멸만을 불러오며, 남들의 무관심에 타격을 받아 자신도 무관심을 가장해보지만 더 큰 상처로 돌아올 뿐이다. 더구나 애증이 교차하는 친구인 영빈을 따라다니다 애인인 선애를 죽음에 이르게 하고 만다. 이처럼 서울에서의 정우는 어느 곳에도 정착하거나 마음을 둘 수 없는 처지이다. 그러나 떠나온 고향 역시 마음을 둘 수 없기는 마찬가지이다. 고향의 부모님은 60년대의 우골탑의 신화가 암시하듯 그에게 우리도 사는 것처럼 살아보자는 소망을 부여하고 있으나 도시와 대학에서 온갖 욕망과 지식의 습득을 거친 정우로서는 이 소망에 오롯이 부응할 도리가 없다. 그가 부모님의 소망을 들어드리기 위해서는 도시와 대학을 통해 습득한 욕망과 지식을 포기해야만 하기 때문이다. 또한 고향에서의 정우는 토끼를 보며 즐거워하던 소년이었으나 이 목가적인 세계는 영원히 지나가버린 무엇이다. 그는 도시에도 시골에도 정착할 수 없는 중간자로서 정체성의 분열을 겪고 있는 것이다.

이 정체성의 분열을 한층 악화시키는 것이 정우의 날카로운 감각과 무능력의 기묘한 부조화로 곧 그가 앓고 있는 거지의 정열[10]이다. 거지는 욕망은 있으되 그것을 실현시키기 위해서는 남의 손을 빌어야 하는 자이다. 욕망은 있으나 능력이 없는 것으로 상황이 조화롭다면 당사자에게 축복이 될 수 있을 날카로운 감각이나 심미안이 실현시킬 방법이 없음으로 해서 거꾸로 저주가 된다. 정우가 처한 상황은 이와 완전히 동

---

9) 「산문시대」 2권, 1962. 10.
10) '거지의 정열'은 김승옥의 작품 「확인해본 열다섯 개의 고정관념」에서 따온 말이다.(「산문시대」 5권, 1964. 8, 474쪽)

일한 것으로 정우는 헤겔과 쇼펜하우어가 동시에 옳다고 가르치는 대학 강의에 환멸을 느끼며, 점잖은 영감님처럼 앉아서 그 강의를 듣는 국립대학생들을 헤겔도 예링도 못 된 것들이라며 경멸한다. 비본질적이고 얄팍한 지식인과 보다 상층부로의 사회진입을 위해 현재를 운위하고 있는 속물적인 주위 친구들에 대해 역겨움을 느끼는 것인데 문제는 그렇다고 하여 정우 자신이 헤겔이 될 수 있거나 상층부로의 진입이 예견된 현재의 생활을 대신할 어떤 대안을 창출할 수 있는 인물이 아니라는 것이다.

때문에 정우는 스스로를 아닌 것들의 총화로서만 인식할 수 있게 된다. 즉 그는 토끼를 바라보며 즐거워하던 소년이 아니며, 영빈과 같은 매끈한 서울내기가 아니며, 점잖은 국립대학생이 아니며, 부모님의 요구에 부응하여 생활에 투신할 수 있는 사람이 아닌, 이 아닌 것들의 총화로서의 그 무엇이다. 그에게는 아닌 것들에 대한 감각은 생생하지만 이 감각을 구체적으로 작용하고 현실화시킬 수 있는 능력이 없는 것으로 거지의 정열은 이 불안하고 아슬아슬한 상황에서 탄생하다. 정우는 자신의 감각을 물적으로 실현한 능력이 없다는 점에서 거지이지만 한 술밥에 만족할 수 있는 거지가 아니라 온갖 산해진미에 대한 감각이 고도로 발달한 거지여서 날카로운 감각은 자신의 무능력을 확인시키고, 무능력에 대한 확인은 다시 감각을 증폭시킨다. 또한 여기에는 자신이 부정하는 대상들과 스스로가 구별되지 않는다는 절망적인 자기 확인이 가세되어 있다. 그의 감각은 아닌 것들과 자신을 구별하지만 따지고 들면 점잖은 국립대학생과 정우의 존재방식은 이상이 자살했으면 더 멋있었을 것이라는 흰소리를 하는가 하지 않는가 정도로밖에 구분되지 않는다. 때문에 거지의 정열은 정우에게 자신의 모순을 앓기 때문에 나타나는 필연적인 결과이기도 하며, 스스로를 구분짓는 징표이기도 하다. 정우에게 거지의 정열이 있는 한 그는 아직 아닌 것들로 전락한 존재는 아닌 것이다. 정우가 영빈에게 선애를 넘겨주는 것도 이 때문으로 영빈의 애인 바꾸기 제안을 거절하자면 아닌 것들의 일부인 생활로 전락할 위험을 감수해야만 한다.

　정우가 앓고 있는 이 거지의 정열은 김승옥 소설의 인물들에게 공통되는 특징이다. 「확인해 본 열다섯 개의 고정관념」의 소설가 지망생인 '나'는 현행에 쓰여지고 있는 작품이 대부분 가짜라는 것은 알고 있지만 진짜를 쓸 능력은 없는 자로, 그는 골방 안에 드러누워 온갖 공상으로 자신의 모순을 발산해버린다. 이 작품의 원제목인 '시디리아시스'가 이상적으로 성욕이 강한 남자라는 뜻을 가지고 있는 것은 상징적인데 감각과 능력 사이의 불일치가 욕망의 과잉으로 나타나는 것이다. 「누이를 이해하기 위하여」의 소설가는 보이는 대상 모두에게 치근거리는 치한으로 사랑을 말하지만 사랑을 수행할 능력은 없으며, 술을 먹자고 하지만 술은 마시지도 못한다. 그는 다만 그렇게 치근거리는 행위를 통해 스스로를 확인할 뿐이다. 또한 「역사」의 '나'는 창신동과 깔끔한 양옥집 틈새에 끼어서 이곳에서는 저곳을, 저곳에서는 이곳을 떠올리다가 식수에 홍분제를 타는 일로 이 분열을 봉합하고 만다.

　이 격렬하고 속도 빠른 정열은 단기간에만 성립 가능한 것으로 언제까지나 경계에 걸친 중간자로서의 방황과 전율을 되풀이할 수는 없는 일이다. 자기 근거와 뿌리내릴 곳을 찾아야만 하고, 무엇보다 대타적인 것이 아닌 구체적인 삶의 형태를 창출해야만 한다. 「환상수첩」에서 이는 정우의 하향결심으로 드러난다. 거지의 정열이 선애를 죽음으로 몰아넣게 되자 그는 이를 벗어날 방도, 대안을 찾기 위해 하향을 결심한 것이다.

　그러나 돌아간 고향 역시 소규모이기는 했지만 도시였으며, 서울의 악몽은 반복된다. 정우는 거문도 여행에 마지막 가능성을 걸어보고, 이는 동행한 친구인 윤수가 여행길에 만난 서커스 단원인 미아와의 결혼을 결심하면서 실현되는 듯하다. 윤수는 화려한 음성으로 '시는 그만두겠어. 이제부터 생활전선이다'라고 외쳤으며, 정우는 이를 통해 '생활', 즉 기존질서에 합류해서도 자신의 감각을 보존할 수 있는 가능성을 엿보았다고 생각했던 것이다. 그러나 이는 환상이다. 시와 생활은 화해되

어야 하는 것이겠지만 작품에 제시되듯이 그렇게 간단히 해결될 문제가
아니며, 이는 정우가 헤겔과 쇼펜하우어에 대한 감각을 유지한 채 예전
의 토끼를 좋아하던 소년이 될 수 있다고 믿는 것과 다를 바가 없는 일
이다. 때문에 작품은 이 지점에 이르러서 파산상태에 이르게 된다. 거문
도에서 돌아온 정우와 윤수를 기다리고 있는 것은 수영의 여동생의 강
간사건이며, 이로 인해 윤수는 죽게 되고, 정우는 자살하고 형기는 발광
한다. 이 급작스러운 파국은 정우가 본 가능성이 환상이었던 만큼 필연
적인 것이기도 하다. 정우의 모순은 미래로 투사되어 해결되지 못하고,
오히려 과거로 이끌려 들어가 토끼의 세계, 서커스로 상징되는 복고적
인 세계로의 회귀로 퇴행하는 것이다.

　「환상수첩」의 복고적인 대안 탐색과 파국으로 치닫는 결말은 「무진
기행」에 이르면 사회에 편입된 주체의 모습으로 드러나며, 「서울 1964
년 겨울」에서는 이미 닳아빠지고 얄팍해진 '안'이라는 인물로 드러난다.
김승옥의 다른 작품들에 비해 「무진기행」이 어느 정도 정돈된 소설의
외양을 지니고 있는 것은 주인공인 윤희중의 사회적 위치 때문으로 그
는 정우가 사회에 편입되었을 때의 모습이다. 거지의 정열은 이미 지나
간 과거이며, 그는 이제 제약회사의 장래가 보장된 전무이다. 때문에 윤
희중은 자신의 과거를 소규모로 체현하고 있는 하인숙과의 정사를 사랑
으로 발전시키지 못하며, 무진에서의 윤희중의 행적은 자신의 과거를
배설하고 처리하는 데 그치고 만다. 또한 「서울 1964년 겨울」의 '안'은
월부책장사의 죽음을 예견하면서도 합리화의 요설만을 늘어놓는 자가
되어 있다. 온갖 곳을 다 기웃거리고, 방황과 일탈을 일삼던 인물들이
매끈한 사회인으로 변화한 것으로, 정우가 앓던 거지의 정열은 시간의
장벽을 넘어서지 못한 채 과거로 끌려 들어가며, 요설로 전락하게 되는
것이다. 이는 「환상수첩」의 복고적인 대안 탐색에서 어느 정도 예견된
일이기도 하다. 과거로 끌려 들어간 정열은 주어진 질서에 순응할 수밖
에 없기 때문이다.

　김승옥 소설의 인물들은 「광장」의 명준과 현상적으로는 매우 이질적

이지만 실상은 동일한 모순을 앓고 있는 자들로 60년대 지식인으로 파악할 수 있다. 거지의 정열은 아무런 사회기반이 없는 상태에서 무언가를 창출하고자했던 60년대 지식인이 가질 수 있는 열정으로 60년대 지식인의 상황을 반영하고 있다. 이들은 생활도, 속물적인 상층직업인도 부정하지만 그 이외의 길은 열려 있지 않았으며, 결국은 열악한 상황과 스스로의 무능력과 거지의 정열이 가지는 자기합리화의 기제에 걸려 넘어져 아무 것도 되지 못한다. 이 정열에는 60년대 지식인의 고뇌가 숨어 있다. 생활도 시도 선택하지 못하고 중간에 끼어 신음하는 정우의 괴로움은 60년대 지식인이 앓았던 분열이며, 김승옥의 소설은 60년대 지식인에 대한 화려한 애도사라 할 만한다. 김승옥 소설의 인물들이 명준과 이질적인 것은 명준이 현실적인 조건을 제거하여 초월해버린 데 반해 이들은 물적 조건에 철저히 얽매여 있기 때문이다. 시대의 모순을 정직하게 앓았던 만큼 정우의 말처럼 '반항하는 법'을 배웠으면 파산으로 결론나지 않았을 것이나 김승옥은 이 모순을 골방 속의 공상으로 해체시켜 버린다. 때문에 김승옥 소설의 인물들은 결국 기존 질서에 편입하게 되며, 이제 60년대 지식인은 조금 다른 각도에서 조명된다. 이는 시기가 60년대 중반에 이르렀다는 것과도 맞물리는 것으로 60년대 지식인은 세계에 뿌리를 내리기 위해 노력하기 시작한다.

4. 새로운 형식에 대한 모색과 민중의 발견

박태순은 최인훈과 김승옥이 멈춘 자리, 즉 60년대 지식인이 고립과 자기모순을 뚫고 세계와 어떻게 관계를 맺을 것인가를 모색하기 시작한다. 「형성」은 이러한 모색을 잘 보여주는 작품으로 이 작품은 '나'와 나의 애인인 '병혜'가 이별에 이르는 과정을 보여주고 있다. 이 과정은 '나'가 이제까지 이루어왔던 세계가 무너지는 과정이기도 해서, 애인과의 결별기가 청년에서 어른으로의 성장기와 겹쳐 있으며, 여기에 청춘을 함께 보낸 친구들의 과거와 현재의 여러 모습이 함께 서술되어 있다. 즉 청년 시절의 호기심과 열정을 그것대로 드러내기에는 시간이 지나가 버렸으며 이제 사회에 진입하는 시점에서 그것을 어떻게 처리할 것인지 에 대한 모색이 이 작품을 관통하는 주제의식이라고 할 수 있다.

먼저 작품의 화자인 '나', 균서의 경우를 살펴보면 그는 스스로를 속 물로 규정하면서 청춘기를 지나온 인물이다. 4 · 19와 5 · 16을 각기 치 부의 발판으로 삼아온 벼락부자 아버지의 서자라는 신파조의 가정상황 에서 균형을 잡기 위해 속물을 자신의 정체성으로 삼은 것인데 이때 속 물의 의미는 아웃사이더적인 요소를 축출해버림으로써 사회에 의해 이 미 주어진 인생이라는 내용물을 소비시켜가는 사람을 의미한다. 그러나 이는 형용모순으로 균서는 자신을 속물이라는 규정으로 밀어 넣고자 하 는 사람이기 때문에 근본적으로 속물일 수가 없는 사람이다. 때문에 병 혜는 균서를 '속물을 무한정 동경하는 정신병자'라고 표현한다. 실제로 속물은 아니지만 그렇게 되고 싶어하는 균서에게 병혜는 여성적 부드러 움으로 자신을 안아줄 수 있는, 세계와의 완충지대 같은 의미를 지니고 있었다. 속물이되 속물이 아닌 자신의 불안한 정체성을 병혜와의 관계 를 통해 균형을 잡고 있었던 것이다. 그러던 것이 병혜의 입에서 '미스 터 속물'이라는 별명이 이야기되자 균서의 균형은 무너지며, 병혜와의 관계도 위기에 처한다. 균서는 서로를 한껏 탕진하자며 병혜를 설득하 지만 이는 불가능한 일이었다. 이미 그러기에는 병혜는 속물이라는 자 기규정 하에서 우왕좌왕하는 남자보다는 사실적으로 안정을 줄 수 있는 남자가 필요한 나이가 되어 버렸으며, 균서 역시 다른 규정을 가져야만 했기 때문이다. 즉 어리다는 이유로 모든 것이 비범했던 시기가 지나버 린 것이다.

지금의 이 상황이 아마 성년의 입구일 것이었다. 여기에서 내가, 까뮈의 주인공 「뫼르쏘」같이 되기는 도리어 어렵지 않을는지 모른다. 「니이체」가 되기도 쉬울 것 같았고, 또는 「도스토에프스키」의 주인공이 되기도 간단할 것 같았다. 그들은 어쩔 수 없이 느껴지게 되는 그런 근저의 「피로」를 피하기 위하여 자기대로의 표현방식을 가지고 있었다. 그것이 곧 그들의 개성이 되었다는 생각이었다. 그럼 나는 무엇이란 말인가. 무엇이 되어지게 될까.[11]

형식은 무엇인가를 첨부시켜주고 무엇인가를 보호해준단 말야. 아주 위대한 신자가 아니라면, 똥누면서 기도할 때 경건한 건 느끼지 못할 거야. …(중략)… 그런데 내게는 그런 형식에 대한 의식이 부족했단 말이다. 알아? 나 오늘 병혜와 이별했거든. 내가 나쁘다거나 병혜가 나쁘다거나 해서가 아니거든, 둘의 사이를 연결시켜주는 어떤 형식, 일반화된 패턴이 없었어.[12]

균서는 앞으로의 시간을 뚫고 나갈 삶의 형태를 찾아야 한다. 균서와 병혜가 헤어지게 된 것도 이 틀을 제대로 만들어내지 못했기 때문이며, 그는 뫼르쏘나 니이체나 도스토에프스키가 아닌 한국적인 형식을 만들어내야 하는 것이다. 그러나 「형성」에는 청년기의 열정이 시간을 뚫고 나갈 수 있는 형식이 제시되지 않는다. 다만 되어서는 안 될 부정태의 모습만이 명백하게 그려지는데 수민이나 형우의 경우가 그렇다. 수민은 정임을 사랑하여 하루에 시를 열 편씩 쓰고, 자신의 사랑이 받아들여지지 않자 산에 틀어박히기도 했지만 어느 순간 홀연 사회의 리듬을 깨닫고, 또한 여자의 리듬을 깨달아 이 리듬에 요령있게 자신을 맞춰갈 수 있게 된 인물이다. 사랑을 꿈꾸던 인간이 가부장적이고 속물적인 인물로 탈바꿈한 것이다. 이에 반해 형우는 병혜와의 관계로 괴로워하는 균서에게 세상에 여자는 악착같이 많다고 위로하며, 의미 따위는 없다고 생각하는 쾌락지향적인 인물이다. 이들의 삶의 방법은 모두 부정해야 할 것으로 자신의 모범이 될 수 없으며, 실상 균서에게는 주어진 형식이 없다.

이미 주어진 기성적인 형식이 아닌 자신의 삶의 원칙과 열정이 왜곡되지 않고 담길 수 있는 새로운 형식에 대한 추구는 박태순의 60년대 소

---

11) 「형성」, 「세대」, 1966. 6, 37쪽.
12) 앞의 책, 391쪽.

설에서 일관되어 나타나는 특징이다. 그러나 이는 「형성」에서 그 부정태에 대한 반사체로만 투영된 것처럼 다른 작품들에서도 부정태에 대한 냉철하고 끈질긴 직시를 통해서만 음영을 드러낸다.

「생각의 시체」의 '나'는 이십대의 선병질을 재빨리 청산해버리고 살이 쪄 있는 진삼이나 소시민적 질서에 편입하여 그것을 안락으로 생각하는 K를 냉정하게 바라보고 있으며, 「뜨거운 물」의 '나'는 문학에 대해 거창하게 말하지만 결국은 소시민적 질서로 넘어가고 만 '정'의 우여곡절을 샅샅이 분해하고 있다. 「서울의 방」의 주인공은 자신의 진정한 방을 얻기 위해 노력하고 이를 위해 양옥에서 한옥으로 거처를 옮기며 잠깐의 만족을 얻지만 이는 허상일 뿐이다. 거울 속에 비친 방은 아늑해도 현실의 방은 그렇지 못하며, 그것은 양옥에서 한옥으로 이사를 한다고, 즉 전통으로 회귀한다고 해도 해결되지 않는다. 「당나귀는 언제 우는가」의 빚잔치는 19세기 말엽의 러시아 지식인들의 모임에서 다다이즘으로 변화하고 이것이 다시 60년대의 한국적인 분위기로 변화해 가는 과정을 보여주는데 이는 '유식해지지 않았더라면 그토록 무식해지지도 않았을 그런 불쌍한 인간들'인 겉만 번드르르한 속물적 지식인이 본색을 드러내는 과정이기도 하다.

부정태에 대한 시선을 통해 자신의 정체성을 확립하는 것은 김승옥 소설의 인물들과 같은 방법으로 자신의 정체성을 확립하는 것인데 결정적으로 달라지는 지점은 박태순의 인물들의 응시는 훨씬 더 구체적이고 현실 지향적이어서 이 모색이 결국 민중을 발견하게 된다는 점이다. 즉 김승옥에게 있어서 부정태에 대한 응시가 자신의 내면을 확인하는 데에 맞추어져 있었다면 박태순에게는 이 응시가 60년대 지식인이 자신의 근거를 찾기 위한 정지작업으로 행해지고 있는 것이다. 「도깨비 하품」에는 이 뿌리내리기가 민중을 발견해가는 과정이 서술되어 있다. 이 작품은 화자인 '나'가 친구인 주황에 대한 이야기를 하는 형식으로 전개된다. 주황은 '아무리 아름답게 보아주려 해도, 인간의 모습은 아니었고, 덩치가 커다란 짐승의 모습'을 가진 자로 농과대학을 나왔다. 졸업 후에

또래들이 출세를 하기 위해 노력하는 것과는 달리 엉뚱한 짓을 하고 다니는데 버섯재배가 그것이다. 하지만 버섯재배는 실패하고 만다. 그는 깊은 생각 끝에 빈민촌에서 집장사를 하겠으며, 이것이 성공하면 다시 버섯재배를 하겠다는 결심을 한다. 이 작품에서 중요한 것은 버섯재배와 집장사의 의미일 것인데 다음의 서술로 보아 그 의미는 뚜렷하다.

듬성듬성 서 있던 초가집들을 멸시하듯이 재건주택이 들어서기 시작하여, 새로운 빈민가를 만들고 있었다. 그는 창문으로 새로 생긴 동네를 굽어보면서 명상의 대상을 발견하는 것이었다 …(중략)… 저들은 어째서 서울이라고 하는 묘상에서 견디어 내지를 못하고 쫓겨왔을까? 저들이 능력이 없다거나 힘이 약해서 그런 것은 아니리라… 그는 이렇게 생각하여보다가 문득 깨닫게 되는 바가 있었다. 바로 저 사람들이야말로 양송이버섯 같은 생리를 지니고 있다, 하고 그는 빈민촌을 굽어보면서 생각했다. 저 사람들은 현실이라는 이름의 양지, 또는 그러한 상태에서는 살 수 없게 되었다. 저 사람들은 햇빛을 견디어내지 못하며, 습도가 60퍼센트 이하인 곳에서는 살수가 없게 되어 있다. 그래서 저 사람들은 밀리고 밀리어 이런 곳에까지 오게 되었는지 모른다.[13]

주황이 청년시절의 원칙을 사회에 편입되어서도 지키기 위해서는 그럴 수 있는 근거를 가져야 한다. 그 근거로 찾은 것이 '습도가 60%이하인 곳에서는 살수가 없'는 사람들이 모여 있는 빈민촌이었으며, 버섯재배는 자신이 그렇게 살 수 있는가에 대한 일종의 실험이었다. 비록 습도 조절에 실패하여 버섯을 제대로 기르지는 못했지만 주황이 좌절하지 않고 다시 집장사 결심을 하는 것은 습도를 적절히 조절할 수 있는 능력을 키우겠다는 것이며, 이는 그가 빈민촌을 자신의 근거지로 삼았음을 의미한다. 「도깨비 하품」은 60년대 지식인이 민중과 조우하는 정경을 그리고 있는 것이다.

여기에는 몇 가지 문제점이 도사리고 있다. 가장 핵심적인 것은 주황

---

13) 「도깨비 하품」, 『68문학』, 한명문화사, 1969, 39-40쪽.

의 형상이나 행적에 구체성이 결여되어 있다는 점이다. 주황이 어째서 소시민으로의 편입을 거부하고 민중을 찾아 나서게 되었는가에 대해 작품은 그의 기이한 기질 이외에 다른 실마리를 주지 않는다. 주황이 고아이며 짐승 같은 외모의 소유자라는 것도 같은 맥락에서 설명될 수 있는데 주황의 외모가 그의 비사회적이고 길들여지지 않은 기질을 외부로 드러내고 있는 것이라면 고아라는 설정은 그가 자신의 선택을 위해 뚫고 나가야 할 사회적인 맥락들을 아예 차단하고 있다. 주황은 구체적인 인물이라기보다 상징적이고 암시적인 인물이며, 작품 내에서 독립적으로 사고하고 행동하는 인물이 아니라 작가의 서술에 직접적으로 종속되어 있는 메가폰적 인물이라고 할 수 있는 것이다. 메가폰적 인물은 작품의 명확한 대립선은 구축하지만 구체성을 획득하지도 사회와 구체적으로 관계를 맺지도 못한다.

박태순의 소설은 최인훈과 김승옥에 의해 포착된 60년대 지식인이 민중을 발견하는 과정을 보여준다. 그런 의미에서 박태순의 인물들은 명준이나 정우에 비해 한층 구체적이고 이념적이다. 자신의 본질을 유지시킬 수 있는 구체적인 형식을 창출하기 위해 골몰하며, 이 모색과정에서 박태순의 소설은 민중을 발견한다. 그러나 이때의 민중은 계급적이거나 사회구조적인 차원에서 포착된 것이라기보다 지식인의 존재근거로서의 민중이라는 편이 적합하다. 민중을 발견하기는 했으나 민중 자체보다는 지식인 쪽에 방점이 찍혀 있는 것으로 박태순 소설의 인물들은 이 관계를 구체적이고 사회적인 형태로 풀어내지 못한다. 이는 박태순 개인의 편향으로 인한 것이기도 하며, 또한 60년대라는 시기적 특성에서 기인하는 것이기도 하다. 60년대는 작가와 지식인의 교집합이 어느 시기보다 컸던 시기라고 여겨지기 때문이다.

5. 작가로서의 지식인, 혹은 지식인으로서의 작가

지식인과 작가는 서로 겹쳐지기도 하지만 그렇다고 동일한 개념은
아니다. 교집합을 사이에 둔 서로 다른 집합이라고 할 수 있을 것이며
이 교집합의 크기는 시기에 따라 다르게 나타날 것이다. 현재의 시기에
이 교집합을 그려본다면 상대적으로 왜소한 크기를 드러낼 것인데 그것
이 바람직한 현상인가 아닌가는 차후의 일이고, 중요한 것은 이 크기가
공연히 결정되는 것이 아니라 당대 사회의 일면을 반영하고 있다는 점
이다. 이를 주안점에 두고 살펴본다면 60년대는 작가와 지식인의 동질
성이 매우 확대되어 있었던 시대라고 할 수 있다. 이는 60년대에 발행된
「산문시대」의 선언이나 「창작과 비평」의 권두논문을 살펴봐도 명확히
알 수 있다.

「산문시대」의 선언은 작가의 사명을 죽어버린 언어를 박차는 탕자이
며, 투박한 대지에 거름을 주는 농부라고 규정하고 있다. 이 규정 자체
는 세계에 대해 재해석하고, 새로운 언어를 창조하는 자라는 작가에 대
한 일반적인 의미부여에 비추어 그리 새로울 것은 없다. 그러나 이 규정
을 위해 동원된 수사들은 자못 의미심장한 데가 있다. 선언의 주체는 자
신들이 처한 상황을 '태초와 같은 어둠'으로 인식하며, 이 어둠을 걷어
내는 일이 '절망적인 작업'일지도 모르며, 나아가는 길에 '죽음의 패말'
을 새길 것이라고 말하고 있다. 문학 동인지의 선언치고는 지나치게 비
장하다는 것인데 이는 60년대에 의식의 형태로 사회를 해석하고 반영한
다는 행위가 처한 상황으로 인한 것이다. 60년대는 사회구조 자체가 만
들어지기 위해 고된 운동을 시작하는 시대였던 만큼 자신의 시대에 대
해 의미를 부여하고 무언가를 말해줄 의식 역시 절실히 필요했던 시대
였다. 60년대에 작가와 지식인의 교집합이 커지는 것이 이 때문인데 60
년대 사회에서 문학인과 지식인은 공통적으로 새로운 의식을 창출해야
한다는 사명을 부여받은 존재였다. 물론 이 사명은 일반적인 것일 수 있
지만 그것이 전면화되어 주장되고 언표되었다는 것은 새로운 의식의 필

요성이 그만큼 절실했다는 것이며, 이 절실성은 또한 황무지로서의 현
실을 전제하는 것이다. 이는 작가와 시대의 선두에서 정신을 앓고 가야
할 길을 제시하는 지식인의 역할을 동일시하는 것으로 60년대에 작가는
오늘날처럼 세계의 일부를 자신의 계층과 기질에 투영시켜 분업적으로
반영하는 자들이 아니라 시대와 세계 전체에 대해 말하는 자들이었다.

> 이성이 메마르고 대중의 소외와 타락이 심한 사회일수록 소수 지식인의
> 슬기와 양심이 모든 것을 달리게 되는 것을 우리는 알고 있다. 지식인이 그
> 소임을 다하기 위해서는 그들이 만나 서로의 선의를 확인하고 힘을 얻으며
> 창조와 저항의 자세를 새로이 할 수 있는 거점이 필요하다. 작가와 비평가
> 가 힘을 모으고 문학인과 여타 지식인들이 지혜를 나누며 대다수 민중의 가
> 장 깊은 염원과 소수 엘리뜨의 가장 높은 기대에 보답하는 동시에 세계 문
> 학과 한국문학간의 통로를 이룩하고 동양역사의 효과적 갱생을 준비하는
> 작업이 이 땅의 어느 한 구석에서나마 진행되어야 하겠다.[14]

위의 글에 나타난 것처럼 60년대에 작가의 사명은 어떤 시기보다 포
괄적이고 비장했으며, 이 시기에 작가와 지식인의 사명은 동일한 것이
었다고 해도 과언이 아니다. 최인훈과 김승옥, 박태순에 의해 포착된 60
년대적인 주체가 지식인의 모습을 띠고 있으며, 이들 작품에 작가의 실
존적인 모습이 매우 강하게 투영되어 있는 것은 이로 보아 자연스러운
일인 듯하다.

이는 작품의 구조적인 면에서는 인물들의 자아가 소설사에서 유례가
없을 만큼 확대된 것으로 나타난다. 특히 최인훈과 김승옥의 경우가 그
러한데 여기서 자아가 확대되어 있다는 것은 내면묘사에 치중되어 있어
서 외부 세계가 서술되지 않는다는 것이 아니라 외부 세계가 내면의 흐
름이나 조작에 온통 끌려들어가 실제적인 왜곡이 행해지고 있다는 의미
이다. 「광장」의 현상적인 객관성 뒤에 숨은, 내면이 일정하게 종속될 수

---

14) 백낙청, 「새로운 창작과 비평의 자세」, 「창작과 비평」, 1966. 겨울, 38쪽.

밖에 없는 물리적 세계의 철저한 제거와 「환상수첩」의 파국적인 결말은 단순히 형식적인 결함이 아니라 작품의 본질적인 측면이다. 즉 작가가 말하고자 하는 내용이 형식을 철저하게 압도한 결과인 것이다. 최인훈이 「광장」 이후 「회색인」과 「서유기」를 거쳐 인물의 형상을 담론으로 해체시켜 나갔다면 김승옥은 60년대 이후 사실상 절필 상태에 들어간다. 이는 시대의 변화와 연관시켜 파악할 때 더 이상 확장된 자아만으로는 당대의 현실을 소설로 형상화할 수 없었던 것으로 파악된다. 이들은 60년대를 지나면서 변화된 시대와의 호흡에 적합한 형식을 재창출하지 못했으며, 이미 그들이 파악한 세계는 지나가 버린 무엇이 된 것이다.

박태순의 소설에는 최인훈이나 김승옥의 소설에서와 같은 확장된 자아가 나타나지 않는다. 그가 바라본 세계는 최인훈과 김승옥이 바라본 세계와 달랐던 것이며, 이는 시간이 흐른 만큼 당연한 것이기도 하다. 그러나 박태순 역시 60년대에 강력하게 고착되어 있는 작가라고 할 수 있다. 이는 그가 최인훈과 김승옥에 의해 포착된 60년대 지식인이 몸을 담을 새로운 형식 창출에 실패하는 것으로 드러난다. 그의 인물들은 응시하고, 사색하고, 무언가를 시도하지만 정작 자신이 몸담으려고 했던 현실과는 끊임없이 미끄러지기만 할 뿐 구체적인 관계를 맺지 못한다. 또한 이 모색의 와중에 민중을 발견하지만 그의 70년대 소설에서 본격적으로 다루어지는 민중의 모습은 계급적인 형태가 아닌, 어떤 억압도 말살할 수 없는 원시성과 생명력, 일종의 세계의 근원으로 드러난다. 이는 6~70년대라는 시기의 성격도 작용하였겠으나 근본적으로는 박태순이 세계전체보다는 지식인의 존재형태를 천착하는 일에 침잠되어 있었기 때문이라고 할 수 있다. 즉 그에게 있어서 문학은 지식인의 나아갈 바를 밝히는 일에 복무해야 했던 것이며, 이는 소설의 인식적인 면을 강조하고 전면화시키게 된다. 박태순이 후기로 갈수록 사회과학적인 접근으로 사회를 파악하는 것도 이 맥락에서 그 사정을 짐작해 볼 수 있으며, 그의 인식중심적인 소설은 문학이라는 범주에 대한 강력한 의미부여를 그 저변에 깔고 있는 것이기도 하다.

60년대에 문학을 한다는 것, 혹은 작가라는 존재는 현재에 비추어 훨씬 더 확대되고 의미심장한 것이었다. 60년대에 작가는 지식인의 책무 중에 하나인 세계 전체에 대해 말하고 사색한다는 책무를 스스로의 존재근거로 삼았으며, 그들은 지식인적인 성격을 강하게 띠고 있었다. 이명준의 어설픈 시국토론과 문학청년 특유의 유치한 감상성, 김승옥 소설의 자기합리화와 소설이라고 부르기가 망설여지는 해체된 형식, 박태순 소설의 산만함과 둔탁함을 지금의 시점에서 비판하는 것은 그리 어려운 일이 아니다. 그러나 이들의 작품에는 60년대라는 시대의 본질이 담겨 있으며, 최인훈과 김승옥, 박태순은 각기 다른 방식으로 60년대라는 시대의 모순을 가열하게 앓았던 작가들로 이들은 작가였으며 동시에 지식인이기도 했다. 또한 이들 작품의 인물들은 60년대라는 미분화된 시기의 저차원이지만 전체적이고 전체적이지만 저차원으로서의 지식인이라고 할 수 있다.

주제어 : 60년대적 주체, 60년대 지식인, 정신승리법, 거지의 정열, 새로운 형식, 작가

36

◆ 참고문헌

고영복, 「4월 혁명의 의식구조」, 『4월 혁명론』, 한길사, 1983.
김동춘, 「한국전쟁과 지배이데올로기의 변화」, 『분단과 한국사회』, 역사비평사, 1997.
김성환, 「4·19혁명의 구조와 종합적 평가」, 『1960년대』, 거름, 1984.
박태순, 김동춘, 『1960년대의 사회운동』, 까치, 1991.
박현채, 「4월 민주혁명과 민족사의 방향」, 『4월 혁명론』, 한길사, 1983.
홍석률, 「1960년대 지성계의 동향」, 『1960년대 사회변화연구: 1973~1970』, 한국정신문화연구원 편, 백산서당, 1999.

◆ **국문초록**

이 글은 60년대 소설이 새롭게 성립시킨 주체의 사회적 성격에 대해 분석하였다. 시대적 특성과 주체의 성격은 밀접하게 연관되는 것으로 60년대 소설이 성립시킨 주체의 성격은 당대의 사회적 상황을 반영하고 있다. 이를 최인훈, 김승옥, 박태순의 작품을 통해 파악하였는데 지식인 개념을 원용되었다. 60년대 소설이 성립시킨 주체가 막연한 개인이 아닌 지식인이라는 것이 이 논문이 말하고자 하는 바의 핵심으로 이때에 60년대에 지식인이라는 존재가 어떤 상황에 처해 있었으며, 이것이 각 작가의 작품에 어떤 방식으로 포착되었는지를 주목하였다. 그리고 어째서 이들의 작품에 주체의 자아가 그토록 확장되어 있는지에 대해서도 밝히고자 하였다.

최인훈과 김승옥이 60년대 지식인을 '정신승리법'이나 '거지의 정열'로 그려내고 있으며, 박태순은 새로운 형식으로 이를 포착하려 하였지만 거기까지 다다르지는 못했다. 여기에는 시기적인 차이도 존재하는 것으로 최인훈과 김승옥이 60년대 초반의 지식인을 그리고 있다면 박태순은 60년대 후반의 지식인을 그리고 있다. 또한 이들 작품의 인물의 자아가 매우 확대되어 있으며, 작가의 실존적인 모습이 깊숙이 투영되어 있는 것은 60년대에 작가와 지식인이라는 존재가 처한 상황으로 인한 것이라고 파악하였다.

♦ SUMMARY

The Subject of Novels in the 1960s' and Intellectual Identity

Lim, Gyung-Soon

I examined in this paper the social characters of the subject newly formed in novels of the 1960s, focucing on Choi, In—hoon(1936~), Kim, Seung—ok(1941~), and Park, Tae—soon(1942~)'s novels. As we know, the subject is formed in the relation with its social situation. It is suggested in this paper that the subjcet, created by the 1960s' novels, is not a vague individual but a intellectual. As it were, understanding the subject of the 1960s' novels can not help beginning to ask what contexts the being of intellectuals was placed in, what manners it was captured by, for each writers' works.

In Choi and Kim's works, mechanism of the intellectual conscious-ness and behavior was expressed as "the principle of spiritual triumph" and "the passion of begger." Seaching of new form, Park also failed to overcome this inclination. Here temporal difference is. While Choi and Kim drew intellecuals of the early 1960s, Park drew those of the latter. Besides, selves of characters were very excessive and were deeply pro-jected on writers' existential appearance, which reflected on the being situation of writers and intellectuals in the 1960s.

Keywords : the 1960s subject, the 1960s intellectual, the principle of spiritual triumph, the passion of begger, new form, writer

─이 논문은 2003년 12월 31일에 접수되어, 소정의 심사과정을 거쳐 2004년 1월 31일 게재가 확정되었음.

불안한 주체와 근대
- 1960년대 소설의 미적 주체 구성에 대하여 -

김 영 찬*

1. 1960년대 근대와 문학적 주체

해방 이후 한국문학사에서, 1960년대는 특히 흥미로운 시기다. 4·19를 시작으로 열린 1960년대는 전후의 폐허와 허무를 딛고 자유와 민주주의라는 근대적 가치에 대한 열망이 확산된 시기이자 동시에 곧바로 이어진 5·16으로 인한 그것의 굴절과 좌절이 교차하는 시기다. 그리고 거기에 의식적이든 무의식적이든 동시대의 정신구조를 지배하는 6·25의 치유되지 않은 트라우마(trauma)가 한데 겹쳐지고 있다는 것도 이 시기의 중요한 특성이다. 이 시기는 또한 정치, 경제, 문화를 비롯한 거의

* 성균관대 강사.

모든 분야에서 오늘날 한국 사회 근대성의 지배적인 특징이 조금씩 주
조(鑄造)되기 시작한다는 의미에서 한국적 근대의 기점이면서, 그러한 근
대화의 시작으로 인한 불안과 기대, 동요와 순응이 미묘하게 뒤얽힌 복
합적인 의식구조가 복류(伏流)하는 불확실한 미결정의 시기이기도 하다.

1960년대를 특징짓는 것은 그러한 복합적인 요소들이 한데 뒤얽히고
때로 충돌하면서 만들어내는 역동적인 긴장이다. 물론 그 역동성은 예
컨대 정치적 공간에서 정치적인 활력과 함께 외적으로 표출되기보다는
문화적·심리적·담론적 공간 안에 갇혀 있는, 그리고 본질적으로 또다
른 의미 있는 행위로 전화할 가능성이 미약한 그런 것이었다. 그러나 문
학의 영역으로 시선을 돌려보면 사정은 달라진다. 가령 이 시기에 등장
한 최인훈, 김승옥, 이청준, 박태순 등의 소설이 갖는 고유한 특성은 바
로 그곳에서 발화한 것이었으며, 특히 '60년대적'이라는 기표로 포괄할
수 있는 이 시기 그들 소설의 특정한 성과도 많은 부분 거기에서 비롯된
것이라고 할 수 있기 때문이다. 박정희 독재 체제가 공고화되면서 산업
화가 본격적으로 진전되고 그에 따라 자본주의의 모순이 한층 심화되어
가는 1970년대의 문학과 이 시기의 문학을 질적으로 뚜렷하게 구별지을
수 있는 근거는 거기에서 찾을 수 있다.

그런 까닭에, 1960년대의 문학을 전후문학이 보여주었던 문제의식의
심화라는 관점에서 1970년대 산업화시대 문학의 전단계 정도로 가볍게
위치짓는 문학사적 배치[1]는 물론이고, 이 시기 문학의 특성을 '근대화'
라는 사회경제적 지표의 반영이라는 측면을 중심으로 구성하는 논의[2]
역시 똑같이 그러한 시기적 특성에서 비롯된 1960년대 문학의 고유하고
도 독자적인 질적 특성을 간과할 위험이 있기는 마찬가지다. 물론 1960

---

1) 권영민의 『한국현대문학사』(민음사, 1993)는 이러한 관점에 선 문학사 서술의 대표적인
   예라고 할 수 있다.
2) 진영복, 「한국 자본주의 형성과 60년대 소설」, 민족문학사연구소 현대문학분과, 『1960년
   대 문학연구』, 깊은샘, 1998. 그 외에도 최근 이러한 관점은 특히 김승옥에 대한 작가론
   에서 반복적으로 나타나고 있는데, 거기에는 1960년대의 복합적인 시기적 특성을 '근대
   화'라는 지표로 단순화하는 논의의 전제가 알게 모르게 깔려 있다고 볼 수 있다.

년대 문학의 의미를 4·19의 정신적·문학적 반향 정도로 단순화하는 논의도 그 점에서는 예외가 아니다.[3]

중요한 것은 문학사적으로 이 시기에 이후 한국문학의 큰 틀을 만들어간 문학적 주체성의 형성이 시작되었다는 점이다. 달리 말한다면, 1960년대는 사회경제적인 차원에서뿐만 아니라 문학사적인 측면에서도 이후 한국문학의 근대성의 기본구조가 형성되고 정착하기 시작하는 기점이라는 측면에서 중요한 시기다. 일차적으로 지금에 이르기까지 한국 사회의 영향력 있는 문학장(literary field)을 형성해왔던 이들은 주로 이 시기에 등단한, 넓은 의미에서 4·19세대라고 할 수 있는 작가와 비평가들이며, 어떤 의미에서든 한국문학의 근대성이라 일컬을 수 있는 일련의 특징들은 그곳에서부터 비롯된다고 할 수 있기 때문이다.

이 글에서는 그런 관점에서 1960년대에 본격적으로 개화하기 시작한 문학적 주체성의 차원에 주목하여, 그 중에서도 특히 최인훈, 이청준, 김승옥 등 흔히 '문지 계열'로 일컫는 작가들의 소설을 중심으로 1960년대 미적 주체의 특성을 밝히고자 한다. 지금까지 그들의 소설에 대한 대부분의 연구에서 발견되는 문제점 중 하나는, 김현을 비롯한 4·19 세대 비평가들의 세대론적 자기규정에 기반한 평가에 견인되거나 고착되어 그에 대한 세공(細工)된 주석의 수준에서 벗어나지 못하고 있다는 점이다. 특히 그들의 소설에서 4·19가 갖는 의미를 지나치게 확대 해석하는 것도 그러하지만, 거기에는 이른바 미적 근대성을 근대에 대한 미학적 저항이라는 일면적 차원으로 단순화하여 그 둘의 복합적인 상호작용과 세세한 뒤얽힘을 간과하는 단순한 이해도 함께 작용하고 있다. 이 글에서는 그 점을 고려하면서, 1960년대 소설의 미적 주체가 한국적 근대와 맺고 있는 복합적인 상호작용과 그것을 통해 구성되는 주체성의 성격을 객관적으로 헤아려보고 그 의미를 밝힐 것이다.

---

3) 이에 대한 비판과 함께 문학사적인 측면에서 1960년대가 갖는 전반적인 의미에 대해서는 김영찬, 「1960년대 한국 모더니즘 소설연구」, 성균관대 박사학위논문, 2002, 28-43쪽 참조.

특히 1960년대 최인훈, 이청준, 김승옥의 소설을 살펴볼 때, 그 미적 주체성의 근원은 상당 부분 작가의 심리와 의식을 투사한 것으로 보이는 인물들의 의식구조와 행동양식에서 뚜렷하게 암시된다. 이 글에서는 거기에서부터 출발하여 그들 소설에서 나타나는 미적 주체성의 심리적·인식적 근원과 그 성격을 살피는 데로 나아갈 것이다. 그것은 궁극적으로 그들 소설의 미적 근대성이 구체적으로 어떤 모습으로 발현되고 있으며, 1960년대의 한국적 근대와 어떠한 관련을 맺고 있는가를 밝히는 작업이 될 것이다.

2. 큰 타자의 응시 앞에 선 주체의 공포

겉으로 보기에 최인훈과 이청준, 김승옥의 소설은 하나의 범주로 포괄하여 논할 수 없는 각기 고유한 특성을 지니고 있다. 이들이 모두 나름의 자기세계와 작가적 개성, 그리고 문학적 방법론을 확보하고 있는 작가들이라는 점을 고려할 때 그것은 너무도 당연하다. 그럼에도 불구하고, 그들의 소설에 등장하는 인물들의 심리를 자세히 들여다보면 거기에는 의미심장한 공통성이 발견된다. 그것은 그들 소설의 대부분 인물들이 그 내용과 형식은 다르지만 어떤 형태로든 일종의 불안에 사로잡혀 있다는 점이다. 그들의 소설에는 그 불안이 하나의 심리적인 구심점으로 자리잡고 있으며, 서사는 그것을 동력으로 삼아 전개되어나간다. 그렇다면 그 불안은 어디에서 오는 것이며 그것의 정체는 무엇인가? 이 점을 상세히 밝히기 위해서는 우선 그들의 소설에서 공통적으로 나타나는 하나의 흥미로운 모티프를 우회할 필요가 있다.

최인훈과 이청준, 김승옥의 소설에는 똑같이 주인공이 일종의 응시(gaze)에 노출되는 장면이 등장한다.4) 인물들은 어느 순간 무력하고 수동

───────────

4) 이때 응시는 주체를 규정하고 무엇보다도 그런 사실을 드러내지 않으면서 주체를 보

적인 상태에서 그 응시를 경험하며, 그것은 그들을 견딜 수 없는 공포에
까지 이르게 하는 대상으로 나타난다. 그리고 그들의 많은 소설에서 이
로 인한 트라우마는 변형된 형태로 반복적으로 회귀하면서 소설 속 인
물들의 의식과 경험을 결정적으로 지배한다.

우선 최인훈의 『회색인』과 『서유기』에서, 그것은 주인공 독고준이
W시에서의 어린 시절에 학교에서 자기비판을 강요당하는 형태로 나타
난다. 『회색인』에서 어린 독고준은 국어시간에 「봄」이라는 제목의 작문
을 제출한 뒤부터 "소년단 지도원 선생의 까닭 모를 박해"5)에 시달린다.
지도원 선생은 그의 출신성분을 문제삼으며 "컴컴한 교실에서 촛불을
켜놓고"(『회색인』, 50쪽) 끊임없이 자기비판을 강요한다. 어린 독고준은,
그의 생각은 어떠하며 그의 출신성분이 그의 의식에 불건전한 영향을
끼치지는 않았는가 등을 자백하기를 강요하는 지도원 선생의 차디찬
"눈초리" 앞에서 무서움을 느낀다; "대답하는 그의 혀는 더듬거리고, 그
러면서 지도원 선생이 알고자 하는 바를 소롯이 다 불었다. 이야기가 끝
났을 때 지도원 선생의 얼굴은 차디찼다. 그는 문득 공포를 느꼈다."(『회
색인』, 50쪽)

이러한 자기비판의 경험은 이후 『서유기』에서도 똑같이 환상 속에서
벌어지는 재판의 형태로 재연된다. 그리고 『광장』에서 월북한 이명준이
처음으로 쓴 기사로 인해 자기비판을 강요받는 대목도 이 장면의 변형
이다. 이처럼 최인훈의 소설에서 자기비판 장면이 반복적으로 나타나는
것은 그것이 작가에게 일종의 트라우마로 작용하고 있다는 것을 의미하
는 것이다.6) 실제 작가 스스로도 "이후의 나의 무의식 속에서는, 이 장

여지는 존재로 만들어버리는 것이다.(자크 라캉, 「시선과 응시의 분열」, 민승기·이미선·
권택영 역, 『욕망 이론』, 문예출판사, 1994, 198쪽) 이 글에서 응시는 주로 주체가 경험하
는 상징질서의 응시, 즉 큰 타자(the Other)의 응시라는 맥락에서 사용하며, 그런 측면에
서 그것은 시각적 은유를 포함한 보다 넓은 의미를 함축한다.

5) 최인훈, 『회색인』, 문학과지성사, 1977, 43쪽. 아래에서 특정한 작품을 인용한 뒤에 다시
같은 작품을 인용할 때는 인용문 뒤에 작품명과 책의 면수를 부기하는 것으로 대신한다.

6) 트라우마(trauma)는 주체가 적절하게 반응할 수 없는, 주체에게 오랫동안 지속적인 효

면은 제한 없는 무급심(無級審)으로, 상시 계류 상태인 재판 같았다."7)라고 진술하고 있듯이, 그러한 타자의 응시 앞에 선 주체의 무력감과 공포는 1960년대 최인훈 소설의 심층에 자리잡고 있는 중요한 의식적·심리적 근원이라고 할 수 있다.

고백을 강요하는 타자의 응시 앞에 노출된 무력한 자아라는 모티프가 등장하는 것은 이청준의 소설에서도 마찬가지다. 타자의 응시라는 모티프는 그의 등단작인 「퇴원」(1965)에서 '강요된 침묵'과 '자기망각'을 환기시키기는 대상으로서 "집요하게 나를 간섭해 오"며 "나를 응시하"는 창문 밖의 "두 바늘을 잃어버린 시계"8)의 이미지에서 이미 나타나고 있지만, 그와는 또다른 맥락에서 전형적인 응시의 모티프는 '진술의 불가능성'이라는 토픽과 결합되어 나타난다. 가령 『쓰여지지 않은 자서전』에서, 잡지사를 다니다 열흘간의 유예 휴가를 받고 다방을 들락거리며 소일하던 '나'는 어느 날 환상 속에서 신문관을 만나게 되는데, 정체를 알 수 없는 그 신문관은 '나'에게 일방적으로 사형선고를 통보하고 그 결정을 번복하게 할 수 있는 자기 진술을 강요한다. '나'는 정체를 알 수 없는 상대에게서 이유도 모른 채 '진실'을 말할 것을 강요받는 상황에 처하는 것이다. 그리고 '나'의 자기 진술은 끊임없이 그 신문관의 일방적인 판단과 평가에 내맡겨진 채 그것을 의식하면서 이루어진다. '나'의 의식 속에서 스스로 연출하고 있는 상황으로 표현되고 있지만, 이는 그 자체로 주체를 무력한 상태로 몰아넣고 압박하는 폭력적인 큰 타자(the Other)의 응시에 대한 비유적 재현이다.

이청준의 소설에서 다시 그 응시는 전형적으로 상대방은 어둠 속에 몸을 숨긴 상태에서 주체를 비추는 전짓불로 재현된다. 일찍이 「퇴원」

과를 야기하면서 주체의 삶을 강력하게 지배하는 사건으로서, 그 상황을 이후에도 끊임없이 자신 속에 위치짓는 강박적 반복 행위 속에서 주체에게 반복적으로 되돌아오는 강렬한 경험이다. J. Laplanche and J.-B. Pontalis, *The Language of Psycho-Analysis*, Trans., Donald Nicholson-Smith, W·W·Norton & Company·Inc·, New York, 1973, pp. 465-469 참조.

7) 최인훈, 「화두」 2권, 민음사, 1994, 77쪽.

8) 이청준, 「퇴원」, 「별을 보여드립니다」, 일지사, 1971, 7쪽.

에서 광속에 숨어 은밀한 욕망을 즐기는 어린 '나'에게 비추어진 아버지의 폭력적인 전짓불은, 『쓰여지지 않은 자서전』에서는 전쟁의 와중에 불빛 뒤에 얼굴을 숨기고 '나'를 추궁하는 "무시무시한 전짓불"9)의 모습으로 다시 나타난다. 그리고 대답을 강요하는 그 전짓불의 응시 앞에서 '나'가 느끼는 것은 극도의 공포와 무력감이다. 이 전짓불은 이후 「소문의 벽」(1971)에 이르러 한층 구체화된 형태로 소설의 중심 모티프로 등장하거니와, 이청준의 소설에서 그것은 주체를 무력감 속으로 몰아넣어 '자기 진실'의 자유로운 표현을 봉쇄하는 폭력적인 힘의 상징으로 작용한다.

최인훈과 이청준의 소설에서 큰 타자의 응시에 대한 주체의 경험이 이처럼 일정한 서사적 틀을 갖추고 '고백' 혹은 '이야기하기'라는 토픽과 결합되어 나타나는 반면, 김승옥의 소설에서는 조금 다르다. 김승옥의 소설에서, 큰 타자의 응시는 정체를 알 수 없는 현기증에 사로잡히게 만드는 한 순간의 강렬한 이미지의 형태로 등장한다. 「乾」에서 모습을 드러내는 그것은 밤새 죽어간 빨치산의 시체 옆에서 '나'를 엄습하는 빨간 벽돌더미의 이미지다.

내가 몸을 돌렸을 때 두어 발자국 저편에 벽돌이 쌓여 있는 더미의 강렬한 색깔이 나의 눈을 찔렀다. 엉뚱하게도 나는 거기에서야 비로소 무시무시한 의지(意志)를 보는 듯싶었다. 적갈색과 자주색이 엉겨서 꺼끌꺼끌한 촉감의 피부를 가진 괴물이, 밤중에 한 남자가 몸을 비틀며 또는 고통을 목구멍으로 토하며 죽어가는 것을 바로 곁에서 묵묵히 팔짱을 끼고 보고 있다가 그 남자가 드디어 추잡한 시체가 되고 그리고 아침이 와서 시체를 구경하러 사람들이 몰려들었을 때, 나는 모든 걸 다 보았지, 하며 구경꾼들 뒤에서 만족한 웃음을 웃고 있었다.
나는 고개를 얼른 돌려버렸다. 다시 시체가 있었다. 그리고 그 시체가 누운 거기에서 풀밭이 시작되었고 풀밭이 끝나는 곳에는 벽돌 만드는 흙을 파내오는 주황빛 언덕이 있었다. 그리고 그 언덕에서부터 까만색 레일이 잡초

9) 이청준, 「쓰여지지 않은 자서전」, 「소문의 벽」, 민음사, 1972, 106쪽.

를 헤치고 뱀처럼 흐늘거리며 이쪽으로 뻗어오고 있었다. 아무래도 설명할 수 없는 감정을 던져주는 구도(構圖)였다. 방금 잠깐 쑤시고 간 그 강렬한 색채들 때문에 나의 눈은 눈물이 나도록 쓰리었다. 나는 한 손으로 이마를 두드려 어지러움이 가시게 하며 휘청휘청 학교로 돌아왔다.10)

이때 '나'의 눈을 찌르고 "고개를 얼른 돌려"버리게 만드는 "괴물" 같은 벽돌더미와 그 주변 풍경의 강렬한 색채 이미지는 의식하지 못한 채 '나'의 무의식에 침입하는 큰 타자의 응시라고 할 수 있다. 여기에서 '나'는 그것을 "무시무시한 의지(意志)"로 경험한다. 「乾」에서 빨치산의 시체에 신경질적으로 돌팔매질을 하는 것이나, 형과 그 친구들이 윤희 누나를 윤간하려는 계획을 도와 발벗고 나서는 것은 모두 이 "무시무시한 의지"로 '나'를 압박하는 큰 타자의 응시에 응답하는 무의식적인 과잉방어라고 할 수 있다. 라캉(Lacan)의 표현을 빌려 말한다면, 그러한 '나'의 행위는 자신을 보고 있는 큰 타자의 응시를 의식함으로써 구성되는 상징적 주체성11)의 연출 행위다.

「乾」에서, '나'를 응시하는 그 "무시무시한 의지"는 개인의 삶을 폭력적으로 파괴하는 전쟁의 경험, 나아가 정체를 드러내지 않은 채 그 삶을 해체의 위험 앞에 노출시키는 파괴적인 근대 경험의 상징이다. 최인훈과 이청준의 소설에서는 무력감과 공포를 야기하는 큰 타자의 응시 앞에 노출된 주체의 상황이 반복적으로 재현되면서 많은 소설의 라이트모티프(leitmotif)를 형성하고 있는 반면, 김승옥의 경우 그렇게 「乾」에서 처음 인상적으로 등장한 그것은 이후 소설들에서는 변형된 형태로라도 다시 나타나지 않는다. 그러나 김승옥 소설에서 대부분 인물들의 의식과 행위는, 어떤 측면에서 상황과 맥락을 달리하여 모습을 숨긴 채 현실에 잠재하는 그 큰 타자의 응시에 대한 의식적·무의식적인 반응이라고 할 수 있다. 달리 말해, 그의 소설에서 '자기세계'의 소유에 강박적으로 집

---

10) 김승옥, 「乾」, 『김승옥 소설전집 1』, 문학동네, 1995, 54쪽.
11) 다리안 리더(이수명 역), 『라캉』, 김영사, 2002, 50쪽 참조.

착하는 인물들의 모습은 「乾」에서 큰 타자의 응시에 응답하는 과잉방어
로써 주체성을 구성하는, 그럼으로써 위악적인 가면(假面)의 삶을 선택
하는 '나'의 행동양식이 그대로 변주되고 있는 것이다.

3. 불안과 강박, 주체성의 연출과 구성

이처럼 1960년대 최인훈, 이청준, 김승옥의 소설에서 큰 타자의 응시
앞에서 느끼는 무력감과 공포는 소설 속 인물들의 의식과 행위에 결정
적인 영향을 끼치는 것으로 나타난다. 그리고 그러한 장면이 등장하지
않는 소설에서도, 대부분 인물들의 의식과 행위 속에서 그것은 어떤 형
태를 띠든지 간에 의식적·무의식적으로 내면화되어 있다. 그리고 그러
한 외상적 상황(traumatic situation)은 그대로 작가 자신의 체험에 기반해
있는 것이거나 그와 유사한 심리구조를 연출하고 있는 것이다.[12]

그들의 소설에서 인물들이 겪는 불안은 그러한 상황을 자아의 해체
위험으로 지각하는 주체의 심리적 반응이다.[13] 중요한 것은 그 불안이
인물들의 수동적인 내면에서 더욱 확대 재생산되고 나아가 여타 상황에
대한 반응을 조건짓는 실존적 의식의 토대로 내면화된다는 점이다. 그
것은 층위를 달리하여 작가적 의식의 차원에서 보더라도 마찬가지다.
실제로 최인훈과 이청준, 김승옥은 그들 소설의 인물이 경험하는 큰 타
자의 응시를 그 장면의 구체적인 세목을 떠나 작가 자신의 주체성을 압

---

12) 이에 대한 작가들 자신의 언급은 다음과 같은 자전적 소설이나 좌담에서 확인할 수
있다.
최인훈, 「화두」, 민음사, 1994.
이청준, 「전짓불 앞의 방백」, 「키 작은 자유인」, 문학과지성사, 1990.
김병익·김승옥·염무웅·이성부·임헌영·최원식(좌담), 「4월 혁명과 60년대를 다시 생각
한다」, 최원식·임규찬 엮음, 「4월 혁명과 한국문학」, 창작과비평사, 2002.
13) 위험에 대한 반응으로서 불안의 성격에 대해서는 지그문트 프로이트(황보석 역), 「억압,
증후, 그리고 불안」, 전집12권, 열린책들, 1997, 293쪽과 310-315쪽 참조.

박하는 모든 현실적 요인으로까지 확장하여 일반화하고 있으며, 그 속에서 겪는 자아 해체에 대한 불안을 다른 소설들의 인물에게까지 형태를 달리하여 투사하고 있기 때문이다.

물론 그 불안은 항상 뚜렷한 형태로 표현되는 것은 아니다. 그것은 때로 소설의 표면에 눈에 띄게 드러나는 경우도 있지만 오히려 상당 부분 인물들의 의식구조나 행동양식의 근원으로 거슬러 올라가 징후적으로 발견할 수 있는 것이다. 최인훈, 이청준, 김승옥의 소설에서 인물들이 보여주는 각기 고유한 인식이나 태도는 그 내용과 방식은 다를지언정 심층적인 차원에서는 어떤 형태로든 모두 이 불안에 의해 동기화된 것이라 보아도 크게 틀리지 않다. 그것은 특히 작가의 의식이 투사된 많은 인물들의 의식과 태도, 행위양식 등에서 나타나는 강박증적인 성격의 과잉에서 간접적으로 확인된다. 그것을 일러 증상(symptom)이라 할 수 있다면, 이를 불안에 대한 일종의 방어기제로 파악할 수 있는 근거는 충분하다.[14]

최인훈의 대부분 소설에서 인물들이 보이는 자아에 대한 강박적인 집착 역시 본질적으로 이 불안에 대한 방어 기제로 작동하는 것이라고 할 수 있다. 『회색인』에서 어린 독고준은 자기비판을 겪은 후 더욱더 책 속으로 '망명'하여, 그 속에서 세계에 대한 자기의 "소유권"(『회색인』, 45쪽)을 굳히는 데 몰두한다. 이것은 독고준의 표현대로 자아에 대한 "맹렬한 집념"(『회색인』, 39쪽)의 표현이다. 이런 어린 독고준의 모습은 최인훈의 인물들에게서 공통적으로 나타나는 '자아 완성'에 대한 집요한 욕망의 원형과도 같은 것이다. 특히 『광장』의 이명준에게서 전형적으로 나타나는 자아에 대한 강렬한 집착과 나르시시즘적 고착은 최인훈의 대부분 소설들에서 인물들의 의식과 행보를 결정짓는 중요한 동기로 작용한다. 그 이면에 존재하는 것은 물론 자아 해체에 대한 불안이다.

---

14) 예컨대 임상적인 측면에서 볼 때, 강박신경증을 포함한 모든 신경증에서 증상은 불안에 대한 방어기제다. 카렌 호나이(이혜성 역), 『문화와 신경증』, 문음사, 1994, 22-23쪽 참조.

근본적으로 "갈래갈래 찢긴 나"15)에 대한 불안은 최인훈의 소설에서 "밀실 가꾸기"(『광장』), "보편과 에고의 황홀한 일치"와 "체계(體系)"에 대한 욕망(『회색인』) 등을 낳는 심리적 근원이다. 『회색인』에서 독고준 스스로 그것을 "소속할 체계를 잃은 에고가 자기 분열을 막기 위해서 환경과의 사이에 벌이는 본능의 싸움"(『회색인』, 76쪽)이라고 설명하는 것에서도 알 수 있듯이, 최인훈 소설의 인물들은 자아 해체에 대한 자신의 불안까지도 논리적으로 체계화하여 도식 속에 위치짓는 그런 인물이다.

「그레이구락부 전말기」, 「라울전」, 「가면고」, 『광장』, 『회색인』, 『서유기』 등 등단작에서부터 1960년대에 발표된 최인훈의 일련의 대표적인 소설들에서, 이러한 '자아 완성'에 대한 주인공의 집요한 욕망과 그에 대한 직접적인 서술은 형태를 달리하여 끈질기게 반복된다. 작가의식의 차원에서 보더라도 이러한 끈질긴 반복(repetition)에서 이미 그 강박적 성격을 간접적으로 확인할 수 있거니와, 그 근원에 자아의 해체에 대한 불안이 있다는 것은 말할 것도 없다. 그리고 그 점은 다음과 같은 작가의 직접적인 진술에서도 어렵지 않게 확인된다; "결국 작가인 내가 인간으로서의 아이덴티티라고 하는 것에 집착하는 것은 스스로 어떤 인격적인 통합이 없다고 하는 것, 그런 공포에 직면해 살아왔다는 증거라고 할 수 있겠죠."16)

반면 이청준 소설의 인물들이 보여주는 갈등은 언뜻 최인훈 소설의 인물들이 겪고 있는 불안과는 그 성격이 다른 듯 보인다. 그렇지만 이청준 소설의 많은 인물들 역시 한결같이 어떤 불안에 사로잡혀 있기는 마찬가지다. 이청준의 소설에서 현실에 적응하지 못하고 소외된 많은 인물들에게서 보이는 광기와 불안에 대해서는 이미 적절한 지적이 있었으나,17) 이 글의 맥락에서 중요한 것은 작가의 의식이 투사된 지식인 인물

---

15) 최인훈, 「그레이구락부 전말기」, 『총독의 소리』, 1968, 홍익출판사, 17쪽.
16) 최인훈·한승옥(대담), 「신화의 진액을 퍼올리는 고독한 예술가의 초상」, 『동서문학』, 1989년 8월호, 41쪽.

들에게서 나타나는 불안이다.18) 간단히 말한다면, 그 불안은 많은 부분
'자기보존'(Selbsterhaltung)의 문제와 관련되어 있다.

이청준 소설의 인물에게서, 그러한 문제가 발현되는 양상은 다소 복
잡하다. 이 지점에서 주목해야 할 것은, 특히 그 인물들이 공통적으로
결정이나 선택을 끊임없이 미루면서 망설임을 거듭한다는 점이다. 「병
신과 머저리」의 '나'는 그리다 만 그림을 앞에 두고 "아무것도 하지 못
하고 초조하게 망설이고"19) 있으며, 『쓰여지지 않은 자서전』의 '나'는
끊임없이 선택을 유보하면서 "결단의 문제로 돌아오기를 망설이고"(『쓰
여지지 않은 자서전』, 220쪽) 있다. 써야 할 소설을 쓰지 못한 채 '조율'
만으로 시간을 보내며 결단을 망설이는 『조율사』의 소설가 '나'는 물론
이고, 「줄」과 「소문의 벽」 등에 등장하는 인물들 역시 모종의 선택과 결
단을 하지 못한 채 주저하고 있기는 마찬가지다.

선택이나 결단을 하지 못하고 끊임없이 망설이고 주저하는 것은 근
본적으로 강박증적 태도의 핵심이다.20) 그렇다면 그들은 왜 그렇게 망
설이고 주저하는가? 이청준은 『쓰여지지 않은 자서전』에서 그 원인을
4·19의 가능성과 5·16의 좌절 사이에서 방황하는 4·19 세대의 세대
적 특성에서 찾고 있지만,21) 오히려 이청준 소설의 인물에게서, 그리고
작가 자신에게서 그보다 더 중요하게 심층에서 작동하고 있는 것은 큰
타자의 응시를 끊임없이 의식하는 자기의식의 작용이다. 그리고 거기에
는 "심문관의 정체를 알 수 없는 데서 오는 본능적인 불안"22)이 있다.
이청준 소설의 근원으로 흔히 거론되는 "환부다운 환부가 없는" "아픔"

17) 김현, 「장인의 고뇌」, 「사회와 윤리」, 일지사, 1974.
18) 예컨대 정과리는 「조율사」를 분석하면서 지식인인 '나'의 무기력과 불안이 자기 정립에
    실패한 시민의 '소시민의식'에서 비롯된 것이라고 하고 있으나, 이 글에서 관심을 갖는
    것은 그 이면에서 작동하는 심리적 메커니즘이다. 정과리, 「지식인의 사회적 자리」, 「존
    재의 변증법 2」, 청하, 1986, 114쪽.
19) 이청준, 「병신과 머저리」, 「별을 보여드립니다」, 일지사, 1971, 108쪽.
20) 레나타 살레클(이성민 역), 「사랑과 증오의 도착들」, 도서출판 b, 2003, 22쪽 참조.
21) 이청준, 「쓰여지지 않은 자서전」, 「소문의 벽」, 민음사, 1972, 116-121쪽.
22) 이청준, 「소문의 벽」, 「소문의 벽」, 민음사, 1972, 35쪽.

(「병신과 머저리」, 111쪽)은, 정체를 드러내지 않고 개인의 삶을 휩쓸어가는 그 근대적 상징질서의 실체를 파악할 수 없다는 데서 오는 불안과 그 앞에서 더 이상의 인식적 판단을 중지하는 무기력함이 뒤섞여 있는 표현이라고 할 수 있다.

그들의 망설임은 정체를 파악할 수 없는 이 근대적 상징질서의 폭력에 한편으로는 순응하면서도 그와 함께 자신의 '개인적 진실'을 수동적으로 주장하는 행위이며, 역설적으로 그렇게 하는 자기 자신의 의식을 곱씹는 반성적 자기의식의 공간을 확보하는 것을 통해 자기의 존재를 확인하고 보존하는 일종의 선택이다. 이청준에게서, 주체성을 압박하는 근대적 상징질서의 위협에 대한 불안은 항시 그와 뒤섞여 존재한다. 다시 말해, 그것은 불안을 넘어서기 위한 반응인 동시에 또 그 자체가 강박증적인 불안의 기표이기도 하다.

김승옥 소설의 키워드로 거론되는 '자기세계' 역시 최인훈과 이청준 소설의 인물들과는 또다른 방식으로 겪는 불안의 산물이다. 앞에서 잠시 언급했듯이, 「乾」에서 위악적인 방식으로 자신의 정체성을 정립하는 '나'는 '자기세계'의 확립에 집착하는 김승옥적 인물들의 원형이다. 김승옥의 소설에서, 그 '자기세계의 확립'을 위해 흔히 동원되는 것은 타자에 대한 가학(加虐)이다. 예컨대 「환상수첩」에서 자신의 여자친구인 선애를 오영빈에게 넘겨주는 '나'(정우)나, 「생명연습」에서 약혼자를 범하고 홀로 유학길에 오르는 한(韓) 교수 등의 행위는 「乾」의 '나'의 행위와 마찬가지로 가학을 통한 위악적 정체성의 획득 과정을 전형적으로 보여준다. 이때 그들에게 그 가학의 대상은 주로 근대적 상징질서에 적응하고 그 안에 편입되기 위해서는 버려야만 하는 내면의 가치와 의미론적으로 연결되어 있다는 의미에서, 그들 행위의 심층에는 그것이 큰 타자의 응시에 응답함으로써 가까스로 획득한 정체성을 위협하거나 아예 그것을 불가능하게 할지도 모른다는 무의식적 불안이 자리잡고 있다. '자기세계'는 그러한 불안에 대한 가학적—자학적 방어를 통해 형성되고 있는 셈이다. 김승옥 소설에서 '자기세계'에 대한 집착이 본질적으로 강박증적인 성격을 갖는 것은 그 때문이다.[23] 그렇게 보면, 거기에 "번득이는 철편(鐵片)"과 "눈뜰 수 없는 현기증", "끈덕진 살의"와 "마음을 쥐어짜는 회오(悔悟)"[24]와 같은 격한 감정이 뒤섞이게 되는 것은 당연하다.

이처럼 1960년대 최인훈, 이청준, 김승옥 소설의 중심에는 각기 그 형식은 다를지라도 일종의 불안이 자리잡고 있으며, 그것은 그들 소설의 성격을 결정하는 중요한 심리적 근원이 되고 있다. 작가의 의식이 투사된 그들 소설의 인물들이 한결같이 강박신경증적인 의식구조와 행동양식에 의해 지배되고 있는 원인은 거기에 있다. 그들 인물의 의식과 행위는 적극적이든 수동적이든 이 불안에 대한 나름의 반응이면서, 동시에 그 자체가 불안의 표징이기도 하다. 그리고 그 근원을 거슬러올라가 보면 우리는 작가의 의식이 투사된 일종의 외상적인 원초적 장면(primal scene)을 발견한다. 왜소한 개인을 압박하는 큰 타자의 응시로 요약되는 그것은, 그것이 표면에 등장하는 소설에서는 물론이고 그렇지 않은 이 작가들의 대부분 소설에서도 그 심층을 복류(伏流)하면서 소설 전반에 일종의 강력한 부재원인(absent-cause)과 같은 것으로 작용하고 있다. 이청준 소설의 표현을 빌린다면, 그것은 그들 "소설의 곳곳에서 무섭게 번쩍이고 있"(「소문의 벽」, 355쪽)다.

1960년대 최인훈, 이청준, 김승옥의 소설에서 많은 인물들은 그 큰 타자의 응시에 대한 응답으로서 그들의 주체성을 연출하고 구성한다. 그들의 내면은 그로 인한 공포와 불안, 신경증적 강박이 한데 뒤섞인 복잡한 모습을 띠고 있으며, 거기에 그러한 자기 자신의 상황을 곱씹는 반성적인 자기의식이 개입한다. 그리고 소설 속 인물들이 보여주는 주체성의 연출과 구성 과정에서 벌어지는 이러한 정황은 그대로 작가들 자신의 그것과 무관하지 않다. 그렇다면 이 모든 것의 현실적 근원은 어디

---

23) 이에 대한 상세한 분석과 함께 김승옥 소설에서 불안을 통해 형성되는 '자기세계'의 성격에 대한 전반적인 설명은 김영찬, 「김승옥 소설의 심상지리와 병리적 개인의식의 현상학」, 『경향신문』, 2003년 1월 3일 참조.
24) 김승옥, 「생명연습」, 『김승옥 소설전집 1』, 문학동네, 1995, 30쪽.

에 있으며 그것을 통해 구성되는 미적 주체의 특성은 또 어떠한가?

4. 내면성의 구조와 미적 주체성의 성격

앞에서도 잠시 암시했지만, 최인훈, 이청준, 김승옥의 소설에 공통적으로 나타나는 외상적 장면은 그들이 겪은 한국적 근대의 경험과 밀접한 관련이 있다. 그것은 주체를 짓누르거나 보이지 않는 위협 속에 몰아넣는 폭력적인 근대의 경험을 집약하고 있는 일종의 은유적 기표다. 특징적인 것은 그것이 처음부터 작가들 자신에 의해 단지 의식적 혹은 논리적으로 한국적 근대를 상징하기 위한 지적 조작의 과정에서 제시되기보다는 한 개인의 일상적인 경험이 반영되고 심리적 리비도(libido)가 투여되어 있는 구체적인 사건으로 형상화된다는 점이다. 거기에는 작가들 자신이 폭력적인 근대에 노출되어 있는 무력한 한 개인으로서 경험하는 공포와 불안이 투사되어 있다.

주목해야 할 것은 그 외상적 경험의 내용이 이데올로기 대립이나 전쟁과 밀접하게 관련되어 있다는 사실이다. 최인훈의 소설에 나타나는 자기비판의 경험은 그 이데올로기 대립의 와중에서 개인이 겪는 정신적 폭력이다. 그것은 개인의 내면을 억압하고 짓누르는 집단적 전체성의 논리이며, 개인의 진실이 설 자리를 허용하지 않고 상징질서 밖으로 밀어내는 알 수 없는 힘이다. 이청준의 경우에도 그 점은 마찬가지다. 어둠 속에서 정체를 드러내지 않고 진술을 강요하는 전짓불의 폭력의 근원은 6·25로 더욱 격화된 이데올로기 대립에 있다. 김승옥의 「乾」에서 '나'가 경험하는 "무시무시한 의지(意志)" 역시 개인들을 죽음과 공포로 몰아넣는 정체 모를 거대한 힘 앞에서 겪는 무력한 개인의 심리가 투사된 것이며, 6·25는 그 역사적 근원이다.

1960년대 이들 작가의 소설에서, 이러한 외상적 경험의 자장이 소설 전체에 걸쳐 영향을 미치고 있는 것은 단지 그것이 갖는 심리적 강도

(intensity) 때문만은 아니다. 여기에는 어떤 근본적인 정신작용이 있다. 그것은 그 외상적 장면의 핵심 구도와 그곳에서 파생된 심리적 강도를 그대로 1960년대 근대의 현실로 전이(轉移)시키는 것이다.

가령 최인훈의 경우 "두 개로 쪼개어진 이 자기"(『회색인』, 78쪽)라는 진술에서 드러나는 자아 인식은 1960년대 소설 전체에 걸쳐 일관되는 것이거니와, 그것은 단지 "삶의 불확실함"25) 속에서 주체를 확고한 토대 위에 온전하게 구축하기 힘들다는 인식에서 오는 것만은 아니다. 그 근원을 거슬러올라가 보면 그것은 어린 독고준의 자기비판 장면에 맥이 닿는다. 지도원 선생이 알고자 하는 바를 자발적으로 고백하고 다른 한편으로는 책 속으로 망명하여 자기세계를 구축하는 독고준의 행보에서 드러나는 것은 일종의 분열이다. 즉, 거기에서 벌어지는 것은 현실의 법칙에 순응하는 경험적 자아와 내면의 윤리적 법칙을 따르는 선험적 자아의 분열26)이다. 1960년대 최인훈의 소설은 그런 구도와 의식 아래 전개되어나간다.27) 최인훈에게 있어 1960년대 근대는 알 수 없는 힘으로 개인을 짓눌러 분열을 강요하고 또 다른 한편으로 그 분열된 자아의 통합을 갈구하게 만드는 어떤 억압적인 실체이며, 그의 글 쓰기는 그 큰 타자의 응시를 의식하면서 이루어지는 것이다.28)

이청준의 경우는 좀더 분명하다. 1960년대 이청준의 소설에서 '전짓불'은 '개인적 진실'의 자유로운 진술을 가로막는 현실의 억압적인 실체로 그 의미가 확장된다. 『쓰여지지 않은 자서전』과 「소문의 벽」의 심문

---

25) 최인훈, 「하늘의 다리」, 『하늘의 다리/두만강』, 전집7권, 문학과지성사, 1978, 40쪽.

26) Andrew Feenberg, *Lukacs, Marx and the Sources of Critical Theory*, Rowman and Littlefield, 1981, pp. 111-112.

27) 이는 다음과 같은 최인훈의 진술에서도 확인할 수 있다. "이 재판이 나를 떠나지 않는 더 중요한 까닭은 이후의 나의 생애 전체를 통하여 내가 성인으로 살아가는 현실도 이 재판의 모습으로 진행되었고, 나의 직업상의 경력도 이 재판을 빼다꽂은 듯한 유사성을 가지고 진행되었다." 최인훈, 『화두』 2권, 민음사, 1994, 77쪽.

28) 최인훈의 경우에는 여기에 'LST 체험'에 대한 자의식이 더해진다. 이에 대해서는 이창동·최인훈(대담), 「최인훈의 최근의 생각들」, 『작가세계』, 1990년 봄호, 50쪽 참조.

관과, 「소문의 벽」에서 치료라는 명목으로 소설가 박준을 더욱 심한 광
기로 몰아넣는 김 박사의 전짓불 등은 '개인적 진실'을 억압하는(혹은
그렇다고 생각하는) 1960년대 근대의 시대적 상황을 상징하는 기표로
자리잡는다. 그것은 김승옥의 경우도 예외가 아니어서, 벽돌더미의 "무
서운 의지(意志)" 앞에서 느끼는 불안과 공포는 1960년대 근대에 그대로
전이되어 그의 소설 전체를 지배하는 무의식으로 작용하고 있다.29) 「무
진기행」 첫머리의 안개 이미지에서도 암시되듯 그에게 근대가 정체를
드러내지 않고 개인의 삶을 휩쓸어가는 불안하고 불투명한 실체로 지각
되는 것은 거기에 그 "무서운 의지"의 인상이 의식적·무의식적으로 겹
쳐지고 있기 때문이기도 하다.

　단적으로 말해, 그들의 의식 속에서 1960년대 근대에 대한 인식 혹은
정서는 이데올로기 대립과 6·25에서 비롯된 외상적 장면에서 주체가
경험하는 그것과 정확히 겹쳐진다. 그들의 소설에 나타나는 큰 타자의
응시는 이 1960년대 근대의 대체표상(Ersatzvorstellung)으로 작용한다. 그
들에게 4·19와 5·16, 이어진 국가 주도 근대화와 개발 독재 등으로 특
징지어지는 1960년대 근대가 개인의 삶을 짓누르면서 알 수 없는 불안
과 공포, 무기력함으로 몰아넣는 불투명한 실체로 다가오는 근본적인
원인 중 하나는 그러한 의식작용에 있다.30) 이렇게 볼 때, 그들의 소설
에서 1960년대 근대는 4·19와 5·16, 근대화, 억압적인 주변부 근대체
제 등과 같은 어느 하나의 단일한 기표로 환원될 수 있는 것이 아니다.
그들의 의식 속에서 1960년대 근대는 근본적으로 과잉결정(overdetermina-
tion)되어 있으며, 그 모순의 성격과 구조를 결정하는 최종심급(last instance)
은 6·25에 있다.31) 그들 소설의 배면에 깔려 있는 불안을, 1960년대 근

---

29) 다음과 같은 김병익의 진술도 이 점을 지적하고 있는 것이다. "이청준과 김승옥이 세
　계를 강박적인 공포와 현란한 불안으로 인식하고 있다면 그것은 세계를 처음 알기 시
　작한 소년기의 체험에서 빚어진 것이다." 김병익, 「분단의식의 문학적 전개」, 「상황과 상
　상력」, 문학과지성사, 1979, 24쪽.
30) 1960년대 문학의 형성 조건을 설명할 때 6·25 혹은 1950년대를 결정적인 지배소로 고
　려하지 않고 있는 최근 1960년대 문학에 대한 대부분의 연구는 이 점을 간과하고 있다.

대의 상황 자체를 그렇게 6·25에서 극적(劇的)으로 집약되는 자기상실에 대한 위험 신호의 반복으로 감지하는 심리와 경험 구조에서 나오는 것으로 볼 수 있는 것은 그런 까닭에서다.[32]

이러한 사실에서 분명해지는 것은, 이 작가들이 1960년대의 근대 현실을 구조화하는 방식이다. 그들의 소설에서 1960년대 근대는 개인의 삶을 좌절과 무기력 속으로 몰아넣는 보이지 않는 어떤 힘이 뭉뚱그려진 불투명한 전체(totality)로서 그려진다. 최인훈이 근대 현실에 대한 지각을 "어느 보이지 않는 손"(「하늘의 다리」, 127쪽)에 대한 "감각적 공포"(「하늘의 다리」, 132쪽)로 요약하는 것이나, 이청준이 그 현실을 '전짓불'이라는 기표로 수렴시키는 것, 또 김승옥이 그것을 "사람들의 힘으로써는" "헤쳐버릴 수 없는"[33] 불투명한 안개의 이미지와 "회색빛 괴물"[34]로 지각하는 것은 그 대표적인 예라고 할 수 있다. 그리고 그 현실의 반대편에는 그에 짓눌려 좌절하고 회의하거나 방황하는, 그리고 그런 자기 자신의 상황을 응시하고 반추하는 무기력한 주체가 있다.

이 점은 정확히 1960년대의 객관적 현실이 갖는 특성이나 작가들 자신의 경험 그 자체에서만 기인하는 것은 아니다. 지젝(Slavoj Žižek)의 표현을 빌리자면, 이때 진실은 형식 속에 있다. 다시 말해, 그들이 파악하는 1960년대 근대는 그 자체로 객관적인 실재라기보다는 주체의 '형식적 행위'(formal act)를 통해 '산출'되고 정립된 현실이다. 그러한 방식으로 세계의 구조와 그에 대한 지각을 사전에 구조화하는 '형식적' 행위는, 현실에 대한 그들 자신의 수동적이고 순응적인 태도가 정당하게 자리매김될 수 있는 공간을 마련하면서 한편으로 그 상징구조 속에서 그런 글쓰기 주체로서 자신의 위치와 역할을 정립하고 언표하기 위한 것

---

31) 과잉결정에 대해서는 Louis Althusser, *For Marx*, tran. Ben Brewster, NLB, 1977, pp. 101-113 과 pp. 200-217 참조.
32) 프로이트에 따르면, 불안은 외상적 순간이 반복될 수 있다는 위험 신호다. 지그문트 프로이트(임홍빈·홍혜경 역), 「새로운 정신분석 강의」, 전집3권, 열린책들, 1996, 136쪽.
33) 김승옥, 「무진기행」, 「김승옥 소설전집 1」, 문학동네, 1995, 126쪽.
34) 김승옥, 「차나 한 잔」, 「김승옥 소설전집 1」, 문학동네, 1995, 186쪽.

이다.35)

따라서 그런 형식적 행위는 그 자체로 자기 자신의 주체 구성 행위와 다르지 않다. 그것은 1960년대의 근대적 상징질서라는 큰 타자(the Other)의 응시에 대한 응답으로 구성되는 주체다. 이때 그 응답은 두 개의 계기로 구성된다. 그 하나는 1960년대 근대 현실을 개인으로서는 어쩔 수 없는 불가항력적인 힘으로 받아들이고 그에 순응하는 것이다. 이것은 그들이 1960년대 근대에 대한 지각을 구조화하는 방식 자체에서 이미 분명하게 드러난다. 다른 하나는 그럴 수밖에 없는 자기 자신을 응시하면서 그 속에서 반성하고 회의하는 내면성을 통해 자신의 존재근거를 확인하는 것이다. 그리고 거기에 상보적(相補的)인 그러한 두 가지 형식의 수동적인 태도를 일종의 방법적 태도로 전화시켜 거기에 상징적 가치를 부여하고 미학화(aestheticization)하는 상징행위가 개입된다.

최인훈과 이청준, 김승옥 소설의 인물은 이러한 주체 구성 과정을 수행적(performative)으로 연출해나간다. 작가들 자신이 거기에 자기 자신의 의식을 그대로 투사하고 있다는 점을 고려한다면, 그것이 그 작가들 자신에게서 벌어지는 일이기도 하다는 것은 분명한 사실이다. 그 과정에서 나타나는 반성적 자기성찰의 형식과 내용,36) 그리고 그 배면에서 작동하는 심리적인 불안과 동요, 분열이 1960년대 최인훈, 이청준, 김승옥 소설의 미학적 질을 형성하는 중요한 요인이라고 할 수 있다. 요컨대 이것이 1960년대 소설의 미적 주체가 구성되는 방식이며, 그들의 글쓰기 의식은 이곳에서 비롯된다.

이때 그 미적 주체는 그러한 과정에서 형성되고 표현되는 내면적 개인의 자율적 가치를 자기 존재의 원천으로 삼고 있다는 점에서 근본적

35) '전제의 정립'이라 할 수 있는 이런 '형식적 행위'의 메커니즘에 대한 조금 다른 맥락에서의 상세한 설명은 슬라보예 지젝(이수련 역), 「이데올로기라는 숭고한 대상」, 인간사랑, 2002, 359-370쪽 참조.
36) 이에 대한 상세한 논의는 김영찬, 「1960년대 한국 모더니즘 소설 연구」, 성균관대 박사학위논문, 2002 참조.

으로 근대적 주체성의 또다른 표현이다. 그 점은 가령 최인훈과 이청준이 합리적 이성과 회의(懷疑)를 통한 반성적 자기성찰을 그들 소설의 중요한 소설적 원천이자 내적 원리로 삼고 있는 것에서도 분명히 드러난다. 김승옥의 경우도 그 나름의 방식으로 자기 자신을 의식에 현전(self-presence)시켜 자기탐구와 자기표현의 길을 열어나가는 자기정의적(self-definitive) 주체[37]로서의 한 면모를 보여준다는 점에서 역시 마찬가지다. 그들 소설의 미적 근대성은 1960년대 근대에 대한 반응으로서 분열과 불안을 안고 전개되는 이 근대적 주체의 자기근거 확인을 위한 문학적 자기탐구의 산물이라고 할 수 있을 것이다.

중요한 것은 앞서 밝힌 그들의 '형식적 행위'에서도 암시되듯, 폭력적인 한국의 근대 그 자체가 그러한 그들 주체성의 구조 안에 이미—항상 그것을 주조(鑄造)하는 본질적인 구성요소로 내면화되어 있다는 점이다. 달리 말한다면, 정체를 알 수 없는 폭력적인 근대가 없다면 미적 주체로서 그들의 주체성도 없다. 그들의 주체성 자체가 1960년대 근대를 거부할 수 없는 불가항력적인 것으로 수락하고 그에 순응하면서 이루어지는 수동적이면서도 능동적인 일종의 반응형성물(reaction-formation)인 한, 주체성을 위협하는 한국적 근대라는 파괴적인 힘이야말로 바로 그들 주체성의 실정적(positive) 조건이다.[38] 1960년대 소설의 미적 주체가, 혹은 그 미적 근대성이 폭력적인 한국적 근대와 길항하면서도 동시에 공모(共謀)하고 있다고 볼 수 있는 것은 그런 까닭에서다.

1960년대 미적 주체의 '자율성'이라는 이념 혹은 가치는 이러한 토대 위에 정초되어 있는 것이다. 미적 주체로서 그들의 자율성은 1960년대 근대의 억압적 상징질서의 강박을 자기 자신의 본질적 구성요소로 받아

---

37) 자기정의적 주체에 대해서는 황종연, 「내향적 인간의 진실」, 「비루한 것의 카니발」, 문학동네, 2001, 117-122쪽 참조.
38) 이러한 논리는 부정성이 일관된 동일성의 실정적 조건이 된다는, 헤겔의 '부정의 부정'에 대한 지젝의 해석 논리를 그 본래 맥락에서 떼어내어 달리 전용한 것이다. 슬라보예 지젝, 앞의 책, 288-299쪽 참조.

들이는 한에서만 가능한 것이었고, 또 그 한가운데서 형성되는 자기의 식의 분열과 굴절의 효과(effect)로 구성되는 특정한 내면성을 역으로 적 극적인 상징적 가치로 전화시킴으로써 성립하는 것이었다. 그런 측면에 서 그들의 소설은 1960년대 주변부 근대의 모순에 '개인'과 '내면'의 가 치를 고수하며 문학적으로 반응한 근대적 주체의 자기의식의 산물이면 서, 동시에 그 자체로 그 '개인'과 '내면'에 새겨진 한국적 근대의 그늘 을 보여주는 하나의 뚜렷한 징후이기도 하다.

5. 1960년대 미적 주체의 위상

1960년대 소설의 미적 근대성은 6·25에서 시작하여 5·16을 거쳐 국가 주도 근대화의 경제적·사회문화적 결과가 조금씩 자리를 잡아나 가고 있던 시기, 그러한 한국적 근대에 대한 의식적·미학적 반응의 산 물이다. 그리고 거기에는 '자유'와 '민주주의'라는 근대 자유주의적 이상 의 좌절을 안고 근대에 짓눌리고 그와 얽히면서 자기의식을 가다듬고 펼쳐갔던 미적 주체의 문학적 탐구가 있었다. 탐구와 성찰의 시선을 안 으로 돌려 짓눌린 자기의식을 응시하며 그것을 통해 내면적 자기확인의 길을 걸었던 그들의 소설은 한국적 근대에 대한 성찰적 반응이며, 또 다 른 한편 그 근대의 일부를 이루는 하나의 징후이기도 하다. 자기응시와 자기탐구를 통해 우회적으로 한국적 근대를 성찰하면서 동시에 은연중 그 근대와 공모하고 그 일부로 얽혀 들어간 1960년대 미적 주체의 운명 은 '또다른 근대'를 상상할 수 없었던 본질적인 한계에서 비롯된 것이 다. 헤겔(Hegel)의 표현을 빌리자면, 그것은 그들이 '자기의식의 배후'[39] 를 볼 수 없었기(혹은 보지 않았기) 때문이다.

'1960년대 소설'이라는 연대기적 기표로 불리는 하나의 문학사적 흐

---

39) G. W. F. 헤겔(임석진 역), 『정신현상학』 I, 지식산업사, 1988, 239쪽.

60

름은 그런 미적 주체의 문학적 자기의식의 전개를 통해 형성된 것이다. 물론 1960년대 소설의 전체적인 좌표와 의미가 이들의 문학을 통해서만 가늠될 수 있는 것은 아니다. 다른 한편에는 이른바 '창비 계열'이라고 일컫는, 넓은 의미에서 리얼리즘적 경향이라고 할 수 있는 흐름 또한 존재하기 때문이다. 그러나 최인훈, 이청준, 김승옥의 문학이 문학사적인 평가에서나 실제적인 측면에서 그들과 함께 1960년대의 문학장(literary field)을 형성한 중요한 핵심축 가운데 하나였고 또 '1960년대 소설'이라는 기표에서 흔히 연상되는 특정한 미학적 질을 대표하고 있다는 점을 일단 인정한다면, 이들의 소설은 '1960년대 소설'이 갖는 인식적·정치적·미학적 특성의 한 축을 보여주는 거울이 될 수 있다. 이 글에서 주목한 것은 바로 그 점이었다.

물론 이 글에서는 그들의 소설이 각기 갖는 미학적 특징의 가닥을 하나하나 세세하게 헤아리지는 않았다. 그것은 일단 이 글의 논의 구도를 벗어나는 일이다. 다만 그 미학적 특징이 앞에서 살핀 미적 주체의 특성을 나름의 개성적인 방식으로 가다듬어간 문학적 탐구의 결과라는 당연한 지적만을 덧붙일 수 있을 따름이다. 그리고 그것이 각기 고유한 문학적 원리와 미학적 자질로 나타나고 있음은 물론이다. 그에 대한 상세한 논의는 차후에 다른 기회를 기약하고자 한다.

주제어 : 1960년대, 근대, 미적 주체, 큰 타자, 응시, 불안, 강박증, 형식적 행위, 내면성

◆ 참고문헌

권영민, 『한국현대문학사』, 민음사, 1993.
김병익, 「분단의식의 문학적 전개」, 『상황과 상상력』, 문학과지성사, 1979.
김병익·김승옥·염무웅·이성부·임헌영·최원식(좌담), 「4월혁명과 60년대를 다시 생각한다」, 최원식·임규찬 엮음, 『4월 혁명과 한국문학』, 창작과비평사, 2002.
김영찬, 「1960년대 한국 모더니즘 소설연구」, 성균관대 박사학위논문, 2002.
_____, 「김승옥 소설의 심상지리와 병리적 개인의식의 현상학」, 『경향신문』, 2003년 1월 3일.
김현, 「장인의 고뇌」, 『사회와 윤리』, 일지사, 1974.
이창동·최인훈(대담), 「최인훈의 최근의 생각들」, 『작가세계』, 1990년 봄호.
정과리, 「지식인의 사회적 자리」, 『존재의 변증법 2』, 청하, 1986.
진영복, 「한국 자본주의 형성과 60년대 소설」, 민족문학사연구소 현대문학분과, 『1960년대 문학연구』, 깊은샘, 1998.
최인훈·한승옥(대담), 「신화의 진액을 퍼올리는 고독한 예술가의 초상」, 『동서문학』, 1989년 8월호.
황종연, 「내향적 인간의 진실」, 『비루한 것의 카니발』, 문학동네, 2001.
자크 라캉, 「시선과 응시의 분열」, 민승기·이미선·권택영 역, 『욕망 이론』, 문예출판사, 1994.
다리안 리더(이수명 역), 『라캉』, 김영사, 2002.
레나타 살레클(이성민 역), 『사랑과 증오의 도착들』, 도서출판 b, 2003.
슬라보예 지젝(이수련 역), 『이데올로기라는 숭고한 대상』, 인간사랑, 2002.
지그문트 프로이트(임홍빈·홍혜경 역), 『새로운 정신분석 강의』, 전집3권, 열린책들, 1996.
_____(황보석 역), 『억압, 증후, 그리고 불안』, 전집12권, 열린책들, 1997.
G. W. F. 헤겔(임석진 역), 『정신현상학』 I, 지식산업사, 1988.
카렌 호니(이혜성 역), 『문화와 신경증』, 문음사, 1994.

Louis Althusser, *For Marx*, tran. Ben Brewster, NLB, 1977.

Andrew Feenberg, *Lukacs, Marx and the Sources of Critical Theory*, Rowman and Littlefield, 1981.

J. Laplanche and J.—B. Pontalis, *The Language of Psycho —Analysis*, Trans., Donald Nicholson —Smith, W · W · Norton & Company · Inc · , New York, 1973.

◆ **국문초록**

　　최인훈, 이청준, 김승옥의 1960년대 소설에서 주체는 큰 타자의 응시에 대한 응답으로 구성되는 주체다. 그들은 소설에서 6·25에서 비롯된 외상적 장면의 핵심 구도와 거기에서 파생된 심리적 강도를 그대로 1960년대 근대의 현실로 전이(轉移)시킨다. 그리고 그때 큰 타자의 응시는 1960년대 근대의 대체표상으로 작용한다. 그것을 통해 그들은 1960년대 근대 현실을 어쩔 수 없는 불가항력적인 힘으로 받아들이고 그에 순응하는 한편으로, 그럴 수밖에 없는 자기 자신을 응시하면서 그 속에서 반성하고 회의하는 내면성을 통해 자신의 존재근거를 확인한다. 그들은 상보적(相補的)인 이 두 가지 형식의 수동적 태도를 일종의 방법적 태도로 전화시켜 거기에 상징적 가치를 부여하고 미학화한다. 그 과정에서 나타나는 반성적 자기성찰, 그 배면의 심리적인 불안과 동요, 분열이 1960년대 최인훈, 이청준, 김승옥 소설의 미학적 질을 형성하는 중요한 요인이다. 따라서 미적 주체로서 그들의 자율성은 1960년대 근대의 억압적 상징질서의 강박을 자기 자신의 본질적 구성요소로 받아들이는 한에서만 가능한 것이다. 그런 측면에서 주체성을 위협하는 한국적 근대라는 파괴적인 힘이야말로 바로 그들 주체성의 실정적 조건이다. 그렇게 1960년대 소설의 미적 주체, 혹은 그 미적 근대성은 폭력적인 한국적 근대와 길항하면서도 동시에 공모(共謀)한다. 그들의 소설은 1960년대 주변부 근대의 모순에 문학적으로 반응한 근대적 주체의 자기의식의 산물이면서, 동시에 그 내면성에 새겨진 한국적 근대의 그늘을 보여주는 하나의 뚜렷한 징후다.

◆ SUMMARY

Anxious Subject and the Modern
- On the Construction of Aesthetic Subject of Novels in the 1960's -

Kim, Young-Chan

In Choi In−hoon, Lee Chung−jun and Kim Seung−ok's novels of the 1960's, the subject is formed into response to the gaze of the Other. In their novels, they transfer the central plot of traumatic scene caused by 6 · 25 and psychic intensity derived from it to modern realities of the 1960's. At the time, the gaze of the Other works into Ersatzvorstellung of the modernity of 1960s'. These writers accept modern reality of that times as irresistible force and adapt themselves to it, on the other hand they are conformed in base for being through interiority reflecting and doubting, with gazing themselves that have no choice but to do so. They change that supplementary two passive attitudes into a sort of the methological one, and try to aestheticize it by vesting symbolic value in. At this course, there are appeared self−reflection and psychic anxiety, unsettledness or dissociation, which could be said as essential primary factors forming aesthetic quality of their novels. Therefore their autonomy as the aesthetic subject is possible to maintain only by accepting repressive symbolic order of modernity of in the 1960s' as the essential constitutive factor of self. At this aspect, destructive force, which of Korean modernity threaten subjectivity, is the very positive condition of their one. Like that, the aesthetic subject or that modernity both stand against and conspire with violent Korean modern times at the same time. Their novels are products of self−consciousness which of the modern subject response to contradiction of the marginal modern times in the 1960s, at the same time, and are also obvious symptoms showing the shade of the Korean modern times written on that interiority.

Keywords : modernity, aesthetic subject, the Other, gaze, anxiety, compulsion, formal act, interiority

―이 논문은 2003년 12월 31일에 접수되어, 소정의 심사과정을 거쳐 2004년 1월 31일 게재가 확정되었음.

1960년대 도시 하위주체의 저항적 성격에 관한 연구

- 이문구의 도시 소설을 중심으로 -

오 창 은*

1. 이문구 '도시 소설'의 의미

이문구는 「다갈라 불망비(不忘碑)」(1965)와 「백결」(1966)로 <현대문학>을 통해 등단했다. 그는 2003년 작고할 때까지 연작 및 장편소설 여섯권과 소설집 다섯권[1]을 남겼으며, "『관촌수필』에서부터 『우리동네』

---

* 상지대 강사.

1) 첫단편집 「이 풍진 세상을」(정음사, 1972)를 시작으로 장편 『장한몽』(삼성출판사, 1972)를 문고본 상·하로 나눠 발간했고, 중단편집 『해벽』(창작과비평사, 1974)을 출간했다. 이 시기 소설은 근대화 비판에 입각해 도시와 농촌을 동시에 다루고 있다. 그리고 그의 작품은 중기로 들어오면서 연작소설 양식을 도입해 전통적 휴머니즘의 색채를 띠기 시작한다. 연작소설집 『관촌수필』(문학과지성사, 1977), 중단편집 『엉겅퀴 잎새』(열화당, 1977), 단편집 『으악새 우는 사연』(한진출판사, 1978), 연작소설집 『우리동네』(민음사, 1981)가 중기에 쓰여진 작품이다. 그의 후기 작품은 전통과 근대에 대한 성찰적 측면으로 해명될

연작에 이르기까지 그는 농촌 실상을 날카롭게 파헤친"[2]작가라는 평가를 받고 있다. 그는 산업화시기 농촌공동체의 전통적 기풍을 맛깔스런 문체로 형상화 해낸 작가다. 그래서 최근 그에 대한 연구는 '근대 비판적 성격'에 대한 접근부터, '공동체' 옹호에 주목하는 '탈식민주의적 해석'까지 다양하게 이뤄지고 있다. 그러나 상대적으로 이문구의 초기 작품이 도시 공간을 배경으로 하위계층의 삶을 집요하게 형상화했다는 사실은 간과되곤 했다.[3] 이 글은 이문구의 '도시 소설'[4]이 1960년대 하위계층들을 어떻게 재현해내고 있는가를 분석하기 위해 쓰여졌다.

첫 창작집『이 풍진 세상을』(1972)과『해벽』(1974)에 수록된 작품들은 서울의 주변부에서 삶을 영위하는 다양한 하위계층의 삶을 형상화했다. 최근 박사학위 논문에서 초기 작품을 정리하고 있으나 이문구 소설의 변화과정을 개관하기 위한 논의여서 소략한 측면이 있다.[5] 그렇다면 국

수 있는데, 장편『산넘어 남촌』(창작과비평사, 1990), 장편『매월당 김시습』(문이당, 1992), 단편집『유자소전』(벽호, 1993),「내 몸은 너무 오래 서 있거나 걸어왔다」(문학동네, 2000)를 후기의 작품이라고 할 수 있다.

2) 하정일,「저항의 서사와 대안적 근대의 모색」,『1970년대 문학연구』, 소명출판, 2000, 21쪽.

3) 황종연의 경우 이문구의 도시 소설과 관련해 "떠돌이 노동자들은 모순된 사회적 현실의 제물이라는 점에서보다는 역경과 싸우는 강인한 의지와 활력의 화신이라는 점에서 더욱 중요한 것처럼 보인다"는 언급을 하고 있다. 그러나 도시 변두리의 떠돌이에 대한 본격적인 분석을 행하고 있지는 않다.(황종연,「도시화·산업화시대의 방외인」, <작가세계>, 세계사, 1992년 겨울, 61쪽)

4) 이문구의 '도시 소설'은 다음 작품을 지칭한다.「백결」(<현대문학> 1966년 7월),「야훼의 무곡」(<현대문학> 1967년 1월),「생존허가원」(<현대문학>1967년 6월)「부동행」(<사상계> 1967년 8월),「지혈」(<현대문학> 1967년 10월),「두더지」(<창작과비평> 1968년 봄),「가을소리」(<현대문학> 1968년 12월),「몽금포타령」(<창작과비평> 1969년 가을),「금모래빛」(<다리> 1972년 5월),「장한몽」(<창작과비평> 1970년 겨울~1971년 가을).

5) 민병인은 이문구 초기소설의 경험주의적 측면을 부각시키면서 "그의 소설들은 경험주의에 함몰되어 있어서 그의 작품세계를 사회의 표면에 나타난 정태적인 직접성에 머물게 하고 있으며, 결국 피상적인 고발문학의 수준을 벗어나지 못하게 하고 있다"고 평가했다.(민병인,「이문구 소설 연구 - 농경문화 서사와 구술적 문체 분석」, 중앙대 박사학위 논문, 2000, 40쪽) 구자황의 경우는 이문구의 초기 소설에 보다 적극적인 평가를 하고 있는 경우다. 구자황은 "부정적 도시체험의 양상이 계층계급간의 갈등 및 사회구조적 문제로 제기되면서도 그 저변에는 양심의 파탄과 도덕의 혼란, 혹은 비인간화와 같

문학 연구자들은 왜 이문구 '도시 소설'에 주목하지 않는 것일까? 이에 관해서는 다음 몇가지로 정리할 수 있다. 첫째, 그의 대표작『관촌수필』 (1977)과『우리동네』(1981)는 내용면에서 그의 도시 소설과 상충하는 측면이 있다.『관촌수필』과『우리동네』는 공동체의 해체과정을 다루면서도, 따뜻한 농촌풍경을 함께 담아내고 있었다. 반면, 그의 초기 소설은 도시의 각박한 살풍경을 그리고 있기 때문에 인간적인 면모가 덜 드러났다. 이문구 초기 도시 소설은 '삶을 위한 투쟁의 아수라장'을 배경으로 하고 있으며, 등장 인물도 대부분 고향을 떠나 도시에 정착하기 위해 발버둥치고 있는 탈향민들이다. 그래서 그들은 낯선 환경과 갈등하는데 몰입해 있다. 이런 이유로 이문구의 초기 소설은 과도기적 작품들로 규정돼 본격적인 연구대상이 되지 못했다.

둘째, 이문구 소설은 '구술적 전통'을 잇고 있어 '근대적 개인의 발견'을 특징으로 한다는 1960년대 한국문학의 흐름과 변별된다. 그의 문체는 독특한 이야기성으로 인해 시각 중심으로 발달한 근대 도시 소설의 묘사 형식과 호응하지 못하고 있다. 그의 초기 소설이 도시를 배경으로 하고 있음에도 도시 공간에 대한 적절한 묘사가 결여돼 있는 이유도 이러한 '시각성'과 관련이 있다.6) 소설에서 근대 도시공간에 대한 묘사

은 근본적인 문제의식이 줄곧 깔려 있다"고 봤다.(구자황, 「이문구 소설 연구 - 구술적 서사전통과 변용을 중심으로」, 성균관대 박사학위 논문, 2001, 51쪽) 마지막으로 고인환은 도시의 삶과 농촌공동체를 대비해 초기소설을 이해함으로써, 이문구의 초기소설을 '전통적 삶의 긍정'으로 나아가는 과정으로 파악하고 있다. 고인환은 이문구 초기소설의 등장인물들이 "근대의 지배 이데올로기에 동화될 수 없는 '타자'들의 삶"을 보여주고 있어 근대비판의 성격을 지닌다고 의미화했다.(고인환, 「이문구 소설에 나타난 근대성과 탈식민성 연구」, 청동거울, 2003, 98쪽)

6) 이런 측면에서 볼 때 그의 2회 추천작 「백결」의 문체가 돋보인다. 「백결」은 서울 문래동 판자촌 등지를 배경으로 하고 있다. 그러면서도 구수한 입담이 살아 있는 소설이다. 이는 「백결」의 주요 등장인물이 '조춘달 영감'으로 설정돼 있기 때문이다. 「백결」은 문래동과 영등포 일대의 도시의 외곽 지역을 배경으로 하고 있으면서도, 도회적 감각이 잘 드러나지 않는다. 이는 주인공 조춘달 영감과 뺑튀기 장수 염씨의 의고적 어투와 대화방식이 작품 곳곳에 녹아들어 있기 때문이다.

는 바라보는 자의 시선을 중시한다. 그것이 등장인물의 시선이든 화자의 시선이든 독자는 그 시선을 따라 소설을 읽게 된다. 그러나 구술적 문체, 혹은 이야기 형식의 소설에서는 상대적으로 '시각성'보다는 '청각성'이 강해질 수밖에 없다. 이문구 소설이 갖고 있는 이야기성과 구술적 전통은 그의 도시 소설에 대한 문학사적 평가에도 영향을 미친 것으로 보인다.

셋째, 모든 작가들이 그렇듯이, 이문구의 초기 작품도 미숙하고 불완전한 요소를 안고 있다. 초기 작품은 작가가 자신의 개성을 발굴하고 개발하는 과정이다. 그래서 이문구의 초기 작품은 농촌을 배경으로 한 작품과 도시를 배경으로 한 작품이 양분돼 있다. 그의 초기 도시 소설은 하위계층들의 언어와 생활태도를 적절하게 보여주고 있음에도 불구하고, 몇몇 작품은 도덕적 강박증으로 인해 조급한 결말로 치닫고 있다. 사건의 전개과정에서 파국과 반전이 결말부분에 응축돼 균열이 발생하는 것도 이러한 도덕적 강박증 때문이다. 그래서 그의 초기 도시 소설이 '소재적 측면'에 머물고 있다는 평가를 받곤 했다. 결국 그는 연희동 공동 묘지 이장 공사장 체험을 기반으로 해서 쓴 『장한몽』을 <창작과 비평>에 1970년 겨울호부터 1971년 가을호까지 연재한 후 도시를 배경으로 한 소설 창작을 결산한다. 그리고 1972년 <다리>에 「금모래빛」을 발표한 후 점차 농촌 공동체에 대한 형상화로 무게중심을 이동했다. 이런 세가지 이유 때문에 도시를 배경으로 한 이문구의 작품들은 문학사 주변부로 밀려났다고 평가할 수 있다.

그렇다면 이런 객관적 정황에도 불구하고 이문구 초기 도시소설에 주목해야 하는 이유는 무엇인가? 이문구의 도시 소설은 체험에 기반해 서울이라는 대도시 형성과정의 폭력적 양상을 포착해내고 있다. 더불어 도시의 밑바닥 인생에 작가 자신의 시선을 밀착시키고 있어 주목을 요한다. 이러한 작가와 하위계층의 동일시에 대한 분석을 통해, 필자는 이문구가 어떤 태도를 하위계층을 대변하고 있는가를 분석하고자 한다.

이 글에서 필자는 그람시와 스피박의 개념을 변형해 '하위계층' 혹은

'하위주체'라는 개념을 사용하려 한다.[7] 이는 1960년대의 한국 근대화를 바라보는 시각의 변화를 위한 시론적 측면이 강하다. 특히, 1960년대의 경우 산업 구조상 노동자들의 비중이 상대적으로 높지 않았다. 오히려 1960년대에는 주변계급의 비중이 노동계급을 압도했다. 구해근의 자료에 따르면 1960년 주변계급의 비율은 10.2%로, 노동계급 8.7%보다 높다. 1966년의 경우 노동계급의 구성비가 12.4%로 주변계급 11.0%보다 조금 앞선 것으로 나오지만 그 차이는 미미한 실정이다.[8] 1960년대는 하위계층의 구성이 노동계급을 포함해 20%를 상회하는 분포를 보였음을 구해근의 자료를 통해 알 수 있다.

그간 한국 근대화에 대한 비판적 입장은 어떤 식으로든 '노동계급 우위의 민중주의'와 연관돼 있었다. 이러한 계급론적 태도는 박정희 정권의 전체주의적 성격에 대한 비판적 힘을 지니고 있었음은 사실이다. 그러나 돌이켜보면 '자본/노동'의 관계에 입각한 정치경제학적 입장은 '자본가와 노동자'라는 이분법으로 연결됐다. 1970년대 민중을 계급적대와 연관시킨 사고방식으로 인해 1980년대에는 역사적 진보에 대한 결정론

---

7) 필자가 사용하는 '하위계층'은 '하위주체(subaltern)' 개념을 염두에 둔 것이다. '하위주체'는 안토니오 그람시의 개념에서 유래한 것으로, 지금은 가야트리 스피박이 중요한 개념으로 발전시키고 있다. 그람시에게 '하위주체'는 계급 개념에 가까운 것이었다. 그는 "하위계급(subaltern classes)은 정의상, 스스로 '국가'가 될 수 있기까지는 통일되지 않으며 될 수도 없다. 따라서 그들의 역사는 시민 사회의 역사와 뒤섞여 있으며 그것을 통하여 국가들과 국가집단들의 역사와 연결된다"고 정의한다.(안토니오 그람시, 이상훈 역, 『그람시의 옥중수고 2』, 거름, 1993, 70쪽) 그러나 스피박은 이 개념을 변형했다. 스피박이 보기에 '기층민중' 개념은 자본과 노동의 관계에서 '부르주아와 프롤레타리아'의 대립 개념을 강조하고 있다. 그래서 계급 관계로만 파악될 수 없는 성, 인종, 성적 취향, 종교 등에서 발생하는 '차이'의 문제를 포괄할 수 없다는 것이다. 물론 스피박이 제안하는 '하위주체' 개념은 '여성', 특히 '제3세계 여성'과 밀착돼 있다. 스피박의 고민은 서구담론 안에서 '제3세계 주체가 재현되는 방식'에 대해 비판한다. 따라서 스피박은 "인간이 자기결정과 소외되지 않은 실천을 향해 분투해야 한다"는 고민이나 "일련의 부정을 통해 자기인식을 성취"해야 한다는 화두를 부여잡고 있다.(가야트리 스피박, 태혜숙 옮김, 『다른 세상에서』, 도서출판 여이연, 2003, 406쪽)

8) 구해근, 「현대 한국 계급구조에 관한 시론」, 『한국사회의 재인식 I』, 한울, 1985, 299쪽.

적 사고가 팽배해 졌다. 돌이켜 보면, 계급 적대에 기반한 현실인식은
자본주의의 운영 메커니즘을 파악하는데 중요한 공헌을 했음에도 불구
하고, 역사발전의 문제에 직면해서는 '이행'의 개념에 집착하게 했다.
'이행'의 문제는 저개발에서 근대로의 진입 단계에서 민족부르주아지의
역할이 결정적인 것으로 인식하게 한다. 따라서 근대 자본주의로의 이
행은 민족부르주아 계급의 발전과 관련돼 있으며, 민중해방투쟁에서 민
족부르주아지와의 공동투쟁이 불가피한 것으로 간주돼 오곤 했다. 이러
한 인식이 '인간의 의지 결정권'에 대한 문화적 실천의 가능성을 오히려
좁히는 결과를 초래했다는 반성이 있을 수 있다. '하위계층(subaltern)'을
주목하는 이유가 여기에 있다. '하위계층'이라는 개념은 성, 인종, 문화
적으로 주변부에 속하는 사람들에 대한 다양한 해석의 가능성을 넓혀
줄 수 있다.9) 한국의 경우 1960년대와 1970년대 근대화에서 주변부로
밀려났던, 혹은 주변부로 밀려날 수밖에 없었던 다양한 주체들에 대한
성찰적 고찰을 위해 필자는 '하위계층' 혹은 '하위주체' 개념을 원용하
려고 한다.

2. 이문구 소설에 나타난 1960년대 서울 '하위계층'의 재현 양상

보통 1960년대를 '기적에 가까운 비약의 연대'라고 지칭한다. 제1,2차
경제개발 5개년 계획기간인 1962년에서 1971년에 이르는 10년간 국민경
제는 고도성장을 했다. 이 10년간 GNP의 연평균 성장률은 9.85%를 기

---

9) 필자가 지칭하는 '하위계층' 혹은 '하위주체' 개념은 1) 스스로 말하는 것이 봉쇄된 주
  체 2) 지식인 혹은 작가에 의해 재현되어야만 했던 주체 3) 나름의 언어(은어, 비어, 속
  어 등)를 구성해 발설하는 주체이다. 이 글에서 필자는 '하위계층'과 '하위주체' 개념을
  혼용해서 사용하려 한다. '하위계층'은 배제되고 소외된 주체의 집단적 범주와 가까운
  용어로 사용하고, '하위주체'는 '자기부정을 통한 인식'의 확대 개념으로 사용하려 한
  다. 그러나 이 글에서는 시론적 성격이 강하므로 '하위주체' 개념보다는 '하위계층'의
  개념이 보다 빈번하게 사용하고 있음을 밝혀둔다.

록했고, 20배에 가까운 수출규모의 확대가 이뤄졌다. 그러나 고도성장은 '해외의존의 상식화, 낭비형 자원활용의 고착화, 환경파괴'에 기반한 기형적인 형태였다. 이에 대해 유인호는 1973년에 이미 "국민 총생산은 증가하였음에도 불구하고 그것과 '시빌 미니멈'(시민 생활의 최저 기준)과의 괴리 현상은 확대"10)되었다고 뼈있는 비판을 행한 바 있다. 한국의 고도성장은 이른바 '불균형 성장' 혹은 '거점개발' 논리에 입각해 있었다. 박정희식 개발독재는 수출경쟁력을 높이기 위한 저임금, 국가·산업·학계의 3위일체형 재정금융지원, 그리고 환경파괴적 원가절감 등을 담보로 한 것이었다. 이는 한국 경제를 대외의존적 악순환에 빠지게 하는 '비정상적 상태'로 내몰게 했다.11)

이문구 도시소설을 이해하는데 있어 1960년대의 정치경제학적 상황을 파악하는 것은 중요한 의미를 지닌다. 그의 소설에 나타난 독특한 1960년대 풍속도는 '텍스트의 물질성'12)을 획득하는데 중요한 영향을 미치고 있기 때문이다. '텍스트의 물질성'은 소설이 사회와의 관계에서 상대적 자율성을 확보하고 있으면서도, 사회운영의 메카니즘과 연관돼 있다는 전제에서 출발한다. 소설 텍스트는 작가의 미적 완결성에 대한 욕망, 삶의 체험, 현실과 미적 완결성의 갈등 등 여러 층위가 복합적으로 얽혀 있다. 그런데 작가는 현실의 문제를 작품의 소재로 삼을 경우 '실재성'과 갈등하게 된다. 이 실재성이 소설에 직접적인 영향을 미칠 수도 있고, 단지 변형된 형태의 흔적으로만 존재할 수도 있다. 그런데도 텍스트의 물질성이 문제가 되는 것은 '허구적 효과의 생산 메커니즘' 때문이다. 소설은 텍스트 자체로 완결된 향유물이 될 수도 있지만, 사회나

---

10) 유인호, 「경제성장과 환경파괴 - 성과와 대가에서 본 고도성장」, <창작과비평>, 창작과비평사, 1973년 가을, 895쪽.

11) 유인호, 「고도성장의 쟁점」, 『민중경제론』, 평민사, 1984, 152-160쪽 참고.

12) '텍스트의 물질성'은 문학이 '문학효과로 생산되는 것'을 염두에 둔 용어다. 즉, 문학 텍스트를 유물론적으로 해명하기 위한 시론적 용어로서 강내희의 논지를 필자가 변형시킨 것이다.(강내희, 「유물론적 문학이론 모색의 한 예」, 『문학의 힘, 문학의 가치』, 문화과학사, 2003, 88-92쪽 참고.)

제도, 또는 사회의 해석에 영향을 미칠 수도 있다. 또한 다른 측면에서는 문학의 가치 생산을 위해 삶의 현장이 원용되는 것이 아니라 삶의 현장이 문학이라는 제도를 통해 발현되는 것도 '텍스트의 물질성'이라고 할 수 있다.

비판적 지성이었던 유인호가 행한 1960년 한국사회의 비정상성에 대한 지적은 이문구 소설 텍스트의 물질성을 읽어내는데 중요한 시사점을 제기한다. 유인호는 '언제나 성장의 뒷면을 점검하는 형식을 취한 예외적 경제학자'였다고 할 수 있다. 유인호가 경제학자로서의 소신에 찬 비판작업을 행할 때, 이문구는 유랑 빈민의 생활상을 소설 속에서 증언하는 작업을 했다. 이문구의 초기 도시 소설은 바로 1960년대 서울이라는 거대 도시 형성과정에서 도시의 하위계층이 어떤 생활상을 견뎌냈는가를 구체적으로 보여주고 있어 '텍스트의 물질성'을 획득하고 있다.

1) 도시 공간의 이방인 - 범법자들

1960년대 서울은 급격한 양적 팽창이 이뤄진 문제적 공간이었다. 1960년에 244만 명 수준이던 서울인구는 1970년에 543만 명으로 급속하게 증가했다.[13] 단순수치만으로도 10년 간에 2배 이상의 증가를 보이고 있어 당시 서울의 상황이 어떠했는지를 유추할 수 있도록 해 준다. 이러한 급작스런 서울 인구의 과잉팽창은 결국 도심의 '난민 캠프화'를 초래하고 말았다.

남한의 자본주의적 산업화와 자유민주주의는 인구와 자원의 집중을 방임한다. 세계 자본주의 질서에 포함되기 위해 국가 주도의 고속성장을 추진하다보면 유휴노동력의 확대를 위해 인구집중이 불가피해진다. 따라서 국가는 인구의 수도권 집중을 유도해 노동시장의 유연화를 꾀하려 했다. 1960년대 한국은 바로 이러한 저개발의 상태에서 근대적 질서

---

13) 한국도시연구소 엮음, 『수도권 들여다보기』, 한울, 1995, 23쪽.

를 확립하기 위해 농촌인구의 도시집중을 유도한 측면이 강하다. 한국 근대경제 및 정치활동의 제도화가 인위적으로 이뤄졌듯이, 한국 근대 도시의 성장도 압축적이면서도 폭력적으로 이뤄졌다고 할 수 있다. 인구의 도시집중에 따른 도시 과밀화는 '인간의 기본적 삶의 권리'를 훼손하는 '위기발생'의 주요 요인으로 작용한다. 영국 고전경제학자 맬더스(Thomas Robert Malthus, 1766~1834)가 지적했듯이 과밀 인구에 따른 생존경쟁은 필연적으로 범죄와 빈곤을 초래하기 때문이다. 이문구의 도시 소설이 범법자를 주요 등장 인물로 내세우고 있는 것도 서울의 급격한 팽창과 긴밀하게 연관돼 있다.

이문구의 도시 소설은 '서울의 난민캠프화'에 따른 도시빈민들이 주요인물로 등장한다. 제2회 추천작 「백결」의 주인공은 조춘달 영감은 영등포 문래동의 판자촌에 거주하고 있고, 「야훼의 무곡」에서 악행을 일삼으면서도 미워하기 힘들도록 배치돼 있는 맏선이는 아현동 근교를 활동무대로 하고 있는 범법자다. 「생존허가원」의 김우길은 신촌시장의 영세 상인을 상대하는 비정한 고리대금업자이고, 「부동행」의 '너'는 공장 수위라는 일자리를 잃고 한강의 모래톱 근처에서 넝마주이를 하거나 도둑질로 근근히 연명한다. 「두더지」의 명우도 덕수궁이나 종묘 등 고궁에서 구걸과 사기, 협잡 등으로 생을 지속시키고 있는 처지다. 또한, 「이삭」의 필성은 청계천 바닥을 훑는 고철주이로 등장한다. 이들은 모두 1960년대 서울이라는 공간을 배회하는 하위계층이며, 서울의 난민화의 부산물인 '도시의 부랑민' 혹은 '유랑빈민'이다.

특징적인 것은 이문구의 도시 소설에 이들 하위계층 중 범법자 주인공들이 유독 많다는 점이다. 이문구 초기 소설의 범법자들은 폭력배(「야훼의 무곡」), 강도(「부동행」), 사기꾼(「백결」), 협잡꾼(「두더지」) 등 다양하다. 이들은 모두 사회 시스템에서 벗어난 일탈자의 형상을 하고 있다. 필자는 이문구 소설에 등장하는 범법자들을 포함한 이들 부랑민들을 하위주체로 보려한다. 그 이유는 이들이 1960년대 한국 자본주의의 급격한 팽창 와중에 형성된 부산물이라고 보기 때문이다. 이들은 그간 주목받지 못한 근대 자본주의의 비루한 인간 군상들이다. 자본주의 근대 사회의 어두운 밑바닥을 점유하고 있는 이들은 전체주의적 개발독재 시대에 사회악, 범법자로 취급돼 수난을 받아왔다. 하위계층은 항상 격리와 응징의 대상이었으며, 국가의 권위적 정당성을 위해 시의적절하게 탄압의 대상이 된 '희생양'이었다. 예를 들면 박정희는 이들을 '국토개발단'으로 동원해 착취했으며, 전두환은 '삼청교육대'라는 병영식 격리수단을 이용해 폭력을 제도화하기도 했다. 이들 하위 계층은 보통 '임시 노동'에 종사하고 있다. 소득과 고용이 불안정한 생태에서 생계를 유지하는 임시노동은 절도, 매춘, 구걸과 같은 '비생산적 활동'까지 포함한다.[14]

이문구의 초기작 「부동행」(1967)은 강(江)의 정령(精靈)이 화자로 등장하는 기괴한 소설이다. 「부동행」에서 서술의 대상이 되는 '너'는 실업상태에 빠지자 한강 모래톱에 움집을 짓고 근근히 삶을 영위한다. '너'의 상태는 삶에 대한 체념과 허무로 특징지워지는데, 이런 무기력증은 죄의식 없는 도둑질, 강간, 강도짓으로 이어진다. 실성한 여인 '자'를 겁간하거나, 패거리를 이뤄 강도짓을 도모하기도 한다. 「부동행」에 묘사된 사건들은 기괴하고 음산한 분위기를 자아내고 있다. 마치 삶이 '휴지조각의 낙서'처럼 무의미하게 방치된 '너'는 사회체제로부터 버려진 잉여인간이다. 이문구가 '너'를 통해 보여주려 하는 것은 극단적 빈곤에 내몰린 인간의 무가치한 정신상태이다. 이문구는 아무런 자의식도 없이 범법행위를 하는 '너'를 통해 삶의 의지가 결여돼 있는 인간의 허무의식을 그로테스크하게 형상화하고 있다. 급속한 근대화 와중에서 실직으로 인해 체제에서 방출된 인간은 극심한 공황상태에 빠진다. 그 공황은 개

---

14) "생계유지의 방식은 단순히 '소득기회'로서 생각되어지므로 다른 사람을 위한 일과 자영, 합법적 활동과 불법적 활동, '생산적' 활동과 '비생산적' 활동('생산적'활동을 단순히 소득을 발생시키는 모든 일이 아닌 다른 방식으로 정의한다면)을 포함한다. 따라서 절도, 매춘, 구걸 등과 같은 활동은 '비생산적'이고 전체사회의 이익에 해가 된다 하더라도 시간이 걸리고 최소한 어느 정도 노력이 필요하기 때문에 임시노동의 범주에 들어간다."(레이 브롬리·크리스 게리, 「임시노동과 빈곤」, 「제3세계의 도시화와 빈곤」, 한길사, 1986, 215쪽)

인의 나태·게으름으로 인한 것으로 치부돼 왔다. 그러나 개인과 체제의 공존이 급격하게 와해됐을 때, 인간은 내면의 상실을 경험하게 된다. 「부동행」의 '너'가 표상하는 것은 삶의 의지를 상실한 인간의 비참한 말로이기도 하지만, 개인의 선택이 근본적으로 불가능한 극한 빈곤을 강요하는 1960년대 사회의 그로테스크한 풍경이기도 하다.

「두더지」(1968)의 박명우는 「부동행」의 체제로부터 방치된 '너'와는 달리 현대 도시가 만들어낸 '거리의 범죄자' 형상을 하고 있다. '거리의 범법자'는 현대도시와 조응하면서 조직적 범죄를 통해 삶을 도모한다는 측면에서 「부동행」의 '너'와는 다르다. 명우는 영옥, 아줌마 이렇게 셋이서 패거리를 이뤄 덕수궁과 종묘를 오가며 소풍 온 아이들을 상대한다. 아줌마는 소풍나온 아이들의 학부모를 가장해 담임선생의 교통비를 염출한다는 명목으로 돈을 걷어 줄행랑을 놓는 역할을 한다. 영옥은 소풍 때 이뤄지는 보물찾기 프로그램의 보물딱지를 미리 챙겨두었다가 아이들에게 팔아 수입을 챙긴다. 명우는 명우대로 거지로 분장하고서 소풍나온 가족들이 식사하는 곳을 찾아다니며 혐오스런 행위를 통해 돈을 구걸한다. 이 셋은 서로를 도와가며 종묘와 덕수궁을 종횡무진한다. 주목할 만한 것은 명우의 태도다. 명우는 자신을 '함정에 빠진 사회적 미아'로 표현하고 있다. 즉, 자신은 이미 정상적인 사회체계에 적응해 살아갈 수 없는 상태라는 것이다. 그래서 그는 별다른 죄의식 없이 어린 학생들과 이재민들, 그리고 외항선 선원을 상대로 사기행각을 벌인다. 그는 바깥세상(정상적인 사회)은 지뢰로 가득한 곳이고, 자신은 '함정속의 미아'이기 때문에 감각이 퇴화해버려 지뢰를 피할 수 없다고 생각한다. 따라서 명우가 보기에 '아줌마와 영옥과 자신'은 모두 함정 속에서 살아가는 것이 최선의 삶이 되어버린 인생들이다. 명우는 정상적인 삶과 범법자의 삶을 분명히 구분한다. 그리고 자신이 범법자가 될 수밖에 없는 상황을 논리적으로 정당화하려 한다. 「부동행」의 '너'가 자의식이 파괴된 인간으로 그려지고 있다면, 「두더지」의 명우는 도시의 어두운 그림자를 전유해 삶의 논리를 구성하려는 보다 적극적인 태도를 취하고 있다. 도시 속에서 자신이 처한 상황을 숙명화하면서도, 자신의 행위를 삶을 위한 방편으로 정당화하고 있는 것이다.

주목할 만한 작품이 「야훼의 무곡」(1967)이다. 주인공 만선이(김장선)는 친동생인 그선이(김주선)와 넉필이(홍사필), 오뎅(오도영), 불순이(박효순)를 거느린 주먹패다. 만선이 패거리는 신촌 일대를 근거지로 삼아 도둑질, 협잡, 사기, 폭행을 일삼는다.[15] 만선이와 그선이는 부모의 이혼으로 인해 '새마을 학교'에 버려진 후 고아원과 소년원을 오가는 불우한 인생 여정을 겪었다. 만선이는 패거리의 우두머리지만 인간적인 면모를 보여준다. 예컨대 그는 임신중인 불순이가 아이를 낳으면 살림을 꾸릴 계획을 세우고, 또 일제 단속기간에 넉필이가 붙잡히자 우형사와 협상을 해서라도 빼내려고 노심초사한다. 그는 소박하나마 정상적 생활에 편입하려는 노력을 하고 있으며, 그 근거가 가정을 꾸리는 것이다. 그러나 만선이패의 운명은 비극적이다. 넉필이의 배신으로 오뎅과 그선이는 경찰에 붙잡히는 신세가 되고, 만선이도 우형사와의 협상 결렬로 인해 꼼짝없이 자수 형식으로 검거돼야 하는 상황에 처한다. 그러다 결말부분에서는 만선이가 넉필의 배신을 응징하기 위해 던진 칼에 불순이가 맞고, 만선이는 심한 화상을 입어 병원에 실려가고 만다.

작가가 그려내는 만선이의 성격은 이채롭다. 작품 속에서 만선이는 분명 도둑질과 폭행을 일삼는 왈패지만, 소박하고 됨됨이가 떳떳한 사람처럼 그려지고 있다. 그는 자신의 행위에 대한 분명한 자의식도 갖고 있다. 다음은 만선이가 자문자답하는 형식으로 독백하는 장면이다.

- 네 죄는 응당 네가 알려니와 열 번 죽어 마땅하렸다?
"오냐"
- 네가 어떻게 죽고 싶어 흉악한 놀부짓만 골라 했던고?

---

15) 이들 하위계층의 언어도 소설속에서 거침없이 등장한다. 범법자 집단의 은어는 이들의 정체성을 형성하는 주요한 수단이 된다. 그 예로 박씨(밀주), 잇사이가리(일제단속), 서대문학교(서대문교도소), 오리발(절단기) 등을 들 수 있다.

"난장판을 벌려놓고 홍거운 세상, 춤 안 추고 배겨?"
- 죽어버린다.
"십자가를 지워다오."
(중략)
- 십자가처럼 거룩한 게 더 없거늘 네 감히……
"만 사람의 죄까지 도급을 맡아 청산하려는 거다."[16]

맏선이는 근대화 과정에서 발생한 부조리한 도시현실을 '난장판'으로 표현하고 있다. 작품 「야훼의 무곡」이라는 제목이 '하나님의 춤곡'을 의미하는 것에서도 알 수 있듯이 맏선이는 '훼손된 운명'의 꼭두각시다. 특히 맏선이가 우형사를 바라보는 태도에서 이는 명확해진다. 맏선이는 우형사의 끄나풀 비슷한 일을 하면서 공생관계를 유지해 왔다. 우형사는 맏선이에게서 비리 현장을 보고 받으면, 그곳을 덮쳐 상납금을 챙겨왔다. 또한 맏선이 패의 뇌물을 받고 뒤를 봐주기도 했다. 이런 맥락에서 볼 때 우형사는 맏선이보다 더 타락해 있다. 작품 「야훼의 무곡」은 우형사, 맏선이를 포함한 대부분의 사람들이 자본주의 도시 형성 과정에서 타락해 가고 있음을 보여 준다.

그렇다면 이문구는 왜 이런 범법자의 형상을 소설화하고 있는가? 이에 대한 해명을 위해서는 「야훼의 무곡」의 맏선이나 「두더지」의 명우가 처해있는 상황을 분석할 필요가 있다. 맏선이와 명우는 이른바 '거리의 범죄자들'이다.[17] 이들은 자본주의 근대 도시가 형성되는 과정에서 제도적 질서에 포함되지 못한 인물들이다. 자본주의 사회에서 철저하게

---

16) 이문구, 「야훼의 무곡」, 『다갈라 불망비』, 솔, 1996, 72쪽.
17) 김한식은 '거리의 범죄자들'에 구조적 문제를 '악한 소설'이라는 개념을 통해 분석한 바 있다. 그는 악한 소설의 주인공들에 대해 "순수함과 성실함으로 건실하게 살아가지 못하고 생존을 위해 윤리적·법률적 일탈을 감수하는 인물들"이라고 규정한다. 이런 인물들은 "삶의 조건이 전제되기 때문에 그들은 비록 긍정적인 인간상으로 제시될 수는 없지만 현실적인 인간상으로 충분한 설득력을 갖게 된다"고 말한다.(김한식, 「1970년대 후반 '악한 소설'의 성격 연구」, 『상허학보 10집: 한국 근대문학 양식의 형성과 전개』, 깊은샘, 2003, 203쪽)

배제된 '함정에 빠진 인간'들이 생존을 영위할 수 있는 방법은 제한적일 수밖에 없다. 즉, 만선이와 명우는 원래 범죄자였던 것이 아니라, 자본주의적 질서에 포함되지 못한 상태에서 범죄를 저지를 수밖에 없었던 것으로 보인다. 자본주의와 범죄의 관계에 관해서는 에르네스트 만델은 의미 있는 분석을 행한 바 있다. 만델은 "부르주아 사회의 역사는 사유 재산의 역사이기도 하며 사유 재산의 부정, 즉 간단히 말해서 범죄의 역사"라고 규정한다. 그는 "부르주아 사회의 역사는 개인들의 욕구나 정서, 그리고 기계적으로 부과된 사회 개량주의의 형태 사이에서 폭발적으로 증가하고 있는 모순의 역사이기도 하거니와, 범죄 속에서 태어난 부르주아 사회 안에서 부르주아 사회 자체가 범죄를 조성하고, 범죄를 가져"18)온다고 말한다.

이문구가 이들 인물들을 혐오의 대상으로만 취급하지 않고 연민을 갖고 서사화하는 이유도 만델의 주장과 관련이 있다. 이문구 소설에 등장하는 하위계층들은 비루한 삶을 영위하고 있지만, 극악무도한 악인의 형상을 하고 있는 것은 아니다. 이문구는 이들 범법자들이 서울이라는 도시의 급격한 팽창 속에 나름의 논리를 갖고 실재하고 있는 인물이라는 사실을 강조하고 있다. 그러나 이들은 사회 운영 매커니즘에서 분명 실재하지만, 용인될 수는 없는 존재들이다. 즉, 소설 속에서 재현의 대상이 되기는 하지만 도덕적으로 옹호에 있어서는 갈등할 수밖에 없는 '희생양'들이기도 하다. 이런 이유 때문에 이문구는 이들에 대해 감상적인 태도를 취하고 있으면서도 종국에는 윤리적으로 '파국'으로 내몰고 만다. 「야훼의 무곡」에 만선이가 중상을 입고 병원으로 실려가는 것이나, 「부동행」의 '너'가 청소차에 치여 비극적 죽음을 맞이하는 것, 「두더지」의 명우가 옛날에 자신을 알고 있던 사람들을 만나 봉변을 당하는 것도 같은 맥락에서 이해할 수 있다.

이문구가 보기에 이들 범법자들은 도시 자본주의의 희생양이지만,

---

18) 에르네스트 만델, 이동연 역, 「즐거운 살인-범죄소설의 사회사」, 이후, 2001, 241쪽.

희생양이기 때문에 바로 영웅이 될 수는 없었다. 따라서 그들의 행위가 서사적 텍스트 속에서 재현되면서 해명은 되지만, 이들을 구원할 텍스트적 상상력을 밀어붙이지는 못하고 있다. 결과적으로 도시의 비정함을 악한의 극한적 행위를 통해 보여주려 했던 이문구의 시도는 도덕적 갈등을 내포할 수밖에 없었던 것으로 보인다. 이러한 이문구의 딜레마는 자신의 형상이 직접적으로 투영된 노가다판의 임시직 노동자의 형상화에서 해결의 조짐을 보이면서, 보다 깊이 있는 서사성을 획득하게 된다. 따라서 범법자를 다룬 이문구의 도시 소설은 근대 자본주의 도시를 보다 깊이 있게 천착해 나가는 과정에서 창작된 것이라는 평가를 내릴 수 있다.

2) 존재 보존을 위한 투쟁 – 노가다판의 임시 노동자들

이문구는 서울의 급격한 팽창 현장을 밑바닥에서 직접 체험한 작가다. 그는 충남 대천의 관촌마을에서 생활하다 1959년 18세의 나이로 서울에 올라왔다. 이문구는 한국전쟁으로 인해 부친과 형들, 그리고 조부를 여의었으며, 1956년에는 어머니마저 세상을 등져 가장 역할을 해야 했다. 서울행을 결심하던 당시 그는 농촌의 '육체적 노동을 견디기' 어려워했으며, '물산이 뻔한 시골에 묻혀 흙이나 뒤지는 농군으로 일상을 하기는 억울'하는 생각을 품었다고 한다. 서울로 올라온 이후 신촌 등지를 떠돌며 건어물 행상, 도로공사장 잡역부, 공사판 십장 등 밑바닥 인생을 전전했다. 그는 1963년 서라벌 예술대학 문예창작학과를 졸업한 후에 본격적으로 공사장에서 일했으며, 그 체험을 바탕으로 장편소설 『장한몽』을 집필하기도 했다.

이문구가 행상과 날품팔이로 생계를 유지하며 삶의 현장에서 악전고투했다는 사실은 의미심장하다.[19] 그가 겪은 서울 밑바닥 삶에 대한 체

---

19) 이와 관련해 김주연은 그의 초기 소설에 관해 "이문구의 소설은 각성된 자기인식 위에

험은 앞에서 언급한 「야훼의 무곡」, 「부동행」, 「두더지」 등의 암울한 분위기와도 연관돼 있다. 더불어 주목할 만한 작품이 이문구의 「지혈」, 「가을소리」, 「몽금포 타령」, 「금모래빛」이다. 앞에서 분석한 「부동행」, 「야훼의 무곡」, 「두더지」 등은 작가가 객관화돼 인물을 형상화하고 있다면, 「지혈」, 「몽금포 타령」, 「금모래빛」은 변형된 형태로 등장하는 작가의 분신을 곳곳에서 발견할 수 있다. 이들 작품의 배경은 미군 보급부대안의 주차장 포장공사 현장(「지혈」), 제이한강교 교각 공사장(「가을소리」), 한강 취수탑 공사장(「몽금포 타령」, 「금모래빛」) 등이다. 이러한 공사 현장에 대한 소설적 형상화는 '직접적인 체험의 산물'이라고 이문구 스스로 증언하고 있다.20) 또한, 소설 속에 등장한 은어, 일본어 등은 건설 공사현장에서 지금까지 쓰이고 있어 구체성을 더해주고 있다.

이들 소설에 등장하는 인물들은 대부분 자발적인 탈향민(脫鄕民)이거나, 외부적 요인에 의해 고향을 등져야 했던 실향민(失鄕民)들이다. 「가을소리」의 우(禹)영감은 충남 보령이 고향이다. 그는 갓 태어난 자신의 아들을 실수로 밟아 죽인 뒤, 죄책감으로 고향을 등진 채 공사장 십장을 전전한다. 우영감은 '죽은 아들이 다 큰 어른으로 환생하여 원한을 풀려할 지도 모른다'는 강박관념에 사로잡혀 생활하는 비극적 인물이다. 「몽금포 타령」의 신두만과 오덕칠도 농촌을 떠나 공사현장을 전전하고 있다. 「금모래빛」의 서만성은 고향에서 중학교를 졸업하고 무작정 상경하

서 수행되는 세계의 새로운 비판 작업이라기보다, 우리가 몸담고 살고 있는 현실 속에서 저절로 솟아오르는 체험의 목소리"라고 평했다.(김주연, 「서민생활의 饒舌錄 - 이문구의 작품세계」, 「한국문학대전집 22」, 태극출판사, 1976, 559쪽)

20) "내가 이 바닥에 첫발을 디딘 것은 19세 때인 1960년 여름이었으며, 그 현장은 10여년 전에 쓴 단편소설 「지혈(地血)」에 그려진 그대로 어느 미군부대의 영내 도로포장 공사장이었읍니다. 하지만 본격적인 노가다 생활은 2년 동안 학교를 다닌 뒤인 1963년 4월이며, 그로부터 5년이라는 짧지 않은 세월을 바닥에서만 허우적거리게 되었읍니다. 오래 전에 쓴 단편소설 「몽금포타령」이나 「금모랫빛」에도 그려 있듯, 때로는 노가다 중에서도 윗길로 치던 건축공사 일판에서 질통으로 자갈을 져나른 적도 없지 않으나, 나의 현장은 거의가 서울 시내의 길바닥이었읍니다."(이문구, 「장한몽(長恨夢)에 대한 짧은 꿈」, 「지금은 꽃이 아니라도 좋아라」, 전예원, 1979, 161쪽)

여 자동차 정비공으로 일하다 공사현장으로 내몰린 처지다. 「지혈」의 김찬섭도 군대가기 전에 가정교사로 학비를 충당했던 이력으로 보아 고향이 서울이 아니었음을 유추할 수 있다. 이들은 전근대 사회라고 할 수 있는 농촌 공동체에서 근대사회로 진입한 인물들이기에 문화적 충격이 남다를 수밖에 없다. 1960년부터 1970년까지 10년 사이에 서울인구가 2배 이상 증가했다는 사실은 앞에서도 지적한 바 있다. 도시화가 근대화를 의미하지는 않지만 근대화 과정에서는 도시화가 진행된다.21) 이러한 인구의 가파른 증가는 농촌인구의 급격한 서울 이주의 산물이다. 데이비드 하비가 지적했듯이 '전체 노동공급을 천장까지 치게 만들어' 노동집약적 산업을 가능하도록 하는 조건을 형성하는 것이다.22) 따라서 '무작정 상경파'에 가까운 이농인구는 도시 빈민가를 형성하면서 절대적 빈곤에 허덕이게 된다.23)

이문구 초기 소설은 도시화와 산업화의 와중에서 임시노동자로 방치된 하위계층의 생활상과 문화적 갈등을 포착하고 있다. 이들 하위계층은 떠나온 고향, 혹은 쫓겨난 고향에 대한 미련에서 벗어나 새로운 삶의 터전을 개척해야 하는 상황에 몰린다. 이전의 삶의 방식이나 태도는 도시에서 곧잘 "<비생산적>이며, <전근대적 사고방식>이라고 조롱"24)

---

21) R. H. 라우어, 정근식·김해식 역, 「사회변동의 이론과 전망」, 한울, 1985, 411-414쪽 참고.
22) 데이비드 하비는 도시노동시장과 관련해 다음과 같은 언급을 하고 있다. "자본가들을 거대한 도시노동시장에 밀집하게 하고 전체 노동공급의 상한선을 천장까지 밀어붙이도록 만든다. 강력한 인구유입과 인구성장이 없다면, 이것은 임금을 끌어올리고 노동 절약적 혁신을 자극할 것이다. 그리고 그것은 특정한 노동자질에 대한 요구의 변화를 내포한다. 그러나 대규모의 노동시장은 역시 개별 자본가들에게 대체를 위한 충분한 기회를 제공하여 집적의 이익을 재강조하게 된다."(데이비드 하비, 초의수 역, 「도시의 정치경제학」, 한울, 1996, 171쪽)
23) 이문구 소설에 등장하는 도시 하위계층들은 대부분 건설현장에서 일하고 있다. 이는 임시노동의 배치와 연결돼 있다. 도시 인구의 팽창은 서울의 공간적 확대를 필요로 한다. 따라서 비숙련 노동자 임시노동력은 건설 산업으로 몰릴 수밖에 없었다. 「지혈」, 「가을소리」, 「몽금포 타령」, 「금모래빛」이 모두 도시의 건설 현장을 배경으로 하고 있다. 이들 건설 현장에 일하는 하위계층은 불완전한 고용상태이므로 빈곤에 허덕인다.
24) 이문구, 「지혈」, 「이 풍진 세상을」, 정음사, 1974, 100쪽.

받는다. 이러한 문화적 갈등의 양상이 비교적 잘 드러난 작품이 「몽금포
타령」과 「지혈」이다.

「몽금포 타령」(1969)에는 한남동·보광동 인근의 한강 취수탑 공사장
인부 합숙소를 배경으로 각기 다른 개성과 이력을 가진 세 명의 젊은이
가 등장한다. 신두만은 고향에서 닭장사였는데 닭이 폐사(斃死)하자 화
풀이로 노름과 도둑질에 손을 대게 된다. 결국 그의 절도 사실은 들통이
나 고향에서 생활할 수 없게 된다. 그는 고향을 떠나온지 삼 년을 넘기
면서 "양심적으로, 성실하게, 깨끗이" 살아가려고 다짐하는 건실한 태도
를 갖게 된다. 오덕칠이도 금가락지를 마련해 순금이와 약혼식이라도
올릴 요량으로 상경했지만, 애인 순금이 변심해 서울을 전전하고 있는
처지다. 오덕칠은 "터를 잡아 진드근히 눌러" 앉을 생각을 갖고 있다. 인
생의 이력이 드러나지 않는 박영식은 독특한 성격의 소유자다. 박영식
은 "죽음은 애당초 우리와 노상 함께 살고 있는, 없을 수 없는 물체"라
는 사실을 환기시키기 위해 약봉지에 '소화제라고 쓴 쥐약'을 상비하고
다닌다. 그는 '노가다 중에도 바다 노가다'로 '닳아질 대로 닳아진 꼴'로
형상화된다. 박영식은 자신의 삶의 태도에 대해 다음과 같이 강변한다.

　　흔히 말이 쉬워하는, 죽지 못해 산다는 건, 누가 죽여주기를 기다리는 꼴
이니 그야말로 정말 치사스러운 짓이다. 삶에 대한 용기, 욕망, 기대, 이것이
두루 갖춰져 있다면 살고자 누가 어떤 짓을 저지르건, 이 사회에선 법률 혹
은 윤리, 도덕, 따위로 이름한 연장을 만들어 그 규격에 따라 이해와 정상을
겸한 아량으로 받아주는 것이지, 만약 모두들 무가치한 목숨만 붙들고 매달
려 있다면 사회란 존재하기 전에 이미 있어야 할 필요성마저 없을 것이다.25)

박영식이 주장하는 것은 '삶을 향한 의지의 보존'이다. 그는 '최종학
교로 의무교육 수료한 지가 십년이 넘었다'고 하는데도, 너무나 조리있
게 자신의 삶에 대한 태도를 피력한다. 그는 삶과 죽음에 대한 나름의

---

25) 이문구, 「몽금포 타령」, 「이 풍진 세상을」, 정음사, 1974, 229쪽.

철학을 갖고 있다. 짐승들의 변모, 사계절의 변화를 통해 인간의 수명에 대해 생각한다는 그는, 이러한 관찰을 통해 인간이 죽음을 애써 망각한 채 삶을 영위하고 있다고 비판한다. 그의 주장에 따르면 일상에서 죽음을 의식할 수 있어야 삶에 대한 의지도 지속시킬 수 있다는 것이다.

실제로 박영식은 신두만과 오덕칠 보다는 다부진 삶의 태도를 보여준다. 한강에 빠져 익사한 아이의 시체를 못 건져 아이의 가족들이 낙심해 있는 와중에, 박영식은 시체 인양 사례금 이천원을 벌기 위해 몸에 낚시줄을 붙들어 매고 한강에 뛰어든다. 아이의 시체를 인양한 후에는 악착같이 아이의 가족들에게 돈을 받아낸다. 그뿐만 아니라 교통사고 현장에서는 사망자 대역을 자청해 수고비를 받아내기까지 한다. 반면 신두만은 '박영식과 어울리다가는 물이 들어 또다시 우는 신세'가 될 것이라면서 경계한다. 오덕칠도 박영식의 태도를 일견 부러워하면서도, 농촌에 정착하려는 바램으로 '잠실에 가 농사 품팔이'를 하기로 작정한다.

그런데 박영식에 대한 작가 이문구의 태도는 양가성을 지니고 있다.26) 표면적으로는 박영식의 태도가 도덕적으로 온당하지 않은 듯이 기술되지만, 심층적으로 그는 「몽금포 타령」의 사건을 주도하는 서사적 주체이다. 박영식에 대한 부정적 태도는 대부분 신두만의 시선을 통해 읽어낼 수 있다. 아이의 사체를 인양할 때 신두만은 박영식을 보고, '저 징그런 놈'이라고 치를 떤다. 또 공사장을 떠나 노점상을 개업하자마자

---

26) 피터 지마, 서영상·김창주 역, 『소설과 이데올로기』, 문예출판사, 1996, 40~43쪽 참고. "양가성이란, 가치, 소설적 줄거리 및 등장인물에 대한 단의적인 규정이 더 이상 가능하지는 않지만 가치의 문제 그 자체는 여전히 중요한 역할을 담당하고 있는 소설유형의 특징이다."(43쪽), "무질, 프루스트, 카프카 등의 20세기 소설들은 더 이상 그와 같은 이데올로기로부터 출발하는 것일 수 없다. 그것은 이미 이데올로기적 담화의 토대가 되어 그에 봉사하는 문화적 가치들이 신빙성을 상실해버렸기 때문만은 아니다. 20세기 작가들은 '정직성', '개방성', '용기', '진리' 혹은 '자유' 등과 같은 근본가치들을 더 이상 자연스러운 것으로 간주하지 않으며 이에 의문을 제기하기 시작한다. 이들은 오히려 그와 같은 가치들을 담화 속에서 조작하고 있는 이데올로기를 반성의 대상으로 삼는다. 무질이나 브로흐는 이러한 이데올로기를 바깥으로부터 관찰하며 (알튀세르와 프리에토의 의미에서) "그 자연스러움의 외관을 박탈" 한다."(40)

경찰에게 교통사고 사망자 대역을 할 것을 요구받자, 신두만은 '장사를 못하는 한이 있더라도 죽는 시늉을 할 수 없다'고 완강히 저항한다. 그러나 박영식은 태연하게 신두만이 거부하는 행위를 수행한다. 오히려 박영식은 자신의 행위를 '용기'라고 정당화하면서 "이 용기를 내 스스로 인정한다면 내가 진실로 행복한 놈임을 재확인 하는" 것이라 되뇌인다. 이렇듯 작가 이문구는 박영식의 내면 상태를 독자들에게 전달하면서 그의 행위에 정당성을 부여해준다. 이러한 정당화는 결말부분이 이전 소설과 달리 파국으로 치닫지 않는데서도 확연히 드러난다. 신두만은 교통사고 사망자 대역을 하는 박영식을 비난하는 동네 청년과 싸움을 벌여 경찰서로 끌려가고 만다. 결말부분에서 박영식은 그런 신두만에게 이제 '쥐약' 없이도 삶에 자신감이 가질 수 있게 됐다며, '쥐약'을 넘겨 주겠다고 제안한다.

작가 이문구는 하위주체라고 할 수 있는 박영식을 통해 자기 보존의 논리에 입각한 강인한 생명력은 보여주고 있다. 그러나 다른 측면에서 보면, 이문구 자신이 현실의 논리와 도덕적 이데올로기 사이에서 갈등하는 양상을 「몽금포 타령」에서 읽을 수 있다. 자본주의 도시는 비정한 운영 메커니즘 하에서 '체면·전근대적 도덕적 가치' 등을 무화시킨다. 작가의 의도와는 상관없이 신두만은 우유부단한 성격으로 현실과 조응하지 못한 인물이 되고, 박영식은 그악스럽지만 자신의 삶의 논리를 지속시키면서 도시적 비정함에 동화간다. 따라서 박영식의 타락이 예견돼 있다고 할 지라도 이문구는 박영식을 비난하지는 못하고 있다. 이는 1960년 서울이라는 도시공간의 부조리한 상태가 심화될 것을 예견하고 있는 것과도 같다. 이는 박영식을 통해 드러난 일종의 '현실 운영 매커니즘의 내면화'다. 자본주의 근대 도시는 박영식의 '타락'을 더 이상 타락으로 규정할 수 없는 상황에서 형성된다. 끊임없이 반복되는 '전통적 이데올로기로부터의 일탈'이 도시적 특성을 형성한다. 이문구가 박영식의 삶의 태도를 양가적 입장에서 보여주고 있는 것은 '근대도시에서 한 인간이 어떻게 자신의 생존 원리를 터득하는가'를 보여준 '근대 도시 인간형의 발견'이었다고 할 수 있다.

「지혈」(1967)도 도덕적 자의식을 갖고 있는 대학생 출신 '핫바리 십장' 김찬섭을 통해, 박영식의 경우와 비슷한 문화적 갈등을 포착해내고 있다. 그는 "등록금이 없어 대학에 복학하지 못하고 공사판에 뛰어든 처지"이다. 찬섭이 '형편이 다급한 막다른 처지에 있어' 절박한 심정으로 공사판에 십장을 하고 있지만, 그는 현실에 동화하지 못하는 갈등하는 인물이다.27) 따라서 찬섭의 시선에 비친 노가다판의 하위계층의 모습은 작가 이문구의 시선과 겹쳐 읽을 수 있는 부분이 많다. 이 작품의 공간적 배경이 '미군 보급부대안의 주차장 포장공사 현장'인 것도 이채롭다.28)

찬섭은 "벙어리도 석 달만 뒹굴면 입이 튼다"는 인간쓰레기장 노가다판에 "주어진 환경에 적응못하"는 딱한 처지에 놓여있다. 그는 도(都) 십장으로부터 "자넨 아직도 사람을 부릴 줄 모른단 말여"라는 핀잔을 들으면서도 인부들을 인간적으로 대해준다. 점심을 못 먹는 인부들을 현장 잡비로 챙겨주거나, 비로 인해 작업이 중단돼도 임금을 온전히 계산해 지불해준다. 이러한 찬섭에게 공사장 여성인부인 김춘희와 정간난이 연정을 품고 접근한다. 김춘희는 일곱 살난 아들을 둔 과부로 만원 상당의 빚을 지고 있어 힘들어 하고 있으며, 당찬 모습으로 형상화되는 정간난은 병석에 누워있는 남편은 있지만 아이를 못낳는 여인이다. 이들은 찬섭의 주변에서 그를 이용해 가불을 받아내기도 하고, 약삭빠르게 공사장에서 편한 일을 차지하기도 한다. 찬섭은 자신의 무기력한 삶

---

27) 「지혈」의 김찬섭의 형상은 그의 첫 장편 「장한몽」에서 김상배라는 인물로 구체화돼 있다. 「지혈」의 김찬섭처럼 대학 출신의 공사감독인 김상배는 현실과 양심 사이에서 갈등한다. 김상배는 한국전쟁 당시 아버지와 형의 죽음을 목격하고 방황하는 인물로 나온다. 이러한 가족사는 작가 이문구의 이력(履歷)과 겹쳐지는 부분이 많다. 장편 「장한몽」에 대한 연구는 이후 과제로 남겨 놓는다.

28) 이 작품 곳곳에는 미군 부대 안의 풍경이 묘사돼 있어, 1960년대의 또 다른 풍속도를 보여준다. 예를 들면 미군 부대 영문을 나갈 때 하는 몸수색 장면이라든지, 헌병 헤롤드가 야간 고등학생인 하우스 보이 동수를 성희롱하는 장면, 미군 물품을 훔쳐내는 장면 등은 주한 미군 부대의 풍경을 보여준다.

의 태도에 대해 회의하면서도 김춘희와 정간난의 생활력을 바라보며 탈출구를 마련하려고 한다. 찬섭에게 이들 하위계층인 여성 인부들은 끈질긴 생명력의 표상이다. 그들의 자유분방함은 찬섭의 무기력과 대비되면서 야성적 강렬함을 발산한다. 찬섭이 자신의 일상에 반전을 도모하려고 미군 보급품을 훔친다는 설정은 이문구 초기 소설에 자주 등장하는 범죄 모티프와도 연결된다. 찬섭은 김춘희와 정을 통한 후 그녀의 빚을 갚아주기로 약속하면서 활력을 갖는 것으로 묘사되고 있다. 이 약속을 지키기 위해 공사현장에서 화재가 발생하자 재빨리 미군 군화 상자 두박스를 훔친다. 그리고는 자신의 행위에 대해 「몽금포 타령」의 박영식과 비슷한 태도를 취한다.

> 그는 자기가 절도범이라고 생각하질 않았다. 초조나 불안커녕 말할 수 없는 어떤 해방감마저 느끼고 있었다. 드디어 자기는 창고에 갇혀 있던 그 상자처럼 이제껏 찌들려온 두꺼운 우리 안에서 탈피한다고 믿는 거였다. 다만 자기가 벗어났다는 그 우리가 어떤 것인지는 알지 못했다. 생리적인 감응이라고나 할지, 드넓은 대지의 뜨거운 지혈이 자기 혈맥에 수혈되었고, 전신에서 꿈틀대는 맥박도 그 까닭인 것같은 느낌이었다. 그것은 오랜 표랑 끝에 발견한 신대륙에 정박하는 기분이었다.[29]

찬섭이 느끼는 해방감에 대해서는 분석이 필요하다. 찬섭의 해방감은 정간난과 김춘희의 자유분방함에 빚지고 있다. 그는 자신의 무기력이 절도행위라는 일탈을 통해 극복됐다고 생각하고 있다. 따라서 절도는 자신을 옥죄고 있는 이데올로기적 억압으로부터 벗어나 새로운 세계로 진입하기 위한 통과의례적 성격을 지닌다. 일종의 자기부정적 성격을 지니는 이러한 행위는 충동적이고 낭만적이다. 그렇기 때문에 찬섭은 '자기가 절도범이라고 생각하질 않았다'고 외치는 것이다. 찬섭에게 절도는 사회적 일탈이면서도 부조리한 현실에 대한 저항이라는 이중적

---

29) 이문구, 「地血」, 앞의 책, 112쪽.

의미를 지니고 있다. 그런데도 작가 이문구가 '행위의 부정성' 보다는 '해방과 저항'의 의미를 부각시키고 있는 것은 무엇 때문일까? 이문구는 「지혈」 전반부에 걸쳐 찬섭을 '무능력한 존재가 아니라 무기력한 존재'로 설정하고 있다. 이는 「몽금포 타령」의 박영식과 대비된다. 박영식은 "삶에 대한 용기, 욕망, 기대"를 두루 갖추고 있는 잡초와 같은 인물이다. 박영식은 '삶에 대한 의지'를 '쥐약'을 통해 지속적으로 확인했다. 박영식이 '쥐약'에서 발견한 의미를, 찬섭은 '절도행위'에서 발견하고 있는 것이다. 그러나 정간난이 찬섭의 절도 행위를 미군 헌병에게 알리고, 다시 찬섭을 위해 미군에게 몸을 줌으로써 소설은 결론에 이르게 된다. 결국, 찬섭의 절도행위는 성공하지도, 그렇다고 실패하지도 않고 '지연'된다. '지연'은 파국이 없는 삶의 지연이라고도 할 수 있다.

근대 사회는 인간의 자기 보존 노력에 기반해 있다. 이른바 '근대적 개인'의 발견이라는 것도 인간의 자기 보존, 혹은 세계와의 대결 속에서 개인의 주체의지를 강조하는 것이다. 이문구는 하위계층의 삶의 태도에서 '삶에 대한 강인한 의지'를 읽어내고 있다. 그것이 전근대적 도덕 관념으로 보았을 때는 비루한 것이지만, 하위계층의 삶의 현장에서는 절대절명의 현실이 된다. 근대 부르주아 사회는 '개인의 자기 보존'을 철학적 기반으로 하고 있다. 근대 부르주아는 '개인주의'를 선취함으로써 자본주의 사회를 주도했다. 근대 부르주아가 자기 보존을 위해 투쟁을 했을 때, 하위계층은 전근대적 상태에 있었기 때문에 피억압계층으로 남았다. 따라서 부르주아가 보기에 하위계층은 '개인주의 혹은 자기 보존'을 계몽적으로 학습해야 할 대상이다. 하위계층에게 '부르주아의 논리'는 폭력적으로 강제된다.[30] 즉, 1960년대 한국 근대 도시의 현실은

---

30) 이에 관해서는 아도르노와 호르크하이머의 「계몽의 변증법」에서 환기된 바가 크다. "대량 생산과 그것이 만든 문화의 수많은 브로커들에 의해 규범화된 행동 양식은 유일하게 자연스럽고, 품위 있고, 합리적인 양식으로 개인의 뇌리에 박힌다. 그는 단지 사물로서 정적인 요소로서, 성공 혹은 실패로서 규정될 뿐이다. 개인이 갖고 있는 척도는 자기 유지, 자신의 기능이 객관성에 성공적으로 동화했는가 못 했는가라는 판단, 그리고 이러한 긴을 위해 설정된 모범에 있다. 사상과 범죄와 같은 다른 모든 것은 학교로부터

근대의 문제 설정을 하위계층들에게 폭력적으로 계몽하고 있었던 것이다. 이런 계몽의 체득 현장에서 이문구는 긍정과 부정이 교차하는 양가적 감정을 취하고 있음을 그의 도시 소설은 보여주고 있다. 그럼에도 문제는 여전히 남아 있다. 하위계층이 도시의 급격한 형성 와중에서 '개인의 존재 의지'를 확인하는데서 멈춰서 버린다면, 서울이라는 근대적 공간은 '정글의 도시'로 남게 되고 만다. 개인이 '시민적 개인'으로 다시 거듭날 수 있는 여지를 발견할 수 없을 때, 삶의 의지는 환멸과 냉소로 연결된다. 하위계층이 무엇에 맞서 싸워야 할지 모른 채, 단지 '삶의 의지에만 봉사'한다면, 야만적 근대에 대한 대응이 '선사시대적 야만 상태'로 빠져들 수 있기 때문이다.

이와 관련해 안토니오 그람시는 하위계층의 이데올로기가 지배 집단의 이데올로기와 목표 속에서 형성된다고 말한다.[31] 하위계층은 지배적 이데올로기에 적극적으로든 수동적으로든 동화되고 합류해야만 자율성을 확보해 나갈 수 있다. 이문구의 도시 소설은 바로 이 부분을 포착하고 있다. 이문구 소설의 하위계층은 1960년대의 폭력적 근대의 와중에서 하위계층이 근대의 이념인 '개인의 의지'를 습득하면서 근대 도시속에서 생존의 논리를 회득해갔다. 그러나 하위계층이 자기결정권을 갖는 '자율적 시민계층'으로 변화할 가능성은 이문구 초기 도시 소설에서 발견되지 않고 있다. 이는 이문구가 서울이라는 근대 도시 형성과정에서 경험한 야만성을 명확히 포착하고 있음에도 불구하고, 새로운 도시적 가치의 정립으로 나아가지 않았기 때문으로 보인다. 그는 농촌 공동체에서 도시로 이주한 경험에 기반해 이미 주어진 도덕적 전범을 회의하는 도시 소설을 창작했다. 그러나 본격적인 이데올로기 비판적 태도를

노조에까지 그것을 감시하는 집단의 힘을 경험한다. 그러나 위협하는 집단마저도 기만적인 표피에 불과한 것으로서 그러한 집단을 폭력적인 것으로 만드는 힘은 그 표피 밑에 숨어 있다."(Th. W. 아도르노·M. 호르크하이머, 김유동 역, 『계몽의 변증법』, 문학과지성사, 2001, 59-50쪽)

31) 안토니오 그람시, 앞의 책, 70-71쪽 참고.

확립하기 위해서는 자신의 근본에 대한 전격적인 재사유가 필요했다. 이를 통해 자신의 가치체계가 어떻게 구성되었으며, 그 가치체계가 현실과 싸우기 위해서는 어떤 식으로 해체돼야 하는가를 사고할 필요가 있었을 것이다. 이문구의 경우도 마찬가지가 아니었을까? 그가 도시를 떠나 '관촌마을'로 되돌아간 것은 자신의 근본에 대한 성찰과 현실 비판적 성격을 지닌 것이었다고 할 수 있다. 이문구 소설의 이른바 농촌 지향의 근본적 문제설정은 도시경험에 빚진 바가 크다. 이문구가 도시공간에서 새로운 하위계층의 윤리를 탐구하는 대신, '농촌 공동체'에 대한 탐구를 통한 근대 비판으로 나아간 이유도 이런 맥락에서 해명이 가능하다고 본다.

3. 1960년대 도시 하위주체의 성격

1960년대 한국 사회는 급격한 도시화의 충격을 겪어야 했다. 근대화의 한 특징인 도시화는 인구집중을 통해 자본축적의 기반을 마련하려 했다. 그러나 서구와 달리 한국 사회는 인구의 가파른 집중현상으로 인해 다양한 주변부 인물군상을 가학적으로 형성할 수밖에 없었다. 여기서 '도시'는 단지 도심이라는 공간적 개념에 국한된 것이 아니다. 자본주의 근대의 성격을 담지하고 있는 '도시 공간'은 선택과 배제를 통해 스스로를 활성화했다. 자본주의 근대도시에서 일탈될 수밖에 없었던 하위주체들은 대부분 농촌에서 이주한 임시노동자들이었다. 이들은 도시 주변인, 범법자, 노점상, 일용 노동자, 매매춘 여성 등이었다.

그렇다면 이 글에서 중심적으로 다룬 1960년대 이문구 소설의 하위계층은 어떻게 의미화할 수 있을까? 앞에서 살펴보았듯이 하위계층은 개발 독재식 한국 근대가 배제한 주체들이다. 이들은 때로는 '거리의 범법자'로 나름의 생존방식을 터득해야 했고, 또 임시 노동자로서 도시에서의 삶을 지속하기 위해 '자기 보존의 의지'에 기반한 부르주아의 철학을 습득해야만 했다. 도시 하위계층의 불안정한 상태는 서울의 도시화가 폭력적으로 이뤄짐으로써 발생한 것이다. 이들이 생존을 위한 극한적 상황에 내몰렸다는 사실은 '저항의 가능성'으로 의미화될 수 있다. 저항성은 주체의 주관적 의지에 의해 발생하는 것이 아니라, 세계와 주체의 불화를 통해 생성된다. 이런 측면에서 볼 때, 하위계층은 자본주의의 지속적 성장을 위해 항상 불안정적 상태에 내몰려 있기에 세계와 불화한다. 이들의 불안정성은 안정적 지위에 있는 도시의 정상인에게 '위협'을 가한다. 이러한 위협은 삶의 긴장을 지속시켜주는 요인이 되고 있어 이중적이기도 하다. 이문구의 도시소설 「야훼의 무곡」, 「부동행」, 「두더지」 등에 등장하는 범법자들은 도시의 정상인들을 위협하는 '비정상인들'이다. 이들 비정상인들은 어떤 식으로 든 도시의 정상인들로 편입하고자 하는 욕망을 지니고 있다. 이러한 하위주체들의 이중적 욕망은 혼종성(Hybridity)을 지니고 있다. 그러나 정상인이 되고자 하는 욕망은 그들의 도덕적 결함으로 인해 파탄에 이르는 것으로 이문구 소설에서는 형상화되고 있다. 이와 비교할 때, 건설 현장에서 일하는 임시 노동자들은 자본주의 근대 도시의 생존 논리를 내면화시키는데 일부 성공한다. 「지혈」의 찬섭이나 「몽금포 타령」의 박영식이 이러한 부류인간형이다. 그러나, 이들이 단지 도시의 정상인으로 진입한다면, 그들은 자본주의의 논리에 자신을 동일시켰기 때문에 더 이상 '하위주체'라 명명할 수 없다. 하위주체는 부르주아지의 철학이었던 '근대 개인의 발견'을 점차 습득해나가면서도, 이를 넘어설 수 있는 '자기 결정권과 소외되지 않는 실천 의지'를 지니고 있어야 한다. 이러한 인식은 '부정을 통한 자기인식'에 가 닿았을 때 가능해진다. 이문구 소설에 등장하는 하위계층들은 1960년대의 시대적 상황의 규정력에 의해 자기 부정의 계기를 마련하지 못하고 있다. 이는 결코 이문구 소설의 한계라고 간단히 규정될 수 없으며, 시대적 규정력으로 간단히 도식화할 수도 없는 '모순보다 더 심오한 차이'를 내포하고 있다.

그럼에도 불구하고 이문구의 도시 소설은 하위계층을 포착해 소설의 주인공으로 등장시키고 있다는 점 자체로 의미를 갖는다. 문학은 공동체가 처해 있는 상황에 대한 자각적 이해를 도와줄 수 있어야 한다. 더불어 현실에서 공동체의 일원이 겪은 고뇌와 좌절을 형상화함으로써 전체라는 이름으로 배제된 것들을 복원시키는 효과를 생성할 수도 있어야 한다. 이문구의 도시 소설은 바로 1960년대 한국 도시 공간이 처해있던 험준한 상황을 자각적으로 이해할 수 있는 계기를 마련해 주고 있다. 이를 통해 이문구 문학은 공동체의 통합에 기여를 하는 것이 아니라, 공동체의 모순과 결여를 드러냄으로써 공동체의 해체와 재통합을 이루는데 영향을 미치고 있다. 이문구 문학가『관촌수필』이후 농촌공동체의 문제 형상화로 선회한 것도 그의 초기 소설이 갖고 있는 문제의식과 연관돼 있다. 따라서 이문구 도시 소설이 발생시킨 효과는 공동체의 자각적 성찰을 도와 '공동체의 미래'를 활성화시켜 줬다고 할 수 있다.

주제어 : 이문구, 1960년대, 하위계층, 하위주체, 도시 소설, 빈곤, 임시 노동자, 범법자 소설

◆ 참고문헌

1. 연구논문

강내희, 「유물론적 문학이론 모색의 한 예」, 『문학의 힘, 문학의 가치』, 문화과학사, 2003.

구자황, 「이문구 소설 연구 - 구술적 서사전통과 변용을 중심으로」, 성균관대 박사학위 논문, 2001.

김주연, 「서민생활의 饒舌錄 - 이문구의 작품세계」, 『한국문학대전집 22』, 태극출판사, 1976.

김한식, 「1970년대 후반 '악한 소설'의 성격 연구」, 『상허학보 10집 : 한국 근대문학 양식의 형성과 전개』, 깊은샘, 2003.

레이 브롬리·크리스 게리, 「임시노동과 빈곤」, 『제3세계의 도시화와 빈곤』, 한길사, 1986.

민병인, 「이문구 소설 연구 - 농경문화 서사와 구술적 문체 분석」, 중앙대 박사학위 논문, 2000.

유인호, 「경제성장과 환경파괴 - 성과와 대가에서 본 고도성장」, <창작과비평>, 창작과비평사, 1973년 가을.

하정일, 「저항의 서사와 대안적 근대의 모색」, 『1970년대 문학연구』, 소명출판, 2000.

황종연, 「도시화·산업화시대의 방외인」, <작가세계>, 세계사, 1992년 겨울.

2. 단행본

R. H. 라우어, 정근식·김해식 역, 『사회변동의 이론과 전망』, 한울, 1985.

Th. W. 아도르노·M. 호르크하이머, 김유동 역, 『계몽의 변증법』, 문학과지성사, 2001

가야트리 스피박, 태혜숙 옮김, 『다른 세상에서』, 도서출판 여이연, 2003.

고인환, 『이문구 소설에 나타난 근대성과 탈식민성 연구』, 청동거울, 2003.

구해근, 「현대 한국 계급구조에 관한 시론」, 『한국사회의 재인식 Ⅰ』, 한울, 1985.

데이비드 하비, 초의수 역, 『도시의 정치경제학』, 한울, 1996.

안토니오 그람시, 이상훈 역, 『그람시의 옥중수고 2』, 거름, 1993.
에르네스트 만델, 이동연 역, 『즐거운 살인-범죄소설의 사회사』, 이후, 2001.
유인호, 『민중경제론』, 평민사, 1984.
피터 지마, 서영상·김창주 역, 『소설과 이데올로기』, 문예출판사, 1996.
한국도시연구소 엮음, 『수도권 들여다보기』, 한울, 1995.

96

◆ 국문초록

　이 논문은 1960년대 하위계층이 소설 속에서 어떻게 재현되고 있는가를 탐구하기 위해 쓰여졌다. 1960년대는 한국 사회에서 급격한 도시화가 이뤄진 시기이다. 서울의 가파른 인구 팽창은 다양한 도시 하위계층을 생성해 냈다. 필자는 하위계층의 재현 양상을 살펴보기 위해 이문구의 초기 도시 소설을 주목하게 되었다. 이문구의 도시 소설은 그간 문학사의 주변부로 밀려나 있었다.

　필자는 이 글에서 이문구가 그의 도시 체험을 바탕으로 '하위계층'을 형상화하는 양상을 고찰했다. 우선, 이문구의 도시 소설에는 범법자들이 주인공으로 등장하고 있어 특징적이다. 범법자들은 도시의 정상적인 생활체계에 배제된 인물들이다. 이들은 극한적 빈곤 때문에, 혹은 도시의 정상적인 생활에 포함될 수 없다는 자의식 때문에 범죄를 저지르고 있었다. 생존을 위한 선택이라는 측면에서 이문구는 이들 범법자들에게 연민의 시선을 던져주고 있다. 그러나 이들 범법자들은 결말부분에서 파국적 상황에 빠지고 만다. 이들은 한국 근대화의 희생자이기는 하지만, 자신의 행위에 대한 분명한 의지를 표명하지 못하고 있기 때문에 구원의 대상은 되지 못하는 것이다. 반면, 이문구는 하위계층의 내면을 도시 임시 노동자들을 통해 보다 구체화시키고 있다. 이문구는 실제로 건설 현장의 임시 노동자로 일했다. 그는 잡초와 같은 생명력을 지닌 하위계층과 도시의 생존 방식에 적응하지 못하는 인물을 동시에 제시한다. 이들은 농촌에서 도시로 이주했기 때문에 파생되는 문화적 갈등을 '삶에 대한 의지 회복'을 통해 극복하려 한다. 이문구는 하위계층이 '삶에 대한 의지'를 확인하는 매개체로 '죽음의 상징인 쥐약', '절도 행위' 등을 제시하고 있다. 근대 부르주아가 '자기 보존 의지'로 자본주의 사회의 주도권을 선취했다면, 이들 하위계층들은 '생존의 의지'를 통해 근대 사회에 적응해 나갔다.

　하위계층은 개발 독재식 한국 근대가 배제시킨 주체들이다. 이들은 생존을 위해 극한적 상황에 내몰렸기 때문에 저항적 성격을 내면화하고 있다. 하위계층은 자본주의의 지속적 성장을 위해 항상 불안정적 상태에 내몰려 있다. 이들의 불안정성은 안정적 지위에 있는 도시의 정상인에게 '위협'을 가한다. 이러한 위협은 삶의 긴장을 지속시켜주는 요인으로 전유된다. 더불어 하위계층도 도시의 정상인으로 편입되고자 하는 욕망을 지니게 된다. 그러나 하위계층에게서 해방의 가능성을 읽어낼 수도 있다. 비록 이문구 소설에는 부분적이기는 하지만, 이들은 어떤 식으로

든 한국 자본주의 근대의 피해자다. 따라서 반자본주의적 성격을 지닐 수밖에 없는 주체이다. 미래 사회가 하위주체를 포함한 소수의 운명까지 포괄하려면 하위주체들이 배제되지 않는 다성적 민주주의가 고민돼야 할 것이다.

♦ SUMMARY

The aspect of representation about
urban's subaltern during 1960s

Oh, Chang-Eun

This study has the major premise which is urban's subaltern. The 1960's was urbanization period in South Korea. This study focuses on Lee, Mun−Gu(1941~2003). For reading urban's subaltern, I try to reconstruct Lee, Mun−Gu's urban novels. It is as follows that there are some of aspects for urban's subaltern. First of all, Lee engaged in creative writing about variety lawbreakers. They were the defeaters excluded from normal society. But, Lee take pity on the lawbreakers. Secondly, Lee, Mun−gu engaged in creative writing about construction workers. In this case, all construction workers are casual laborers. They give rise to complications between modern life style and traditional life style. Little by little, they learn about modern life style. It is the strong will to maintain their existence. The studing is kind of the enlightenment. It is important for Lee's novel how to cope with urban's subaltern. After that time, Lee turned around rural problem.

Keywords : Lee Mun−Gu, 1960s, subaltern, urban novel, poverty, casual laborer, lawbreaker novel.

－이 논문은 2003년 12월 31일에 접수되어, 소정의 심사과정을 거쳐 2004년 1월 31일 게재가 확정되었음.

'아비 부정', 혹은 1960년대 미적 주체의 모험
- 김승옥과 이제하의 텍스트에 나타난 주체 형성과 권력의 문제를 중심으로 -

장 세 진*

1. "탕자의 의지"

"太初와 같은 어둠 속에 우리는 서 있다. 그 숱한 言語의 亂舞 속에 우리의 전신은 여기 이렇게 초라한 모습으로 서 있다. 이 천년 갈 것 같은 어두움 그 속에서 우리는 신이 느낀 권태를 반추하며 여기 이렇게 서 있다 … 그러나 이제 우리는 안다. 이 어두움이 神의 人間創造와 동시에 除去된 것처럼 우리들 주변에서도 새로운 언어의 창조로 제거되어야 함을 우리는 안다 … 얼어붙은 권위와 구역질나는 모든 話法을 우리는 저주한다. 뼈를 가는 어둠이 없었던 모든 자들의 안이함에서 우리는 기꺼이 출발한다 … 內部에서 터져 나오는 욕망을 처리하기 위해 집을 나가는 탕자를 우리는 배운다.

---

* 연세대 강사.

모든 어두움 속에 파묻힌 죽어버린 言語를 박차는 탕자의 의지를 우리는 배운다."1)

김승옥을 비롯한 <산문시대> 동인들의 이 비장하고도 당돌한 선언이 소위 4·19 세대의 문학적 사명감과 자부심을 세상에 알리는 일종의 출사표였다는 사실은 이제 너무나도 유명한 이야기가 되어 버렸다. 물론, 자신의 세대를 "선조도 없고 부모도 없는, 천상으로부터 강림한 신종족"으로 자처하는 이 과장된 수사법은 근대 문학의 여명기에 서있던 이광수를 필두로 해서 우리 문학사의 "인정 투쟁" 국면마다 실상 빈번하게 등장하는 것이기도 했다. 그러나 60년대 문학 담당자들의 이 두드러진 <세대 의식>은 적극적인 현장 비평의 승인 아래 훨씬 자의식인 것이 되었다는 점에서 더욱 우리의 눈길을 끈다. 이를테면 <산문시대> 창간 동인의 일원이었던 평론가 김현의 경우, 기존 50년대 문학의 특성을 "비개성적 허무주의"와 "논리적 야만주의"2)로 단호하게 규정하는 반면, 동세대 작가들의 작품들에 관해서는 명백한 옹호와 구제의 논리를 구사하고 있는 것이 사실이다.3)

특히, 김승옥 텍스트에서 비롯된 "자기 세계"의 구축이라는 용어는 김현 비평의 옹호에 의해 한국 문학사에서 60년대 문학의 새로움—"감수성의 혁명"이라고도 불리우는—을 설명하는 핵심 키워드로 자리잡았다고 보아도 무방할 것이다. 루카치의 저 유명한 표현대로 "내면성이 가지는 가치를 시험하기 위해 길을 나서는 영혼의 이야기"가 바로 근대의 소설 novel 형식이라면, 60년대 비평 담론은 "자기 세계"의 구축이라는

1) 김승옥, 김현, 최하림, 「선언」, 산문시대 1권 창간호, 1962.
2) "왜 해방이 되었는지, 왜 전쟁이 일어났는지, 그리고 그것이 한국과 자아에게 어떤 의미를 갖는지에 대한 냉정한 성찰, 반성보다는 그러한 것을 추상적이고 보편적인 개념으로 파악하려는 논리적 야만주의가 팽대하게 되었다는 것이다." 김현, 「테러리즘의 문학」, 김현 문학 전집 2 현대 한국 문학의 이론/사회와 윤리, 문학과지성사, 1991, 242-243쪽.
3) 60년대 세대 담론의 전략적인 성격을 비판적으로 분석하는 연구 경향에 관해서는 이명원, 타는 혀, 새움, 2000. 참조.

이 용어를 한국 근대 문학의 "내면성의 확립"으로 곧장 등치시킨 셈이
었다. 바야흐로 우리 문학사에서, 신(神)이 사라져 버린 시대의 비참을
자신의 내면성의 가치로 구원하려는 미적인 근대 주체가 호명되던 순간
이었다. 돌이켜보면, 이 용어는 새로운 주체를 정립하려는 4·19 세대의
열망을 효과적으로 대변했을 뿐더러, 여타 분야와의 차별성을 주장하며
문학 고유의 <자기 세계>인 자율성을 확립하려는 근대적인 분화의 기
획과도 맞물려 있었다는 점에서 효과적으로 중복 결정된, 매우 '경제적
인' 슬로건이기도 했다.

　그러나 당대 비평 담론의 전략적인 성격을 십분 감안한다 해도, 정작
김승옥 텍스트에 드러나는 "자기 세계"의 모양새가 의식적이든 무의식
적이든 균열된 모습을 보여주고 있는 것은 사실이다. 4·19 세대의 본격
적인 상경 행렬이 시작되고, 서울살이의 고단함과 그럼에도 불구하고
뿌리칠 수 없는 도회의 매력 속에서 완성된 이 "자기 세계"에 대해 「생
명연습」의 화자는 다음과 같이 진술하고 있기 때문이다.

　　'자기 세계'라면 그것을 가지고 있는 사람을 몇 명 나는 알고 있는 셈이
　다. '자기 세계'라면 분명히 남의 세계와는 다른 것으로서 마치 함락시킬 수
　없는 성곽과도 같은 것이 아닌가 생각한다. 그 성곽에서 대기는 연초록빛에
　함뿍 물들어 아른대고 그 사이로 장미꽃이 만발한 정원이 있으리라고 나는
　상상을 불러 일으켜 보는 것이지만 웬일인지 내가 알고 있는 사람들 중에서
　'자기 세계'를 가졌다고 하는 이들은 모두가 그 성곽에서도 특히 지하실을
　차지하고 사는 모양이었다. 그 지하실에는 곰팡이와 거미줄이 쉴새없이 자라
　나고 있었는데, 그것이 내게는 모두 그들이 가진 귀한 재산처럼 생각된다.4)

　과감히 집을 떠나 세계―입법자로서의 창조 열망을 선언했던 "탕자
의 의지"가 도회지의 어느 "지하실"을 차지하는 결말로 끝나버리는 것
도 물론 아쉽지만, 문제는 여기에서 끝나지 않는다.

---

4) 김승옥, 「생명연습」, 누이를 이해하기 위하여, 청아출판사, 1992, 14쪽.

프로이트의 정신 분석 이론을 문학 연구에 적용한 마르트 로베르에 의하면, 아버지를 부정함으로써 스스로를 고아 또는 서자로 규정하는 가족 로망스의 구조는 어린 아이가 한 사람의 어른으로 성장하면서 반드시 겪게 되는 개인 심리학적인 기제인 동시에 근대적인 주체를 성립시키는 일종의 일반 서사이며 근대의 대표적 이야기 형식 즉, 소설 novel 의 잠재된 플롯이기도 하다.[5]

따지고 보면, <산문시대> 동인들이 즐겨 사용했던 "탕자"의 비유 역시 주체 정립을 목표로 하는 가족 로망스의 기획 안에서 작동하는 것임에는 틀림이 없지만, 한가지 흥미로운 사실은 4·19 세대라 불리우는 작가들의 텍스트에서 정작 가족 로망스의 핵심인 아비 부정의 양상은 의외로 배면으로 물러나 있다는 점이다. 차차 살펴보게 되겠지만, 오히려 이들 텍스트의 전면에 부각되고 있는 것은 여성 이미지인 경우가 압도적으로 많다. 이를테면, 김승옥의 작품에서 특히 두드러지는 "고향"의 부정과 이를 통한 주체의 정립이란, 상징적인 부친 살해를 통해서라기보다는 "어머니" 나 어머니의 인접 이미지로서의 "누이"를 부정하고 훼손하는 방식으로 이루어지고 있기 때문이다.

이제는 거의 신화가 되어버린 4·19 세대 식의 <자기 세계> 구축이나 <합리적 개인주의>의 등장에 대해 다시 한번 생각해 볼 여지가 있는 것도 바로 이 지점이다. 주지하다시피, 60년대라는 시대는 4·19의 혁명 담론을 그대로 전유해버린 군부 세력의 등장이 말해 주듯이 한국의 근·현대사를 통틀어 그야말로 가장 강력한 아버지 상(像)이 부상하던 시기임에 틀림없다. 한국의 특수한 근대라는 맥락을 떠난다 하더라도 이 점은 충분히 강조되어야 할 부분으로, 근대 계몽의 문제를 사유했던 푸코에 의하면 근대는 개별화 경향과 동시에 개별 주체들을 통제하는 강력한 국가 권력을 함께 탄생시킨다. 푸코의 문제 의식은 여기서 한

---

5) 김치수, 이윤옥 옮김, 기원의 소설, 소설의 기원, 문학과지성사, 2001(Marthe Robert, Roman des origines et origines du roman, Grasset & Fasquelle, 1972), 60쪽.

발 더아가 개별화를 통해 권력 관계가 강화되는 현상을 제어할 수 없을
까 하는 점이기도 했다.6)

4·19 세대의 비장한 "아비 부정" 담론이 근대적 개별 주체를 정립하
려는 열정적인 사유였던 것은 물론 틀림없지만, 개별화와 함께 진행되
는 전체화 혹은 전체주의적 권력의 문제에는 명민하지 못했을 뿐만 아
니라 오히려 스스로 사유를 차단하는 면조차 보이고 있어 문제적이다.
개별 주체와 통제 권력의 문제라는 점과 관련하여 살펴보자면, 60년대
비평 담론의 선호로부터는 오히려 한 발 물러 서 있음에도 불구하고 꾸
준히 이 테마에 관심을 보인 작가로서 이제하를 꼽을 수 있다. 60년대
이제하의 텍스트는 기대 이상으로 격렬한 아비 부정의 양상을 보여주었
을 뿐 아니라, 전체주의적 권력이 개별 주체에 행사하는 영향력에 대해
민감하게 반응했다. 여성 상징에의 의존도가 높은 김승옥의 텍스트와
비교했을 때, 아버지와 아버지에 준하는 비유적인 인물 형상이 꾸준히
등장하고 있다는 점도 매우 이채롭다.

사실, 이제하의 텍스트는 우리 소설사에서는 비교적 보기 드문 편인
"예술가 소설"의 계보를 잇고 있는 것으로 평가되어7) 왔지만, 이때 예술
가 소설의 의의는 서구에서도 그랬듯이 주로 자본주의 사회에서의 예술
가가 차지하고 있는 문제적 위치에서 비롯되는 것이다. 그러나 우리의
6, 70년대 현대사를 돌이켜볼 때 자본주의적 근대화라는 보편적 요소만
으로는 예술가 소설이라고 불리우는 텍스트들의 의의를 충분히 해명하
기가 어려워 보인다. 60년대 이제하의 텍스트를 이해하기 위해서는 오
히려 "다른 많은 장르들 가운데 하나의 '외디푸스적' 장르가 소설이라는
점",8) 더욱이 이때의 예술가란 부친 살해의 환상을 실현하는 "어린 외디

---

6) 미셸 푸코,「계몽이란 무엇인가」, 김성기 편, 모더니티란 무엇인가, 민음사, 1994, 362쪽.
7) "예술가 소설이란 태생적으로 오늘날을 지배하는 교환 가치의 양식 속에서 사용 가치
　 가 얼마나 안주할 수 있는가"를 묻고 있는 장르이다. 김윤식,「한 예술가의 죽음의 의미」,
　 한국 근대 작가론고, 일지사, 1974.
8) 마르트 로베르, 위의 글, 2001, 60쪽.

푸스"의 성장태라는 점이 적극적으로 부각될 필요가 있기 때문이다. 더욱이 필리프 쥘리앵에 의하면, "원래 아버지로 불린 것은 한 여자의 남편이 아니라 지배자(maitre), 즉 국가를 이끄는 사람이었으며 아버지란 처음에는 정치적, 종교적 아버지"[9]를 가리켰고, 가족적 의미의 아버지는 오히려 파생된 개념이기도 하다.

그러므로, 최근의 정신 분석 연구 성과가 밝혀 주듯이 주체가 세계에 편입되면서 최초로 겪는 갈등 원형이 바로 아버지와의 관계 설정에 놓여 있다면, 두 작가의 텍스트에서 주체가 어떠한 방식으로 형성되는지를 살펴보는 일은 분명 흥미로운 작업일 것이다. 그것은 이른바 4·19세대의 자부심인 <자기 세계>의 실체를 비판적으로 되묻는 일일 뿐더러, <합리적이고 개인주의적인> 근대의 흐름과 동시에 진행되고 있던 일련의 전체화 경향을, 혹은 모순과 역설로서의 근대 구조를 함께 사유하는 일이기도 하다. 물론, 낯선 서구와 조우하던 바로 그 순간부터 근대성(modernity)이란 한국 근·현대사의 뜨거운 화두였음에 틀림없다. 그러나 4·19와 5·16을 함께 경험했던 60년대의 이른바 미적 주체들 역시 해방과 구속으로서의 근대성의 모험 한 복판에 놓인, 모순에 찬 존재들이었다.

2. "여자를 통해 출세하기" - 김승옥 텍스트의 경우

"저개발의 현대화는 현대성이라는 환상과 꿈 위에서 건설하고 신기루와 유령에 대한 친밀감과 갈등 위에서 성장하도록 강요받는다. 새로 생긴 생활에 충실하기 위해서는 날카롭고 거칠고 미완성이도록 강요받는다. 혼자 힘으로는 역사를 만들 수 없다는 무능함으로 인해 자신을 고발하고 괴롭히거나 또는 역사라는 부담 전체를 스스로 짊어지기 위한 엄청난 시도에 몰두하

---

9) 홍준기 옮김, 노아의 외투, 한길사, 2000(Philippe Julien, Le manteau de Noe; Essai sur la paternite, Editions Desclee de Brouwer, Paris, 1991) 50쪽.

는 것이다. 자기 혐오의 광포함 속으로 자신을 강요하고 자조라는 거대한
유보를 통해서만 자신을 보존한다."10)

이른바 "저개발의 모더니즘"이라 명명된 페테스부르크의 근대 경험
은 <고향>과 <도시>라는 이분법이 사람들의 머리 속에 하나의 도식
으로 잡아가던, 60년대의 서울 생활을 체험한 우리 젊은이들의 내면 풍
경과 놀랄 만큼 닮아 있다. 어떻게 보면, 김승옥의 텍스트들은 서울 생
활에 대한 컬쳐 쇼크(culture shock)의 생생한 기록이면서 동시에 누구 못
지 않은 철저한 서울내기가 되어 가는 인물들에 대한 합리화의 기록으
로 읽을 수 있다.

"나는 마침내 하향해 버리기로 결심했다. 더 견디어내기 어려운 서울
이었다 … 서울에서 나는 너무나 욕된 생활 속을 좌충우돌하고 있었
다…환상과 현실과의 거리조차 잊어버려서 아무 것도 구별해낼 수가 없
게 되었고 사람을 미워하는 법을 배우고 말았다"「환상수첩」의 주인공
'정우'의 수기(手記)는 바로 이렇게 시작되는데, 「무진기행」이나 「생명연
습」, 「누이를 이해하기 위하여」, 「서울, 1964년 겨울」과 같은 김승옥의
대표적인 텍스트에서 도시는 일단 어떤 식으로든 젊은이를 단련시키는
일종의 학교이자 감정 교육의 거대한 장(場)으로 묘사된다.

그러나 김승옥의 인물들이 비싼 수업료를 지불하고 정작 도시에서
배운 것은 "부글부글 끓어오르는 내부를 저런 무관심한 표정으로 가려
버리는 법"이거나 혹은 내가 상처받기 전에 남에게 상처를 주는 일종의
살아남기, 즉 도시에서의 처세술이다. 이를테면, <생명연습>의 한교수
는 유학길에 걸림돌이 되리라 판단되는 정순과의 사랑의 감정을 제거하
기 위해 노력한다. "말똥말똥한 의식의 지휘 아래" 그녀의 육체를 범하
기로 결심, 실행에 옮긴 그는 자신의 사랑을 성욕으로 조작하며 "사꾸라
가 질 무렵엔, 마까오 경유 배표(船票)를 쥐고도 손가락 하나 떨지 않고

10) 윤호병, 이만식 옮김, 현대성의 경험, 현대미학사, 1995,(Marshall Berman. All that is solid
melts into air: The experience of Modernity, 1982) 283쪽.

서 있을 수" 있게 된다. 최선의 방어는 공격이라는 논리가 통용되는 그곳, 전쟁은 이미 10여년 전에 끝났지만 도시는 여전히, 혹은 또다른 방식으로 살기 어린 전장(戰場)인 셈이다. <환상수첩>의 '정우'는 또 어떠한가. 그는 창녀와의 교환 조건으로 자신이 사랑하는 선애를 아무렇지도 않다는 듯 친구에게 넘기며, 그녀와의 감정을 대수롭지 않은 것으로 스스로에게 애써 납득시키려 한다.

물론 김승옥 소설 속에 등장하는 인물들의 행위가 윤리적이냐의 여부를 따지는 것보다 훨씬 더 중요한 일은 작가가 텍스트 안에서 이들의 태도를 명명하는 방식, 나아가 당대의 현장 비평이 이들을 해석·승인하는 방식을 다시 한번 검토해 보는 일이다. 일단, 소설 속 내포 화자는 순수한 감정을 위악적으로 훼손하여 결국 강자(强者)들의 도시에서 살아남고 마는 인물들의 태도를 포괄하여 "극기(克己)"라고 부르며 이렇듯 "극기"의 '뼈아픈' 과정을 거쳐 성립된 실체를 하나의 "자기세계"라고 명명한다.

　　하나의 세계가 형성되는 과정이 한마디로 얼마나 기막히다는 것을 나는 잘 알고 있다. 그 과정 속에는 번득이는 철편(鐵片)이 있고 눈 뜰 수 없는 현기증이 있고 끈덕진 살의가 있고 그리고 마음을 쥐어짜는 회오(悔悟)와 사랑도 있는 것이다. 이렇게 말하면 봄바람처럼 모호한 표현이 아니냐고 할 것이나 나로서는 그 이상 자세히는 모르겠다.11)

김승옥의 텍스트에서 "자기세계"를 형성하기 위한 "극기"의 마인드를 전수하는 위악과 타락의 장소가 "도시"라면, 도시의 대립항으로 설정된 "고향"은 거의 자연스레 도시에서의 "2년 동안을 씻어 버리고 다시 이 짠 냄새만을 싣고 오는 해풍으로 목욕" 시키는 순수와 정화의 공간으로 형상화된다. 「누이를 이해하기 위해서」에서 길게 묘사된, 고향 마을을 가로질러 금빛으로 빛나는 강물의 이미지 역시 고향이 도시에서의

---

11) 김승옥, 「생명연습」, 위의 책, 1992, 19쪽.

상처를 관대하게 포용하는 치유와 용서의 공간이라는 점을 분명하게 말해준다. 선행 연구에서도 이미 지적된 바 있듯이, 김승옥 텍스트에서 "고향"과 "서울"의 이분법은 유년의 "화사한 왕국"과 어둡고 습기 찬 "자기 세계"의 대립으로 변주되면서 일정한 패턴을 형성하고 있는데, 사실 이와 같은 도식의 활용이란 그리 자연스러운 것도 바람직한 것도 아니다.[12]

그러나 정확하게 말하자면 도시와 고향, 타락과 순수라는 이분법적인 설정 자체보다 더 문제적인 것은 "고향"이라는 기표가 한결같이 어머니나 누이와 같은 여성 상징으로 코드화 되고 있다는 점, 뿐만 아니라 이들의 이미지가 텍스트 내에서 양극단을 오가며 위태롭게 동요하고 있다는 점이다. 이를테면 「환상수첩」에서 하향을 감행한 주인공 '정우'의 눈에 비치는 고향이란 "저 사조(思潮)라는 맘모스와 그리고 그것이 찍고 가는 발자국에 고이는 구정물의 시간"에 다름 아니다. 모든 것을 잃어버린 술집 여자들과 좌절한 문학 청년들이 하릴없이 시간을 때우는 그 곳.

그러므로 김승옥 텍스트에서 고향은 철저하게 상상과 실재의 두 차원에서 이중적인 모습으로 표상되고 있는 셈이다. 고향이란 도시에서 잃어버린(혹은 잃어버렸다고 믿는) 순수함이 보존되어 있는 순결한 공간이지만, 그것은 어디까지나 자기 연민의 모호한 안개와 향수(鄕愁)라는 상상 공간 속에서 만이다. 오히려 그들이 대면하는 고향의 실재 모습이란, 상상 속의 순수가 살해되어 폐기 처분된 공간이다. 보다 정확하게는 죽은 창녀의 이미지로 요약되는 공간, 그리하여 끝내는 도망치듯 떠나올 수밖에 없는 버림받은 공간일 따름이다.

"무슨 일입니까?" "자살 시쳅니다." 순경은 흥미없는 말투로 말했다. "누군데요?" "읍내에 있는 술집 여잡니다. 초여름이 되면 반드시 몇 명씩 죽지요." "네에" "저 계집애는 아주 독살스러운 년이어서 안 죽을 줄 알았더니,

---

12) 김희진, 「1960년대 한국의 미적 근대 연구: 김승옥 텍스트의 상징 정치학」, 연세대학교 비교 문학과 대학원, 2001, 51쪽.

저것도 별 수 없는 사람이었던 모양입니다." "네에." … 시체의 얼굴은 냇물을 향하고 있었으므로 내게는 보이지 않았다. 머리는 파마였고 팔과 다리가 하얗고 굵었다 … 푸른 꽃무늬 있는 하얀 고무신을 머리에 베고 있었다 무엇인가를 싼 하얀 손수건이 그 여자의 축 늘어진 손에서 좀 떨어진 곳에 굴러 있었다. 하얀 손수건은 비를 맞고 있었고 바람이 불어도 조금도 나부끼지 않았다.13)

「무진기행」의 윤희중이 "서울에서의 실패로부터 도망해야 할 때거나 하여튼 무언가 새 출발이 필요할 때" 무진을 찾는 이유는 따라서 주인공이 텍스트 내에서 진술하는 바와 일치하지 않는다. 그것은 "한번만, 마지막으로 한 번만 이 무진을, 안개를, 외롭게 미쳐가는 것을" 긍정하기 위해서가 아니며, 그 자신의 말대로 자살한 술집 여자의 시체를 "나의 일부로 느끼는" 애도(mourning)의 제의를 위해서도 결코 아니다. 오히려 그는 자신이 살해한 순수의 사체를 확인하기 위해, 그것이 얼마나 비천한 모습인가를 목격하여 새삼 도시에서의 "극기"의 동력을 찾기 위해, 그리하여 위기의 국면마다 주춤거리는 자신의 생의 방향을 다스리기 위해 하향한다. 다시 한번 마르트 로베르의 말을 빌자면, 의미심장하게도 "어머니의 과오는 어린 아이 자신의 다시 일어서는 조건"이며 "자신의 생애를 수정" 해야겠다는 역설적인 희망으로 작용하고 있는 셈이다.14)

그러므로 "무진"은 결코 도시에서의 삶을 반성하는 성찰의 공간일 수 없다. 오히려 그 곳은, 아버지의 상징계적 질서 안에서 위기를 맞은 주체가 외디푸스 시기 이전의 상상의 거울 단계로 명백히 퇴행하는 공간이다. 라깡이 이미 지적하고 있듯이, 상상계 안에서 주체는 완전하고 이상적인 나르시시즘적 자아로 투영되기 때문이다. 고향과 여성 이미지

---

13) 김승옥, 「무진기행」, 위의 글, 1992, 245쪽.
14) "어머니는 자신이 속해 있던 여왕의 자리로부터 갑자기 모욕적인 사회적 조건으로 떨어지지만, 그러나 이 보잘 것 없거나 노예적인 상태에 도덕적 무자격이 덧붙여진다. 왜냐하면 사생(私生)의 우화는 이미 전제된 간통 이외의 다른 근거를 갖고 있지 않기 때문이다." 마르트 로베르, 위의 글, 2001, 54-55쪽.

가 극단적인 성(聖)과 속(俗)사이를 진자 운동하는 모습은 김승옥 텍스트의 곳곳에서 쉽게 확인된다. 「환상수첩」의 주인공 '정우'는 사랑했던 여대생 '선애'와의 첫 만남을 "그때의 선애는 뭐랄까 요염하도록 순진한 창녀였다"는 서술로 회상하고 있는가 하면, 「염소는 힘이 세다」의 순결했던 누이는 자신을 강간한 차장에게 끝내 "웃는 얼굴로 무어라" 말을 건네고 그 댓가로 일자리를 얻는 것으로 그려진다.

요컨대, 60년대 김승옥의 일련의 텍스트에서 <자기세계>가 형성되는 그 "끈덕진 살의"의 과정이란 **주체의 내면에 상상적으로 신성화된 어머니를 설정한 후 스스로 그녀를 살해하는 과정에 다름아니다. 그리고 그녀를(혹은 그녀들을) 살해한 죄의식을 견뎌내는 것.** 이것이야 말로 김승옥 식 <자기 세계>의 실체이다. "정체성을 확립하고 자발적 질서를 확립한다는 거창한 문제 의식은 '여성' 혹은 '모성'이라는 장애물을 상상적으로 구성하고 그것을 무대로 자신의 나르시시즘적 자아를 확인하는 과정으로 둔갑하게"15) 되는 셈이다. 신(神)이 사라져 버린 세계의 비참을 자신의 내면성의 가치로 구원하려는 미적인 근대 주체의 기획이 균열되는 지점, 그리하여 텍스트에 상흔을 남기는 지점도 여기이다. <자기 세계>가 지하실처럼 어둡고 누추할 수밖에 없는 이유, 아버지의 존재가 희미하게 지워진 대신, 어머니와 누이의 기표가 두드러질 수밖에 없는 이유도 바로 여기에서 비롯되었기 때문이다.

물론, 당대의 비평 담론이 <자기 세계>의 문제적인 성격을 전적으로 간과하고 있었던 것만은 아니다.16) 그러나 김승옥 텍스트의 핵심적

---

15) 김희진, 위의 글, 2001, 60쪽.
16) 독자를 가상의 청자로 상정하고 시종일관 '고백'의 어조로 서술되는 이 <자기세계>가 실은 "사르트르류의 표현을 빌면 소위 '개 같은 놈'으로 사람이 변해 가는 양태"이며 "그 개성이 얼마만큼의 자기 기만을 통해 형성된 것"인지에 대해서 김현은 다른 누구보다 더 정확하게 짚어내고 있다. 그러나 김현은 동시에 다음과 같이 비약한다. "확실히 많은 독자들은 그가 만들어놓은 함정에 곧잘 빠져버리곤 하는 듯하다. 그가 오히려 고발하고 꼬집고 싶어하는 인물들을 사람들은 오히려 순교자라고 생각하고 사랑하고 존경해 버린다"고 말함으로써 <자기세계>의 기만에 빠져드는 것은 작가가 아니라 독자

인 특징인 고백 장치는 독자와 비평가들로 하여금 오히려 <자기 세계>
의 기만을 단숨에 '용서'하고 '사면'하게 만드는 기능을 수행하고 있어
문제적이다. 가라타니 고진이 이미 지적한 바 있듯이, 고백이란 반성이
나 죄의식의 토로와도 관련이 있지만 고백하는 자의 내면적 진실성을
보장받기 위한 일종의 제도이자 메커니즘일 수 있기 때문이다. 더욱이
소설에서의 고백이란 "고백되는 과거의 '나'가 중심이 되는 것이 아니라
고백하는 현재의 '나' 의 진실성을 담보로 하는 것이므로, 의외로 사태
의 주도권은 고백하는 사람에게 있게 되고, 그것을 들어주는 사람은 그
가 고백한 내용에서 벗어나지"[17] 못하게 된다. 그런 까닭에 1인칭 "나"
가 주도하는 고백체 문장은 일반적인 예상과는 달리 청자 위에서 군림
하는 권력 효과를 누리게 마련이다. 1인칭 "나"의 죄의식을 발화하고 있
는 김승옥의 텍스트야말로 우리 문학사에서 가장 효과적으로 고백의 권
력을, 혹은 내면의 진정성을 효과로서 획득한 사례 중의 하나일 것이다.

그렇다면, 이제 텍스트의 표면에서 희미해진 아버지의 표상에 대해
이야기할 차례이다. 그는 어디로 사라진 것인가? 4 · 19 세대의 모토였던
'아비 부정'은 진정 실현된 것인가. 이후 4장에서 다시 언급하겠지만 주
체에게 결핍된 선망의 대상으로서의 팔루스(phallus, 男根), 아버지의 세
계는 그러나 강력하게 건재한다. 다만 그것은 제물이 된 어머니와 누이
표상의 배후에 은폐되어 있을 따름이다. 비천해진 어머니를 버리고 권
력을 가진 아버지를 찾아 나서는 "탕자"들의 이 위태로운 여정의 종착
지는 어디인가. 우리가 너무나 잘 알고 있다시피, 그 곳은 숨가쁘게 산
업화 되어가던 60년대 대한민국의 수도 서울이다. 서울은 "탕자"들의 입
신(立身) 열망으로 가득하다.

라고 강조한다. 김현, 「미지인의 초상」, 위의 글, 1991, 265쪽.
17) 송태욱, 김승옥과 고백의 문학, 연세대학교 대학원 국어국문학과, 2002, 139쪽.

3. 예술, 부친 살해의 환상 - 이제하 텍스트의 경우

김승옥 텍스트의 "아름답고 끈적끈적한" 문체가 <자기세계>의 기만
을 고백의 진정성과 미적인 아우라로 휘감고 있는 동안, 그리고 당대의
비평이 이를 60년대 문학의 <개성>과 <내면>으로 규정·승인하는 동
안 다른 한편에서는 <자기 세계>에 대한 또다른 방식의 규정이 시도되
고 있어 눈길을 끈다. 다음에서 보게 되는 바와 같이, 61년 발표된 이제
하의 텍스트에서 묘사되는 <자기세계>란 자기 연민과 감상(感傷)이 애
초부터 걷혀진 세계이며 그것은 전혀 낭만적이지도, 그리고 노스탤지어
를 자극하지도 않는다.

　이 친구들을 꼬치꼬치 따져야 할 필요가 어디 있을까. 이들은 그들의 별
명-촛병, 박대위, 병마개 따위-에 알맞는 단단하고 힘깨나 쓰는 주먹들을
갖고 있었으며, 혹은 제각기의 버릇, 배트로 때리는 독특한 폼과 그 고통의
농도를 갖고 있었다. 혹은 결혼하고 혹은 외출할 때마다 정해놓고 가는 창
녀도 있었다. **하나 그런 것이 뭐 말라죽은 노릇이랴, 한 개인 개인의 힘으
로는 어쩔 수 없는, 집단이 있는 곳에 반드시 있고야 마는 그 천하 꼴불
견의 꼭두각시 놀음**이 이미 시작되고 있었던 것이다.[18]

실제로 60년대에 쓰여진 이제하의 많은 단편들은 도대체 도시의 <합
리적인 개인>이라고는 들어설 자리가 없는, 아니 개개인이 더 이상 문
제시될 수 없는 압도적인 폭력의 세계, 힘과 광기의 노골적인 자기 번식
에 대해 증언하고 있다. 그러나 그 동안의 연구 성과가 말해 주듯이, 이
들을 묘사하는 작가의 태도가 흔히 말하는 "전통적인 리얼리즘"에서 벗
어난 "과감한 형식 실험과 난해한 문체"[19]를 견지하였던 까닭에 상대적
으로 그동안 비평의 관심에서 비껴나 있었던 것도 사실이다. 물론 김현
의 경우, 당대 이제하의 소설 세계 전반을 제도에 저항하는 '광기'로 요

---

18) 이제하, 「손」, 초식, 문학동네, 1997, 291쪽.
19) 김병익, 「상식성의 파괴, 그 방법적 드러냄」, 밤의 수첩, 나남, 420쪽

약하면서 거기에서 사회학적이고 문화사적인 비판의 함의를 비교적 적
극적으로 읽어내고 있기는 하다. 이를테면 "그것은 일상적인 '개인 생
활'을 계속하지 않으려는 노력"이며 "제도를 부숴 버린다는 생각은 고
전적 심리학자들에 의해 **살부(殺父) 욕망**이라는 명명을 받은 심리적 경
향"으로 규정되고 있기 때문이다.[20]

아닌게 아니라, 이제하 소설에 등장하는 아버지의 모습은 살부 충동
을 불러 일으킬 만큼, 거의 언제나 아내를 구타하고 아이들을 윽박지르
는 전제적인 폭군 지배자의 이미지이다. 그러나 정신분석에서 말하듯이,
지배자와 피지배자가 관계 맺는 방식이 항상 억압과 복종으로 요약되는
일방적이고 단선적인 성격의 것만은 아니다. 터부(Taboo, 禁忌)와 양가
감정의 관계를 밝히기 위해 원시 부족 사회의 관습들을 연구했던 프로
이트에 의하면, 원시인들은 지배자에 대해 절대적인 존경과 우상화의
성향을 보여주는 한편 동일 대상에 대해 강렬한 적대 의식을 가진다. 충
분히 예상할 수 있듯이, 프로이트에게 있어 이 양가 감정의 원천이란 다
름아닌 아버지에 대한 유아기의 컴플렉스로부터 비롯되는 것[21]으로서,
아들의 쾌락을 저지하는 아버지에 대한 무의식 차원의 불신과 혐오가
일상적 의식의 차원에서는 아버지에 대한 두려움과 존경, 애정으로 나
타나기 때문이다.

강력한 아버지에 대한 증오와 동경의 양가 감정은 이제하의 텍스트
에서도 자주 드러나는데, 이를테면 단편 「기적」에 등장하는 서술자 "나"
의 "아버지"는 기적적으로 모면한 두 번의 사고 이후, 심정적인 반발에
도 불구하고 끝내 "주님의 섭리"로 표현되는 무소불위(無所不爲)의 아버
지로서의 신(神)의 존재를 인정하게 된다. 그러므로 이 소설의 표면적인

---

20) 돌이켜보면, 이제하 소설에 드러나고 있는 무의식적인 욕망을 읽어냈다는 점에서 김현
의 비평은 정확한 것이기는 하다. 그러나 김승옥 인물들이 보여주는 "의식의 섬세한 내
부 조작"과 이를 통한 도시에서의 <자기 세계>의 구축은 이제하 텍스트의 <개인 생
활>의 거부와 분명 양립하기 힘든 모순적인 테제임에는 틀림없다.

21) 김종엽 역, 토템과 타부, 문예마당, 1995(Sigmund Freud, Totem und Taboo : einige Ubere-
instimmungen im Seelenleben der Wilden und der Neurotiker) 참조.

갈등은 서술자 "나"와 "아버지"의 불화로부터 비롯되는 것이기도 하지만, 애초 갈등의 발단은 "아버지들" 사이의 위계 세우기에서 발생한 것이라고 할 수 있다. 전란의 체험을 배경으로 하고 있는 단편 「태평양」(1964) 역시 힘 있는 아버지 像(像)에 대한 강렬한 귀속 욕구와 반발의 충동이 동시에 그려지고 있다는 점에서 주목할 만한 텍스트이다. 이 작품에서 양가 감정의 근원으로 묘사되는 것은 전쟁 직후 폐허가 된 학교의 질서를 다시 세우려는 교장의 카리스마인데, 아닌게 아니라 교장과 학생들 사이에 존재하던 심각한 갈등은 스승과 제자간에 벌어진, 피흘림의 힘겨루기라는 수상쩍은 방식으로 일시에 해소되고 학생들은 결국 교장 앞에 무릎을 꿇게 된다.

"이쪽부텀 봐라! 혈서를 쓰려는 거냐?" 하는 외침과 함께, 어느새 서랍을 연 교장의 손에는 과도 하나가 쥐어져 있었다. 우리들은 숨을 들이켰다. 교장은 천천히 왼쪽 팔 소매를 걷어 데스크 위에 올려 놓자 팔뚝에다 칼을 찔러 넣고, 힘을 주어 점점 위로 당겨가기 시작했다. 교장은 우리들을 향한 채 눈썹 하나 까딱 않고 끊어서 말했다. "그렇기 때문에 안 된다! 지켜야 할 것은 지켜야 한다. 알겠느냐?" … "선생님!" 하고 부르짖으며 수길이가 일어나는가 싶더니 그대로 데스크 위로 엎어지며 교장 앞에 몸을 던지고 그 무릎을 얼싸안았다.22)

인용문에서 금세 드러나듯이, 교장의 명령에는 실상 아무런 논리가 없다. "그렇기 때문에" 라고 힘주어 말하고 있기는 하지만 전후 맥락을 따져 볼 때, 그것은 오히려 폭력배들 사이의 위계 질서 세우기에 보다 가까울 뿐이며 더군다나 학생들의 무조건적인 굴복은 '피'가 상징하는 육친성(肉親性)을 매개로 한, 의심스러운 갈등의 봉합일 뿐이기 때문이다.

문학 텍스트라는 맥락을 떠나서 생각해보더라도, 기실 한국의 60년대를 이끌어간 리더쉽 역시 물리적 억압의 측면 이외에 국민들의 자발

---

22) 이제하, 「태평양」, 위의 책, 1997, 42쪽.

적인 동의가 구성해낸 측면을 간과하고서는 온전하게 논의될 수 없다. 돌이켜보면, 전란의 폐허를 딛고 이제 막 일어서려는 60년대는 "근대화" 라는 국가적 과제를 상정하고 있기는 했지만, 정작 "근대"의 구체적 내용에 대해서는 서로 경합하는 상이한 층위의 근대화 담론들을 허용하고 있었던 시기였으며 비교적 다양한 미래 모델을 상상하는 것이 가능했던 시기였다.

그러나 경쟁 담론들 중에서 결국 압도적인 우위를 점한 것은 "민주주의는 구체제의 낡은 이념이자, 우리에게 맞지 않는 서구의 것"이라는 군부 엘리트의 담론이었다. 4·19 혁명을 통해 국가 현안으로 제기된 민주주의, 경제 발전, 민족 통일의 이념은 5·16 쿠데타 세력의 정치적 목적에 따라 취사 선택되어 경제 성장만으로 축소되기에 이르렀고, 산업화가 곧 근대화라는 등식이 담론의 헤게모니를 획득해간 시대였던 것이다. 그런 까닭에 국민들 뿐 아니라, 당대 많은 수의 학자들까지도 "4·19를 겪었음에도 불구하고 자유주의와 민주주의를 <개인의 자유와 권리의 보호> 및 <참여 정치>로 이해하지 못하고 … 구정권의 부패를 일거에 해결할 새로운 정치적 리더쉽의 출현을 갈망"[23] 하는 상황에서 자유롭지 못하게 된다. 탈각된 민주주의의 공백을 메꾸기 위해, 군부 엘리트가 산업화 시대의 국민 통합 이념으로서 민족주의와 전통을 재포장했던 것 역시 60년대 초반의 일이다.

이러한 맥락에서 본다면, 강력한 지도력이나 새로운 질서에 대한 열망이란 정치·경제적인 근대화 담론 층위에만 국한된 현상은 결코 아니었다. 그것은 오히려 분화가 시작되던 당대 제반 사회 분야 및 일상의 수준에까지 확산되던 일종의 무의식이자 집단적 욕구였다. 예컨대, 4·19 세대가 내세운 "아비 부정" 담론 속에 전제된 문학적 욕망 또한 이와 크게 다르지 않을 뿐더러, 한국 사회의 "제도화에 광기로 저항했던" 이제하의 텍스트 역시 이와 같은 욕망의 자장권 내에 속해 있는 것 또한

---

23) 이철승, 「근대화 담론에 관한 사회학적 연구」, 연세대학교 대학원 사회학과, 1998, 44쪽.

사실이다. (단편 <태평양>에서 드러나듯이, 성인이 된 어제의 반항아들
은 늙고 쇠약해진 교장을 안타깝게 응시하며 그가 여전히 강한 모습이
기를 기원한다. <기적>의 서술자인 "나" 역시 "아버지"를 저주하면서
도 결국 집으로 되돌아오게 된다)

그러나 권위적인 카리스마에 대한 동경과 매혹에도 불구하고 이제하
의 텍스트에서 결국 두드러지는 특질은 그의 소설의 많은 주인공들이
폭군 아버지 상(像)에 대항하는 예술가로 그려지고 있다는 점, 강력한 아
버지에 대한 이끌림을 거부할 수 있는 동력을 이들이 예술에서 얻고 있
으며 이때의 예술이란 다름아닌 외디푸스적인 부친 살해의 욕망을 실현
하는 환상 공간을 의미한다는 점이다. 모든 "꿈은 (억압되고 억제된) 소
원의 (위장된) 성취이다"라는 프로이트의 명제를 거론할 것도 없이, 예
술이야말로 고도로 조직된 의식적 환상 혹은 백일몽(daydreaming)의 가장
대표적인 형식이기 때문이다.

이를테면,「임금님의 귀」(1969)에서 서사는 표면적으로 주인공을 둘러
싼 정리되지 않은 삼각 관계(나-희정-장군)의 모호성을 중심으로 진행
된다. 그러나 한 여자를 사이에 둔 두 남자의 갈등이라는 점에서, 더욱
이 주인공의 연인을 빼앗아간 "장군"은 "나"의 연적일 뿐 아니라 젊은
"나"로서는 흉내내기 어려운 권력과 부를 갖춘 틀림없는 "아버지"의 형
상이라는 점에서, 이들의 관계는 금세 외디푸스 갈등을 연상시킨다. 게
다가 "나"는 스스로도 납득할 수 없는 경쟁심과 동시에 그의 관록과 과
묵함에 호감을 느끼기조차 한다. 외디푸스 컴플렉스의 핵심이 무엇보다
부친 살해의 충동과 그것을 실현하는 주체의 환상 형식24)에 있는 것처
럼, 소설 속에서 "나"는 전도된 꿈이라는 교묘한 형식을 빌어 권력의 핵
심인 "장군"을 상징적으로 살해한다.

---

24) 마르트 로베르는 외디푸스 컴플렉스를 실현하는 주체의 환상 형식을 크게 두가지 형
태로 분류한다. 이른바 사실주의 계열의 소설이라 불리는 사실적 환상(사생아 유형)과
의도적으로 '다른' 세계를 창조하는 환상으로 나눈다. (업둥이 유형), 마르트 로베르, 위
의 책, 2001, 72쪽.

부친 살해에 대한 끈질긴 욕망과 그 환상은 또다른 단편「조(朝)」에서도 잘 드러나고 있는데, 이 작품에서는 아예 은사(恩師)의 느닷없는 죽음과 그 장례식이 소설의 무대가 되고 있다. 소년기의 피난 시절, "어느 날 은사가 <네 집에 잘 데가 없느냐>고 물어서 내가 <없다>고 한 때부터 나는 은사가 죽기를 바랐고, 바라 왔고, 지금도 언제나 머리 한 구석에서 그것만을 바라고 있다"는 주인공의 직접적인 고백이 등장하는가 하면, 한 여자를 사이에 두고 경쟁을 벌이는 외디푸스 갈등의 전형적인 삼각 관계 패턴이 이 작품에서도 역시 반복된다. 작가 이제하의 예술론으로도 읽히는 이 소설은 은사를 비롯해 아버지라는 존재들이 만들어낸 세상을 향해 다음과 같이 선언한다.

설사 카메라가 아니라 내 직업이 양복 짜깁기였다고 하더라도 나는 나의 도피와 증오의 바늘로써 온 세상을, 뿐만 아니라 네가 지키고 있는 그 위대한 사상마저도 통째로 꿰매어 버릴 수가 있으리라. 대뇌 한복판에 깊이 박혀 스며들어, 그 누구도 뺄 수 없고 지울 수 없는 이 증오로운 도피의 집념의 빛의 인장(印章)은, 설사 내가 버섯형의 폭음에 썩어 문드러져 한 줌의 재로 스러진다 하더라도 그 한복판에, 큰 왕못(大釘)처럼 남아 떨어져 있으리라. **<누가 나의 이 역(逆)의 명령을 중지시킬 수가 있으랴. 정지해라! ⋯⋯ 정지해라! ⋯⋯ 정지해라! ⋯⋯25)>**

정신분석의 관점에서 본다면, "정지"에 대한 인물들의 욕망은 사실 외디푸스 시기에 대한 고착(固着)이며 좀 더 일반적인 용어로는 성장에 대한 강력한 거부이자 항의이다. 성장 혹은 <자기 세계> 구축의 서사야말로 60년대 한국의 문학 담론을 지배했던 화두였음에 비추어보면, "열네 살 때, 우리 집 마당에서 번쩍한 그 섬광과 함께 나는 영원히 아이로 굳어버렸다"(「朝」) 는 발언은 그야말로 의식적인 거스름의 충동이며 "역(逆)의 명령"임에 틀림없다. 무엇보다도, 외디푸스 시기가 언어적

---

25) 이제하,「조(朝)」, 위의 책, 1997, 120쪽. 인용자 강조.

상징계로의 진입과 밀접한 관련을 맺고 있다는 점에서 빠뜨릴 수 없는
것은 작가의 언어적 전략이다. 근원적인 트라우마가 언어적 의미화나
재현적인 접근을 거부하는, 일종의 무의미나(nonsense)나 삶의 공동(空洞)
이라는 점을 상기해본다면 이제하의 텍스트에서 자주 발견하게 되는 환
상성의 채용은 흥미로운 현상이 아닐 수 없다.

> "누가 지나가고 있다" 내가 말했다, "누가 흰옷을 입고 걸어가구 있어."
> "엄마다" 분이가 말했다 … "아빠를 낳으려구 방에 가는 거야." …"아빠가
> 엄마를 낳고…" … "그치?"라고 분이가 말했다. "애기가 분이를 낳고 엄마가
> 아빠를 낳지, 그치?" "그래." 하고 내가 말했다. "짱구가 엄마를 낳고, 아빠가
> 애기를 낳고, 분이가 아빠를 낳고, 짱구가 바퀴를 낳는 거야."26)

환상이란, 특히 현대적 의미의 환상이란 "'진실'이나 '리얼리티'에 명
확한 해석을 제시하는 것에 대한 저항"이나 혹은 "그렇게 할 수 없는 무
능력" 때문에 언어적 무의미나 비의미화(non−signification)로 나아가는
경향이 두드러지게 마련이다.27) 김승옥 텍스트의 두드러진 언어 전략이
'고백'의 형태로 표현되는 것과 의미 있는 대조를 이루는 지점도 바로
여기이다. 김승옥의 텍스트가 고백의 전략을 통해 내면의 진정성을 담
보한 상상적인 "나"를 정립하고자 한다면, 이제하의 경우는 그 반대편에
서 있는 셈이다. 인물들은 오히려 상징계라는 언어적 질서에 편입되지
않기 위해 최대한 도주하거나 혹은 언어를 통해 언어를 파괴하려는 내
부 탈출을 꿈꾼다. 그렇다면, 이제하의 텍스트에서 끝내 아버지의 세계
로 진입하지 않는(혹은 못하는) 이 의지적인 고착의 실제 계기란 무엇인
가. 그것은 인간이 경험할 수 있는 최고 폭력 형식으로서의 전쟁, 좀 더
구체적으로는 1950년의 한국 전쟁이다.

---

26) 이제하, 위의 책, 1997, 248쪽.
27) 서강 여성 문학 연구회 옮김, 환상성: 전복의 문학, 문학동네, 2001(Rosemary Jackson,
The Fantastic), 54쪽.

4. 전쟁을 바라보는 두 개의 시선

문학사를 돌이켜볼 때, 60년대는 50년대와 마찬가지로 전쟁 체험을 형상화하는 일련의 소설들이 활발하게 생산되었던 시기이다. 그러나 이제하의 텍스트에서 전쟁은 객관적이고 사실적인 묘사와 논리적인 연관 속에 놓인 대상이라기보다는 한 인간의 정신적 삶을 고착시킨 외상(外傷, Trauma)에 보다 가깝다. 단편 「스미스씨의 약초」(69), 「손」(61), 「한양 고무 공업사」(67)등은 직접적으로든 간접적으로든 대면하기 쉽지 않은 외상의 근원을 탐색하고 있다는 점에서 일단 주목할 만하다. 「스미스씨의 약초」의 경우, 자애로와 보이는 미국인 선교사의 보호 아래 지내고 있던 신생원 아이들이 혼란과 공포에 빠지게 되는 것은 "미친 개를 끌고와서 신생원에 수작을 붙이던", 되바라진 소년 "러키 박"의 등장 이후이다. 소설 내에서 "러키 박"은 신생원 아이들이 모두 호기심을 가지고 있으면서도 두려워해 다가가지 못하던 금기("솔로몬의 골짜기"라고 불리우는)의 실체를 폭로하는 역할을 담당하고 있다. 이러한 맥락에서 본다면 "러키 박"은 아버지의 금기에 도전하는 반항적인 예술가 주인공의 계보를 잇고 있다. 그는 전쟁 당시 포탄이 마을 산 어귀에 뚫어 놓은 "엄청나게 큰 구멍 하나"로 아이들을 몰고 가서는 이렇게 외친다. "너희들의 애미 에비는 … 모두 뒈졌단 말이다 … 이 구멍을 봐라 … 너희들은 최가도 김가도 아냐, 너희들은 아무 것도 아냐. 개자식들이 제 멋대로 붙인 이름이야"[28)

물론 "러키 박" 이 아이들에게 직시할 것을 종용하는 그 구멍이란, 라깡 식으로 말하자면 삶의 도처에서 입을 벌리고 있는 "실재(實在, the Real)"와 파국의 초역사적인 이미지이다. 그러나 동시에 그것은 한국 전쟁이라는 구체적 현실 역사에서 비롯되었으며, 이제하의 단편 곳곳에서 지울 수 없는 기억과 이미지의 형태로 수시로 귀환한다. 예컨대, 「조(朝)」

---

28) 이제하, 「스미스씨의 약초」, 위의 책, 1997, 133쪽.

의 피난 시절 체험("모친을 버리고 방공호 속으로 뛰어들었고, 모친은 박살이 나버렸고") 에 대한 스쳐 지나가는 듯한 언급이 그러하고, 숨기고 싶은 가족사의 내력("그녀의 모친은 빨갱이한테, 부친은 빨갱이로 몰려서 학살당했기 때문입니다" 「임금님의 귀」29))은 비록 순간적인 암시의 형태이긴 하지만 늘 현재를 위협하며 인물들의 의식을 위태롭게 맴돌고 있기 때문이다. 이러한 맥락에서 본다면 이제하의 주요 텍스트들은 50년대적인 전쟁의 상처에 결정적으로 고착되어 있는 듯한 인상을 주기도 하는데, 사실 4·19세대 비평가들이 세대 담론의 구체적 실천으로서 특별히 김승옥의 텍스트를 선호했던 이유 역시 이같은 사정과 무관하지 않다. 산업화 되어가는 60년대 수도 서울에서의 삶을 자신의 문학적 화두로 삼았던 김승옥 텍스트와 비교해 볼 때, 전쟁의 폭력적 이미지에 대한 이제하 식의 고착은 적어도 "60년대적 감수성"의 중심은 결코 아니었기 때문이다.

"그렇지만 벌써 옛날이지. 우린 세상에 태어나기도 전에 멸망해 버린 걸. 물론 그 가야금을 켜는 그 기생들이 지금까지 내려온다면 샤미셍네 보다야 상품(上品)이겠지만. 아아, 아름다운 것은 일찍도 멸망하느니라." "전쟁 탓이지" "그 <전쟁> <전쟁>은 집어치워, 입에서 신물이 난다. 전쟁이 반드시 손해만 준 것은 아니잖느냐 말야."30)

이를테면 「환상수첩」의 한 인물을 입을 빌어 이야기되고 있는 것처럼, 김승옥 텍스트에서 전쟁은 지나간 50년대의 지긋지긋한 유물로서 소환되며 대개의 경우 서사의 표면에서는 결코 부각되는 법이 없다. 예외적으로 전쟁과 관련된 기억을 다루고 있는 김승옥의 작품으로는 「건(乾)」(1962)을 들 수 있는데, 물론 여기서도 전쟁은 서사의 중심에 놓여 있지 않으며 죽어버린 빨치산의 시체라는, 일종의 무기력한 오브제(objet)

---

29) 이제하, 「한양 고무 공업사」, 위의 책, 248쪽.
30) 김승옥, 「환상수첩」, 위의 책, 1992, 85쪽.

로서 환기될 뿐이다. 50년대 전후 소설들과는 달리 전쟁은 이제 더이상 유년의 삶을 망가뜨리는 압도적인 힘을 가진 그 무엇이 결코 아니다. 그것은 오히려 "피와 머리맡의 총만 없었다면 영락없이 만취되어 길가에 쓰러진 거지의 꼬락서니"로 표상된다. 그러나 보다 문제적인 것은 "빨치산의 시체"라는 명백한 전쟁의 알레고리가 이 서사 속에서 차지하는 기능일 것이다. 시체의 발견으로 흉흉해진 마을 분위기 탓에 여행이 좌절된 형들은 엉뚱하게도 이웃집 "윤희 누나"를 윤간할 계획을 세우고, 어린 화자는 그 비열한 음모에 스스로도 이해할 수 없을 만큼 열성적인 협조자가 되어버리기 때문이다. 따라서 누가 보아도 그것은 수컷 되기를 위한 공모이며, 전쟁은 그들 세계로의 완전한 입사(initiation)를 위해 철저히 활용된다.

이제하와 김승옥의 텍스트가 결정적으로 구별되는 지점도 바로 이 대목이다. 이른바 60년대 미적 주체들의 내면 풍경이 달라지는 까닭은 그들이 50년대의 한국 전쟁을 각자의 것으로 전유하는 방식이 그만큼 상이했기 때문이다. 일단 이제하의 경우, 전쟁은 외디푸스적 외상의 형태로 인물들에게 깊이 각인되어 있다. 이제하의 텍스트에서 전쟁은 직접적으로 주인공을 거세하거나 (「황색의 개」), 혹은 조금 더 우회하여 거세 위협을 행하는 아버지의 세계 (「손」)와 자주 오버랩된다. 최고 폭력으로서의 전쟁은 이제하의 인물들에게 거의 언제나, 필연적으로 아버지의 표상으로 귀결되기 때문이다.

그러나 아버지의 세계가 한결 공포스러운 진정한 이유는 그것이 결코 지나간 과거에 국한되지 않는다는 사실에서 비롯된다. 물리적으로 한국 전쟁은 한반도에서 벌어진 3년 간의 전쟁이었지만, 그것은 온 세계가 연루되어 치루어 냈던 양차 대전의 필연적인 후속 편이었으며, 폭력적 힘으로서의 근대의 모순을 한꺼번에 분출한 보편사적 계기이기도 하다. 따라서 그것은 전쟁이라는 형태로 지나가 버린 과거가 아니라 바로, 지금, 여기의 세상을 움직이는 진행형의 질서이다. 60년 당대 담론의 언어로 말하자면, 그것은 4·19의 개혁 담론에서 민주주의를 탈각시킨 한편 경

제 발전과 민족주의를 대안 이념으로 내세운 군부 세력의 노선으로 이어
지는 강력한 흐름이었던 셈이다. 따라서 그 흐름은 우리를 "영원히 아이
로 굳어" 버리게끔 결코 내버려두지 않는다. 성장이라는 이름을 빌어 자
신의 세계로 들어오기를, 입사(intiation)하기를 종용한다. 한사코 닮기를
거부하지만 어느새 닮아버리고 마는 강력한 미메시스의 원천. 그런 까닭
에 외디푸스 시기에 대한 고착은 상당한 의지를 필요로 할 수밖에 없으
며, 더욱이 이 고착으로 말미암아 이제하의 텍스트는 오히려 통제적 권
력으로서의 근대를 반성할 수 있는 유의미한 지점을 확보할 수 있게 된
다. 주지하다시피, 50년대 전후 문학과의 단절을 자신의 정체성으로 삼았
던 4 · 19 세대와 그들이 주도한 당대 문학 담론은 개별화로서의 근대를
전면에 부각시켜 왔다. 따라서 "다른 작가들과 공통적으로 공유하는 부
분이 상대적으로 적었"던 이제하의 텍스트가 "문학사 서술에서도 논외로
다루어"31) 질 수밖에 없었던 사정은 어찌보면 당연한 일이기도 했다.

　이러한 맥락에서 본다면, 외디푸스적 고착의 의지가 텍스트 내에서
주로 광기와 자살, 환상의 형태를 띠며 예술가들의 몫으로 돌려졌다는
사실 역시 재해석이 필요한 지점이다. 돌이켜보면, 사회 각 분야의 근대
적 합리화와 분화가 활발히 진행되던 당대의 맥락으로부터 예술 또한
예외는 아니었다. 사회의 하위 '제도'로서의 예술이 정비되고, 소비로서
의 대중 예술이 본격화된 것도 이 시기의 일이었기 때문이다. 그러나 예
술의 고유한 자율성은 개별화와 제도적 분화 그 자체에 머무는 것은 결
코 아니다. 아도르노의 말을 굳이 빌리지 않더라도, 예술은 분화를 요구
하는 근대 사회의 전체 상(像)을 사유하는 것이라는 점에서 오히려 분화
기획의 경계선 상에 놓이며, 이로써 메타적인 반성의 영역을 획득한다.
이를테면, 『유자약전』(1969)의 기이한 예술가 유자는 그 대표적인 원형
으로, 그녀는 분화된 제도 속에 안착해버린 시인을 만난 이후 "내 가슴
을 잡아뜯고, 쾅쾅 두들기"는 격렬한 반응을 보인다. "저것이 근대화예

---

31) 이시은, 「이제하 단편 소설 연구」, 연세대학교 대학원 국어국문학과, 1998, 2쪽.

요? 저것이 5개년 계획? … 내 것 내가 해결했습니다 하는 저것이? ……"

그렇다면 김승옥 텍스트의 경우는 어떠한가. 그의 텍스트에서 전쟁과 결부된 폭력적 아버지의 표상은 한결 약화되어 있다. 그것은 배면으로 물러나 있거나 혹은 완전히 무장 해제된, 무기력한 시체의 표상으로 나타난다. "아비 부정"의 모토를 내건 4·19 세대가 환호했던 지점도 정확히 이 대목이다. 그러나 과연 아비는 부정되고 살해된 것인가? 물론 그렇지 않다. 김승옥의 인물들이 정작 살해한 것은 아비가 아니라 어머니와 누이였으며, 그들을 제물로 바치고 스스로 걸어 들어간 세계는 다름아닌 아버지의 세계, 여전히 폭력적인 거세 위협을 무기로 '조국 근대화'의 깃발을 높이 치켜든, 그들 자신의 욕망만큼이나 숨가쁜 산업화의 미로 속으로였다. 김승옥의 텍스트가 점차 상품화된 소비로서 익명의 대중성 속에 용해되어 버린 점 역시 그냥 지나치기 어렵다. 그것은 내면성과 주관성의 확립이라는 미적 주체의 기획이 이후 역설적으로 도달한 장소이기 때문이다.

5. "부친 살해", 그 이후

근대의 대표적 이야기 형식인 소설이 전통적인 공동체에서 해방된 개별 주체들의 사연으로부터 시작된다고 할 때, 60년대는 근대 초기와는 또다른 의미에서의 새로운 출발점이다. 그 시대는 "국민 경제의 기반이 농업에 있었을 뿐만 아니라 유권자의 대부분이 농촌에 거주하는"[32] 여전히 농업적인 사회였지만, 동시에 두고 떠나 온 고향으로서만 농촌을 표상하기 시작하는 범국민적인 상경(上京)과 이농(離農)의 시대였기 때문이다. 돌이켜보면, 기존 공동체로부터 자유로와진 개인들이 도시에서의 새로운 자기 세계와 윤리를 모색하는 작업은 당대 문학 담론의 핵

---

32) 이철승, 위의 글, 1998, 35쪽.

심적인 테마였고 4·19 세대의 '아비 부정' 담론 역시 새로운 주체를 정립하려는 문학적 열망의 다른 표현이었다. 이 새로운 주체의 내면이 바로 김승옥으로 대표되는 도시적 개인의 <자기 세계> 구축으로 곧장 연결되었고, 이는 당대 비평의 열렬한 환호와 승인을 통해 한국 근대 문학의 내면성으로 격상되었다. 그러나 60년대 김승옥 텍스트에서 여실히 드러나듯이, <자기 세계>의 실체는 그렇게 결연하지도, 웅장하지도 않다. 그것은 신이 사라진 세계를 자신의 내면의 가치로 감당하는 미적 주체에 관한 이야기라기보다는 고향으로 표상되는 어머니의 세계를 훼손하면서, 강력한 아버지의 세계로 스스로 걸어 들어가는 자의 죄의식에 보다 가깝다. 더욱이 김승옥 텍스트에서 발화되는 죄의식의 가치를 떨어뜨리는 것은 그것이 듣는 이의 용서를 이미 전제로 하고 있는 전략적인 고백의 언어이며 자신의 권력 욕망을 숨기고 있는 은폐의 언어라는 점이다. 아버지의 세계로 끝내 귀의하게 되는 김승옥의 성장 서사와 비교해 볼 때, 60년대 이제하의 텍스트는 성장을 멈추거나 거부한다는 점에서 외디푸스 시기에 고착되어 버린 느낌마저 준다. 그러나 적어도 <자기 세계>의 허위나 기만을 은폐하지 않는다는 점에서, <자기 세계>의 구축 욕망 뒤에 숨겨진 당대 통제적 권력의 문제를 적극적으로 노출한다는 점에서 이제하의 텍스트는 한국의 60년대적 근대성에 대한 일종의 반성으로 읽힌다. "개인이나 자율적 주체의 성장이 어떤 형태의 권력 관계를 실어나르는가"[33] 하는 문제는 이미 푸코의 문제 의식이었지만, 한국의 60년대 역시 개별화와 전체화의 경향을 동시에 진행시키고 있었기 때문이다. 해방과 구속으로서의, 모더니티의 모순은 여전히 계속된다.

주제어 : 아비 부정, 미적 근대(성), 4·19 세대 문학 담론, 내면성, 자기 세계, 어머니(누이) 살해 , 개별화, 전체화, 예술가 주인공, 부친 살해 충동

---

33) 미셸 푸코, 위의 책, 1994, 362쪽.

◆ 참고문헌

1. 기본자료
김승옥·김현·최하림 ,「선언」, 산문시대 1권 창간호, 1962.
김승옥,『누이를 이해하기 위하여』, 청아출판사, 1992.
이제하,『초식』, 문학동네, 1997.
이제하,『밤의 수첩』, 나남, 1984.

2. 단행본
김성기 편,『모더니티란 무엇인가』, 민음사, 1994.
김윤식,『한국 근대 작가론고』, 일지사, 1974.
김 현,『현대 한국 문학의 이론/ 사회와 윤리』, 문학과지성사, 1991.
이명원,『타는 혀』, 새움, 2000.
Marshall Berman,『현대성의 경험』, 윤호병 옮김, 현대미학사, 1994.
Marthe Robert,『기원의 소설, 소설의 기원』, 김치수, 이윤옥 옮김, 문학과지성사, 2001.
Philippe Julien,『노아의 외투』, 홍준기 옮김, 한길사, 2000.
Rosemary Jackson,『환상성』, 서강 여성 문학 연구회 옮김, 문학동네, 2001.
Sigmund Freud,『토템과 타부』, 김종엽 옮김, 문예마당, 1995.

3. 학위논문
김희진,「1960년대 한국의 미적 근대 연구: 김승옥 텍스트의 상징 정치학」, 연세대학교 대학원 비교문학 협동 과정, 2002.
송태욱,「김승옥과 고백의 문학」, 연세대학교 대학원 국어 국문학과, 2002.
이시은,「이제하 단편 소설 연구」, 연세대학교 대학원 국어 국문학과, 1998.
이철승,「근대화 담론에 관한 사회학적 연구」, 연세대학교 대학원 사회학과, 1998.

◆ **국문초록**

이 논문은 김승옥과 이제하의 텍스트를 중심으로 이른바 60년대 미적 주체들이 형성되는 과정을 살펴보고, 이를 통해 당대 문학 담론의 모토인 "아비 부정"의 기획이 어긋나고 균열되는 지점에 대해 반성해보고자 한다. "아비 부정"의 모토를 내세운 4·19 세대의 문학 담론은 기존 50년대 문학과의 단절을 통해 근대적인 미적 주체와 그에 걸맞는 내면성을 확보하고자 열망하였다. 이때 미적 주체란, 공동체가 선험적으로 부여하는 가치에 의존하지 않고 자신의 내면적 가치를 스스로 구성하는 능동적이고 자발적인 근대적 개인을 의미한다. 김승옥의 텍스트는 4·19세대의 비평적 실천의 핵심에 놓여 있으며, 그의 텍스트에서 비롯된 <자기 세계>라는 용어는 한국 근대 문학의 내면성의 성취로서 곧장 이해되어왔다. 그러나 그의 텍스트에서 주체의 내면이 형성되는 과정은 그들이 내걸었던 모토와는 달리 아비 부정을 통해 이루어지지 않는다. 그것은 오히려 어머니나 누이를 부정하고 살해하는 방식을 통해 이루어지며, 이에 대한 죄의식이 김승옥 인물들의 내면성, 즉 <자기 세계>의 핵심을 이룬다. 그것은 고향으로 표상되는 어머니의 세계를 훼손하면서, 강력한 아버지의 세계로 스스로 걸어 들어가는 자의 죄의식에 보다 가깝다. 4·19 세대의 비장한 "아비 부정" 담론이 근대적 개별 주체를 정립하려는 열정적인 사유였던 것은 물론 틀림없지만, 개별화와 함께 진행되는 전체화 혹은 전체주의적 권력의 문제에는 명민하지 못했을 뿐만 아니라 오히려 스스로 사유를 차단하는 면조차 보이고 있어 문제적이다. 푸코가 이미 지적한 바 있듯이, 근대는 개별화를 진행함과 동시에 개별화된 주체를 통제하는 전체화의 경향을 강화시키기 때문이다. 한국의 60년대는 4·19와 5·16을 통해, 이와 같은 근대의 모순을 고스란히 경험한다. 개별 주체와 통제 권력의 문제라는 점과 관련하여 살펴보자면, 꾸준히 이 테마에 관심을 보인 작가로서 이제하를 꼽을 수 있다. 60년대 이제하의 텍스트는 기대 이상으로 격렬한 아비 부정의 양상을 보여주었을 뿐 아니라, 전체주의적 권력이 개별 주체에 행사하는 영향력에 대해 민감하게 반응했다. 물론 60년대 이제하의 텍스트는 아예 성장을 멈추거나 거부한다는 점에서 이른바 외디푸스 시기에 고착되어 버린 느낌을 주는 것이 사실이다. 이제하의 '예술가' 인물들은 부친 살해 충동을 실현하는 그 대표적인 경우이다. 그러나 적어도 <자기 세계>의 허위나 기만을 은폐하지 않는다는 점에서, <자기 세계>의 구축 욕망 뒤에 숨겨진 당대 통제

적 권력의 문제를 적극적으로 노출한다는 점에서 이제하의 텍스트는 한국의 60년
대적 근대성에 대한 일종의 반성으로 읽힌다.

◆ SUMMARY

The denial of Father,
the adventure of 1960's aesthetic subject

Chang, Sei-Jin

This article is to examine the formation of 60's aesthetic subject in Kim Seong—Ok's and Lee Jae—ha's text. The final aim of this article is to reconsider the aesthetic modernity in finding out the crack point of 4 · 19 generation's project, so called "The denial of Father". They wanted to make a modern subject and its own subjectivity through the radical extinction of 50's literature. The aesthetic subject means a modern individual who does not depend on his community and its rules, but who tries to make own his value and position with voluntary. The texts of Kim Seong—Ok were the center of the project. The term, <self—world>, was originated from his text. It has been identified with the accomplishment of modern subjectivity in the history of Korean modern literature. But it has been overvalued. As a matter of fact, the formation of the subjectivity was accomplished by means of symbolic murder of Mother and Sister. Exactly say, the <self—world> was consist of the guiltiness of the subject who enters into the world of Father at the cost of them. The discourse of 4 · 19 generation was serious trial to make a modern subject, but they had a blind belief in individualized modern subject. As Michael Foucault pointed out, Modernity has the paradoxical tendency which develops not only individualization but also totalized power which controls the individuals. 1960's of Korean society has experienced the paradox of Modernity though 4 · 19 and 5 · 16. On the contrary, Lee Jae—ha's texts showed the meaningful resistance to the tendency of the totalization. In his text, we can find the characters vio-

128

lently denying the Father. They deny being adult and entering into the world of Father. 'The artist' heros are the example of that case. Lee Jae —ha's texts are a kind of reflexive thought about Korean aesthetic Modernity in terms of exposing the paradox of Modernity.

Key words : The denial of Father, the aesthetic modernity, literary discourse of 4 · 19 generation, inward, self – world, the murder of Mother(Sister), individualization, totalization, the artist hero, the impulse of killing Father.

—이 논문은 2003년 12월 31일에 접수되어, 소정의 심사과정을 거쳐 2004년 1월 31일 게재가 확정되었음.

성장소설과 발전 이데올로기

차 혜 영*

1. 문제제기

1961년부터 1979년까지는 이른바 개발독재 시기로서, 박정희 정권에 의해 추진된 근대화 프로젝트가 사회 전체를 전일적으로 지배한 시기였다. 60, 70년대를 이끈 지배이념으로서의 당시 근대화 프로젝트는 발전 이데올로기를 주축으로 반공이데올로기와 민족주의적 과거 동원이 결합되어, 동의와 보상, 억압과 정당화의 메카니즘으로 작용했고, 이는 단순히 이 시기에 한정되지 않고, 멀게는 50년대 전쟁 이후부터 최근까지 한국사회를 광범위하게 규정하는 방식이었다고 할 수 있다. 1950년대의 경우, 전후(戰後) 정치적 반공이데올로기 중심이었던 지배이념은, 60년대에 와서 경제적 성장과 대북(對北) 체제 경쟁 이데올로기하의 이른바

---

* 한양대 강사.

'근대화 모델'로 확장 보완되었고, 70년대는 이 기획의 연장선상에서 군부중심의 권위주의적 정치체제가 본격화되어 관주도형의 개발계획이 일사불란하게 추진된 전형적인 개발독재시기였다.[1] 이 시기는 실제로 경제성장 지수들이 증가일로를 기록하던 '고도성장'의 시기였고, 이런 개발과 물량위주의 근대화는 가시적인 물질적 가치가 여타 다른 정신적 가치를 압도하는 사고방식이 전면화 되는 시기였다. 이는 대중적 일상의 차원에서 '잘 살아보세'라는 구호로 상징되는 발전에의 욕망을 전면화했고, 이런 지배이념으로의 자발적 동원을 통해 개발독재 시대의 국민이 형성되었다고 할 수 있다. 요컨대, 개발독재 시대의 국민은, 발전이데올로기가 반공이데올로기와 결합함으로써 피지배 민중이 정치적으로는 억압과 통제의 대상이면서 동시에 경제적으로는 적극적이고 자발적인 동원 대상으로 존재했다고 할 수 있다.[2] '잘 살아보세'라는 국가적 차원의 담론은 가난에서 탈출하려는 대중적 감정을 자극하고 견인하면서 국가가 온 국민의 에너지를 경제개발에 집중적으로 투입할 수 있는 기반으로 작용했고, 반공이데올로기는 내부적으로는 경제성장 이외의 다른 가치에 대한 탐색을 공산주의와 동일시함으로써 금기시하고 외부적으로는 경제 성장에 근거한 체제 경쟁의 이데올로기로 호환됨으로써

---

1) 박정희 시대는 고도로 억압적인 권위주의 체제였으며, 경제적으로는 급속한 성장을 이룩한 시기였다. 정치적 권위주의와 경제적 고도 성정 간의 인과적 관계를 주장하는 입장이 개발독재론이다. 개발독재란 정치적 안정 및 참여제한을 통해 경제개발에 국가를 총동원한다는 것이다. 이 개발독재 체제는 지도자와 국민 억압과 개발행정의 국가기구로 구성되어있다. 개발국가론에 따르면, 국가의 정책결정구조의 폐쇄성과 중앙집권성, 사회세력의 미발달 및 배제, 생산수단의 국가집중 등으로 국가는 높은 수준의 자율성과 능력을 보유할 수 있어서 효과적인 국가의 경제개입이 가능하였다. 김용복, 「개발독재는 불가피한 필요악이었나」, 한국정치연구회, 『박정희를 넘어서』, 푸른숲, 1998, 273-274쪽. 이런 개발독재론에 대해서는 한국의 고도경제성장이 개발독재의 결과라는 인과적 가설, 고도성정은 그 부작용에도 불구하고 바람직한 선택이었다는 규범적 가설, 그리고 이 두가지가 결과론적 정당화 논리라고 보는 입장 등이 있다.
2) 임영일, 「한국사회의 지배이데올로기」, 한국산업사회연구회 편, 『한국사회와 지배이데올로기』, 녹두, 1991, 75쪽.

이에 일조했다고 할 수 있다.

본고는 이런 지배이념의 내면화를 통해 국민주체로 형성되는 내적논리를 당대 소설을 통해 살펴보고자 하는 시론에 해당한다. 여기서는 670년대 성장 소설, 혹은 성장 모티브를 보이는 일련의 소설을 대상으로 발전이데올로기와 국민주체화의 내적 논리를 살펴보고자 한다. 이렇게 볼 수 있는 근거는 본문의 작품 분석으로 논의되겠지만, 기본적으로 성장소설의 성숙, 성장, 어른됨의 논리가 사실은 당대 지배이데올로기인 발전, 개발, 국민됨의 논리구조를 닮고 내면화 하고 있다는 판단 때문이다. 소재적으로는 그 어디에서도 수출역군이나 잘 살아보세 등이 등장하지 않는 시기, 50년대 전쟁 전후 또는 해방직후 좌우익 분단의 한 시기를 다루면서도 그 시기를, 한 인간의 인격적 성숙의 과정에서 필연적인 한 시기로 설정하는 분단 소재 성장소설의 메카니즘이, 의식적이든 무의식적이든 60, 70년대 개발시대의 이데올로기와 국민화 메카니즘을 동력으로 하고 있다는 것이다. 즉 한국의 근대화 프로젝트의 주체 호명 방식과 성장소설의 주체 성숙이 상동구조를 보인다는 것이다3). 본고는 이런 상동성이 한편으로는 한국 소설만의 독특한 특징이기도 하지만, 다른 한편으로는 근대성 자체의 내적 논리와 성장이라는 근대화 이데올로기 자체의 속성이 한국의 60, 70년대 개발 독대 시대에 전일적으로 전면화 된 시기임을 반사적으로 증명해주는 것으로도 볼 수 있다고 판단한다.

60, 70년대에는 소년화자가 등장하는 성장 모티브를 갖는 일련의 소설들이 상당수 발표된 바 있다. 이 소설 대부분은 전쟁과 좌우익 분단체험이라는 공통의 배경 하에 성장소설 형식을 취하면서 60, 70년대 풍성해진 부류이다. 김승옥, 김원일, 윤흥길, 이동하 등에 의해 풍부하게 창작된 성장소설은 오정희, 박완서, 은희경, 송기원, 장정일 등 80년대와 90년대까지 이어지고 있다. 본고가 대상으로 한 작품은, 김승옥의 「건」,

---

3) 이점에서 80년대 이후의 성장 소설, 특히 오정희 소설 등으로 대표되는 여성 성장소설과는 분명하게 차별화 된다.

윤흥길의 「황혼의 집」, 「집」, 「장마」, 김원일의 「어둠의 혼」, 「갈증」, 「여름 아이들」, 『노을』, 이동하의 「장난감 도시」 연작이고, 이외에 박완서 이청준 등 소년화자나 자전적 요소가 있는 소설을 대상으로 한다.

이 부류의 소설들은 기존에 분단소설의 범주로 다루어졌었다. 기존의 분단소설의 범주설정에서 핵심적인 것은 분단이라는 객관적 사실에 대한 정확한 인식과 표현, 그리고 분단 상황의 극복을 향한 작가의 입장과 전망이라고 할 수 있다. 즉 분단은 작가가 재현해야하는 '객관적 대상'으로, 작가는 이 대상을 객관적으로 인식할 수 있는 초월적이고 가치 중립적인 주체로 설정되어있는 것이다. 그러나 분단이란 인식의 주체(작가)가 객관적으로 인식하고 정확하게 표현할 수 있는 '대상(객체)'가 아닌, 주체를 구조화하고 추동하는 기반이자 주체의 의식과 무의식을 규율하는 근본적 토대라고 볼 수 있다. 따라서 작가 역시 분단을 객관적으로 인식 판단하는 초월적 주체라기보다는 분단이라는 물적 기반과 그것을 이데올로기화하는 집단 메카니즘에 의해 의식적 무의식적으로 규율되어지고 형성되어지는 존재라 할 수 있다. 요컨대, 분단은 선험적인 주체가 객관화할 수 있는 대상이나 소재의 문제가 아니라, 그것에 기반해서 주체의 의식과 무의식이 규율당하기도 하고, 때로는 의식적으로 부정하면서 은밀하게 내면화함으로써 주체를 형성하는 합리화와 정당화의 기반이라 할 수 있을 것이다. 따라서 본고는 이 소설들이 공통적 배경으로 취하는 분단의 문제를, 작가가 대상화하는 객관적 소여가 아닌 집단적 시대적 이데올로기 형성의 근본적 기반으로 보고, 주체의 문제를 무언가를 인식하고 표현하는 초월적인 주체나 작가의식이 아닌 국민으로 형성되는 내적 논리의 측면으로 살피고자 한다. 이런 기반 위에서 개발독재시대의 성장소설의 서사와 당대 지배이념과의 구조적 상동을 논하고자한다.

지금까지 한국 성장소설에 대한 논의는 주로 유형론적 입장이 주류를 이룬다. 즉 리얼리즘과 모더니즘 중심으로 편중된 소설논의 속에서, 성장소설은 교양, 형성, 입사 등의 외국문학 개념과의 비교를 통한 유형화가 주류를 이루고 있는 것이다. 대표적으로 우리나라의 사회풍토에서 성장소설이 취약할 수밖에 없음을 논한 김병익의「성장소설과 문화적 의미」4)와 외국문학 전공자들의 연구 및 학위논문들이 이에 해당한다.5) 이중 60, 70년대 성장 소설에 대해서는, 아버지의 부재를 전통의 부재와 그로인한 형언할 수 없는 그리움으로 접근하거나,6) 아버지 탐구를 통한 역사의 복원으로 해석한 것,7) 장마와『노을』을 대상으로 주인공의 자기 인식이 가족과 모성으로의 회귀를 통해 성장소설의 전망부재를 비판한 논의,8) 그리고 한국성장소설이 편력보다는 화해의 이상으로 귀결한다는 점에서 한시대의 첨예한 모순을 총체적으로 형상화하지 못하는 수준 미달로 비판한 논의9) 등이 있었다. 이들 소설은 유형론을 벗어나 작품에 대한 구체적 논의를 통해 한국현대 성장 소설이 갖고 있는 내적 특성을 해명하고 비판하기도 하였지만, 그 비판의 내용이 가치평가를 넘어서서 당대 지배이데올로기와 내적으로 맺고 있는 연관에까지 닿지는 못했었다.

성장 소설은 성장하는 주체의 내면의 기록이다. 소설의 대상이 세계가 아닌 주체의 내면이고, 서술의 관점이 주로 회상과 고백의 방식으로

---

4) 김병익은 성장 소설이 취약할 수밖에 없는 이유로, 첫째, 우리에게는 개인적, 내면적 성장을 발전, 유도할 만한 문화요소가 희박하다는 것, 둘째, 소년들의 입사의 계기가 외부로부터 일방적으로 가해지는 충격이어서 자아의 각성은 개념적 형태라기보다 사건적, 외형적 형태를 띤다는 것, 셋째, 소년이 결말에서 궁극적으로 동화되는 지배적 가치관은 자기교정능력을 갖춘 살아있는 이념의 체계가 아닌, 일방적으로 강요된 경직성을 보인다는 것, 넷째, 따라서 현실에서 긍정될 수 있는 문화가치가 없을뿐더러 그것을 비판할 가치체계도 빈약하다는 것을 들고 있다. 김병익,「성장소설의 문화적 의미」,「지성과 문학」, 문학과지성, 1982.
5) 이보영, 진상범, 문석우,「성장소설이란 무엇인가」, 청예원, 1999.
   남미영,「한국현대 성장소설연구」, 숙명여대 박사학위 논문, 1991.
   최현주,「한국현대 성장소설의 세계」, 박이정, 2002.
6) 김윤식,「부성원리의 형식」,「김윤식 문학 선집-소설사」, 솔, 1991.
7) 김윤식, 정호웅,「한국소설사」, 예하, 1995.
8) 최인자,「성장소설의 문화적 해석」,「문학과 논리」5호, 태학사, 1995.
9) 신희교,「성장소설과 상상력의 빈곤」, 현대소설학회,「현대소설연구」6호, 1997.

전달되는 자기 자신이라는 점에서, 그것은 자기정체성을 만들어내는 서
사라 할 수 있다. 소설을 분류하는 용어들이 소재와 기법 상의 분류인
반면, 거의 유일하게 성장 소설만이 일종의 문법에 따른 분류라는 점에
서, 그리고 그 문법이 근대적 시간과, 변화 그 속에서 개인의 형성의 과
정을 대상으로 하는 것이라는 점에서 성장소설은, 한 사회가 가진 근대
성의 구성적 원리와 닿아있다고 할 수 있다. 이점에서 모레티는 성장소
설을 "모더니티의 상징적 형식"으로 들었고, 이것을 "모더니티가 문제적
으로 발견하고 선택한 젊음"이 모더니티의 독특한 시간적 자의식과의
관계 속에서 "모더니티와 함께 가는 세상살이(way of world)"라고 설명한
바 있다.[10] 또한 루카치가 말하는 "성숙한 남자의 멜랑콜리"[11]가 사실은
모더니티의 과정 속에서 성공한, 또는 살아남은 남자의 것으로 볼 수 있
다는 점에서, 성장소설은 자기를 시간성을 통해 재구조화함으로써 합리
화하고 정당화하는 서사적 상상력이라고 볼 수 있다. 이것이 성장소설
이 근대성과 관계 맺는 시간성의 측면이라 할 수 있을 것이다. 한편, 개
인으로서의 자기를 형성하는 서사가 정도를 불문하고 "세계에의 입사"
의 형식이라는 점에서, 그것은 특정한 사회공간, 특정한 공동체가 요구
하는 이데올로기를 내면화하고 승인하는 것이라는 점에서 성장의 문제
는 특정 공동체의 구성원되기와 관계될 수밖에 없다. 결국 성장을 통해
어른이 된다는 것은 특정의 사회가 요구하는 어른의 질서를 내면화한다
는 점에서 한 국가의 국민이 된다는 것이다. 따라서 한 개인의 '시간적
성장 속에서 어른 되기' 속에는, 그 이면에 그것을 구조화하고 있는 공
동체에의 적응과 생존이 함께 연루되는 것이라는 점에서 '국민으로 성
장하기'를 내포하고 있다고 볼 수 있다. 국민으로의 호출과 개인의 성장
이라는 두 관계는 물론 단순한 환원의 관계로 성립할 수 없을 만큼의 다
기한 경로, 즉 사회의 정치적 문화적 지배이념과 그것에 대해 부정 및

---

10) Franco Moretti, "The bildungsroman as Symbolic form", The Way of The World: The Bildungs-
　　roman in European Culture, trans by Albert Sbragia, London: Verso, 1987.
11) 루카치, 반성완 역, 『소설의 이론』, 심설당, 1985.

승인의 다기한 방식으로 관계 맺는 주체화의 방식, 또 승인의 부도덕성을 은폐하고 전치하는 정당화 논리들이 함께 스며있다고 할 수 있다. 본고가 성장소설을 통해 어른됨 속에 관류하는 한국사회에서의 국민됨의 논리, 그것을 추동하는 한국적 근대성의 내적 법칙을 살피고자하는 것은 이 다기한 논리적 과정의 일단을 해명하고자 함이다. 특히나 이 부류의 소설들이 공통적으로 설정하는 분단과 전쟁의 시기는, 한편으로는 개인의 성장에 필연적인 한 시기로 설정되어있으면서, 동시에 국가공동체의 측면에서는 현대 남한 국가가 성립된 기원으로 설정되어있다고 할 수 있다. 따라서 분단이 개인과 국민으로서의 현재를 합리화하고 정당화하는 기원으로 기능한다는 점에서, 60, 70년대 개발독재시대의 성장서사는 시간과 공동체, 개인과 국민이 관류하는 한국적 근대성을 해명할 수 있는 특징을 보여준다고 할 수 있다.12)

2. 발전 이데올로기와 반공주의

잘 알려져 있다시피 성장소설, 혹은 소년화자의 성장모티브는 단지 6~70년대만의 현상은 아니다. 소년, 혹은 청년기란 근대가 시작되면서 문제화된 범주이다. 최초의 근대소설이라 할 수 있는『무정』이 세 청년 남녀의 성장의 서사 형식을 취하는 것도 우연이 아닌 것이다. 그러나 이런 성장소설 공통의 전제가 공통의 방향을 낳는 것은 아니다. 소년을 구조화하는 사회적 구조와 이데올로기에 따라 어떤 어른으로 성장하느냐에 대한 지향이 다를 것이고, 이 지향을 통해 드러나는 당대의 특징적인 성장의 서사 형식이 각기 다르다고 할 수 있을 것이다. 예컨대 식민지 시기의『무정』이나 이태준의『사상의 월야』가 입신출세를 향한 개인적

---

12) 이점에서 동일한 성장소설 범주라 해도 식민지시대나 손창섭 등의 1950년대 성장소설, 그리고 오정희, 장정일 등의 80, 90년대의 성장소설은 각기 다른 특징을 갖는다고 할 수 있다.

욕망과 그것을 수렴하는 민족주의라는 명분을 계몽주의의 이름으로 감싸고 봉합하는 과정이었다면, 이런 봉합이 불가능해진 30년대 후반에 등장하는 김남천의 소설이나 가족사 연대기 소설의 소년 주인공의 성장 모티브는, 동일한 성장의 서사 형식을 취하고 있어도 전혀 다른 근대성의 전망을 보여준다고 할 수 있다.

그렇다면 60, 70년대 성장 소설만의 특징은 무엇일까? 현상적으로 이 아이들은 전쟁 혹은 분단 상황에서 지독한 굶주림에 처해있다는 것이 가장 특징적이다. 이 시기 성장 소설에 보이는 굶주림은 가히 특기할 만하다. 「어둠의 혼」(1973)[13]의 어린 화자는 빨갱이 아버지가 즉결처분 당할 거라는 소문에 접하면서도 "아버지라 부를 사람이 없게 된다. 그 점이 슬플 뿐, 다른 생각은 나지 않는다". 또 "경찰을 피해 잽싸게 나타났다 사라지는 아버지의 요술을 미처 깨치기 전에 아버지가 돌아가신다는 게 슬플 뿐, 나는 당장 해결해야할 절박한 괴로움에 떤다. 배가 지독히 고프다"라고 말하듯, 아버지의 임박한 죽음과 배고픔이라는 두 상황 앞에서 절박한 것은 배고픔임을 분명히 한다. 서사를 행동중심으로만 엮는다면 양식을 꾸러간 어머니를 기다리는 시간, 어머니를 찾아 이모집을 가고, 이모집에서 "어머니 앞에 놓인 양식자루를 보고 가슴이 뛰고", 모처럼 밥을 먹고 "이젠 살았구나라는 생각이 들고", 그리고 지서에 가서 이모부와 함께 아버지의 시체를 확인하는 것이다. 이 간단한 행위서사 속에서 어린 화자의 관점에서 배가 고프다는 절박한 감각과 아버지의 빨갱이 짓이 교차 서술된다. 예컨대 배고픔은 "뱃속에서 꼬르륵 소리가 난다. 배가 고프면 그런 소리가 났다. 나는 더 참을 수 없다. 오늘도 점심을 굶었다" "뱃속이 쓰려온다" "나는 쪽마루 앞으로, 배가 흔들리지 않게 걸어간다. 이젠 배가 아프거나 고프지 않다. 배가 잠을 자는 모양이다. 빨리 걸으면 배가 잠에서 깰는지 모른다" 처럼 직접 경험으로 진술되기도 하고, 병신 누이가 우는 것을 보고 "나도 울고 싶어진다. 울면

---

13) 김원일 중단편 전집 1, 문이당, 1997.

배가고파진다", "나는 초등학교적 반에서 늘 첫째나 둘째를 했고, 분선이는 다섯째를 맴돈다. 밥만 양껏 먹을 수 있다면 나는 늘 첫째를 할 수 있고, 분선이는 부급장을 할 수 있다"로 자신감이 분명하게 표현되기도 한다.

반면에 아버지는 해방 전 일본 유학을 하고 마을에서 야학당을 운영하기도 한 인텔리이고, 지금은 소위 빨갱이다. 그러나 이 아버지에 관해서는 대부분 "모른다"라는 진술이 압도적이다. "아버지가 왜 그 일에 적극 나서게 되었는지 나는 알 수 없다. 사람들이 쉬쉬하면서 두려워하는 그 일에 아버지가 왜 발 벗고 나서서 뛰어들게 됐는지 나는 그 내막을 모른다." "쌀 한 톨 생기지 않는 일에 목숨을 걸고 숨어 다니는 아버지의 요술"이라거나, "사람들은 말했다. 빨갱이 짓을 하면 무조건 죽인다고…. 그런데 왜 아버지가 그런 일에 나서게 되었을까에 대해서는 아무도 말해주지 않는다." "아버지는 일본까지 가서 공부했다. 어머니는 한글도 제대로 읽을 줄 모른다. 아버지가 어머니와 어떻게 맺어졌는지 나는 모른다.", "아버지가 왜 목숨 걸고 도망쳐 다녀야하는지 나는 알 수 없다. 오직 쑥대밭처럼 되어버린 집안 꼴이 서러웠다." 이처럼 아버지와 관련된 모든 것들 앞에 어린 화자는 "나는 모른다."라고만 반응한다. 다만 "우리 집은 왜 가난할까, 하고 생각해본다. 어머니의 말처럼 모두 아버지 탓이다. 아버지는 농사꾼도 아니요, 장사를 하지 않고, 그렇다고 월급쟁이도 아니다"처럼 아버지가 집안을 방기한, 가난의 원인으로 지목될 때만 분명하다. 이처럼 배고픔과 아버지, 절박한 감각과 알 수 없는 미친 짓의 두 대립항 중에서 어린 아이의 시선은 절박한 감각을 택하는 것이다. 성장의 시기에 문제될 법한 다양한 문제들이 사상되고,[14] '성장'은 오로지 '굶주림의 해결'로만 집중되어있고, 이것이 전쟁 및 분단이라는 비정상적인 상황에 의해 추동되는 것이 이 시기 분단소재 성장 모티

---

[14] 이 시기 성장소설에는 성장모티브에서 자주 발견되는 성적 눈뜸조차 없다. 성과 관련된 성장의 설정은 80년대와 90년대에 나타난다.

브의 소설이 갖는 특징이라고 할 수 있다.[15]

굶주림은 생리적 차원의 본능이지만, 이 소설에서는 자기보존을 그 무엇보다 우선하는 원초적 욕망으로 설정한다. 이런 '전쟁과 굶주림의 결합쌍'은 그간의 분단소설 연구에서 너무 자명하고 자연스러워 문제의 대상이 되지 못했었다. 고아 소년 혹은 아비를 잃은 편모슬하의 소년의 존재조건으로서의 굶주림은 일견 지극히 '사실적' 조건으로 보일 수 있다. 그러나 따지고 보면 이광수의 『무정』, 이태준의 『사상의 월야』등에서 엇비슷한 굶주림의 조건이 있을 법한 상황과 비교해 본다면, 이 시기 소설의 허기에의 강박과 공포, 갈증은 비정상적으로 집요하다. 이 비정상적 집요함은 굶주림을 생물학적 조건이 아닌, 어떤 심리적, 무의식적 강박으로 볼 수 있고, 이점에서 이것은 사회적 조건과 관련된다고 할 수 있다. 이들의 굶주림에 놓인 심리적, 사회적 강박을 살펴보기 위해서는, 이 굶주림이 무엇과 연동되면서 설정되어있는지를 볼 필요가 있다. 이들의 굶주림은 전쟁 및 분단상황과 이 전쟁의 이데올로기적 국면에 휩쓸린 아버지와 연동되어 설정되어 있다. 이는 좌익인 아버지─나중에는 불성실하고 게으른, 그래서 무능한 아버지─때문에 어린 소년인 나가 굶을 수밖에 없는 상황설정, 즉, '전쟁 혹은 분단', '유기당한 아이', '이념에 휩쓸린 아버지'라는 세 가지 변수가 여기에 얽혀 있는 것이다. 이 세 가지를 얽어매는 집요하고 일관된 파토스가 굶주림인 것이다. 성장의 서사는 굶주리는 아이의 눈이라는 원초적 자기보존에의 파토스가 전쟁과 아비를 관할하는 구조로 설정되어 있다.

먼저 아이 화자의 입장을 보자. 이들은 유기당했고, 굶주림에 처해있다. 이 굶주림은 어른, 아버지, 그리고 그들이 벌인 알 수 없는 전쟁 탓이다. 이들은 아이이기에 이 상황에 책임이 없고, 무엇을 원하지도, 알고 싶지도, 꿈을 갖지도 않는다. 일등을 할 수 있는 미래도 배고픔이 해결

---

15) 굶주림은 장편 『노을』에도 그대로 이어지고, 이는 이동하의 「장난감 도시」, 나아가 최근의 김소진의 소설에 이르기까지 지속되는 요소이다. 따라서 무능한 아비의 직무유기와 아이가 겪는 굶주림은 상당히 일관된 테마이다.

될 경우에만 가능한 것임을 분명히 인식한다. 소설의 배경은 해방직후의 좌우익 분단 상황과 그로인한 비극이 벌어지는 이데올로기 전쟁의 한중간이다. 주인공 소년에게는 물론 가족 전체에 가공할 폭력이 벌어진 시기이지만, 그 폭력, 전쟁의 원인에 대한 앎을 아이의 시선을 빌어서 계속 거부할 뿐이다. 그들이 가진 아이라는 지위는 좌우익을 판단해야하는 상황에서 '나는 모른다.'를 위한 방패막이로 사용되거나, 무능한, 혹은 역할을 방기한 아비에게 유기당하는 억울함, 부당함을 가중시키는 것으로 작용한다.

반면 아버지들은 해방직후의 분단과 그에 뒤이은 전쟁에 휩쓸려 아이들을 유기한 아버지들이다. 그들은 전쟁에 이념적으로 휩쓸렸기에 "차라리 죽어버리라고", "아버지가 죽고 나면 사람들은 우리 집을 더 이상 빨갱이 집이라고 말하지 않을 것"이고, 아들에게 "밉다 못해 원수로 여겨지는" 아버지이다. 전쟁과 분단에 이념적으로 연루된 아비를 '모른다.'로만 바라보는 것은, 이 '모른다.'를 통해 아비가 연루된 공적, 정치적 장 자체를 지우고자 하는 욕망의 표현이다. 정치적 공적 영역이 지워진 전쟁의 자리를 굶주림이라는 지기보존의 가치로 대체하는 것이다. 경제적 생존, 자기보존의 가치로 렌즈화된 전쟁은 좌우익의 대립이 아니라, 먹고 사느냐와 굶어죽느냐로 이분화 된다.

'전쟁과 굶주림'이라는 어찌보면, 지극히 사실적인 경험에서 비롯되었을 법한 이 자명해 보이는 연동관계는, 그러나 그다지 경험적이지도 자명하지도 않은 것이라 할 수 있다.

경험적 자명성과 더 가까웠을 1950년대에 전쟁을 배경으로 한 소설에서도 이런 선명함은 두드러지지 않았었고, 최일남의 「쑥 이야기」나 이범선의 소설처럼 전쟁기의 빈궁을 핍진하게 그린 소설에서도 그 가난이 전쟁이나 그것의 원인에 대한 인식에 대해 이와 같은 '거부'나 '기피증'을 드러내지는 않는다. 오상원이나 서기원 등의 소설과 같은 1950년대 소설에서도 오히려 청년이나 지식인이 주인공으로 등장하면서 전쟁으로 파괴된 질서에 대한 복원의지를 그리는 관념적 경향의 소설이 더 주류를 이룬다고 할 수 있다. 또한 이 시기 직전의 60년대 초반의 작가들, 즉 최인훈의 「광장」과 「회색인」, 「서유기」 및 이청준의 「병신과 머저리」등의 소설에서 전쟁을 다루는 방식 역시 "밀실과 전쟁"이라는 비유처럼 이념적 근원을 통한 성찰이나 '환부 없는 아픔'처럼 추상적이나마 전체적인 사유와 이성의 방식으로 접근되고 있다. 따라서 전쟁을 그리는 이와 같은 구도, 즉 '전쟁과 굶주림의 결합쌍을 통한 자기보존 욕망의 극대화', '아이의 시선을 통한 전쟁과 분단에 대한 인식적 앎의 거부', 이것을 마치 경험적 직접성인 것처럼 설정하는 사유방식은 6~70년대 성장 서사에서 독특하게 기원하는 것이라고 할 수 있다.

따라서 이 시기 만들어진 이 구도는 당대의 지배이념과 관련되어있다고 볼 수 있을 것이다. 전쟁에 이념적으로 참가한 지식인 아비를 '모른다'와 '알 수 없는 미친 짓'으로 의미화한 준거는 "그 짓이 쌀 한 톨 나지 않는 것", 즉 가족의 생존에 기여하지 않았기 때문이다. 이점에서 쌀 한 톨 가져오지 않는 아비는, 즉 가족의 생존에 무책임한 아비는 그 아비가 좌익 지식인인지 아닌지와 상관없이 등가화 된다. 이후 성장소설의 변모 속에서 아비의 지위는 이런 등가화 되는 계보를 잘 보여준다. 이 아버지들은 객관적으로는 좌익이념에 주체적으로 참가한 지식인에서부터, 이념도 모르고 휩쓸린 백정(『노을』(1978)), 그리고 이런 이념과는 상관없는 전쟁직후의 장물아비(이동하, 「장난감 도시」(1979)), 그리고 무능하고 시대에 뒤떨어져 가족을 거리에 나앉게 만든 아버지(윤흥길, 「집」(1972))들로 지속, 변주된다. 시대가 지날수록 아버지가 가졌던 이념적 위상이 퇴각하면서 지속되는 공통점은 가족의 부양에 무책임하다는 것이다. 이념적 위상의 퇴각과 가족의 생존이라는 가치의 우세화 과정, 이 공통성이 성장소설에 반복되는 구조이다. 이 구조에서 아버지들은 그들이 가진 정치적 이념이나 그들 자신의 성격에 의해 등록되는 것이 아니라 가족을 부양했는가 아닌가로 판가름된다. 가족을 책임지지 못했다는 점에서, 아이를 굶겼다는 점에서 좌익 지식인과 소백정이 등가화 되고, 이들과 자유당 시기 허랑한 정치꾼(윤흥길, 「집」)이 등가화 되는 것이다.

전쟁이라는 공포의 극한 상황, 굶주리는 아이, 아이를 유기한 아버지라는 셋이 맞물리면서, 전쟁의 원인이나, 전쟁이 갖는 이념적, 정치적 차원은 함구된다. 아이의 생존, 아이와 가족의 자기보존만이 가치화되면서 그것과 대타적으로 설정된 정치적, 이념적 영역은 점점 가치절하되고 배제된다. 좌익지식인과 백정과 도둑을 동일가치로 만들어내는 구조, 이것이 소년화자의 성장소설의 서사적 공통항이다. 이 공통항을 뒷받침하는 것은 개인적 생존, 경제적 자기보존을 전면화하고, 그에 대립하는 공적, 정치적 차원을 범죄화 하는 반공이데올로기와 성장이데올로기의 결합으로 이루어진 당대 국민화 이데올로기인 것이다. 이점에서 좌우익의 판단 앞에서 아이라는 지위를 앞세워 배고픔을 말하는 성장소설의 서사구조는 경제적 고도성장을 앞세워 반공을 설파하는 논리와 구조적으로 닮아있다.

이 부류의 소설에서 핵심적인 아이의 시선은 기존의 분단소설적 관점에서 양면적으로 평가되었다. 즉 아이의 시선이기에 분단의 원인에 대한 객관적 인식에 미흡한 한계를 보인다는 것, 또 역으로 아이의 시선을 빌었기에 반공주의의 사회에서 분단의 문제를 도입할 수 있었다는 것이 그것이다. 그러나 아이의 시선이 내포하는 의미망은 이런 표현과 검열, 인식과 반영의 층위를 훨씬 넘어선 지점에 있다. 이는 특히 아비의 복원 관점과 연관될 때 더 두드러진다. 김원일 소설에 국한할 때, 소설을 통한 아비와의 만남과 복원이 일관된 주제중의 하나라고 언급되었다. 그러나 복원은 복원의 방식에 의해 선택과 지움, 그리고 다른 것으로의 치환으로 이루어지고, 이런 선택, 배제, 치환을 작동시키는 메카니즘은 당대 사회의 내면화된 질서와 이데올로기와 내적으로 연루되어있다.

「어둠의 혼」에서 저주의 대상으로 지워버렸던 아버지는 장편『노을』에서 복원된다. 이 복원을 통해 아비를 이해하고 포용하는 분단극복 의식을 보여준다는 것이 기존의 저변화된 평가이다. 「어둠의 혼」에서 아버지에 관한 서사의 대부분을 이룬 것이 '모른다.'였다면, 이후의 소설은 이 모르는 문제, 왜의 문제에 대한 탐구가 소설의 한 축을 이루고, 이것은 저주하고 지워버린 아버지를 복원하는 것이다. 즉 "모른다"를 어떤 '앎'으로 대체하고 그러므로써 '이해' 하고 '포용' 하는 것이다. 그러나 이 복원의 방식과 복원을 통한 이해와 포용의 논리와 과정을 상세화할 필요가 있다. 복원의 방식에 관류하는 이데올로기가 복원하는 주체를 구성하는 이데올로기일 것이기 때문이다. 이는 미리 말한다면 남한의 성장 우선주의가 반공과 결합되어있음을 보여주는 것이고, 따라서 성장 이외의 가치를 공산주의와 등가로 설정하고 배제하는 지배 이데올로기의 내면화된 모습이라 할 수 있다.

「어둠의 혼」에서 좌익 지식인이었던 아버지는 『노을』에서 좌익이념에 휩쓸린 무식한 소백정으로 자리를 바꾼다.

> "니한테 한마디 묻겠다. 니는 여태꺼정 백정으로 천대받고 살아온 시월이 원쑤같지도 않나? 우리가 언제 사람대접 한분 받아 본적이 있나 말이다. 그러나 인자 시상이 바뀌었으이 나도 한자리 할끼데이. 우리 같은 사람을 더 떠받들어 준다 카능기 공산주이잉께 울매나 좋노."[16]

이와 같이 소백정이었던 아버지가 잔학한 만행에 앞장섰던 것은 오랫동안의 천민이라는 신분적 굴레에 얽힌 한과 연관된 것으로 서술된다. 그러면서 좌익은 이념적 정치적 차원을 탈각하고 봉건적 질곡 아래 신음했던 민중으로 전치됨으로써 비로소 '포용'된다. 이것은 좌익 혁명의 의미를 "오냐 나도 한자리 할끼데이"라거나, "읍장 집이 내 집 되고, 저 들판에 곡식이 내꺼 한가지다."라고 이해한 아버지를 회상함으로써 비로소 이해하고 포용하는 것에서도 드러난다. 여기서 천민적 신분으로부터의 해방이라는 반봉건 의지가 갖는 다양한 근대적 스펙트럼은 개인적 생존, 즉 사적인 자기보존 욕망으로 수렴되는 것이다. 이런 논리는 앞서 언급한대로 '좌익지식인'과 '백정'과 '생존에 내몰린 도둑'을 등가화하는 구조이기도 하다. 실제로 해방 후 민중들이 사회주의에 동조했던 이유

---

16) 김원일, 「노을」, 문학과지성사, 1978.

가 봉건적 질곡 때문인가라는 소설외적인 역사적 사실 여부를 떠나서, 이 서사구조에서 좌익이념이, 근대화에의 욕망이 내포하는 정치적, 시민적 차원의 공적영역이 배제된, 탈정치화된 '나도 한번 잘살아보고 싶었다'라는 사적 자기보존에의 원색적 욕망의 틀을 경유해서만 비로소 이해와 포용의 대상이 된다는 것이다. 그리고 이 때 이해와 포용의 주체는 「어둠의 혼」에서의 어린화자가 아니라, 그로부터 28년이 지나 어른으로 이미 성숙한 남자라는 사실 또한 중요하다. 더구나 어렵사리나마 대학을 나오고 도시에서 직장 생활을 하면서 '내 집'을 겨우 마련해 힘겹게나마 가장의 책임을 다하고 있는 성숙한 어른 남자라는 점은, 과거를 선택 치환하는 복원의 주체가 선 자리를 잘 보여주는 것이라 할 수 있다. 더 나아가 이런 아버지 이해가 결정적으로 치모라는 인물을 경유한다는 것도 의미심장하다. 그는 좌익이었던 이중달이 간첩으로 남한에 왔을 때 임신한 유복자이고 바로 이 때문에 남과 북의 화해의 상징으로서의 위치를 갖는 인물이다. 실제로 치모는 화자와 비슷한 과거사를 갖고 있으면서도 과거와의 대면을 회피하는 화자와는 달리, 과거를 적극적으로 수용하고 화해하면서 화자가 과거를 수용하게끔 추동하는 인물이다. 그는 빨치산의 유복자로 태어나 대학시절 학생데모에 깊이 관여하여 제적된 뒤 현재 고향에 내려와 있는 청년이다. 그는 마을을 돌아다니면서 무료 대서방 노릇을 하고, 고소장이나 농협대출금 서류를 써주기도 하고, 특수작물 재배요법 등을 가르치면서 농촌지도자의 역할을 하고 있는 인물이다. 이처럼 서술되는 치모라는 인물의 입을 빌어 좌우의 이데올로기적 갈등은 "동족상잔의 부산물내지 찌꺼기"로 의미화 되고, 화자는 이 인물에 이끌려 비로소 아버지를 이해하고 고향을 받아들이게 되는 것이다. 그러나 화해의 중심인 치모의 현재는 새마을 운동의 전형적 농촌지도자의 모습을 띠고 있고, 이 모습이 잘 살아보고 싶다는 농민들의 욕망 속에 과거 이데올로기도, 반체제 민주 운동이었을 학생운동도 수렴하고 있는 형국인 것이다. 이 인물을 통해서 백정이었던 아버지가 근대적 자기보존과 반봉건적 의지로 찬 봉건적 질곡하의 하층민으로 의미화되고 배제되었던 좌익이 근대화의 발전 욕망으로 치환되는 것이다.

여기서 아비를 복원하는 주제의 자리가 분명해진다. 도시에서 고학을 통해 중산층으로 진입한 화자와 농촌 근대화를 위해 헌신하는 새마을 운동의 지도자와 같은 모습의 치모, 이 두 사람의 형상은, 사실상 당대 발전이데올로기가 모범화한 모델에서 그리 멀지 않다. 그리고 이 두 사람에 의해서 과거의 좌익운동이 가진 이념적 차원이 지워지고, 학생운동이 가졌을 반체제나 민주나 자유의 이념 역시 지워진다. 이제 남은 유일한 이념은 근대화와 성장이고, 이것이 아버지를 복원, 수용하는 논리인 "나도 한 번 잘 살아 보고 싶었다."와 당대의 '잘 살아보세'의 시대적 경구를 근원에서 구조화하는 것이라 할 수 있다. 이런 논리는 좌익과 학생운동을 비롯한 정치적 시민적 담론영역들이 반공의 이름으로 지워짐과 동시에 성장으로 대변되는 물량적 근대화만이 전면화되는 당대의 국민화 방식과 동궤라고 할 수 있는 것이다. 이점에서 보면 성장 서사의 국민화 논리의 저변에는 굶주리는 아이로 설정된 경제적 근대화의 자기 보존의 논리가 반공이데올로기와 결합되어 그 기초에 놓여있음을 알 수 있다.

사실상 한국의 반공주의는 공산주의에 대하여 적대적이고 배타적인 논리와 정서를 의미하며, 그 중에서도 북한 공산주의 체제 및 정권을 절대적인 악과 위협으로 규정, 그것의 철저한 제거 혹은 붕괴를 전제하고 아울러 한국(남한) 내부의 좌파적 경향에 대한 적대적 억압을 내포하고 있는 개념이다. 따라서 그것은 공산주의에 대한 비판적 태도나 부정적 반응과는 차원을 달리하는, 그것에 대한 이성적 토론을 완전히 '압도하는 감각'이다.[17] 이점에서 본다면, 전후 남한 사회를 지배한 것이 반공이데올로기인 것은 분명하지만, 이 반공이데올로기가 시기적으로 각기 다른 방식과 하위 이데올로기로 나타난다는 점에 유의할 필요가 있다. 60, 70년대 성장소설 속에 관류하는, 나아가 개발독재시대의 성장 일변

---

17) 권혁범, 「반공주의의 회로판 읽기」, 『민족주의와 발전의 환상』, 141-142쪽.

도로 추동된 근대화 지상주의 속에 관류하는 반공이란 사실은 공산주의에 대해 반대한다는 직접적인 선언이나 정치적 억압의 차원이 아닌, 고도 경제성장의 우월감 하에 경제외적 가치에 대한 철저한 함구와 배제를 기반으로 하는 발전이념과 결합되어 현실화된 것이라 할 수 있고 이점에서 반공이데올로기는 정치적 억압의 차원이 아닌 지배세력의 헤게모니에 기초한 '동의'[18]와 이를 통한 자발적 동원 이념이라 할 수 있다.[19] 실제로 1960년대 이후 박정권에 의해 추진된 경제성장 정책은 '반공의 경제적 기반 강화', 즉 안보국가의 토대 구축과정이라고 볼 수 있으며, 이후 국가안보-경제성장-사장경제질서는 짝을 이루어 사회적 정당성의 기초를 이루게 되고 이는 1987년경까지 지속된다고 할 수 있다.[20]

3. 가족, 한국적 근대의 정당화 메커니즘

공적이념을 배제하고 경제적 근대화에 기초한 개인적 자기보존을 전면화한다고 해서 이 소설들이 '개인'을 막바로 전면화한다고 판단하는 것은 성급한 일이다. 생존, 자기보존이 전면화되어 가치로 성립되지만, 문제는 이 생존의 주체, 생존의 단위가 누구인가인 것이다.

이 소설들에서 주인공은 아이들이다. 이들은 최인훈이나 김승옥 소

18) 안토니오 그람시, 이상훈 역, 『옥중수고』, 거름, 1997.
19) 박정희 정권의 지배 이데올로기에 대한 대표적 연구로는 임현진, 송호근의 「박정희 체제의 지배이데올로기」가 있다. 이 연구에 따르면 박정희 정권의 지배 이데올로기는 반공주의, 성장주의, 권위주의로 볼 수 있으며, 정치체제의 변화에 따라 이데올로기들이 각각 다른 방식으로 결합함을 알 수 있다고 한다. 정권초기인 1961~63년 시기는 반공주의를 정점으로 성장주의와 권위주의가 하위결합한 것이었다면, 유신시기 이전까지는 경제개발을 목적으로 한 성장주의가 강조되었다 그러나 유신의 등장과 함께 권위주의가 강조되면서 성장주의와 반공주의는 이것의 정당화를 위한 수단으로 기능했다. 임현진, 송호근, 「박정희 체제의 지배이데올로기」, 역사문제연구소 편, 『한국정치의 지배 이데올로기와 대항 이데올로기』, 역사비평사, 1994.
20) 김동춘, 「한국 자본주의의 성격과 지배질서」, 『분단과 한국사회』, 역사비평사, 1997, 110쪽.

설에서, 독자적인 사유나 자립적인 개성적 감수성에 근거해 자기세계를 추구하고, 자기세계의 견고한 성벽에 기초해 근대적 주체로의 지향을 보여준 4·19 시기의 지식인적인 개인주체와는 거리가 먼 인물들인 것이다. 그들은 누차 언급되었듯, 외부에서 벌어지는 부당한 폭력에 대해 '모른다'로만 대응하고, 오로지 배고픔에 시달리면서 어른들에 의해 유기된 아이들인 것이다. 즉 이들은 근대적 주체라기보다는 아직 보호받아야할 아이들인 것이다. 그렇다면 누가 이들을 보호하는가? 앞서 살폈듯이 전쟁의 원인인 사회적 공적 이념과 정치적 차원을 무가치한 것으로, 모르는 것으로 가치화한 상위의 가치는 어린 소년을 포함한 어머니와 가족의 생존이었다. 아이들을 보호하는 주체는 전쟁에 처한 국가도, 추상적 의미에서의 사회도 아니고, 더구나 피비린내 나는 싸움으로 갈가리 찢긴 마을 공동체도 아닌 바로 가족이다. '집', '우리집'으로 명명되는 가족은 생존의 주체이자 단위이고, 사회와 국가를 대신하는 제일의 공동체이다.

윤흥길의 「집」, 김원일의 「노을」, 이동하의 「장난감 도시」 등 이들 소설 속에서의 집, 가족은 고향이라는 공동체를 떠나 도시로 이주하고, 그 도시에서 배를 곯아가며 공부하는 장남과 그 장남을 위해 생존을 위한 최극단의 아귀다툼까지를 마다하지 않는 어머니로 이루어진 편모가정이라는 공통성을 보인다. 장남과 편모 중심의 도시에서의 핵가족, 이런 모습은 비단 성장소설에서 뿐만아니라 다양한 모습으로 변주되면서 한국적 모더니티의 가장 일반적 조건중 하나를 이룬다.

『노을』에서, 좌우익의 피바람이 휩쓸고 간 고향에 더 이상 살 수 없게 된 상태에서 이들 가족은, 도시로 이주하고 어미와 아들은 점원이나 하급노동에 종사하면서 고학으로 학교를 마치고 6~70년대 간신히 "내집"을 마련하고 도시에 정착한 이들이다. 이동하의 「장난감 도시」 연작에서도 희미하나마 삼촌의 이념적 행위 탓에 고향마을을 떠나 도시로 이주하고, 장난감 같은 단칸방에서 온 가족이 오물거리며 생존을 위해 아귀다툼하는 가족 이야기이다. 이처럼 고향을 등진 가난한 편모가정을 이끌어간 감각 혹은 이념이란 다음과 같은 정서로 대변된다.

"오냐 내가 이 두 자슥을 걸걸이 키아서 옛말하고 살 때, 내 괄세한 이노
무 세상, 어데두고 보자. 내가 무명지를 깨물어 나올 것도 없는 쪼그라진 가
슴팍에다 피로써 십자가를 그렸다"…… 나에게 처음으로 고등학교에 입학하
던 날 어머니는 우리 형제를 앉혀놓고 이 말을 하시며 눈이 붓도록 우셨다.[21]

자식 잘 키워서 옛말 하고 살겠다는, 자기를 괄세한 이 세상에 복수
하겠다는 이 원색적 욕망은 세상으로 대변되는 모든 공적 영역에 대한
철저한 외면을 기초로 개체화된 가족만의 자기보존 욕망이 가족을 이끌
어가는 원리임을 말해준다. 사적 자기보존으로서의 생존이 그 무엇보다
가치화 될 수 있었던 것은 그 자기보존의 주체가 개인이 아닌 가족 단위
이기에 가능한 것이었다. 이처럼 전쟁 이후 한국의 성장소설에서 편모
가장 모티브는 그 하위에 도시화, 교육열, 교육을 통한 빈곤탈출에의 욕
망으로 대표되는 한국적 근대성의 전형성을 보여준다. 즉 아이가 아비
를 가치절하고 지우는 과정은 외형상 아비와 아들의 싸움이라는 보편
적 근대의 형식을 취하면서도 사실은 아들이 가족 편에 섬으로써 명분
화될 수 있게 되는 한국적 특징을 보이는 것이다.

집에 대한 욕망을 놓고 아비와 아들이 대비된 윤흥길의 「집」은 이것
을 단적으로 보여준다. 이 소설은 무능한 아비 때문에 집을 날리고 공부
잘하는 장남과, 무능한 아비를 원망하고 괄시하는 어머니로 이루어진
도시의 가족이 중심이다. 이 소설에서 핵심은 누가 집을 지킬 것인가로
집중되어 있다. 아버지는 친구에게 사기를 당해서 고향에 있는 좋은 옛
집을 날렸고, 도시를 떠돌다가 겨우 마련한 판잣집마저도 사기를 당해
서 철거의 위기에 놓여있다. '집이 사라진다'는 절체절명의 위기, 철거를
알리는 최고장을 놓고, 어머니가 부리는 "패악과 히스테리", 공부 잘하
는 장남이 보이는 "패륜에 가까운 극성"은 "집이 헐리는 걸 보는 고통,

---

21) 김원일, 「미망」, 전집 4권, 132쪽.

148

그것은 형에게 있어 목숨을 끊는 아픔에 비길 만했다."로 표현된다. 그러나 아버지는 이 상황에 "한문투성이의 탄원서를 국회의원과 시장에 한 통씩 보내는 것"으로 대응했고, 그나마 이 "탄원서가 무시당한 이래 형은 집안에서 실권을 장악"하고 "아버지와 어머니는 형의 눈치를 슬금슬금 살폈다." 집을 지켜야한다는 가족의 자기보존의 명제 앞에서, 장남은 가부장보다 더 가부장다운 위치를 갖게 된다. 가부장으로서의 아버지는 집을 지키지 못했다는 점에서 전쟁을 배경으로 한 성장소설의 좌익 아버지와 동일한 위상을 갖는다. 더구나 그 아버지가 똑똑한 장남에 대해 정치적 출세를 소망하는 행위를 "가당찮은" 것으로 희화화하는 것이라든지, 집을 지키는 방식에 있어서의 정치적 탄원이라는 절차적 합리성에 기초한 행위를 비웃는 희화화는 공적영역에 대한 불신과 배제에 기초한 한국근대 특성에서 정당화되는 것이다.22) 분단체험과 반공주의를 기반으로 하는 공적 영역 전체에 대한 공포와 불신과, 내 가족의 이기주의는 성장 서사의 안과 밖에서 광범위하게 나타난다. 예컨대 「어둠의 혼」에서 이모가 어린 화자에게 하는 말, "갑해야 크거들랑 큰사람 되거래이. 니 애비맨쿠로 미친 짓하지 말고. 열두 대문 담장 치고 살거래이"라는 말에서처럼, 큰사람으로의 성공을 기원하지만, 그것은 열두 대문 담장 친 채 외부의 공적영역에 대한 금기와 공포를 조건으로 하고 있는 것이다. 또한 박완서의 자전적인 경험이 소재가 된 「카메라와 워커」에서도 오빠의 아들인 조카를 모성으로 키우면서, 그 아이에게 죽은 오빠의 이념적, 공적 영역을 터부시하면서 문과를 금지시키고 이과를 선택하게 하는 것 등에서도 나타난다.

결론적으로 가족은 유기된 아이들을 보호해야할 최상위의 책임 집단이면서, 전쟁과 분단의 상황에서 고향을 떠날 수밖에 없었던 정황에서 보듯, 기존의 가족이 속했던 더 큰 마을 공동체, 그 공동체에서 사적 욕

---

22) 실제 소설에서, 마을에서 우물과 변소를 갖추고 사는 집은 가짜꿀을 만들어 파는 집뿐이고, 가짜 꿀을 만들지 못하는 모든 사람들은 공동변소를 이용했다는 말에서 보듯, 가족의 사적 자기보존이 공적 합리성을 배반해야 가능함이 전제된다.

망을 규율하는 집단성이나 권위 혹은 신분적 위계질서 등 식민지 시기까지 남아있던 과거의 규율화 원리들이 힘을 발휘하지 못하는 도시로 이주하는 것이다. 도시라는 익명의 공간, 더구나 전후의 비정상적 시간대에서 생존을 향한 무한 경쟁만이 지배하는 상황에서 가족은 생존의 근거이자 단위주체이고, 가장 압도적인 이념의 지위를 갖는 것이다. 동시에 전쟁과 분단이 연루된 정치적 사회적 장과 이념, 그리고 절차적 합리성이라는 공적 영역을 배제하는, 그 모든 것을 압도하는 명분인 것이다. 따라서 가족은 그 어떤 이념이나 공동체의 단위보다 우선하며, 어떤 개인적 주체보다 우선하는 것이다. 이는 특히 가족을 벗어난 개인의 길, 다른 근대적 가능성에 대해 이 소설들이 내리는 가혹한 응징 형식을 볼 때 더욱 분명하다고 볼 수 있다. 가족의 보존이라는 욕망 이외의 다른 길, 다른 근대에 대한 욕망에 대한 처벌과 배제 역시 이 부류 소설에 공통된다.

「여름 아이들」은 「어둠의 혼」, 「갈증」과 함께 거의 연작이라고 할 수 있을 정도로 동일한 시공간적 배경과 인물들을 보여주고 있다. 그러나 이런 동일성 속에서 소설을 채우고 있는 것은 직접적인 이념에서 빗겨간 어린 아이들의 모험에 관한 이야기이다. 이야기는 간단하다. 가난하고, 그래서 굶주리고 공부 못하는 아이들, 해방직후 좌익패거리에 붙었다가 총살당하거나, 호열자로 죽거나 폐병으로 죽거나 역마살이 끼어 떠돌다 죽거나 한 아버지들 때문에 공통적으로 아버지가 없는 다섯 아이들이 뗏목을 만들어, 지긋지긋한 동네를 떠나 바다로 가는 것이다. 사내아이들이 집을 떠나 바다로, 낯선 대도시 부산으로 간다는 기대에 들뜸과 흥분이 교차하지만, 곧 무서움증과 집 생각 때문에 돌아가고 싶어하는 주인공 화자의 축과 그들을 겁쟁이라고 비난하면서 대도시로의 행진을 주장하는 병쾌 축의 아이들로 분열한다. 주인공 화자는 "나는 차마 가시나 보다 못난 고추를 달고 있음이 부끄럽고, 그런 수치를 가려주는 어둠이 얼마나 고마운지 모른다. 나는 먼 훗날 땅 끝 어디에서 병쾌를 만날 때, 이 부끄러움 때문에 그를 피해갈 수밖에 없다는 생각도 얼핏

든다." 라고 고백하면서 "집으로" 돌아간다. 더구나 성장기 소년들이 집을 등지고 대도시로, 바다로 떠나는 이 모험은 흥분을 동반하지만, 결국 주인공은 집으로 돌아오고, 그들을 겁쟁이라고 비난하며 모험을 계속했던 병쾌와 점복이는 "파르족족한 시신으로 부산 가까운 구포다리 부근에서 발견"된다. 집으로 돌아가는 것이 부끄러운 것은 더 넓은 세계로의 모험과 그것을 통한 도전, 그리고 의리와 약속을 저버린 것 때문일 것이다. 이것은 사실상 근대를 추동한 새로움에의 동경일 것이다. 그러나 부끄러움을 무릅쓰고, "어무이가 있는 집으로" 돌아온 아이들만이 살아남고 동경과 모험, 다른 근대를 향해 떠난 아이들은 가혹하게 죽음으로 처벌되는 것이다. 집을 경유하지 않은 개체적 욕망, 집을 경유하지 않은 낯선 세계에의 동경, 집과 배리되는 의리나 약속 같은 공적 차원은 무참하게 처벌되는 것이다.

　이동하의 「장난감 도시」 속의 누이 역시 가족의 절대적 가치화를 보여준다. 도시로 이주한 이 가족 앞에 아들인 나에게도 누나에게도 '집 밖에서 잘 먹고 잘 살 수 있는 기회'가 있었다. 이 기회 앞에서 둘은 각각 다른 선택을 한다. 나가 집을 떠났다가 돌아오는 과정은 '1일 점원'이라는 제목 하에 눈물겹게 묘사되어있다. 백화점 점원으로 간 나에게는 "잠자리와 세끼의 밥, 용돈과 의복, 그리고 성인이 되어서의 조그만 점포까지 약속된다. 뿐만 아니라 그 백화점은 자기네 가족이 생존을 연명하던 풀빵과는 비교가 안되게 "화려한 상품들로 가득 차 있다. 눈에 띄는 것은 죄다 나의 마음을 사로잡았고, 난생처음 짜장면을 먹기도 했다." 그런데 이런 화려한 유혹 앞에서 나는 "불결하고 냄새나는 그 궤짝방으로 온전히 돌아가야만 한다고 믿었다" 도시에서 다른 가능성과 풍요 앞에서 아무리 잘 먹고 잘사는 것이 중요하지만, 그것은 '우리집' 속에 있을 때만 의미가 있다는 것이다. 가게 점원으로 상징되는 더 큰 도시, 도시 속의 모험과 도전의 가능성은 가족 앞에서는 사악한 유혹으로, 혹은 속임수로 자리매김 되어버리는 것이다. 반면 누나는 이 유혹에 넘어간 것으로 화자에게는 보여진다. 아버지는 감옥에 가고 어머니는 죽어가고 있는 상황에서 누나는 두부공장에 가서 숙식을 해결하며 돈을 벌지만, 이 누나에게 어린 화자는 적의를 보인다. 이 적의의 원인은 한 편으로는 다리병신에게 누나를 빼앗겼다는 것이기도 하지만, 두부공장에 간 누나가 "두부살이 오르고 윤택해지는 것"에 대한 적대감이기도 하다. 이 적의에는 가족 밖에서 혼자만 잘 먹고 잘사는 것, 가족을 경유하지 않은 개인적 욕망에 대한 철저한 응징이라는 정서가 바탕에 깔려 있는 것이다.

　한편, 공부하는 장남과 모성을 핑계로 그악스러운 생존욕망으로 추동되는 편모로 이루어진 가족이라는 전후 성장 소설의 모형에서 누이의 존재는 특이하다. 누이가 등장하는 소설들은 김승옥의 「건」을 비롯한 몇몇 소설, 김원일의 「갈증」, 이동하의 「장난감 도시」 등이 있다. 이들 소설에서 누이가 의미하는 것은, 어머니의 생존욕망도 아버지의 공적 이념도 아닌 제3의 영역이다. 그것은 대부분 성적 욕망과 은밀하게 관계되어있고 따라서 지극히 개인적인 영역이라 할 수 있다. 소설에서 누이들은, 굶주림과 공포에 떠는 어린 소년을 따뜻하게 품어주는 존재이면서, 대부분 이 따스함은 금지된 성적 욕망과 겹쳐진다. 그러나 아이가 성장의 세계를 용인하고 어른이기를 받아들이면서 성숙의 세계로 접어드는 무렵 이 누이들은 소년에 의해 자발적으로 배제되고 희생당한다. 이런 점은 「무진기행」, 「생명연습」, 「환상수첩」, 「건」 등 김승옥의 초기 소설에서 두드러진다. 김승옥의 소설에서 어른, 성숙의 세계란 지극히 비열하고 부도덕한 질서이지만, 한편으로는 성공을 향해 가는 도정에서 주체 스스로 승인하는 힘의 논리이고, 그것을 받아들이는 순간 누이의 세계와 결별해야함을 감지하고 자발적으로 누이를 공격하는— 집단강간에 동참하는 것(「건」), 애인을 넘겨주는 행태(「환상수첩」), 애인에 대한 강간(「생명연습」) 등— 형태로 나타난다.

　특히 60년대 대표적인 성장 소설 「건」은 이점에서 특징적이다. '자기세계'로 대표되는 개인적 주체 정립의 양상을 징후적으로 보여준 김승옥은, 「건」에서 소년화자가 "어른이 된다는 것"의 필연성 속에 내포된

한국적 근대의 특징을 보여줌으로써 이후 개발독재 시기 성장소설의 방
향성을 예시적으로 보여주고 있다. 이 소설은 빨치산이 습격한 전쟁기
의 어느 하루의 소년 화자의 성장의 기록이라고 할 수 있다. 스토리는
간단하다. 소년화자가 이제껏 속해있던 세계, 즉 미영이, 윤희 누나, 4B
연필로 대변되는 그림 그리기 등으로 상징되는 여성적이고 미적인 취향
의 유년의 왕국에서 빨치산의 습격, 그 시체를 처리하는 아버지와 형의
세계에 동참하면서, 그 유년의 왕국과 스스로 결별하는 소년의 내면의
기록이자 동시에 "어차피 어른이 된다는 것은 다 그런 것 아닌가"로 표
현되듯, 그 어른됨의 부도덕성에 대한 자의식과 승인의 기록인 것이다.
기존연구에서 어른의 세계는 '윤희 누나를 강간하려는 형들의 세계'로
파악되어왔다. 그러나 이 소설에서 더 거대한 어른은 잘 드러나지는 않
지만, 사실상 빨치산의 시체를 처리하는 아버지라고 할 수 있다. 소설에
서 형은 낭만적인 무전여행을 꿈꾸는 사춘기 소년일 뿐이다. 낭만적인
무전여행을 꿈꾸는 형과 그림 그리기 등의 미적이고 여성적인 세계에
속한 나, 둘 다 빨치산이 습격해오고, 그 빨치산 시체를 처리하는 아버
지 일에 동참하면서 그들 각자가 속해 있던 유년의 왕국과 낭만의 왕국
과 결별하는 것이다. 형이 아니라 아버지가 어른인 것이고, 형과 나 둘
이 그려 보이는 근대적 욕망의 미적이고 낭만적 성격, 근대의 또 다른
가능성의 영역이 아버지의 세계에 의해 배제당하는 것이다. 여기서 아
버지의 세계가 구체적으로 무엇인지는 드러나지 않지만, 낭만성과 미적
인 성격이 아님은 분명하다. 그리고 이런 아버지로 대표되는 어른으로
의 성숙이 빨치산 시체를 처리하는 무시무시한 하루의 경험을 통해서
위압적이고 필연적으로 다가오는 것이다. 서사 속에서 이미 죽어버린
빨치산 시체에 돌을 던지는 나의 행위는, 미영이의 세계를 낙서로 뭉개
버리는 행위나, 윤희 누나를 강간하는 행위 등과 겹친다. 스스로 결별한
세계에 대한 죄의식과 부끄러움이 공격과 희생양 만들기로 나타난다는
점에서 그것들은 등가로 설정되어있는 것이다. 그렇다면, 이 소설에서
낭만적, 성적, 여성적 근대의 길을 배제한 어른으로의 성숙으로 수렴되

는 근대의 길은 빨치산의 시체를 파묻는 행위 즉 반공의 지평을 승인하는 것이기도 하다. 어른으로의 성숙, 이 과정 속에 다른 개인적인 욕망 즉 미적, 여성적, 성적, 낭만적 일탈의 욕망의 다른 근대적 가능성에 대한 철저한 배제, 이것을 압도적이고 필연적인 공포의 분위기를 통해서 자발적으로 승인하는 '빨치산에의 공포와 공격'의 감각적 이미지는 이후 전쟁 소재 성장 소설이 취하는 한국 근대성의 특징을 선취하는 것이라 할 수 있다.

김원일의 소설에서 이런 면모는 거의 드러나지 않는데, 그것은 생존에의 욕망 자체가 너무나 압도적이어서 누이라는 다른 욕망, 이념도 생존도 아닌 다른 욕망 자체가 설정되어있지 않았기 때문일 것이다. 그럼에도 「갈증」에서 이 모티브의 변주된 형태를 엿볼 수 있다. 「어둠의 혼」과 「여름 아이들」과 연작처럼 동일 배경하의 이 소설은, 아버지가 이미 죽고 전쟁이 난 무렵, 집에 하숙을 하게 된 도시에서 온 '정은 누나'에 관한 이야기다. 전쟁터에서 부상을 입은 국군장교의 애인인 정은 누나가 그 애인의 아기를 갖고 싶어하고, 그것을 안타깝게 바라보면서, "내 살에 닿던 정은 누나의 체취를 되살리고, 돌아오지 않을 소중한 무엇이 내 몸 깊숙한 데서부터 빠져나가는 것"을 느끼는 어린 화자의 이야기다. 다른 소설에서 스스로가 어른의 세계, 생존의 세계에 동참하면서 자발적으로 누이를 희생양으로 만들지만, 이 소설은 국군의 아기를 갖는다는 지상 명제 앞에 소년 혼자의 은밀한 성적 욕망은 고개조차 쳐들지 못하는 형국이다. 이 소설들이 생존도 이념도 아닌 다른 근대적 욕망의 영역을 설정하면서 동시에 생존의 우위 속에 그 욕망을 스스로 배제하는 방식을 보여준다는 점에서 공통적이라 할 수 있다.

어른으로의 성숙, 이 과정 속에 다른 개인적인 욕망 혹은 다른 근대적 가능성에 대한 철저한 배제, 이것을 필연화시키는 전쟁과 분단의 체험이라는 성장 소설의 기본 서사가 궁극적으로는 가족의 사적 생존만을 전면화한다는 점에서 이 소설들의 면모를 가족주의라 명명할 수 있다. 그러나 이는 전통적 유교적 가족주의와는 구분이 필요하다.(유교적 가부장제는 이와는 좀 다른 맥락에서 이후에 등장한다.) 고향 공동체와의 관련 속에서 가장의 권위 하에 존재하는 전통적 가부장제하의 가족이 경쟁이 아닌 공존과 위계화의 방식으로 존재한다면, 이들 전후의 성장소설의 가족은 그렇지 않다. 가족의 단위가 이렇게 개별화되면서 무한 생존경쟁에 돌입한 상태의 전후의 신가족 형태는, 전통적 가족이 지녔던 권위와 위계형식이 박탈되고, 아버지로 상징화된 이념의 정치적 성격이 배제된 것은 물론, 절차적 합리성과 시민적 합의로 대표되는 공적영역도 배제된 것이다. 생존의 단위로 전락한 전후 신가족의 이 무도덕성, 사인성을 대변하는 것이 편모, 즉 여가장이다.23)

분단 소재의 성장 소설에서 장남의 성장은 편모의 그악스러운 생존 욕망을 발판으로 이루어진다. 그런데 이 장남이 편모를 바라보는 시선은 단순치 않다. 같은 시기를 다룬 자전적 소설인 「마당 깊은 집」(1988)에서, 어머니는 감당하기 어려운 노동과 매질과 함께 "애비 없는 집의 장남"임을 상기시키고, 장남은 이런 어머니에의 증오를 갖기도 한다. 이청준의 「눈길」에서는, 장남과 아비가 가산을 탕진한 채 죽고, 홀로 도시로 가서 성장한 아들인 나는 어머니에게 아무런 부채가 없음을 애써 강조하지만, 그 심리가 사실은 자기성장의 뿌리가 어머니의 눈물이었음을 애써 모른 척하려는 심리였음을 확인한다. 어머니로 인해 성장하지만, 그 성장의 동력인 어머니를 부인하려는 심리를 드러내는 것이다. 이 복잡한 양가감정의 원인은 무엇일까? 그것은 편모 가정의 그악스러움으로

---

23) 이점에서 전쟁과 가족주의의 관련 양상은 전후 한국소설의 전개과정을 살피는 중요한 근거라 할 수 있다. 예컨대 손창섭, 오상원, 서기원 등의 1950년대 소설에서 가족은 전쟁으로 인해 파괴된 질서의 유비로 나타난다. 따라서 오상원 등의 소설에서처럼 가족 복원에의 욕망은 전후 질서 회복 욕망과 연결된다. 반면 여가장으로서의 편모의 생존본능이 두드러지는 것은 70년대 박완서나 본고에서 다루는 성장 소설에서이다. 따라서 가족주의는 흔히 생각하듯 유교적 가부장주의와 막바로 등가화 될 수 없는 것이고, 내부에서 어떤 이데올로기와 시대적 지평 속에 존재하는가에 따라서 내적 종차를 갖는다고 할 수 있다. 이 글의 초두에서 언급한 반공주의의 내적 종차와 가족주의의 이러한 종차들을 통해서 전후 한국소설의 보편성과 내적 특수성들을 살피는 작업이 필요할 것이다.

대변되는 무도덕성, 사인성에 대한 자의식과 그럼에도 불구하고 그 천민적이리만치 그악스러운 생존 욕망이 자기를 키운 동력임을 또렷이 인식하고 있는 의식, 이 둘이 양가감정을 만들어내는 것일 것이다. 여기서 그악스러운 편모의 존재는, 이념적 아버지가 지워짐으로써 선택된 것이기도 하지만, 다른 한편으로는 '돈을 벌어서 잘 살고 싶다는 주체의 욕망'을 '돈 밖에 모르는 어머니'로 대체함으로써, 욕망을 승인하고, 주체가 갖는 도덕성의 부담을 지우는 방식이라고 볼 수 있다. 이런 편모 가족의 생존욕망의 정당화 논리는, 결국 한국의 왜곡된 자본주의적 근대화 논리에 대한 승인이자 도덕적 무규범성에 대한 방어적 명분이라고 할 수 있을 것이다.

이와 같은 편모의 억척스러움으로 대변되는 한국 가족의 사인성, 무도덕성은 사실은 부도덕한 국가가 가족에게 전가한 것이라는 점에서 문제적이다. 좌우익 대립과 전쟁을 겪으면서 반공을 국시로 성립한 국가는 가족 단위 이외의 이념과 정치적 시민적 공적 영역을 폐쇄하면서 초래된 국가의 무도덕성을 가족의 사적 자기보존논리로 은폐한 것이다. 국가와 가족이 어떤 시민적, 공적 영역의 매개 없이 직접 연결되는 구조에서, 가족의 사적 생존과 국가의 고도성장 이데올로기가 결합 상승된 것이다.24) 가족의 사적 생존과 국가의 고도성장 논리가 등가화 되는 기저에는 체제경쟁과 반공을 동일화하는 논리 하에 공적영역의 자유에 대한 논의, 사인이 아닌 시민에 대한 모든 사회적 논의들이 폐쇄되었음은 주지의 사실이다.

이들 소설에서 장남이 보이는 어머니에의 양가감정, 그럼에도 궁극적으로는 어머니의 그악스러움을 자기 삶의 동력으로 인정하고, 포용하

---

24) "한국전쟁을 겪으면서 농민들의 전통적인 체념과 복종, 불신주의가 부활하면서 겉으로는 국가에 복종하나 이제 믿을 곳은 가족밖에 없다고 생각하며 내용적으로는 오직 가족의 안전과 복리만을 추구하는 가족주의가 정착했다. 국가주의는 가족주의와 배치되는 것이 아니라 상호친화력이 있는 것이다. 즉 한국의 국가주의는 보통의 사람들에게 가족주의를 조장하는 경향이 있는 것이다." 김동춘, 『근대의 그늘』, 당대, 2000, 117-120쪽.

는 구조는 어린 화자가 부끄러움을 무릅쓰고 집으로 돌아가듯, 성장과 발전의 이념이 가진 죄의식을 외면하고 성장의 과실과 그 속에서 이미 성장한 자기존재에 대한 승인, 자기를 키운 이데올로기에 대한 승인과 내면화가 자리해있다. 전 국민을 굶어죽지 않게 해준 최초의 국가와, 아이를 굶어죽게 내버려둔 아버지와의 교환을 통해 형성된 자기를 승인하는 구조인 것이다. 이점에서 편모에 대한 양가감정과 승인의 매카니즘은 부도덕한 국가와 그것이 제공해준 성장의 과실 속에 존재하는 자기존재에 대한 자의식과 변명의 논리라고 할 수 있는 것이다.

그러나 이 부끄러움은 그러나 만만치 않은 것이다. 성장과 발전이 가진 무도덕과 사인성에 대한 부끄러움과 이를 다른 방식으로 포장하는 논리가 등장하는 것은 이 때문이다. 지금까지 본 성장 소설에서 가족에 기초한 생존추구, 사적 자기보존으로서의 근대화, 발전의 논리를 내면화함으로써 어른이 되는, 그럼으로써 국민의 일원임을 승인하는 구조가 놓여있다고 할 수 있다. 이 발전의 논리는 한편으로는 반봉건적 근대화를, 한편으로는 그 근대화의 의지가 정치적 공적 담론으로 수렴되는 것에 대한 철저한 금기를 통해서 이루어졌다. 그런데 이 성장 소설, 혹은 자전 소설의 작가들은 80년대 이후 동일한 소재의 소설을 과거와는 약간 다른 방식으로 재해석하는 경향이 보인다. 이전시기 소설에서 배제했던 과거, 옛것을 처리하는 시선이 변경된 것이다. 이 과거에의 시선 변경은, 미리 말한다면, 부도덕한 기반 위에서 성장한 자기자신에 대한 일종의 정당화 작업이라고 할 수 있다. 즉 성장의 동력 속에 있는 억척스런 편모로 상징된 사인성과 무도덕성을 지극히 도덕적이고 전통적인 인간상으로 변모, 포장함으로써 성장을 완료한 주체를 정당화하는 것이다.

김원일의 「세월의 너울」(1986)은 제약회사 사장이면서 학교의 재단 이사장인 주인공이, 일찍 남편을 여의고 종부(宗婦)의 소임을 다한 여장부인 어머니를 회상하는 일종의 가족사 소설이다. 이 소설에서 어머니는, "혈육에게 깜깜한 밤의 등불과 같이 주위를 밝혀주는 희망과 안식의 빛"으로, 모범적이고 올곧은 삶의 표상으로 회상된다. 주인공은 제약회사 사장이면서 동시에 학교의 이사장이기에 그의 성공에는 이전 소설의 가난한 편모 가정에서 보이던 사인성과 그악한 생존 욕망은 사라져있다. 이미 성공한 남자가 자기를 성장시킨 과거이념을 올곧은 것으로 포장하는 것이고, 그 포장의 방법은 전후의 천박하리만큼의 이기적이고 억척스러웠던 모성을, 유교적인 종부로, 모범적 삶으로 이상화하는 것이다. 성장 동력에 배어있는 천민성과 무도덕성을 전통적이고 유교적인 도덕성으로 변모시키는 방식은 이 소설뿐만 아니라 이문열의 소설에도 농후하게 배어있다.

이는 자본주의의 성공적 결과를 놓고 그 동력을 추후적으로 유교에서 찾는 유교자본주의의 논리와 닮아있는 것이기도 하다. 성장을 완료한 주체에 배어있는 부끄러움의 흔적을 은폐하기 위해 비겁하고 부도덕한 과정을 통해 거둔 성공을 기원의 순결성으로 포장하려한다는 점에서, 국민주체화의 내면에 있는 이런 과거 회고 방식과 정치논리 차원에서의 동원 이데올로기인 민족주의적 과거 동원 방식은 서로 맞닿아 있다고 할 수 있다.

1970년대 국민주체화 방식에서 반공이데올로기와 결합된 발전이념과 함께 지적될 수 있는 것이 바로 전통 동원방식이라 할 수 있을 것이다. 알려져 있다시피 박정희 체제는 자신들의 결여된 정통성을 보완하기 위해 경제발전과 함께 민족주의를 동원하였고, 이는 구체적으로 식민사관을 극복한 주체적 한국사관의 정립, 유형 및 무형 문화재의 발굴 및 복원, 한국사상 위인들의 신격화, 한국전통무술로 간주된 태권도의 세계보급 등의 정책 추진으로 나타났다. 이런 민족주체성 강조의 흐름은 남북한 간 정통성 경쟁이라는 측면 또한 작용했다고 할 수 있다.25) 위의 김원일의 소설을 이와 같은 1970년대 개발독재 시기의 전통동원논리로 곧바로 환원할 수 없는 것은 분명하지만, 70년대 소설에서 전통에 대한 시

---

25) 전재호, 「동원된 민족주의와 전통문화 정책」, 한국정치연구회 편, 앞의 책, 236-237쪽.

선이 의미있게 등장하는 것 또한 사실이다. 예컨대 이문열의 소설이나, 윤홍길의 「장마」, 그리고 박태순의 장편소설 『어제 불던 바람』, 그리고 이청준의 「서편제」를 비롯한 일련의 장인 소재 소설 등이 그것이다. 문학 밖에서의 70년대 개발독재시기 전통동원 정책을 통한 국민화 방식과 소설 속에서 다양하게 나타나는 전통 처리 방식을 비교함으로써 한국현대소설의 자기구성과 국민형성, 그리고 과거 전유방식의 관계를 살피는 것은 향후의 과제라 할 수 있다.

4. 결론

지금까지 60, 70년대 성장 소설을 중심으로 한국 현대에서 국민 주체가 형성되는 논리를 살펴보았다. 국민주체는 일차적으로는 정치적 지배논리에 의한 외부적 억압과 동원의 논리이지만, 실제로 국민주체로 되는 개개인의 내면이나 문학의 차원에서 그것은 외적 억압과 저항이외에 의식적, 무의식적으로 내면화하고 정당화하는 이데올로기의 성격 또한 분명하다고 할 수 있다. 본고가 국민주체화의 논리를 살피는 대상으로 분단 소재 성장 소설을 주로 택한 것은, 성장 소설이 갖는 자기구성의 서사 속에 이 내면화와 정당화의 매카니즘이 잘 드러난다고 보았기 때문이다.

논의를 통해 60, 70년대 성장 소설, 혹은 성장 모티브를 보이는 소설들에 보이는 성숙, 성장, 어른됨의 논리가 사실은 당대 지배이데올로기인 발전, 개발, 국민됨의 논리와 그것과 결합된 반공이데올로기를 닮고 내면화 하고 있음을 살펴보았다. 구체적으로 아이의 시선을 통한 굶주림과 전쟁을 자명화하는 서사는, 한편으로는 전쟁과 관계된 정치적, 이념적, 역사적 차원에 대한 배제와 함구, 그리고 사적 자기보존만의 전면화와 연결된다. 이는 성장서사를 통한 주체구성이 고도 경제 성장이라는 발전이데올로기와 그것을 댓가로 경제외의 정치 및 공적영역에 대한

폐쇄를 용인하는 내면화된 반공이데올로기에 기초하고 있음을 보여준다
고 할 수 있다.

이 경제적 자기보존에 대한 욕망으로서의 발전이데올로기가 궁극적
으로 현실화되는 단위는 가족이다. 이 가족은 경제적 생존 이외의 다른
근대적 길에 대한 철저한 응징과 배제를 기초로 성립하고 있으며, 그 가
족의 생존욕망이 내포하는 사인성, 무도덕성의 표상으로 편모가 자리한
다. 또한 이 편모로 대변되는 생존단위로서의 가족이 보이는 사인성, 무
도덕성이 사실은, 공적 영역을 배제함으로써 성립한 국가가 가족에게
전가한 것이라는 점에서 한국에서 가족주의와 국가주의는 서로 친화적
이고 이 친화적 기초위에 국민 주체가 존립하고 있다고 할 수 있다.

**주제어 : 성장, 국민화, 발전이데올로기, 반공이데올로기, 가족주의, 자기보존
욕망, 정당화 매카니즘**

◆ 참고문헌

1. 기본자료

김승옥, 김승옥 소설전집 1, 문학동네, 1995.

김원일, 『노을』, 문학과지성사, 1987.

김원일, 김원일 중단편 전집, 문이당, 1997.

박완서, 박완서 단편소설전집 1, 문학동네, 1999.

윤흥길, 『황혼의 집』, 문학과지성사, 1976.

이동하, 『장난감도시』, 문학과지성사, 1982.

이청준, 『눈길』(이청준 문학전집 중단편소설 5) 열림원, 2000.

2. 논저

권혁범, 『민족주의와 발전의 환상』, 솔, 2000, 334쪽.

김동춘, 『근대의 그늘』, 당대, 2000, 391쪽.

김동춘, 『분단과 한국사회』, 역사비평사, 1997, 368쪽.

김병익, 「성장소설의 문화적 의미」, 『지성과 문학』, 문학과지성, 1982.

김윤식, 「6·25와 우리 소설의 내적 형식」, 『한국문학』, 1985. 6.

김윤식, 「모계가부장제론」, 『오늘의 문학과 비평』, 문예출판사, 1988.

남미영, 『한국현대 성장소설연구』, 숙명여대 박사학위 논문, 1991.

루카치, 반성완 역, 『소설의 이론』, 심설당, 1985.

민족문학사 연구소 현대문학분과, 『1970년대 문학연구』, 소명출판, 2000, 543쪽.

안토니오 그람시, 이상훈 역, 『옥중수고』, 거름, 1997.

양명지, 「박정희 정권의 지배전략으로서의 계급정치」, 연세대학교 석사학위논문, 2002, 128쪽.

역사문제연구소 편, 『한국정치의 지배 이데올로기와 대항 이데올로기』, 역사비평사, 1994.

이동하, 「분단소설의 세 단계」, 『문학의 길, 삶의 길』, 문학과지성사, 1989.

이보영, 진상범, 문석우, 『성장소설이란 무엇인가』, 청예원, 1999.

최현주, 『한국현대 성장소설의 세계』, 박이정, 2002, 274쪽.

한국산업사회연구회 편, 『한국사회와 지배이데올로기』, 녹두, 1991.

한국정신문화 연구원 편, 『1960년대 정치 사회변동』, 백산서당, 1999, 362쪽.

한국정신문화연구원 편, 『1960년대 사회변화연구』, 백산서당, 1999, 256쪽.

한국정치연구회 편, 『박정희를 넘어서』, 푸른숲, 1998, 409쪽.

Franco Moretti, "The bildungsroman as Symbolic form", The Way of The World: The Bil-
　　　dungsroman in European Culture, trans by Albert Sbragia, London: Verso, 1987, p.
　　　253.

162

◆ 국문초록

　본고는 60, 70년대 성장 소설 중심으로 한국 현대에서 국민 주체가 형성되는 논리를 살펴보았다. 60, 70년대 성장 소설의 주체구성이 고도 경제 성장이라는 발전이데올로기와 그것을 댓가로 경제외의 정치 및 공적영역에 대한 폐쇄를 용인하는 내면화된 반공이데올로기에 기초하고 있음을 보여준다. 경제적 자기보존에 대한 욕망으로서의 발전이데올로기가 궁극적으로 현실화되는 단위는 가족이고, 가족은 경제적 생존 이외의 다른 근대적 길에 대한 철저한 응징과 배제를 기초로 성립하고 있음을 논의했다. 이 전후 가족에서의 편모로 대변되는 사인성과 무도덕성은, 공적 영역을 배제함으로써 성립한 국가가 가족에게 전가한 것이라는 점에서 한국에서 가족주의와 국가주의는 서로 친화적이고, 이 친화적 기초위에 국민 주체가 존립하고 있다고 할 수 있다.

♦ SUMMARY

Formation novel and development ideology

Cha, Hye-Young

This writing is an attempt to contemplate logic of nation subjectivity on 60, 70's formation novel. The object of this study is formation novel of Kim seong ok, Kim won il, Yoon heong gil, and etc on 1960~70's. Subjectivity of 60, 70's formation novel is founded on anti−Communism and development ideology. These are dominant and mobilizing ideology of development dictatorship of the days. It choice speedy economic growth and eliminate public field and citizenship. The development ideology as economic survival desire is actualize to familism. Immorality and privity of one's widowed mother is stand out prominently in familism of the postwar period. Korean modern familism and nationalism is mutually affinity, and national subjectivity is ground of this affinity.

Keyword : development dictatorship, development ideology, anti‐Communism, familism, nationalism

─이 논문은 2003년 12월 31일에 접수되어, 소정의 심사과정을 거쳐 2004년 1월 31일 게재가 확정되었음.

Ⅱ. 일반논문

문학·예술교육과 '동정(同情)'

─ 이광수의 『무정(無情)』을 중심으로 ─

김 현 주*

1. '문화'와 '문화교육' 이념의 등장

한국에서 '문화Culture'는 1910년대 후반 재일 유학생들에 의해 '종교', '철학', '미술', '문학', '예술' 같은 개념들과 더불어, 그리고 그것들의 상위범주로 등장했다. '정신적 문명'이라는 이름으로 불리기도 했다는 점에 드러나듯이, '문화'의 출현은 이전까지 하나의 전체a whole로 상상되던 '문명'을 정신적인 것과 물질적인 것으로 나누고, '학문'을 자기목적적인 것과 실용적인 것으로 나누며, 그리고 인간의 '생활'을 내적인 것과 외적인 것으로 나누는 새로운 이분법의 등장과 긴밀한 연관이 있

* 고려대학교 BK21 한국학교육·연구단 박사후연구원.

다. 이 이분법은 정신적, 자기목적적, 내적 활동 또는 그 분야를 가치론
적 측면에서 우월한 것으로 여기는 태도를 전제했던 바, 이러한 새로운
인식론이야말로 '문화'의 부상(浮上)을 가능케 한 배경이었다.[1]

'문화'의 등장이 가지는 역사적 의의는, 그것이 19세기 말 이래 한국
사회의 목표와 방향성을 규정해 왔던 '문명'과는 다른 방식으로 '인간'
을 정의했다는 점에 있다. 이전 시기 문명론에서 근대적 인간의 본질이
'이성'으로, '노동'으로 정의되고 인간과 비인간의 경계가 법적 '권리'와
'의무'에 의해 규정되었다면,[2] 문화론에서는 인간의 정신적 능력이 '지
(인식)'와 '정(심미)'과 '의(도덕)'로 구분되어 그것들에 동등한 가치가 부
여되었고, 인간과 비인간의 경계는 이러한 내적 능력의 실현과 완성이
라는 기준에 의해 규정되었다.

> 오인(吾人)의 정신은 지(知)·정(情)·의(意) 삼(三)방면으로 작(作)하나니,
> 지의 작용이 유(有)하매 오인은 진리를 추구하고, 의의 방면이 유하매 오인
> 은 선(善) 우(又)는 의(義)를 추구하는지라. 연즉(然則) 정의 방면이 유하매 오
> 인은 하(何)를 추구하리요. 즉, 미라 ……(중략)…… 하인(何人)이 완전히 발
> 달한 정신을 유(有)하다 하면 기인(其人)의 진·선·미에 대한 욕망이 균형
> 하게 발달되었음을 운(云)함이니 ……(중략)…… 보통인(普通人)에 지(至)하
> 여는 가급적 차(此) 삼자를 균애(均愛)함이 필요하니 자(玆)에 품성의 완미한
> 발달을 견(見)하리로다.[3]

---

1) 한국에서 '문화'라는 관념이 등장하는 모습을 보여주는 대표적인 텍스트는 '재일본 조
선 유학생학우회 기관지' 『학지광(學之光)』이다. 물론 위에서 말한 새로운 이분법과 '문
화'가 유학생 집단 내에서 처음부터 자연스럽고 당연하게 받아들여진 것은 아니었다.
이광수가 '문화와 정치를 함께 얻지 못한다면 차라리 문화를 얻겠다'면서 민족의 새로
운 이상으로 '문화'를 천거했을 때, 현상윤이 '그것은 "절름발이"에 불과하다'며 이광수
를 비판한 사실은 이 시기 '문화'를 둘러싼 논란의 일단을 보여준다. 이광수, 「우리의 이
상」(1917), 『이광수전집』 제20권, 삼중당, 1962, 153-154쪽; 현상윤, 「이광수군의 「우리의
이상을 독(讀)함」, 『학지광』 제15호, 1918. 3, 54-55쪽 참조.
2) 개항이래 30여 년 동안 한국 사회의 목표를 규정해 온 '문명' 이념의 패러다임과 그
영향에 대한 더 자세한 논의는 졸고, 「이광수의 문화 이념 연구」, 연세대학교 국문학과
박사학위논문, 2002, 17-54쪽 참조 바람.

위 인용문은 이광수의 유명한 「문학이란 하오」의 일절이다. 요약하자면, 인간 정신의 본질적 능력은 지·정·의로 분화되어 있으며, 이는 각각 진(인식), 미(심미), 선(도덕)의 만족을 추구하고, 인간성은 이 세 방면의 고른 발달을 통해서 '완미함'에 도달할 수 있다는 것이다. 여기서 이광수는 '정신'에 대한 새로운 이해를 바탕으로 하여 인간을 인식과 감정과 의지라는 세 가지 능력의 주체로 정의하고, 그것들의 조화로운 계발을 통해 인간의 본질과 능력을 실현한다는 비전을 제시하고 있다. 이는 이전 시기에 '문명'이 제시한 것과는 다른, 새로운 정체성이었고 새로운 목표였다.4)

이러한 새로운 정의를 바탕으로 '정신'의 세계는 정치·경제적 논리와 일상적 요구의 영역으로부터 분리되어 자기입법성과 자기타당성을 갖는 자율적 영역으로 정립되었다. 나아가 '정신'의 계기적 분화를 통해 종교·학문·예술 등 다양한 '문화적' 형식들에 대한 관념이 형성되었고 그것들의 제도화 또한 추진되었다.

행복에 이(二)종이 유(有)하니, 즉 정신적 급(及) 물질적이라. 정신적이라 함은 종교, 학예, 문학, 미술 기타 오락 등이니 ……(중략)…… 종교는 역사적 사실이니 종교의 합리 여부를 논함이 부당하고 인생의 일대 중요 현상으로 상당한 경의(敬意)를 표함이 지당하도다 ……(중략)…… 차(次)에 학예(學藝)라 함은 철학, 자연 과학 등 순리학(純理學)을 총칭함이나, 학문의 기원은 원래 이용후생을 위함이라, 실생활에 응용함이 원(原)목적이로되 점차 실용을 리(離)하여 학(學) 그 물건이 학문의 목적이 되니, 즉 오직 진리를 탐구하는 흥미에 끌려 그 욕망을 만족케 하기 위하여 학문을 연구함이라 ……(중략)…… 차에 문학, 미술, 음악은 종교에 차하여 심절(深切)하게 인생의 정신적 행복에 대(大)관계가 유하나니.5)

---

3) 이광수, 「문학이란 하(何)오」(1916), 『이광수전집』 제1권, 삼중당, 1962, 510-511쪽.
4) 이광수는, 독일의 신칸트학파의 문화철학을 바탕으로 형성된 다이쇼 시기 일본의 문화철학으로부터 인간 정신의 분화를 설명하는 이론을 수용하였다. 식민지 시기 한국의 독일 철학 수용에 대해서는 백종현, 『독일 철학과 20세기 한국의 철학』, 철학과현실사, 1998, 45-69쪽 참조.

위 인용문에서 종교와 학문과 예술은 인간의 '정신적' 행복에 관여하는 분야로 규정되고 있다. 이 가운데 '종교'는 합리성의 요구로부터 자유로운 영역으로서 그 자체로 중요하고 또 존중받아야 할 분야로 설정되었다. 또 '학예'는 학(學) 그 자체를 목적으로 하는, 진리 탐구만을 목적으로 삼는 순수 학문을 일컫는다. '뉴턴의 만유인력 연구'를 '와트의 증기력 연구'와 구별해 주는 것은, 그것이 실용적 필요를 만족시켜야 할 의무가 없는, 외적 요구로부터 자유로운 연구라는 데 있다.6) 이러한 논리에 의해 '과학'은 실용적 '기술'과 구별되었다. 그리고 '예술'은 '감정'에 대한 새로운 가치 평가를 바탕으로 자율성을 획득하였다. '정'은 '지'와 '의'의 노예가 아니며, 따라서 정의 만족을 추구하는 문학, 음악, 미술, 즉 예술은 정치, 도덕, 과학의 노예가 아니라 그것들과 어깨를 나란히 할만하고, 오히려 인간과 한층 밀접한 관계에 있는 "독립한 일 현상"으로 정의되었다.7) 이로써 학문·종교·예술은 그 외부에 대해서는 말할 것도 없고 각각 서로에 대해서조차 독립성과 자율성을 보장받는 분야로 이해되었다.

'문화'와 그 하위 분야인 '종교', '학문', '예술'에 대한 관념의 형성 및 그 제도화는 한국에서 근대적 주체 형성 기획이 새로운 단계에 진입했음을 의미한다. '인간의 목표는 지·정·의의 균형적 발전을 통해 품성의 완미한 발달을 이루는 것'이라는 규정은, '문화 가치를 내면화하고 그 성과에 기초하여 인간적 풍요를 획득한다'는 근대적 문화교육 이념의 토대가 된다. 왜냐 하면 근대의 휴머니즘 교육 사상의 특징은 교육 본래의 기능을 '인간을 인간답게 하는 것', 즉 인간성의 실현과정으로 파악하는 데 있기 때문이다. 여기서 '인간'이란, "인간성에 대한 권위를 스스로 가지고 있는 인간, 인간 자신을 자유롭게 규정하고 형성하는 인간"이라는 내용을 가진다.8) 이러한 이념에 입각했을 때, 인간은 법률이

5) 이광수, 「교육가 제씨에게」(1916), 『이광수전집』 제17권, 삼중당, 1962, 75-76쪽.
6) 이광수, 위의 글, 1962, 76쪽.
7) 이광수, 「문학이란 하오」(1916), 『이광수전집』 제1권, 삼중당, 1962, 510쪽.

나 경찰에 의해 외적, 강제적으로 주형(鑄型)되는 것이 아니라 종교·예
술·학문과 같은 문화적 기제를 통해 내적, 자발적으로 형성되는 존재
이다.9)

이 글의 관심은 '문화'와 그 하위영역들에 대한 관념이 등장하기 시
작한 1910년대에 '문학(좀더 넓게는 예술)교육'의 개념과 이미지가 구축
되는 과정과 그 특징이다. 물론 문화교육의 이념이 심화되고 그 제도적
실천이 본격화된 것은 1920년대 초 '문화주의'로부터 이론적 자양분을
얻으면서, 그리고 무엇보다도 언론, 출판, 교육 등 문화적 기제들이 활성
화되면서였다. 그렇지만 앞에서 살펴보았듯이 1910년대에 이미 문화의
개념이 형성되고 있었고, 「문학이란 하오」를 비롯한 문학(문화)에 대한
이광수의 담론들은 동시에 문학(문화)교육에 관한 것이었다. 또 그의 소
설들 역시 문학교육이라는 주제와 밀접한 관련이 있다. 특히 장편소설
『무정』에는 독서나 예술(문학)교육의 전략과 목표에 대한 개념과 상상적
이미지들이 매우 풍부하다. 이 글에서는 『무정』을 텍스트로 하여 1910
년대에 예술(문학)교육에 대한 이해가 개념화되고 이미지화된 방식과 그
특징을 살펴볼 것이다. 특히 한국 근대 문학교육론에서 문학교육의 기
초로 설정되고 그럼으로써 문학교육의 목표에 근본적인 것으로 사유되
어온 '감정교육'이, 그것이 제기된 최초의 순간에 어떤 형태를 취하고
있었으며 또 어떤 문제를 제기하고 있었는지를 살펴보는 것이 이 글의
목적이다. 이는, 좀더 넓게 본다면, 근대 문학교육의 역사성을 성찰하려
는 시도에 포함될 것이다.

8) 1900년대까지 근대 교육 사상의 특징과 한계에 대해서는 윤건차, 심성보 옮김, 「한국
근대교육의 사상과 운동」, 청사, 1987, 330-398쪽 참조. 서양 근대의 휴머니즘적 교육 이
념의 바탕으로서 '자기창조적 인간' 개념과, '교양'과 '문화'의 관계에 대해서는 황종연,
「탕아를 위한 국문학」, 「국어국문학」 127호, 국어국문학회, 2000, 35-37쪽 참조.
9) 1910년대 문화 이념의 형성 과정 및 그 의미에 대해서는 졸고, 앞의 글, 55-99쪽 참고
바람.

2. '개인', '민족'의 구성과 새로운 감정규범으로서의 '동정'

『무정』10)은 '정情'과 '동정同情'을 중심으로 감정교육의 문제를 주제
화한 서사이다. 감정의 교육은 이광수가 『무정』을 통해 가시화하고자
했던 근대성의 핵심, 즉 개체와 공동체에 대한 새로운 정체성의 발견 또
는 구성이라는 문제와 직결된다.

먼저, 『무정』에서 근대적 '개인' 관념은 '나=자기'와 '사람'이라는 두
가지 상이한 개념의 결합에 의해 구축된다. 첫째, 『무정』에서 '나=자기'
는 "속 사름"(28: 190)의 각성에 의해 발견되는데, 여기서 '속사람'이란
인간의 내적, 본질적 정신 능력으로서 지, 정, 의의 능력을 가리킨다. 박
진사와 영채에 대한 도리 혹은 의무 관념이 "네로브터"의 "전습(傳襲)"
과 "남" 또는 "사회의 습관"에 따른 것으로 규정되면서 부상한 것은 '나'
혹은 '자기'라는 존재이다. 형식은 이제 "자긔"가 있고 또 "자긔는 다른
아모러혼 사름과도 쏙 곳지 안이혼 지와 의지와 위치와 스명과 싀치(色
彩)가 잇슴을 쌔다랏다"(65: 398-399). 여기서 말하는 것은 '나=자기'의
내적 "정신 작용"(65: 396), 다시 말해 지·정·의의 작용이야말로 바로
옳고/그름, 좋고/나쁨, 기쁨/슬픔의 원천이라는 점이다. 『무정』에서 세 가
지 내적 능력의 주체, 특히 감각적, 감정적 능력의 발견과 그에 대한 긍
정을 바탕으로 등장하는 주체11)는 위와 같이 타자와의 차이화, 즉 '대
조'의 관계를 통해 수립된다. 다시 말해 '나=자기'는 '남' 또는 '사회적'
영역과 대립하는 존재이다. '나=자기'의 발견은 곧 유일한 자아로서 개
인성의 발견이다.

한편, 『무정』에서 뚜렷이 부각된 또 하나의 개념인 '사람'은 모든 인

---

10) 이 글에서 『무정』은 『바로잡은 『무정』』(김철 교주(校註), 문학동네, 2003)에서 인용하고 본
   문 안에 회수와 쪽수를 밝힌다.
11) 김우창이 말하고 있는 것처럼, 『무정』에서 이광수가 보여준 새로운 인간론의 '핵심'은
   "사회적 의무에 의하여 규정되는 인간에 대하여, 감각적, 감정적 존재, 욕망의 존재로서
   의 인간을 내세우는 것이었다." 김우창, 「감각, 이성, 정신」, 『한국문학이란 무엇인가』, 권
   영민외 공편, 민음사, 1995, 19쪽.

간을 동일성과 유사성의 원칙 속에서 생각하게 만든다.『무정』이 주는 중요한 메시지 가운데 하나는, 무엇이 도덕적인 것인지를 직감적으로 판단할 수 있는 능력("참 사롬")이 모든 인간 안에 존재하며, 이러한 능력을 자각하고 발휘함으로써 비로소 인간은 도덕적 존재("사롬")가 될 수 있다는 것이다. 형식이 깨달은 것은 영채의 기생 어미가 참사람이 될 가능성을 자기 안에 내재한 존재, 즉 '사람'이라는 점이다. "져(기생 어미: 인용자)도 역시 사롬이라도('이로다'의 오기: 인용자) 나와 갓흔 영치와 갓흔 사롬이로다"(54: 339).『무정』에서 여러 번 반복되는 "모도다 갓흔 사롬"(26: 176, 52: 328, 54: 339)이라는 말은 인간들을 유사성의 관점에서 정의한다. 다시 말해 이 말은 인간들을 일반화, 추상화하며, 일련의 보편적 특징들을 가정할 수 있게 하고, 그리하여 정치적, 사회적, 경제적 평등까지 사고할 수 있게 한다. '사람'이라는 개념을 통해 형성되는 것은 인간 공통성의 표현으로서 개인이라는 관념이다.

그리고『무정』에서 바람직한 공동체에 대한 상상은 서구 근대 사회학의 '사회' 개념에서 많은 영향을 받고 있다. 「공화국의 멸망」에 나타나는 것처럼, 이광수의 '국가'는 그 이전 유길준이나 신채호의 국가 표상과는 많이 다르다. 그의 '공화국'은 법적, 정치적 실체로서의 국가가 아니며, 거기에서 이상적 통치력은 '법령'과 '경관'의 강제력이 아니라 유덕 인사의 도덕적 감화력에 의해 발휘된다.[12] 이광수의 '공화국'은 전통적인 공동체의 표상이라기보다 근대적 의미의 '사회'에 가깝다. 이광수의 '사회' 관념은, 1900년대 말 이후 국권이 상실되는 상황에서 '국가'와 '사회'의 불일치가 현저하게 나타나면서 언론과 교육을 통해 유포되었던 '사회' 개념의 '일반화, 탈역사화, 탈정치화 현상'과 깊은 관련이 있다. 여기서 사회적인 것의 영역과 특징은 정치적인 것과의 구별을 통해서 부각되었는데, '국가'와 '사회'는 조직과 운영에서 서로 다른 원리에 토대를 두고 있는 것으로 이해되었다. 예를 들면, 국가가 법률을

---

12) 이광수, 「공화국의 멸망」(1915),『학지광』제5호, 11쪽 참조.

174

중시하는 데 비하여 사회는 오히려 도덕, 도의, 예법 등에 기초하고 또 그것들에 의해서만 완전하게 통합, 유지될 수 있다고 이해되었다. 따라서 사회에 대한 논의에는 도덕, 윤리에 대한 규범적 논의가 덧붙여지게 되는데, "이러한 논의의 귀결은 바로 기존 질서를 곧 사회적인 것으로 이해하는 결과를 낳는다. 사회는 본질상 질서와 안녕을 그 기초로 하며, 이는 개인의 윤리성을 바탕으로 하는 도덕적인 요소로 뒷받침되는 것이다."13)

『무정』의 목표는 처지와 이해가 다른 이질적인 개체들로 하여금 '사회=민족'의 구성원이 되도록 하는 것, 즉 그들을 '사회화=민족화'하는 것이었다. 삼각관계의 당사자들인 형식, 선형, 영채와 그 밖의 등장인물들은 각각 출생, 가족, 재산, 직업, 성, 종교, 세대, 취미, 교양이 다르고, 따라서 이해와 의견이 다를 수밖에 없다. 『무정』의 서사적 목표는 이렇듯 "짠 세상", "짠 나라"(7: 68, 63: 387, 85: 504)에 살아가는 다양한 사람들로 하여금 모두가 '한 세상', '한 나라'에 사는 비슷비슷한 상호의존적인 존재들이라는 점을 실감하도록 하는 것이다. 이광수가 독자들의 눈앞에 보여주려고 했던 것이 민족이었다면, 그것은 곧 질서 있고 조화로운 '사회'였던 것이다. 신채호의 '민족'이 혈연, 인종, 종족의 연속성과 동일성에 바탕을 두고 있었으며, 역사, 무엇보다 정치사에 의해 가시화될 수 있었다면, 이광수의 '민족'은 가장 '사회적인' 예술 형식인 소설에 의해 가시화될 수 있다. '국가'가 아니라 '사회'의 일에 관여하는 장르로

13) 1900년대 말 이후 사회 개념의 "일반화, 탈정치화, 탈역사화"에 대해서는 박명규, 「한말 '사회' 개념의 수용과 그 의미 체계」, 『사회와 역사』 제59권, 한국사회사학회, 문학과지성사, 2001, 51-82쪽 참조. 1910년대 이광수의 '사회' 관념이 나타나는 글로는 「교육가 제 씨에게」(1916), 「천재야! 천재야!」(1917) 등 참조. 이러한 '사회' 개념이 1920년대 중반 이 광수, 최남선 등에 의해 '우리 민족의 최대 결함은 사회성의 결핍'이라는 주장을 낳게 하는 근원이다. 이에 대해서는 이광수의 「민족개조론」(『개벽』, 1922), 최남선의 「조선역사 통속강화개제」(『동명』, 1922) 참조. 1920년대 '사회'에 대한 다양한 인식에 대해서는 박 명규, 「1920년대 '사회' 인식과 개인주의」, 『한국사회사상사연구』, 나남, 2003, 263-286쪽 참조.

서 소설이 민족을 주조하는 형식이 되는 이유는 바로 이러한 민족의 '사
회화'와 관련된다.

특기할 만한 것은 지금까지 살펴 온 개체와 공동체의 정체성 구성 과
정에 '감정'의 능력이 깊이 개입해 있다는 점이다. 『무정』에서는 인간의
감정 능력('정')이 유일한 '나=자기'라는 개념을 형성하는 데 가장 중요
한 원천이 되는 한편, 보편적 인간으로서 '사람'을 정의하는 원천 역시
감정('동정')으로 정의되고 있다. 『무정』에서 '동정'은 연민이나 자애 같
은 협소하고 일방적이고 시혜적인 의미에 머물지 않고 상대방의 행위
와 그 동기인 감정에 대한 도덕적 판단과 시인의 능력 혹은 그 상태를
가리키는 'sympathy' 개념으로 심화된다. 다시 말해 동정은 자신의 "몸
과 맘을 그 사람의 처지와 경우에 두어 그 사람의 심사(心思)와 행위를
생각해 주는"14) 공감적 동일화sympathetic identification 작용을 바탕으로
하며, 나아가 옳고 그름을 판단하는 도덕 능력, 곧 '타당하다', '올바르
다', '그르다', '처벌되어야한다' 등 도덕적 가치 판단 작용의 원천이 된
다.15) 영채와 학생들이 형식에게 갈망하고, 또 영채가 월화에게 발휘하
는 것은 이러한 의미의 '동정'인데(12: 97, 21: 146-147, 32: 273), 여기서
동정은 단순한 동일시나 감정이입, 투사의 의미를 넘어 윤리적 의의를
획득한다.16) 『무정』에서 인물들은 동정의 능력을 발휘함으로써 스스로

---

14) 이광수, 「동정」(1914), 『이광수전집』 제1권, 삼중당, 1962, 557쪽.

15) 이광수의 '동정'은 아담 스미스의 『도덕감정론』의 주요 개념인 'sympathy'와 연결하여
읽을 수 있다. 아담 스미스의 '심파시' 개념은 감정의 도덕적 판단 능력을 긍정하는 데
서 출발하며, 그는 모든 인간에 내재한 이러한 도덕 감정의 능력을 조화로운 사회의 토
대로 제시했다. 이런 점에서 '심파시'는 감정의 윤리적 위치와 역할을 중요시하는 감정
윤리학의 문제의식과 닿아 있다. 아담 스미스의 심파시 개념에 대해서는 아담 스미스,
『도덕감정론』, 박세일·민병국 옮김, 비봉출판사, 1996; 김상봉, 『호모 에티쿠스』, 한길사,
1999 참조.

16) 이 글은 '동정'을 1910년대 한국이라는 특정한 역사 단계와 조건에서 사회적으로 습득
되고 구성된 새로운 감정 규범으로 본다. 물론 『무정』에 나타난 '동정'의 스펙트럼은 매
우 넓어서 다양한 방향의 공감적 체험, 즉 동일시, 감정이입, 투사 등을 포함한다. 그렇
지만 이 글의 관심은 그러한 일반적 의미의 공감이 아니라 그것이 윤리학적, 사회학적

176

'사람'이 되며 또 다른 인물들이 '사람'임을 발견한다. '사회=민족'은
바로 이러한 '사람'들에 의해서만 구성될 수 있는 공동체이다.『무정』
에서 형상화된 것은, 다양한 개체들 사이의 차이를 조정하고 격차를 축
소함으로써 '사회'의 질서와 안녕을 뒷받침하는 새로운 감정 경험 혹은
감정 규칙이 구성되는 과정이다. 이런 점에서 '동정'은 특정한 역사 단
계와 조건에서 사회적으로 구성된 특정한 감정 규범이라고 할 수 있다.
이 지점에서 '동정'은 사회학적 차원까지도 확보한다. 요약하자면,『무
정』은 감정교육의 문제를 주제화한 서사로서, 감정의 능력과 역할을 심
리적, 인식적, 윤리적, 사회적 측면에서 조명하고 시험함으로써 '나=자
기'와 '사람', 그리고 '사회=민족'이 발견 또는 형성되는 과정을 그려내
었다.17)

3. 창작과 독서 원리로서의 '동정'

감정의 정치는 식민지시기 정치적 상상력의 한 특징으로서 이 시기
새로운 관념들과 제도들의 형성 과정에 깊이 개입해 있고, 또 여러 영
역에 편재해 있었다. '정'과 '동정'의 정치학은 '개인'과 '민족'이라는

의의 및 역할을 획득하는 지점이다. 박헌호에 따르면, 1920년대에 '동정'은 내면의 서사
에서 새로운 의미를 획득한다. 이에 대해서는 박헌호,「근대소설과 내면의 서사」,『근대
전환기 언어질서의 변동과 근대적 매체 등장의 상관성』, 성균관대학교 동아시아학술원
대동문화연구원 학술대회 논문집, 2003. 6, 148-149쪽 참조. 공감적 체험의 종류에 대한
일반적인 구분은 최지현,「이중청자와 감상의 논리」,『국어교육』5집, 서울대 국어교육연
구소, 1997 참조.
17)『무정』-『재생』-『사랑』을 텍스트로 하여, 이광수가 '동정'의 원리를 작동시켜 새로운 사
회적 실재, 즉 '민족'을 구성하는 다양한 방식을 분석한 글로는 졸고,「공감적 국민=민
족 만들기」,『작가세계』, 2003 여름 참조 바람.『무정』에 나타난 '개인'과 '민족'에 대한 상
상, 그리고 거기에 개입하고 있는 감정의 정치학에 대한 더 자세한 분석은 졸고,「1910
년대 '개인', '민족'의 구성과 감정의 정치학 - 이광수의『무정』을 중심으로」,『현대문학
의 연구』22집, 한국문학연구학회, 2004. 2 참조 바람.

새로운 주체성을 상상하는 데 깊이 개입하였을 뿐만 아니라 새로운 '문화' 또는 '문학(더 넓게는 예술)'의 의미와 역할을 상상하는 데에도 깊이 스며들어 있다. 특히 '동정'은 교육적으로 바람직한 독서 경험과 예술적으로 이상적인 창작 방법에 대한 이미지를 형성한 원리였다. 다시말해 상호적인 감정 이입 및 조절의 경로와 이를 통한 완전한 감정적 동일화, 즉 동정(동감)의 형성은 문학 텍스트의 생산/수용 과정에서 작가와 독자가 교섭하는 방식을 상상하고 설명하는 틀이 되고 있다. 동정은 독자가 발휘해야 할 능력이자 작자가 갖추어야 할 태도이기도 했던 것이다.18)

이광수는 「문학이란 하오」에서 문학의 여섯 가지 부수적 효과 가운데 첫 번째 항목에서 공감적 읽기의 원리와 효과를 정리한다.

> 문학은 인생을 묘사한 자이므로 문학을 독(讀)하는 자는 소위 세태인정의 기미(機微)를 규(窺)할지라. 천인으로서 귀인의 사상과 감정도 가지(可知)할지며, 도회인으로서, 전사인(田舍人)으로서 상인으로서 학자, 악인으로서 선인의 사상과 감정을 통효(通曉)하게 될지며, 또 외국인이나 고대인도 그 문학을 통하여서야 비로소 완전하게 이해할지라. 여사(如斯)히 인생의 정신적 방면에 관한 지식을 득하니 처세와 교육에 필요할지오.19)

문학 작품을 읽음으로써 "각 방면 각 계급의 인정세태," 즉 다양한 타자들의 사상과 감정을 알고(知), 깨닫고(通曉), 이해할 수 있다고 했을때, 이때 문학의 매개하는 기능은 상상력의 매개하는 기능을 반영한다. 이형식이 영채를 찾으러 가는 평양행 기차 안에서 상상을 통한 입장의 교환, 다시 말해 기생 어미가 살아온 과정을 상상하고, 나아가 자기를 기생 어미의 처지에 두고 기생 어미를 자기의 처지에 두는 상상적 경험

---

18) 아담 스미스의 '동감의 원리'를 텍스트와 독자의 관계를 설명하는 문학 행위 이론으로 성립시키는 논의로 김동계의 「'동감'과 문학 행위 이론의 재구성-문학텍스트와 독자의 관계를 중심으로」(연세대 사회학과 석사학위 논문, 2000)를 참조할 수 있다.
19) 이광수, 「문학이란 하오」(1916), 『이광수전집』 제1권, 삼중당, 1962, 511쪽.

178

을 통해서 그녀 안에 있는 '사람'의 가능성을 발견하게 되었듯이, 독자
는 상상력을 발휘하여 소설 속에서 벌어지고 있는 상황 또는 인물의 심
리 상태에 대한 이미지나 관념을 형성할 수 있으며 이를 통해 등장인물
의 행위나 열정에 대한 이해와 공감으로 나아갈 수 있다. 공감적 동일화
는 문학 텍스트와 독자의 교섭 과정을 설명하는 하나의 틀로서 독서의
다른 여러 가지 부수적 효과들의 기본 원리이기도 했다.[20]

그런데 독자의 공감적 동일화 작용의 전제는 무엇보다 작품의 리얼
리티이다. 이광수는, 소설이 "인생의 일 방면을 정(正)하게, 정(精)하게
묘사하여 독자의 안전에 작자의 상상 내에 재(在)하는 세계를 여실하게,
역력하게 개전하여 독자로 하여금 기 세상 내에 재(在)하여 실견하는
듯 한 감을 기(起)하게"[21] 해야 한다고 강조했다. 여기서 상상적 허구의
핵심은 가상의 세계를 사실처럼 느낄 수 있게 만드는 능력, 즉 "사실
효과를 창출하는" 능력에 달려 있다. 다시 말해 사실성의 강화가 목표
로 하는 것은 곧 소설과 그 외부 현실과의 경계를 모호하게 만드는 일
이다.[22]

　　그러나 김쟝로가 미술을 위ᄒ야셔 그 그림들을 붓친 것은 안이로더 그 그
　림을 보ᄂ 즈녀들에게ᄂ 간졉으로 미슐을 ᄉ랑ᄒᄂ 싱각이 나게ᄒᆫ다 자긔
　ᄂ 그림을 위홈이안이오 거의 거린 예수의 화샹을 위홈이언마ᄂ 그것을 보
　ᄂ 즈녀들은 그와 반더로 거긔 그린 예수보다 그림 그 물건을 즈미잇게 본
　다 엇더케 져러케 졍묘ᄒ게 그렷ᄂ고 깃버ᄒᄂ 사롭의 얼골에ᄂ 깃분 빗이
　드러나고 괴로워ᄒᄂ 사롭의 얼골에ᄂ 괴로워ᄒᄂ 빗이 나도록 풀은 쏙 풀
　과ᄌ고 쏫은 쏙 쏫과 ᄌ게 엇더케 져러케 졍묘ᄒ게 그렷ᄂ고 ᄒᄂ것이 그의
　즈녀들에게ᄂ 더욱 즈미가 잇셧다 이것은 김쟝로ᄂ 모르ᄂ 즈미요 그의 녀
　ᄌ(자녀의 오기: 인용자)들만 쏙 아ᄂ 즈미라(80: 477-478)

────────────
20) 동졈심의 발양, 성찰과 모범, 미적·상상적 체험, 고상한 쾌락, 품성 도야와 지능 계발
　의 효과 등 나머지 다섯 가지 부수적 효과의 전제도 상상력을 통한 공감적 동일화 작용
　이다. 이광수, 위의 글, 1962, 511-512쪽 참조.
21) 이광수, 위의 글, 1962, 513쪽.
22) 송은영, 「근대소설의 역사성과 허구성」, 『상허학보』 제10집, 2003. 2, 102-103쪽 참조.

여기서 주목할 것은 '묘사'와 '쾌감'의 관련성이다. 인용문에 따르면, 김장로는 예수, 즉 기독교적 메시지를 위해 그림을 걸었지만 자녀들은 그러한 메시지보다 '그림 그 물건' 자체에 재미를 느낀다. 자녀들이 느끼는 재미는 그림의 '리얼리티'에 대한 것인데, 여기서 문제는 사실적 묘사가 어떻게 '재미', 곧 독자의 감정적 만족(쾌감)의 동기가 되는가이다. 결론부터 말한다면, '여실한, 진인 듯한 묘사'는 궁극적으로 '누가 읽어도 수긍할 만한 것'이 되도록 하기 위함이다.[23] 여기서 '수긍'의 스펙트럼은 '동정'의 스펙트럼만큼이나 넓다. 그 첫 번째 차원이 '실제로 보는 듯한 느낌'이라면 궁극적 차원은 독자의 도덕적 감수성에 적합하고 적절한 것으로 시인되는 상태, 즉 '동감의 쾌감'이다. 형식이 다른 사람들로부터 동감을 얻어내기 위해 자신의 감정을 그들의 감정과 일치하는 수준으로 끌어내리는 자기 억제를 하지 않으면 안 되었듯이,[24] 작가가 독자와 완전한 동감을 형성하기 위해서는 독자의 도덕적 감수성을 의식하여 자신의 열정을 제한하고 조절해야만 한다. 일찍이 김동인이 지적했던 것처럼 이광수가 선과 미, 악마주의와 도덕주의의 양면성을 가지고 있으면서도 언제나 도덕적 주인공을 형상화한 것[25]은 이 때문이다.

지금까지 '창작'의 원리로서 공감에 대해 논의해 왔는데, 공감적 '읽기'의 원리는 이형식의 그림 읽기 경험에서 가장 선명하게 이미지화된다. 형식은 김장로의 집 공부방에서 선형과 순애를 기다리면서 예수 처형 장면을 묘사한 그림을 보게 된다. 여기서 형식은 십자가에 매달린 예수, 예수에게 가시관을 씌우고 그의 옆구리를 찌르는 병정, 치맛자락으로 눈물을 씻는 자, 무심히 구경하는 자, 그리고 예수의 옷을 차지하려

---

23) 이광수, 앞의 글, 1962, 509쪽.
24) 『무정』에서 스스로의 열정과 행위를 반성하는 성찰적 주체로서 이형식의 형상화는 이러한 원리에 의거한 것이다.
25) 이광수의 "악마적 미에의 욕구와 선에 대한 동경"의 이원성에 대해서는 김동인, 「조선근대소설고」, 『조선일보』, 1929. 7. 28~8. 16, 참조.

고 제비를 뽑는 자가 "모도다 ᄌ흔 사ᄅᆷ"(26: 176)이라는 것을 깨닫는다. '사람'이란, 앞에서 말했던 것처럼, 개별 인간들을 일반화, 추상화하여 보편적 특징들을 가정하게 만드는 개념이다. 이형식이 예수의 그림, 즉 예술 작품을 통해 새로 인식한 내용은 바로 인간의 근본적 유사성과 동일성이었고, 이러한 특별한 방식의 읽기 체험은 그가 "모든 셔적과 인셩과 셰계룰 왼통 다시 읽어"(28: 189) 나가는 데 중요한 시금석이 된다.

예수의 화상을 본 경험은 이후 두 번에 걸쳐 회상되는데, 회상들은 모두 '사람'의 발견, 즉 인간의 근본적 동일성을 인식하고 강화하는 계기로서의 의의를 가진다. 형식은 영채의 유서를 읽고 안타까워하고 고통스러워하는 기생어미를 보면서 "예수와 홈끠 십즈가에 달리던 도젹"을 연상한다. 도둑과 예수가 본래 같은 '사람'인 것과 마찬가지로, "져(기생 어미: 인용자)도 역시 사ᄅᆷ이라 나와 ᄌ흔 영치와 ᄌ흔 사ᄅᆷ이라"(52: 328). 또 영채를 찾으러 가는 평양행 기차 안에서 형식의 기생어미에 대한 감정은 혐오감에서 연민으로 변화하고, 다시 "졍다온듯ᄒ 싱각", "마치 어머니나 누이를 ('대'의 누락: 인용자)ᄒᄂᆫ듯 ᄉ랑스러온 싱각"(54: 339)으로까지 나아가는데, 이러한 감정 변화도 역시 김장로 집에서의 그림 감상 경험에 의해 중개되고 있다. 형식은, 그림 속에 있는 예수와 병졍과 여인들과 구경꾼이 원래는 다 같은 사람이라고 상상했던 것, 거기서 더 나아가 춘향과 이도령과 춘향모와 남원 부사가 "원리는 다 ᄌ흔 「사ᄅᆷ」이라"(54: 339)고 상상했던 것을 떠올린다. 형식의 예술 감상 체험이 출생, 부, 직업, 성, 세대, 취미, 교양이 서로 다른 개체들을 유사성의 견지에서 이해하고 정의하게 한 경험이었다면, 여기서는 그 동일화의 전략이 인간을 독해하는 가장 중요한 방법으로도 성립하는 것이다.

그런데 바람직한 독서 체험에 대한 상상은 무엇보다도 '서사'의 차원에서 구현된다. 진정한 미국인이 되기 위해서는 다른 사람을 가족처럼 생각할 줄 알아야 한다는 메시지를 전달하는 『검둥의 설움(원제: Uncle Tom's Cabin)』[26]처럼, 『무정』이라는 텍스트는 독자들로 하여금 자신을 다른 사람들과의 동일성과 유사성의 원칙 속에서 생각하도록 한다. 다시 말해 텍스트 안에서 '동정'이 인물들 사이의 일치 또는 통합을 드러내거나 작동시키는 것처럼, 『무정』을 읽는 독자는 자기를 소설 속의 허구적 인물들과 동일화하도록 유도된다. 이는 '동정의 서사' 안에 있는 감정적 유대의 예들이 독자들의 반응 방식에 대한 하나의 모델로서 강조되기 때문인데, 이렇게 본다면 동정의 서사는 독자들에게 자신과 다른 사람의 동일성에 대한 이해를 가르칠 수 있는 하나의 서사모델을 의미한다. 『무정』은, 독자와 인물들 사이의 공감적 접촉을 표현하고 또 재생산함으로써, 바람직한 독서는 독자가 저자 및 인물과 공감적 동일화를 이루는 것이라는 점을 가르친다. 『무정』에서 서사교육의 지배적 원칙은 '동정'이다.[27]

4. 예술(문학)교육의 목표로서의 '동정'

앞에서는 예술(문학) 텍스트를 만들고 읽는 방식에 대한 상상에 동정의 원리가 개입하고 또 구현되는 양상을 논의했다. 여기서는 예술(문학)의 교육적 목표와 역할에 대한 상상에 동정의 원리가 개입하고 또 구현되는 방식을 살펴볼 것이다.

다른 나라 신스갓흐면 종교화밧게도 한두장 세계 명화를 거럿스런만은 김쟝로는 아직 미술의 취미가 업고 쏘 가치도 모른다 ……(중략)…… 그리고 서양식 인물화라던지 그중에도 미인화, 라테화(裸體畵)갓흔것은 별로 보지도못흐얏거니와 보랴고도 안이흐고 본다흐더라도 아모 가치를 인뎡흐지안

---

26) 스토우 부인, 『검둥의 설움』, 이광수 초역, 1913. 2. 20. 김병철, 『한국근대번역문학사연구』 제1권, 을유문화사, 1974, 334-336쪽 참조.

27) 텍스트와 사람을 읽는 특정한 방식으로서 '공감적 동일화 전략'에 대해서는 Elizabeth Barnes, *States of Sympathy - Seduction and Democracy in the Novel*, New York: Columbia University Press, 1997, pp. 65-79 참조.

182

이홀것이다 그는 미슐이라는 말도 잘 알지못ㅎ거니와 대톄 그림ㅈ흔것이
무슨 필요가 잇는가 ㅎ다 더구나 됴각(彫刻)갓흔것은 아마도 그의 오십년싱
활에 싱각히본격도 업슬것이다 그럼으로 셔양사롬들이 죵교와갓치 귀즁히
녁이는 예슐(藝術)도 그의 눈에는 거의 한푼엇치 가치도 안이보일것이다 셔
양사롬의 싱각으로 그를 비평홀진뎌 「예슐을 모르고 엇더케 문명인스「文
明人士」가 되나 ㅎ고 의심홀것이다 실로 문명인스치고 예슐을 모르는 사롬
은 업다(79: 471-472)

『무정』에서는 예술이 문명을 구성하는 한 분야이며, 그것을 이해하
지 못하는 것은 미개와 야만의 징표로까지 여겨진다. 주미공사였으며
기독교 장로인 개화인사 김장로는 서양을 안다고 하지만 서양 문명의
'내용'은 모르는 인물이다. 그의 한계는 "과학「科學」을 모르고 텰학「哲
學」과 예슐「藝術」과 경졔「經濟」와 산업「産業」을 모르"는 데 있다(79:
473). 위 인용문에서 강조하는 것은 특히 예술에 대한 무지인데, 인물화,
미인화, 나체화 등 세계 명화에 취미가 없고 그 가치를 모른다는 사실은
김장로가 얼치기 선각자임을 증명하는 가장 확실한 증거이다. 회화와
조각, 나아가 예술에 대한 식견은 문명인의 필수조건이기 때문이다.[28]
위와 같은 태도는 문화론적 문제설정에 따른 교육 이념의 변화라는
관점에서 이해할 수 있다. 이광수는 「교육가 제씨에게」에서 생물의 목
적은 생활이며 생활의 목적은 개체와 종족의 보존 및 발달이고, 이를
위해 필요한 요소는 건강, 행복, 생식이라고 말하고 있다. 따라서 교육
이 길러내야 할 인간형은 "자력으로 의식주를 구할 만한 기능"을 구비
하고, 또 이를 얻기에 필요하며 또 건강한 자녀를 낳기에 필요한 "체질
의 강건"을 구비하고, 종교와, 문학, 음악, 미술 등에 대한 "감상력"을
함양한 인간이다.[29] 이러한 주장에는 이광수의 교육 이념의 복합성 또
는 이중성이 잘 드러나 있다. 전 시기부터 유행했던 진화론적 교육이념
에 따라 생활의 목표가 '생존'과 '발전'으로 설정되었지만, 그러한 목표

28) 소영현, 「근대소설과 낭만주의」, 『상허학보』 제10집, 상허학회, 2003, 77쪽 참조.
29) 이광수, 「교육가 제씨에게」(1917), 『이광수전집』 제17권, 삼중당, 1962, 73-78쪽.

의 세부 내용으로 '(정신적)행복'이라는 새로운 요소가 추가되었다. '행복'은 문화론적 교육이념에 입각하여 설정된 새로운 목표로서 종교와 예술 등 문화적 교양에 의해 획득되는 내적, 주관적 가치로 이해되고 있다.

『무정』에서는 예술이 하나의 직업 영역이자 청년기의 필수 교육 프로그램으로 추천된다. 병욱은 동경 음악학교에 재학하는 학생이다. 영채는 병욱으로부터 "예슐「藝術」이라는 말"을 배우고 그 "뜻"을 알아가며 드디어 "자긔도 예술가다 예슐가되는 것이 니 텬직"이라는 생각을 하게 된다(92: 541). 영채와 병욱은 외국 유학을 마치고 음악가와 무용가가 된다. 여기서 예술은, 단일한 주체로서 '사회'의 욕구를 충족시키는 세분화된 직업 분야들 가운데 하나이다. 한편, 풍부한 '문화(예술)' 체험은 무엇보다 개개인이 '사람'으로 성장하는 데 필수적인 요소이다. 이형식이 자신의 정체성의 토대로서 "쇽 사름", 즉 내면을 발견할 수 있었던 것은, "인싱이라는 불세례"(27: 184)라는 말로 여러 차례 비유된 풍부한 실제 경험과 더불어, "종교와 문학이라는 슈분"에 의해 "한 「사름」의 씨되는 「쇽 사름」"이 충분히 불어 껍질을 깰 준비를 하고 있었기 때문이다(28: 190). 또 병욱도 "문학이라든지 예술(藝術)이라든지에서 인싱이라는 것을 퍽 만히 비왓다"(117: 668). 이들과 대비할 때, 선형의 미숙성은 다른 무엇보다도 예술적 체험의 결여에 기인한다.

> 그(선형: 인용자)는 아직 난디로 잇다 화학뎍으로 화합되고 싱리학뎍으로 조직된디로 잇는 말ㅎ자면 아직도 실디에 한번도 써보지아니ㅎ고 곡간에 너허둔 긔계와 ㅈ다 그는 아직 사름이아니로다 ……(중략)…… 쇼위 문명훈 나라에 션형이가 낫다ㅎ면 그는 어려셔부터 칠팔셰부터 혹은 스오셰부터 시와 소셜과 음악과 미슐과 니야기로 벌셔 인싱의 셰례를 바다 십칠팔셰가 된 금일에는 벌셔 참말 인싱인 한 녀ㅈ가 되엇슬것이라 그러ㅎ나 션형은 아직 사름이 되지못ㅎ얏다 션형의 속에 잇는 「사름」은 아직 씨지못ㅎ엿다 이 「사름」이 씨어볼가말가는 하ᄂᆞ님밧게 아ᄂᆞ이가 업다(27: 183-184)

184

선형은 형식, 영채, 병욱에 비해 아직 미숙아이다. 선형은 아직 '속사람'이 깨어나지 못했고 따라서 '사람'이 되지 못했다. 그 첫 번째 이유는 물론 실제적인 경험의 부족이다. 그녀는 아직 한 번도 사용하지 않은 기계와 같다. 두 번째 이유는 예술적 체험의 부재이다. 소위 문명한 나라에서는 유년기부터 시, 소설, 음악, 미술, 그리고 이야기의 교육을 통해 인생을 가르치는데, 뒤떨어진 조선에 난 선형은 그러한 것을 교육받지 못했다. 선형이 유학행 기차 안에서 형식과 영채가 만나는 장면을 상상하면서 안절부절 못하는 것도 인생 경험의 결여, 더 특별하게는 그녀의 "문학적 체험의 결여"에 기인한다.30)

선형은 지금것 방안에 ᄌ쳐 잇섯다 그는 공긔중에 독균이 잇는줄도 몰랏다 그러고 그는 우두도 너치 아니ᄒ얏다 그런데 지금 질투라는 독균이 들어ᄌ다 ᄉ랑이라는 독균이 들어ᄌ다 그는 지금 엇지홀줄을 모른다 그가 만일 종교나 문학에셔 인싱이라는것을 대강 비화 ᄉ랑이 무엇이며 질투가 무엇인지를 알앗던들 이 경우에 잇셔셔 엇더케 ᄒ여야 홀 것을 분명히 알앗슬것이언마는 선형은 쳐음 이러케 무셔운 변을 당ᄒ얏다(117: 670)

『무정』에서는 '사람이 되어가는' 과정이 감정교육과 긴밀한 연관 속에서 제기되고, 종교나 예술 같은 문화적 영역들이 그러한 교육에 필수 기제로 제시되었다. 인생이 "ᄉ랑을 비호고 질투를 비호고 분노ᄒ기와 미워ᄒ기와 슯허ᄒ기를 비호는"(117: 668) 과정이라고 했을 때, 인생의 풍부화 또는 완성이라는 비전에서 감정의 교육은 필수적인 프로그램이 된다. 여기서 사랑, 분노, 공포, 기쁨, 슬픔, 혐오, 미움 등 다양한 심리작용은 그 자체 제거되어야 할 불순한 것이라기보다 함양되고 심화되어야 하며, 궁극적으로 균형과 조화를 이루어야 할 어떤 것이 된다.31) 이러한

---

30) Michael D. Shin, "Interior Landscapes: Yi Kwangsu's "The Heartless" and the Origins of Modern Literature", *Colonial Modernity in Korea*, Gi-Wook Shin and Michael Robinson(eds.), Cambridge (Massachusetts) and London, 1999, p. 283.

31) 조선시대 보편주의 문학과 문학교육의 패러다임에서 문학은 도를 전하는 수단으로 이

감정의 교육을 위해 주목된 것이 바로 종교와 문학, 즉 '문화'이다. 개개 인의 '정'의 교육은 예술(문학) 교육의 효과를 개념화하는 데 중심 내용 이 된다.

한편 문학(예술)교육의 목표에 대한 이미지에는 '동정'의 원리가 개 입한 양상이 뚜렷하다. 그 하나가 영채의 유서를 읽는 장면이다. "리형 식씨젼샹셔"로 시작하여 "죄인박영치는 읍혈빅비"로 끝을 맺는 영채의 유서는, 형식을 찾아가서도 차마 말하지 못한 사연, 즉 옥에 갇힌 아버 지와 오빠를 구하기 위해 기생이 되었으나 도리어 그들을 죽게 만든 일 과 그 후 오로지 형식과 맺어지기만을 염원하며 정절을 지켜왔으나 그 것마저도 결국은 이루지 못한 원한을 "흐르는듯한 궁녀톄 언문"으로 서 술하고 있다(50: 313-317). 이 유서는 형식과 노파와 우선에게 새로운 감 각을 부여한다. 다시 말해, 그들로 하여금 상상력과 감정 이입을 통해 영채의 고통과 상처를 예리하게 느끼고 이에 대해 공감적 동일화에 이 를 수 있도록 한 매개물은 영채의 글이었다. 사실 맨 처음 형식을 찾아 왔을 때부터 영채의 이야기는 "문학뎍 식치"(12: 96)가 있었고 그의 말솜 씨는 형식과 노파의 눈물을 자아냈다. "실로 형식과 로파가 그러케 슬퍼 ᄒᆞ고 눈물을 흘린 것은 영치의 불상ᄒᆞᆫ 경력보다도 그 경력을 말ᄒᆞ는 아 름다온 말씨엇셧다"(17: 125). 영채의 이야기와 언문 편지는 이광수가 상 상한 '(국)문학'의 은유인데, 여기서 문학의 역할은 흩어져 있는 개인들 을 함께 모으는 매개체이다.

삼랑진의 음악회는 '예술'의 은유이다.[32] 형식 일행은 삼랑진 역 대 합실 무대에서 수해를 당한 농민들에게 동정을 호소하고자 음악회를 열 었다. 병욱은 바이올린으로 『아이다』의 일절을 연주했고, 영채는 찬미가

해되었고 문학교육은 성정의 순화와 군자적 인격을 완성하기 위한 과정으로 여겨졌다. 김영, 「중세 보편주의 시대의 문학과 문학교육」, 『문학교육의 민족성과 세계성』, 문학교 육학회편, 태학사, 2000, 34-47쪽 참조.

32) 영채의 유서와 삼랑진의 음악회를 문학과 예술의 은유로 보는 논의는 Michael D. Shin, Op. cit., pp. 280-283 참조.

를 불렀고, 영채가 한문으로 짓고 형식이가 언문으로 번역한 노래를 일행 모두가 합창했다. 여기서 네 사람은 모두 예술가가 되었으며 예술을 통해 하나가 되었다. 청중도 또한 감격과 감동으로 이들과 하나가 되었다. 그들은 마침내 모두 울었다. 음악회는 원망, 질투, 의심으로 흩어져 있는 개체들을 모아 일체성의 가상을 만드는 중요한 매개체이다. 나아가, 문학의 교육적 효과에 대한 이광수의 상상은 형식의 연설 장면에서 완전한 형상을 얻는다. 형식이 이상적인 작가라면, 선형, 영채, 병욱, 우선은 이상적인 독자이다. 이 장면에서 형식(작가)과 연설(작품)과 선형, 영채, 병욱, 우선(독자)은 완전한 동감에 이른다.

5. 결론과 남은 문제

『무정』에서 배명식과 이형식의 대비는 교육 이념의 변화를 인상적으로 표현해주고 있다. '무정한' 악한 배명식은 동경 고등사범학교 역사지리학과 출신이다. 그는 자칭 "력ㅅ디리 중심 교육론자"로서 엘렌 케이나 페스탈로치 같은 자유주의 교육학자에 대해서는 이름도 들어본 적이 없다. 그는 교감의 지위를 이용해 역사와 지리 과목에 많은 시간을 배정하지만 교사와 학생들로부터 불평을 들을 뿐만 아니라 학무국으로부터도 허가를 받지 못한다(20:139-141). 이에 반해 이형식은 영어교사이며 그 자신 '문학', '철학', '종교'에 대한 체험이 풍부할 뿐만 아니라 학생들에게도 '은연중 문학을 장려한다'. 그래서 경성학교에는 소설이나 철학서, 잡지를 읽고 문학자, 사상가, 철인인 체하는 학생들이 생겨났다. 이형식이 학생들에게 구체적인 독서목록을 제시하지는 못하고 있다는 점이 암시하듯이,[33] 이 시기에 문학이나 예술 교육에 대한 관념은 추상적인 것

33) 1910년대에는 세계 문학은 물론 한국 문학에서도 필독서의 목록이 만들어지지 못했다. '세계'문학과 '민족'문학의 필수 독서 목록은 1920년대 후반 경성제국대학의 성립과 더불어 문학이 제도교육 속에서 하나의 학문 분야로 자리를 잡으면서 만들어지기 시작했

이었다. 그렇지만, '세계'라는 새로운 지평 속에서 '자기' 위치를 확정해야만 했던 계몽기에 신지식의 대표로 부상했던 것이 지리학 또는 역사지리학이었다면,[34] 1910년대에 각광을 받으면서 등장하고 있는 신지식이 무엇보다 '문학'이었던 것은 분명하다.

지금까지 이광수의 장편 소설 『무정』을 텍스트로 하여 1910년대 중반에 '예술(문학)'에 대한 관념이 등장했을 때, 특히 예술(문학)작품을 읽고 이해하는 방법 및 그것의 교육적 목표에 대한 상상이 개념화되고 이미지화되었을 때 '감정' 또는 '감정 교육'에 대한 관심이 깊이 관여하고 있었음을 살펴보았다. 『무정』에서는 감정의 능력과 역할이 심리적 차원에서뿐만 아니라 인식적, 윤리적, 사회적 차원에서도 탐구되었다. 특히 '동정'은 『무정』의 서사를 이끌어 가는 중심 원리였을 뿐만 아니라 그 안에서 이상적인 창작 방법과 독서 방법, 그리고 예술(문학)교육의 목표를 개념화하고 이미지화하고, 그리고 서사화하는 데 핵심적 역할을 하고 있다. 한국에서 근대적 의미의 예술(문학)교육이 제기되었을 때 그것은 무엇보다 감정 능력에 대한 기대를 반영하고 있었다. 이는 식민지 초기 조선 사회에 편재했던 감정 정치학의 한 양상을 보여주는 것이라고도 할 수 있다.

이 연구는 두 가지 서로 연관된 과제를 남긴다. 하나는 예술(문학)교육이 만들어내야 한다고 가정된 주체의 '이중성'이다. 이는 『무정』에서 문학교육의 목표에 대한 '개념'과 '이미지' 사이의 분열로도 나타났다. 예를 들어, 한편에서 예술(문학)교육의 목표가 '(감)정'의 교육으로 규정되고 그 목적이 '자기'의 형성으로 나타났다면, 다른 한편에서는 그것이 '동정'의 교육을 목표로 하고 '사람'의 형성을 목적으로 하는 것으로 나

다. 예를 들어 이광수가 경성제국대학의 조선문학 커리큘럼에 「격몽요결」이 속한 것에 대해 제기한 비판은 이러한 맥락에서 이해할 수 있다. 한국에서 세계문학과 민족문학의 필독서 목록이 어느 정도 완성된 것은 1930년대 후반이며, 이는 (한)국학의 형성 및 발전과 병행하여 이루어졌다.

34) 임형택, 「20세기 초 신 구학의 교체와 실학」, 『근대계몽기의 학술 문예사상』, 민족문학사 연구소 편역, 소명출판, 2000, 430-434쪽 참조.

타났다. 사실 '문학'을 처음 제안했을 때부터 이광수는 문학에 대해 '인생 문제 해결의 담임자'와 '국민의 사상과 이상을 지배하는 주권자'라는 이중의 책임을 부과했다.35) 문학이 개개의 인간의 형성에 관여하는 동시에 국민의 형성에 관여한다는 문제설정이야말로 문학교육에 대한 이광수의 사유에서 근본적인 것으로서, 그 기원은 그의 '개인' 관념의 이원성, 즉 유일한 자기라는 개념과 보편적 인간이라는 개념의 모순적 결합체로서의 개인 개념에 있다고 생각된다. 이는 근대 휴머니즘적 정치이념과 교육 이념에 대한 성찰에 있어 매우 중요한 주제인 바, 좀더 정치한 해석과 비판이 필요하다.36)

두 번째는 이광수의 예술(문학)교육에 대한 상상에 스며들어있는 감상적 정치학이다. 『무정』의 중요한 메시지 가운데 하나는 완전한 개인과 완전한 공동체는 이성을 통해서는 이루어질 수 없고 오로지 감정의 능력을 통해서만 이룩될 수 있다는 것이다. 맨 끝 장인 126장은, 보통 사족으로 여겨지지만, 이광수의 감상적 정치학이 잘 드러난 곳이다. 여기서 이광수가 말하는 것은 조화롭고 질서정연하며 상호의존적인 이상적 공동체는 유사성과 동일성에 기초한다는 점이다. 감상적 정치학과 감상적 서사의 공통점은 '동일화' 전략이다. '모든 사람은 평등하게 태어났다all men created equal'는 전제는 다른 사람을 그 자신의 이미지로 다시 창안할 수 있는 힘, 즉 '공감적' 재현의 힘을 발휘한다. '동정'은, 다른 상상된 자아들과의 관계 속에서 또는 그 관계를 통해서 자아가 구성되고, 다시 자아의 감정의 투사를 통해 다른 자아들이 창조되는, 하나의 '매개된' 경험이다. 여기서는 한 사람이 다른 사람에 의해 재현(대표)될 수 있는 동시에 다른 사람을 재현(대표)할 수 있다고 상상된다. 이런 점

---

35) 이광수(1910), 「문학의 가치」, 『이광수전집』 제1권, 삼중당, 1962, 505-506쪽.
36) 1920년대 이광수의 문학교육론은 심미 교육론과 국민 교육론으로 이루어져 있으며, 이 두 가지는 긴밀히 연관되어 있다. 1920년대 이광수의 심미적 공동체의 이상과 문학교육론의 관계에 대한 더 자세한 논의는 졸고, 「이광수의 문화이념 연구」, 연세대 국문학과 박사학위논문, 2002, 150-164쪽을 참조할 수 있다.

에서 동정의 관계론은 본질적으로 자기본위적이라고 할 수 있는데,『무정』에서는 이러한 공감적 동일화의 원리가 문학과 예술을 읽는 결정적인 방법으로, 그리고 문학과 예술 교육의 중심 목표로 개념화되고 이미지화되었다. 이광수에게 '무정'한 세상을 '유정'하게 만드는 실천이 문학, 더 정확하게 말해 문학 교육이었다고 했을 때, 이러한 문학교육론에 스며들어있는 감상적 정치학은 문제적인 지점이다. 이에 대한 좀더 진전된 연구와 해석이 필요할 것이다.37)

주제어 : 문화, 예술교육, 문학교육, 감정 교육, 동정, 공감적 동일화

---

37) 문학교육적 사유에서 '정서'는 "감정적 요소와 지적 요소가 결합한 것"으로 이해된다. 즉 정서에는 인간의 인식적, 심미적, 가치판단적 요소가 모두 개입되어 있으므로 그것들의 조화가 정서교육의 요체가 된다고 할 수 있다. 이 글에서 주목하는 이광수의 '감정'은 위의 '정서'와는 다른 것이다. 이광수의 특징은 인식적, 심미적, 윤리적 가치판단의 원천을 모두 감정의 능력에서 찾고 있다는 점이고, 이것이 그의 문학교육론을 '감정중심주의'로 흐르게 한다. 문학교육에서 '정서'의 의미는 김종철, 「민족정서와 문학교육」, 「문학교육의 민족성과 세계성」, 문학교육학회편, 태학사, 2000, 123-137쪽 참조.

190

◆ 참고문헌

1. 기본자료

조선유학생 학우회, 『학지광(學之光)』, 1914~1928.

이광수, 『이광수전집』, 삼중당, 1962.

이광수, 『바로잡은 『무정』』, 김철교주(校註), 문학동네, 2003.

2. 단행본

김병철, 『한국근대번역문학사연구 1권』, 을유문화사, 1974.

김상봉, 『호모 에티쿠스』, 한길사, 1999.

김윤식, 『한국근대문학사상사』, 한길사, 1984.

백종현, 『독일 철학과 20세기 한국의 철학』, 철학과현실사, 1998.

尹健次, 『한국 근대교육의 사상과 운동』, 심성보 옮김, 청사, 1987.

Adam Smith, 『도덕감정론』, 박세일·민병국 옮김, 비봉출판사, 1996.

Elizabeth Barnes, States of Sympathy — Seduction and Democracy in the Novel, New York: Columbia University Press, 1997

3. 논문

김동계, 「'동감'과 문학 행위 이론의 재구성—문학텍스트와 독자의 관계를 중심으로」, 연세대 사회학과 석사학위 논문, 2000.

김성연, 「한국근대문학과 동정의 계보」, 연세대 국문학과 석사학위 논문, 2002.

김 영, 「중세 보편주의 시대의 문학과 문학교육」, 『문학교육의 민족성과 세계성』, 문학교육학회편, 태학사, 2000, 35-49쪽.

김종철, 「민족정서와 문학교육」, 『문학교육의 민족성과 세계성』, 문학교육학회편, 태학사, 2000, 123-138쪽.

김현주, 「이광수의 문화 이념 연구」, 연세대 국문학과 박사학위논문, 2002

_____, 「공감적 국민=민족 만들기」, 『작가세계』, 2003 여름, 65-79쪽.

_____, 「1910년대 '개인', '민족'의 구성과 감정정치학」, 『현대문학의 연구』 22집, 한국문학연구학회, 2004. 2.

박헌호, 「근대소설과 내면의 서사」, 『근대 전환기 언어질서의 변동과 근대적 매체 등장의 상관성』, 성균관대 동아시아학술원 대동문화연구원 학술대회논문집, 2003. 6, 137-158쪽.

서영채, 「무정연구」, 서울대 국문학과 석사학위논문, 1992.

소영현, 「근대소설과 낭만주의」, 『상허학보』 제10집, 상허학회, 2003, 61-87쪽.

송은영, 「근대소설의 역사성과 허구성」, 『상허학보』 제10집, 상허학회, 2003, 89-116쪽.

임형택, 「20세기 초 신 구학의 교체와 실학」, 『근대계몽기의 학술 문예사상』, 민족문학사연구소 편역, 소명출판, 2000, 415-436쪽.

장영우, 「무정연구」, 『상허학보』, 상허학회, 2000, 361-398쪽.

최지현, 「이중청자와 감상의 논리」, 『국어교육 5집』, 서울대 국어교육연구소, 1997.

황규선·정향교, 「스미스의 동감 이론」, 『경제학논집』 제10권 제2호, 한국국민경제학회, 2001, 221-249쪽.

황종연, 「탕아를 위한 국문학」, 『국어국문학』 제127호, 국어국문학회, 2000, 31-48쪽.

Michael D. Shin, "Interior Landscapes: Yi Kwangsu's "The Heartless" and the Origins of Modern Literature", *Colonial Modernity in Korea*, Gi-Wook Shin and Michael Robinson(eds.), Cambridge(Massachusetts) and London, 1999, pp. 251-287.

◆ 국문초록

이 글에서 나는 이광수의 장편 소설 『무정』을 텍스트로 하여 1910년대 중반에 '예술(문학)'에 대한 관념이 등장했을 때, 특히 예술(문학)작품을 읽고 이해하는 방법 및 그것의 교육적 목표에 대한 상상이 개념화되고 이미지화되었을 때 '감정' 또는 '감정 교육'에 대한 관심이 깊이 관여하고 있었음을 밝혔다. 『무정』에서는 감정의 능력과 역할이 심리적 차원에서뿐만 아니라 인식적, 윤리적, 사회적 차원에서도 탐구되었다. 특히 '동정(同情)'은 『무정』의 서사를 이끌어 가는 중심 원리였을 뿐만 아니라 그 안에서 이상적인 창작 방법과 독서 방법, 그리고 예술(문학)교육의 목표를 개념화하고 이미지화하고, 그리고 서사화하는 데 핵심적 역할을 하고 있다. 한국에서 근대적 의미의 예술(문학)교육이 제기되었을 때 그것은 무엇보다 감정의 동일화 능력에 대한 기대를 반영하고 있었다. 이는 식민지 초기 조선 사회에 편재했던 감정 정치학의 한 양상을 보여주는 것이다.

◆ SUMMARY

Literature Education and Sympathy(同情)
- Focusing on Lee, Kwang su's novel MUJEONG(無情) -

Kim, Hyun-Ju

This writing is an attempt to examine the concept and imagination of art and literature education in 1910's. For this purpose, I treated the subject of sentiments education in Lee, Kwang su's novel MUJEONG (無情, 1917).

Sentiments were evaluated not only in psychological dimension, but also cognitive, moral dimensions in MUJEONG. And it was given sociological faculties and roles too. The concept of Individuality was consist of the uniqueness of Self and the universality of Human. The concept of Nation was represented by the Social. These identities was formed by experimenting sentiments. Especially, 'Dongjeong(同情)' was not only the narrative principle, but also the central element in making conception, imagination, and narrative of art and literature education. Minutely speaking, it was the ideal strategy of the reading and creating. And It was the central object of art and literature education. It reflected hope for faculty of sentiments that time in which modern art and literature was introduced in Korea 1910's. This was a feature of sentimental politics in colonial era.

Keyword : culture, art education, literature education, sentiments education, sympathy, sympathetic identification

─이 논문은 2003년 12월 31일에 접수되어, 소정의 심사과정을 거쳐 2004년 1월 31일 게재가 확정되었음.

이광수의 「농촌계발」과 '문명조선'의 구상*

정 선 태**

1. 들어가며

이광수는 1916년 9월 27일부터 11월 9일까지 『매일신보』에 연재한 「東京雜信」 중 <福澤諭吉의 墓를 拜함>이라는 글에서 후쿠자와 유키치를 다음과 같이 기리고 있다.

於是에 그는 교육이 新國의 기초사업임을 자각하고, 一邊 慶應義塾을 확장하여 정치, 경제, 법률, 문학 등을 敎하며, 一邊 사회에 신지식을 보급키 위하여 『時事新報』라는 大新聞을 창시하고 연설을 盛히 하며 몸소 구습을

---

* 이 논문은 2002년도 한국학술진흥재단의 지원(KRF-2002-005-A20005)에 의해 연구되었음.
** 이화여대 한국문화연구원.

革去하고 신문명인의 표본이 되다. 진실로 그는 당시에 在하여 용하게 신문명의 각방면을 정확하게 이해하였다. 정치, 경제, 교육, 신도덕 등을 이해함을 물론이어니와, 문학, 예술, 빈부문제, 남녀문제, 혼인문제 등 凡人은 최근에야 비로소 이해하는 제문제까지 그는 분명하게 이해하였다. 말하자면 그는 사, 오십년 전에 立하여 旣히 금일에 발전하고 보급하여 가는 제반 문제를 예견하였다. 환언하면, 그는 금일 及 금일 이후의 일본의 萬般 사상문제, 제도를 포함한 맹아이었으며, 사실상 금일 일본문화의 대부분의 근원은 위대한 그의 胸中에서 發한 것이다.[1]

1905년에서 1910년에 걸친 1차 유학 당시 '미숙한 소년'에서 벗어나지 못했던 이광수는 2차 유학을 통과하면서 비로소 식민지 조선인으로서 자의식 또는 주체의식을 갖고 일본을 바라볼 수 있었다.[2] 자의식이나 주체의식의 강렬도를 문제삼을 수는 있겠지만 스무살을 훌쩍 넘긴 나이의 그의 눈에 비친 동경은 10대 중학시절의 그것과 분명히 달랐을 것이다. 그런 그에게, 그러니까 '신문명의 전파자'가 되기를 갈망했던 식민지 유학생 이광수에게, 사상적으로 근대 일본의 기초를 다진 후쿠자와 유키치는 그의 말대로 '구습을 혁거한 신문명인의 표본'으로 다가왔다. '메이지유신이라는 대변혁'을 이룬 일본을 견인했던 사상가 후쿠자와 유키치를 모델로 하여 이광수는 '국민 일반에 신문명 지식을 보급'하고 '총명한 청년에게 신문명의 사상과 지식을 이해'하게 하겠다는 계몽주의자의 이상을 구체화하기에 이른다. 즉, 후쿠자와 유키치와 마찬가지로 경제, 교육, 신도덕뿐만 아니라 문학, 예술, 빈부문제, 남녀문제, 혼인문제에 이르기까지 조선이 안고 있는 문제를 해결함으로써 조선에 신문명의 빛을 전하겠다는 욕망을 다양한 글쓰기를 통해 드러내기에 이르는 것이다.

앞의 인용문에서 볼 수 있듯, 후쿠자와 유키치의 묘를 참배하면서 이

1) 「東京雜信」, 「매일신보」 1916. 9. 27~11. 9; 「이광수전집」 제17권(삼중당, 1962), 503쪽. 이하 이광수의 글은 모두 이 전집을 따른다.
2) 김윤식, 「이광수와 그의 시대 1」, 서울: 한길사, 1986. 147-149쪽 참조.

광수는 그의 선구자적 자세와 예언자적 풍모 앞에 '흠경(欽敬)의 정(情)'
을 감추지 못한다. 일본 국민의 '대은인'이었던 후쿠자와 유키치, 이광수
는 그의 삶의 행적에 자신의 욕망과 열정을 투사한다. 표면적으로 드러
나진 않지만 이광수는 그의 묘지 앞에서 후쿠자와 유키치의 일본이 그
랬던 것처럼 식민지 조선이 '세계의 웅방(雄邦)'이 되고 자신이 가르치는
제자들이 '조국의 유력한 사역(使役)'이 되기를 바라면서 헌신적 열정을
쏟아 부으리라 다짐했을 터이다. 그런데 나라는 독립을 상실해 버리고
국민도 일본국민으로 편입된 상황에서 조선에서의 문명론은 전혀 다른
방향으로 전개될 수밖에 없다. 1910년 병합 이후 애국과 독립을 향한 열
정으로 가득 찼던 근대계몽기 지식인들의 목소리가 수면 아래로 잠기면
서 이광수의 문명론이 새롭게 부상한다. 그의 문명론은 후쿠자와 유키
치의 영향 아래 있었던 유길준의 문명론이나 『독립신문』의 그것과 궤를
함께 하면서도 적잖은 차이를 보인다.[3] 이제 "시시각각으로 각고면려(刻
苦勉勵)하여 문명인의 최전선에 저달(抵達)하"[4]기를 갈망해 마지않았던
이광수가 자신의 문명론을 응집해 그 실천가능성을 모색한 「농촌계발」
을 비롯하여, 제2차 동경유학(1914~1918) 당시에 쓴 그의 논설들이 보
여주는 문명론과 '문명조선'의 구상을 구체적으로 살펴보기로 한다. 이
과정에서 우리는 제국 일본과 식민지 조선의 거리를 확인할 수 있을 것
이다.

2. '문명'과 '문화' 사이

 '문명(civilisation)'이라는 개념은 기술의 수준, 예절의 종류, 학문적 인

---

3) 후쿠자와 유키치의 문명론과 유길준의 문명론의 상관관계, 이광수의 정신적 문명론의
   전개 및 그 특징에 관해서는 김현주, 「이광수의 문화 이념 연구」, 연세대학교 대학원 국
   어국문학과 박사학위 논문, 2002. 참조.
4) 「동경잡신」, 『전집』 제17권, 505쪽.

식의 발전, 종교적 이념 그리고 관습 등 다양한 사실들과 관련되어 있다. 서양에서 '문명'은 자아의식 또는 민족의식을 표현하는 경우가 많으며, '문명'은 남보다 우리가 앞서가고 있다는 이른바 진화론적 사유와 긴밀한 관계를 맺고 있다. 그러나 '문명'의 의미가 서구의 모든 나라에서 항상 동일한 것은 아니다. 이와 관련하여 노르베르트 엘리아스는 다음과 같이 말하고 있다.

> 특히 영국과 프랑스에서 사용되는 이 개념의 의미와 독일에서 사용되는 의미의 차이는 현격하다. 영국과 프랑스에서 이 개념은 자국의 중요성에 대한 자부심, 서구와 인류 전체의 진보에 대한 자부심을 담고 있다. 그 반면에 독일어권에서 '문명'은 아주 유용한 것이긴 하지만 단지 이류급에 속하는 것, 다시 말하면 단지 인간의 외면과 인간존재의 피상적인 면만을 의미한다. 독일인들이 자기 자신을 해석하며, 자신의 업적과 자신의 존재에 대한 자부심을 표현하는 일차적인 단어는 '문화'이다.[5]

주로 영국과 프랑스에서 사용되었던 '문명'의 개념은 여러 민족들 사이의 차이점을 가능한 한 퇴색시키고 모든 인간들에게 공통적인 것 또는 문명인들이 공통적이라고 느끼는 것을 강조하는 반면, 독일의 '문화(culture)' 개념은 민족적인 차이와 집단들의 특성을 두드러지게 내세운다. 엘리아스의 말을 빌면 "항구적인 팽창 경향을 표현하고 있는 문명 개념의 기능과는 반대로 문화 개념은 정치적인 의미에서나 정신적인 의미에서의 국경을 항상 새로 찾고 지켜야 할 뿐만 아니라 '우리의 특성은 무엇인가'라는 질문을 수도 없이 던져야만 하는 한 민족의 자아의식을 반영한다."[6] 다시 말해 '문명'은 하나의 과정 또는 끊임없이 앞으로 나아가는 진보의 관점을 취하는 데 비해, 문화는 특정 민족을 다른 민족과

---

5) 노르베르트 엘리아스, 박미애 옮김, 『문명화과정 1』, 서울, 한길사, 1996(Norbert Elias, *Über den Prozess der Zivilisation: Soziogenetische und psychogenetische Untersuchungen*, Frankfurt am Mian: Suhrkamp, 1976), 106쪽.
6) 노르베르트 엘리아스, 위의 책, 108쪽.

경계짓는 특성을 표현하는 예술작품이나 종교적・철학적 체계들과 관련
된다.

이리하여 '문명'이라는 개념은 인류의 진보와 보편성을 강조하는 방
향으로 나아가며, '문화'라는 개념은 인간생활의 다양성과 개별성에 역
점을 두고 물질적 진보에 대해 정신의 우월성을 강조한다. 이 경우 미래
보다는 과거가 중시되는 경향이 강하다.[7] 니시카와 나가오에 따르면 '문
명'이나 '문화'라는 말은 모두 18세기 말부터 19세기에 걸쳐 프랑스에서
유럽 여러 나라로 전파되는데 여기에는 일정한 규칙성이 보인다. '문명'
은 영국과 미국 등 당시 상대적으로 문명국이었던 나라들로 전파되며,
'문화'는 독일을 중심으로 폴란드와 러시아 등 당시 후진국으로 전파된
다. 사회진화론 또는 진보론의 관점을 견지하는 '문명'은 문명개화-반
개화-미개화라는 위계질서를 설정하고, 문명의 사명을 관철하기 위한
식민지 지배를 정당화하는 논리로 전환된다. 과거와 전통을 강조하는
'문화' 또한, 나치즘과 일본제국의 국수화에서 보듯, 그 극단에서는 어렵
지 않게 '문명'과 결합한다.

일본을 포함한 후발 근대국가에서 국민국가의 형성은 문명화와 깊은
관련성을 지니고 있었으며, 그 단적인 예를 우리는 후쿠자와 유키치에
게서 볼 수 있다. 그에게 문명화의 궁극적인 목표는 서구적인 근대국민
국가를 형성하는 것이었다. 하지만 서구적 국민국가를 형성하는 데 멈
추지 않고 제국주의의 길로 나아가는데, 이는 진화론에 포섭되어 있던
문명화론=서구화론의 논리적 귀결이라 할 수 있을 것이다. 그리고 국민
을 형성하는 데 유용한 수단이 되었던 문명론은, 민족을 발견하는 과정
에서 그 힘을 발휘하는 문화론과 경쟁하거나 결합하면서 근대국민국가
를 새로운 국면(대개의 경우 부정적인 방향으로)으로 이끌어간다.[8]

---

7) 니시카와 나가오, 윤대석 옮김, 「국민이라는 괴물」, 서울: 소명출판, 2002(西川長夫, 「國
   民國家論の射程: あるいは 「國民 という怪物について」, 東京: 岩波書店, 1998), 103쪽.
8) 이와 관련하여 일본어 '분메이(文明)'과 '분카(文化)'의 용법을 참조할 수 있다. '文明'
   과 '문화'가 모두 중국 고전에 출처를 두고 있다는 것을 잘 알려진 바와 같다. 그런데

문명화=서구화=국민국가 형성이라는 논리를 따를 때 국민국가 형성의 가능성을 완전히 박탈당한 상황에서 식민지 조선의 지식인 이광수가 선택할 수 있는 것은 '문명'이 아니라 이와 구별되는 개념인 '문화'였다는 논의, '문명'이 균열되면서 '문화'가 부상한다는 논의는 충분히 수긍할 수 있다.9) 그리고 이광수가 '정신적 문명'이라는 개념을 통해서 새로운 주체, 즉 정신적 주체로서 '개인'과 '민족'과 '동양'을 구성할 수 있었다는 주장 역시 설득력이 있다.10) 예컨대 이광수는 1917년 『학지광』 제14호에 발표한 「우리의 이상」에서 현대라는 시간적 제한을 받는 '문명'보다 '문화'를 택할 것이라면서 "서양인의 두뇌는 과거 5세기 간에 과로에 疲憊하여서 동서문화 융합의 대사명은 차라리 우리 동양인의 손에 있는지도 모른"다고 주장한다.11)

사실 「우리의 이상」 「부활의 서광」 「문학이란 하오」 등만을 볼 경우 1920년 이전 이광수의 초기 논설들이 '문화'로 향하고 있다는 것을 어렵잖게 알 수 있다. 이를테면 이광수는 「부활의 서광」에서 시마무라 호게츠(島村抱月)의 '조선에는 정신문명의 상징이라고 할 것이 전무하다'는 판단을 추인하면서, "이씨조선 500년 간 우리는 '우리 것'이라 할 만한 철학, 종교, 문학, 예술을 갖지 못하였다"12)고 단언한다. 즉 조선인에게

'civilisation 또는 enlightenment'의 번역어 '文明'과 'culture 또는 Kultur'의 번역어 '文化'는 일본어로 처음 번역되어 다시 중국어로 편입되었다. 이때 '분메이'와 '분카'는 각각 대응하는 서양어와 그 용법이 같지 않다. 이에 대해 鈴木修次는 다음과 같이 말한다. "일본어의 습관에서 '精神文化'에 대하여 '물질문명'이라는 말을 사용한다. 확실히 '文明'은 물질과 결부되는 경향이 강하다는 것을 부정할 수 없다. 현대 '文明生活'에서는 정신도 物과 결부되며, 때로는 물질의 지배를 받기도 한다. (……) 나는 '文明'이라는 말을 '精神文化'와 '物質文化'를 포함하는 것으로 사용하고자 한다." 鈴木修次, 「文明のことば」, 廣島: 文化評論出版株式會社, 1981, 57-58쪽. 이처럼 일본에서 '文明'과 '文化'는 그 경계를 명확하게 구별할 수 없을 정도로 뒤섞여 사용되는 경우가 많은 것처럼 보인다. 다만 '文明'이 물질적인 측면을, '文化'가 정신적인 측면을 강조한다는 점만은 분명한 듯하다.

9) 류준필, 「'문명'·'문화' 관념의 형성과 '국문학'의 발생」, 『민족문학사연구』 제18호, 서울: (민족문학사연구회, 2001, 27-28쪽 참조.

10) 김현주, 위의 글, 79쪽.

11) 「우리의 이상」, 『학지광』 제14호, 1917. 2; 『전집』 제20권, 158쪽.

는 중국의 모조품만 있었을 뿐, 정신적 생활이 없었다는 것이다. 그리고 "소중화라는 부끄러운 명칭은 실로 중국인이 미련한 조선인에게 하사한 것이니 이 명칭을 받는 날이 즉 조선이 아주 조선을 버린 졸업일이라, 이때에 조선인은 죽었다"13)는 말이 웅변하듯, 정신문명의 상실은 민족의 사망선고와 진배없다는 게 이광수의 진단이다. 조선왕조 500년에 대한 그의 집요한 비판을 염두에 둔다면 이러한 주장은 그리 낯설지 않다. 그러나 1920년대 이후 선명한 민족주의자로 돌아서기 전14)에 씌어진 대부분의 글들을 보면, 정신적 문명=문화로 파악하지 않는 한, 여전히 그는 '문명'과 '문화' 사이에서 서성이고 있으며, 무게 중심은 오히려 '문명' 쪽으로 기울고 있다고 보는 게 옳을 듯하다.

3. 개인의 '욕망'과 '행복': 이광수의 문명론

그렇다면 이광수는 문명을 어떻게 파악했을까. 그는 「자녀중심론」에서 '문명은 해방'이라고 정의한다. 즉, "종교에 대한 개인의 靈의 해방, 귀족에 대한 평민의 해방, 전제군주에 대한 국민의 해방, 노예의 해방, 무릇 어떤 개인 혹은 단체가 다른 개인 혹은 단체의 자유를 속박하던 것은 그 형식과 종류의 여하를 물론하고 다 해방하게 되는 것이 실로 근대 문명의 특색이요 또 노력"15)이라는 것이다. 이러한 종교적, 정치적 해방

---

12) 「부활의 서광」, 『청춘』 제12호, 1918. 3; 『전집』 제17권, 28쪽.

13) 위의 글, 32쪽.

14) 서영채의 연구에 따르면, 1920년대에 들어 이광수는 사상적으로 급격한 전환을 보여준다. 진화론자이자 서구적 합리주의자로서 구시대의 가치질서를 전복하고자 했던 1910년대의 모습에서 철저한 도덕주의자, 민족주의자로 탈바꿈한다. 1922년 3월호 『개벽』에 실린 「相爭의 世界에서 相愛의 世界로」에서 보듯 그는 진화론의 윤리와 힘의 윤리를 정면으로 부정한다. 서영채, 「이광수의 사상에 대한 한 고찰」, 문학사와 비평연구회, 『한국 근대문학 연구의 반성과 새로운 모색』, 서울: 새미, 1997, 53쪽 참조.

15) 「자녀중심론」, 『청춘』 제15호, 1918. 5; 『전집』 제17권, 41쪽.

은 인간이 스스로의 힘에 대한 믿음이 있었기에 가능했다. 이성에 대한
전폭적인 신뢰가 인간 해방의 바탕이 되었다는 것이다.

> 현대의 문명은 인류의 '力의 自信'에서 나온 것이외다. 내 힘이 족히 자연
> 을 정복하여 나의 用을 채울 수가 있다, 나의 불행한 경우를 변하여 행복된
> 경우를 造出할 수가 있다, 나의 경우는 내가 만드는 것이요, 결코 제3자가
> 나를 위하여 결정하여 주는 것이 아니다 하는 자신에서 나온 것이외다. 만
> 리를 순식간에 통신하는 전신이며, 공중과 수중을 자유자재로 橫하는 비행
> 기 · 潛航艇이며, 幽明의 교통이며, 운동과 의학으로 질병을 정복하며, 교육
> 과 정치와 사회제도의 개선으로 사회의 모든 불행의 요소를 제거하여 인류
> 세계로 하여금 이상적 福樂鄕을 現出하려 함이 현대문명의 이상이외다.16)

해방된 인간이 궁극적으로 추구하는 것은 행복이다. 행복한 삶을 누
리기 위한 전제조건으로 그가 제시하는 것은 자연의 정복과 자기 의지
에 따른 행동이며, 이를 토대로 하여 모든 불행의 요소를 제거하고 '이
상적인 복락향'을 건설하는 것이 해방된 문명인의 목표로 설정된다. 문
명의 존재 이유는 개인의 행복한 삶을 보장하는 데 있다고 바꿔 말할 수
도 있을 터인데, 물질적 문명이 제공한 편리와 질병으로부터의 해방이
'복락향'에 이르기 위한 필수조건이다.

이광수의 이른바 '행복론'은 장편의 논문 「敎育家 諸氏에게」에서 더
욱 구체적으로 개진된다. 이 글에서 그는 실생활 중심의 교육을 강조하
면서 문명의 목적이 '행복하게' 즉 '잘' 살게 하는 데 있다고 말한다.

> 금일 문명 인류의 共通한 이상은 현세적, 육체적, 物的의 영광스러운 생활
> 에 在하고, 내적 생활은 마치 일종 오락 같이 되고 말았나니, 현대문명이 육
> 적 생활의 문명이요, 생의 욕망이 문명이라 함이 此를 指함이라. 槪히 생활
> 중심의 문명이니, 此 文明의 원천이요, 또 合流處되는 교육의 근본사상이 생
> 활중심일 것은 물론이라. 생활의 내용은 즉 건강과 행복과 번식이니, 此 三

---

16) 「숙명론적 인생관에서 자력론적 인생관에」, 『학지광』 제17호, 1918. 8; 『전집』 제17권, 63쪽.

者를 획득하기 위하여 인류의 만반 활동이 生하는 것이라.17)

이 글에 따르면 정신력에 속하는 의지의 핵심은 욕망이며, 욕망이야
말로 문명인의 생존을 추동하는 힘이다. 무한한 욕망이 있어 인간은 진
보의 길로 나아갈 수 있으며, 모든 활동이 행복하게 살려는 욕망에서 시
작된다. 이런 의미에서 볼 때 인류의 역사는 "행복을 구하는 기록"이라
할 수 있다.18)

물론 인간의 행복은 물질적 욕망의 충족에 그치지 않는다. 그는 행복
을 정신적 행복과 물질적 행복으로 나누고, "정신적 행복과 물질적 행복
에 등급을 정한다 하면 無論 전자를 右에 置할 것"이라고 확언한다. 그
렇다고 해서 "물질적 행복을 반드시 천하다고 여길 것은 아니니, 이상은
다만 물질도 정신화하여, 혹은 물질과 정신을 적당하게 조화하여서 此
兩者가 합하여 인생에 가능한 최대 행복이 되게" 하는 방향을 선택해야
한다.19) 이광수의 말을 빌면 물질적 행복은 '사치'에서 오며, 종교, 학예,
문학, 미술 및 오락 등이 정신적 행복을 구성한다. 다시 말해 평범한 사
람들에게 적잖은 행복을 부여하는 '사치'는 결코 비도덕적이지 않으며,
비록 정신적 행복이 우위에 있긴 하지만 진정으로 문명인의 행복을 누
릴 수 있으려면 물질적 행복과 정신적 행복의 적절한 조화를 추구할 수
있어야 한다.

그런데 "정신의 발달은 곧 인도의 발달이니, 인류의 근본적, 主的 文
明이라. 물질적 문명도 정신적 문명에 대하연 지엽적, 從的이니 건전한

---

17) 「教育家 諸氏에게」, 「매일신보」 1916. 11. 26~12. 13; 「전집」 제17권, 476-477쪽 참조.
18) 이광수의 이른바 '행복론'은 '生의 保持發展은 今日 倫理의 絶對的 標準'이라는 「조선
사람인 청년에게」의 논지와 이어진다. 이 글에서 그는 이렇게 말한다. "그런 고로 표준
으로 할 것은 다른 아무 것도 아니요, 오직 '생'일지니라. 天賦된 양심의 명령을 좇아
'생'의 保持發展에 필요한 事爲의 온갖에 대하여 정성스러이 있는 힘을 다하여 생각하
고 노력하면 그는 모두 善이니라, 正義이니라." 「조선사람인 청년에게」, 「소년」 제6권,
1910. 6; 「전집」 제1권, 488쪽.
19) 「교육가 제씨에게」; 「전집」 제17권, 76쪽.

정신적 문명을 기초로 아니 한 물질적 문명은 眞되지 못하고 善되지 못하여, 인류에게 福利를 줌보다 禍害를 줌이 많"[20]다는 말을 듣는 순간 혼란스러움을 피하기 어렵다. 정신이 과연 '발달'하는 것인지 여부는 차치하고라도, 인류의 근본적 문명이 정신적 문명이라는 말을 어떻게 이해해야 할 것인가. 이 질문에 대한 단서를 우리는 「독서를 권함」이라는 글에서 발견할 수 있는데, 이 글에서 이광수는 "서적은 사상과 지식을 간직한 창고이니, 글이 생긴 이래로 數千代 聖人賢哲의 캐어놓은 金玉같은 진리와 교훈과 꼭같은 情의 미를 그린 것이 다 그 속에 있는지라, 吾人이 원시적 빈궁하고 누추한 야만의 상태를 벗어버리고 풍부·고상·화려한 문명의 세계를 現出하여 造化翁의 놀라운 大矯正을 준 것은 실로 이 창고에 쌓아놓은 보물의 힘"[21]이라고 말한다. 여기에서 볼 수 있는 바와 같이 이광수가 말하는 정신적 문명이란 야만의 상태에서 벗어나 문명의 세계에 이르기 위한 하나의 방법이다. 정신적 문명은 엘리아스가 말한 대로 프랑스나 영국의 문명 개념과 아주 가까운 독일어 'kultiviert(교양있음)'과 상통하며, 이는 문명화의 가장 수준 높은 형태를 표현한다.[22] 폭넓은 독서를 하고 학문을 연구하며, 그림과 음악을 감상하는 것이 모두 문명인으로서 행복을 누리기 위한 조건으로서의 교양이며, 이는 지극히 개인적인 영역에 속한다. 따라서 정신적 문명을 민족적인 차이와 집단적인 특성을 두드러지게 드러내는 문화와 혼동해서는 안 될 것이다.

결국 이광수의 문명론은 개개인의 행복 추구로 수렴한다. 그에게 문명화란 정신적·물질적 욕망을 실현할 수 있는 상태에 이르는 것을 의미했다. 따라서 인간을 문명인으로 이끄는 핵심적인 수단 중 하나인 교육의 목표도 그들로 하여금 "강렬하고 웅대한 욕망과 此를 達하기 위한 執着力과 奮鬪力과 堅忍不拔한 剛毅性을 有한 의지적, 열정적, 진취적,

---

20) 「同情」, 『청춘』 제3호, 1914. 12; 『전집』 제1권, 557쪽.
21) 「독서를 권함」, 『청춘』 제4호, 1915. 1; 『전집』 제1권, 560쪽.
22) 노르베르트 엘리아스, 앞의 책, 107쪽 참조.

적극적"[23]인 태도와 의지를 갖게 하는 것으로 설정되었던 것이다.

4. 조선(인)의 현실과 '문명 조선'의 구상

'문명화'를 그의 '정신적 스승'이었던 후쿠자와 유키치와 달리 개인의 행복 추구, 즉 개인의 안락과 품위를 획득해가는 과정으로 파악했던 이광수는 식민지 조선의 현실을 진단하면서 자신의 문명론을 구체화한다. '문명 조선'을 구상하기 위한 일종의 예비작업으로서 조선의 현실을 파악하는 일은 새삼스러울 게 없지만, 여기에는 문명론자이자 계몽주의자였던 이광수가 조선(인)을 바라보는 시각뿐만 아니라 제국주의 일본에 의한 조선의 식민지화를 '필연적인 결과'로 간주하려는 식민지적 무의식이 작동하고 있어 다시금 주목할 필요가 있다. 그러하다면 그의 눈에 비친 조선(인)의 모습은 어떠했을까. 그는 조선(인)의 현실을 다음과 같이 진단한다.

> 조선의 末路는 다만 정치적 퇴폐만 아니었소. 산업, 경제는 물론이어니와 교육이 쇠하고 정치의 부패함을 따라 사회의 도덕은 말 못 되게 부패하였소, 淫逸, 利己, 기만, 시기의 풍이 일세를 풍미하여 관리는 賄賂와 私曲과 포학을 公行하고, 인민은 주색에 沉潤하며, 아동까지도 도박에 탐하며 노비를 매매하며…… 만인이 일야로 생각하는 것이 악뿐이었소. 一言으로 말하면 생활에 아무 이상이 없고, 도덕적 표준이 없도록 타락하였소.[24]

정치는 물론이고 모든 방면에서 조선은 총체적 부패와 타락상을 노정하고 있었다. 뿐만 아니라 조선인은 시기와 고식(姑息)과 의뢰와 수구(守舊) 그리고 나태의 표상이다. "현대 조선인은 生産收入은 無하고 消

---

23) 「교육가 제씨에게」, 『전집』 제17권, 80쪽.
24) 「야소교의 조선에 준 은혜」, 『청춘』 제9호, 1917. 7; 『전집』 제17권, 17쪽.

費支出만 하는 인종"이며, "구더기와 如히 선조의 축적하여준 유산만 파먹으며, 기생 끼고 장고 치는 자들"로 가득하다. 결국 이들은 끝내 '거지떼'로 전락하고 말 것이라고 그는 예견한다.

그런데 "숙명론적 인생관은 태내에서부터 전 생활을 통하여 墓門에 이르기까지 조선인을 지배한다"[25]는 주장이나 "怱忙은 실로 문명인의 휘장"임에도 불구하고 조선 인구의 2/3가 '놀고 먹으며', 1천만에 달하는 이들은 동포의 피와 땀을 빨아먹으면서 무의미한 생명을 이어가고 있다[26]는 주장 등에서 볼 수 있듯 그의 조선(인)관은 유길준과 『독립신문』 논설진의 그것과 조금도 다르지 않다.[27] 『독립신문』이 그랬듯 이광수 역시 문명국과의 비교/대조라는 유형화된 기술 전략을 빌어 조선(인)의 부정적인 양상을 부각시킨다. 예를 들어 "일본인의 안색을 見하면 爲先 炯炯한 眼眸에 銳氣가 充溢하며, 바싹 다문 입에 의지력이 표현되"는 데 비하여 조선인의 모습은 참으로 비루하고 천한 기운이 몸에서 그대로 배어난다는 지적이나, "眼睛은 풀어졌고, 입은 헤— 벌렸고, 四肢는 늘어지고 처지고 胸部는 움쑥 들어가고, 신체는 앞으로 휘고, 걸음은 氣力이 無하고, 안색은 病黃이라. 여차한 종족이 어찌 능히 여차한 競爭場에 縷命을 유지하는가. 彼等의 용모에는 衰字, 窮字, 賤字가 火印친 듯 분명히 보"[28]인다는 지적 등을 통해 그 일단을 볼 수 있다.

---

25) 「숙명론적 인생관에서 자력론적 인생관에」, 『학지광』 제17호, 1918. 8; 『전집』 제17권, 62쪽.

26) 「동경잡신」, 488쪽.

27) 정선태, 「『독립신문』과 민족담론의 형성」, 2003년 이화여대 한국문화연구원 봄 학술대회 자료집 참조.

28) 「동경잡신」, 486쪽. 문명인과의 대조를 통해 야만적 상태를 드러내는 데 위생을 둘러싼 얘기가 빠질 수 없다. 이광수도 예외가 아닌데, 그 단적인 예를 보이면 다음과 같다. "조선인은 아직도 청결사상이 普及치 못하여 入浴의 善習慣이 無하니, 此는 문명인의 체면에 甚히 羞恥할 바이라. (……) 顔面에는 분을 바르고 全身에는 錦繡를 着하였으나 가만히 그 의복 속을 상상하면 응당 垢紋이 縱橫하여 지금토록 연모하던 자로 하여금 嘔逆을 금치 못하고 피하게 하리라. 車室 中에나 演劇場 中 조선인이 다수 집회한 處所에는 소위 땀이라는 일종 악취가 有하나니, 此가 入浴 안 하는 증거며, 꽃송이 같은 남녀 아동의 신체에서도 불결한 이 땀내를 발함은 外人이 知할까봐 羞恥를 不禁하는 바이라." 위의 글, 490쪽.

이러한 부패와 타락과 무기력이 모두 조선왕조 500년의 '노예상태'에서 비롯되었다는 것을 그는 곳곳에서 지적한 바 있거니와, 이는 문명-반개화-야만이라는 위계적 척도에 비춰보았을 때 타파하고 치유해야 할 대상이 될 수밖에 없다. 이와 같은 입장에 설 때, 그러니까 조선(인)은 스스로를 해방하고 '계발'할 능력을 생래적으로 지니지 못하고 있다는 관점에 설 때, 계몽 주체는 '야만적인 상태'에서 그들을 구출하기 위해 기꺼이 헌신자/선구자로서 '교사'의 자리를 수락해야 하며, 자신의 계몽적 열정 또는 에너지가 고갈되었을 때에는 다른 교사에게 그 직무를 위임할 수밖에 없다. 그리고 계몽의 대상이 된 '비문명인'은 자유로운 개성을 지닌 개인들의 자발적 노력에 의해서가 아니라 금욕주의로 무장한 헌신자/선구자의 가르침에 따라 문명사회에 이를 수 있어야 한다.

「신생활론」에서 이광수는 "문명을 가진 인류는 자기의 노력으로 자기가 의식해 가면서 진화"한다고 말하면서, '내가 변해야겠다'는 자각과 '이렇게 변화해야겠다'는 이상과 '지금 이렇게 변화해 간다'는 강렬한 의식과 노력으로 변화해야 한다고 역설한다.[29] 하지만 조선(인)은 아직 문명의 상태에 이르지 못했다. 그리하여 "우리의 정신과 지식의 暗昧함은 차마 20세기 문명세계에 타민족을 대하기가 赧面하리만큼 유치하고 몽매"[30]하다는 판단에 기초하여 그는 조선의 거울이라 할 수 있는 가상의 농촌을 선택, 헌신적 열정을 지닌 김일이라는 교사/지도자의 인도에 따라 산업상·정신상·위생상의 계발/계몽을 거쳐 '행복'에 이르는 길을 「농촌계발」이라는, 허구적 설정과 소설적 요소를 가미한 '서사적 논설' 형식을 빌어 피력한다.

『매일신보』에 약 3개월(1916. 11. 26~1917. 2. 18)에 걸쳐 연재된 「농촌계발」은 이광수의 초기 사상을 집대성한 장편의 '논문'이다. 김윤식의 연구에 따르면 이러한 논문이 씌어질 수 있었던 것은 오산학교에서의 수년간에 걸친 이론과 실천이 있었기 때문이다. 오산학교 교원 이광수

---

29) 「新生活論」, 『매일신보』 1918. 9. 6~10. 19; 『전집』 제17권, 519쪽 참조.
30) 「農村啓發」, 『매일신보』 1916. 11. 26~1917. 2. 18; 『전집』 제17권, 85쪽.

는 교주 남강 이승훈의 뒤를 이어 용동마을의 동회장이 되었다. 남강 이
승훈은 도산사상의 영향을 받아 무실역행운동에 뛰어들었고, 그 첫 사
업으로 자기가 사는 마을의 개조운동에 착수했다. 그는 이 운동을 통해
저축, 청결, 공동체의 일 등을 조직적으로 시행함으로써, 도박이나 음주,
게으름 등이 지배하는 전통적 인습적 생활의 혁파에 앞장섰다. 그리고
남강이 신민회 사건으로 투옥되자 이광수가 동회장을 맡아 마을 개조운
동에 나섰던 것이다.31) 이렇듯 그의 이론적, 실천적 체험을 토대로 하여
씌어진 「농촌계발」은 어느 논설보다 구체적이다. 우리는 초기 논설에서
볼 수 있었던 그의 생각들이 실천적인 장에서 어떤 과정을 거쳐 어떤 방
식으로 발현되는지, 그의 문명론이 도달한 지점이 어디인지를 이 글을
통해 발견할 수 있을 것이다.

'농촌계발'을 이끄는 지도자는 동경에 유학하여 법률을 공부하고 본
국에 돌아와 모지방재판소에서 판사로 일하다 조선문명의 근본이 농촌
계발에 있음을 깨닫고 판사직을 사임하고 고향으로 돌아온 김일이라는
인물이다. 그는 "종교가적, 헌신자적 열정"과 "일신의 모든 욕망을 억제
하고 오로지 사회를 위하여 이 한 몸을 희생한다는 열화 같은 정성과 용
기"를 갖춘 추고 있32)을 뿐만 아니라 예언자적 열정까지 겸비하고 있다.
청년지도자 김일은 이광수가 다른 곳에서 언급한 바에 따르면 천재이자
영웅이다.33) 이광수는 조선의 신문명은 이들로부터 시작된다고 확신한
다. 그런데 조선인은 천재를 알아보지 못한다. 알면 누르고 밟고, 시기하

31) 김윤식, 앞의 책, 520쪽. 김윤식은 이보다 먼저 「매일신보」에 발표되었던 「대구에서」(1916.
   9. 20~23)의 연장선상에 놓여있는 「농촌계발」에서 준비론 및 민족개량주의의 단서를 발
   견할 수 있다고 말한다.
32) 「농촌계발」, 113쪽.
33) 이광수가 그리는 금욕주의적이고 헌신적인 '천재'의 모습은 다음과 같다. "그가 웃음
   은 사회의 행복을 보았음이요, 그가 통곡함은 사회의 불행을 보았음이외다. 그러므로
   그의 몸은 그 자신의 몸이 아니라, 그의 사랑하는 사회의 몸이며, 그의 생명과 그의 사
   업과 작품은 그의 사유물이 아니라, 그의 사랑하는 사회에게 그가 바친 공유재산이외
   다. 그러므로 그는 일생에 자기의 이익이나 자기의 안락을 생각함이 없지요." 「천재야!
   천재야!」, 「학지광」 제12호, 1917. 4; 「전집 17」, 49쪽.

고, 핍박하여 마침내 말라죽는 것을 보고야 좋다고 춤을 추는 백성이다. 이를 견뎌낼 수 있으려면 헌신자적 열정이 필수적이며, 문명 세계로 진입하기 위해서는 그러한 천재/영웅의 희생은 불가피하다.

그렇다면 지도자 김일이 향양촌(向陽村)이라는 농촌을 선택한 이유는 무엇인가.

> 우리가 대다수는 농민이니, 농민의 蒙昧 · 幼稚는 즉, 조선인 전체의 몽매 · 유치를 의미함이요, 농민의 貧窮 · 賤陋는 즉, 조선인 전체의 빈궁 · 천루를 의미함이외다. (······) 산업상 · 정신상 의미로 나는 농촌계발을 叫號합니다.[34]

> (조선의) 7할이나 되는 농촌이 거의 다 極貧, 極暗, 極醜, 極賤한 상태에 있는 것이니, 그러므로 농촌계발은 어떤 의미로 보아 전조선의 계발을 의미합니다.[35]

농촌은 전조선 사회의 축소판이자 표상이다. "호수 100, 인구 500, 100석 추수 3호, 新舊相繼 10호, 기타 87호는 거의 소작농"으로 구성되어 있는 이 마을/마을사람은 무지몽매하고 유치하기 짝이 없으며, 지극히 가난하고 추악하며 천한 상태에 놓여 있다.

이 마을을 대표하는 인물이 김대감과 백길석이다. 먼저 300~400석을 추수하는 이 마을의 제일 부자인 김대감은 고식(姑息), 수구(守舊), 유의유식(遊依遊食)의 대명사이다. 수전노인 그는 돈을 아끼기 위해 세수도 제대로 하지 않는 비위생적인 인물이며, 자식들은 주색잡기에 빠져 있고, 손자들은 조혼이라는 악습에서 헤어날 줄 모른다. 문명인 '의사'는 그의 병세(病勢)를 다음과 같이 진단한다. ①덕의심이 없고 돈만 아는 것. ②순이기적이요, 공익심이 없는 것. ③자녀에게 금전만을 남겨주는 것만 중히 알고 교육을 중히 아니 여기는 것. ④따라서 인생의 행복의

---

34) 「농촌계발」, 86쪽.
35) 위의 글, 114쪽.

근원과 존비의 차이가 온전히 금전에만 있는 줄 아는 것. ⑤소작인을 사랑하지 아니하고 노예로 여기며, 소작인의 행복을 안중에 두지 아니 두는 것. ⑥진정한 개인의 행복이 진정한 주위 사회의 행복에 있음을 모르는 것. ⑦사람 귀한 줄을 모르는 것.

소작농인 백길석 또한 이에 못지 않다. 주색과 투전에 빠져 있는 그는 나태의 화신이라 할 만하다. 다시 문명인 '의사'는 그의 병세를 다음과 같이 조목조목 진단한다. ①직업이 없는 것. ("이것이 萬惡의 本이요, 萬不幸의 本이니, 백길석 5형제는 결코 天生惡人이 아니요, 천생 나태한 사람이라, 이 모든 악습이 직업이 없음과 빈궁하므로 사회를 원망하고 질시하는 데서 나온 것이다.") ②무슨 짓을 해서라도 돈과 快만 얻으려 하는 것. 그리하여 도덕이 없고, 법률이 없고, 양심이 없다는 것. ③주색을 탐하는 것. ④희망이 없어 주정을 하고 예절을 잊고 도적이 되고 살인을 하는 것. ⑤동포를 원망하는 것. ⑥정신적 생활이 없는 것. (이는 김대감도 마찬가진데, "정신적 생활이 없음이 그네에게 더 혹독한 고통을 감각케 하나니, 혹 종교적 신앙이 있는 이는 지극한 빈궁과 고통 속에 있으면서도 정신적 생활에 희망을 품어 도리어 물질적으로 饒足한 사람보다도 행복된 생활을 하는 것이다.")

> 통틀어 말하면 밥이 없고, 교육이 없고, 종교적 신앙이 없음이 우리 농촌의 결점이외다. 우리 농촌에는 재미가 없습니다. 기쁨이 없습니다. 바람이 없습니다. 화목이 없고, 相愛·相敬·相依·相救가 없고, 瑞氣가 없습니다. 온통 살벌이요, 퇴폐요, 증오요, 건조요, 불결이요, 궁상이요, 망하여 가는 상이요, 죽어가는 상이외다. 城과 公廨까지 찌그러져 가는 것이요, 망국의 상을 表함과 같이 담과 집이 찌그러지고, 도로가 무너지고, 사람의 얼굴에 음침한 기운이 浮動함이 亡村之象이라 하오.[36]

이와 같은 진단은 이광수가 여러 곳에서 피력한 조선(인)관을 일목요

---

36) 위의 글, 90쪽.

연하게 목록화한 것이라 할 수 있다. 당시 식민지 조선의 실상이 이러했는지 모른다. 그러나 문제는 청년 지도자 김일이 식민지 지배의 구조적인 모순 따위에는 아무런 관심을 기울이지 않는다는 점이다. 그런데 현재 향양촌(조선)의 모습은 경기도의 어떤 마을(일본)과 선명한 대조를 보인다. 즉, 과거 온 세상의 선망과 존경의 표적이었을 뿐만 아니라 모든 예의범절이 찬연했던 향양촌이 갖가지 다툼과 악습으로 인해 오늘날과 같은 상황에 처하게 된 것에 비해, 오랫동안 상농으로 천대받던 경기도의 어떤 마을은 일등 '양반촌'으로 변하여 예의범절이 찬연하고 글을 모르는 이가 없으며 새로 지은 기와집들이 즐비한 곳으로 변모했다는 것이다. 총독부 기관지 『매일신보』에 이런 내용의 글을 썼다는 점을 감안하면, 이처럼 일본제국의 우월성과 식민지 통치의 필연성을 사실로 인정한, 다시 말해 식민지적 (무)의식을 내면화한 이광수의 모습이 김일에게 그대로 투영되어 있다 해도 큰 잘못은 아닐 것이다. 결국 우리의 선각자 김일/이광수는 일본 제국이 유포한 식민담론을 그대로 수용하면서, 식민 통치가 허락하는 범위 안에서 자신의 문명화 프로젝트를 진행해 나간다.

위에서 본 바와 같은 진단에 따라 헌신적 지도자 김일은 향양촌의 '중병'을 하나씩 치료해 간다. 그의 방에는 문명국의 농촌을 그린 그림과 문명국의 삼림, 도로, 제방, 관개, 학교, 병원 같은 그림책이 있다. 이 그림들을 통해 영국을 비롯한 서양 문명국의 농촌의 모습, 학교와 교회 등을 차근차근 설명한다. 또 '환등회(幻燈會)'를 열어 문명국의 아름다운 모습을 보여준다. 그림과 슬라이드가 갖추어진 '치료실'에서 청년들과 마을 사람들은 자신의 몰골이 얼마나 초라하고 비루한지, 자신들의 병세가 얼마나 위중한지를 하나씩 깨달아간다. 문명의 화려한 불빛 앞에 앉아 지도자의 설교를 들으며 그들의 미래를 그림과 환등 속에 되비춘다. 자의식이라곤 들어설 자리가 없다.

김일의 지도에 따라 정례회의를 거치면서 청년들은 근면과 청결의 중요성, 투전과 잡기의 해악, 식목을 중요성, 저축의 중요성 등을 인식하고 실천에 옮긴다. 뿐만 아니라 목욕장을 만들어 목욕의 묘미를 알아가며, 자식을 '매매'하고 함부로 대하는 것이 얼마나 야만적인가를 깨닫고 신교육을 위해 아동들을 학교에 보낸다. "아무쪼록 인생을 즐겁게 보내는 것이 우리의 이상"이라는 김일의 가르침대로 일을 마친 뒤 절도 있게 노는 법까지 몸소 배운다. 그리고 '신문회(新聞會)'를 개최하여 세상 소식을 접하는데, 신문회는 중요한 교육기관이 되는 동시에 하루도 빼놓지 못할 오락기관으로 자리잡는다. "문명인의 일대 특징인 共同感情" (131쪽)을 가져보기도 한다. 이러한 과정을 거쳐 머잖아 도달하게 될 '문명이상촌'의 모습은 다음과 같다.

금촌에는 큰 학교가 설 것이외다. 금촌의 아동은 一人도 빠짐없이 보통교육을 받을 것이요, 따라서 금촌인은 男女와 老幼를 물론하고 죄다 독서를 능히 하며, 정신적 생활의 眞味를 깨달을 것이외다. 그네는 역사를 解하고, 정치를 解하고, 문학과 종교를 解하고, 인류의 이상을 解하고, 과학과 예술을 解할 것이외다. 따라서 그네는 도서관을 두고 詩會를 두고 연극장을 둘 것이외다. 그네의 庫間에는 미곡과 금은이 충일하는 모양으로 그네의 서재에는 과학과 예술의 서적이 들어 있을 것이외다. 금촌에는 은행이 있고, 창고가 있고, 전방이 있고, 양잠실이 있고, 種苗場이 있고, 목장이 있고, 産品陳列館이 있을 것이외다. 금촌은 교육이나 토목이나 병원이나 기타 자치제도로 독립한 모양으로 산업이나 경제로도 독립할 것이외다. 금촌이라는 동리 내의 토지와 모든 재산은 반드시 금촌의 것일 것이며, 금촌인은 결코 他村人의 채무자가 되지 아니할 것이외다. 금촌인의 기업에 자본이 금촌은행에서 低利로 대출할 것이외다. 금촌은 채권자가 되고 결코 채무자가 되기는 不得할 것이외다. 금촌인에는 결코 무직업자가 없고 無職業時가 없으며, 따라서 소위 극빈자가 없을 것이외다. 금촌에는 유치원이 있어 學齡 前의 아동을 敎導하는 모양으로 양로원이 있어 노인의 安住所를 삼을 것이외다. 회관과 공원이 있어 건강한 자의 오락장이 되는 모양으로 완비한 병원이 있어 病人이 안심하고 치료할 처소가 될 것이외다. 청년들의 청년회가 있고 처녀에 처녀회가 있고, 부인에 부인회가 있어, 사교로 쾌락을 얻는 동시에 덕성을 함양하고 지식을 계발할 것이외다. 이때의 금촌은 개인으로나 단체로나 세계 최고 문명인의 사상과 언어와 행동을 가질 것이외다. 금촌인의 정신은

一新할 것이 無외다. 그네의 정신은 强勇하고 관대하고 근면하고 우아하고 인자하고 廉潔하고 진취적이요, 쾌활하고 심각할 것이외다. 따라서 그네에 게는 신종교·신윤리·신도덕·신습관이 생겼을 것이외다. 정신이 일신하 는 동시에 모든 물질 방면도 온통 일신할 것이외다. 첫째, 村中 주위에는 森 林이 鬱茂할지요, 가옥은 전혀 최신 學理에 적합하도록 개량되었을 것이며, 도로와 교량도 車馬가 자유로 통행되도록 번듯하게 되었을 것이외다.[37]

이광수뿐만 아니라 다른 계몽적 지식인들의 글에서도 '착실하게 계 획을 실천한다면 도달하게 될' 문명촌/문명조선의 모습을 이처럼 선명하 게 보여주는 텍스트를 발견하기란 쉽지 않다. 이곳에는 큰 학교가 있고 도서관이 있고 극장이 있다. 학교에서 교육을 받은 이들은 독서를 통해 정신 생활의 참맛을 맛볼 수 있을 것인데, 앞서 정신적 행복이 물질적 행복보다 우선한다고 말했듯, 이는 정신적 문명=교양을 통해 문명인으 로서의 행복한 상태로 나아가기 위한 우선적인 조건이다. 다음 이곳에 는 은행과 창고와 상점과 양잠실과 종묘장 그리고 상품진열관 등이 있 어 교육이나 병원 그리고 토목이 "자치제도로 독립한 모양으로 산업이 나 경제로도 독립"할 것이다. 가난으로부터 벗어나 물질적 풍요를 누리 는 것, 이것이 문명인으로서 누려야 할 또 하나의 행복 조건이다. 뿐만 아니라 미래의 이 마을은 유치원과 양로원을 비롯하여 병원과 각종 사 교 클럽을 갖추고 있어 사회복지 혜택을 누릴 수 있을 것이다. 그리하여 "세계 최고 문명인의 사상과 언어와 행동을 갖"게 될 것이다. 이처럼 "신문명의 태평이 임하여 至千萬世할" 세계가 바로 조선 13도의 장래라 는 게 선각자 김일/이광수의 비전이다.

누구나 이상향을 상상할 수는 있다. 캉유웨이(康有爲)가 『대동서』에 서 그렸던 이상적 미래상을 떠올린다면 이광수의 이러한 구상은 한갓 '소꿉놀이'처럼 보일 수도 있다. 그러나 그렇다고 해서 한국 근대의 대 표적인 계몽주의자 이광수가 그린 미래상의 의미를 과소평가 할 수는

---

37) 위의 글, 136-137쪽.

없다. '금촌의 미래상'은 일본제국의 통치를 수락한 1910년대 식민지 지식인의 사유가 도달한 최대치를 보여주기 때문이다. 그리고 이것은 국가의 정치적 독립을 포기한 대가로 얻을 수 있는 것, 다시 말해 제국 지배하의 "자치"를 전제 조건으로 삼고 있었다. 문명을 국가의 독립을 위한 하나의 방편으로 간주했던 후쿠자와 유키치의 문명론과 이광수의 문명론이 다다른 지점이 선명하게 구분되는 것은 바로 이 때문이다. 개인이 행복해지기 위해서는 정신적으로나 물질적으로 풍요로워야 하며, 그 풍요로운 상태에 이르기 위해서 문명을 전적으로 받아들일 수밖에 없다는 것에 대해 적어도 1910년대의 이광수는 한치의 의심도 하지 않았던 것이다.

5. 나오며

이 글을 시작하면서 언급했듯이 이광수가 자신의 문명관을 형성하는 데 있어 하나의 '모델' 또는 '좌표'로 설정했던 독립 국가의 '국민' 후쿠자와 유키치와 달리 이광수는 식민지 '백성'에 지나지 않았다. 물론 1910년 일본에 병합되면서 조선인은 일본국민이라는 법적 지위를 획득하긴 하지만,[38] 조선인이라는 민족적 정체성까지 '헌납'할 수는 없었다. 바로 이 지점에서 식민지 지식인의 자기분열이 싹트기 시작하며, 문명론도 질적으로 다른 의미를 지니게 된다. 『문명론의 개략』이 보여주듯 후쿠자와 유키치의 문명론 프로젝트는 '국민만들기'와 '국가의 독립'으로 수렴한다. 이와 관련하여 후쿠자와 유키치는 다음과 같이 단언한 바 있다.

무엇보다도 먼저 일본이라는 나라와 일본의 국민이 존립하고 나서야 문

---

38) 小熊英二, 「<日本人>の境界」, 東京: 新曜社, 1998, 147쪽.

명에 관한 이야기도 할 수 있을 것이다. 나라가 없고 국민이 없는 이상 그
문명을 일본의 문명이라고 말할 수는 없을 것이다. 그렇기 때문에 나는 논
의의 영역을 좁혀서 오직 자국의 독립을 문명의 목적으로 삼는다는 논지를
펴고 있는 것이다.[39]

'나라가 없고 국민이 없는 이상 그 문명을 일본의 문명이라 말할 수
없다'는 지적에서 알 수 있듯 근대문명은 국가와 그 구성원인 국민을 전
제로 한다. 후쿠자와 유키치에게 문명의 수용 또는 모방은 일본의 독립
을 위한 방편에 지나지 않는다. 그에게 절실했던 것은 문명 그 자체라기
보다는 독립의 위협 요인에 맞서는 '열정'이었다. 문명의 정신이 그렇듯
이 이러한 내적 열정은 내부에서 발현되는 것이지 외부에서 주입될 수
는 없다.[40] 그가 '일신의 독립'과 '나라의 독립' 사이에서 고민하다가 일
신의 독립이 국가의 독립보다 우위에 놓일 수 없다고 얘기했던 것도 결
국은 '비바람을 견뎌낼 수 있는 견고한 가옥'을 세우는 것이 먼저라고
생각했기 때문이다. 견고한 가옥, 즉 국가의 독립을 보장할 수 있기 위
해서는 국민의 기풍을 진작하여 그 열정이 애국심으로 승화되도록 해야
한다는 게 그의 문명론의 핵심이었다.

이처럼 후쿠자와 유키치에게 있어 문명이란 그리고 문명의 모방이란
국가의 독립을 위한 하나의 수단에 지나지 않으며, 상대적일 수밖에 없
다. '편파심과 애국심은 이명동실(異名同實)'이라는 주장이 도출되는 것
도 이 때문이다. 하지만 '일본 국민의 대은인'이었던 후쿠자와 유키치를
정신적 스승으로 생각했던 '식민지 백성' 이광수에게는 새롭게 구축해
야 할 '견고한 가옥'이 없었다. 그런 까닭에 일본 국민으로 편입된 상황
에서 그의 문명조선 구상은 전혀 다른 방향으로 진행될 수밖에 없었던
것이다. 국가의 독립 가능성이 차단된 식민지 조선에서 문명론은 개인

---

39) 후쿠자와 유키치, 정명환 옮김, 「문명론의 개략」, 서울: 광일문화사, 1987(福澤諭吉, 「文
    明論之槪略」), 242쪽.
40) 류준필, 「문명과 근대, 모방 가능성과 불가능성」, 2003년 이화여대 한국문화연구원 봄
    학술대회 자료집. 28-29쪽.

의 안락과 품위, 다시 말해 개인의 행복을 추구하는 쪽으로 나아가게 되며, 이는 일본에서의 '문명'의 용법과 조선에서의 그것이 전혀 다른 것이었음을 뜻한다. 후쿠자와 유키치의 문명론과 이광수의 문명론, 그 사이에 놓인 거리를 확인하는 작업이 중요한 의미를 지니는 것도 이 때문이다.

「농촌계발」은 의식적이든 무의식적이든 자치론 또는 민족개량주의를 수락한 이광수의 문명론이 도달한 하나의 귀결이자 그의 사상 행로에 있어 또 다른 출발점이었다. 1910년 식민지로 편입되기 이전 10대 소년시절부터 여러 편의 논설과 시평 그리고 단편소설을 발표하면서 문필활동을 시작한 그는 제2차 동경 유학을 거치면서 이전의 '돈키호테적'인 미숙한 글들과 구분되는 비교적 체계적인 논설과 소설들을 잇달아 발표한다. 국가의 독립을 완전히 상실한 상황에서 그를 사로잡은 화두가 문명이었다. 그는 문명을 키워드로 하여 문명화의 목적은 개인의 행복이라는 자신의 계몽적 열정을 펼쳤으며, 그 도달점 중 하나가 「농촌계발」이었던 것이다. 그리고 「농촌계발」은 그의 소설을 독해하는 데도 하나의 유효한 참조항이 될 수 있다. 잘 알고 있다시피 『무정』에서 이형식은 조선의 문명개화를 위하여 온 몸을 바치기로 한 헌신적인 인물로 그려진다. 『개척자』 성재나 '민' 나아가 『흙』의 허숭도 같은 계몽적 열정에 사로잡힌 인물들이다. 그렇다면 「농촌계발」은 이광수의 소설을, 거칠게 말하자면 주제의 측면에서 선취하고 있다고 볼 수 있다.

앞서 이광수는 일본 제국이 유포한 식민지 담론을 (무)의식적으로 수용했다고 말한 바 있거니와 이를 명확히 하기 위해서는 일본에서 생산된 식민지 담론의 실체를 확인해야 이광수 사상을 입체적으로 조명할 수 있을 것이다. 동시에 "아직도 건드리면 신경성의 어떤 아픔을 일으키는 상흔처럼 느껴"지는[41] 이광수의 삶과 사상이 지닌 현재적 의미를 허

---

41) 김붕구, 「신문학 초기의 계몽사상과 근대적 자아」, 김붕구 외, 『한국인과 문학사상』, 서울: 일조각, 1973, 4쪽.

심탄회하게 논의할 수 있어야 할 것이다. 그의 사상이 지닌 무게와 비중을 끊임없이 의식하면서도 문제가 원점에서 크게 벗어나지 못하는 이유는 한국근현대사가 감당할 수밖에 없었던 부담을 그에게 떠넘기려는 무의식적인 바람에 기인하는 것은 아닐까. 이광수는 제단에 받쳐진 희생양이 아니라 지금−여기의 문제를 성찰하기 위해 끊임없이 다시 불러내야 하는 존재로 인식되어야 마땅하다. 그래야 비로소 우리는 기형적으로 왜곡된 불행한 근대성 또는 제3세계적 근대성의 실상을 파악할 수 있을 것이다.

주제어 : 문명, 문화, 국민국가만들기, 자치, 개인의 행복, 이상적 복락향

◆ 참고문헌

『이광수전집』, 서울: 삼중당, 1962.

김윤식, 『이광수와 그의 시대 1』, 서울: 한길사, 1986.

김붕구, 「신문학 초기의 계몽사상과 근대적 자아」, 김붕구 외, 『한국인과 문학사상』, 서울: 일조각, 1973, 3-18쪽.

김현주, 「이광수의 문화 이념 연구」, 연세대학교 대학원 국어국문학과 박사학위 논문, 2002.

류준필, 「'문명'·'문화' 관념의 형성과 '국문학'의 발생」, 『민족문학사연구』 제18호, 서울: (민족문학사연구회, 2001, 6-40쪽.

류준필, 「문명과 근대, 모방 가능성과 불가능성」, 2003년 이화여대 한국문화연구원 봄 학술대회 자료집.(미간행)

서영채, 「이광수의 사상에 대한 한 고찰」, 문학사와 비평연구회, 『한국근대문학 연구의 반성과 새로운 모색』, 서울: 새미, 1997, 29-62쪽.

정선태, 「『독립신문』과 민족담론의 형성」, 2003년 이화여대 한국문화연구원 봄 학술대회 자료집.(미간행)

노르베르트 엘리아스, 박미애 옮김, 『문명화과정 1』, 서울, 한길사, 1996.(Norbert Elias, *Über den Prozess der Zivilisation: Soziogenetische und psychogenetische Untersuchungen*, Frankfurt am Mian: Suhrkamp, 1976)

후쿠자와 유키치, 정명환 옮김, 『문명론의 개략』, 서울: 광일문화사, 1987.(福澤諭吉, 『文明論之槪略』)

니시카와 나가오, 윤대석 옮김, 『국민이라는 괴물』, 서울: 소명출판, 2002.(西川中夫, 『國民國家論の射程: あるいは「國民」という怪物について』, 東京: 岩波書店, 1998)

鈴木修次, 『文明のことば』, 廣島: 文化評論出版株式會社, 1981.

小熊英二, 『＜日本人＞の境界』, 東京: 新曜社, 1998.

◆ **국문초록**

　　이 논문에서 나는 춘원 이광수의 논설 「농촌계발」을 분석함으로써 그의 문명론
이 가진 의미가 무엇인지를 밝히고자 했다. 먼저 근대계몽기와 식민지 시대 대표
적인 지식인이었던 이광수의 문명론이 지닌 의미를 파악하기 위해서 일본의 대표
적인 계몽사상가인 후쿠자와 유키치(福澤諭吉)의 문명론이 무엇을 겨냥하고 있었
는지 구명할 필요가 있다. 이광수가 정신적인 스승으로 삼았던 후쿠자와 유키치는
문명론의 핵심을 국가의 독립에서 찾았다. 이와 달리 식민지 지식인 이광수는 개
인들의 행복 추구에 문명론의 목표를 두었다.

　　그에게 문명화란 정신적·물질적 욕망을 실현할 수 있는 상태에 이르는 것을
의미했다. 따라서 인간을 문명인으로 이끄는 핵심적인 수단 중 하나인 교육의 목
표도 그들로 하여금 강렬하고 웅대한 욕망과 이를 실현하기 위한 열정적이고 진취
적인 태도를 갖게 하는 것으로 설정되었던 것이다. 여기에서 우리는 일본과 조선
이 걸어야 했던 근대의 상이한 양상과 그 거리를 확인할 수 있다. 후쿠자와 유키치
와 그의 영향력 아래 놓여 있던 이광수와 민족개량주의자들의 문명관이 달라지는
것도 이 때문이다.

　　독일 및 일본을 포함한 후발 근대국가에서 국민국가의 형성은 문명화와 깊은
관련성을 지니고 있었으며, 그 단적인 예를 후쿠자와 유키치에게서 볼 수 있다. 그
에게 문명화의 궁극적인 목표는 서구적인 근대 국민국가를 형성하는 것이었다. 그
러나 조선이 일본의 식민지로 전락하면서 국가만들기의 가능성이 사라진 상황에서
이광수는 문명화의 목표를 개인의 행복과 안락에서 찾았다. 이성에 대한 전폭적인
신뢰가 인간 해방의 바탕이 되었다는 것을 믿고 있었던 그는 해방된 인간이 궁극
적으로 추구하는 것은 행복이라고 강조한다. 행복한 삶을 누리기 위한 전제조건으
로 그가 제시하는 것은 자연의 정복과 자기 의지에 따른 행동이며, 이를 토대로 하
여 모든 불행한 요소를 제거하고 '이상적인 복락향'을 건설하는 것이 해방된 문명
인의 목표로 설정된다. 바로 그 '이상적인 복락향'의 청사진을 보여주는 것이 바로
「농촌계발」이다.

　　「농촌계발」의 배경이 된 '향양촌'은 조선을 표상한다. 이 마을 사람들은 무지몽
매하고 유치하기 짝이 없으며, 지극히 가난하고 추악하며 천한 상태에 놓여 있다.
이 마을은 계몽적 지식인 김일의 지도 아래 '중병'들을 하나씩 치료하면서 문명인

의 덕목들을 배워나간다. 그리고 '이상적인 복락향'을 상상한다. '향양촌의 미래상'
은 일본제국의 통치를 수락한 1910년대 식민지 지식인의 사유가 도달한 최대치를
보여준다. 그리고 이것은 국가의 정치적 독립을 포기 또는 유예한 대가로 얻을 수
있는 것, 다시 말해 제국 지배하의 '자치'를 전제 조건으로 삼고 있었던 것이다. 국
가의 독립을 완전히 상실한 상황에서 이광수를 사로잡은 화두가 문명이었다. 그는
문명을 키워드로 하여 문명화의 목적은 개인의 행복이라는 자신의 계몽적 열정을
펼쳤으며, 그 귀결점 중 하나가 「농촌계발」이었던 것이다. 뿐만 아니라 「농촌계발」
이 그의 소설을 독해하는 데도 하나의 유효한 참조항이 될 수 있다.

♦ SUMMARY

Nongchongyebal and the Lee Gwang−su's ideas of Civilization in Colonial Korean Society

Jeong, Seon-Tae

In this Essay I make an attempt to clarify the meaning of civilization in early colonial korean society by looking at Lee Gwang−su(李光洙・1892~1950)'s writing *Nongchongyebal*(農村啓發 *I.e. The Enlightenment of a Rural Community*). In order to understand Lee's view on civilization, I investigate what is the Hukuzawa Yukichi(福澤諭吉・1835~1901)'s view on civilization in Japan at Meiji Era. Lee's "mental teacher" Hukuzawa find out the core of civilization in the independence of a nation−state. On the contrary Lee in the pursuit of individual happiness.

In modernization process, nation−state building has a deep relation with civilization process. Its good example is Hukuzawa's case. As Korea fall down to Japanese colonial, however, the possibility of nation−state building disappears. In this circumstance Lee places the aim of civilization on the individual happiness and comfort. According to his writings, the precondition of living a happy life is the conquer of nature and will−power of a person. Man dreaming of liberation has to get rid of all unhappy factors and establish "a ideal paradise". This is the way to the civilized society. *Nongchongyebal* is the vision showing "a ideal paradise" in colonial korean society.

Hangyangchon(向陽村) which is the setting of *Nongchongyebal* symbolizes degraded and undeveloped korean society. People in this village are very poor and lowly as well as ignorant and primitive. Kim−il, the leader of Hangyangchon, cures village people's "deep disease" step by step and teaches them the morals and ethics of civilized person. And they imagine "a ideal paradise". "The vision of Hangyangchon" shows the maximum state an intellectual who accepted japanese imperialism reached in 1910's. In order to reach the vision he pay the price, surrender of political independence or "autonomy". It is possible to say that Kim—il's choice is Lee's choice. And this is the goal which Lee Gwang—su's view on civilization came to.

Keywords : civilization, culture, nation – state building, autonomy, the happiness of individual, a ideal paradise

—이 논문은 2003년 12월 31일에 접수되어, 소정의 심사과정을 거쳐 2004년 1월 31일 게재가 확정되었음.

동일시와 차별화의 지식 체계, 문화 그리고 문학
- 1920년대 초기 문화론 연구 -

박 현 수*

1. 논의의 시각

1920년대에 들어서 일본은 '文化の暢達, 民力の充實'이라는 구호 아래 식민정책을 무단정치에서 문화정치로 전환한다. 이를 계기로 총독부 관제 개편, 헌병 경찰제도 폐지, 조선인 관리의 임용 및 대우 개선, 학제 개편 등과 함께 언론·출판의 자유를 표방하게 된다.[1] 일제의 언론·출판의 자유 표방은 이후 "「東亞」, 「朝鮮」, 「時事」 等一二三의새新聞의創建

* 성균관대 동아시아학술원 연구교수.
1) 中塚明, 김승일 역, 『근대한국과 일본』, 범우사, 1995, 148-152쪽 참조.

과 新聞條例에依한開闢의創刊과 曙光,서울,新靑年等-言論雜誌이며 勞
動問題에對한共濟이며 女子問題에關한新女子이며 學生界에對한學生雜
誌이며 文藝에關한創造,廢墟等의 並立"2) 등 많은 인쇄매체의 등장으로
가시화되었다.

베네딕트 앤더슨은 인쇄매체의 등장을 민족의 상상과 연결시켜 파악
했다. 민족이 고대로부터 존재해 온 원초적 실체가 아니라 근대와 더불
어 나타난 상상의 공동체라면, 그것은 진공에서 나타난 것이 아니라 일
정한 동인에 의해 구성된 조형물이라는 것이다. 앤더슨은 그 동인으로
경제 변동, 발견, 그리고 가일층 빨라진 커뮤니케이션의 발달 등을 들지
만 무엇보다 인쇄매체를 중시한다. 인쇄매체는 빠른 속도로 늘어나는
사람들로 하여금 새로운 방식으로 그들 자신에 대해 생각하고 또 그들
자신을 다른 사람들과 연결시켜 특정한 사회적 실재를 구성할 수 있게
만들었기 때문이다.3)

이렇게 볼 때 1920년대 초기에 나타난 『東亞日報』, 『朝鮮日報』, 『時
事新聞』 등의 신문과 『開闢』, 『曙光』, 『서울』, 『新靑年』, 『共濟』, 『新女
子』 등의 잡지는 새로운 사유방식의 창안과 유포를 통해 특정한 사회적
실재를 구성하게 했던 존재라고 볼 수 있다. 이 글의 문제 의식은 여기
에 놓인다. 이 시기 조선에서 본격적으로 등장했던 신문, 잡지 등의 인
쇄매체가 어떤 사유방식 혹은 지식 체계를 주조해 나갔으며, 또 그 과정
을 통해 어떠한 사회적 실재를 구성했는지를 구명하고자 하는 것이다.

이와 같은 작업은 이 시기 문학의 온전한 모습을 밝히는 데 도움을
줄 것이다. 문학사라는 입장에서 볼 때 1920년대 초기는 이광수에 이어
동인지 문학이 중심에 위치한 시기로 파악된다. 동인지 문학은 문학을
다른 가치 영역들과 고립된 초월의 공간에 위치시키고 그것 자체를 문

---

2) 李敦化, 「庚申年을보내면서」, 『開闢』 第六號, 1920. 12, 7쪽. 이하 인용문은 원문의 표기
법과 띄어쓰기를 따른다.
3) Benedict Anderson, 윤형숙 역, 『상상의 공동체: 민족주의의 기원과 전파에 대한 성찰』,
나남, 2002, 59-76쪽 참조.

학의 존재 이유로 파악했다. 문제는 이들이 추구한 고립과 초월에 정당한 의미이다. 당시 문학은 근대적 유통 구조 내에서 상품으로 경쟁력을 지니지 못했음에도 불구하고,[4] 많은 지식인들이 문학에 투신하고 전문적인 작가가 되고자 했다. 이는 문학 환경과 유리되어 문학의 가치를 고양시킨 또 다른 지식 체계가 작동하고 있었음을 의미하며, 동인지 문학이 추구한 고립과 초월 역시 이러한 자장 속에 위치하고 있었다. 따라서 동인지 문학 나아가 이 시기 문학의 성격을 제대로 구명하기 위해서는 당시 인쇄매체가 주조한 지식 체계나 사회적 실재에 대한 접근이 요구된다. 특히 동인지 문학이 지향한 고립과 초월이 이후 한국 문학에 뿌리내린 심미주의나 미적 자율성의 출발로 파악된다는 데서, 이와 같은 논의는 심미주의나 미적 자율성의 의미를 되묻는 작업과도 연결될 것이다.

2. 문화의 대두와 그 기반

흥미로운 것은 1920년대 초기 등장한 신문, 잡지 등 인쇄매체 대부분이 '문화'를 하나의 화두처럼 내세우고 있다는 점이다.

먼저 『東亞日報』는 창간사인 「主旨를宣明하노라」에서부터 '문화주의의 제창'을 세 가지 주지 가운데 하나로 분명히 하고 있다. 당시 일대 광명을 보고 부활한 조선에서 민중의 의사와 전도를 인도하기 위해 『東亞日報』가 창간되었다고 하고, 이어 "(一)朝鮮民衆의表現機關으로自任하노라, (二)民主主義를支持하노라" 등과 함께 세 번째 주지로 '문화주의의

---

4) 1920년대 원고료는 잡지 『동명』이 박했고, 잡지 『개벽』이 후했으며, 신문 『동아일보』는 그 중간이었다. 중간 레벨인 『동아일보』를 기준으로 할 때, 시는 한 편에 4원 정도였고 산문은 원고지 1매에 50전 정도였다. 한 작가가 한 달에 시를 10편 쓰든지 산문을 원고지 80매 써, 지면을 확보할 수 있었다면, 40원(지금으로 환산하면 80만원)을 받았을 것이다. 당시 신문사나 출판사의 직원의 월급이 70원이었고, 주간의 경우 80원이었다고 한다. 게다가 고정된 지면을 확보하는 것이 아주 힘들었음을 고려할 때, 원고료를 통한 작가의 경제적 자립은 지난한 일이었음을 알 수 있다.

제창'을 천명한다. 그리고 그 내용을 "朝鮮民衆으로하야곰世界文明에貢
獻케하며朝鮮江山으로하야곰文化의樂園이되게"5) 하는 것이라고 했다.
『開闢』 역시 다음과 같이 지향을 분명히 하고 있다.

> 近來-世界를通하야 嶄新한興味로써人類의刺戟을與하는者는 文化라云한
> 新熟語이니 世界의新思潮는文化의目標를理想으로하고漸次-그에向하야 거
> 름을옴기게되겠다 그러면文化라함은何를指稱함인가 吾人은此를一言하야써
> 世界思潮와共히同浮同沉함이거의우리今日의責任이라할수잇다6)

근래 세계 인류의 주목을 끄는 새로운 용어로 문화를 들고, 점차 세
계의 신사조가 문화를 이상으로 해 전개된다고 했다.『開闢』의 다른 글
에서는 이와 같은 문화가 "世界의一인왼朝鮮을通하여起했다"고 하고,
그 성격을 "사람으로의內包를完全히發揮하야完全한사람으로살겟다는運
動"7)으로 규정하고 있다. 문화가 세계의 새로운 흐름으로 제기되었을
뿐 아니라 당시 조선에도 파급되었음을 나타내고 있다.
문화에 대한 강조는『朝鮮日報』에도 나타난다.

> 社會改造는窮極文화的意義를有치안이ᄒ면不可ᄒ다主張홀뿐이오今日의社
> 會改造가當然又必然的으로文화意義를O함은思치안이한다今日의社會改造에
> 文화的意義가備치안이ᄒ면안될것은明白ᄒ다此가當然又必然的으로文화史上
> O最深ᄒ意味가有ᄒᄃ8)

『朝鮮日報』의 社說「社會改造의文化的意義」의 한 부분이다. 당시 제
기되었던 개조론이 문화적 의의를 지녀야 한다고 주장할 뿐 그 이유에
대한 해명이 없음을 비판한 부분이다. 이어 이 글은 독일을 예로 들어

---

5)「主旨를宣明하노라」,『東亞日報』, 1920. 4. 1.
6) 白頭山人,「文化主義와人格上平等」,『開闢』第六號, 1920. 12, 10쪽.
7) 金起瀍,「鷄鳴而起하야」,『開闢』第七號, 1921. 1, 4쪽.
8)「社會改造의文化的意義(二)」,『朝鮮日報』, 1921. 3. 24.

개조가 지닌 의의를 문화의 사적 대두를 통해 확인하고자 한다. 이를 통해 새롭게 정착되는 사회는 문화를 위해 존재하고 문화의 발달이 당면 과제라는 점을 재차 강조한다.9)

당시 문화가 하나의 화두처럼 내세워지게 된 것은 일정한 인식에 기반하고 있는 것으로 보인다. 앞선『朝鮮日報』에서의 인용은 여기에 관한 접근의 실마리 역시 제공한다. 금일의 사회 개조에 문화적 의의가 갖추어지지 않으면 안 될 것이라는 언급은 문화가 사회 개조를 위한 매개로 제기되었음을 시사하고 있다. 이에 관한 보다 엄밀한 접근은『開闢』창간호에 실린「世界를알라」에 나타나 있다.「世界를알라」에서는, 당대가 개인, 민족, 국가가 세계와 직접 연결되는 시기로 세계의 흐름을 고려해야 한다는 전제 아래, 당대의 상황을 가장 적실히 나타내는 말을 개조라고 한다. 이어 개조를 다음과 같이 정의한다.

> 改造改造그무엇을意味함인가   世界라云하는이活動의機械를뜨더고쳐야하겟다함이로다 過去여러가지矛盾이며 여러가지不合理 不公平 不徹底 不適當한機械를修繕하야圓滿한活動을얻고저努力하는중이엇다10)

인용은 개조를 과거 여러 문제를 드러낸 세계를 수선해 원만한 활동

---

9) 이들 매체들이 문화를 당대의 중심 과제로 파악하는 것은 적어도 1921년까지 계속된다.『東亞日報』는 1921년 4월 1일 창간 1주년을 기념해 발표한「一年을回顧하야」라는 사설에서 일 년 동안 "우리朝鮮民族의覺醒을促하얏스며自由發達의文化를創造하야各히性命을正하는同時에世界文化에貢獻하기를希望"했다고 한다. 하지만 근래 세계의 비관적 흐름과 맞물려 제대로 된 성과를 얻지 못했다고 하고, 앞으로도 "各種文化를樹立하기에 努力하며一層의生을實現하기를" 바란다고 한다. 1921년 1월에 나온『開闢』第七號의 卷頭言에도 "우리의安寧幸福을爲하야, 朝鮮의新文化建設을爲하야 어대까지奮鬪努力하라"고 되어 있다. 그리고 1922년 5월『開闢』第二十三號에 실린 李春園의「民族改造論」에도 "近來에 全世界를 通하야 改造라는 말이 만히流行"된다고 했다. 뒤에서 상술하겠지만 개조가 문화의 대두와 긴밀한 관련을 지니는 개념이라고 할 때 그때까지 문화가 논의의 중심에 있었음을 알 수 있다. 이는 다른 매체에서도 크게 다르지 않은 것으로 보인다.

10) 卷頭言「世界를알라」,『開闢』第一號, 1920. 6, 6쪽.

을 성취하려는 움직임으로 보고 있다. 이어 개조를 파열되고 유형된 인류가 현재의 대액운을 근본적으로 해결하려는 절규로 규정하는 것 역시 이와 크게 다르지 않다. 요컨대 개조란 당시 세계 혹은 인류가 안고 있는 모순이나 액운을 근본적으로 해결하려는 것으로 볼 수 있다.

이와 같은 상황 인식은 "大觀하건대自然界에봄이圖來함과갓치 人間世上에또한春光이來照하얏스니그는무엇인고곳宇內에漲溢한改革의氣運이며改造의努力"[11]이라는『東亞日報』사설이나, "世界的大戰이終結을告ㅎ야和議가成立ㅎ는同○에各戒社會로브터改造의聲이高調되고其運動도不斷"하며 "世界의民族은何族을勿論ㅎ고改造에汲汲ㅎ야日夜兼行으로苦心進行"[12] 한다는『朝鮮日報』사설의 주장과도 궤를 같이 하고 있다.

이렇듯 1920년대 초기 문화가 대두된 데는 개조라는 공통된 인식이 작용하고 있었다. 실제 개조 혹은 개조론이란 1910년대 1차 세계대전의 종전을 즈음한 세계사적 흐름과 관련되는 것이다. 이는 전쟁을 제국주의 열강에 의한 세계지배체제, 나아가 진화론적 세계관에 기반한 전제주의에 기인한 것으로 보고, 그것의 극복을 위해 국가 사회적인 재건을 모색한 흐름을 가리킨다. 보다 근원적으로 개조론은 19세기 후반부터 나타났던 근대 이성에 대한 회의와 맞닿아 있다. 근대라는 기획의 중심에 위치한 이성 혹은 문명의 궁극적인 결과물이 전제주의나 제국주의 또 전쟁이라는 데 따른 부르주아적 반성의 산물이 개조론인 것이다.[13]

당시 개조라는 "二十世紀의世界的風潮가 私情업시 우리朝鮮에도 북바쳐들어오게" 된 데는 세계사적 흐름을 고려해야 한다는 더 정확히는 "남의나라보다 十倍나 百倍의 速度로 받아들이지 않으면 도저히 追及치 못할 것"이라는 근대 이래의 강박증이 작용하고 있었다. 또 그 강박증은 "過去의모든것이 참으로 우리것이아니고 참으로우리가밟을길이 아닌줄

---

11) 「世界改造의歲頭를當하야朝鮮의民族運動을論하노라」, 『東亞日報』, 1920. 4. 2.
12) 「時代의改造와精神的解放」, 『朝鮮日報』, 1920. 6. 18.
13) 박찬승, 『한국근대정치사상사연구』, 역사비평사, 1992, 176-185면.
　　　김진송, 『현대성의 형성; 서울에 딴스홀을 허하라』, 현실문화연구, 1999, 31-35쪽 참조.

알게되는 전도"14)와 맞물려 있었다. 물론 당시 조선에서 문화가 부각된 것이 개조론이라는 세계사적 흐름을 곧바로 받아들인 것으로 보기는 힘들다. 그것은 조선에 있어 근대라는 파고가 굴절되는 매개이자 또 하나의 근원으로 작용했던 일본을 거쳐야 했기 때문이다. 뒤에서 상술하겠지만 문화라는 용어 역시 또 하나의 중역의 산물이라는 것이다. 하지만 문제는 개조론, 보다 정확히는 그것에 기반한 문화의 대두가 조선에서 어떻게 구체화되었으며, 어떤 의미를 지녔는가 하는 점이다.

3. 정신과 인격, 그 기원과 변용

문화의 개념에 관한 접근이 문화의 중요성에 대한 부각이 있고서야 나타나는 것은 앞선 언급처럼 조선에 문화가 강박증에 의해 사정없이 유입된 데 기인하는 바 크다. 또 문화의 중요성을 강조한 글에 비해 문화의 개념에 접근한 글이 드문 것 역시 같은 이유에 따른 것으로 보인다. 문화의 개념을 문제삼고 있는 글은 玄哲의 「文化事業의急先務로民衆劇을提唱하노라」와 白頭山人의 「文化主義와人格上平等」 두 글 정도이다.

현철은 당시에 제기된 문화를 "『컬트아(Cultre)』 卽 敎化·敎養·德育·文化의意味이나 그러치아니하면 『엔리찌틴멘트(Enlightenment)』 敎化·啓明·開明·開發·光照·照明·文化의 意味"에 가까운 것이라고 한다. 하지만 보다 정확히는 "獨逸의『쿠르투르(Kultur)』의 意味"를 가진 것으로 본다.15) 그리고 쏜멜(Georg Simmel)의 논의를 끌어들여 "『쿠르투

---

14) 玄哲, 「文化事業의急先務로民衆劇을提唱하노라」, 『開闢』 第十號, 1921. 4, 110쪽.
15) '쿠르투르'는 독일인이 18세기 말에서 19세기에 이르러 "다른 國民보담도 한層더明白한 希臘人으로써 歷史上에 光榮있는 『쿠르투르』를 自己네들이 所有한 國民이라고 自處" 하기 위해 제기되었다고 한다. 이는 뒤에서 논할 문화의 역할과 관련해 주목을 요하는 부분이다.
　현철, 『開闢』 第十號, 1921. 4, 108쪽.

르』의成立에는 箇箇의人格이라는 文化되는것과 또 藝術·科學·道德·
宗敎등모든 精神的産物인 文化하는것 두가지가업지아니치못할것"이라고
한다. 그리고 문화의 개념을 "客觀文化를器具로하여 個性의本質을쌀아
서 人格을助長하며 完成하는것"으로 규정했다.16)

백두산인은 문화의 개념을 두 가지 대타항을 통해 설명하고자 한다.
그 하나는 자연이고 다른 하나는 현실이다. 곧 문화는 "自然에 人工을加
하야써價値를生케 했다는 데서 自然과對蹠的인者"이며, 또 "理想이伴隨
하엿다는 점에서 現實的事實과對立하는者"라는 것이다. 여기에서 두 가
지 대타항과 구분되는 문화의 특징을 가치와 이상이라고 할 때, 둘은 정
신 작용으로 집약된다. 논의는 문화발전의 법칙에 관해 언급하며 인격
의 문제를 끌어오는 것으로 이어진다.

> 文化는한갓變遷하야가는것이아니라   어쩐一定의法則에依하야必然的으로
> 發達하야가는것이다.   然이나그一側面에는쯔如何한事일지라도得爲하리라할
> 만한人의能力이結合하야잇나니 此能力이야말로人의人되는特色이엇다. ……
> 중략……   그人된本性이라함은卽人格이엇다故로文化는人格과密接不離한關
> 係를가지고잇는것이엇다.17)

인용은 문화가 일정한 법칙에 따라 발전하는데, 그것이 의지의 자유
를 지닌 존재 곧 인격과 관계됨을 나타내고 있다. 이어지는 논의에서 문
화나 개조는 먼저 인격의 존재를 예상한다고 하고, 인격이 전제되었을
때 평등이 따른다고 했다. 그리고 이와 같은 평등은 평범주의나 무차별
평등관념과는 다르다는 주장으로 글을 맺고 있다.18)

이상의 두 논의에서 먼저 두드러진 점은 정신에 대한 강조이다. 전자
가 문화를 정신적 산물을 통해 인격을 완성시키는 것으로 보고, 후자가
문화를 자연, 현실 등과 대립적인 것으로 파악한다고 할 때, 둘 모두 정

---

16) 현철, 앞의 책, 107-114쪽.
17) 백두산인, 『開闢』 第六號, 1920. 12, 12쪽.
18) 백두산인, 앞의 책, 10-13쪽.

신을 문화의 중심에 위치시키고 있음을 알 수 있다. 그리고 정신에 대한
강조는 문화의 개념을 다룬 두 논의에만 한정되지 않는다.

『東亞日報』는 「內的生活의解放」이라는 사설에서 세계는 속박에서 해
방으로 나아가고 있다고 하고 해방을 외부적인 것과 내부적인 것으로
구분한다. 그리고 내부적인 정신, 이성, 감정 등의 해방이 외부적인 교
육, 계급, 종교, 사회 등의 그것보다 더욱 중요함을 언급하고 있다.[19] 또
申湜 역시 「文化의發展及其運動과新文明」에서 문화의 성격에 관해 언급
한 후 문화운동의 과정에서 "內的精神文明이確立되지못하고外的物質文
明이樹立된다하면그는持續力이업슬것"[20]이라고 해 정신적인 것이 보다
중요한 것임을 강조한다.

현철과 백두산인의 논의에서 또 하나 눈에 띄는 부분은 인격에 대한
강조다. 두 논의는 비슷한 맥락에서 읽히지만 일정한 차이를 지닌다. 전
자가 문화를 예술·과학·도덕·종교 등 정신적 산물을 통해 인격을 완
성시키는 것으로 보고 있다면, 후자는 문화가 인격의 존재를 예상한다
고 해 인격을 문화의 전제로 위치시키고 있다. 하지만 목적이 되든, 전
제가 되든 인격은 논의의 중심에 위치하고 있다.

그리고 인격에 대한 강조 역시 두 글에 한정되지 않는다.

> 이世界에이사람으로生하야스스로一單位가되지못하고一性格에列치못하야
> 自己自身이結하여야할天賦의그實을結하지못하고徒히大多數中의　百千人中
> 의 黨與中의 異勢力中의一寄生되어 補石이되어 안이弄絡品이되어 敗退者가
> 되어 北이라南이라는地理的으로吾人의意見이豫言되며 强이라弱이라는理不
> 當에吾人의天賦가暝目한다하면是－一大恥辱이안일가.[21]

『開闢』에 실린 「曰惡라 是何言也」란 글에서의 인용이다. 스스로 하
나의 단위나 성격이 되지 못하고 다수의 무리에 기생하거나 보석이 되

19) 『東亞日報』, 1920. 5. 15.
20) 申湜, 「文化의發展及其運動과新文明」, 『開闢』第十四號, 1921. 8, 26-27쪽.
21) 小春, 「曰惡라 是何言也」, 『開闢』第三號, 1920. 8, 120쪽.

는 것을 치욕으로 파악하고 있다. 여기에서 하나의 단위나 성격이 되는
것이 천부의 결실을 취하는 것이라고 할 때, 이는 인격의 다른 표현이라
고 할 수 있다. 사람에게 있어 "尺度로測할수없고金銀으로 償할수없는
絶代價値"를 인격으로 보고 "人格은 如何한境遇를莫論하고犧牲치아니
하는것"[22]이라고 한 『東亞日報』 사설이나 "我의精神을傳統의囚的圈界
로부터解放"시키기 위해 "獨立된人格과自己의精神을要求"[23] 한다는 『朝
鮮日報』 사설의 논지 역시 여기에서 크게 벗어나지 않는다.

이렇듯 정신과 인격에 대한 강조는 1920년대 초기 문화에 관한 논의
의 중심에 위치하고 있다. 그렇다면 이와 같은 정신과 인격에 대한 강조
는 어떤 의미를 지니고 있을까?

먼저 정신에 관한 강조는 당시 문화가 대두된 이유와 연결되는 것으
로 보인다. 앞서 문화가 대두된 것이 이성을 근간으로 한 문명의 궁극적
인 귀결이 전제주의나 제국주의라는 데 대한 반성인 개조론의 일환이었
음을 언급한 바 있다. 일정한 굴절을 감안한다면, 당시 조선에 유입된
문화 개념은 독일의 신칸트주의(Neukantianisimus)에 기원을 두고 있는 것
으로 보인다. 특히 『朝鮮日報』 社說인 「社會主義와文化主義」에 '릿켈
도', '원델빠' 등의 이론이 소개되어 있는 것으로 보아, 리케르트(Rickert
Heinrich)나 빈델반트(Windelband Wilhelm)를 중심으로 하는 서남학파의
영향을 받은 것으로 보인다. 1890년에서 1차 세계대전에 이르기까지 주
된 활동을 보였던 리케르트와 빈델반트는 현실의 모순을 물질문명에서
기인한 것으로 보고 그 탈출구를 개별화된 주체의 정신 영역에서 찾고
자 한다. 문화과학을 자연과학과 분리시켜, 그 특징을 개별자나 특수자
를 대상을 한다고 규정한 것 역시 이와 연결된다. 이는 당시 사회에 위
협으로까지 확대된 상대주의와 마르크시즘에 대한 일정한 대응이기도
했다.[24]

社說 「自由와人格」, 『東亞日報』, 1920. 5. 3.
23) 社說 「時代의改造와精神的解放」, 『朝鮮日報』, 1920. 6. 18.
24) 『철학대사전』, 동녘, 1989, 339-341, 598-600, 755-757쪽.

조선에 문화가 유입되는 데 또 하나의 매개이자 근원이었던 일본에서도 이는 다르지 않았다. 소다 기이치로(左右田喜一郞), 쿠와키 겐요쿠(桑木嚴翼) 등은 문화를 타락한 물질의 대타적 개념으로 정의했으며, 나아가 정신을 중심에 둔 창조적인 자기 실현을 주장했다. 물론 이를 독일 신칸트주의의 무매개적 수용으로 보기는 힘들다. 일본에서 정신에 대한 강조는 "당대 독일 지식인의 가치 이념을 이입한 것인 동시에, 메이지 40년 이후 전개된 인격 본위의 실천주의가 도달한 결론이며, 그것은 일본 지식인의 자율에 대한 이념이기도 했기"25) 때문이다.

이렇듯 정신에 대한 강조는 신칸트주의의 물질 문명에 대한 반발이 일본이라는 굴절을 겪고 유입된 데 따른 것이었다. 그런데 여기에서 천착해야 할 부분은 오히려 일본에 의해 이루어진 변용이라고 할 수 있다. 그것은 문화가 조선에서 그때까지 문명 혹은 서구의 이름으로 자리잡은 근대의 또 다른 미끄러짐을 만들었던 계기로 작용했기 때문이다. 이러한 점을 고려할 때 일본에 의한 굴절이 보다 잘 드러나는 것은 당시 문화 개념을 이루었던 또 다른 요소인 인격이다.

신칸트주의에서 중심을 이루는 것은 인격이 아니라 문화다. 이는 신칸트주의의 근간을 이루는 칸트주의와도 차이를 지닌다. 칸트는 실천의 문제를 다루면서 선험적 규범인 도덕률의 입법자, 곧 개별자가 산재된 세계에 의미 있는 규칙을 부여하는 존재로 인격을 끌어들인다. 그런데 신칸트주의에서는 인격의 자리에 문화가 놓이게 되어, 인식, 윤리, 감정 등의 발현과 그것을 통한 주체의 확충은 문화를 통해서만 가능하게 된다.26)

프랭크 틸리·김기찬 역, 『서양철학사』, 현대지성사, 1998, 637-648쪽.
김덕영, 『주체·의미·문화』, 나남출판, 2001, 53-66쪽 참조.
25) 宮川透·荒川幾男, 이수정 역, 『일본근대철학사』, 생각의나무, 2001, 296쪽.
26) 이는 칸트가 인식 영역에서 선험적 규범을 제기하면서 그것 자체의 가능을 인간이 투입한 것에서 찾는 것과 연결된다. 곧 칸트는 인식에 있어서 시·공간과 12개의 범주를 선험적 규범이라는 명칭 아래 제기하고 있으나, 선험적 규범 자체가 인간이 스스로 투입(投入)한 것이라는 점에서 인식 주체로서 인간의 위치를 분명히 하게 되는 것이다.

이와는 달리 일본에서 문화의 중심에는 인격이 위치하게 된다. 문화를 문학의 인격주의로 연결시킨 아베 지로(阿部次郎)의 논의는 이를 잘 나타내고 있다.

인격주의란 무엇인가? 그것은 인격의 성장과 발전이 지상 최고의 가치를 이룬다는 것을 전제로 해 다른 여러 가치의 의의와 등급을 정하고자 하는 것이다. 인격을 대신하는 가치로서 다른 사물을 받아들이지 않음과 동시에 인격의 가치에 봉사하는 것을 기준으로 다른 사물의 가치를 평가하는 것이다.[27]

흔히 『산타로의 일기(三次郎の日記)』[28]로 잘 알려진 아베 지로는 먼저 인격을 물질과 구별되는 정신적인 것, 자아 그 자체, 나누어질 수 없는 존재, 예지적 성격을 지니는 것 등으로 규정하고, 나아가 그것을 최고의 가치라고 해 모든 가치 판단의 중심에 위치시킨다. 그런데 여기에서 간과해서는 안 될 점은 이렇듯 문화라는 가치 개념을 인격의 차원으로 용해시켜 인격의 발현을 궁극적인 가치로 상정하는 것이 일본의 고유한 전통과 연결된다는 점이다. 그것은 도쿠가와 시대의 도덕적 이상주의를 원류로 하는 것으로, 나카에 도쥬, 쿠마자와 반잔의 양명학 전통, 또 오시오 헤이하치로의 반골적 개성 등과 연결되는 것이었다.[29] 다음과 같은 이토 세이(伊藤整)의 말 역시 이와 관련해 시사하는 바가 크다.

일본 사회에서, 확립된 자유로운 에고를 보존하며 그 보고를 작품으로 결정시킨다고 하는 곤란한 조작을 하기 위해서는, 빈약한 자원과 악질적 사회

이에 관해서는 이진경, 『철학과 굴뚝청소부』, 새길, 1994, 115-136쪽.
랄프 루드비히·이충진 역, 『정언명령』, 이학사, 1999, 35-140쪽 참조.
27) 阿部次郎, 「人生批評の原理としての人格主義的 見地」, 『近代文學評論大系』 5, 角川書店, 145쪽.
28) 「산타로의 일기」는 1914년에서 1918년에 걸쳐 3부로 간행된 에세이로, 일본의 다이쇼, 쇼와 연간에 가장 널리 읽혔던 교양서이다.
김진송, 앞의 책, 38쪽 참조.
29) Tetsuo Najita, 박영재 역, 『근대일본사』, 역민사, 1992, 137-175쪽 참조.

제도 속에서 서로 경쟁하면서 사는 현세를 탈출하여, 현세의 권력과 반드시 연결되어 있는 문화적 사회를 버리고, 유랑하거나 방랑하다가 종문(宗門)에 숨어살든지 산야에 파묻히는 길 이외에는 없다. 조메이는 산야에 안주하려고 수년을 전전하며 지냈고, 사이교는 고야나 이세에서 숨어 살았고, 바쇼는 같은 직업에 종사하는 속인들을 의지하며 여기저기 떠돌아 다녔다.[30]

도망을 통해 현세의 자기 입장을 무에 가까운 것으로 둠으로써 행하는 생의 비판이 강력한 일본적 양식임을 언급한 부분이다. 여기에서 도망이 자기 입장을 무에 가까운 데 두는 것을 통해 에고를 보존하기 위함임을 고려할 때, 위의 인용은 인격을 지키기 위해 현세를 탈출하는 것이 일본적 전통임을 나타낸 것으로 볼 수 있다.

4. 민족의 조형과 그 굴절

신칸트주의의 일본적 변용을 통해 조선에서 문화 개념의 한 축을 이루었던 인격은 논의의 전개 과정에서 변화를 보이고 있어 주의를 필요로 한다. 변화는 사회 개조의 근본 의의를 정신이나 인심의 개조로 보는 내적 개조론에 대한 재고로부터 출발한다. 곧 "社會制度에 엇더한重大한缺陷을發見하고그것을改造하는前提로爲先人心의改造를高調하며主張한다할 것갓흐면 論者自身의努力이結局은다만徒勞에歸할샏"[31]이라는 것이다. 그리고 재고는 다음과 같은 주장으로 연결된다.

個人이箇箇로分離하면조혼社會를造成치못하나니 짜라個人은個體의完成을得치못할지오 個體가完成이되지못하나니 짜라그價値를發揮치못할지라 그럼으로個人이完成하랴 면 몬저社會의完成을圖하여야할지오 社會를完成하랴면個人이그生活을社會的으로營作치아니치못할지로다. 道德의必要도社會生活

---

30) 伊藤整, 유은경 역, 「도망노예와 가면신사」, 『일본 사소설의 이해』, 소화, 1997, 17쪽.
31) 柳友槿, 「內的改造論의檢討」, 『東亞日報』, 1921. 4. 28.

236

에在하며法律의必要도社會生活에在하고政治의必要도社會生活에在하나니[32]

개인이 분리되어 사회를 이루지 못할 경우 개인 역시 완성을 얻지 못해 가치를 발휘하지 못할 것이라는 지적이다. 개인의 완성 혹은 가치를 위해서는 먼저 사회의 완성이 전제되어야 함을 강조한 것이다. 논의는 자연스럽게 도덕, 법률, 정치 등의 필요 역시 사회에 있다는 것으로 나아간다. 그리고 이후 논의는 "사람이적어도社會의一員으로社會的生活을 하는以上에는 社會를爲하랴는公平한道德性을가지지아니하야서는"[33] 안되며, "大槪어써한民族을勿論하고 各民族에는 반듯이民族性이라는者가 잇나니 民族性은곳朝鮮民族의社會性이라 이點에서朝鮮人으로써 社會性을 完全케하랴면 먼저民族性의向上을圖"[34]해야 한다는 데 이르고 있다. 논의의 중심이 인격에서 사회를 거쳐 민족으로 나아간 것을 알 수 있다. 여기에는 다음과 같은 논리가 작용하고 있다.

> 곳吾人一個人의身體가無數有機體的細胞로됨과가티 吾人의社會도쏘한 無數有機體的인個人으로組織되어 一種의有機的發達을遂하는것이라하엿다. …… 중략…… 如斯한意味에서社會性과個性은恒常並行發展하나니 個性의向上은 문득社會의發達을促하는것이요 社會의發達은돌이켜 個性의向上을促進케하는것이라할지라.[35]

개인의 신체가 많은 세포로 이루어진 유기체인 것처럼 사회 또한 각각의 개인으로 구성된 유기체라는 것이다. 따라서 개인의 향상이 사회의 발달을 촉구하기도 하지만 사회의 발달 역시 개성의 향상을 가능하게 한다는 주장이다. 이렇듯 인격이 사회, 민족으로 나아간 것은 "人生

---

32) 社說「社會生活論」,『東亞日報』, 1921. 6. 21.
33) 李敦化,「民族의體面을維持하라」,『開闢』第八號, 1921. 2, 2-3쪽.
34) 李敦化,「空論의人으로超越하야理想의人, 主義의人이되라」,『開闢』第二十三號, 1922. 5, 12쪽.
35) 李敦化,「輿論의道」,『開闢』第二十一號, 1922. 3, 4쪽.

은成長發達이有하여야 그生命이 有한것과如히 社會는變化하며進化하는
流動이有하여야 이에비로소그生命이存한다는, 곧 社會는活的流動體"[36]
라는 유기체론에 기반하고 있다.

그런데 설사 유기체론을 빌려오지 않더라도 인격이 사회나 민족으로
나아간 것은 필연의 도정으로 보인다. 여기에 대한 제대로 된 이해를 위
해서는 다시 한 번 1920년대 초기 조선에 유입된 문화 개념을 환기할 필
요가 있다. 도덕, 예술, 종교 등 정신적 매개를 통해 인격을 완성시키고
자 했던 것이 그것이라고 할 때, 이는 출발부터 실현 가능성이 차단된
것이었다. 앞선 지향은 문화 가치의 체득을 통해 각각의 개인들을 보편
성과 내적 통일을 지닌 인격으로 발전시키는 일이었음에도 불구하고[37],
당시의 논의 속에 위치했던 인격은 외부에의 고려가 사상된 관념적인
것이었기 때문이다. 따라서 문화가 지닌 가치를 타당한 것이라고 인정
하는 특정한 공동체가 필요했으며, 사회를 거쳐 민족으로 나아가는 도
정은 그 필요에 답했던 것이다.

이와 같은 집단주의로의 도정은 당시 문화론의 근원적 기반이었던
신칸트주의에서도 나타나지만,[38] 여기에서도 당시 조선과의 관계를 고
려할 때 더욱 중요한 의미를 지녔던 것은 일본이었다. 일본이 문화의 중
심에 인격을 위치시켰던 것은 독일 철학의 흐름을 스스로의 전통과 연
결시키고자 한 데 따른 것임은 이미 확인한 바 있다. 그런데 절대적 전
체성의 자기실현운동이 인격이라는 발상법은 원시적 생명감에 기반한
소박하고 강인한 것이었지만, 타자를 인식함으로써 시작되는 다원적인
사회의식, 시민의식, 정치의 논리적 조화를 의식한 생활과는 결합되기
힘들었다.[39] 이러한 한계에서 벗어나기 위해서 일본은 개별성과 보편성

---

36) 社說「革新文學의建設」,「東亞日報」, 1921. 6. 7.
37) 宮川透·荒川幾男, 이수정 역, 「일본근대철학사」, 생각의나무, 2001, 298쪽.
38) 신칸트주의의 전개에 있어서도 모든 문화적 가치는 설령 그것이 종교적 가치라고 할
    지라도 궁극적으로는 국가라는 문화적 공동체의 테두리를 필요로 했다.
    김덕영, 앞의 책, 57쪽.
39 이는 문화주의의 문학적 발현태라고 할 수 있는 시라가바파(白樺派) 문학이 지닌 한계

을 매개하는 존재를 필요로 했으며, 그 계기는 개별성과 보편성의 통일이 시간뿐만 아니라 공간의 구조를 통해 이루어진다는 환기를 통해서 얻어졌다. 시간을 역사와 연결시키는 것처럼 공간을 환경과 연결시켜 세계사의 의의를 전후 계기의 질서만이 아니라 병존의 질서까지 감안해서 파악하고자 했던 것이다. 여기에서 등장했던 것이 문화의 객관성이었으며, 그 의도는 일본 문화의 자율적 체계화를 지향하는 데 놓여 있었다. 그리고 이러한 일본 문화의 특수성에 관한 천착은 곧바로 일본 자체의 독자성이나 고유성에 대한 강조로 나아갔던 것이었다.[40]

흥미로운 것은 조선에서 문화는 이와 상치되는 역할을 했다는 것이다. 유기체론을 통해 인격이 사회를 거쳐 민족으로 나아가게 되자, 문화는 인격을 완성하는 것이 아니라 민족을 조형하는 역할을 부여받게 된다. 그런데 민족을 조형하는 역할을 맡은 문화는 조선 민족의 고유성이나 독자성이 아니라 그 이지러진 면을 드러내는 데 몰입한다. 먼저 "民族과民族의間에對立할만한精神的或은性質的 特性이固有케된다"[41]고 해 민족성의 문제를 끌어들인 후, "朝鮮人의個性으로 가장힘잇게憧憬하는 裸面의理想을 安逸, 名譽, 權勢라는 三大觀念"[42]이라고 한다. 또 "朝鮮 民族의 精神的·性質的 特徵을 名譽心, 權利心, 黨爭心, 拜金熱, 今日主義와 自我主義"[43]으로 본다. 안일, 명예, 권세 등을 조선 민족이 동경하

를 환기하는 데서 알 수 있다.

伊藤整, 고재석 역, 『근대 일본인의 발상형식』, 1996, 소화, 50쪽.

40) 18세기 절대왕정의 폐해를 비판하고 등장했던 문명이 그것을 대신할 새로운 국민국가를 구상하는 데 인류 진보의 보편성과 연결된 계몽주의적 지향을 근간으로 했다면, 문명과의 대항 관계 속에서 배태된 문화는 개별성과 다양성을 주장하게 된다. 흔히 문화가 민족을 주조하는 데 과거의 전통이 지닌 고유성이나 독자성을 강조하는 것 역시 이와 연결된다.

宮川透·荒川幾男, 앞의 책, 302-309쪽.

西川長夫, 윤대석 역, 「한자 문화권에서의 문화 연구」, 『국민이라는 괴물』, 소명, 2002, 101-114쪽 참조.

41) 李敦化, 「朝鮮人의民族性을論하노라」, 『開闢』 第五號, 1920. 11, 2쪽.

42) 李敦化, 「空論의人으로超越하야理想의人, 主義의人이되라」, 『개벽』 23, 1922. 5, 8쪽.

43) 金起瀍, 「우리의社會的性格의一部를考察하야써同胞兄弟의自由處斷을促함」, 『開闢』 十月

는 것으로 보고, 그것에 기반한 명예심, 권리심, 당쟁심, 배금열, 금일주의, 자아주의 등을 민족의 특징으로 규정한 것이다. 이렇게 볼 때 앞서 조선에서 인격이 사회를 거쳐 민족으로 나아간 것 역시 "朝鮮의共通的缺陷은朝鮮人된個性의잘못이아니오 個性의背後에 個性을支配하는社會的偉力이薄弱한故라"44)는 결함의 원인을 찾는 과정에서 이루어졌다고 볼 수 있다.

열등이나 병폐에 대한 지적은 그 원인에 대한 천착으로 이어졌다. 열등과 병폐에 대한 지적이 장황한 데 반해 원인은 단순하다. "오늘날에이르러는무엇이라할수업는在來이原始的思想과佛教와儒教로부터어더진因襲的觀念"45)이 그것이다. 전통 사상과 재래 종교를 조선 민족의 성격을 열등과 병폐로 얼룩지게 한 원인으로 파악한 것이다. 과거 전통을 민족의 열등이나 병폐를 주조한 것으로 본 것으로, 앞서 살펴본 문화의 일반적인 역할과는 어긋나 있음을 알 수 있다. 여기에서도 간과해서는 안 될 점은 문화에 대한 논의가 대두되고 나서 민족 성격의 얼룩들이 발견되었다는 점일 것이다.

논리의 연장선상에서 문화에게 요구될 역할 역시 제기된다. "朝鮮民族 二千各自가自己心性의改造로써重生하고自己 環境의轉換으로써復活할自覺"46)을 가져야 하며, "現在의人을精神上으로부터救活해 完全한 人物을造成케"47) 해야 한다는 것이다. 부정성이라는 굴레에서 벗어나기 위해서는 심성과 환경을 개조해 부활하거나 정신적으로 구활해야 한다는 주장이다. 이와 같은 논의는 결국 "民族을向上케하랴면民族的道德性을根本的으로改造치아니하면不可타"48) 하는 데 도달하게 된다. 요컨대

臨時號 임시호, 1921. 10, 2-17쪽.

44) 李敦化, 「空論의人으로超越하야理想의人,主義의人이되라」, 『開闢』第二十三號, 1922. 5, 11쪽.

45) 金起瀍, 앞의 글, 17쪽.

46) 卷頭言, 「文化運動의昔今」, 『開闢』第二十一號, 1922. 3, 3쪽.

47) 李敦化, 「歲在壬戌에萬事亨通」, 『開闢』第十九號, 1922. 1, 8쪽.

48) 李敦化, 「輿論의道」, 『開闢』21, 1922. 3, 13쪽.

조선 민족이 앞선 열등과 병폐로부터 벗어나기 위해서는 민족적 도덕성을 근본적으로 개조해야 한다는 것이다.[49]

그리고 이 과정에서 문화는 민족을 조형하는 역할을 넘어서 스스로 민족으로 치환되기도 한다. "民族性의形成은그天賦한才能에起因하는바는勿論이어니와그歷史와地理的環境의影響을受하기"에 "各個人의生活과 創作에獨特한趣味가잇는 것처럼 各個民族에도獨特한文化와藝術이存在"하며, 따라서 "文化와藝術을稱하야그民族生活의結晶이라함이엇지過言"[50]이겠느냐는 것이다. 요컨대 각 개인에게 독특한 취미가 있는 것처럼 각 민족에게도 독특한 문화와 예술이 있으니, 그 문화와 예술을 민족 생활의 결정이라고 할 수 있다는 것이다.

5. 동일시와 차별화의 이중 회로

그렇다면 이렇듯 민족으로 치환된 문화가 조선 민족의 도덕성을 근본적으로 개조하기 위해서는 어떤 성격을 지녀야 했을까? 그것이 민족 전통의 고유성이나 독자성을 강조하는 일반적인 성격에서 벗어나 있음은 앞서 확인한 바 있다. 질문에 접근하기 위해서는 다음과 같은 글의 도움을 받을 필요가 있다.

---

49) 앞서 예술, 도덕, 종교 등 정신적 매개를 통해 인격을 완성시킨다는 문화의 개념을 언급하면서 인격에 관해 살펴본 바 있다. 그런데 새로운 민족의 주조라는 문화의 역할과 관련해 접근할 때 인격의 또 다른 의미에 접근할 수 있다. 새로운 민족을 주조하기 위해서 먼저 필요했던 것은 기존의 공동체를 지탱했던 문화적 개념을 균열시키는 작업이었다. 균열 작업은 앞서 확인한 전통에 대한 폄하나 멸시로부터 출발되었다. 그런데 이와 같은 기존의 문화적 개념을 균열시키는데, 나아가 과거의 모든 것을 부정이라는 굴레로 몰아넣는 데 절대적이고 배타적인 인격이란 개념은 적절한 범주였던 것으로 보인다. 이렇게 볼 때 유기체론이라는 도정을 거쳐 이르게 된 민족이라는 개념 역시 이미 인격이라는 세뇌를 거친 것으로 새롭게 조형된 문화적 산물이라고 할 수 있다.

50) 社說「藝術과民族性」,「東亞日報」, 1921. 6. 3.

一國의階級的爭鬪와世界의國家的反目을勿論하고此는요컨대文化程度差異
에基因함이니萬一全人類나全國民이同一程度의教育을受케되면吾人의希望하
는바平和는반듯이實現할것이라 ……중략…… 同一程度의文化를 有한者는그
國籍의相異를不拘하고親密한交際를相結케되니由此觀之면今日의國家的境界
線은決코往時와如히嚴格한者가안이로다上述함과如히文化의程度가同一한者
間에는篤厚한同情心이有할뿐不으라[51]

인용문은 당시 『東亞日報』에 와세다대학 교수로 소개된 아베 이소
(安部磯雄)의 글이다.[52] 한 나라의 계급적 쟁투나 국가 간의 반목의 원
인을 문화 정도의 차이에서 찾고 있다. 특히 국가 간의 반목에서 "小國
이決然憤氣하야大國에抵抗함이반듯이賢良한방법은안이라고" 해, 무엇
보다 필요한 것이 '동일 정도의 문화'를 지니는 것임을 강조하고 있다.
여기에서 당시 조선에 요구되었던 문화가 국적이 다름에도 불구하고 친
밀한 교제나 온후한 동정심을 만들어 내는 데 충실한 '동일 정도의 문
화'임을 알 수 있다. 문제는 당시 조선에서 이와 같은 주장이 적극적으
로 수용되었다는 점이다.

이제吾人이希望하는바는 實노極東의百年大計로서絶唱하는바는「文化主義
의徹底」이니 ……중략…… 이와갓치 朝鮮人의實地의「幸福」이增進되고 朝鮮
人의完全한 「自由」가確認된後에 이에비로소 朝鮮人의「心情」이實地에和하며
따라東洋全體를爲하야實노 日本人과朝鮮人이手에手를握하고 心에心을協하
야步를進할지니 그如此할진대 東洋을爲하야恐怖할바이무엇이며 서로 猜忌
와反目을爲事할必要가무엇이리요[53]

인용문은 「後繼內閣과吾人의希望」이라는 『東亞日報』의 社說로, 앞선
인용보다 약 1년 반 후의 글이다. 당시 조선의 희망이 조선인의 행복과

---

51) 安部磯雄, 「文化的平等主義」, 『東亞日報』, 1920. 4. 1.
52) 아베 이소오(安部磯雄)는 가타야마 센(片山潛), 고토쿠 슈스이 등과 함께 사회 민주당을
   창립했으나 금지당한 인물이다.
53) 社說 「後繼內閣과吾人의希望」, 『東亞日報』, 1921. 11. 13.

242

자유를 확인하고 일본인과 조선인이 하나가 되어 동양 전체를 위하는 것이라는 주장이다. 이를 위해 극동의 백년대계로서 절창되어야 할 것이 '문화주의의 철저'라고 했다. 이는 조선 역시 앞서 언급했던 '동일 정도의 문화'를 적극적으로 받아들이고 있음을 나타낸다.

논지의 연장선상에서 앞서 민족으로 치환된 문화의 성격에 접근할 수 있다. 그것은 조선이 일본과의 국가적 반목에서 벗어나 손에 손을 잡고 마음과 마음을 합칠 수 있는 '동일 정도의 문화'이다. 나아가 그것이 동양 전체를 위한 백년대계로 언급되고 있다는 점 역시 주목을 필요로 하는데, 그 의미에 관해서는 뒤에서 상론하겠다. 요컨대 당시 문화는 조선이 스스로를 일본과 동일시하는 매개로 제기되었던 것이다. 하지만 문화의 역할이 동일시의 매개로만 한정되지는 않았다.

앞서 문화가 전통을 중심으로 한 민족 성격의 열등과 병폐를 부각시켰음을 언급한 바 있다. 이와 같은 열등과 병폐에 대한 환기는 문화를 매개로 한 일본과의 동일시 과정 속에서도 계속되었다. "四方으로부터 모여든 幾多雜多의思想과主義(모다斷片的인것)가어즈러히사괴어써어물어물하는途中에서時日을送迎하고 말"[54]아, "從來의 歷史的 黨爭心, 或은 動物性利己心을 復演코저하거나 쬬或은 平素의 憾情이나 一時的 敵愾心을 拽盡코저"[55] 한다는 언급이 그것이다. 이는 "볼지어다 社會의現象을. 殺伐이아니면爭奪이오 爭奪이아니면猜忌이오 猜忌가아니면反目"[56]이라는 지적을 거쳐, 결국 "朝鮮民族은 넘우도 뒤썰어졋고, 넘우도 疲弊하야 民族의 將來는 오즉 衰頹又衰退로 漸漸 썰어져가다가 마츰내 滅亡에 싸질 길이 잇슬뿐"[57]이라는 개탄으로 나아가고 만다.

실제 이는 당시 문화에 관한 논의가 다다를 수밖에 없었던 곳이었다.

54) 金起瀍, 「우리의社會的性格의一部를考察하야써同胞兄弟의自由處斷을促함」, 「開闢」 十月 臨時號 임시호, 1921. 10, 17쪽.
55) 卷頭言 「惡現狀」, 「開闢」 第二十二號 , 1922. 4, 3쪽.
56) 社說 「爲先너를改造하라(上)」, 「東亞日報」, 1921. 11. 2.
57) 李春園, 「民族改造論」, 「開闢」 第二十三號, 1922. 5, 71쪽.

도덕, 예술, 종교 등 정신적 매개를 통해 민족을 조형한다는 목표, 또 그 구체적 방법이라고 할 수 있는 충성, 지능, 품성, 체력 등의 개발이라는 항목은 식민지라는 토대 속에서 끊임없이 개량화될 수밖에 없는 기획이었다. 특히 그것이 "政治的이나 宗敎的의 어느 主義와도 상관이 업어야 한다"58)고 할 때, 논의의 맹점은 더욱 뚜렷이 드러난다. 실제 1922년경부터 청년회 사업, 농촌 개량, 교육 개량 등 실천적 사업들이 개량화되거나 사실상 와해되는 상태에 이르게 된다. 요컨대 민족적 도덕성을 근본적으로 개조하기 위해 일본과 '동일 정도의 문화'를 확립하려 하지만, 이는 그 출발부터 실현 가능성이 차단된 것이었다는 점이다. 문제는 그 원인을 다시 조선의 열등과 병폐로부터 찾게 된 것이다. 여기에서 당시 문화가 조선인들로 하여금 열등과 병폐를 깨닫게 해 스스로를 부정적 타자로 자리매김하는 역할 역시 했음을 알 수 있다.

  문화의 의미를 보다 온전히 파악하기 위해서는 다시 한 번 문화론에 영향을 주었던 더 정확히 말해 문화론을 강제했던 일본의 논의를 살펴볼 필요가 제기된다. 일본에서 문화에 관한 논의가 '인격'이라는 개념을 통해 '전통'과 연결되었으며, 또 그것이 '객관적 문화'라는 매개를 거쳐 '일본'으로 나아갔음은 앞서 살펴본 바 있다. 이와 같은 논의의 흐름은 일정한 존재를 상정하는 데서 배태되었는데, 서양과의 관계가 그것이다. 일본에게 서양은 근대 이전 중국이 그랬듯이 스스로의 사유와 행동에 관한 이론을 부여하는 타자로서 작용했다. 일본은 서양의 이미지를 고정시키면서 그것과 대립되는 무엇인가를 창안하고자 했다. 정신을 중심에 둔 문화를 타락한 문명의 대타적 개념으로 부각시킨 것은 여기에 따른 것이다. 따라서 논의는 자연스럽게 전통을 거쳐 일본 스스로의 창조적인 자기 실현으로 연결되어 갔던 것이다.

  일본은 이러한 서양과의 관계 속에서 문화에 두 가지 지향을 담게 된다. 오카쿠라 텐신(岡倉天心)이 1902년에 발표한 『동양의 이상』에는 이

---

58) 李春園, 앞의 글, 72쪽.

미 그 두 가지의 지향이 엿보인다. 하나는 동양은 하나라는 주장이다. 오카쿠라는 미술을 대상으로 동양 민족 모두의 공통된 사상적 유산으로 사랑을 들고 동양을 하나의 범주로 제기했다. 다른 내셔널리스트가 일본의 독자성을 강조한 데 비해, 오카쿠라는 문화적 평등에 기반한 동양의 동일성을 통해 서양 열강의 헤게모니 요구에 대응하고자 했던 것이다. 다른 하나는 동양 속에서 일본의 특권화시키는 것이었다. 오카쿠라는 동양의 이상을 강조하는 가운데 일본이 줄지어 부딪쳐온 동방사상의 물결 하나 하나가 국민적 의식과 맞부딪쳐 모래사장에 자국을 남기고 간 해변이라는 언급을 통해 일본이 동양의 모든 이상의 일치를 보여줄 위대한 특권을 지녔음을 강조하는 것 역시 잊지 않았다. 이렇듯 오카쿠라는 동양의 동일성을 주장하면서 그 가운데 일본을 위치시켰다. 이는 비록 미술을 중심으로 한 것이지만 일본의 공간에 동양의 역사를 구성하고 있는 것으로 형태를 바꾼 일본주의라고 할 수 있다.[59]

일본에서 1910년대 말부터 1920년대 초에 걸쳐 이루어진 문화에 관한 논의는 이와 같은 논리의 연장선상에 위치하는 것이다. 인격을 중심으로 했던 문화가 객관적 문화를 거쳐 일본으로 나아가는 도정은 여기에서 그 온전한 의미를 획득한다. 그리고 조선에서 문화가 동일시와 차별화라는 이중 회로로서 역할했다는 앞선 언급 역시 마찬가지다. 일본에서 문화에 관한 논의는 1930년대에 이르면 특정한 문화 계승의 긍정적 역할이라는 논리를 통해 국민문화를 중심으로 하는 문화적 배타주의로 나아간다. 여기에서 일본은 세계를 무대로 해 동양의 휴머니즘과 서양의 합리주의를 종합할 역할을 맡게되고, 또 그것을 새로운 단계로 이양되는 거대한 역사적 운동의 창조적 계기로 바라본다. 그리고 이와 같은 논의는 1930년대 말 대동아공영권이라는 현실로 나타나게 된다.[60]

---

59) 岡倉天心, 임성모 역, 「동양의 이상」, 『동아시아인의 '동양' 인식』, 문학과지성사, 1997, 29-35쪽.
  柄谷行人, 왕숙영 역, 「미술관으로서의 역사」, 『창조된 고전』, 소명출판, 2002, 310-319쪽 참조.

이렇게 볼 때 일본에서 1910년대 말부터 1920년대 초에 걸쳐 이루어진 논의는 비록 문화에 관한 것이었지만 1930년대 후반 일본을 맹주로 하는 대동아공영권의 이데올로기를 정당화시키는 데 손쉽게 전용되었음을 알 수 있다. 그리고 1920년대 초기 조선에서의 문화에 관한 논의 역시 여기에서 자유롭다고 할 수 없다.

6. 문학의 부각과 계승된 역할

흥미로운 것은 문학 혹은 예술이 문화의 중심 영역으로 부각된 때가 이를 전후로해서라는 점이다. 문학이나 예술의 중요성은 그전에도 "人生의價値를生의擴充에잇다할진대", "人生의美感을創造性에依하야表現하거나 人生의 創造性을發揮하야모든것을美化하는 藝術이中心에놓여야"[61] 한다는 언급 등을 통해 선언적으로 환기되어 왔다. 그런데 1921년 후반에 이르면 "藝術은 사람의肉體及精神의苦痛과衝突을 藝術的情緒로써 內部의平和를圖케하는高尚한方法으로 今日로부터 우리의更新의道는 藝術의復興으로써朝鮮改造의曙光을삼지아니함이不可하다"[62]거나 "우리朝鮮에在한改造事業도 坐한文學的革新을待치아니하고는 根本的革新을期待치못할것[63]이라는 주장이 등장한다. 문학이나 예술이 민족을 근본적으로 개조하기 위한 혹은 문화를 근본적으로 실현하기 위한 중심 영역으로 제기된 것이다.

문학이나 예술이 문화의 중심 영역으로 제기된 데는 그것들이 문화의 본질적 속성에 가장 부합되었기 때문으로 보인다. 문화가 문명의 대

60) Tetsuo Najita & H. D. Harootunian, 『The Cambridge History of Japan, vol.6(The Twentieth Century)』, Cambridge University Press, 1988, pp. 711-713, 735-736.
61) 社說「藝術과生의豊富」, 『東亞日報』, 1921. 6. 4.
62) 李敦化, 「生活의條件을本位로한朝鮮의改造事業(續)」, 『開闢』 十月臨時號, 1921. 10, 18-19쪽.
63) 李敦化, 「生活의條件을本位로한朝鮮의改造事業(續)」, 『開闢』 十月臨時號, 1921. 10, 20쪽.

246

타항으로 등장해 문명이 지닌 유용이나 수단과 대립되는 본질적 가치나 자족적 목적을 표방한다고 했을 때, 문학이나 예술은 이와 같은 가치나 목적을 가장 잘 드러내는 영역이었기 때문이다. 하지만 한편으로 이와 같은 본질적 속성은 문학이나 예술이 개인으로 하여금 기존의 세계를 유지하면서도 자기 실현을 가능케 하는 영역이라는 점과 연결되어 있었다. 앞서 확인한 것처럼 조선에서 문학이나 예술이 부각된 것은 "남들이 하는 方法만으로 남들을 짤아가기가 어려운 處地에 잇스니 現在 잇는대로의 狀態로는 文化事業도 하여갈수가업스리만큼 朝鮮民族은 衰弱했다"[64]는 인식, 곧 다른 영역에서의 좌절과 맞물린 것이었다. 이와 같은 상황 속에서 필요했던 것은 기존의 삶을 전혀 바꾸지 않으면서 민족의 성격을 근본적으로 개조하는 것이었다. 특히 문화를 통해 개조를 논하는 데 "帝國主義者가 되든지, 民主主義者가 되든지, 쏘는 資本主義者가 되든지 勞農主義者가 되든지를 勿問해야"[65] 했을 때, 가능한 영역은 협소해질 수밖에 없었다.

이와 관련해 서구에서 문학이나 예술이 문화의 중심 영역으로 부각된 지점을 살펴보는 것은 시사하는 바가 크다. 18세기에 이르러 계급의 분화가 가시화되고 그에 따른 소외가 심화되어 갈 때, 소외의 그늘 속에 위치했던 사람들은 현실 세계를 부르주아에게 넘겨주고 영혼의 만족을 얻으려 했다. 여기에서 문학이나 예술은 철학이나 종교와는 달리 가상적 현실성을 눈앞에 제시해 현실 속에서 허용된 진리와 행복을 가장 잘 표현할 수 있는 최상의 위치에 자리잡게 되었던 것이다. 하지만 이는 역으로 문학이나 예술이 불평등과 갈등으로 가득찬 현실 세계의 생활조건들을 긍정되거나 은폐되었음을 의미하는 것이기도 했다.[66]

1920년대 초기 조선에서 문학이나 예술이 문화의 중심 영역에 자리

---

64) 李春園, 「民族改造論」, 『開闢』 第二十三號, 1922. 5, 71쪽.

65) 李春園, 앞의 글, 54쪽.

66) H. Marcuse, 김문환 역, 「문화의 긍정적 성격에 대하여」, 『마르쿠제미학사상』, 문예출판사, 1989, 20-63쪽.

잡게 되는 것 역시 특정한 현실 맥락으로부터의 일탈과 맞물리는 것이
었다. 하지만 문화에게 부가되었던 두 가지 역할, 곧 동일시와 차별화를
통해 민족을 조형하는 역할은 문학과 예술에도 어김없이 부가되었다.
문학과 예술은 미를 매개로 해 스스로에게 맡겨진 역할을 수행하고자
했는데, 그 출발은 이광수로부터였다. 1910년대에 개인으로 하여금 미라
는 매개를 통해 민족의 일원이 될 것을 주장했던 이광수는 1920년대가
되자 미를 도덕을 포괄하는 궁극적인 가치로 파악한다. 미를 사회의 구
조와 연결시키고 현실의 문제를 심미적인 것으로 파악해 문예와 민족을
하나로 파악하는 것 역시 이와 같은 논리의 연장선상에 있다. 요컨대
1920년대 이광수에게 있어 문예를 통한 미의 구현은 민족의 완성과 맞
물리는 것이었다.[67]

  그런데 이광수에게는 부재한 것이 있었다. 어떻게 문예를 통해 미를
구현할 수 있는가 하는 점으로, 이는 민족의 완성과도 연결되는 문제였
다. 실제 이광수가 주장했던 문예를 통한 미의 구현은 문학이나 예술의
특수성에 관한 논구를 통해 해결될 수 있는 문제였다. 그리고 이는 궁극
적으로 형식의 문제로 귀결되는 것이다. 고립과 초월을 표방했던 1920
년대 동인지 문학이 이후 문학의 중심에 자리잡을 가능성이 열리는 곳
은 바로 이 지점이다. 그리고 그 고립과 초월이 심미성이란 이름을 통해
역설적으로 자율적 비판의 거리를 망각하고 앞선 문화의 두 가지 역할
을 충실하게 수행할 가능성이 열리는 장소 역시 동일했다.

주제어 : 인쇄매체, 지식체계, 문화, 개조론, 정신, 인격, 민족, 동일시, 차별화,
        대동아공영권

---

67) 김현주, 「이광수의 문화이념 연구」, 연대박사논문, 2002.
    「식민지시대와 '문명'·'문화'의 이념」, 『민족문학사연구』 20, 민족문학사학회, 2002 참조.

◆ 참고문헌

1. 기본 자료

『東亞日報』, 『朝鮮日報』, 『開闢』

2. 단행본

(1) 국내서

김덕영, 『주체·의미·문화』, 나남출판, 2001.

권보드래, 『한국 근대소설의 기원』, 소명출판사, 2000.

김진송, 『현대성의 형성; 서울에 딴스홀을 허하라』, 현실문화연구, 1999.

박찬승, 『한국근대정치사상사연구』, 역사비평사, 1992.

(2) 국외서

Benedict Anderson, 윤형숙 역, 『상상의 공동체: 민족주의의 기원과 전파에 대한 성찰』, 나남, 2002.

Tetsuo Najita & H. D. Harootunian, 『The Cambridge History of Japan, vol.6(The Twentieth Century)』, Cambridge University Press, 1988.

岡倉天心 외, 임성모 역, 『동아시아인의 '동양' 인식』, 문학과지성사, 1997.

久野收 외, 심원섭 역, 『일본근대사상사』, 문학과지성사, 1994.

宮川透·荒川幾男, 이수정역, 『일본근대철학사』, 생각의나무, 2001.

柄谷行人 외, 왕숙영 역, 『창조된 고전』, 소명출판, 2002.

伊藤整, 고재석 역, 『근대 일본인의 발상형식』, 소화, 1996.

岡倉天心 외, 임성모 역, 「동양의 이상」, 『동아시아인의 '동양' 인식』, 문학과지성사, 1997.

♦ **국문초록**

1920년대 초기 조선에는 신문, 잡지 등 많은 인쇄매체들이 등장했으며, 이들 대부분은 '문화'를 하나의 화두처럼 내세웠다. 이러한 문화에 관한 논의는 특정한 사유 방식을 창안하고 유포하는 역할을 했으며, 문학 역시 같은 자장 속에서 배태되었다. 당시 문화에 대한 강조는 개조론이라는 세계사적 흐름과 연결되어 있었다. 문제는 그것이 조선에 어떻게 유입되고 어떠한 역할을 했는가 하는 점이다. 거칠게 말해 당시 문화는 예술, 도덕, 종교 등 정신적 매개를 통해 인격을 완성하는 것을 의미했다. 유기체론에 기반해 인격이 민족으로 치환되자, 문화는 민족을 조형하는 역할을 맡게 되었다. 문화를 통해 새롭게 조형되어야 할 민족은 열등, 병폐로 집약되는 전통과 반대편에 위치하는 것, 곧 일본과 동일 정도의 것이었다. 요컨대 문화는 동일시와 차별화의 이중회로 속에 위치하는 것이었다. 이와 같은 논의의 근간에는 일본이 위치하고 있었다. 당시 일본에서 문화 역시 동일시와 차별화의 매개로 제기되었다. 그리고 이는 1930년대 후반 일본을 맹주로 하는 대동아공영권의 이데올로기로 손쉽게 전용되었다. 1920년대 초기를 전후로 해 조선에서 문화의 중심 범주로 부각된 문학, 예술 역시 앞선 두 가지 역할을 충실히 계승했다.

♦ SUMMARY

The episteme of the assimilation and discrimination, culture and literature

Park, Hyun-Soo

Most of the printing—media(newspapers, journals etc.) appeared at the early 1920s in Korea emphasized 'Culture'. At that time, the discussion of literature was located in the inside of the specific episteme made by the argument of culture. The discourse of the culture at that time was related to the theory of reconstruction. But important thing is the role of the discourse of the culture in Korea. The meaning of culture was that an individual was willing to perfect personality by means of art, ethics, religion etc. Personality changed to the nation based on the theory of organism. Consequently the culture played the role of casting the nation. The nation made by the culture was antagonistic to tradition, hooked on to Japan's. After all the culture is the intermediation of the assimilation and discrimination. At that time literature was located in the center of the argument of culture. Literature also substantially played two roles of the culture.

Keywords : printing – media, episteme, culture, personality, nation, assimilation, discrimination

－이 논문은 2003년 12월 31일에 접수되어, 소정의 심사과정을 거쳐 2004년 1월 31일 게재가 확정되었음.

총후 부인, 신여성, 그리고 스파이*
- 전시 동원체제하 총후 부인 담론 연구 -

권 명 아**

목 차

---

1. 전시 동원 체제의 젠더 정치 - 젠더사의 시각과 주체의 역사적 구성1)

1930년대 후반에서 일본의 패전에 이르기까지 이 시기의 특징을 과

---

* 이 논문은 2002년도 한국학술진흥재단의 지원에 의하여 연구되었음.(KRF-2002-073-AM 1008)
** 연세대학교 국학연구원 연구교수. 국문학.
1) 본 논문은 전시 동원 체제하의 젠더 정치를 연구하는 작업의 한 부분임을 밝혀둔다. 본고에서 논하고 있듯이 특정 역사적 국면의 젠더 정치를 파악하기 위해서는 그 시기 주체 구성의 기획의 전체상을 고찰해야 한다. 기존의 젠더 연구는 주로 여성 정체성 연구에 집중함으로써 젠더사 연구를 여성사 연구로 제한하였다. 특히 전시동원 체제 하의

252

연 어떻게 규정할 것인가 하는 문제는 여전히 논란이 되고 있다. 이 시기에 이르러 독일, 이태리, 일본을 주축으로 '파시즘 세력의' 연대가 구축되지만 1922년에서 1944년 사이의 이태리를 "파시스트" 시기로, 1933년에서 1945년 사이의 독일을 "나찌"의 시대로 규정하는 것과 같은 시대 규정이 일본의 역사적 과정에 대해서는 명확하게 합의되어 있지 못하다. 이 시기 일본의 정치사적 특성에 대해서는 "울트라 내셔널리스트, 파시스트, 전체주의, 군국주의, 일본주의" 등의 규정 등이 복합적으로 적용된다.2)

젠더 정치는 동양과 서양의 분리, 대동아 공영권 논리하의 제국, 구식민지, 신식민지의 분리와 통합의 기제를 함께 고찰해야 한다. 이에 대해서는 「전시 동원 체제 하의 '남방' 담론 연구-'대동아 공영'의 이념과 가족 국가주의」, (「동방학지」, 2004년 2월호). 「청년, 파시즘적 엘리트 기획과 '지식인 인종' 비판-전시 동원 체제 하의 청년 담론 연구」(미발표 논문)를 통해 다루었다.

2) 1931년에서 1945년까지의 일본의 정치사적 흐름에 대한 규정화를 둘러싼 논란에 대해 서는 *Japan 1931~1945-Militarism, Fascism, Japanism?* Edited with an Introduction By Ivan Morris, Columbia University, D. C. HEATH AND COMPANY. BOSTON, 1963, 참조.

파시즘과 근대성에 관한 논의는 다각도로 진행되고 있다. 최근의 파시즘 연구는 주로 파시즘이 근대성의 예외적 국면이 아니라 근대의 자기 전개의 특정한 양상을 의미한다는 방향으로 진행되고 있다. 대표적으로는 Andrew Hewitt, *Fascist Modernism*(California: Stanford University Press, 1993) 참조. 휴이트는 여기서 파시즘과 미학의 상관성을 분석하기 위한 범주로서 발터 벤야민의 '정치의 심미화'와 '미학의 정치화'의 문제에 집중하고 있다. 이를 통해 휴이트는 파시즘과 근대성이 반동과 진보라는 단일한 시간 개념으로 환원되지 않으며 이러한 식의 근대 인식이 파시즘을 근대성으로부터의 반동이라는 일면적 시각으로 바라보게 된다고 비판하고 있다. 휴이트의 분석틀은 '객관적인 사회적 비공시성들'이라는 견지에서 파시즘을 다룬 벤야민, 블로흐, 뷔르거의 논지를 비판적으로 계승하고 있다. 특히 휴이트는 포스트 모더니즘 논의가 파시즘의 패배를 기정사실로 만들고 모더니즘에 대한 이해를 단순하게 만들면서 둘 사이의 상관성을 해명할 수 없게 만들었다고 비판한다. 이러한 비판을 토대로 휴이트는 "파시즘을 모더니즘과 동일화하거나 또는 양자를 근본적으로 구별하려는 시도는 모두 양자를 과도하게 단순화 한다"고 전제한 후 문제는 "모더니스트들이 파시즘 안에서 자기들을 위한 집, 또는 보금자리를 만든 전략"을 드러내는 것이라고 제기하고 있다.

이외에도 파시즘 해석과 관련된 문제에 대해서는 Roger Griffin, *The Nature of Fascism*, London and New York: Routledge, 1993. Walter Laqueuer(ed), *Fascism-A Reader's Guide*, Berkeley and Los Angeles: University of California Press, 1976, 참조.

한국사 연구에 있어서도 이 시기는 친일과 '민족적 저항'의 역학 관계를 규정하는 중요한 지점으로 논란이 되고 있다. 특히 1937년 이후 이른바 전시동원체제의 시기는 '전민족적 협력', 즉 이른바 친일의 지배화라는 점에서 오랜 동안 '암흑기'라는 비유적 어휘로 설명되어 왔다. 친일과 민족적 저항이라는 이분법적 구도에 대해서는 여러 지점에서 문제제기가 이루어지고 있다. 일례로 최근의 연구에서 윤해동은 "제국주의의 식민지 지배는 수탈과 저항이라는 단순 도식에 의해서는 설명할 수 없는 부분이 너무나 많"으며 따라서 "민족주의라는 프리즘이나 근대화라는 프리즘만으로는 걸러지지 않는, 식민지배기 대부분을 관통해왔던 광범위한 회색지대를 이해하기 위하여 우리는 새로운 프리즘을 사용할 필요가 있다"라고 문제제기 하고 있다. 윤해동은 민족(반민족)과 근대라는 프리즘을 대신하여 "개인과 '사회의 분화'라는 잣대를 가지고 제국주의 통치에 대한 저항 행위를 평가한다면 친일과 저항(배일)이라는 대응 방식은 상당한 문제를 드러내게 될 것이다"라고 전망한다.[3]

'민족'이라는 단일한 통합적 정체성을 통해 '역사'를 기술하는 것의 문제에 대해서는 여러 지점에서 비판적 문제제기가 진행되고 있다. '민족'이라는 단일한 정체성의 형성, 발전의 과정으로 역사를 기술하는 것의 문제점에 대한 비판은 단지 민족주의의 이데올로기를 규명하는 데 있는 것은 아니다. 오히려 '민족' 중심의 역사 기술(narrative)을 비판하는 작업은 근대의 역사 기술, 혹은 담론 체계들이 특정한 주체를 신성하고 보편적인 것으로 구성하는 과정을 비판적으로 해체하고 재구축하는 과정의 일환이다. 이 때 근대 주체의 자기 기술 과정(역사 기술 역시 이 과정의 하나이다)에서 신성하고 보편적인 것으로 구성되는 주체들은 민족, 국가, 인종 등의 범주에서부터 이른바 성별 정체성(남성, 여성의 구별), 미성년, 지식인, 민중, 개인[4]의 범주 등 복합적이고 다층적이다. 일례로

---

3) 윤해동, 「식민지 인식의 회색지대-일제하 공공성과 규율 권력」, 『식민지의 회색지대-한국의 근대성과 식민주의 비판』, 역사비평사, 2003, 25-27쪽.
4) 개인이라는 범주는 근대 기획의 역사적 산물이다. 개인이라는 특정한 정체성이 이상

민중 범주는 근대 주체로서 부르주아 지식인이 자기를 기술하는 과정에
서 자기 계급과 다른 정체성을 지닌 '타자'를 무차별적으로 통합하는(동
시에 배제하는) 담론이다. 지식인과 대중, 혹은 민중이라는 구별적 정체
성의 기획을 통해 이른바 계몽의 기획은 착수되고 '보편화'된다.5) 그런
점에서 근대의 기획이란 이처럼 억압과 배제의 산물인 특정한 유형의
주체성의 기획을 보편적이고 '평등'한 것으로 신화화함으로써 착수되고
'완수되'는 것이다.

이 지점에 대한 지속적이고 급진적인 문제제기는 페미니즘 이론과
실천을 통해 제기되었다. 많은 이론가들이 동의하듯이 근대적 주체성의
기획(이른바 근대성의 기획)이 내재한 억압과 배제의 정치학을 비판하고
재구성하는 과정은 페미니즘 이론과 실천에 의해 촉발되었다. 특히 역
사 연구에 있어서 페미니즘 연구는 여성사라는 제한된 영역의 연구 방
법을 비판하면서 젠더사의 틀로 전환되었다.6)

적인 근대성의 규정으로 등장한 것은 근대 기획의 담지자인 부르주아 지식인들의 자기
이해와 밀접한 관련을 맺는다. 이에 대해서는 Joan W. Scott, 'Experience', *Feminist Theorized
the Political*, edited by Judith Butler and Joan W. Scott, Routledge, NY, London, 1992, 참조. 그
런 점에서 민족과 근대성을 중심으로 한 역사 기술의 문제를 비판하면서 개인과 사회
의 분화라는 대안적 규정을 제시한 윤해동의 논지는 민족이라는 범주를 역사화 시키면
서 개인과 사회라는 범주를 다시 특권화하는 모순된 방식이라 할 수 있다. 물론 윤해동
의 논지에서 보다 중요한 지점은 공공성의 문제이지만 개인과 사회의 분화라는 대안적
규정과 공공성의 관계에 대한 윤해동의 관점은 아직은 모호하다.

5) '민중'의 신화와 이를 통한 근대적 주체성의 기획의 억압적 특성에 대한 비판은 안토
니오 네그리와 마이클 하트의 『제국』을 참조. 이들은 근대적인 민중 범주를 해체하고
'다중(multitude)'의 범주를 제기함으로써 근대적 주체화의 기획에 내재된 배제의 정치학
을 넘어서고자 시도하고 있다. 그러나 여기서 다중이란 명확하게 개념화하고 틀 지울
수 없는 복합적이고 때로는 모순적인 주체 위치에 놓여진 존재들을 규정하는 비규정적
개념이라는 일종의 모순어법의 산물이다. 이에 대해서는 Michael Hardt, Antonio Negri,
Empire, Havard University Press. 2000, 참조. 여기서 다중의 범주는 페미니즘 기획의 산물
인 하위 주체(subaltern)와 꼬뮤니즘의 주체성의 기획을 결합하고자 하는 시도라 할 수
있다.

6) 그러나 한국에서 페미니즘 연구는 이러한 방법적 모색을 이루지 못하고 있다고 보인
다. 한국에서 페미니즘 연구는 주로 여성사 연구라는 제한된 영역에 함몰되어 '여성'이

젠더사 연구의 중요한 지점은 경험의 역사화와 차이화(differentiation)의 역사적 기제에 대한 분석이다. '민족'이라는 단일한 정체성을 중심으로 한 역사 기술은 민족의 생성, 발전, 억압과 복원이라는 식으로 민족이라는 정체성을 필연적으로 생성되고, 발견되고 진화 발전하는 신성한 주체로 기술함으로써 민족적 정체성이 구성되는 차이화의 기제를 은폐한다. 그러나 이러한 방식의 역사 기술에 대한 비판으로서 여성사라는 기획 역시 남성적 근대 기획에 의해 억압된 여성적 정체성을 발견하고 재구축하는 동일한(이른바 반동일화의 기획) 기획에 함몰된다. 이러한 점에서 젠더사 연구는 여성, 민족 등의 범주가 탈역사적인 보편 범주로서 기능하는 것이 아니라는 문제제기 뿐 아니라 역사 연구 방법에 있어서 이러한 범주를 토대로 한 연구의 한계를 근본적으로 비판하는 것이다. 즉 근대 기획의 억압과 배제의 정치학을 역사적으로 탐구한다는 것은 계급, 인종, 젠더, 생산 관계, 정체성, 경험, 문화, 개인 등의 범주들이 어떻게 역사적으로 특권적 지위를 갖게 되었는가하는 질문을 통해 이러한 범주들 속에서 과거를 연구한다는 것이 역사가에게 무엇을 의미하는가라는 근본적인 문제를 제기하는 것이다.

따라서 젠더사의 방법론은 특정한 정체성의 출현이 필요불가결한 것이거나 이미 결정된 것이 아니며 또한 단지 명시(expressed)되기를 기다리며 역사의 심연 속에서 대기하고 있는 것이 아니라는 문제제기를 내포한다. 조안 스콧의 말을 빌자면 젠더사 연구의 근본적인 지점은 경험에 의해 할당된 주체 위치(subject positioning)를 가시화하는 것이다. 일례로 자마이카 흑인의 정체성에 대한 분석에서 조안 스콧은 "'블랙'이라는 정체성은 고정된 정체성이 아니라 심리적, 문화적, 정치적으로 구성된 것

라는 주체성을 보편화하고 일반화하며 동시에 신성화하는 역설을 보여준다. 이러한 방식의 여성사 연구는 민족이라는 주체를 신성화하고 역사를 민족의 생성과 발전의 과정으로 탐구하는 것과 마찬가지로 여성적 정체성의 형성, 발전, 전개라는 동일한 도식을 반복하고 있다. 이는 근본적으로 젠더화된 근대적 주체성의 기획을 반복하는 것이다. 이에 대해서는 권명아, 「맞장뜨는 여자들」, 소명출판사, 2001, 참조

이며 다분히 담론적(narrative)이고 일종의 이야기(a story)이며 역사(a history)"라고 결론짓는다. 즉 쟈마이카의 경우 "블랙"이라는 정체성은 학습된 것이자 어떠한 역사적 순간(쟈마이카의 경우 1970년대)에 오직 학습될 수밖에 없었던 것이다.

이러한 분석을 통해 조안 스콧은 젠더사 혹은 차이의 정치학에서 주체의 출현에 대한 분석은 주체를 담론적 시스템 내의 충돌과 그들 상호간의 모순 속에서 구성된 것, 즉 담론적 사건으로 다룰 필요가 있다고 주장한다. 이를 통해 조안 스콧은 경험은 주체의 역사이고 언어는 역사가 작동하는 장소라는 결론에 이른다.[7] 이러한 연구 방법을 통해 젠더사는 과거를 연구함에 있어서 주체성이 구성되는 방식과 주체성의 담지자(agency)가 생성 가능한 방식, 인종과 섹슈얼리티가 젠더를 가로지는 방식과 정치학이 경험을 조직하고 해석하는 방식, 그리고 정체성이 권력 투쟁적이며 복합적이고 충돌하는 요구들의 장이 되는 방식을 탐구하는 것이다.

1937년을 전후로 한 이른바 전시 동원 체제의 확립과 대동아 공영권 기획으로의 포섭은 식민지 조선 내에서 단지 반민족적 정체성, '황민'으로서의 정체성을 단일하게 구성하는 것은 아니다. 물론 이 시기 저항의 지점이 구체적으로 어디서부터 도출되는가 하는 문제에 대해서는 좀더 진전된 연구를 통해서 논의되어야 할 것이다. 그러나 이른바 일제 협력층이나 전시 동원 체제에 포섭된 집단 내에서도 주체 위치는 이질적이고 다양하며 때로는 충돌하는 갈등적 요구들을 통해 구성된다. 그런 점에서 젠더사의 방법론을 통해 전시 동원 체제를 고찰하는 것, 또는 전시 동원 체제의 젠더 정치를 연구하는 것은 '친일', '황민화'라는 단일한 주체 구성의 메카니즘으로 규정되지 않는 이 시기 다층적이고 복합적인 주체 위치의 구성 과정을 고찰하는 주요한 준거점을 제공할 수 있으리라고 보인다. 또한 이러한 고찰을 통해 이른바 식민지 경험을 통해 어떠

---

7) 조안 스콧, 앞책, 참조.

한 정체성이 학습되는가 하는 문제에 대한 다른 각도의 논의 구조를 형성할 수 있으리라고 생각된다. 황민화의 기획이 조선적인 것의 일본화라는 기획뿐 아니라 청년, 총후부인, 소국민과 같은 다분히 파시즘적 주체화의 기획과 갈등적인 방식으로 진행된다는 점이 본고에서 고찰하고자 하는 중요한 지점이다. 이때 황민화라는 울트라 내셔널리즘의 기획과 파시즘적 주체화의 기획은 동시적이면서도 갈등적이기도 하다8). 또 전시 동원 체제를 통해 구성된 파시즘적 주체성과 이의 학습은 해방 이후 '신생 국민국가'9) 형성과 '민족 중흥'의 역사적 사명이라는 또 다른 기획하에 새롭게 전유되고 호출된다. 그런 점에서 전시동원체제의 주체 구성의 갈등적 장에 대한 탐구는 해방 이후 파시즘화에 대한 이해와 이른바 식민지 경험에 대한 역사적 사유를 위해 중요한 논의 지점을 제공하리라고 본다.

물론 이러한 문제들을 해결하기 위해서는 이른바 일제에 협력한 일부 지식인 집단의 담론 구조 뿐 아니라 실제의 '정치 집단'들의 정체성 획득의 과정과 경험 및 이 시대의 다층적 경험에 대한 좀더 본격적인 연구가 동반되어야 할 것이다. 본고는 이러한 문제의식을 해결하는 한 과정으로서 전시동원체제의 주체 구성의 메커니즘을 총후 부인 담론을 통해 고찰해보고자 한다. 총후 부인 담론은 황민화의 젠더적 분할을 보여주는 지표이자 황민화 기획이 식민지 조선 내부를 어떻게 재편성하고 있는가를 보여주는 중요한 지점이다. 또한 총후 부인 담론은 단지 젠더

---

8) 파시즘의 역사적 특성과 파시즘적 주체화 기획에 대해서는 여러 글을 통해 밝힌 바 있다. 이에 대해서는 권명아, 「모성 신화의 기원, 그 파시즘적 형식에 관하여」(『연세학술논집』, 1999, 8월), 『문학 속의 파시즘』(공저, 삼인출판사, 2002), 「여성 수난사 이야기의 역사적 층위」(『상허학보』, 2003년 2월)를 참조.

9) '신생 국민 국가'라는 범주는 한국 전쟁 이후 한국 사회의 극우, 보수 이데올로그들이 즐겨 사용한 용어이다. 이는 한국을 서구와는 다른 민족 국가 정체성을 지닌 사회로 규정하기 위해 사용된다. 신생 국민 국가라는 용어는 한국식 민주주의라는 신조어의 이데올로기적 기반이 된다. 이에 대해서는 「수난사 이야기로 다시 만들어진 민족 이야기」, 『문학 속의 파시즘』, 앞의 책 참조.

정치와만 관련되는 것이 아니라 '총력전 하' 사회 체제를 재구성하는 사회체의 이념과도 밀접한 관련을 맺는다. 총후 부인 담론은 표면적으로는 남성들이 최전선에 배치되는 과정에서 '후방'의 주체로서 '여성'을 구성하는 주체 구성의 담론이다. 이는 이른바 총력전 체제 속에서 식민지 조선을 최정예(avant guard), 후방(rear guard), 제 2세대(소국민)로 분할하는 이른바 '황민화'의 담론의 한 축을 이룬다. 여기서 최정예(avant guard)의 주체(담지자)는 '청년'으로, 후방(rear guard)의 담지자는 '총후부인'으로, 제2세대의 담지자는 소국민으로 새롭게 명명된다. 이러한 새로운 호명 체계는 황민화 기획이 내포한 실제적인 주체 구성의 역학을 보여주는 것이다. 또한 여기서 청년, 총후 부인, 소국민이 '황민'의 내부, 즉 '국민'의 정체성을 지칭한다면 이러한 주체 구성의 담론은 동시에 '국민'의 바깥, 즉 비국민의 정체성을 형성하고 배제하는 역할을 동시에 담지한다. 이때 비국민의 정체성은 '지식인 인종', '신여성'의 이름으로 형성된다. 즉 '청년'이 전시 동원 체제 하 국민의 정체성을 정예부대의 관념 속에서 구축하는 담론이었다면 청년의 정체성은 지식인 인종에 대한 부정적 가치 절하를 통해 이루어지는 것이다. 또한 총후 부인 담론 역시 신여성적 정체성을 부정하고 배제함으로써 새로운 주체로서 호출된다. 본고에서는 이러한 전시 동원 체제의 주체 구성의 역학에 내포된 호출과 배제의 역학을 총후 부인 담론을 통해 살펴보고자 한다.

1930년대 후반 이후 전시 동원체제로의 변화 과정에서 조선에서는 내부적인 주체 위치의 재배치가 급속하게 진행된다. 이른바 총동원 체제는 물자와 노동력에 대한 동원뿐 아니라 주체 위치를 재정비함으로써 식민지 내부를 급속하게 서열적으로 위계화하는 과정이기도 하다. 이러한 내부 식민화 과정을 통해 '총동원'은 실상 각각의 주체 위치에 따른 차별화된 방식으로('적절성'과 '직분'의 이념에 따라) 이루어진다. 이러한 과정을 통해 '부인'으로서의 정체성은 서구적 가치에 대항하는 동양적이고 본래적인 가치와 정체성으로 각인되고 '신여성적' 정체성은 자유주의적이고 개인주의적이며 퇴폐적이고 비생산적인 정체성으로 각인된다.

2. 무능력자와 '정치적 주체' 사이의 균열—전시 동원 체제와 총후 부인 담론의 맥락

전시동원체제로의 전환 이후 '총후'의 봉공을 담당할 주체로서 '부인' 담론이 급격하게 등장한다. 총후 부인 담론은 다음과 같은 지점과 관련되어서 주로 도출된다.

첫 번째는 신체제와 생활 개선과 관련된 담론이다. 이는 후방의 동원과 관리 문제와 직접적으로 관련된다. 특히 '동원'(물자 및 노동력)의 단위가 주로 '가정'을 중심으로 이루어짐으로써 가정 관리의 문제는 물자 동원의 문제와 직접적으로 관련을 맺게 된다.

두 번째는 후방 관리의 문제 중 주로 '후방'의 안전과 관련된 담론이다. 이는 실상 스파이 담론과 밀접한 관련이 있다.

세 번째는 스파이 담론과의 내적 관련성이다. 37년 이후 스파이 담론은 '위장평화'에 대한 경계와 각 국가와 일본의 관계에서 적대적 관계를 분명히 할 것을 선전하는 담론들에서 비롯된다. 이때 스파이 담론은 스파이에 포섭되는 '상류층 여성', 총동원의 이념에 위배되는 개인주의적이고 퇴폐적인 "블루 스타킹 족"[10]이라는 담론 체계를 통해 여성의 특정한 정체성을 가치 절하하고 '위험한 여성'으로서 '신여성적 정체성'을 혐오하고 배제하는 방식을 취한다.

네 번째는 재생산과 관련된 담론이다. 이 경우 총후 부인 담론은 '전시하의 애육'('국민' 재생산 문제)문제나 인구 증가 정책, 이와 관련된 탁아소 문제 등과 관련되어 드러난다. 이 경우는 특히 장기전에 대비한 '국민 재생산' 및 여성 노동력 동원과 관련된다.[11]

---

10) 뒤에서도 살펴보겠지만 "블루 스타킹"은 신여성을 상징하는 하나의 징표이다. 이외에도 이 시기에 신여성은 모피 코트와 파마 머리와 향수 냄새로 환치되었다. 특히 아이를 낳지 않는 '향락주의자' 신여성은 재생산을 위반하는 위험한 징조로 표상되었다.

11) 재생산과 관련된 총후 부인 담론은 조선에 지원병제도와 징병제가 실시되면서 군국의 어머니 담론으로 이어진다. 군국의 어머니 담론은 총후 부인 담론의 연장에 놓인 것이다. 군국의 어머니 담론은 총력전 체제와 모성 이데올로기의 상관관계를 보여주는 지점

총후 부인 담론이 등장하게 되는 것은 기본적으로 전시동원체제가 '가정'을 단위로 구성되기 때문이다. 국민정신총동원의 단위로 '가정'이 구성되는 것은 근본적으로 일본의 근대 체계 구성에서 가정(카테이)이 차지하는 의미와 관련된다. 일본의 근대 체계 구성에 있어서 가정은 근본적으로 공적 영역과 매개되며 정치적 단위로 구성된다.[12] 또한 이렇게 가정이 정치 단위로 호출되는 과정에서 '국민'과 '비국민'의 경계는 '가정'의 안과 밖을 중심으로 구성된다. 이로써 총후 부인이 '가정'의 안에 놓여진 '안전한 국민'의 표상이 되며 가정 바깥에 놓인 여성 정체성은 '불안한 비국민'의 표상이 된다. 이 과정에는 일본 내의 파시즘화 과정에서 작용하는 '양처현모론'의 대두도 밀접한 관련이 있다고 보인다.[13] 또한 총후 부인의 정체성 세목이 구성되는 과정에서 '신여성'적 정체성에 대한 전면적 혐오와 비판이 공존하게 되는 것은 스파이 담론의 영향 또한 지대하다고 보이며 이 과정에는 독일 파시즘의 영향 또한 드러난다.[14]

스파이 담론의 만연은 사회의 파시즘화를 보여주는 주요한 징후이다.

이다. 이에 대해서는 「총력전과 젠더」, 「성평등연구」, (카톨릭대학교 성평등연구소, 2004년 2월) 참조.

12) 이런 식으로 '가정' 혹은 가족이 근대 정치의 기초 단위로 구성되는 것은 일본만의 특징이 아니다. 물론 일본의 카테이의 개념은 서구의 '가족(family)'이나 가정(homme)과 동일한 것은 아니다. 그러나 프랑스 혁명을 기조로 한 서구의 근대화 과정에서 가족은 근대 정치의 기본 단위로 구성되었다. 그런 점에서 가족 개념을 봉건적 관습의 연장으로 파악하는 것은 단순한 논법이다. 이에 대해서는 권명아, 「가족 이야기는 어떻게 만들어지는가」,(책세상, 2000)와 「마지노선의 이데올로기와 가족·국가」, 「탈영자들의 기념비-당대비평 특별호」, 2003년 4월 참조.

13) 일본에서의 '양처현모론'의 전개과정과 파시즘화에서의 '양처현모론'의 가능에 대해서는 가와모토 아야, 「일본 양처현모 사상과 '부인개방론'」, 「역사비평」, 2000년 가을호, 참조.

14) 스파이 담론과 침투 공포의 환기는 일본에서의 '반유대주의'의 확산과 밀접한 관련을 맺는 것이기도 하다. 일본에서 반유대주의의 전개 과정에 대해서는 David Goodman, Anti-Semitism in Japan: It's History and Current Implication, *The Construction of Racial Identities in China and Japan-Historical and Contemporary Perspectives*, Frank Dicotter(ed.) University of California Press, 1998, 참조.

파시즘 정치학은 침투 공포를 환기함으로써 사회 내부에 대한 강제적 '정화'와 재정립의 필연성을 정당화하는 특징을 지닌다. 나찌즘에서 비롯된 반유대주의는 특정 인종에 대한 혐오감을 생산할 뿐 아니라 사회의 '경계'가 문란해진다는 것에 대한 위기감을 자극한다. 또한 이러한 사회의 '문란'에 대한 경계는 사회의 '여성화'에 대한 경계와 맞물려 있다. 이는 파시즘 정치학에서 인종과 젠더의 밀접한 관련성을 보여주는 지점이다. 1930년대 후반 조선에서의 스파이 담론과 총후 부인 담론의 연계는 사회체를 파시즘적으로 재조직하는 기획에 내포된 인종과 젠더의 결합관계를 보여주는 것이다.[15]

또한 '신여성'적 정체성에 대한 혐오와 비판은 '지식인'에 대한 혐오와 비판처럼 파시즘적 이념의 본질적 측면과 관련되는 것이기도 하다. 총후 부인 담론은 '가정'을 정치적 단위로 구성하면서 동시에 가정을 동양의 본래적 가치로 재구성하고, 이를 통해 가정을 국가의 통제 하에 두는 동시에 국가와 민족의 재생산의 기반으로서 가정이라는 이데올로기를 재구성하게 된다. 또한 이를 통해 출산 통제와 같은 '재생산'에 대한 담론들이 부인 담론의 중요한 기반을 이루게 된다.[16]

3. 가족 국가주의의 확대와 정치 단위로서 '가정'의 구성

전시동원체제의 확립과 함께 가정은 총동원의 기초 단위로 선언된다. 총동원의 시작을 알리는 「家庭과 國民精神總動員」에서 가정과 국민정신 총동원의 관계는 다음과 같은 항목을 중심으로 구성된다. 1. 가정은 국

---

15) 파시즘 정치와 반유대주의, 그리고 인종과 젠더의 관계에 대해서는 Harold B Segel, *Body Ascendant*, Baltimor and London: Jhons Hopkins Univ. Press, 1998, 참조.

16) 출산통제 담론과 '부인' 담론, 그리고 여기에 반영된 국가주의와 우생학의 관계에 대해서는 소현숙, 「일제 식민지시기 조선의 출산통제 담론의 연구」, 한양대학교 석사학위논문, 1999, 참조.

가(國)의 기조이다. 2. 가정의 중심은 주부이다. 3. '今次事變의 特異性'.
이는 근대 전쟁이 총력전의 형태를 띠므로 무력뿐 아니라 외교력, 경제
력 등 "국가의 총력"을 필요로 하며 총동원 체제를 구성할 수밖에 없다
는 점과 관련된다. 4. 따라서 물자 절약과 활용, 생산의 확충이 필수적이
다. 5. 국민 정신 총동원의 단위는 가정이다.[17)

가정이 전시동원체제의 정치 단위로 재구성되는 과정에는 일본의 천
황제 파시즘의 가족 국가주의적 특성이 중요하게 작용한다. 이러한 가
족 국가주의의 이념과 '일본 됨의 순수성'을 삶의 방식의 순수성과 동질
성으로 구성하고자 하는 기획은 대동아 공영권의 기획에 이르러 갈등적

---

17) 「家庭と國民情神總動員」, 高橋濱吉, 「총동원」, 창간호, 1939년 6월, 27쪽. 여기서 가정(家
庭)은 일본의 '家'이념과의 관계 속에서 고찰해야 한다. 일본에서 '家'의 관념은 이에(家)
와 카테이(家庭), 호무(homme)의 역학 관계 속에서 구성된다. 이에와 호무는 모두 1880
년대 메이지 민법의 설계 과정에서 탄생하였다. 이들은 표면적으로는 이에가 토착적인
것, 중세적인 것을 호무가 서구적인 것, 근대적인 것을 의미하였지만 본질적으로는 갈
등없이 공존하는 것이었다. 이에가 시간적 지속성의 개념이었다면(이에는 주로 집, 가
족, 혈통을 의미하였다) 호무는 공간적 임시성을 의미하였다. 이 호무는 이후 일본의 신
조어인 카테이(家庭)로 대체된다. 카테이는 주택(家)와 정원(庭)의 특질을 결합한 것으로
'카테이 코이쿠(가정 교육)', '카테이 에이세이(가정 위생)' 등의 변형어들이 여기서부터
형성되었다. 이러한 방식의 결합은 카테이의 의미에 교육, 위생 등의 범주를 친근하게
결합시키게 된 메이지 시기의 맥락에서 비롯된 것이다. 즉 이는 새로운 공적 제도와 이
제 막 생겨나고 있는 공공영역의 결합을 의미하는 것이다. 또 카테이는 그 출발에서부
터 젠더적 함의를 지녔다. 카테이에서 주부는 남성적인 외부 세계의 대립항으로 간주되
고 주부는 카테이의 우두머리이거나 가정이라는 전장의 군인이라는 식으로 의미화된
다. 메이지 초기부터 카테이의 개념은 여성적이었으며 가족 구성원에 대한 담론보다는
아내와 어머니에 대한 강조로 대체되었다. 이에 대한 자세한 논의로는 Jordan Sand, At
Home in Meiji Period: Inventing Japanese Domesticity, Sthephan Vlastor(ed.), *Mirror of Modernity*,
University of California Press, 1998. 참조.
총후 부인의 배경이 되는 국가의 단위, 국민정신총동원의 단위로서 가정이란 이런 의
미에서의 일본의 카테이의 개념에 기초한 것이다. 또한 이러한 과정은 이후 창씨개명
과정이 조선을 일본의 '가(이에)' 개념으로 전화시키고자 했던 작업이라는 것과도 일맥
상통하는 것이다. 창씨개명과 일본의 이에 개념에 대해서는 坂元 眞一, "'명치민법'의
성씨제도와 "창씨개명(조선)"·"개성명(대만)"의 비교분석」, 「법사학연구」, 한국법사학회,
2000, 참조.

인 모순점을 내포하게 된다. 이러한 갈등과 모순은 '지연과 혈연의 무모순성'이라는 이념을 통해 제거된다. 일본의 대동아적 확대의 국면에서 가족 국가주의의 이념은 '대동아'의 내연을 가족적 위계화로 재배치하고 동시에 그 외부에 대한 강력한 배타적 분리의 선을 획정한다. 이러한 분리와 통합의 선은 백인종에(米英으로 표상되는) 의한 아시아 제국에 대한 제국주의적 침략과 절멸 가능성이라는 담론 구조를 통해 봉인된다. 그런 점에서 가족 국가주의를 통한 제국으로의 통합이란 '적'에 의한 '我國'의 절멸 가능성이라는 위기 담론에 의해 보장되고 동시에 천황을 정점으로 하는 일본 제국(家, 이에)은 이러한 '전선'(절멸에 대항한 외부의 적과의 투쟁)에서의 최후의 보루이자 거점으로 재구성된다.

이러한 이념적 기반을 통해 국가—가(家, 이에)—가정(家庭, 카테이) 사이의 위계화된 통합의 선이 구성되는 것이다. 또 여기서 이에가 외부의 침탈 세력에 의한 절멸 가능성에 맞서는 투쟁의 최후의 보루이자 거점으로 구성되면서 내부적으로는 '가정(카테이)'이 '민족 구성원'의 절멸 가능성에 맞서는 투쟁의 최후의 보루이자 거점으로 구성된다. 또한 '가정'의 중요성은 서구화(백화)에 대항하는 유일한 거점이자 동양적 보루로서 재구성된다.[18]

따라서 총후 부인 담론이 가정의 재구성과 '부인'층의 조직적 구성, 스파이 담론을 통한 침투 가능성에 대한 공포를 동시적으로 환기하면서 등장하는 것은 이러한 가족 국가주의 이념의 필연적 결과라 할 수 있다.

지나 사변을 기점으로 한 이른바 세계사적 전환의 논리는 가족 국가주의의 재정립에도 투영된다. 이는 부인 담론과 청년 담론이 공유하는 지평이다. 여기서 이른바 대동아 공영의 이념과 국가주의의 확립은 미

---

18) 이에 대해서는 권명아, 「마지노선의 이데올로기와 가족·국가」, 앞 글, 참조. 그런 점에서 '가정'과 '가족'의 신화는 이러한 근대 역사의 과정을 통해 '서구화'에 대항하는 '동양적', '본래적' 가치로 재구성되는 것이다. 또한 현재 한국인들이 가족을 '최후의 보루'로 간주하게 된 것은 시대를 초월한 '전통'의 힘 때문이 아니라 이러한 가족 국가주의의 경험을 통해서이다.

영의 위협에 대항하여 "家族的 形態를 國家組織의 典刑으로 인식하는 것"을 의미한다고 천명된다. 이를 통해 이른바 대동아 공영권 내의 '제국의 아이들'의 위치, 그리고 조선의 위치와 역할은 "一家和合, 親戚相成, 隣保相扶"[19]로 규정된다.

가족 국가주의의 확립이 지나 사변을 기점으로 천명되듯이 '부인' 담론의 구성과 '부인' 조직의 강화는 지나 사변을 기점으로 강화된다. 지나 사변을 기점으로 부인회 조직에서 '지방'의 의미와 역할이 중요하게 부각되고 지방 회원이 급격하게 증가된다.[20] 지방 조직의 역할은 주로

---

19) 「家族主義の確立」, 김화준, 「동양지광」, 1939년 2월호, 76쪽.

20) 전시 동원 체제에서 부인회 조직의 위상과 역할에 대해서는 연구가 거의 되어 있지 않다. 당시 일본의 애국 국방 부인회는 조선을 지방 분회로 다루고 있으며 이 자료들을 통해 제한적이나마 조선에서 부인회 조직의 면모를 살펴볼 수 있다. 「支那事變と地方本 ·地部」, 「愛國 婦人會 四十年史」, 愛國婦人會(일본) 소화 16년 7월, 참조, 「愛國 ·國防婦人運動 資料集」, 日本圖書センター, 1996년 6월.

　지방 조직의 확대에 따라 조선의 회원수는 급격하게 증가한다. (「愛國 婦人會 四十年史 附錄」, 소화 16년 7월. 「愛國 ·國防婦人運動 資料集」 앞책, 참조.) 일본의 경우 1932년 군부의 관여아래 전국의 일반 가정부인들의 총후 후원운동의 모체로서 '대일본 국방부인회'가 결성되었다. 1942년에는 국방부인회와 애국부인회(1901년 창립)가 통합하여 관제 부인단체인 '대일본 부인회'가 결성된다.

　조선에서 당시 애국부인회의 총후 봉공 사업에 대해서는 「애국부인회의 총후활동」(「춘추」, 1941년 5월. 422-425쪽)에서 확인할 수 있다. 이 자료를 통해 볼 때 조선에서 애국부인회 활동은 일본 본회에서 지정한 지방 분회의 활동 내역과 크게 다르지 않다는 것을 알 수 있다. 조선에서 가장 큰 분회인 경성부연합분회는 1936년 설립되었다. 1936년 3월 사무를 개시한 경성분회는 인근 지역을 병합하여 연합분회를 설립하는데 "人口數가 一躍倍加되였으나 編入地域에 處한 民度가 低劣함으로써 會旨普及 會員增募에는 恪別한 努力을 要하는 者있다"고 밝히고 있다. 또 주요 사업으로 입영, 귀환병, 유골의 迎送, 충돌부대에게 충정축하의 증정, 출정 군인의 전지위문, 要地防空隊의 慰問, 國威宣揚皇軍武運長久祈願의 執行及參加, 위문구호의 標識 "출정군인 留宅각호에 일장문표를 揭出하여서 위문구호의 표식"이라 일렀다.), 戰傷兵의 取扱, 戰病歿軍人의 유족위문, 유가족 위문, 全鮮代表兒童의 遺兒출발시 축하연 개최, 기타 사업(사변기념일사업의 실시, 금주, 금연, 一汁一茶주의의 엄격한 실행, 출정 군인 유가족 위문, 총후후원강화주간의 설정, 방공연습참가, 軍馬위문(4월 7일의 愛馬日 기념행사), 愛國母子寮 위문, 군함 견학 등)이 있다.

　이외에도 대일본부인회와 국민총력연맹은 농촌에서 여성 노동력 동원을 위해 농번계

"生活 扶助, 의료기타 부조, 慰問 慰藉, 犒軍, 군사사상 보급, 기타시설 관리, 임산부 보호, 경제보호, 교육교화 시설 관리, 愛護, 보건시설 관리, 보육 시설 관리, 교화(아동문고 설치), 빈곤 아동 구제, 화재 예방, 각종 행사주간 원조, 의료 보호, 빈곤 가정 구제, 국체관념 명징, 敬神崇祖 사상 앙양, 旌表 위문, 생활 개선, 애국저금, 애국 여자단 구성, 선거 肅正, 融和 사업, 토목, 납세, 산업, 盜·火亂방지, 경제갱생, 公共奉仕, 학교 교육 협력(설비조성, 學修장려, 옹호시설), 修養, 娛樂, 농산축산, 가공제조 판매, 일용품 기타 판매, 절약품 판매, 불용품 판매, 노무동원 등"21)으로 세목화 되어 있다. 애국부인회를 중심으로 한 부인회 조직은 이러한 활동을 통해 공적 영역에서 '행위 능력'을 수행하게 된다.

총후 부인 담론에서 '가정'의 이념 쇄신, 생활 개선 운동, 생활 예절 등이 강조되는 것은 이처럼 정치의 기초 단위로 가정이 재구성되고 '부인'이 조직화되는 과정을 반영한다.22) 생활 개선이나 전시하 부인의 역

절 탁아소를 운영하였으며 이를 토대로 44년경에 이르면 상시 탁아소 설립을 위한 논의가 시작된다. 이에 대해서는 東原一雄(평양애린원탁아소), 「탁아소의 필요와 실제문제」, 「신시대」, 1944년 8월, 38-43쪽 참조.

21) 「愛國婦人會 市(區)町村 分會 施設 社業一覽」, 「愛國婦人會 四十年史」, 앞의 책, 715-725 쪽. 여기서 지방 분회에는 조선, 대만, 만주 등이 포함된다. '내지'와 조선에서의 애국부인회 사업의 구체적 양태에 대해서는 별도의 논문을 통해 고찰하고자 한다. 여성을 위한 시국 강연과 같은 자료를 볼 때 이미 지나 사변을 전후로 하여 조선 부인들의 북지 및 지나에서의 총후 활동은 시작되고 있었다고 보인다. 김석원(육군 보병 중좌), 「선전 담과 비상 시국하의 각오」, 「조광」, 39년 10월호. 참조. 이글에서 볼 때 조선 부인들은 지원병 환송, 간호 활동등을 이미 시작하고 있었다.

22) 이와 관련된 대표적인 논의는 다음과 같다. 高橋濱吉, 「家庭と國民情神 總動員」, 김활란, 「時局と都會女性」, 「총동원」, 1939년 6월호, 손정규, 「非常時局と半島の女性」, 「총동원」, 1939년 7월, 「총동원」 1939년 8월호, 非常時國民生活改善問題特輯 중 花村芳子, 「生活刷新は家庭から」, 津田節子, 「積極的日本女性とならう」, 李淑鍾, 「半島婦人と勞動奉仕」, 손정규, 「婦人敎養讀本 1」, 「총동원」, 1939년 11월, 高凰京, 「婦人敎養讀本 2」, 「총동원」, 1939년 12월호, 高凰京,「婦人敎養讀本 3」, 「총동원」, 1940년 1월호, 李龍京, 「時局と家庭」, 「총동원」, 1940년 1월, 野村盛之助, 「時局下の婦人に寄す」, 辻董重, 「興亞の婦人に興ふ」, 「총동원」, 1940년 1월호, 「총동원」에는 이후에도 이러한 경향의 글들이 지속적으로 수록된다. 이외에도 송금선, 「(세대도 새로운 이날) 여인으로 알아둘 예절」, 「신시대」, 1941년 1

할에 관한 논의들은 애국 부인회의 총후 활동 내용을 반영하고 있다. 생활 예절에 대한 강조는 내지와의 생활의 일체화라는 차원에서 강조되고 있다. 전시 동원 체제가 가정을 정치 단위로 구축하면서 가정은 '안전한 국민'과 '불안한 비국민'의 경계가 된다. 이는 가정 바깥의 여성이 스파이 담론과 결부되고 스파이 담론이 '비국민'에 대한 적대감과 공포를 형성하는 지점에서 확인할 수 있다.

가정을 수호하는 '총후 부인'의 역할이 동시에 '사회체'를 수호하는 역할과 밀접한 관련을 맺는 것은 이 때문이다. 또한 가정이 '국민'과 '비국민'의 경계가 되는 것은 가정 바깥의 여성을 비판하는 여러 형태의 담론들에서 복합적으로 구성된다. '총후봉공'에 비협조적인 도회 여성에 대한 비판이나 신체제 이념과 배리되는 사치스러운 여성 집단에 대한 공격, 그리고 재생산과 가정 수호에 어긋나는 자유주의적이고 개인주의적인 여성 정체성에 대한 혐오가 이러한 담론의 기반을 이룬다. 특히 이러한 담론은 총후부인 담론이 '여성' 스파이 담론과 결부되는 과정에서 선명하게 드러난다.

4. 신여성과 스파이 ─ '국민'과 '비국민'의 경계

스파이 담론은 다양한 지점에서 도출되지만 상류층 여성에 대한 비판과 스파이 담론은 동일한 이데올로기적 기반을 보여준다. 즉 총후 부

월호, 좌담(大山盛子, 총력연맹부인지도위원, 金寸河伯, 숙명고녀 교유, 金田芙紀子 덕성여실 교유, 表景祚,배연현씨 부인), 「전시 가정 생활의 합리화」, 「신시대」, 1943년 7월호, 정현숙, 「총후여성독본: 여성과 생활」, 수야정자 「총후여성 독본: 여성과 방공」, 이촌수중, 「총후여성독본: 여성과 방공」, 「신시대」, 1943년 7월호, 이창호, 「결전하의 애육: 총후모성에게 들이는 말씀」 「신시대」, 1944년 8월, 최일송, 「여성 사치의 후일담」, 「춘추」, 1941년 2월호, 고황경, 「아동보호시설 확충의 제창」, 「춘추」, 1941년 3월호, 이상돈, 「국책선에 등장한 增殖」, 「춘추」, 1941년 4월호, 필자미상, 「애국부인회의 총후활동」, 「춘추」, 1941년 5월호.

인의 정체성과 배리되는 여성 정체성에 대한 공격은 주로 가정 바깥의
여성, 사치와 향락을 일삼는 개인주의적이고 자유주의적인 여성에 대한
혐오로 이어진다.[23] 이때 총후 부인의 정체성은 '동양적' 가치로, 이에
배리되는 여성적 정체성은 '서구적' 퇴폐의 상징으로 등치된다.[24]

> 스파이團 檢擧로 해서 이제 더욱 스파이網의 두려움을 깨닫게 되였는데
> 스파이라는 것은 대개 그 正體를 나타내지 않는것이 普通으로서 이웃 사람
> 으로 惑은 旅行中의 親切한 길동무로서 나타나는 것이니까 아무러치도 않
> 은듯한 平常時의 談話에 主意할 필요가 있습니다.
> 近來의 婦人들이 男便의 職務를 잘 알려고 하는 것은 매우 좋은 일이나
> 大體로 女子들은 男便의 하는일을 자랑하기 쉬운 것이어서 機密에 屬하는
> 일에나 關係하고 있는 境遇에 特히 虛榮心이 있습니다.[25]

여기서 여성은 '허영심'이 많고 '유혹'되기 쉬운 존재로 표현되고 특
히 지식 여성은 스파이에 포섭될 '약점'이 많은 존재로 간주된다("外國
語를 多少 알고 있는 婦人은하여간 外人과 交際하고 싶어하는 風潮가
있는데 外人으로 말하면 直接으로 스파이의 目的을 갖지 않았다 하드라
도 일올때 그 知識이 情報로서 所用되는것이니까 말에 主意할 것이고
特히 弱點을 잡히는 일이 있어서는 않될 것이라고 생각합니다"[26]) 여기
서 '그대 겨테 스파이가 있다'는 논지는 이른바 반유대주의와 같은 인종
공포와 여성에 대한 혐오가 공존하여 구성하는 파시즘적 사회체 이론의

---

23) 대표적인 논의로는 김활란, 「時局と都會女性」, 『총동원』, 1939년 6월호, 『신시대』, 1941년
1월호, 좌담(大山盛子, 총력연맹부인지도위원, 金寸河伯, 숙명고녀 敎論, 金田芙紀子 덕
성여실 교론, 表景祚, 배연현씨 부인), 「전시 가정 생활의 합리화」, 최일송, 「여성 사치의
후일담」, 『춘추』, 1941년 2월호 등이 있다.
24) '가족'에 대한 관념과 마찬가지로 '부인, 아내, 어머니'로서의 정체성이 본래적이며 '동
양적' 가치로 재정립되는 것은 이러한 가족 국가주의의 경험과 '총후 부인'적 정체성의
구성 과정과 밀접한 관련이 있다.
25) 藤田實彦 (陸軍省 情報部 步兵中佐) , 「그대의 겨테 스파이가 있다-부인의 地位가 向上
하면 國家機密을 接하기 쉬워」, 『여성』, 1940년 10월호, 20쪽.
26) 藤田實彦, 앞의 글, 20쪽.

전형적 논리를 보여준다.

이와 같은 방식으로 스파이 담론과 특정 형태의 여성 정체성에 대한 혐오가 결부되는 것은 이미 지나 사변을 전후하면서 시작된다. 특히 이 시기 등장한 스파이 담론은 지나 사변을 전후로 한 세계정세의 변화 속에서 다른 나라들과의 관계 속에서 적대와 우호의 관계를 분명히 해야 한다는 논의 속에서 도출된다.[27] 이는 다시 말하면 '일본'을 중심으로 한 안과 밖, 적과 동지의 구별을 명확하게 하기 위한 폭력적인 정체성의 기획인 것이다. 이때 특히 여성이 스파이, 위장 평화, 적대 관계의 모호함, 침투 공포 등과 같은 의미 연쇄로 연결되는 것은 가정이 사회체와 국체의 세포이자 상징적 표상으로 간주된다는 점과 관련된다. 가정이 정치적 단위로 정립되는 것은 '가정'을 사회체와 국체의 세포이자 그 규율과 통제하에 놓여진 존재로 통합하는 과정이다. 이때 가정의 대표 표상으로서 '여성'의 신체는[28]는 사회체의 경계와 등가로 위치 지워진다. 따라서 여성의 신체는 재생산의 이름으로(부인, 아내, 어머니란 이러한 재생산의 담지자를 의미한다.) 국가의 관리, 통제, 규율의 대상이 된다.[29]

---

27) 북지 사변 직후 『조광』의 권두언에서는('북지사변과 우리의 태도」) 이 시점에 있어서 '위장 평화'를 경계하는 것이 중요하다고 밝히고 있다. 위장 평화에 대한 경계는 "友好 關係도 아니고 公然한 敵對關係도 아닌 國家的 關係처럼 憂鬱한 것이 없다"면서 이 전 례로 "最近 四十年의 日支關係"와 "西歐에 있어서의 獨蘇關係"를 들고 있다. 이러한 국 제적 정세에 대한 인식 속에서 스파이 담론은 시작된다. 북지사변이후 급작스럽게 스파 이 담론, 간첩 담론, 위장 평화에 대한 경계와 대외, 대내에 대한 선전의 중요성이 부각 되는 것은 이 때문이다. 서춘의 「국가와 선전」, 柳杏葉 , 「軍事機關의 스파이群」, 金秋葉 「전쟁과 간첩의 활약」(『조광』, 1937년 10월호) 등과 같이 1937년 후반에 이르러 스파이 담론은 전면화 된다.

28) 여성 신체가 '민족', '국가'의 상징적 표상이 됨으로써 여성 신체가 국가와 민족의 이 름으로 전유되고 통합되는 과정에 대해서는 권명아, 「여성 수난사 이야기와 파시즘의 젠더 정치학」, 『문학 속의 파시즘』(공저), 삼인출판사, 2001과 「여성 수난사 이야기의 역 사적 층위」, 『상허학보』 10호, 2003년 2월, 참조.

29) 이러한 과정을 통해 이른바 여성의 신체는 국가의 이름으로 전선의 남성을 위해 동원 되는 것이다. 이른바 '위안부'의 구성은 이러한 총후 부인 담론(그리고 그 이면에 놓여 진 스파이 담론)에 내재한 폭력성의 연장선에 놓여진 것이다. 이 문제에 대해서는 별도 의 논의를 통해 고찰하고자 한다. 이에 대한 논의로는 康宣美, 山下英愛, 「천황제 국가

1937년 후반부터 본격적으로 등장하는 스파이 담론에서 이미 스파이는 여성의 특정한 정체성과 관련되어서 나타난다. 1935년 2월 29일 나치스는 두 명의 여성을 스파이 혐의로 단두대 형에 처해서 그 머리를 광장에 걸어놓았다. 1937년 이 '역사적 사건'을 소개하는 글은 이 여성들이 가정에 충실하지 못한 방탕한 생활로 인해 적에게 포섭 당하게 되었다고 기술하고 있다.[30] 이는 '가정'이 단지 협소한 의미의 가족 관계나 후방의 의미에 국한되는 것이 아니라 '국민'과 '비국민'의 경계를 생산하는 단위로 기능한다는 것을 의미한다. 스파이 담론은 적에게 침투당한 여성의 신체를 사회체와 국체와 등가에 놓는 전형적 담론 구조를 보여준다. 이러한 이데올로기에 의해 여성 신체에 대한 규율화, 여성에 대한 국가의 관리에 대한 담론은 사회체에 관한 담론들에서 만연하게 된다.

신체제의 이념은 여성 사치의 폐지와 동일시되거나 신체제 이념에 대한 배리는 '여성의 사치'와 동일시되기도 한다. 이때 '사치'의 의미는 생활에 대한 통제의 의미와 함께 이른바 자유주의적이고 개인주의적인 여성 정체성에 대한 혐오의 의미를 동반하는 것이다. 특히 조선에서 이러한 특정한 여성 정체성에 대한 혐오는 '신여성'적 정체성에 대한 전면적 부정으로 나타난다.

그러나 이제 自己가 원하는 것은 「인테리」女性이라는 것일까. 女流文人! 女流學者! 불류－스토킹!(英國에서는 한동안 敎養을 표방하는 인테리 女性들 사이에 불류－스토킹을 신는 것이 유행하였다. **男便에겐 從順하지못하**

와 성폭력-군위안부 문제에 관한 여성학적 시론」, 『한국여성학회』, 한국여성학, 제9회 학술발표문, 1993, 참조.
30) 柳杏葉, 「軍事機關의 스파이群」, 앞의 글, 89-90쪽, 여기서 여성 스파이들은 "두번 家庭生活을 淸算하고 放縱한 獨身 生活"을 하다가 적에게 침투당하였거나 원래는 조신한 여성 직장인이었으나 "무슨일인지 歸家하는것이 늦어지는 때가 많"더니 급기야 적에게 포섭당하여 스파이가 되고 말았다고 기술된다. 또 이 여성들은 대부분 상류층 여성이나 전문직 여성이다. 이처럼 특정한 여성 정체성이 적의 침투에 노출되는 약점으로 간주되면서 여성의 사회 생활과 '사교'는 부정적인 의미로 가치 절하된다. 이는 동시에 가정 내에서의 여성 정체성의 강조와 신성화로 이어진다.

고 子女의 教育엔 等閑하기 쉬운 根據없는 固執만 부리고 理由만케는 料理에는 서투르고 먹기만 잘하는 불류─스토킹이 좋다는 말인가. 아니다. 女流學者란 女子라기보다도 半男子가 아닌가.(중략)

勿論 이같은 問題는 어느곳에서나 過渡期的現象임에 틀림없으나 朝鮮의 家族制度같은 곳에서는 한層 悲劇的인 現象을 呈出한다고본다. 所謂 高等教育을 받았다는 인테리 女性도 教養의 傳統的基盤이 없는 이땅의 現實에서 몸에 맛지않는 洋裝을 하고다닌거나 맥─斑이며(더욱이 그들의 몸에붙지 않은 教養의 毒性이 들추어나는데있어서는 인테리라는 用語가 反對語로 使用되고 있는것이 오늘의 風習이 되어있다. 舊女性은 本是 教育을 받지않았다는 罪科로써 男性으로부터 뿐만 아니라 新女性으로부터서도 卑下되고 있으나 自己의 位置를 自覺하지도 못하는 悲劇의 主人公임을 免할길이 없다. (그러나 그네들의 忍從의 美德이 오늘날 數많은 家庭生活의 實質的인 支撐者가되여있다는 것을 엄폐할수는 없으리라.(중략)

오히려 얻은것 代身에 잃어버린 인테리女性과 잃어버리지않은 대신 얻은 것이 없는 舊女性을 對比할제 後者에 取할點이(慣習上)많다고하여도 過言이 아니다. 따라서 現代女性問題에 있어서는 舊女性이 教育의 惠澤을받어 從來의 位置를 버서나야할것은 勿論이나 인테리女性이 家族制度나 社會制度에 調和되는 位置에 나가야할것이 緊急한 問題이라고 할 것이다.31) (강조 인용자)

체홉의 「붉은 양말」을 원용한 위의 글에서 신여성("여류문인, 여류학자")은 "반(半) 남자"로, 얻은 것은 없고 잃어버린 것만 있는 여성적 정체성의 대명사로 명명된다. 여기서 신여성을 성 정체성이 '문란'해진 "반(半) 남자"로 규정하는 것은 스파이를 성적으로 '문란해진' 여성과 동일시하는 방식과 상통한다. 지식 여성에 대한 이러한 담론화는 성적 경계의 문란과 침투를 사회체에 대한 문란과 침투로 동일화하는 파시즘 체제의 젠더 정치의 중요한 특성을 보여준다. 또한 지식 여성과 지식을 통

---

31) 尹圭涉, 「現代 女性의 位置」, 「여성」, 1940년 10월호, 23쪽. 이러한 방식의 담론은 총후부인과 관련된 담론들에서 공통적으로 드러난다. 최일송, 「여성 사치의 후일담」(「춘추」, 1941년 2월호)과 같은 글에서도 신체제의 이념은 여성의 사치, 혹은 사치스러운 여성 집단에 대한 응징이라는 의미로 찬양된다.

한 여성의 권력화에 대한 경멸과 혐오는 그 반대 급부로 '구여성'의 새로운 정치 세력화라는 요구("따라서 現代女性問題에 있어서는 舊女性이 敎育의 惠澤을받어 從來의 位置를 버서나야할것")로 이어진다. 이는 파시즘의 젠더 정치를 이해하는 데 있어서 매우 중요하다. 파시즘의 젠더 정치는 약자의 정치학을 표방하면서 주로 약자의 상실감과 권력 박탈에 대한 공포를 자극함으로써 '약자'를 새로운 주체로 구성한다. 조선의 경우 신여성의 권리 박탈(혐오와 경멸의 담론을 통한)과 구여성적 주체성의 새로운 정립이란 이른바 '총후 부인'의 담론과 이데올로기를 구성하는 데 매우 중요한 역할을 하게 된다.

또한 이 과정은 종래 '무능력자'인 여성들이 이러한 파시즘적 조직화를 통해 일종의 행위 능력을 갖게 되는(혹은 그렇게 받아들이는) 과정이라는 점에서 역설적인 것이기도 하다. 총후 부인 담론은 어떤 식으로건 여성의 정체성을 재 조직화함으로써 공적 영역 상으로 호출하게 된다. 이는 여러 딜레마와 역설을 내포한다. 관습적 차원에서는 물론이거니와 실제적인 법적 차원에서 여성은 무능력자였다.32) 특히 부인 담론과 밀접하게 관련된 '처(妻)'는 미성년자, 금치산자, 준금치산자와 함께 무능력자의 네 범주 중 하나에 속해있다. 무능력자란 "권리를 취득하는 행위, 즉 법률 행위를 할 능력"33)을 인정받지 못하는 존재이다. 총후 부인 담론이나 실제적인 '부인' 노동력의 동원과 부인 집단의 조직화를 통해 무능력자인 '처'들은 실제적인 행위 능력을 부여받게 된다. 따라서 이

32) 「法律常識 講座-無能力者 制度」, 법학사 伊村壽重, 『신시대』, 1943년 7월호. 119-122쪽. 정확하게는 '妻'가 무능력자에 속한다. 이 글에서 伊村壽重은 처가 무능력자인 것은 "女子이므로 無能力者인 것이 아니다. 남의 안해라는 身分을 가졌기 때문에 一國의 首相이 그 重要한 地位로말미암아 普通人보다 큰 責任을 져야하는 것과같이 남의 안해이기 때문에 받는 制限이다. 그러나 無能力者임은 亦是 女子의 不名譽라고밖에 말할 수 없다"라고 설명하고 있다. 당시 조선 여성의 법적 지위에 대해서는 정광현, 「조선여성의 법률상 지위」, 『춘추』, 1941년 5월호 참조. 처는 "民法 十四條 所定의 財産上 法律上行爲를 男便의 許可없이 하면은 取消當하게" 된다. 정광현, 앞의 글, 117쪽.
33) 앞의 글, 119쪽.

272

과정에서 총후 부인 담론은 '여성들'에게 일종의 권리 획득의 기회로 간주되기도 하였다.34) 또한 총후 부인 담론이 주로 '신여성적 정체성'과 충돌하는 방식을 보이지만 동시에 가정 내에서의 갈등과 '가장'과 '시어머니'로부터의 '해방'과 권리 획득이라는 차원으로 이해되고 받아들여지는 양상 또한 나타난다.

전시하 가정 생활의 조직화는 "비결전적인 구체제를 벗어나지 못한 불합리한 생활"에 대한 비판을 의미한다. 여기서 신체제의 이념에 동조하는 여성들의 경우 불합리한 생활로서 "조선에서는 가정에서 마음대로 권력을 휘두르는 것이 가장이고 책임을 지는 것은 주부인 것", "남자가 실권을 쥐고 독단하는" 문제를 들고 있다. 또한 "지금까지는 여자들의 지식정도가 낮았던 관계로 경제권같은 것은 전연 남자에게만 있었지만 요새처럼 전시가 아니라도 앞으로 자연 곤쳐지겠지만 가족이 죄다 동원해서 개량해나가야"35)한다고 전시체제의 이념과 생활 개선을 여성의 권리 신장의 의미로 받아들이고 있다. 이처럼 파시즘을 '해방'의 기획으로 받아들이는 문제는 파시즘 정치와 여성의 관계에 있어서 빈번히 제기되는 논점 중 하나이다. 이는 여성이 특별히 파시즘 체제에 적극적으로 동원된다는 의미가 아니라 파시즘 정치가 사회적 약자의 '손상된 지위'를 적극적으로 차용하는 문제와 관련된 것이다.36) 특히 이는 '미영 귀축'에서 '지식인 엘리트', '신여성'에 이르기까지 특정한 집단에 대한 증오와 공포를 환기하고 조성함으로써 '외부'에 대항하는 내부의 결속력을 높

34) 이는 태평양 전쟁기 '일본'에서만 고유한 현상은 아니다. 2차 세계 대전 당시 미국에서도 이러한 현상은 유사하게 나타난다. 이에 대해서는 매릴린 옐롬, 「전쟁, 예기치 못한 기회-아내, 전쟁, 그리고 일, 1940~1950」, 「아내-순종, 혹은 반항의 역사」, 이근영 옮김, 시공사, 2003년 3월, 참조. 매릴린 옐롬에 따르면 이 시기 미국에서 "미국 역사상 처음으로 미혼 여성 노동자보다 기혼 여성 노동자의 수가 더 많아" 졌다고 한다.
35) 좌담(大山盛子, 총력연맹부인지도위원, 金守河伯, 숙명고녀 교유, 金田芙紀子 덕성여실 교유, 表景祚,배연현씨 부인), 「전시 가정 생활의 합리화」, 「신시대」, 1943년 7월호, 40-48쪽.
36) 이에 대해서는 Martin Durham, Women and Fascism, Routledge, London and New York1998. 및 Victoria De Grazla, How Fascism Ruled Women: Italy, 1922~1945, University of California Press, Berkeley, Los Angeles, London, 1992, 참조.

이고 이를 통해 파시즘화를 일종의 '해방'의 기획으로 공언하는 파시즘 정치학의 공통된 속성과도 밀접하게 관련된 것이다.

5. 전선과 가정, 그리고 '국민'의 안과 밖

이른바 '총력전' 체제가 구성되면서 안과 밖을 둘러싼 통합과 배제의 담론은 극대화된다. 이러한 통합과 배제의 방식은 전선을 중심으로 미영귀축과 아시아(대동아)의 구별과 대립선, 아시아 내부(대동아 공영권)에서 일본을 정점으로 하는 위계화, 천황을 정점으로 하는 '일본' 내부의 위계화를 구축하는 것이다. 특히 조선에 있어서 이러한 위계화는 일본-조선-신생 식민지라는 위계화된 분리와 통합의 선과 내부에 대해서는 천황-청년-총후 부인-소국민이라는 식의 내부적 위계화를 구축한다. '청년'이 최전선에 서있는 '정예'를 의미한다면 총후 부인은 말 그대로 '후방'으로서의 의미를, 소국민은 '제2세대' 국민으로서 '육성될' 존재로서 위계화 된다. 이러한 내부의 위계화는 가부장 '일본 제국'의 '보호'와 규율 하에 놓인 '제국의 신민'들을 구별적으로 위계화 하는 방식이다. 이 과정에서 '국민'이란 전선의 안, 가정의 안, 대동아의 안에 놓여진(놓여질 수 있는) 특정 정체성의 이름으로 구성되었다. 또 전선과 가정과 대동아의 바깥에 놓여진 존재들은 비국민으로서 배제되었다.

그런 점에서 전시 동원 체제의 황민화 과정은 조선 민족으로서의 자기 정체성을 부정하고 '일본 국민'으로 자리바꿈하는 단선적 과정만은 아니었다. 물론 일제의 지배 정책은 조선 민족의 자기 정체성을 부정하도록 하는 다층적인 억압 장치들을 강요하였다. 그러나 동시에 '황민화', 혹은 '일본 국민'으로의 주체 위치의 이동은 인종화 되고 젠더화된 시선을 통해 아시아 속에서 자기 위치를 재정립하고 '조선' 내부의 특정 정체성을 부정함으로써 '청년'으로 '총후 부인'으로 자기 위치를 재정립하는 과정이기도 하였다. 따라서 황민화 과정에서 주체 구성의 정치학은 민족적인 것과 반민족적인 것이라는 대립선만을 구축하는 것이 아니다. 여기에는 미개한 아시아와 문명화된 조선과 일본이라는 대립선과 타락한 '근대적' 지식인 엘리트와 쇄신된 파시즘적 엘리트(청년), 잃은 것만 있는 신여성적 정체성과 '동양적'인 부인으로서의 정체성이라는 대립선이 강력하게 구축되어 있다. 또한 이러한 대립선을 통해 어떤 점에서 '황민화'의 과정은 구체적이고 특정한 자기 정체성에 대한 감각과 의식을 각인시키게 된다. 또한 이러한 전시 동원 체제의 젠더 정치는 '일본 국민'의 이름으로 이루어졌지만 단지 민족적 정체성과 관련되는 문제만은 아니다. 그런 점에서 해방 후 이러한 '총동원 체제'의 젠더 정치가 '국민'의 이름으로 손쉽게 호출될 수 있었던 것도 이 때문이다. 따라서 식민지 경험이 현재 '우리'에게 미친 영향을 되돌아본다는 것은 '민족적' 정체성을 둘러싼 문제만이 아니라 이러한 '국민'의 이름으로, '총동원'의 이름으로 행해진 구체적인 젠더 정치의 내용을 다시금 평가하는 것이라 할 수 있다.

주제어 : 울트라 내셔널리즘, 파시즘, 정체성의 정치학, 피식민 주체, 자발성의
        이데올로기, 청년, 총후 부인, 신여성, 스파이, 젠더사

◆ 참고문헌

1. 기본자료

「愛國婦人會 市(區)町村 分會 施設 社業一覽」, 『愛國婦人會 四十年史』, 日本圖書セ
　　ソター, 1996. 6.
趙豊衍, 「茶房과 新體制」, 『여성』, 1940년 11월호.
「支那事變と地方 本·地部」, 『愛國 婦人會 四十年史』, 愛國婦人會,(일본) 소화 16년
　　7월, 참조, 『愛國·國防婦人運動 資料集』, 日本圖書センター, 1996년 6월.
高橋濱吉, 「家庭と國民情神總動員」, 『총동원』, 창간호, 1939년 6월.
高凰京, 「婦人敎養讀本 2」, 『총동원』, 1939년 12월호.
고황경, 「아동보호시설 확충의 제창」, 『춘추』, 1941년 3월호.
高凰京, 「婦人敎養讀本 3」, 『총동원』, 1940년 1월호.
기　사, 「애국부인회의 총후활동」, 『춘추』, 1941년 5월.
_____, 「靑年朝鮮의 榮譽－자라가는 陸軍志願兵制度」, 『춘추』, 1941년 2월호.
김석원(육군 보병 중좌), 「선전담과 비상 시국하의 각오」, 『조광』, 39년 10월호.
김화준, 「家族主義の確立」, 『동양지광』, 1939년 2월호.
김활란, 「時局と都會女性」, 『총동원』, 1939년 6월호.
노자영, 「세계 각국의 청년 운동」, 『조광』, 1937년 7월호.
東原一雄(평양애린원탁아소), 「탁아소의 필요와 실제문제」, 『신시대』, 1944년 8월.
藤田實彦(陸軍省 情報部 步兵中佐), 「그대의 겨테 스파이가 있다－부인의 地位가
　　向上하면 國家機密을 接하기 쉬워」, 『여성』, 1940년 10월호.
박치우, 「세대 비판의 완성으로」, 『조광』, 37년 1월호.
법학사 伊村壽重, 「法律常識 講座－無能力者 制度」, 『신시대』, 1943년 7월호.
서　춘, 「국가와 선전」, 『조광』, 1937년 10월호.
柳杏葉, 「軍事機關의 스파이群」, 『조광』, 1937년 10월호.
金秋葉, 「전쟁과 간첩의 활약」, 『조광』, 1937년 10월호.
손정규, 「婦人敎養讀本 1」, 『총동원』, 1939년 11월.
손정규, 「非常時局と半島の女性」, 『총동원』, 1939년 7월.
송금선, 「(세대도 새로운 이날) 여인으로 알아둘 예절」, 『신시대』, 1941년 1월호.

276

水野靜子「총후여성 독본: 여성과 방공」,『신시대』, 1943년 7월호.

辻董重,「興亞の婦人に興ふ」,『총동원』, 1940년 1월호.

野村盛之助,「時局下の婦人に寄す」,『총동원』, 1940년 1월.

요세프 게펠쓰,「知識人に訴함」,『춘추』, 1941년 5월호.

尹圭涉,「現代 女性의 位置」,『여성』, 1940년 10월호.

이상돈,「국책선에 등장한 增殖」,『춘추』, 1941년 4월호.

李淑鍾,「半島婦人と勞動奉仕」,『총동원』 1939년 8월호, 非常時國民生活改善問題
     特輯.

李龍京,「時局と家庭」,『총동원』, 1940년 1월.

이창호,「결전하의 애육: 총후모성에게 들이는 말씀」『신시대』, 1944년 8월.

伊村壽重,『총후여성독본: 여성과 방공』,『신시대』, 1943년 7월호.

정현숙,「총후여성독본: 여성과 생활」,『신시대』, 1943년 7월호.

曺秉相(국민정신총동원연맹, 조선연맹 참사),「半島の靑年의 進路—常に社會の先頭
     に立て」,『총동원』, 1939년 7월.

좌담(大山盛子, 총력연맹부인지도위원, 金寸河伯, 숙명고녀 교유, 金田芙紀子 덕성
     여실 교유, 表景祚,배연현씨 부인),「전시 가정 생활의 합리화」,『신시대』,
     1943년 7월호.

津田節子,「積極的日本女性とならう」,『총동원』 1939년 8월호, 非常時國民生活改
     善問題特輯.

최일송,「여성 사치의 후일담」,『춘추』, 1941년 2월호.

學務局長, 鹽原時三郞,「新體制와 朝鮮 靑年」,『신시대』, 1941년 1월호.

香山光郞,「靑年の心一つ」,『同胞に寄す』, 1942년 1월, 박문서관,『동포에 고함』, 김
     원모, 이경훈 편역, 철학과현실사, 1997.

香山光郞,「知識層の孤島」, 1940년 3월 3일,『同胞に寄す』, 1942년 1월, 박문서관

현인규,「청년론의 성격과 과제」,『조광』, 1937년 1월호.

花村芳子,「生活刷新は家庭から」,『총동원』 1939년 8월호, 非常時國民生活改善問
     題特輯.

2. 논문 및 단행본

가와모토 아야,「일본 양처현모 사상과 '부인개방론'」,『역사비평』, 2000년 가을호.

康宣美, 山下英愛,「천황제 국가와 성폭력—군위안부 문제에 관한 여성학적 시론」,

『한국여성학회』, 한국여성학, 제9회 학술발표문, 1993.

김예림, 「1930년대 후반 몰락/재생의 서사와 미의식 연구」, 연세대학교박사학위논
　　　문, 2002. 차승기, 「1930년대 후반 전통론 연구」, 연세대학교 박사학위 논
　　　문, 2003.

데틀레프 포이케르트, 『나치 시대의 일상사』, 김학이 옮김, 개마고원, 2003.

린헌트, 『프랑스 혁명의 가족 로망스』, 조한욱 옮김, 새물결, 1999.

매릴린 옐롬, 「전쟁, 예기치 못한 기회-아내, 전쟁, 그리고 일, 1940~1950」, 『아내
　　　-순종, 혹은 반항의 역사』, 이근영 옮김, 시공사, 2003년 3월.

소현숙, 「일제 식민지시기 조선의 출산통제 담론의 연구」, 한양대학교 석사학위논
　　　문, 1999.

윤해동, 「식민지 인식의 회색지대-일제하 공공성과 규율 권력」, 『식민지의 회색지
　　　대-한국의 근대성과 식민주의 비판』, 역사비평사, 2003.

최원영, 「日帝末期(1937~1945) 靑年動員政策-靑年團과 靑年訓練所를 중심으로」,
　　　서강대학교 석사학위논문, 1998.

坂元 眞一, 「"명치민법"의 성씨제도와 "창씨개명(조선)"·"개성명(대만)"의 비교분
　　　석」, 『법사학연구』, 한국법사학회, 2000.

Ivan Morris(ed), *Japan 1931~1945 —Militarism, Fascism, Japanism?* Columbia University, D.
　　　C. HEATH AND COMPANY. BOSTON, 1963.

Andrew Hewitt, *Fascist Modernism*(California: Stanford University Press, 1993).

Roger Griffin, *The Nature of Fascism*, London and New York: Routledge, 1993. Walter
　　　Laqueuer(ed), *Fascism —A Reader's Guide*, Berkeley and Los Angeles: University of
　　　California Press, 1976.

Joan W. Scott, 'Experience', *Feminist Theorized the Political*, edited by Judith Butler and Joan
　　　W. Scott, Routledge, NY, London, 1992.

Michael Hardt, Antonio Negri, *Empire*, Havard University Press. 2000.

木村直惠, 『<靑年>の 誕生-明治日本における政治的實踐の轉換』, 新曜社, 1998.

Ellis Freeman, *Conquest The Man in the Street: A Psychological Analysis of Propaganda in War,
　　　Fascism, and Politics*, The Vanguard Press, New York, 1940.

米谷匡史, 「三木淸の「世界史の哲學」— 日中戰爭と「世界」」, 『批評空間』第Ⅱ期 19
　　　号, 1998. 10.

Hanna Arendt, *The Origins of Totalitarianism*,(1953) A Harvest/HBJ Book, 1973.

Isaiah Berlin, *The Roots of Romanticism*, Princeton University Press, 1999.

David Goodman, "Anti—Semitism in Japan: It's History and Current Implication", *The Construction of Racial Identities in China and Japan —Historical and Contemporary Perspectives*, Frank Dicotter(ed.) University of California Press, 1998.

Harold B Segel, *Body Ascendant*, Baltimor and London: Johns Hopkins Univ. Press, 1998.

Jordan Sand, At Home in Meiji Period: Inventing Japanese Domesticity, Sthephan Vlastor (ed.), *Mirror of Modernity*, University of California Press, 1998.

Martin Durham, Women and Fascism, Routledge, London and New York 1998. 및 Victoria De Grazla, How Fascism Ruled Women: Italy, 1922~1945, University of California Press, Berkeley, Los Angeles, London, 1992.

◆ **국문초록**

　　본 논문은 일제 말기 총동원 체제하에서 총후 부인이라는 정체성이 새로운 방식으로 재조직되는 과정을 살펴보는 것을 목적으로 한다. 총후 부인이라는 정체성이 새롭게 배치되는 것은 총력전 체제가 일본 가족 국가주의를 모델로 하고 있으며 동시에 총력전의 단위가 가정으로 정초되기 때문이다.

　　총후 부인 담론은 총동원 체제가 가정을 단위로 정초되면서 중요하게 부각된다. 총후 부인은 후방 관리와 총력전, 장기전에 대비한 주체를 건설하는 담론이다. 총후 부인의 총동원 체제 하의 역할이 주로 후방 관리, 교육, 물자 동원 등에 집중된 것은 총후 부인이라는 정체성이 총력전과 장기전과 상당히 밀접한 관련을 맺는다는 것을 보여준다. 이때 조선에서 총후 부인의 정체성은 특히 신여성의 정체성을 강하게 부정하고 구시대적 여성을 새롭게 조직하는 방식을 보여준다. 특히 신여성에 대한 혐오와 거부는 자유주의적이고 공산주의적인 여성에 대한 파시즘 운동의 영향을 선명하게 보여준다. 흥미로운 것은 조선에서 신여성은 자유주의적 여성과 공산주의적 여성이라는 혼합된 정체성을 동시에 함축하는 방식을 보여준다는 것이다. 특히 신여성에 대한 혐오는 스파이 담론과 밀접하게 연결되는데 이는 독일과 이태리에서 벌어진 파시즘적 '정화 운동'과도 긴밀하게 연결되는 것이다.

　　총후 부인 담론은 정치 영역에서 배제되었던 여성들을 정치의 영역으로 소환함으로써 당대의 여성들이 총동원 체제에 봉사하는 것을 일종의 해방의 기획이나 권리 획득의 기회로 간주하게 만든다. 당시까지도 법적인 무능력자에 속했던 '부인'들은 총후 부인이 됨으로써 정치적 행위 능력을 갖게 된 것이다. 또한 총후 부인 담론을 통해 가정이 민족과 국가의 재생산의 기초 단위로 재정립되고, 가정이 외부의 적에 대항하여 '민족 구성원'의 절멸에 대항하는 최후의 보루라는 이념이 주창된다. 또한 이러한 가정에 대한 이념은 서구에 대항하는 동양적 가치라는 이름으로 주창된다. 이는 해방 이후에도 여전히 한국인들의 가정 관념을 지배하는 것이다.

　　총후 부인 담론에 대한 분석을 통해 보았을 때 총동원 체제 속에서 일제의 식민 정책은 특정 집단, 인종, 정체성에 대한 증오를 불러일으킴으로써 '효과적'으로 내면화되었다고 할 수 있다. 물론 민족 말살과 같은 강제적인 정책 관철의 방식을 간과할 수는 없다. 그러나 총동원 체제의 이념이 외부로는 서구, 그리고 내부로는 퇴폐적인 지식인과 방탕한 신여성에 대한 맹렬한 적대감을 불러일으키는 방식이었다는 점도 간과할 수 없다. 이러한 안과 바깥을 향한 증오와 적대감에 기반한 청년과 총후 부인의 정체성은 해방 이후에도 대중 동원을 위한 국가주의 이데올로기로 다시 소생하기 때문이다.

최근의 파시즘 연구에서는 독일, 이태리의 파시즘화뿐 아니라 양차 대전을 전후한 세계 체제의 변화를 파시즘이라는 분석틀을 통해 고찰할 필요성을 제기하고 있다. 본고 역시 이러한 문제의식을 토대로 일제의 식민지 통제를 파시즘의 문제와 관련하여 고찰하였다. 또한 본고는 전시 동원 체제 조선의 변화를 파시즘과의 관련성 속에서 고찰함으로써 이 시기 황민화의 과정이 자발성의 이데올로기를 통해 피식민 주체들에게 어떻게 내면화되는가를 고찰하였다. 이러한 연구를 위해 본고는 피식민 주체뿐 아니라 여성, 하위 주체, 비서구 인종의 정체성 연구에 많은 시사점을 주고 있는 젠더사의 방법론을 주요 방법론으로 삼고 있다. 본 논문은 전시 동원 체제의 일제의 식민 통치의 변화와 조선의 상관관계를 고찰함에 있어 제국과 식민지의 관계 뿐 아니라 식민지 내의 다양한 주체들의 역학 속에서 식민주의가 관철되고 균열되는 지점을 고찰하였다.

◆ SUMMARY

The Women in the rear guard(*Chong Hoo Buin*), the New Women(*Shin Yeosung*), and the spy
- A study regarding narrative of 'Chong Hoo Buin' in 1935~1945 -

Kwon, Myung-A

One of the difficulties in discussing the 1936~1945 period in Korea is that of nomenclature. In the long time this period is called "Dark age". It is to say this era is represented symbolic expression. Obliteration of Korean language and identities by Japan's "go fast imperialism" carving a seal deepest damage to Korean people. "Dark age" means this complexities of Korean National memory.

In this reason the prime issue to this era is National Identities. The remnants of imperialism: The compulsory changing from Korean Identities to so—called "great emperor's people" have been the prime issue to this era.

Though the importance of this issue so the problem of National identities have dominate the study of this era that many multiple problem have been neglected. For example the problem of women, the different position of women and men in colonized, the different position of elite and 'mass', the different position of elite women and low class women etc. That is to say the position of subaltern in the colonized.

This study is research for the position of subaltern in the colonized. Through the research for the National identities and differentiated subject positioning in 1935~1945 in Korea this study verify the anxiety of the colonized.

282

Keyword : the anxiety of the colonized, National identities, subaltern,
         the women in the rear guard, the new women, the spy,
         differentiated subject positioning, go fast imperialism

－이 논문은 2003년 12월 31일에 접수되어, 소정의 심사과정을 거쳐 2004년 1월 31일
   게재가 확정되었음.

1950년대 소설에 나타난 파시즘 연구*
- 선우휘 소설에 나타난 가족주의를 중심으로 -

김 진 기**

1. 파시즘과 가족주의

1950년대 소설에 나타난 파시즘을 규명하기 위하여서는 수많은 기초 작업이 선행되어야 할 것이다. 무엇보다도 1950년대를 파시즘으로 규정하기 위한 전제가 필요하고 그러한 전제와 작가가 어떤 관련성을 갖는가가 검토되어야 한다. 뿐만 아니라 당대에 나온 수많은 담론과 파시즘이 어떻게 관련되는가도 살펴보아야 한다. 이 논문에서 그러한 모든 것을 검토할 수는 없다. 글의 분량도 분량이거니와 글쓴이의 역량도 거기에는 미치지 못하기 때문이다. 그럼에도 불구하고 이러한 연구를 감행

* 이 논문은 2002년 건국대학교 학술진흥연구비 지원에 의한 논문임.
** 건국대 국문과 교수.

하게 된 이유는 근대의 초창기 이후 우리 사회에는 메카시즘적 파시즘
이 만연하였고 그것은 최소한 80년대까지 지속되었다고 보여지는데 그
렇지만 이에 대한 연구는 해방 이전에 국한하여 전개되었고 그 이후의
소설에 그려진 파시즘적 요소에 대한 연구는 많은 논의의 여지를 남기
고 있기 때문이다.

　파시즘에 대한 개념 규정은 분분한 실정이다. 그러나 분명한 것은
1920~30년대에 발생한 이탈리아, 독일, 일본의 정치 및 경제, 사회의 구
조가 파시즘이었다는 것은 일반적으로 받아들여지고 있다. 물론 이들
나라에서의 지배체제가 단일체제(독재)인지, 과두체제인지, 또 이들 파
시즘 국가들이 자본주의에 역행했는지 아니면 자본주의를 심화시켰는지
등에 대한 논란은 아직도 진행중이다. 그래서 "파시즘은 전혀 하나의 새
로운 사회체제가 아니며 또 그것을 지향하는 것도 아니다. 때문에 파시
즘에는 적극적인 목표와 일관된 정책이 없다. 유일한 목적은 오직 반혁
명뿐이다. 반공이라든가 반유태인 등 여러 가지 부정의 형태로밖에 자
신의 주장을 표현할 수 없는 이유도 여기에 있다"[1]라는 주장이 나오기
도 하지만 우리로서는 최소한의 개념규정을 위한 전제들을 정리해 두지
않으면 안되리라 생각된다. 이와 같은 전제하에서 파시즘의 사회정책을
살펴보면 1) 지배층의 강화 2) 종속적 사회층과 국가 사이에 존재하는
모든 독립된 집단을 파괴하여 종속적 사회층을 원자화하며, 3) 모든 인
간관계에 간섭하는 독재적 관료조직을 창출한다는 점 등을 들 수 있다.
이런 목적을 위해서 공동체 이데올로기와 지도자 원리로 이루어진 조직
화 원리가 도출되는데 그것은 1) 다원적 원리를 일원적, 전체적, 권력주
의적 조직으로 대체하는 것[2], 2) 개인의 원자화와 인간관계의 완전한 비
인격화, 그리고 추상적인 민족공동체의 대치 3) 계층분화와 엘리트 형성

---

1) 마루야마 마사오, 「파시즘의 본질」, 서동만 편역, 『파시즘연구』, 거름출판사, 1983, 30쪽.
2) 여기에는 비판적 기능을 상실한 노동자조직의 권력 내 포섭도 포함된다. 뿐만 아니라
　노골적인 발동에 의한 언론, 출판, 집회, 결사의 자유가 강제로 억압되고 박탈되는 것도
　포함된다.

4) 선전 5) 테러(주요 주체는 전후 시민생활로 복귀할 수도 없고 정규군
대로의 편입도 거부된 군사적 무법자)로 정리될 수 있다.3)

1950년대의 현실에는 위에서 보인 조직화원리가 대부분 확인된다.
이 중에서 눈에 띄는 부분은 2) 개인의 원자화와 인간관계의 완전한 비
인격화 그리고 추상적인 민족공동체(일종의 유토피아로서 만병통치약이
자 동시에 실현불가능한 것이라는 모순을 지닌 것, 히틀러식으로 말하
자면 도시생활의 혼돈으로부터 전원생활을 이상화하는 것)의 대치이다.
파시즘의 주요 동력으로서 대부분의 논자들이 동의하는 것으로서 하층
중산계급의 몰락과 이들의 상실감을 들 수 있다. 이는 서구의 경우에는
급격한 공업화에 수반된 상실자의 모습을 띠고 있지만 우리의 경우에는
가공할 만한 전쟁이 빚어냈다는 차이가 있다. 그들은 자신을 몰락시킨
전쟁에 반대하여 전쟁 반대, 혹은 역전시켜 '자연스런 생활양식'으로 복
귀하려고 한다는 의미에서 보수적이지만 동시에 사회의 하층에 속한 사
람들의 운동이라는 의미에서는 필연적으로 혁명적으로 된다.4) 1950년대
의 작가들이 대부분 월남민이라는 것, 그들을 포함한 당시 작가들의 뿌
리가 하층중산계급이라는 것 등의 요소는 그들이 전쟁에 반대하여 급진
적인 성향을 띨 것이라는 것을 예상케 한다. 그러나 동시에 자연스런 생
활양식으로 복귀하려는 경향도 나타나고 있는데5) 이러한 경향을 가속
화시키는 것이 가족주의라 할 수 있다. 전후의 무사회적 상황 속에서 인
간의 극도의 비인간화 현상이 만연했음을 고려해 볼 때 가족의 소중함,
혹은 완전한 가족6)에의 지향성이 얼마나 컸을 것인가는 충분히 짐작할

3) 구주우 마사노리, 「프랑크푸르트학파의 파시즘론」, 서동만 편역, 앞의 책, 62쪽. 사회
   및 경제 구조적 특징에 대한 분석을 차후로 넘기기로 한다.
4) 야마구찌 야스시, 「근대화론의 파시즘론」, 서동만 편역, 앞의 책, 88-89쪽.
5) 이러한 자연스런 생활양식은 선우휘의 경우 순환론적 자연관으로 나타난다. 이것은
   전후의 혼란 속에서 일종의 유토피아적 성격을 띠고 있다.
6) 여기서 말하는 '완전한 가족'이란 과거에는 진정한 가족이 있었으나 현재에는 이것을
   상실하였다는 비탄에 의해 상상된 가족상이다. 다이애너 기틴스 지음, 안호용·김홍주·
   배선희 옮김, 「가족은 없다」, 일신사, 2001, 198쪽.

수 있다.

가족과 파시즘의 관련성을 말할 수 있는 근거는 가족이라는 개념이 대단히 이데올로기적인 성격을 띠고 있기 때문이다. 다시 말해 가족이라는 말에 내포된 의미는 그것이 정치, 경제, 사회, 문화적으로 구성된 개념이라는 것이다. 따라서 한가지 형태의 가족만 있을 수 있다는 주장은 있을 수도 없고 있어서도 안된다. 그럼에도 불구하고 오늘날 우리 사회에 만연한 가족에 대한 일의적 고정관념은 막강한 위세를 떨치고 있다. "사람들은 왜 특정유형의 가족 내에서 그들 생의 대부분을 살아가는가, 그리고 근대 사회에서 나타난 가족에 대한 대안은 사실상 없는 것인가" 등의 질문들이 산발적으로 제기되지만 그것들은 쉽게 억압되고 봉쇄된다. 그 억압과 봉쇄의 폭력은 가족의 문제가 기실 얼마나 정치적인 문제인 것인가를 여실히 반증해 준다 하겠다. 이러한 일의적 가족 관념은 한국 전쟁과 더불어 강화된다. 말하자면 전쟁으로 인한 중산계급의 붕괴, 특히 부친의 가부장적 권위의 붕괴가 일어나고 그것을 전제로 파시즘이 소위 '청년의 반역'을 조직하여 대두한 과정을 염두에 둘 때 우리는 이승만 일인의 권위의 중첩(가족주의 국가관) 위에 파시즘적 가치가 자연스레 가족에 스며들 수 있었다고 말할 수 있다.[7] 여기서 파시즘적 가치란 이승만 개인과 관련하여 규율과 복종이, 관료제와 관련하여 계급과 개인을 초월한 제도에의 무조건적 충성이, 지주 및 자본가와 관련하여 우월관념과 신분에 관련된 것에의 강한 감수성이 재생산되어 나타나는 가치를 말하며 파시즘체제에서는 이것이 강제적 동질화의 방식으로 가족에 강제된다고 할 수 있다. 규율과 복종, 그리고 무조건적 충성, 나아가 엘리트의식, 권위, 생명력, 권력의지, 자연 등과 같은 파시즘적 가치[8]는 전쟁 후 가족의 붕괴로 인해 보다 적극적으로 가족 안에 내

---

7) 야마구찌 야스시, 「현대국가론과 파시즘론」, 서동만 편역, 앞의 책, 115쪽.
8) 야마구찌 야스시, 「근대화론의 파시즘론」, 서동만 편역, 앞의 책, 98쪽 이러한 파시즘적 가치를 떠받치는 철학적 근거는 유물론과 자유주의에 대립된 비합리주의이며 이는 니체와 베르그손의 논의에서 그 단초를 찾을 수 있다. 파시즘의 비합리주의적 가치는 '이

면화하게 된다. 왜냐 하면 가족은 '더 나쁜 일이 일어날까 두려워 한 나머지, 견디기 힘든 것을 미리 받아'들이게 되기 때문이다. 다시 말해 파시즘적 가치는 가족을 구성하는 중요한 이데올로기적 기능을 담당하게 되었다는 것이다. 교회와 가족에서 학교와 가족으로 짝이 이동되면서 지배이데올로기가 작동된다는 알튀세의 말처럼 50년대 현실에서 가족은 이제 중요한 이데올로기적 역할을 맡게 된다. 이것이 가능할 수 있었던 것은 이데올로기나 정상성이 주체를 현실에 맞게 정합적으로 구성하여 주체에게 안정성이라는 환상을 제공하기 때문이고 다른 면에서는 그것을 벗어날 경우 닥칠 처벌, 또는 배제가 두렵기 때문이다.9) 이처럼 전쟁으로 인한 몰락(혹은 소멸)에의 공포는 안정성이라는 환상을 유지하기 위해 공산주의에 대한 강한 적개심을 보이게 되며 이 증오를 결집한 파시즘 권력은 파시즘적 가치들을 통해 그들을 강력하게 국가에 호출할 수 있었다. 전후 구세대작가들은 육해공군 종군문단 기관지에 실린 그들의 작품들을 통해 그들이 이러한 파시즘적 가치에 얼마나 노출되어 있었는지를 명확하게 확인시켜 준다. 이들 작품들에는 가족을 모티브로 하여 서사화하는 경우가 거의 대부분이다. 반면에 그들과 대립된 신세대 작가들의 경우에는 휴머니즘이라는 명분하에 파시즘적 가치들과 일정한 거리를 두는 듯이 보이기도 한다.10) 그러나 대부분의 작품들에서 그러한 파시즘적 가치가 은연중 작용하고 있음도 사실이다. 다시 말해

성의 힘이 아닌 본능과 감정, 직관과 의지' 등을 말하며 여기서 엘리트, 권위, 생명력, 권력의지, 자연 같은 개념들이 고안된다. 이런 개념들은 선우휘 세계관의 키워드다. 마크 네오클레우스 지음, 정준영 옮김, 『파시즘』, 이후출판사, 2002, 34쪽 참조.

9) 루이 알튀세, 「이데올로기와 이데올로기적 국가기구」, 이진수 역, 『레닌과 철학』, 백의출판사, 1997, 149-152쪽 참조.

10) 본 논문에서는 1950년대 소설에 나타난 휴머니즘과 비평에서의 휴머니즘을 구분하려고 한다. 여기에는 상황문학, 증언문학 등도 예외가 아니다. 왜냐 하면 작품은 한국의 현실을 문제삼고 있고 비평은 대부분 서구적 잣대를 활용하기 때문이다. 작품에 내재한 서구적 요소도 한국적 현실을 이해하기 위한 방편으로만 수용할 것이다. 예컨대 오상원의 실존주의가 단순히 서구적 추종이라고 할 수도 있지만 그러한 추종을 할 수밖에 없는 작가의, 당대의 주·객관적 현실인식에 보다 초점을 맞출 것이라는 것이다.

288

파시즘과 반파시즘을 극에 놓은 현실의 이데올로기적 스펙트럼 속에서
전자에 상당 부분 기울어 있는 것이 당시 문학계의 현황이었다고 한다
면 그 근저에서 작동하고 있는 파시즘적 가치가 어떻게 발현하는가를
살펴보는 것은 반대로 어느 지점에서 작가들이 그러한 파시즘적 가치들
과 대립할 수 있는지를 파악할 수 있게 한다는 점에서도 중요한 의미를
띠리라 판단된다. 본 논문에서는 그러한 파시즘의 발현과정을 가족을
통해 살펴보려 한다.

　이러한 연구는 근대의 자기파괴 현상 앞에 직면한 50년대 대부분의
작가들이 그러한 폭력적인 근대에 대해 환멸을 느낀 나머지 저항의 한
축으로서 휴머니즘을 설정하게 되지만 어찌하여 그 휴머니즘이 결국은
폭력적인 근대, 즉 파시즘을 용인하게 되었는가를 해명하는데 일정부분
기여해 줄 수 있다는 점에서 중요하다고 판단된다.[11] 이러한 해명은 나
아가 7, 80년대의 민중적 저항담론이 왜 90년대에 들어와 급격히 와해되
었는가를 분석하는 데에도 일조하리라 본다. 단순히 급격한 사회적 변
동에 의해 저항담론이 와해되었다는 설명만으로는 미흡하고 오히려 민
중적 담론 한가운데에 그러한 와해를 촉진하는 부분이 분명히 존재하고
있었다는 것이다. 본고는 그러한 변화의 원인에 해당하는 매개가 가족
주의에 있다고 보고 있다. 다시 말해 한국 전후 문학의 서사적 욕망의
근저에는 왜곡된 근대화에 기인한 주체의 아비 찾기, 즉 근대(왜곡된) 극
복의 모더니티 추구가 자리잡고 있는데 이 아비찾기에 내재한 가족적
상상력이 완전한 가족 이루기라는 가족주의적 욕망에 의해 급격하게 주

---

11) 호르크 하이머, 아도르노, 김유동 옮김, 「계몽 변증법」, 문학과지성사, 2003, 35쪽의 주
　　참조. 호르크 하이머와 아도르노는 이러한 근대의 자기파괴를 기본적으로 인간이나 인
　　간의 역사가 출발할 수밖에 없는 근본계기인 자기유지(자기보존본능)에서 찾고 있다.
　　인간은 자기유지를 위해 자연으로부터 일탈하여 자신을 주체로, 자연을 객체로 정립하
　　고자 하며 나아가 '제2의 자연'이 된 사회에서는 자신을 주체로, 타인을 객체로 만들려
　　한다. 이 과정 속에서 빚어지는 폭력의 끝없는 확대재생산은 자기유지를 자기파괴로 전
　　환시키게 되는데, 근대의 자기파괴와 그로 인한 환멸로 인해 더욱 강화된 자기보존본능
　　이 다시 파시즘을 부르게 되는 경로도 이에 기반하고 있다고 할 수 있다.

체를 체제내로 수렴시키는 기능을 하고 있다는 것이다.[12] 이러한 체제 내적 수렴은 주체를 근대적 시민이 아닌 애국 대중[13]으로 만드는 무사 회적 사회일수록 더욱 가속화된다. 혹은 그 역도 성립이 가능하다. 말하 자면 기성세대를 전면 부정하는 신세대 작가의 경우 새로운 아비 찾기 가 불가피한데 그 찾아야 할 아비가 휴머니즘으로 나타난 것이고 휴머 니즘의 구현은 가족, 또는 가족적 상상력과 불가분의 관계를 띠면서 급 격하게 체제내로 수렴되고 말았던 것이다.[14] 흔히 저항담론이 파시즘과 대립하면서도 닮은 꼴이라고 말해지지만 그러한 명제는 이러한 가족주 의를 매개로 설정하지 않으면 제대로 설명되지 않는다.

본고에서는 50년대 소설에서 파시즘이 가족과 관련하여 어떻게 인간 의 내면에 자리잡게 되는지 그 의식의 섬세한 결을 추적해 보고자 한다. 왜냐하면 파시즘의 정체 해명에 있어서 구체적인 정치 경제적인 직접적 현상에 대한 분석 외에도 장기적이고 거시적인 파악을 위해서는 습속이 나 문화의 무의식적 요소까지 거론하지 않으면 안되기 때문이다. 다시

---

12) 일반적으로 저항담론은 저항의 주체를 가족 밖으로 지향하게 한다. 하지만 가족주의는 그러한 밖으로 지향하는 주체를 안으로 끄집어내리는 기능을 하고 있다. 이 대립된 관 계가 행복하게 공존했던 7, 80년대의 저항담론은 2000년대에 이르러 어느 사이버소설에 서 보여준 바대로 어머니의 "나는 너한테 속은 기라"라는 말로 비로소 공존이 사라진 그 대립성을 확인할 수 있게 된다. 김병언, 「금색 크레용」, http://www.cy-pen.com 참조. 여 기서 90년대 이래 민중문학의 가족주의화를 이해할 수 있지 않을까 한다. 본 논문에서 가족주의를 말할 때 대체로 부정적인 관점에서 서술될 것이다. 흔히 가족이 파편화된 개인을 봉합해주는 긍정적인 정서적 기능을 갖고 있다고 하지만 그 봉합이라는 것이 지배이데올로기와 동일시되지 않고서는 불가능하다는 점에서 봉합자체를 긍정적으로 볼 수는 없다는 것이다. 이 말은 정서적 기능의 중요성을 부인하려는 것이 아니라 정서 적 기능이 반드시 가족을 통해서만 발생하는 것은 아니라는 것을 강조하기 위한 것이다.

13) 노동자층을 비롯한 민중의 모든 자주적 조직을 분쇄하여 모래알처럼 뿔뿔이 흩어진 '대중'으로 해체시켜 버리지 않는다면 내적으로 계층대립을 없애버리고 외적으로 반공 주의 전쟁을 수행하기 위한 사회의 견고한 통합은 불가능하게 될 것이라는 점에서 대 중의 비계급적 애국심을 고취할 필요가 있다. 마루야마 마사오, 앞의 글, 서동만 편역, 앞의 책, 28쪽.

14) 물론 주체를 체제내로 수렴시키는 기능을 가족주의만 수행하고 있다는 것은 아니다. 가족주의에 초점을 맞추겠다는 의도일 뿐이다.

말해 "완전하게 일상화되어 우리가 오늘날 지극히 '자연스럽게' 받아들이고 있는 현상들로부터 그 속에 내재해 있는 독특한 역사적 권력관계를 파악할 수 있는 시선"이 무엇보다 중요하다는 것이다.15) 사정이 이러할 때 문학의 존재방식이 기본적으로 주체와 세계와의 변증법적 관련성속에 있다면 세계의 객관적 파시즘이 어떻게 주체에 의해 허용되고 지지되는지를 문학만큼 섬세하게 드러내는 것도 드물 것이다.

본고에서 주목하는 주체는 가족 구성원으로서의 주체로 한정할 것이다. 이러한 한정은 무엇보다도 가족이 국가의 통치를 대리하고 있다고하는 명제와 관련되어 있다.16) 주체는 세계 내에서 홀로 고립되어 있는것이 아니라 가족의 구성원으로서 국가의 지배이데올로기를 지지하는가족이데올로기에 의해 주체(혹은 반주체, 또는 비주체)로 구성되는 경우가 지배적이기 때문이다. 50년대는 전쟁으로 인하여 그 어느 때보다도 권력과 가족의 '순수한' 이데올로기적 관련성을 보여주고 있다는 점에서 이 둘을 포함한 통시적인 파시즘의 문제를 고찰하는데 '원형적인조건'을 형성하고 있다. 이러한 탐구를 통해서 전체화의 담론이라고 일컬어지는 파시즘에 내재해 있는 근대성의 두 측면, 즉 자유와 통제가 가부장제라는 제도의 틀 속에서 점차 규율화로 진행되면서 어떻게 주체를파시즘적 주체로 구성하게 되는지를 살펴보게 될 것이다. 본고에서 주목하는 작가는 선우휘다. 선우휘는 반전의 휴머니즘을 행동주의적으로형상화해 나갔다고 평가된다는 점에서 전쟁, 혹은 정치와 문학의 상관관계를 탐구하려는 우리들의 주목에 충분히 값할 수 있다고 판단된다.17)

---

15) 김진균, 정근식, 「식민지체제와 근대적 규율」, 김진균, 정근식 편저, 「근대주체와 식민지 규율권력」, 문화과학사, 2003, 23쪽 참조

16) 이득재, 「가족주의는 야만이다」, 소나무, 2001, 16쪽.

17) 선우휘는 60년대 중반 순수/참여논쟁의 한가운데서도 참여작가로 당당하게 규정되고 있다. 그는 66년 말에 가서야 비로소 약간의 부정적인 평가를 받게 된다. 백승철은 "선우휘의 영웅주의적 행동강령이 가져온 고발과 항의의 열띤 고함은 사회적 부정과 불의에 10대적 기질이 낳은 순진한 반항정신이다. 사회악에 적극적으로 개입, 무후한 자아를 역사의 지평 위에 내세우려는 철저하게 개성있는 반항아였다. 그런 점에서 누구보다

무엇보다도 그의 소설에 나타나는 행동주의적 휴머니즘의 근저에는 가족의 메커니즘이 깊게 자리잡고 있다. 그는 가족을 매개로 하여 파시즘을 매우 적극적으로 수용, 혹은 지지하고 있는데 다시 말해 완전하게 구성되어 있는 가족 구성 속에서 아비를 적극적으로 수용해 나가는 과정에서 파시즘과 만나고 있는 것이다.

사실 선우휘가 강한 반공주의의 담지자라는 사실은 일반적으로 정착된 것같다. 그러나 단지 그렇게만 규정된다면 선우휘 소설에서 우리가 이끌어내야 할 부분은 그리 많지 않다. 그러한 반공주의가 어떤 경로를 통해 드러났으며 그러한 경로가 1950년대 소설을 이해하는데 어떠한 기여를 할 것인가를 드러내지 못한다면 선우휘 소설에 대한 논의는 협소함을 면치 못할 것이다. 이러한 논의의 확대를 위해서 본고는 선우휘 소설에 나타난 가족주의에 주목할 것이다. 이러한 접근 방식은 기존의 연구에서는 찾아볼 수 없다. 하지만 선우휘 소설의 파시즘적 특징인 반공주의는 그의 가족주의적 관점에 의해 비로소 힘을 얻고 있으며 일반적으로 보아도 파시즘이 가족의 가부장 구조를 통해 보다더 강화된다는 점을 고려할 때 이러한 접근 방식은 필수적이라 할 것이다. 이같은 방식으로 접근할 때 우리는 1950년대 소설을 폭넓게 이해할 수 있는 매개항을 하나 더 확보할 수 있게 되는 성과도 기대할 수 있다. 그렇지만 주체의 아비찾기라는 관점에서 파시즘을 탐구할 때 가장 중요한 난점이 아비 찾기란 그렇다면 반드시 파시즘으로 귀착될 것인가라는 물음이다. 물론 그렇지는 않다. 그렇다면 이러한 주체의 아비찾기의 파시즘적 귀착은 50년대적 특성이라 한정하지 않을 수 없다. 이러한 특성이 나타나게 된 것은 50년대가 다른 어느 시대보다도 가장 허무주의적인 시대였기 때문일 것이다. 다시 말하면 파시즘은 허무주의를 자신의 자양분으로 하고 있음을 알 수 있다.[18] 이 극도의 허무주의가 주체를 모성의 집

도 신선한 반항아였지만 또 그만큼 계몽적인 만용을 뿜내고 있어 웃음을 사게한다."고 양가적 평가를 하고 있다. 백승철, 「한국작가의식의 구조적 모순」, 청맥, 1966. 9, 131쪽. 부정적 평가는 67년에 가서야 염무웅에 의해 시도된다.

에 가둬 놓았던 것이고 이 갇힘이 주체를 외부의 근대적 가치와 차단시켜 결국 파시즘에 종속되게 하였던 것이다. 따라서 50년대 이후의 소설에 나타난 가족주의에 대한 접근은 주체가 얼마나 모성의 집에서 벗어나 근대적 가치와 만나는가에 따라 다양한 스펙트럼을 보일 것이라 추정할 수 있다. 그 스펙트럼의 끝은 심지어 반파시즘으로까지 확대될 수도 있다. 선우휘 소설에 대한 가족주의적 접근은 그러한 다양한 가족주의적 양상의 원형을 탐구한다는 점에서 가치있는 작업이라 하겠다.

2. '행동'의 가족주의적 의미와 세계관

선우휘는 처음부터 강한 정치성을 담지하고 문단에 등장하였다. 「불꽃」의 고현은 연호로 대표되는 청탁없는 청부업자, 즉 정치성을 담보한 사회주의자에 대한 거부로 일관하고 있고 「테러리스트」의 걸 역시 반공주의라는 강한 정치성을 동반하고 있는 것이다. 그러나 「단독강화」나 「오리와 계급장」 등에서는 오히려 이념초월의 휴머니즘이나 전후의 일상성을 보여줌으로써 표면적으로는 정치적 의미를 배제하고 있는 듯하다. 하지만 선우휘 소설은 정치나 이념부재의, 일상성이나 휴머니즘을 그릴 때조차도 파시즘의 은밀한 전제가 밑받침됨으로써 파시즘을 적극

---

18) 이러한 허무주의는 50년대 소설에서 가족의 파산이라는 모티브를 생산해 낸다. 50년대 소설에서 대부분 가족의 파괴와 개인의 극단적 허무주의가 도출되고 있는데 이는 선우휘 소설에서 보이는 '완전한 가족'지향과 형태는 다르지만 동전의 양면을 이룬다고 하겠다. 파시즘과 허무주의에 대해서는 후지타 쇼오조오, 이순애 엮음, 「'안락'을 향한 전체주의」, 『전체주의의 시대 경험』, 창작과 비평사, 1998, 참고. 60년대 중후반쯤 가도 파시즘에 대한 경고가 백낙청과 염무웅의 글에서 보이는데 그 근거도 허무주의로 되어 있다. 백낙청, 「서구문학의 영향과 수용 - 그 부작용과 반작용」, 신동아, 1967. 1, 403쪽, "이들 작품의 한계선에서 나타나는 현실과의 거리는 한국사회의 보수적 요소와 서구사의 퇴폐적 요소가 발전 혹은 진보의 이름아래 결합함으로써 조성된 일종의 허무주의라 할 수 있다. 그것은 대개 하나의 소극적 허무주의로 머물고 있지만 최악의 경우 파시즘이라는 능동적 허무주의의 온상이 될 수도 있음은 널리 알려진 사실이다."

적으로 수용하는 양상을 보이고 있다. 예컨대『싸릿골의 신화』를 보면 인민군에 대립된 국군의 단결력, 그들을 감싸는 마을 주민들의 모습 등으로 하여 남한 군대의 불패성과 그것의 심미화가 일종의 아우라(비판 불허)를 동반하고 있음을 확인할 수 있다. 이러한 파시즘의 심미화가 그의 확고한 정치의식에서 비롯된 것임은 두말할 나위가 없다.

이와 같은 그의 파시즘적 경향을 가족과 관련하여 논하기 위해 먼저 그의 대표작이자 출세작인「불꽃」에 주목하기로 하자. 이 작품은 애초에 행동주의적 휴머니즘을 표방하였다고 규정되었지만 이후에는 고립된 개인주의로 재규정되기도 하였다. 주인공 고현의 성격이 그의 결말부분에서의 돌출된 행동에 비해 너무나 개인주의적이고 존명주의적이어서 그렇기도 하겠지만[19] 행동주의라고 말하기에는 행동 그 자체보다도 행동이 나올 수밖에 없는 필연성에 너무 초점이 맞추어져 있다는 것도 사실이기 때문이다.[20] 그의 행동은 대체로 우발적이고 충동적이어서 그것이 진정한 행동으로 설명되기에는 무리가 따른다. 예컨대 그가 자신의 할아버지를 딱부리영감으로 놀리는 김주사 아들을 때려준다거나, 대동아공영권을 미화하는 일인 교수에 항의하는 것, 나아가 결말 부분에서 조선생 부친의 곤경을 보다못해 총을 쏘는 행위 등은 엄격하게 말해서 행동에 대한 가치부여에서 나왔다기보다는 우발적인 충동에 의해 이루어진 것으로 보지 않을 수 없다는 것이다.

이러한 행위의 우발성은 일차적으로 가족적 기반과 구조, 그리고 그로부터 파생되어 온 삶의 양식에 의해서 발생한 것이다. 아버지(이 아버지는 '애국'을 표상한다)가 부재하다는 것, 할아버지의 현실원칙에 따라야 한다는 것, 홀로 된 어머니가 재가를 마다하고 일부종사의 이데올로기를 감당하고 있다는 것, 그 어머니에 대한 형언할 수 없는 사랑과 어머니가 끝끝내 놓지 않고 있는 아버지에 대한 아들의 사랑 등의 구조적 요소들이 그 우발적 충동에 작용하고 있다는 사실을 지적하는 것은 가

19) 염무웅,「선우휘론」, 선우휘,『망향』(일지사, 1972), 646쪽.
20) 한기,「전후세대 휴머니즘의 진폭」, 선우휘,『불꽃』(민음사, 1996), 447-448쪽 참조.

족과 정치의 상관관계를 논하려는 우리의 논의에 중요한 출발점을 제공
해 준다 하겠다. 아버지와 할아버지, 둘로 나뉘어진 상징계적 가치 중
고현을 지배하는 가치는 압도적으로 할아버지의 가르침으로 나타나 있
다.21) 그렇지만 아버지는 할아버지의 명령에 의해 철저하게 가리어져
있긴 하지만 현이나 현 모에 의해 언제나 가족의 일원으로 우뚝 서있다.
특히 현의 경우 아버지는 할아버지와 함께 내면 깊숙이 아버지로서 용
인되고 있다. 따라서 고현의 완전한 가족 구성은 할아버지(=아버지)-
어머니-고현의 구성을 통해 완벽하게 정립되어 있다. 이 말은 연호와
의 충돌로 인해 불꽃의 삶을 살겠다고 할 때조차도 완전한 구성으로서
의 가족이 소멸되지는 않는다는 말이다. 왜냐 하면 이 때조차도 할아버
지의 자리에 다시 아버지가 들어앉기 때문이다. 「불꽃」에서 아버지는
결코 할아버지와 양립될 수 없는 것이 아니다. 할아버지의 생활양식이
온전치 못할 때 그 생활양식을 부정하는 공산주의자에 대한 적대감의
대응양식으로서 애국주의(=아버지: 이 애국주의는 뒤에 다시 서술하겠
지만 계급에 대립하여 노동자계급을 애국대중으로 만들기 위한 논리를
제공한다)를 내세운 것일 뿐 현이 지향하는 세계는 본질적으로 할아버
지의 생활양식이 담지하고 있는 선명한 경계 긋기의 삶인 것이다. 따라
서 이 애국주의에는 할아버지의 생활양식 속에 내재해 있는 가족적 위
계의식이 투영되어 있다. 이에 대해서는 뒤에 다시 상술할 것이다.

이러한 가족적 완전성의 확보를 통해 주체는 세계에 대해 완벽하게

---

21) 선우휘 소설 전체를 조감할 때 여기서의 할아버지는 실제의 아버지상에 조응되는 듯
하다. 따라서 이 작품에서의 아버지는 상상적 아버지가 아닌가 짐작된다. 이러한 아버
지상의 설정은 아마도 대중의 개념을 애국과 연결시키려는 문학적 장치로 보인다. 그렇
지만 이 아버지라는 문학내적 장치는 프로이트의 가족로망스와 관련되었다고 볼 수는
없다. 다시 말해 현실적으로 존재하는 나쁜 아버지에 대한 부정으로서 상상의 좋은 아
버지를 창조하는 것과 달리 선우휘 소설에서는 좋은 아버지와 나쁜 아버지가 나란히
양립되어 있다. 이 나쁜 아버지는 따라서 선우휘 소설에서 결코 나쁘지 않다. 이 나쁜
아버지의 긍정을 위해서는 좋은 아버지의 개념이 계급이 아니라 민족이 되지 않으면
안되었던 것이다.

폐쇄적인 자족성을 추구해 나간다. 그 자족성은 어머니의 신고의 삶—예컨대 재가하지 않고 홀로 시가에 와 희생적으로 아들을 길러내는 행위라든가, 허벅지에 무수한 상흔을 내는 행위 등 —을 통해 보다더 강화된다. 어머니의 신고의 삶이란 가족을 보전하기 위한 유교 이데올로기적 행동에 다름 아니다. 이데올로기가 요구하는 행동을 수용함으로써 어머니는 고립된 개체에서 강력한 이데올로기적 주체로 재탄생한다.

> 흰 무명옷으로 차린 어머니가 성경책을 들고 싸리문을 나설 때마다 현은 그 뒷모습에서 젊었을 시절의 어머니를 그려보곤 했다. 어머니의 그 얼굴에서 슬픔과 신고의 그늘을 거두면, 아직도 꺼지지 않은 아름다움의 자국이 피어져서 현의 안막에 젊은 어머니의 얼굴이 되살아오는 것이다. 그리고 그 오랜 세월 오직 자기에게 바쳐진 희생된 어머니의 젊음에 생각이 가면 현의 마음은 스스로 암연해지는 것을 어찌할 수 없었다.
> 무병한 어머니는 때때로 허벅다리를 어루만지며 신음하는 때가 있었다. 현이 걱정을 하면 어머니는 까닭없이 얼굴을 붉혔다. 한번은 몹시 열을 내고 몽롱한 상태에 빠져 거리의 의사를 부른 일이 있었다. 무슨 까닭인지 어머니는 흐릿한 정신 가운데서도 두 손으로 한 편 허벅다리를 꼭 누르며 의사의 진단을 거부했다. 현은 그 손을 물리치고 어머니가 손으로 누르던 곳을 들여다보았다. 무릎 가까이가 몹시 굵고 붉은 줄이 기어오르고 있었다. 그리고 현은 그 붉은 줄의 좌우에 생생히 남아 있는 무수한 상흔을 보았다.
> 그것은 끝이 뾰족한 것으로 찔러서 낸 상처였던 것이다. 그 상처가 무엇을 의미하는 것인지, 현이 그것을 깨닫기에는 그로부터 오 년이 지나야 했다.[22]

여기서 보이는 어머니는 자식을 위해 자신의 인생 뿐만 아니라 여성성 마저 포기한 극단적인 이데올로기적 모습을 띠고 있다. 이데올로기가 요구하는 행동의 수위를 그녀가 높여가면 높여갈수록 이데올로기를 구성하는 기구의 하나인 가족의 존재가치에 대한 의미부여는 커질 수밖에 없다. 이러한 가족 구성하에서 고현에게 현실의 혼돈이란 남의 일에

---

22) 선우휘, 「불꽃」, 황순원 김성한 이어령 편, 『선우휘 문학선집 1』(조선일보사, 1987), 55쪽. 앞으로 작품 인용은 이 선집에서 하기로 한다.

불과했다. 그를 매료하는 것은 P고을의 "봄철에 피는 부엉산의 진달래꽃, 내려다보이는 푸른 골짜기, 여름이면 그 숲속에 열리는 산딸기, 목마르면 떠 마신 차디찬 냇물, 선산의 잔디. 마을 사람들, 싸전을 보고 계실 할아버지, 외로이 계실 어머님", 즉 자족적인 순환론적 세계이다. 그 세계는 "남의 일에 흥미가 없거니와 남의 한계를 침범할 생각은 더욱 없"는 개인주의적 세계이며 "찬란한 꽃밭. 매미의 울음과 뭇새의 지저귐"만이 주체를 둘러싸는 순환적이고 자족적인 자연의 세계이다. 요컨대 그 세계는 모든 것이 제자리에 있는 세계이며 그 자리를 구성하고 향유하는 것이 "생명을 받고 태어난 인간이면 누구나가 향유할 수 있는 삶의 조그만 권리"로 규정되는, 경계가 명확한 그런 세계이다. 이러한 세계인식은 말할 것도 없이 그들이 놓여 있는 자리가 자수성가의 소지주에 있기 때문이기도 하지만[23] 보다 더 중요한 사실은 그러한 자리 위에서 주체가 부재하는 아버지의 자리를 채우기 위해 욕망의 방향을 어머니에게 향하고 있다는 것이다. 다시 말해 어머니의 욕망 대상이 되려함으로써 어머니가 주체로 구성되어 있는 가족이데올로기에 자발적으로 종속되려는(왜냐 하면 외부로 향하려는 의식을 할아버지가 철저히 차단하고 있으므로) 가족주의적 메카니즘이 이러한 세계인식을 만들어 냈다는 것이다. 따라서 그의 소설에서 빈번하게 나타나는 우발성과 충동성은 이러한 자족적인 세계를 위협하는 외부현실에 대한 즉자적인 적대감에서 비

---

23) 선우휘 소설의 주인물들의 계급적 기반이 소지주라는 것은 「불꽃」에서의 할아버지나 조선생 부친의 경우에서 찾을 수 있고 「똥개」에서의 달호의 이북 생활이 그러하며 「도박」의 아버지에게서도 찾을 수 있다. 이것이 의미하는 바를 우리는 벤야민의 언급에서 확인할 수 있다. "파시즘은 새로이 생겨난 프롤레타리아화한 대중을 조직하려 하고 있다. 그러면서도 대중이 폐지하고자 하는 소유관계는 조금도 건드리지 않고 있다. 파시즘은 대중으로 하여금 그들의 권리를 찾게 함으로써가 아니라 그들의 의사를 표시하게 함으로써 구원책을 찾고자 한다. (중략) 정치의 예술화를 위한 모든 노력은 한 점에서 그 정점을 이루는데, 바로 이 한 점이 전쟁이다. 전쟁, 오로지 전쟁만이 전통적인 소유관계를 그대로 유지하면서 대규모의 대중운동에 하나의 목표를 설정할 수가 있다." 벤야민, 「기술복제시대의 예술작품」, 발터 벤야민 지음, 반성완 역, 『발터 벤야민의 문예이론』, 민음사, 2000, 229-230쪽.

롯된 것이었다고 할 수 있다.

선우휘 소설에서 대개의 서사는 이같은 가족주의적 발상으로 구성되어 있다. 예컨대 「테러리스트」에서 걸이 테러리스트의 삶을 살아가게 된 것도 '아버지의 원수를 갚'기 위한 것이고 「똥개」에서 달호가 용칠이를 증오하게 된 것도 그가 자신이 애써 구성해 놓은 가족적 안정성을 파괴했기 때문이다. 「단독강화」에서 국군과 인민군은 가족의 관계로 묶여져 있고 「보복」에서 맹의 잔인한 행동은 아버지를 죽인 인민군에 대한 증오의 결과인 것이며 「도박」에서 평생 도박을 멀리해 왔던 아버지가 화투판을 어루만질 수밖에 없는 것도 가족이 와해될 위기에 처했기 때문이다. 뿐만 아니라 「한국인」에서 아들을 낳기 위해 부대에 찾아온 노부모와 며느리를, 군의 최고위간부들이 규정을 어기고 비밀리에 그 아들(병사)과 합방시킨다는 웃지 못 할 에피소드에 이르면 선우휘 소설에서 혈통의 보전과 그를 통해 가족을 완전하게 구성하려는 의지가 얼마나 집요한가를 알 수 있다. 이러한 자족적이고 완전한 가족주의의 시각으로 현실을 보면 현실은 온통 이해할 수 없는 것들뿐이다. 왜냐 하면 이 세계에서는 혼란스런 현실과 달리 서로가 스스로의 경계를 완벽하게 지키는 자족적인 세계이기 때문이다. 선우휘 소설에서 서사적 갈등은 이처럼 이해할 수 없는, 혼란하고 이해관계가 첨예하게 부딪치는 현실에 주체가 불가피하게 관련될 수밖에 없기 때문에 발생한다. 현실적으로 완벽한 진공상태의 자족적 삶은 존재하지 않는다. 따라서 주체는 어쩔 수 없이 현실과 관련을 맺을 수밖에 없는데 이미 현실을 방관자적으로 바라보던 주체에게 현실이 온전히 보일 리가 없다. 그래서 주체는 언제나 곤혹스러움을 면치 못한다.[24)]

24) 선우휘 소설의 특징으로 서사의 통시적 구성을 들 수 있는데 말하자면 선우휘 소설에서 시간적 배경은 대부분 단편소설의 한계를 넘어선다는 것이다. 예컨대 「승패」에서 전쟁 중 상황을 설명하기 위해 해방기까지 거슬러 올라가고 있고 「테러리스트」 역시 해방기의 김가의 행적이 현재의 김가를 비난하기 위한 모티브가 되고 있다. 심지어 「불꽃」에서는 3·1운동까지 소급되고 있으며 「똥개」 역시 해방 이전까지 도입되어 있다. 이러한 통시적 구성은 그가 현실을 전체적으로 설명하고자 하는 욕망을 갖고 있었기 때문으로

'그럴 리가 없다 – 그따우덜 하능 것과야 달랐디 – 무엇이, 그때야 어디 지금터렁 펜안했나, 결사덕이댔디 – 그루구 또 빨갱이하구는 말이 안되거 덩. 그러니까 티야디, 거주뿌리만 허거덩 – 그루구 – 그치는 빨갱이 아니 거덩, 말로 하야디 그루구'

더 중요한 무엇이 있을 것 같은데 걸의 머리에는 좀처럼 떠오르지가 않았다.

'나는 몰라서 물어볼라구 항 건데, 그 새끼덜은 와 갑재기 덤벼들어 그 사 람을 틸라구 했을까.'[25]

"왜, 사람은 서로 죽이고 죽여야 합니까"

"글쎄, 죽이니까 죽이고. 그러니까 또 죽이고 죽이는 거겠지"

말하고 난 내 자신도 무슨 말인지 분명치 않은 어처구니 없는 답변이었다.

"그건 누구의 탓입니까"

"글쎄"

(중략)

부끄러운 일이었지만 나에게는 그를 납득시킬 힘이 없었다. 다만 우리의 임무는 사람을 죽이는 데 있지 않고 어느 만큼 전진하고 어떤 곳을 점령하 는 데 있다는 것, 앞에 장애가 있으면 그것을 제치고 가야 하는데 그러노라 니 가로막는 사람을 어떻게 할 도리가 없다는 등 모호한 얘기로 얼버무리고 말았다.[26]

완전하고 자족적인 세계를 지향하는 주체의 시각으로 현실을 보면 그러한 시각을 가능하게 한 계급적 기반으로 인해 그것은 '늘어진 시체, 붉은 깃발의 시위'로 표현된 공산주의자의 폭력이 지배하는 시대로 나 타난다. 선우휘 소설에는 공산주의에 대한 반감이 노골적으로 드러나 있는데 이는 공산주의자들이 소지주로서의 자신의 기반을 송두리째 제

풀이된다. 그러나 그의 자족적이고 초월적인 삶의 방식이 가져온 현실에 대한 방관적 시선으로 인해 그 설명은 결코 가능하지 않다. 여기서 좌익에 대한 무조건적 거부가 나 온다.

25) 「테러리스트」, 앞의 책, 39쪽.
26) 「보복」, 앞의 책, 171-172쪽.

거하기 때문이고 나아가 이러한 소지주로서의 계급의식 — 소설에 나온
표현대로 하면 자족적인 '생활양식' —을 뿌리째 뒤흔들어놓기 때문이
다. 「불꽃」에서 고현이 드디어 행동을 감행하게 된 것도 '어울리지 않는
생활양식을 거부하고' 자신의 생활 양식을 지키고자 남으로 내려온 조
선생 부친에 대한 공개처형에 있었고 「승패」에서 '나'가 남으로 월남하
게 되는 것 역시 "씨를 뿌리면 며칠이 안 가 파릇파릇한 싹이 트며 가지
와 잎이 뻗어나가 꽃이 피고 열매를 맺는 생명의 성장을 보는 기쁨과 속
임수 없이 그것들을 키우는 땅에 대한 경이 — 창조의 기쁨"을 맛보는
소지주로서의 자족적인 생활양식이 이제는 도저히 불가능해 졌기 때문
이다. 이러한 생활양식의 근저에는 토지몰수와 관련된, 소지주로서의 그
들의 계급적 기반이 가로놓여져 있다.[27] 세계를 악으로 규정하고 주체
스스로를 선으로 규정할 때 그러한 악의 현실을 극복하지 못하고 짓눌
려진 자신에 대해 주체는 스스로를 '버러지'(「승패」)나 '노예'(「불꽃」)로
규정하게 된다. 이러한 '버러지'나 '노예' 인식은 자신을 '버러지'나 '노
예'로 만든 공산주의자에 대한 증오와 그들의 만행을 도저히 용서할 수
없다는 각오 — "어디까지나 그는 옳아야 하는 것이다. '그러나 나는 그
것을 허용할 수는 없다'" —로 이어진다. 이같은 증오의 배후에는 자신
의 생활양식을 보편화시킨, 세계 자체의 생활양식 전체의 소멸에 대한
공포, 즉 몰락에 대한 위기의식이 자리잡고 있다.

---

27) 그래서 선우휘 소설에는 인간성과 관련된 가치가 유독 강조된다. 그것은 이러한 계급
적 기반과 그로인한 생활양식에서 나온 것이면서 동시에 공산주의의 기계화에 반대하
는 논리로 작용한다. 선우휘의 반공주의 논리는 첫째, 그것이 "도식화한 관념으로 역사
를 판가름하고 집단의 위력으로 인간을 죄어 틀에 박으려는 살벌한 냉혹과 숨막히는
병적 흥분", 즉 그들 논리의 기계화에 있고, 둘째, 원래 인간은 자족적이어서 제자리에
있는 법인데 이들 공산주의자들이 자신들의 '개기름같이 번쩍거리는 욕망'을 실현하기
위해 이들을 혼란 속으로 부유하게 하기 때문이다. 여기에 민중을 무지한 존재로 파악
하는 엘리트적 발상이 가로놓여 있다.

3. 몰락에의 공포와 재생의 욕망

이러한 몰락에 대한 위기 의식은 혼란된 현실 전체에 대한 총체적 거부라는 현상을 빚게 된다. 이러한 거부는 몰락을 불러오는 현실의 혼란에 대해 주체가 이성적으로 대응할 수 없기 때문에 거의 전면적 차원으로 비화된다.[28] 『깃발없는 기수』에서 윤이 이철에 대해 보이는 적대감은 전혀 필연성을 상실하고 있으며 「테러리스트」에서 걸의 공산주의자에 대한 적대감은 합리성 이성의 작용을 전면 무화시킨다. 이와 같은 문맥에서 『싸릿골의 신화』라는 국군에 대한 맹목적인 신화적 구성이 나오게 되는 것이다. 이렇게 주체의 이성적 작용이 무화될 때 현실은 혼란 그 자체에 불과하게 되고 그 혼란을 정화시키고자 하는 의지가 또한 맹목적으로 움트게 된다. 이러한 정화의지는 현실의 경계가 허물어졌다는, 다시 말해 현실이 극단적으로 혼란에 빠져버렸다는 인식의 결과라 할 수 있다. 이러한 경계 부재의 원인으로서 그가 공산주의자를 청탁없는 청부업자라고 규정할 때 그러한 표현 뒤에는 현실의 체제나 제도의 안정성을 희구하는 의지가 자리잡고 있다.[29] 다시 말해 현실은 혼란에 빠

---

28) 선우휘 소설에서 좌익의 경우 두가지 특성이 보인다. 한가지는 그들이 대체로 자신의 절친한 친구거나 스승이며 다른 한가지는 이들이 모두 비범한 존재로 나타난다는 것이다. 그러한 비범한 존재들이 자신이 거부하는 공산주의를 수용함에 따라 세계는 이해할 수 없는 어떤 것으로 바뀌고 이에 따라 맹목적으로 이들을 지배하려는 욕망을 발산시킨다. 선우휘 소설에서 좌우익의 대립이 과학적인 관점이 아니라 인간적인 관점으로 나타나는 이유가 여기에 있다. 물론 그의 생활 양식 자체가 인간적인 가치를 강조하고 있기는 하다.

29) 이 정화의지는 표면상 완전한 가족구성을 실제로 완전하게 하려는 욕망, 즉 부재하는 아비를 존재하게 하려는 욕망과 연관된 것이다. 이 욕망이 현실비판의 힘으로 전화되지 못하고 안정지향으로 나타나는 이유는 할아버지에 의해 추동된 가족주의 탓으로 보인다. 그런데 재미 있는 것은 공산주의자를 청탁없는 청부업자라고 부르는 것이 마치 1920년대 이광수가 <민족개조론>에서 말한 바 '가짜 지사, 가짜 주의자(들의 책론)' 운운과 너무나 유사하다. 이광수의 이런 표현이 절제없이 행해지는 파괴와 조직 없이 행해지는 건설에 대한 공포와 재생에의 욕망에서 비롯되었다는 것까지도 그렇다. 김현주, 「이광수의 문화적 파시즘」, 김철, 신형기 외 지음, 『문학속의 파시즘』(삼인, 2001), 104쪽.

졌고 그 진정한 실재적 현실이 부재하다는 인식은 역으로 부재하는, 혹은 원래적 모습으로서의 현실에 대한 강한 갈망을 불러일으킨다는 것이다. 그 현실은 소지주로서의 안정되고 자족적인 삶을 허용하는, 각자의 경계가 명확하여 자신의 맡은 바 주어진 일만 묵묵히 수행할 수 있는, 위계화된 현실이다. 이러한 위계성의 특징은 서로 뒤섞이지 않는다는 점에서 순수성을 지향한다. 말하자면 시니피앙과 시니피에의 일대일 대응이 완벽하게 성립되는 권위주의적이며 기표의 미끄러짐을 봉합하는 통합의 세계인 것이다.

그래서 선우휘 소설에는 혈통의 보전이나 소년의 소년다움, 혹은 월남민들의 강한 연대성이나 여성에 대한 비하의식 등 순수성(?)에의 추구가 유난히 강조된다.

> 1) 차가 미끌어나가 고개를 돌린 그의 눈에 담뱃대를 높이 들어보이는 노인과 여전히 고개를 수그리고 저고리 고름을 매만지는 며느리 뒤에 이쪽을 향해 눈을 감고 손을 모으는 할머니의 모습이 뛰어 들었다.
> 순간 찡하고 코허리가 울리는 듯싶어 서중령은 얼른 고개를 거두었다. 그로부터 한달 쯤 지난 어느날 점심을 끝낸 참모식당에서 소장 각하와 참모장과 서중령은 시무룩한 표정을 지은채 나직한 목소리로 얘기를 주고받았다.
> "씨가 들었을까?"
> "안 들었으면 어떡허죠?"
> "들었을 겝니다. 분명히."[30]
>
> 2) 어린애들로부터 그 천진성을 빼앗아, 그 천진무구해야 할 어린시절을 빼앗아 아기들로 하여금 단걸음에 똑똑하고 차고 교활한 어른으로 뛰어 오르게 하고 그리고 얻어지는 인간사회의 발전이란 어떤 것인가. 아니 그런 것을 가리켜 과연 발전이라고 이름할 수 있을까?[31]

「불꽃」에서 시간적으로 3·1운동을 설정하고 그 시기에 부친이 죽게 된 설정, 그리고 선우휘의 고향이 이광수와 마찬가지로 평북 정주라는 점은 따라서 흥미롭다.
30) 「한국인」, 앞의 책, 283-284쪽.

3) "저치 좀 악질이라는데?"
"저 형님, 무슨 착을 텐데요."
"친구라고 다 믿을 수 있는 세상은 못돼."
"그건 그렇죠."
회장은 잠시 무슨 생각을 하는 듯하더니 간부에게 일렀다.
"맛을 보였으면 어차피 내어보내얄 게 아냐?"
"그대로 둬둘 순 없읍죠."
"이 사람은 내 동생 같은 고향 후밴데 지금 신문사에 근무하고 있어. 웬만하면 데리고 가도록 해 주지."
간부는 한참 회장과 윤을 번갈아 떠보고 있더니 성큼 자리를 일어섰다.
"날 따라오슈."[32]

4) "난 풋내기때 어떤 처녀에게 홀딱 반한 일이 있었어. 결국엔 모든 것이 어울리지 않아 어쩔 수 없게 되었지만 아주 대단했었지. 지금 생각하면 우스꽝스럽지만 그땐 나이가 나이인 만큼 애절하기 짝이 없었거든. 이 내가 여자를 두고 시를 쓴다구 야단이었어. 그러나 지치고 지친 끝에, 에라 빌어먹을 것 하구 돈을 털어서 거리의 여자를 샀어. 처음엔 그래두 그렇게 된 자신을 제법 서글퍼했지. 그런데 이상한 것은 그런 짓거리를 하고 나면 얼마간은 단념한 여자에 대한 애절감이 덜해지더란 말야. 지나고 보니까 아무것도 아니더군. 공연히 몸이 뒤틀리고 가만히 있기가 거북해서 웬만한 여자를 보아도 한숨이 지어지고 시가 튀어나올 지경이면 누구 치맛자락이라도 좋으니 들추고 들어가면 씻은 듯 거뜬한 거야.[33]

인용 1)은 아들 셋을 전쟁통에 잃어버리고 마지막 남은 막내이자 독자가 결혼하자마자 군에 입대하게 돼 대를 잇기 위해 찾아온 노부부의 하소연을 부대의 최상급지휘관들이 규정을 어기고 앞장서서 동침 자리를 마련해 준다는 웃지 못할 에피소드이고 인용 2)는 용맹스런 빨치산이

31) 「열세 살 소년」, 앞의 책, 319쪽.
32) 「깃발없는 기수」, 「선우휘선집 3」, 55쪽.
33) 「깃발없는 기수」, 「선우휘선집 3」, 33쪽.

었던 열두살 소년을 1년여간 데리고 있으면서 어린애의 어린애다움을 일깨워주려는 눈물겨운 노력이 그려져 있으며[34] 인용 3)에서는 좌익활동을 하는 친구가 '평청' 사무실에 끌려갔다는 소문을 듣고 달려가 월남민이라는 자격으로 친구를 방면하게 한다는 이야기가 서술되어 있다. 인용 4)에서는 여자를 정신—육체의 결합된 존재로 보는 것이 아니라 육체로만 보려는 여자=창녀의 의식구조가 나타나 있다.[35] 혈통의 보전에는 피의 뒤섞임이 없다는 점에서 혈통의 순수성과 접맥되고 소년의 소년다움이란 부모 자식간의 명확한 위계성을 설정해 주기 때문에 강조되며 월남민들의 강한 연대성은 뿌리뽑힌 자로서의 위기의식이 그들만의 독특한 공감대를 부여해주기 때문에 거의 절대적이다. 뿐만 아니라 여성에 대한 비하의식은 위기의 시대에 그것에 대처할 주체가 강한 남성일 수밖에 없다는 점에서 특별히 강조된다.(여성이 신성성을 확보하느냐 버려지느냐의 기준은 육체에 있다) 이와 같은 특성은 파시즘이 요청하는 주요한 덕목들— 혈통의 순수성 복원, 가족의 가부장제도 옹호, 순수한 반공이념단체의 강조, 남성 쇼비니즘 —로서 거기에는 각각의 사회적 단위— 가족, 월남민단체 등 —에 대한 자발적인 자기희생과 헌신이 강하게 자리잡고 있다.[36] 다시 말해 각각의 사회적 단위 속으로 주체가 자발적으로 소멸되면서 자기희생과 헌신을 수행하게 될 때 각각의 사회적 단위는 안정성을 획득하게 되고 그 안정성을 통해 혼란된 삶으로부터 재생되고자 하는 메커니즘이 거기에 작용하고 있다는 것이다.

안정적이고 자족적인 세계에서 스스로를 버러지로 인식하게 한, 혼

---

34) 어린이라는 개념은 근대적 개념이다. 처벌과 훈련, 그리고 감시의 메카니즘에 의한 근대성의 한 산물이라는 말이다. 말하자면 이 어린이라는 개념속에는 근대의 파시즘적 가족과 주체의 형성이라는 역사성이 개입해 있다. 박태호, 「근대적 주체의 역사이론을 위하여」, 김진균, 정근식, 앞의 책, 71-72쪽 참조.

35) 파시즘의 정치의 심미화에 내재한 집단과 권위주의와 영웅주의에 대해서는 백문임, 「'정치의 심미화': 파시즘 미학의 논리」, 김철, 신형기 외 지음, 앞의 책, 72-74쪽 참조.

36) 파시즘의 남성성에 대해서는 다이애너 기틴스, 앞의 책, 90쪽 참조. 파시즘의 구호에는 이외에 반사회주의도 있다.

란의 주범인 공산주의자에 대한 적개심은 재생의 욕망과 더불어 힘의 논리로 비화한다. 이미 위의 파시즘적 덕목 자체가 힘, 즉 남성/여성, 어른/아이, 우리/타자의 구조에서 각각 전자를 지향함으로써 무력함으로부터 벗어날 수 있도록 하는 것이 힘인 바를 말해주고 있지만 구체적으로 말해서 「테러리스트」에서 그 힘은 '주먹'으로 나타나 있고 「오리와 계급장」에서는 '계급장'으로 나타나고 있으며(김선생님에 대해 때때로 김선생이라고 호명하는 것을 보라!) 『깃발없는 기수』나 「불꽃」에서는 이것이 '총'으로 나타나고 있다. 또 「승패」에서는 군입대로 나타나고 있다. 이렇게 힘을 강조하게 될 때 무력한 것에 대한 경멸이나 연민이 발생한다. 『깃발없는 기수』에서 윤이 공산주의자 이철을 그렇게 증오함에도 불구하고 우익의 인사들에 대해 "흥! 망명가니 지사니, 한다는 말과 한다는 짓이 답답하기 짝없"다고 경멸하는 것이나 미군에 대해 필요 이상으로 경멸하는 것(「승패」, 「메리 크리스마스」 등) 등은 힘을 매개로 하여 스스로를 혼란 속에서 벗어나 순수한 경계 속에 넣고자 하는 재생의 욕망의 결과이다. 좌익은 말할 것도 없이 우익 마저도 무차별적으로 거부하는 이러한 의식의 근저에는 현실을, 좌우를 막론하여 혼돈으로 규정하고 그것들의 전면적인 소멸을 통해 새로이 재생하려는 욕망이 자리잡고 있는 것이다.

　껍질 속에 몸을 오므리고 두더지처럼 태양의 빛을 꺼린 삶. 산 것이 아니라 다만 있었다. 마치 돌멩이처럼. 결국 너는 살아본 일이 없었던 것이다. 살아본 일이 없다면 죽을 수도 없는 일이 아닌가. 살아본 일이 없이 죽는다는 것, 아니 죽을 수도 없다는 안타까움이 현의 마음에 말할 수 없는 공포의 감정을 휘몰아왔다. 현은 잃어져 가는 생명의 힘을 돋우어 이 공포의 감정에 반발했다.

　'살아야겠다. 그리고 살았다는 증거를 보이고 다시 죽어야 한다."

　현은 기를 쓰는 반발의 감정 속에서 예기치 않은 새로운 힘이 움터오르는 것을 느꼈다. 그 힘이 조금씩 조금씩 마음에 무게를 가하더니 전신에 어떤 충족감이 느껴지자 현은 가슴속에서 갑자기 우직하고 깨뜨려지는 자기 껍질의 소리를 들었다. 조각을 내고 부서지는 껍질, 그와 함께 거기서 무수한 불꽃이 튀는 듯 했다. 그것은 다음 차원에의 비약을 약속하는 불꽃. 무수한 불꽃. 찬란한 그 섬광. 불타는 생에의 의욕. 전신을 흐르는 생명의 여울. 통절히 느껴지는 해방감. 현은 끝없이 푸른 하늘로 트이는 마음의 상쾌를 느꼈다.[37]

이러한 재생의 욕망은 동시에 국가를 매개로 하여 노동자에 대한 인식에까지 이어진다. 『깃발 없는 기수』에서의 노동자 가족 성호네에 대한 윤의 연민은 그것을 매개로 하여 대중을 애국대중화 하는 결과를 낳는다는 점에서 파시즘적 지향성을 보이고 있다. 주지하다시피 파시즘은 근대적 성격의 시민을 부정하고 새로운 주체로서의 애국대중을 대중운동에 동원함으로써 근대적 가치, 즉 민주주의, 국가, 자유, 개인의 개념을 제거한다.[38] 계급이나 계층적 관점과 달리 대중을 애국의 기치하에 바라본다는 것은 대중을 무차별적으로 국가에 종속시켜 파시즘적 주체로 호명하는 결과를 낳는다. 「오리와 계급장」에서 김선생과 춘봉형님의 상이한 전력보다도, 또 그들과 경찰, 혹은 그들과 땅주인의 엄연한 공적 관계보다도 더 상위에 존재하는 것이 '아리랑'과 허울뿐인 '반만년 유구한 역사를 가진 문화 민족인'으로 상징되는 무력한 조국 이미지인 것이다. 이 이미지 속에서 근대적 가치가 자리잡을 곳은 어디에도 없으며,[39] 무력한 조국의 이미지가 불러일으키는 상상적 보상물로서의 강력한 국

---

37) 「불꽃」, 『선우휘선집1』, 91-92쪽.
38) 권명아, 「수난사이야기로 다시 만들어진 민족이야기」, 김철, 신형기 외 지음, 앞의 책, 250쪽.
39) 선우휘 소설에 근대적 가치에 대한 불신은 곳곳에서 나타나고 있다. 「깃발없는 기수」에서 사회부장이 윤에게 "말이 났으니 말이지 자네 그렇게 신문이란 게 대단한 건 줄 아나"라고 하는 말이나, 「테러리스트」에서 근대적 가치를 역설하는 정치 후보자에 대해 "빨갱이들하고 싸우지 않고 될 수" 있는 일은 아무것도 없다고 부정하는 것등은 비근한 예에 불과하다. 이러한 근대적 가치에 대한 적대감은 "가치들이 경쟁적으로 분화되어 가는 상황에서 '의미'라는 어떤 합의된 구조가 어떻게 가능한가? 합법적인 권위의 전통이 붕괴되는 상황에서 사람들 사이의 신뢰체계라는 것은 어떻게 유지할 것인가?라는 불안과 불만"에서 나왔다고 할 수 있다. 백문임, 앞의 글, 77쪽.

가상의 지향 하에 모든 공적 관계들이 그 안에 몰수되는 애국주의적 형국이 이 작품에는 감동적으로 심미화되고 있다.

4. 나오는 말

지금까지 1950년대 소설에 나타난 파시즘적 현상을 선우휘의 작품을 통해 살펴보았다. 그의 소설에는 하나같이 가족이 그 중심에 자리잡고 있다. 이처럼 가족이 중시되는 이유는 당시의 사회가 혼란 속에 있었기 때문이다. 정치, 경제, 사회, 문화적인 여러 혼란이 주체를 내외적으로 분열시켰다는 것인데 이러한 분열로 인한 내적 고통은 필연적으로 주체를 안락하게 감싸줄 상상적 보상체를 강력하게 요구하게 한다. 그 보상체로서 가족만큼 강하고 끈질기게 우리를 흡인하는 것도 드물다. 가족을 감싸고 있는 이데올로기는 그것이 아무리 지배이데올로기의 부름에 의한 응답 결과라 간파할지라도 쉽사리 떨쳐낼 수 없는, 그래서 마치 자율성을 획득하고 있는 것처럼 보인다. 그렇게 보이게 하는 가장 큰 요인은 아마도 어머니라는 모성성이 가족적 상상력의 중심에 자리잡고 있기 때문일 터이다. 어머니가 표상하는 바는 자식에 대한 말로 표현할 수 없는 헌신과 자기희생이다. 조각조각 분열된 주체의 내면은 이러한 모성의 집에 이르러서야 비로소 안정을 되찾을 수 있다.

이러한 모성성의 강조는 와해된 가족을 보존하거나 재구성하려는 욕망의 표현이다. 어머니의 신산스런 삶을 보상해 주려는 주체의 의지는 가족의 가부장의 자리에 앉으려는 욕망이면서 동시에 상상적 보상체로서의 가족 구성을 꿈꾸는 것이기도 하다. 이는 근대의 자기 발전이 자기 폭력으로 결과한 전쟁 앞에서 근대적 삶에 대한 부정과 맞물려 나타나고 있다. 이제 주체는 근대가 생산한 합리적인 지식체계와 제도 전부를 거부하고 그 자리에 가족을 올려놓기 시작한다. 따라서 가족을 향한 상상력이 이제는 사회를 바라보는 일종의 패러다임으로 작용하게 된다.

『깃발없는 기수』에서 경계 부재, 즉 혼란을 야기하는 공산주의에 대한 거부는 완벽한 경계를 꿈꾸는 가부장의 욕망이 빚어낸 현실인식의 소산이다.

이것은 결국 국가를 가족적 상상력을 통해 재구성하려는 욕망의 결과이다. 그에게 있어 국가는 근대적인 기구와 제도로 성립되는 것이 아니라 가족적인 구조로 형성되어야 한다. 국가가 곧 가족이 되는 이 메커니즘은 근대주의의 자기폭력이라는 현상에 직면한 전후세대의 근대주의에 대한 환멸의 결과이다. 이들은 근대주의의 환멸을 진정한 근대성의 성취를 통해 이루려는 것이 아니라 근대 전체를 부정하려는 방식을 통해 국가를 바라본다. 이는 1950년대의 시대가 주는 한계의 결과이면서 60년대 작가들에게도 이월해주는 바가 크다는 점에서 이러한 메커니즘에 대한 해명은 긴요하다고 하겠다. 앞으로의 과제는 시대가 다양해 지면서 가족과 국가의 길항관계도 그 폭을 넓혀갈 거라는 전제하에서 60년대 이후의 파시즘의 정체를 해명하는 것이라 하겠다. 박정희 정권의 성격이 파시즘적이라는 것은 자명하지만 그에 대처하는 작가들의 문학적 응전 마저 모두 파시즘으로 몰아붙일 수만은 없을 것이라는 점에서 그 미묘한 차이에 대한 해명이 요구되는 것이다. 이에 대한 연구는 차후로 넘기기로 한다.

주제어 : 가족주의, 이데올로기, 파시즘, 몰락, 재생, 환멸, 근대성, 상상적 보상,
     가족적 상상력 등

◆ **참고문헌**

황순원, 김성한, 이어령 편, 『선우휘 문학선집 1-5』, 조선일보사, 1987.

김진균, 정근식 편저, 『근대주체와 식민지 규율권력』, 문화과학사, 2003.

김철, 신형기 외 지음, 『문학속의 파시즘』, 삼인, 2001.

서동만 편역, 『파시즘연구』, 거름출판사, 1983.

이득재, 『가족주의는 야만이다』, 소나무, 2001.

다이애너 기틴스 지음, 안호용, 김홍주, 배선희 옮김, 『가족은 없다』, 일신사, 2001.

루이 알튀세, 이진수 역, 『레닌과 철학』, 백의출판사, 1997.

마크 네오클레우스, 정준영 옮김, 『파시즘』, 이후출판사, 2002.

발터 벤야민 지음, 반성완역, 『발터 벤야민의 문예이론』, 민음사, 2000.

후지타 쇼오조오, 이순애 엮음, 『전체주의의 시대경험』, 창작과 비평사, 1998.

백낙청, 「서구문학의 영향과 수용 ─ 그 부작용과 반작용」, 신동아, 1967. 1, 403쪽.

백승철, 「한국작가의식의 구조적 모순」, 청맥, 1966. 9, 131쪽.

염무웅, 「선우휘론」, 선우휘, 『망향』, 일지사, 1972.

한 기, 「전후세대 휴머니즘의 진폭」, 선우휘, 『불꽃』, 민음사, 1996.

◆ **국문초록**

이 논문은 1950년대 소설에 나타난 파시즘적 현상을 선우휘의 작품을 통해 살펴
보려는 것이 일차적 목표다. 그의 소설에는 하나같이 가족이 그 중심에 자리잡고
있다. 이처럼 가족이 중시되는 이유는 당시의 사회가 혼란 속에 있었기 때문이다.
정치, 경제, 사회, 문화적인 여러 혼란이 주체를 내외적으로 분열시켰다는 것인데
이러한 분열로 인한 내적 고통은 필연적으로 주체를 안락하게 감싸줄 상상적 보상
체를 강력하게 요구하게 한다. 그 보상체로서 가족만큼 강하고 끈질기게 우리를
흡인하는 것도 드물다. 가족을 감싸고 있는 이데올로기는 그것이 아무리 지배이데
올로기의 부름에 의한 응답 결과라 간파할지라도 쉽사리 떨쳐낼 수 없는, 그래서
마치 자율성을 획득하고 있는 것처럼 보인다. 그렇게 보이게 하는 가장 큰 요인은
아마도 어머니라는 모성성이 가족적 상상력의 중심에 자리잡고 있기 때문일 터이
다. 어머니가 표상하는 바는 자식에 대한 말로 표현할 수 없는 헌신과 자기희생이
다. 조각조각 분열된 주체의 내면은 이러한 모성의 집에 이르러서야 비로소 안정
을 되찾을 수 있다.

이러한 모성성의 강조는 와해된 가족을 보존하거나 재구성하려는 욕망의 표현
이다. 어머니의 신산스런 삶을 보상해 주려는 주체의 의지는 가족의 가부장의 자
리에 앉으려는 욕망이면서 동시에 상상적 보상체로서의 가족 구성을 꿈꾸는 것이
기도 하다. 이는 근대의 자기 발전이 자기 폭력으로 결과한 전쟁 앞에서 근대적 삶
에 대한 부정과 맞물려 나타나고 있다. 이제 주체는 근대가 생산한 합리적인 지식
체계와 제도 전부를 거부하고 그 자리에 가족을 올려놓기 시작한다. 따라서 가족
을 향한 상상력이 이제는 사회를 바라보는 일종의 패러다임으로 작용하게 된다.
『깃발없는 기수』에서 경계 부재, 즉 혼란을 야기하는 공산주의에 대한 거부는 완
벽한 경계를 꿈꾸는 가부장의 욕망이 빚어낸 현실인식의 소산이다.

이것은 결국 국가를 가족적 상상력을 통해 재구성하려는 욕망의 결과이다. 그에
게 있어 국가는 근대적인 기구와 제도로 성립되는 것이 아니라 가족적인 구조로
형성되어야 한다. 국가가 곧 가족이 되는 이 메커니즘은 근대주의의 자기폭력이라
는 현상에 직면한 전후세대의 근대주의에 대한 환멸의 결과이다. 이들은 근대주의
의 환멸을 진정한 근대성의 성취를 통해 이루려는 것이 아니라 근대 전체를 부정
하려는 방식을 통해 국가를 바라본다. 이는 1950년대의 시대가 주는 한계의 결과이

면서 60년대 작가들에게도 이월해주는 바가 크다는 점에서 이러한 메커니즘에 대한 해명은 긴요하다고 하겠다. 앞으로의 과제는 시대가 다양해지면서 가족과 국가의 길항관계도 그 폭을 넓혀갈 거라는 전제하에서 60년대 이후의 파시즘의 정체를 해명하는 것이라 하겠다. 박정희 정권의 성격이 파시즘적이라는 것은 자명하지만 그에 대처하는 작가들의 문학적 응전 마저 모두 파시즘으로 몰아붙일 수만은 없을 것이라는 점에서 그 미묘한 차이에 대한 해명이 요구되는 것이다. 이에 대한 연구는 차후로 넘기기로 한다.

◆ SUMMARY

A Study on the Fascism in the novel of 1950's

Kim, Jin-Gi

This paper is a study on the phenomenon of the fascism in the novels of Sun−Woo Hui in 1950's. The novels of Sun−Woo are consistently focused on the family as a social system a common feature. The reason his novels make much of the family is the society 1950's was in chaoses. In his novels, the subject confused by political, economical, social and cultural chaoses. Thus the subject was totally disintergrated. And pains of this disintergration make the subject demand a imaginable compensation. The family is such a powerful thing as a compensation. And the ideology of the family seems to be a autonomical system through the ideology which was a result to a response about calling of a dominant ideology. A definitive reason about this phenomenon is a family imagination system that composed upon a motherhood. The representation of motherhood is a self−sacrifice and devotion to her sons. The disintergrated subject inside could recover stability through these motherhoods. This paper survey these recovery system on the Sun −Woo Hui's novels in 1950's.

The emphasis on the motherhood in the 1950's novelist is a representation of desire based on reunion disunioned family or conserve family. The will of subject to compensate his mother's life which suffers many hardships which is eager to gain the father as regime system and a imaginable compensation as well. And it is results of modern ages' self −development to self−violence, thus is revealed to a war. At the same time a war make the subject's will represents of a negative attitude to the modern life style. The subject refuse all things that reasonal knowledge system and regime system of the modern ages, and substitute into the family. In the novel <A Rider who has not a flag>, the novelist present of refusal to a communism that make confuse in social system, is a result of cognition to the real life. And his recognition of real life is a father's desire to make a perfect boundary.

Keywords : fascism, family as a social system, ideology of the family, a imaginable compensation, a self – sacrifice and devotion, motherhoods, refusal to a communism

－이 논문은 2003년 12월 31일에 접수되어, 소정의 심사과정을 거쳐 2004년 1월 31일 게재가 확정되었음.

시학과 수사학*
- 송욱의 시와 시론 연구 -

김 한 식**

목 차

1. 서론
2. 송욱의 모더니즘 시론
3. 역설 - 말놀이의 수사
4. 풍자 - 현실비판의 수사
5. 결론

1. 서론

이 글에서 우리는 송욱(宋稶)의 대표 평론집 『詩學評傳』과 대표 시 「何
如之鄕」 연작을 수사적 특성에 주목하여 연구하고자 한다.

주지하다시피 송욱은 1930년대 이상(李箱)과 비견될 만큼 극단적인
언어실험을 했던 '과격한' 모더니즘 시인으로 뿐만 아니라 모더니즘 시
론을 본격적으로 소개한 비평가로도 알려져 있다. 그의 모더니즘 시는

* 이 논문은 2002년 한국학술진흥재단의 지원(KRF-2002-074-AM1581)에 의해 연구되
었음.
** 고려대학교 강사.

314

식민지 시대 모더니즘 시의 주류를 이루었던 이미지즘이나 주지주의와
는 달리 '현실 비판적' 성격을 노골적으로 드러내었다. 그가 주로 소개
한 비평 역시 해방 이전에 소개되었던 영미 모더니즘 계통이 아니라 '대
륙'의 모더니즘이었다. 이러한 문학사적 '사실'만으로도 송욱은 중요한
의미를 갖는 시인이지 비평가였다고 할 수 있다.

어려서 한학을 공부하고 대학에서는 영문학을 전공한 송욱은 단순히
자신의 서정을 꾸밈없이 드러내는 데 시의 목적이 있다고 생각하지 않
았다.1) 한국어의 무한한 가능성을 살려 그 안에서 순수시도 사회시도
넘어서는 올바른 시를 만들어내야 한다는 생각을 표나게 드러내곤 하였
다.2) 자신이 영문학을 선택한 이유가 우리 시의 발전을 위해서라고 주
장할 정도로 그는 자신의 시 창작과 시에 대한 공부를 동일한 것으로 생
각하였다.3) 이러한 주장 자체는 새로운 것도 신뢰 여부를 따질만한 아

---

1) 송욱은 1925년 4월 19일 충남 홍성에서 3남 5녀 중 3남으로 태어났다. 송욱이 어린 시
절 아버지 송양호는 당진군수와 강화 군수를 지냈다. 3살에 서울 종로구 화동으로 이사
한 후 한학을 익혔으며 재동 공립보통학교, 경기중학교 일본 鹿兒島 제7고등학교를 졸
업했다. 이후 서울 문리대 영문과를 졸업하고 같은 학교 영문과 교수로 재직했으며 인
문대학 학장을 거쳐 1980년 4월 15일 작고했다. 시집에 『誘惑』(1954), 『何如之鄕』(1961),
『月精歌』(1971), 『詩神의 住所』(1981: 유작시집)가 있고, 한국문학을 다룬 책으로는 『詩學
評傳』(1963), 『文學評傳』(1969), 『한용운 시집 "님의 침묵" 전편해설』(1974), 『文物의 打作』
(1978)을 출간하였다. 이밖에 송욱의 전기적 사실에 대해서는 박종석의 『송욱 평전』(좋은
날, 2000)을 참조할 것.
2) 시집 『何如之鄕』 서문에서 송욱은 "나는 韓國語의 無限한 可能性을 믿는다. 나의 母國
語가 어떤 外國語에도 못지 않다고 생각한다. 이에 대한 根據는 별로 없다. 다만 韓國語
는 나의 藝術의 唯一한 表現手段이기 때문에 그렇게 믿는 것이다. 자기의 樂器를 탓하
는 演奏家가 있다면 그는 聽衆의 爆笑나 激憤을 살 것이다."라고 말해 우리 언어에 대
한 애정을 표나게 드러내었다. 주장을 뒷받침할만한 객관적인 근거를 제시하고 있지는
않지만 우리 언어에 대한 그의 관심은 이후에도 크게 달라지지 않으며, 시론에서도 중
요한 역할을 한다.
3) 그는 자신이 영문학을 선택한 이유로 우리 문학은 전통이 부재하고 역사의식이 결여
되어 있기 때문에 문학의 이론적인 근거와 지적인 토양을 구하기 위해 외국문학을 선
택하게 되었다고 말한다.(송욱, 「외래문학 수용의 제문제점」, 『문물의 타작』, 문학과지성
사, 1978, 참조)

니지만 이러한 주장을 실제로 실천해 나갔다는 점에서 송욱은 주목받아야할 비평가·시인인 것이다.

1980년까지 그의 시작과 비평 활동이 꾸준히 이어졌음에도 불구하고 우리가 송욱을 『詩學評傳』과 『何如之鄕』의 비평가·시인으로 기억하는 이유는 그의 시와 시론이 갖는 시대적 성격과 무관하지 않다. 그의 시와 시론은 1950년대를 마감하고 1960년대를 여는 시기에 중요한 역할을 하였으며, 전통을 거부하고 새로운 시대를 열어야 한다는 동시대 문학인들과 지성인들의 주장을 대변했던 것이다. 이는 일찍이 이어령의 선언으로 유명해진 '화전민 의식'[4]과도 맥을 같이 한다.

그러나 아이러니컬하게도 실제 송욱이 모더니스트로서의 정체성을 유지한 시기는 1960년대 초까지로 한정된다. 이 시기를 넘어선 송욱은 "동양사상과 자연을 풍부하게 담고 있는 자연"을 중심 소재로 한 시들을 쓰는데, 이 시기의 시편들에는 치열한 사회 비판의 의지 대신 피폐한 사회 현실에서 이탈하고자 하는 탈사회의 욕망이 강하게 드러난다. 그의 이후 시 정신은 자연스럽게 탈속의 자연 귀의 혹은 자연 탐미의 세계관으로 옮겨가는 것이다.[5] 모더니스트로서의 면모가 변화하는 것과 궤를 같이하여 그의 시가 가진 수사학적 특징도 점차 변화하게 된다. 역설, 풍자, 은유, 괘사 등의 다양한 수사는 이후 시에서 점차 사라지고 만다. 한 문학인의 평가가 그의 전 생애를 중심으로 이루어지는 경우가 없지는 않지만 문학사에서의 평가는 어쩔 수 없이 그가 갖는 시대적 의미에 모아질 수밖에 없는데, 송욱의 경우도 여기에서 크게 벗어나지는 않는다고 할 수 있다.

---

4) 지난 시기와의 단절을 주장하는 포즈는 어느 시대에나 있었다. 정도의 차이를 두고 말하자면, 우리 현대문학사의 경우 1960년을 전후한 시기에 전통단절론이 크게 유행했다고 할 수 있다. 이후 문단의 헤게모니와 관계된 것이기는 하지만 자신의 세대를 '화전민'이라고 주장한 이어령의 평론집 『抵抗의 文學』(지경사, 1960)은 전통단절론에서 상징적인 의미를 갖는다. 그러나 이 화전민 의식도 '창비'와 '문지' 세대에 의해 곧 새로운 '과거'가 되어 버렸다.

5) 박종석, 『송욱 문학 연구』, 좋은날, 2000, 93쪽.

2. 송욱의 모더니즘 시론

한국 근대문학 연구와 비평에서 모더니즘이라는 용어는 단일한 의미로 사용되지 않는다. 소설을 대상으로 할 경우와 시를 대상으로 할 경우, 시에서도 해방 이전과 해방 이후 시를 다룰 경우 모더니즘의 함의는 조금씩 달라진다. 물론 이는 우리나라에서만 볼 수 있는 현상은 아니다. 문학적 환경에 따라 같은 용어도 다른 의미로 사용되는 것이 오히려 자연스러운 일일 것이다. 중남미에서 사용되는 모데르니스모(Modernismo)의 경우가 대표적이라고 할 수 있다. 그러나 이러한 의미의 낙차를 인정한다 하더라도 그 차이의 구체적 내용을 살펴보는 일은 매우 중요한 의미를 갖는다. 그것은 모더니즘을 받아들이고 사용한 동시대인들의 생각을 살펴보는 일이 될 수 있기 때문이다.

해방 이전의 시를 대상으로 한 연구에서 모더니즘이라는 용어는 영미 계열의 이미지즘을 염두에 둔 개념으로 사용된다. 이때 모더니즘, 이미지즘, 주지주의는 혼용되어 쓰이는 경우가 많다. 기존의 평가를 참고하면 정지용과 김광균은 이미지스트, 김기림은 이미지스트의 일면도 있으나 주지주의적 성격의 시인으로 규정된다.[6] 시에서 청각적 인상보다는 시각적 인상을 중시하여 언어의 회화성을 최대한 살리려 한 것이 이미지즘 경향이었다면, 주지주의는 감상을 최대한 배제하고 이성적이고 과학적인 언어로 세계를 이해·조망하는 것을 목적으로 하였다. 이런 기준으로 보면 이상의 시나 <三四文學>의 시들은 전통서정시나, 모더니즘 어디에도 속하지 않는 '별종'으로 취급받게 된다.

물론 이 시기 모더니즘의 성과를 가볍게 볼 수는 없다. 이들의 성과 역시 분명히 지적되어야 한하는데, 김기림의 작업은 감상적 낭만주의에 대해서는 내용의 진부와 형식의 고루함을, 편내용주의에 대해서는 내용의 관념성과 말의 가치에 대한 소홀을 비판하며, 인생의 태도와 말의 사

---

6) 문덕수, 「한국모더니즘시연구」, 시문학사, 1992, 330쪽.

용에서의 과학성을 강조했다는 점에서 중요한 의미를 갖는다. 그가 말
한 과학성은 현대적 정신을 객관적 언어로 형상화할 수 있는 지성을 말
하는 것인데, 그것이 현대시의 발전에 중요한 내적 계기를 정초하고 있
음도 물론이다.[7] 그러나 이들의 모더니즘이 끝내 성공을 거두었다고 보
기는 어렵다. 정지용의 지성은 극기와 절제에 의하여 현실과 차단된 청
정무욕의 자연과의 동일성을 추구하고, 김기림의 주지주의는 과학주의
로 귀착되어 마침내 모더니즘 자체의 파탄으로 귀결되고, 김광균의 이
미지즘은 고향과 윤리 및 현대문명으로부터 소외된 자아의 비극적 방황
으로 마무리된다는 평가를 받게 된다.[8] 무엇보다도 이들이 추구한 절제
나 지성, 과학은 철저히 논리적 체계 안에만 머물러 모든 역사적 실천의
문제나 도덕적 문제를 배제하는 결과를 낳고 말았다.

송욱은 식민지 모더니즘의 이러한 장점과 문제점을 간파하고 새로운
시론의 필요성을 주장하였다. 『詩學評傳』의 한 장이 이들에 대한 비판
에 할애된 것으로도 그 비중을 짐작할 수 있다. 새로운 현대시를 정립하
기 위해서는 잘못되었거나 부족한 과거가 비판되어야 하는데, 그 대상
이 된 것이 김기림과 정지용이었던 셈이다.

> 外國名을 가진 꽃, 國際列車, 港口의 異國風, 氣象圖·世界地圖 혹은 芳名
> 錄, 혹은 外國領事館의 건물 등으로 모더니즘을 표방할 때는 이미 지났다.
> 우리가 時代性에 민감하면 할수록 참다운 歷史意識과 깊은 內面性과 精神
> 性을 가지고 時代性을 소화하고 비판하고 血肉化할 때에 비로소 참다운, 즉
> 예술다운 現代詩를 쓸 수 있으리라.[9]

> 韓國의 모더니즘은 內面性의 표현에 아직 성공하지 못했다. 그래서 異國
> 風이나 視覺的印象을 위주로 하는 皮相的 似而非모더니즘이 되었다. 이는 보

---

7) 황정산, 「새로운 시어의 운용과 비순수의 추구」, 『1950년대의 시인들』, 나남, 1994, 245
   -246쪽.
8) 문덕수, 앞의 책, 334쪽 참조.
9) 송욱, 『시학평전』, 일조각, 1963, 194쪽.

들레르에게서 비롯한 象徵主義와 같은 內面化의 훈련을 겪지 못한 탓이다.10)

김기림은 「감상에의 반역」, 「우리 시의 방향」, 「오전의 시론」, 「속 오전의 시론」 등의 글을 통해 감상에 빠지지 않는 건강한 시의 창작을 주창한 바 있다. 낭만과 퇴폐라는 지배적 경향을 벗어 던지고 우리 시가 건강성을 확보하기 위해 필요한 것이 과학적인 정신이라는 것이 그의 시론의 골자이다.11) 김기림은 자신의 시론을 바탕으로 「태양의 풍속」, 「기상도」 등의 시를 창작하기도 하였다. 그러나 최근 들어 그의 시는 의미 있는 시론에 크게 못 미치는 것으로 평가되고 있다.

위의 예문은 김기림 시의 이국취미를 비판하고 있는 글이다. 아래 예문의 경우는 식민지 시대 모더니즘 일반에 대한 비판이다. 이국의 풍물이나 문화를 시 안에 도입하는 것으로 현대시의 조건을 삼을 수 없다는 내용이다. 송욱이 현대시를 위해 필요하다고 주장하는 것은 '역사의식', '내면성과 정신성' 그리고 '시대성'이다. 역사의식과 시대성을 별개의 문제로 볼 수 없으므로 시대의 문제를 내면화하는 시인의 정신을 문제삼고 있다고 할 수 있다. 더 나아가면 식민지 시대 모더니즘이 안고 있는 '탈현실'의 문제를 지적하고 있는 것이다. 또, 두 예문에서 공통적으로 강조하고 있는 것은 '內面化'이다. 김기림 시와 시론에 대한 이러한 비평은 송욱이 추구하고자 한 시론과 시의 방향을 말해준다.

내면화의 부족과 함께 송욱이 지적하고 있는 점은 음악성의 부재이다.

過去의 詩에는 리듬이 있었다. 그러니까 리듬이 없는 것이 새로운 詩다. 또한 過去의 詩는 音樂的이었다. 그러니까 새로운 詩는 音樂性을 否定하고

---

10) 같은 책, 206쪽.
11) 김기림은 「모더니즘의 역사적 위치」(『김기림 전집 2』, 심설당, 1988, 55쪽)에서 "우리 신시의 선구자들이 이윽고 받아들인 것은 '로맨티스즘'이었고 다음에는 이른바 동양적 情調에 가장 잘 맞는 세기말 문학이었다. 그런데 이 두 문학은 한결같이 진전하는 역사적 현실에 대하여 퇴각하는 자세를 보이는 문학이다"라고 새로운 시학의 필요성을 주장하였는데, 구체적인 그의 시론 활동은 이러한 문제의식의 결과라 할 수 있다.

繪畵性만을 인정해야 한다 …… 이러한 소박하고 단순한 생각에서 출발한
것이 이 나라의 모더니즘이었다.[12)

정지용 시의 성과로 꼽히는 회화성을 송욱은 단점으로 지적하고 있
다. 굳이 회화성 자체의 문제보다는 과거 시의 특징인 음악성을 포기한
데 대한 지적에 큰 비중을 둔다. 말하자면 그 '소박함'에 대한 비판인 셈
이다. 송욱의 관점에서 그 소박함은 표현의 문제에만 관계된 것이 아니
다. 표현은 곧 주제와 밀접히 관계되기 때문이다. "芝溶은 새롭고 훌륭
한 詩를 썼지만 그 主題가 매우 제한된 것이었기 때문에 그 表現形式도
現代詩의 主題를 휩싸기에는 매우 폭이 좁은 것이었다. 그래서 그가 詩
의 修辭에 고심하면 할수록, 그리고 예술가로서 정진하면 할수록 現代
詩의 世界로부터 완전히 물러가는 모순에 빠지고 말았다"[13)고 지적한
다. 이렇게 보면 정지용의 시에 대해서도 '內面化'의 부족은 함께 이야
기될 수 있는 단점이 된다.[14)

그렇다면 송욱이 우리 시에서 부족하다 말한 내면성이란 무엇인가?
앞서 살핀 바와 같이 내면성은 정신성과 짝을 이루며 역사의식 그리고
시대성과 함께 작용한다. 즉 시대나 역사의 문제를 정제된 언어로 표현
한 시에서 내면성을 찾을 수 있는 것이다. 실제 그의 시에서 역사와 시
대에 대한 관심은 역설과 풍자로 나타난다. 역설과 풍자가 녹아 있는 정
신성은 무엇보다도 언어유희를 통한 간접화를 통해 실현된다고 할 수
있다.

물론 30년대 모더니즘에 대한 비판적 관점이 송욱 고유의 것은 아니
다. 전후 문학에는 실존적 위기라는 세계 문학적 흐름을 한국적 상황으

---

12) 같은 책, 194-195쪽.
13) 같은 책, 206쪽.
14) 물론 정지용 시의 비판을 전면적으로 수용하자는 것은 아니다. 다른 역사적 평가와 마
　찬가지로 시대적 조건이 시인들을 규정하는 것이다. 송욱이 과거 시 경향을 비판하고
　있듯 정지용 역시 과거시와 구분되는 감각의 새로움을 통해 현대시를 성취하려 했던
　것이고, 그 점은 여전히 높이 평가되어야 한다.

로 받아들여 내면화되지 못한 위기의식을 비판적으로 보는 일단의 흐름
이 있었다. 그 대표적인 비평가가 고석규인데 고석규와 비교한다면 송
욱은 그 위기의식을 노골적으로 드러내지 않은 경우에 속한다.

　　모더니즘의 본질적 내용에 온전히 투기할 것을 거부한 저들의 '오프미스
틱'한 안이성에는 미구에 돌아올 자신에의 위기가 더욱 더 누적되지 않을
수 없었다. 위기 의식의 실천에 비겁한 저들이 어찌하여 '현대적 상황'의 전
부를 실천하였다 하겠는가. 지나치게 탁월한 결정론자들을 냉소해 마지않던
箱의 뼈저린 자학적 반항 속에서 우리는 보다 더 성실한 인간성의 뿌리를
포착할 수 있을런지도 모른다. 모더니스트로서의 실천을 애오라지 침묵으로
만 수행한 인간 이상에게서 역설적인 '건강'과 역설적인 '새로움'을 발견하
려는 나와 우리시대의 희망이란 차라리 모더니즘의 극복을 동시대적인 것
으로 분담하려는 의지와도 일치될 것이다. 속성을 상실한 모더니즘의 보편
화란 믿어볼 수가 없다.15)

　부산을 중심으로 활동한 고석규는 50년대의 상황과 서구 전후문학을
모범으로 삼고 상황의 시론을 전개한 비평가이다. 그는 모더니즘을 '위
기의식의 실천'으로 보고 김기림이나 <후반기>의 모더니즘이 지향하는
기교주의나 명랑성을 거부하였다. 그는 50년대 폐허의 지식인으로 폐허
위에 서 있는 지식인의 고민과 실천을 역설하고자 했고, 그것을 일관된
비평의 주제로 삼았다. 그가 '이상'에게서 자신의 역설을 발견한 것은
바로 그와 같은 고통을 모더니즘을 통해서 얻고자 한 데서 비롯한 것이
었다.16)
　그러나 이런 초현실주의적 발상은 실제 창작으로는 연결되지 못하였
다. 조향 정도의 시인이 이러한 요구에 어느 정도 부응할 뿐이었다. 이
에 비해 송욱은 시론만큼이나 주목할만한 시를 창작한 시인이었다. 앞
서 살펴본 대로, 김기진과 정지용의 시에서 부족하거나 생략된 것들(송

15) 고석규, 「이상과 모더니즘」, 『여백의 존재성』, 지평, 1990, 179쪽.
16) 전기철, 『한국전후비평연구』, 도서출판 서울, 1994, 173쪽 참조.

욱이 모더니즘이라고 부른) 혹은 현실에 대한 관심을 '모더니즘'이라는 같은 이름으로 복원해내고자 한 것이 송욱의 시론과 시(대표작 「何如之鄕」)였다고 할 수 있다.

3. 은유와 역설 - 말놀이의 수사

시집 『何如之鄕』은 모두 아홉 부분으로 나뉘어져 있다. 그 중 앞의 두 부분은 첫 시집 『誘惑』에 실린 시들의 재수록이다. 송욱의 대표작으로 이야기되는 「何如之鄕」 연작 12편은 7부에 실려 있다.

송욱의 초기 시는 강렬한 색채 이미지와 전통적인 비유가 자주 사용되어 이미지즘 시의 느낌을 주기도 한다.

薔薇밭이다.
붉은 꽃닢 바로 옆에
푸른 잎이 우거져
가시도 햇살 받고
서슬이 푸르렀다.

벌거숭이 그대로
춤을 추리라.
눈물에 씻기운
발을 뻗고서
붉은 해가 지도록
춤을 추리라.

薔薇밭이다.
핏방울 지면
꽃닢이 먹고
푸른 잎을 두르고

기진하며는
가시마다 살이 묻은
꽃이 피리라17)

많은 평자들은 강렬한 색조의 대비를 통해 드러나는 감정의 치열성을 지적하면서 이 작품의 주제를 성적인 것의 추구에 의한 생명의 긍정으로 해석하고 있다.18) 굳이 성적인 것의 추구까지 말하지 않더라 시 전체에서 느껴지는 강렬한 이미지는 색채에서 비롯된다고 할 수 있다.19)

첫 연에서부터 색채의 분명한 대조가 눈에 띤다. '붉은 꽃잎'과 '푸른 잎'이 대조를 이루고 가시의 서슬도 '푸르렀다'고 표현된다. 푸른 잎은 우거져 있고 가시는 햇빛을 받아 날을 세우고 있다. 한 눈에 들어옴직한 대상을 색감에 따라 묘사함으로써 대상 전체에 대한 인상을 강하게 할 뿐 아니라 각각의 색채가 갖는 느낌도 강조하고 있다. 셋째 연은 첫째 연에서 본 같은 사물에 대한 좀더 역동적인 느낌을 전달해 준다. 꽃잎의 붉은 색은 핏방울이 묻은 것이고 그 꽃잎은 푸른 잎을 두르고 기진하여서 핀 것이라 한다. 첫째 연과 셋째 연이 유사한 형식을 띠고 있는 데 비해 둘째 연은 화자가 주체가 되어 좀더 능동적인 느낌을 준다. 서슬이 푸르르게 선 붉은 장미밭 앞에서 화자는 "벌거숭이 그대로 / 춤을 추리라"고 한다. 이는 장미꽃 밭의 강렬함에 맞춘 강렬한 몸짓일 터인데, 그 강렬함이 시의 주제를 이룬다고 할 수 있다. 행을 나누는 방법이나 의미의 전개에서 기존 서정시의 흐름에서 벗어나는 부분이 느껴지지 않는다.

「薔薇」는 시의 완성도를 떠나 송욱의 초기 시가 갖는 특징을 확인할 수 있는 시라 할 수 있다. 그러나 몇 년의 차이를 두고 발표된 다음 시는 마치 다른 시인의 작품처럼 이질적이다.

---

17) 송욱, 「薔薇」, 『誘惑』, 사상계사, 1954.
18) 홍기창, 「송욱의 자연과 인간」, 『문학과지성』, 4권 2호: 김춘수, 「형태의식과 생명긍정 및 우주감각」, 『세계의 문학』, 3권 1호.
19) 붉은 색의 활용이라는 점에서 이 시는 정지용의 시 「석류」를 연상하게 한다. 그런 만큼 시각적 인상을 중시하는 이미지즘 계열의 시에 가깝다고 할 수 있다.

歡迎 萬歲 니힐 니힐리야.
말하자면
말이
행동이 아니다.
뜻할듯 말듯
눈 코를 뜨는 사이,
星座에 앉아 당을 홈켜쥔다.
[……]
監察 監査 査察하는
하늘처럼 하늘대는
하얀 꽃이,
구유통에 태난 어린이가,
밥이 돌이고,
돌이 밥이라고.
생각도 느낌도 없는
부호가 숨쉬는데,
會社 같은 社會가
호랑이처럼
납뛰며 덤벼드는 꿈을 잃었다.[20]

우선 눈에 띠는 것이 한자어의 잦은 사용과 말장난에 가까운 언어 놀이이다. 유사하지만 대립되는 의미를 갖는 단어를 연속해서 사용한다든지 유사한 소리로 들리는 다른 의미의 단어를 이어 사용한 점이 가장 눈에 띤다. 이는 쾌사법에 속하는 수사이다.[21] 이러한 언어의 운용은 우리 시사 전체를 통해서도 쉽게 찾을 수 없는 과감한 실험에 속한다. 이를 통해 얻을 수 있는 효과는 소리 연상에 의한 일상적 의미체계의 파기라

---

20) 송욱, 「何如之鄕·4」, 『何如之鄕』, 일조각, 1961. 이후 『何如之鄕』의 인용은 본문에 시 이름만 표기한다. 『何如之鄕』 인용은 모두 부분 인용이다.
21) 쾌사법(卦辭法)은 소리가 비슷하고 의미가 다른 말을 서로 연관지어 사용하는 수사법을 말한다. 넓은 의미에서는 동음이의어법의 한 갈래로 볼 수 있다.(김욱동, 『수사학이란 무엇인가』, 민음사, 2002, 184쪽)

고 할 수 있다. 일상을 비일상화하여 현실과 시의 청자를 이화(異化)시키고 그를 통해 새로운 상상력을 만들어내는 것이 이러한 시가 궁극적으로 지향하는 바이다. 이화의 수사는 모더니즘 시의 수사법에서 매우 중요한 의미를 갖는다고 할 수 있는 바, 일상에 대한 새로운 시각과 인식의 제시라는 목적에 부합하는 방법이라고 할 수 있다.

'歡迎'과 '萬歲'에 이어지는 '니힐 니힐리야'는 소리로만 보면 흥을 돋구는 피리 소리를 연상하게 한다. 그러나 실제로는 전혀 다른 의미를 포함하고 있다. '환영'과 '만세'라는 앞의 시어들이 '니힐'에 의해 부정된다고 볼 수 있기 때문이다. (물론 '니힐 니힐이야'가 되면 의미는 더 분명해진다)[22] 이를 뒷받침하듯이 다음 세 행에서는 말이 곧 행동이 아니라는, 언어와 실제의 어긋남에 대해 말한다. 이러한 어긋남도 자연스럽게 이루어지는 것이 아니어서 '말하자면'을 통해 또 한번의 변화가 일어난다. '말하자면'은 일반적으로 앞의 말을 자세히, 쉽게 풀어주기 위해 사용되는 단어이다. 하지만 뒤에 오는 행의 의미가 말과 행동이 다르다는 것임에 따라 '말하자면'의 신뢰성은 크게 떨어지게 된다. 이어지는 '뜻할 듯 말듯'이 이러한 전개를 마무리해준다. 일상적으로 '눈코 뜰 새 없다'는 말을 매우 바쁜 상태를 나타내는데 사용하는데, 그렇게 정신없이 보내다 잠시 여유를 갖게 되면 누군가 높은 곳에서 욕망을 이루고 있는 것이다. '星座'는 앞선 행 '환영'이나 '만세'를 받았던 주체가 앉아 있는 곳이다.

인용의 뒷부분은 두 개의 문장으로 이루어져 있다. 각 문장에서 '숨 쉬다'와 '잃었다'가 서술어가 된다. 첫 행 '監察', '監査', '査察' 세 한자의 의미가 유사한 만큼 그들이 조합으로 만들어낸 단어의 의미 역시 크게 다르지는 않다. 그러므로 이 행은 유사한 의미를 반복하면서도 다른 소리를 들려주는 셈이다. 이어지는 두 행은 '-하' 음의 반복으로 리듬

---

22) 이런 의미에서 보면 「何如之鄕」의 시들은 온전한 의미의 의성법을 사용하고 있는 것은 아니다.

을 만들고 있다. 하늘처럼 하늘댄다는 말은 의미로 받아들여 얻을 수 있는 게 많지 않다. 그러나 같은 소리의 반복이 주는 자연스러움은 의미의 불일치를 별 문제 아닌 것으로 만들기에 충분하다. 밥이 돌이고 돌이 밥이라는 말이 주는 음악적 효과 역시 동일한 수사법의 하나로 볼 수 있다. 밥과 돌은 먹을 수 있는 것과 먹을 수 없는 것을 대표한다. 그러면서도 그들은 섞여 있어 함께 '씹힐' 수 있는 것들이기도 한다. 다음으로 "會社 같은 社會"라는 말이 이어진다. 회사의 부정적 이미지가 사용되고 있음을 짐작할 수 있는데 그 부정적 이미지의 실체는 "생각도 느낌도 없는 부호"가 숨쉬는 곳이다. 사회와 회사가 같은 한자로 이루어져 있기에 이 둘이 유사점을 가지는 것도 전제된다. 그 사회가 '호랑이'에 비교되고 있음도 주목할 만하다.

이상과 같이 순서를 따를 시를 분석해 보면 이 시에서 가장 많이 사용되는 수사법을 은유라고 할 수 있다. 부분 부문 말장난 같은 수사법이 많이 사용되었지만 시 전반은 'A는 B'이다 식의 유사성에 의지하는 비유가 지배하고 있다. 은유는 드러내고자 하는 대상과 그 대상을 특정으로 포착된 또 다른 특징이 맺어지는 경우를 말한다. 그런데 위 시에서는 비유의 원관념에 해당하는 당시 현실 혹은 이야기의 대상은 가려져 있고 그것을 표현하는 보조관념들이 시행을 차지하고 있다. 따라서 '행동이 아니다', '星座에 앉아 당을 홈켜쥔다', '밥이 돌이고/ 돌이 밥이라고' 등은 단순한 말장난에 그치는 것이 아니라 부정되어야 하는 무엇이다.

시에 사용된 수사를 적극적으로 해석해 준다 해도 「何如之鄕·4」의 시행들은 통사적으로 의미가 완벽하게 갖추어져 있다고 보기 어렵다. 이 시를 잘 읽어내기 위해서는 통사적 의미 외에 각각의 단어들이 엮어내는 울림에 주목하여야 한다. 의미와 상관없이 언어의 울림 자체로 무엇을 만들어내기는 어렵겠지만 그것을 통해 전달하고자 하는 메시지를 효과적이고 개성 있게 만들 수는 있겠다. 소리 울림의 중심에 한자(漢字)가 놓여 있음도 중요하다. 한자의 의미 있는 사용에 대해서는 다른 시들을 통해서도 쉽게 확인할 수 있다.

亡身과 亡命을 잃은 亡靈들
원수가 아니면 이웃 사촌들이여!
人生 生活苦를
膏藥처럼 붙인 아름다움이
살별 같은 꽃으로
滿發하여 쌩싸 도는
그대 앞에선,
시시한 是是非非
한숨으로 어물어물
超人이나 下人이나
切實하게 要節할 뿐.
　　　　　　　　－「何如之鄕・5」

　앞에서 살펴본 시 「何如之鄕・4」에서도 이중적인 의미를 가지고 있
거나 의미의 충돌을 일으켜 새로운 의미를 상상하게 하는 단어는 주로
한자로 표기되었다. 「何如之鄕・5」에서도 이는 크게 다르지 않다. '亡
身', '亡命', '亡靈'이 사람들을 비아냥거리는 말로 사용되었고, '人生'에
꼬리를 무는 '生活苦' 역시 '인생=생활고'라는 은유를 만든다. '시시한'
은 한글로 '是是非非'는 한자로 쓴 것도 시각적으로 신선함을 준다. '膏
藥'과 아름다움, 초인과 하인, 절실함과 요절은 반대되는 의미를 가지고
서로를 비교 수식하고 있어 의미의 마찰을 일으킨다. 의미의 마찰은 동
시에 은유이기도 하다. 대상과 대상의 차이보다는 그 유사성을 강조하
기 위한 비유이기 때문이다. 이러한 수사는 일상적인 유사 은유 이상을
보여줌으로서 각각의 의미 이상을 생각하게 만드는 역할을 하게 된다.
　송욱의 시가 보여주는 과감한 형식실험에 대해서는 이미 여러 논자
들이 지적한 바 있다. 김종길은 "그의 實驗의 대부분이 우리말을 두고
펀(pun)이나 패러디(parody)를 시험해 보는 데 있"다고 말하고 "定型을 지
향하는 급한 템포의 짧은 詩行이나 形而上學派 詩人들처럼 폭력적인 메
타포나 논리적 비약을 꾀하는 점도 우리 詩에 있어서는 과격할 정도로
대담하다."[23]고 평가한 바 있다. 펀 혹은 패러디의 실험을 송욱의 언어

가 가진 특징이라고 지적하고, 짧은 시행이 갖는 효과에 대해서도 지적
한 것이다. 그렇다면 송욱은 그런 효과를 극대화하기 위해 한자의 특성
을 중요하게 사용한 것이다. 『詩學評傳』에서 송욱은 정지용을 비판하면
서 한자와 한글의 차이를 다음과 같이 말하고 있다.

> 漢文은 表意文字(물론 表音文字的要素도 있기는 하다), 즉 <意味의 그림>
> 인 象形文字다. 그러나 우리 한글은 表音文字다. 象形을 지닌 漢字의 長點은
> 매우 간단한 漢文의 文章法을 보충할뿐더러 오히려 이러한 長點과 간단한
> 文章法은 아울러 漢詩의 餘韻과 神韻을 빚어 냈다. [……] 그런데 漢字는 한
> 글자 속에 여러 槪念을 응결시키고 있으며 이 凝結體인 漢字가 결합하면 매
> 우 풍부한 뜻을 反響할 수 있으나 우리말은 같은 내용을(膠着語인 까닭도
> 있고 해서) 긴 문장과 복잡한 文章法을 통해서 표현할 수밖에 없다.24)

중요하다고 생각하는 단어, 특히 개념과 관계된 단어를 한자로 쓰는
오래된 관습은 최근까지 남아 있었다. 그럼에도 불구하고 한자 사용을
자연스럽게 생각하고 한자 사용을 통해 시의 효과를 거두겠다는 생각은
독특한 면이 있다. 위 글이 우리말로 간결한 이미지, 즉 한시와 같은 이
미지를 만들어내려고 했던 정지용 시에 대한 비판이라는 점을 생각하면
더욱 그렇다. "漢字는 한 글자 속에 여러 槪念을 응결시키고 있으며 이
凝結體인 漢字가 결합하면 매우 풍부한 뜻을 反響할 수 있"다는 생각은
우리말로 무엇을 할 것인가를 상상했다기보다 효과적으로 의미를 전달
하기 위해 어떤 방법이 적당한가를 고민한 결과라 할 수 있다. 우리말은
한자와 같은 효과를 내려면 긴 말과 문장이 되어야 한다고도 하는데, 이
런 생각에서 보면 우리말은 압축과 리듬을 중시하는 시를 창작하기에
매우 불리한 언어가 된다. 이런 생각을 받아들인다면 압축과 리듬을 만
들어내는 방법으로 선택한 것이 한자의 사용이라고 할 수 있는 것이다.
압축과 빠른 리듬의 유지는 자연스러운 행 구분을 위배하는 의도적인

---

23) 김종길, 「實驗과 才能-우리 詩의 現況과 그 문제점」, 『시론』, 120쪽.
24) 「시학평전」, 204-205쪽.

행 설정으로도 이어진다.25)

한자의 마찰이 만들어내는 것은 역설(逆說)이다. 같으면서도 다른 단어들의 연속을 통해 같아 보이는 것이 어떻게 다른지, 다르게 보이는 것이 어떻게 공존할 수 있는지를 보여주는 것이 역설의 중요한 역할이라면 「何如之鄕」은 이를 잘 이용하고 있는 경우라 할 수 있다. 물론 한자만이 그런 역할을 해내고 있는 것은 아니다. 중요한 것은 한자를 의식적으로 사용하고 있다는 점일 것이다. 「何如之鄕·4」의 경우 '말'이 한자가 아니므로 '행동' 역시 한자가 아닌 한글로 표기되었다.

효과적으로 사용되는 역설에는 반드시 표면상의 혼란 뒤에 진실로 드러내고자 하는 무언가가 있게 마련이다. 그 이면의 주제가 작품의 성패를 좌우한다고 해도 지나친 말이 아닐 것이다. 「何如之鄕」의 시편들은 비록 지적 유희가 많은 듯하지만, "일상생활에서 도망하여 목전의 처참한 현실에 눈을 감고 영원과의 교섭을 누리는 자의 노래"는 결코 아니며, "일상생활의 의식이 추방된 어떤 황홀한 순간으로 망명하여 표백하는 황홀경의 표현도 아"니기 때문이다.26) 난해함에도 불구하고 「何如之鄕」은 사회적 현실에 밀착된 주제를 다루고 있다. 의미의 울림이란 단지 말의 재미에 의해서 얻어지는 것이 아니기 때문이기도 하다. 김현의 말대로 "의미의 울림이 예민하다는 것은, 말에 그 의미를 부여한 문화적 축적에 예민하다는 것을 의미한다. 말의 의미란 한 종족이 그 말에 부여한 의미의 총화"27)이기도 한 것이다.

① 民主 / 注意(칠!) / [……] / 二律服從 / 一律背反하다가 / 용용 죽었다.

---

25) 물론 리듬과 압축이 한자를 통해서만 이루어지는 것은 아니다. 우리 시는 대체적으로 행 말의 휴지를 위해 행이 구분되고, 행 구분은 말의 통사적 의미분절에 따라 이루어지는 것이 보통이다. 그런데 송욱은 이러한 자연스러운 의미의 분절을 파괴하는 의도적인 휴지설정을 통해 리듬과 의미의 변화를 노리는 특별한 어법을 자주 사용한다. 이에 대해서는 황정산의 앞의 글 257쪽 참조.

26) 유종호, 「비순수의 선언」, 『비순수의 선언』, 민음사, 1995, 66쪽.

27) 김현, 「말과 우주-송욱의 상상적 세계」, 『문학과 유토피아』, 문학과지성사, 1992, 42쪽.

(「何如之鄕·6」)

② 떨어지는 꿈이 / 딱 이제 / 눈 감고 / 사는 사람, 죽는 사랑! / 그래도 春
畵 파는 / 어린이 / 나라 / 라나. (「何如之鄕·7」)

③ 구름처럼 물처럼 / <처럼>이 거울이라 / 비쳐보며 단장하고 / 痛哭과
<아멘>과 술잔 사이서, / 밥을 / 욕을 / 먹을 / 줄 / 아 ― / 니, (「何如
之鄕·8」)

④ 科學이 學科인양하여 / 人間이 낙제하고, / 까마귀 떼처럼 / 왜놈들이
날라 간 뒤가 / 李朝末葉이 / 우수수 진다. (「何如之鄕·10」)

위에서 예를 든 몇 편의 시에서도 단순한 말장난에 그치는 구절은 없
다. 民主主義를 '注意'로 바꾸고 거기에 '칠주의'를 연상하게 만들어놓은
것, '二律背反'과 '一律服從'을 섞어 새로운 단어를 만들고는 '용용죽겠
지'라는 유아어를 변형시켜 놓은 점은 무언가에 대한 조롱으로까지 들
린다. 구체적으로 지적하고 있지는 않지만 注意해야할 주체와 용용 죽
었을 주체는 같은 것이다. ②의 내용은 사랑의 죽음과 춘화를 팔며 살아
가는 어린이에 대한 것이다. 이 역시 무언가를 조롱하고 있다는 느낌을
주는데, '나라'와 '라나'를 이어 쓴 데서 오는 효과가 가장 크다고 할 수
있다. 어린이가 춘화를 파는, 그들의 나라가 되는 것과, 남의 이야기를
관심 없이 듣고 전하는 듯한 어감이 이런 느낌을 만들어낸다. "밥을 / 욕
을 / 먹을 / 줄"은 'ㄹ'의 연속을 통해 리듬감을 주면서도 빠른 행의 진행
으로 리듬의 변화를 주어 시 전체의 느낌을 특별하게 만든다. '李朝末
葉'은 마지막에 이른 왕조가 마지막 잎이 떨어지듯 힘없이 스러진다는
의미가 된다.

물론 이러한 평가를 통해 송욱의 시가 가진 내면성의 실체를 확인하
기는 쉽지 않다. 내면화된 시정신의 한 축인 정신성은 한자의 사용과 이
를 통한 역설에서 드러나긴 하는데, 또 다른 한 축을 이루어야 할 역사
와 현실에 대한 구체적인 형상을 그려낼 수 없기 때문이다. 그의 시가
대상으로 하고 있는 말놀이 혹은 조롱의 구체적 대상이 무엇인지를 알
아내는 일 역시 매우 어렵다. 부정의 정신을 볼 수 있지만 그 부정의 구

체적 실체는 확인하기 어렵다는 말이다. 이는 송욱 시만의 한계로 볼 것
이냐 현실 비판적 모더니즘 시 일반의 특성으로 볼 것이냐 역시 쉽지 않
은 문제이다. 굳이 송욱만이 아니라 <후반기> 동인 등 해방 이후 우리
모더니즘 시인들의 경향을 두루 살펴야 하는 일이기 때문이다. 여기서
는 단지 송욱의 시학이 지향하고 있는 긍정적 지점과 그의 시가 표현하
고자 했던 정신의 합일점을 확인해 보는데 의미를 한정할 수밖에 없다.

4. 풍자 - 현실 비판의 수사

앞장에서 살핀 바와 같이 「何如之鄕」에서 말장난과 같은 시행은 무
언가를 조롱하거나 공격하고 있다. 그 조롱과 공격은 현실에 대한 풍자
로 발전하기도 한다. 사회나 인간에 대한 비판의 수단으로 풍자는 오래
되었지만 여전히 효과적인 방법이다. 특히 당대 현실에 대한 비판으로
서의 풍자는 독자에게 현실을 낯설게 하여 사고의 기회를 제공한다는
점에서 특별한 수사법으로 평가된다.[28] 대상에 대한 직접적인 비판이 1
차원적인 것이라면 풍자는 대상에 대한 정확한 파악은 물론 겉으로 드
러난 현상 이면의 내용을 보여주어야 가능한 것이다. 그런 의미에서 풍
자는 일방적인 비판보다 높은 호소력을 가질 수 있다. 그러나 풍자는 복
잡한 현실의 상황을 전달하기에 적당한 형식은 아니어서 자연주의적 탐
구가 이루어지거나, 독자가 전혀 모르고 있던 사실에 대한 새로운 정보
를 제공하기는 어렵다. 풍자는 시인과 독자 사이의 공감이 쉽게 이루어
질 수 있는 내용을 특별히 가공하는 데서 큰 효과를 낼 수 있는 수사법
이다.

---

28) 낯설게 하기라는 말을 사용하지만 이는 특별한 문학이론에 기대는 것은 아니다. 낯설
게 하기는 단순히 "새로운 것을 창조하는 것이 아니라 존재하고 있는 것에서 질제 악을
폭로하는 것"(로날드 폴슨, 「풍자문학론」, 지평, 1992)이라는 특성을 살리기 위한 방법으
로 이해할 수 있다.

「何如之鄉」에서 현실 문제가 비교적 뚜렷이 드러나는 시들을 살펴보자. 이 시들의 특징은 화자 또는 화자가 처한 상태가 비교적(앞서 살펴본 시들에 비해) 많이 드러난다는 점이다.

> 솜덩이 같은 몸뚱아리에
> 쇳덩이처럼 무거운 집을
> 달팽이처럼 지고,
> 먼동이 아니라 가까운 밤을
> 밤이 아니라 트는 싹을 기다리며,
> 아닌 것과 아닌 것 그 사이에서,
> 줄타기하듯 矛盾이 꿈틀대는
> 뱀을 밟고 섰다.
> 눈 앞에서 또렷한 아이가 웃고,
> 뒤통수가 온통 피 먹은 白丁이라,
> 아우성치는 자궁에서 씨가 웃으면
> 亡種이 펼쳐 가는 萬物相이여!
>
> ─「何如之鄉·1」

위 예문은 「何如之鄉」 첫 번째 시의 전반부이다. 이 시에서는 뒤에 이어지는 열 한 편의 시에 비해 형식의 난해함이 적고 화자의 직접적인 목소리를 쉽게 확인할 수 있는데, 화자는 세계와 그 세계에 서서 살아가야 하는 인간의 형편을 비교적 직접적으로 이야기하고 있다. 주어는 생략되어 있지만 화자나 화자를 포함하는 인물이 주어가 된다고 생각할 때 그(들)의 처지는 달팽이로 비유된다. 달팽이의 은유는 약한 몸으로 무거운 집을 지고 살아야 하는 '운명'을 가지고 있다는 의미로 읽을 수 있다. 무거운 짐을 지고 그(들)가 서 있는 자리는 모순에 싸여 위험하기 그지없는 뱀의 위(上)이다. 이런 곤란한 처지에서 살아가는 세상은 '亡種이 펼치는 萬物相'이다. 만물들이 내용이 자세히 설명되고 있지는 않지만 그것이 앞서 말한 '줄타기하듯 모순이 꿈틀대는' 현실임을 알 수 있다. 눈 앞에는 '또렷한 아이' 뒤통수에는 '피 먹은 白丁', '아우성치는 자궁'

과 웃는 '씨'는 대립되는 자리에서 함께 공존하는 '亡種'의 예로 제시된
것이라 할 수 있다.29)

　세계에서 자신의 위치, 역사에서 현재의 위치를 확인하는 것이 현실
인식이라고 보면 화자는 매우 비관적인 생각에 빠져 있다고 할 수 있다.
무거운 짐으로 자신을 버티기 어려운 개인과 올바른 방향 없이 극단과
모순 사이에서 줄다리기를 하고 있는 세계는 불안과 두려움을 주기도
한다. 이런 상태를 보여줌으로써 화자는 '何如之鄕'이라는 곳에 만연한
삶의 불안정성과 불균형성을 무겁게, 그리고 어둡게 표출하는 것이다.30)
화자는 그 두려운 현실을 수용하고 자신의 위치를 고수하는 것이 아니
라 스스로 방향을 찾아 나가려 한다.「何如之鄕」에서 송욱은 그 길을 구
체적으로 제시하지는 못하지만 현실의 모습을 신랄하게 공격하고 비웃
어줌으로써 길을 찾아야 한다는 의지만은 강하게 보여준다. 이어지는
시행에서도 화자는 "이렇게 자꾸만 좁아들다간 / 내가 길이 아니면 길이
없겠고, / 안개 같은 地平線 뿐이리라"고 하여 위기의식과 극복의지를
동시에 드러낸다.

　　職業을 단벌 옷처럼 입고,
　　떨어진 良心을
　　양말처럼 신었지만,
　　언제나 원망을 들어가면서
　　언제나 민망하게 지내야겠다.
　　발이 디딘 곳은 같은 자린데
　　눈이 겁쟁이라 물러만 가면,
　　허위적거리는 팔을 꺾어라.
　　　　　　　　　　　－「何如之鄕·2」

---

29) 이 시에서도 많은 명사들이 은유로 사용되고 있다. 솜덩이, 쇳덩이, 달팽이, 뱀, 아이,
　　백정, 자궁 등은 모두 은유이다.
30) 최윤정,「중심 부재의 詩와 중심 찾기의 시학」,「송욱연구」, 역락, 2000, 107쪽.

앞의 시에서 개인의 삶이 크게는 달팽이에 은유되었다면, 여기서는
직업이 단벌 옷에, 양심이 양말로 은유되고 있다. 일상인들의 살아가는
방식을 야유하는 듯하지만 자조적인 느낌도 강하게 든다. 일상적인 소
시민의 삶을 쉽게 상상할 수 있는 부분이다. 외부에서 평가하면 부정적
으로 볼 수 있지만 그 안에서 벗어나 다른 삶 역시 상상하기 어려운 것
이 일상이다. 비록 그런 삶에서 벗어나기는 어렵지만 그런 삶을 순순히
받아들이지 않으리라는 생각은 '원망'과 '민망'이라는 말로 표현된다. 삶
의 모습이 어떠하든 거기에 안주하지 않고 자신을 돌아보겠다는 생각이
'원망'이고 '민망'인 셈이다. 그런 한편 '지내야한다'는 당위가 성립되는
이유는 그가 처한 현실이 어쨌든 피할 수 없는 것이기 때문이다. 발을
디딘 곳이 같은 자리라는 점은 이를 말해준다. 피할 수 없으면 부딪쳐야
하지만 겁쟁이처럼 개인은 피하려고만 한다. 여기까지 평범하게 진행되
어 오던 시행은 갑자기 명령형으로 바뀌면서 주위를 환기시킨다. "허위
적거리는 팔을 꺾어라"는 시행은 버텨오던 자신의 의지가 꺾일 경우 감
당해야 할 보상을 말한 것이다. 현실에 대한 비판은 일방적인 비판이 아
니라 공격성을 지닌 풍자로 이어진다고 할 수 있다.

> 골목처럼 그림자진
> 거리에 피는
> 孤獨이 梅毒처럼
> 꼬여 박힌 8字면,
> 淸溪川邊 酌婦들
> 한 아름 안아보듯
> 痴情 같은 政治가
> 常識이 病인양하여
> 抱主나 아내나
> 빚과 살붙이와,
> 現金이 實現하는 現實 앞에서
> 다달은 낭떠러지!
>
> ─「何如之鄕·5」

위 시에서 화자는 음가와 의미가 다른 한자를 사용하여 그 사이에서 새로운 느낌을 만들어내는 데 그것이 모두 현실의 문제를 암시하고 있다. 그 암시는 단순히 사실에 대한 보고나 설명에 그치지 않고 조롱이나 비웃음을 수반한다. 그것은 때로 웃음을 만들어내기도 한다. 「何如之鄕·1」의 순서대로 살펴보면 개인은 "孤獨처럼 梅毒처럼 / 꼬여 박힌 8자"이다. 고독과 매독은 같은 음 '독'으로 유사한 음성인상을 줄 뿐 아니라 질병의 성격을 띤다는 점에서도 유사하다. 팔자는 흔히 '八字'로 쓰는데 위에서는 굳이 '8'을 사용하여 팔자가 '꼬여 있음'을 강조하고 있다. 이어 현실에 대한 판단으로 짐작되는 시어 '痴情 같은 政治'는 발음의 선후를 바꾸면서도 '같은'을 통해 둘의 유사성을 강조한다. '現金이 實現하는 現實'은 '現'을 세 차례나 사용하여 '드러냄'의 의미를 강조한다. 물론 그 드러냄이 '金'과 관계 있다는 인상을 준다. 느닷없이 사용된 '常識이 病인양하여'는 예전 문체의 사용이 주는 우스꽝스러움과 함께 그 상식으로 인해 다다를 수밖에 없는 현실의 절망('다달은 낭떠러지')을 이야기한다. 다시 복잡한 은유를 일상의 서사문으로 풀어보면 "그림자 진 거리에 피는 고독이 꼬여있다. 현실은 치정 같은 정치 아래 상식이 병이 되는 낭떠러지 같은 삶이다"라는 문장이 된다. 고독이나 그림자 같은 말들은 모두 '치정 같은 정치' 아래 수렴되고 마는 것이다.

「何如之鄕」 9와 12는 과감한 행갈이를 시도한 시편들이다. 서술적 의미에서는 짧은 시행으로 정리될 수 있는 내용을 빠른 전개를 통해 낯설게 하고 단어의 의미를 확장하는 효과를 거두고 있다. 이럴 경우 각 행에는 의미의 무게를 감당할 수 있는 단어들이 선택된다.

> 뭘
> 어떻게
> 하려는지
> 삼백 예순 다섯 날이
> 하루 같이 奇蹟이고,
> 이런

法이
法이
없다.

　　　　　　　　－「何如之鄕·8」

　　주로 한 단어 많게는 세 단어가 한 행을 이루고 있는 위 시 역시 삶의 불규칙성, 불안정성을 이야기한다. 첫 두 행은 비록 짧지만 무엇을 (what)과 어떻게(how)라는 도발적이면서도 중요한 문제를 제기한다. 그 무엇과 어떻게가 일정하게 유지되기 않기에 매일 매일의 삶은 '奇蹟'과도 같이 유지된다고 말할 수 있다. 이처럼 불안정하게 유지되는 삶의 이유로 화자는 '法'의 부재를 말한다. 「何如之鄕·5」에서 '정치'를 이야기했던 것과 같은 맥락의 유사한 수법이다. 여기서도 특유의 언어유희가 사용되는데, '이런 법이 없다'라는 평범한 진술에 '法이'를 한 번 반복함으로써 우리 사회에 질서가 없음을 강조함과 동시에 일반적으로 지켜야 하는 규범과 강제로서의 법 역시 부재함을 은연중에 비판하고 있는 것이다.

　　위 시의 수사적 특성은 「하여지향·12」에까지 이어진다. 전편은 "날 / 소매 / 치기 패기 / 깡그리 깡패면 / 自由가 決心인데 / 「選擇이여 安寧」하고 / 保身하여 危險하다. / 아아 푸른 하늘 푸른 하늘 / 너는 너는 未來여!"로 짧지만 행나누기를 하면 모두 9행이 된다. 이 시에서도 말장난이 우선 두드러진다. 소매치기의 치기를 '稚氣'로 읽고 이것을 다시 '覇氣'로 연결한다. 이렇듯 잘못된 사회에서는 '自由가 決心'이 되는 이상한 상황과 '保身하여 危險'해지는 모순도 발생한다. 그래도 마지막까지 푸른 하늘이 주는 미래에 대한 희망은 포기하지 않는다.

　　이렇게 볼 때 현대 한국의 세태풍속의 풍자왜곡이 가미된 사회축도[31]라는 「何如之鄕」에 대한 지적은 여전히 유효하다고 할 수 있다. 세태풍속이라는 막연한 말을 사용해야 할만큼 비판대상의 구체성에서는

----

31) 유종호, 앞의 글, 66쪽.

의문을 제기할 수 있지만 「何如之鄉」 5, 8, 12에서 확인했듯이 세태의 내용은 때대로 일상적인 삶을 규정하는 정치·사회적 문제에까지 이르기도 한다. 그것을 직접적 목소리로 표현하지 않고 언어 놀이에 가까운 기교로 표현함으로써 사회성과 함께 시 고유의 내면성을 확보하고자 했던 것이 「何如之鄉」의 시인이 추구했던 바가 아니었나 생각한다.

5. 결론

시인이자 비평가로서 송욱의 지속적인 고민은 한국의 현대시가 이전과는 달라져야 한다는 근본적인 문제에 닿아 있었다. 또, 이는 달라져야 하는 현대시의 모습이 어떠해야 하는가의 문제와도 무관하지 않았다. 시는 매우 오래된 양식이지만 그것이 현대에 어떤 의미를 갖는가를 따지는 일은 근대시의 개막과 함께 시작된 고민이었다. 송욱의 경우는 이러한 질문에 대해 적극적으로 대응한 비평가이자 시인이었던 것이다. 그가 주장한 우리 시의 필요 요소들은 '역사의식', '내면성과 정신성' 그리고 '시대정신'이었다.

특히 그가 시에서 보여준 실험정신은 긍정적으로 평가되어야 한다. 단순히 실험이 중요한 것이 아니라 그 실험을 통해 추구하려고 했던 궁극적 목적이 '현대시'의 구현에 있다고 보면 성과의 미흡함만을 굳이 강조할 필요는 없다고 생각한다. 송욱이 정지용과 김기림의 시를 비판했지만 그들의 시가 가진 가치가 무시될 수 없듯이. 우리가 현재의 관점으로 그의 미숙함을 공격하더라도 문제제기와 시도는 의미 있게 생각해야 할 것이다. 지금도 우리 나름의 '현대시'를 분명히 정의할 수 없는 상황임을 생각하면 더욱 그렇다.[32]

---

32) 물론 그의 모더니즘에 대한 관심이 일관되게 유지되지 못했다는 점은 문제로 지적되기도 한다. 「何如之鄉」에서 보이던 비판 정신을 그의 이후 시에서 거의 찾아 볼 수 없다는 점이 논거로 사용된다. 형식의 실험이라는 것이 내용과 무관할 수 없다는 면에서 타

「何如之鄕」의 실험성 혹은 새로움은 크게 음악성을 살린 말놀이와 현실 비판으로 정리할 수 있다. 송욱은 이를 이루기 위한 수사적 장치들로 은유, 역설, 풍자, 도치, 패사 등의 수사법이 일관되게 사용하였다. 반대로 시에 사용된 다양한 수사는 현실에 대한 직접적 발언을 간접화하는 방법이었다. 한자어의 잦은 사용도 특징적이다. 유사하지만 대립되는 의미를 갖는 단어를 연속해서 사용한다든지 유사한 소리로 들리는 다른 의미의 단어를 이어 사용한 경우도 자주 볼 수 있었다. 이러한 수사를 통해 얻을 수 있는 이화의 효과는 곧 현실 비판의 수사와 이어진다. 일상을 비일상화시켜 현실과 시와 청자의 동화를 깨뜨리는 효과를 거두려는 것이 그의 시가 가진 의도였다고 할 수 있다.

송욱 개인이 이러한 실험적인 시를 끝까지 밀고 나가지 못한 점은 큰 아쉬움으로 남는다. 이는 한 사람의 시인에 국한된 문제가 아니라 우리 현대시사 전체로도 불행한 일이었다고 생각한다. 여전히 전통서정, 신서정 등의 단어가 현대시의 '스타일 부재'를 반증하고 있는 현실에 비추어 보면 '현대시'에 대한 고민과 '실천'은 이후 시인, 비평가들에게 시사하는 바가 매우 크다고 할 수 있다.

주제어 : 모더니즘, 주지주의, 이미지즘, 말놀이, 수사, 은유, 패사법, 역설, 풍자

당한 지적이기도 하다. 이에 대해 김수영은 "송욱도 실험을 위한 실험을 亂行하다가 지쳐 떨어진 수많은 소위 모더니스트들과 정도의 차이는 있지만 똑같은 실수를 범하고 있는 것 같다"(김수영, 「<현대성>에의 도피」, 『김수영 전집』2, 민음사, 1988, 359쪽)고 지적한 바 있다.

338

◆ 참고문헌

고석규, 『여백의 존재성』, 지평, 1990.

김기림, 『김기림 전집 2』, 심설당, 1988.

김수영, 「<현대성>에의 도피」, 『김수영 전집』 2, 민음사, 1988, 357-363쪽.

김욱동, 『수사학이란 무엇인가』, 민음사, 2002.

로날드 폴슨, 『풍자문학론』, 지평, 1992.

문덕수, 『한국모더니즘시연구』, 시문학사, 1992.

박종석, 『송욱 문학 연구』, 좋은날, 2000.

_____, 『송욱 평전』, 좋은날, 2000.

송 욱, 『문물의 타작』, 문학과지성사, 1978.

_____, 『시학평전』, 일조각, 1963.

_____, 『誘惑』, 사상계사, 1954.

유종호, 『비순수의 선언』, 민음사, 1995.

이어령, 『抵抗의 文學』, 지경사, 1960.

전기철, 『한국전후비평연구』, 도서출판 서울, 1990.

김욱동 외 『송욱연구』, 역락, 2000.

황정산, 「새로운 시어의 운용과 비순수의 추구」, 『1950년대의 시인들』, 나남, 1994, 245-263쪽.

◆ 국문초록

　본고는 송욱(宋稶)의 대표시 「何如之鄕」 연작과 평론집 『시학평전』의 수사적 특성에 대한 연구이다. 「何如之鄕」은 1961년 동일 제목의 시집에 12편의 연작으로 발표된 시로 그 실험성에서 큰 의미를 갖는 작품이라고 할 수 있다. 송욱은 단순히 새로움만을 추구한 시인은 아니었다. 그가 추구한 새로움은 당면 과제인 '현대시'의 완성과 떼어서 생각하기 어렵다. 전통적인 서정을 다룬 시들이나 이미지즘 계열의 시들과는 다른 시를 창작해야 한다고 생각했고 그 실천이 「何如之鄕」이었던 셈이다.

　이런 이유로 그의 시를 살피기 위해서는 그의 비평을 살피는 일이 필수적이다. 특히 첫 번째 비평집 『詩學評傳』은 서구 모더니즘 시에 대한 최초의 본격적 이론서라는 점에서 중요한 의미를 갖는다. 송욱의 현대시의 주류이고 '내면성'을 가지고 있다고 주장한 모더니즘 시들은 이전에 수입되었던 이미지즘, 주지주의와는 다른 대륙의 모더니즘이었다. 서구 모더니즘을 소개하면서 그는 전통적인 한국 시가 가진 문제점을 날카롭게 비판하였다. 비판의 내용은 내면성의 부재와 현실 관심의 부족으로 정리될 수 있다.

　이런 배경을 가지고 있는 「何如之鄕」의 수사는 말놀이를 통한 현실의 비판으로 요약된다. 특히 유사하지만 대립되는 의미를 갖는 단어를 연속해서 사용한다든지 유사한 소리로 들리는 다른 의미의 단어를 이어 사용한 경우를 자주 볼 수 있다. 이러한 수사를 통해 얻을 수 있는 이화의 효과는 곧 현실 비판의 수사와 이어진다. 일상을 비일상화시켜 현실과 시와 청자의 동화를 깨뜨리는 효과를 거두게 된다. 현실에 대한 비판은 말장난 속에 숨어 등장하기 때문에 조롱이나 풍자의 성격을 갖게 된다. 이러한 비판의 수사를 통해 「何如之鄕」은 개인의 존재와 현실 전반의 모순에 대해 말한다.

　송욱 개인이 이러한 실험적인 시를 끝까지 밀고 나가지 못한 점은 큰 아쉬움으로 남는다. 이는 한 사람이 시인의 문제가 아니라 우리 현대시사에서 불행한 일이었다고 생각한다. 여전히 전통서정, 신서정 등의 단어가 현대시의 '스타일 부재'를 반증하고 있는 현실에 비추어 보면 '현대시'에 대한 고민과 '실천'은 이후 시인, 비평가들에게 시사하는 바가 매우 크다고 할 수 있다.

♦ Summary

Poetics and Rhetorics

Kim, Han-Sik

This thesis a research on the rhetorical characteristics of <HaYeoJi-Hyang> series, Song, Uks representative poems. [HaYeoJiHyang] is a 12－poem－series poetry published in the same title book in 1961, could be appreciated as a meaningful work in that point it has a strong experimental power. Song, Uk is not a merely poet who had seeked for new things. It is difficult to think separately with the accomplishment of modern poem, a present task that he would seek new things. He thought that he should create different works from the poems which covered traditional lyricism or imagism poetry, and the result was <HaYeoJiHyang>.

It is essential that we look into his criticism for the research of his poems with above reasons. Especially, his first critic work, <ShiHak-PyongJean> has the meaning of the first serious theory on the western modernism poetry. His modernism poetry, which he asserted that those are the main stream of modern poem and has a intenality, have tendencies of continental modernism, different from of imagism or intellectualism which were imported before. He had criticized sharply the problems of traditional Korean poems while he was introducing western modernism. The content of his critic could be summarized as an absence of internality and a deficiency of real concern.

The rhetoric of <HaYeoJiHyang> is summarized as a critic of reality by way of pun. Particularly, we can find the cases frequently which he uses opposite words, look like similar, though, or he uses different meaning words, sounds like similar, continuously.

The defamiliarization effect which he could get through those rhetoric ways is connected with the rhetoric of reality critic. It aims that it could break the similarization of reality, poem and listeners, is acquired by non−ordinarization of ordinary life. Because the reality critic is hided in pun, it comes to have the characteristics of derision or satire. With this critical rhetoric, <HaYeoJiHyang> talks about the irony of personal being and a general reality.

It is so regrettable that Song, Uk himself could not seek for these kinds of experimental poems. I think of that as problematic in that point not only his own problem but also our modern poetry history. According to the current situation, which the words of traditional lyricism or new lyricism are disproofs of an absence of style, the consideration about modern poetry and the practice are very suggestive to the future poets and critics.

Keywords : modernism, imagism, rhetoric, metaphor, satire, paradox, HaYeoJiHyang, ShiHakPyongJean

−이 논문은 2003년 12월 31일에 접수되어, 소정의 심사과정을 거쳐 2004년 1월 31일 게재가 확정되었음.

최인훈『광장』에 나타난 욕망의 특질과 그 의의*

문 흥 술**

1. 머리말

1960년의 대표적인 것으로 4·19 혁명과『광장』을 든 김현[1]의 지적
이 아니더라도,『새벽』지에 연재된『광장』은 최인훈을 전후 최대의 작
가로 부상시킴과 동시에, 지금까지도 문제적인 작품으로 소설사를 장식
하고 있다.

지금까지『광장』에 대한 연구는 "전후문학의 한계를 극복한 문제작"
이라는 데에는 대부분 동의를 하면서, 이데올로기 측면에 의한 현실비
판[2]과 두 여자와의 사랑[3] 중 어느 쪽에 치중하느냐에 따라 평가가 달라

---

* 이 논문은 2003년도 서울여자대학교 특별연구과제로 수행되었음.
** 서울여대 국문과 교수.

1) 김현,「사랑의 재확인」,『광장/구운몽』, 최인훈 전집 1, 문학과지성사, 1976.

지고 있다. 기존 논의들에서 문제점으로 지적되는 것을 정리하면 다음과 같다.

첫째, 이데올로기 비판과 사랑의 연관관계이다. 대부분의 논의는 이데올로기 비판의 측면과 사랑의 측면을 연결하지 못하고 분리하여 다루고 있다. 이로 인해, 전자에 치중할 경우 남북한 사회에 대한 비판을 주로 다루면서 후자를 소홀히 취급하고, 후자에 치중할 경우 이명준이 남북한에서 만난 두 여성과의 사랑을 주로 다루면서 전자를 소홀히 취급하는 한계를 드러내고 있다. 설혹 이데올로기 비판과 사랑을 연결하여 논의하더라도, 이명준이 이데올로기에 절망하고 그 절망적 허무의식에 대한 도피적 성격으로 여성과의 사랑을 추구하는 것으로 평가하고 있다.

둘째, 이러한 연구방법의 한계를 극복하기 위해 최근에는 이데올로기와 사랑을 통합적 관점에서 논의하는데, 이 경우 주체의 형성문제가 논의의 중심으로 부각되고 있다. 이에 대해, 최근 논의는 철저히 자기중심적 주체인 이명준이 타자수용의 가능성을 깨닫게 되는 결정적 동인으로 사랑이 작동하고 있다고 평가[4]하고 있다.

2) 염무웅, 「상황과 자아」, 최인훈, 『현대한국문학전집』 16, 신구문화사, 1967.
   김윤식, 「관념의 한계」, 『한국현대소설비판』, 일지사, 1981.
   송상일, 「소설의 현상-최인훈의 <광장> 연구」, 『현대문학』, 1981. 7.
   이동하, 「최인훈 <광장>에 대한 재고찰」, 『우리문학의 논리』, 정음사, 1988.
   한 기, 「<광장>의 원형성, 대화적 역사성, 그리고 현재성」, 『작가세계』, 1990. 봄.
   김윤식, 정호웅, 「자유, 평등의 이념항과 새로운 소설형식」, 『한국소설사』, 예하, 1993.
   조남현, 「최인훈의 <광장>」, 『한국현대소설의 해부』, 문예출판사, 1993.
   구재진, 「최인훈의 <광장> 연구」, 『국어국문학』 115집, 1995.
   임경순, 「최인훈의 <광장> 연구>, 『반교어문연구』 9집, 1998.
   김인호, 「최인훈 소설에 나타난 주체성 연구」, 동국대 박사논문, 1999.
3) 김현, 앞의 글.
   이태동, 「광장과 밀실의 변증법」, 『문학사상』, 1989. 4.
   김주연, 「최인훈 문학의 두 모습」, 『문학과 정신의 힘』, 문학과지성사, 1990.
   김인환, 「모순의 인식과 대응방식」, 『문예중앙』, 1982. 봄.
   _____, 「파국의 의미」, 『비평의 원리』, 나남, 1994.
   김병익, 「다시 읽는 <광장>」, 『최인훈 전집 1』, 문학과지성사, 2001.
4) 정호웅, 「<광장>론-자기 처벌에 이르는 길」, 『시학과 언어학』 1호, 2001.

셋째, 밀실과 광장의 개념이 모호하여 이데올로기 비판이 구체적 현실과 괴리되어 있으며, 이로 인해 관념적 진술이 과도하게 나타난다는 점이다.

본고는 이 세 가지 문제점에 접근하기 위해, 주체의 동일화[5] 과정에 주목하고자 한다. 인간은 어머니 자궁 속에서 분리되어 언어를 배우기 이전의 상상계(l'imaginaire)를 거쳐, 언어를 통해 사회문화규범체계를 배우게 되는 상징계(le symbolique)로 진입하는 과정에서 두 번에 걸친 동일화를 통해 주체를 구성해 나간다.

먼저, 주체는 상상계의 거울단계를 통해 내면세계와 주위세계와의 관계를 정립하는데, 이 단계에서는 '조각난 몸의 옛 환상'으로 인해 남에 대한 공격이나 자해행위, 마조히즘과 같은 공격성이 표출되기도 한다. 이러한 공격성은 거울의 단계에서 극복되는데, 그 원형이 '이상적 자아(le Je-idéal)'이다. '이상적 자아'가 갖는 자기동일성은 타인과의 변증법적 틀 속에서 스스로를 객관화시키기 이전의 상태, 곧 남을 배제하는 나르시스적 관계(이자적 관계 la relation duelle)에서 나타난다.[6]

인간이 사회생활을 수행해 나가기 위하여 이자적 관계가 극복되지 않으면 안 되는데, 이때 상상적인 것의 단계가 제삼자적인 관계(la relation triadique)인 상징적인 것에 자리를 양보해야만 한다. 곧 상상계를 거쳐 주체는 언어를 매개로 하여 사회문화규범체계를 배우는 상징계로 진입하면서 인간화의 길을 걷는다. 그러나 그 인간화는 타인과의 관계(삼자적 관계)에서 형성되기에, 불가피하게 억압과 욕구불만을 필연적으로 내포하게 되고, 그것이 억제되지 않을 때 공격성을 표출하게 된다. 상징계는 사회, 문화적 실현을 통해 그런 공격적 본능을 정상화시킨다. 주체는 이 과정을 통해 아버지의 이름으로 표상되는 상징계의 사회문화규범

---

5) J. Lacan, *Ecrits* (1), (2), Éditions du Seuil, Paris, 1966.
6) 이자적 관계는 어린아이가 자기 자신이나 자기 영상 또는 자기 어머니만의 단계가 이 우주의 모든 것이라고 여기는 환상을 뜻한다. 아기는 타인 즉 거울 속의 자기나 자기 어머니 속에서 자기와 꼭 같은 것만을 생각한다. J. Lacan, 위의 책(2), 1996, 103-105쪽.

체계 앞에 복종하고 그 아버지를 모형으로 하는 '자아이상(l'idéal du moi)'이라는 동일성을 획득한다.

이러한 주체의 동일화 이론을 통해 『광장』에 접근할 때, 지금까지 문제가 되었던 이데올로기 측면과 사랑의 측면을 통합적 관점에서 논할 수 있고, 나아가 이 작품의 최대약점으로 지적될 수 있는 광장과 밀실 개념의 모호성을 극복할 수 있다. 이를 위해, 먼저 이명준이라는 주체의 욕망을 검토함으로써 이명준이 상상계와 상징계 중 어느 쪽에서 주체의 동일화를 추구하는지를 밝힐 필요가 있다. 이를 토대로 하여 이데올로기와 사랑을 동시에 논하면서, 이 중 이명준의 욕망을 억압하는 것은 무엇이고 그러한 욕망을 강화하는 것은 무엇인지를 밝힘으로써 이데올로기와 사랑이 작품 속에 갖는 기능과 그 의의를 검토할 수 있고, 광장과 밀실의 개념을 명확히 규정 지울 수 있을 것이다.

이 글은 이러한 방법론에 기초하여 다음과 같은 관점에서 논의를 전개하고자 한다. 첫째, 이 작품에서 여성에 대한 사랑과 이데올로기는 따로 동떨어져 있는 것이 아니라, 이명준의 욕망을 매개로 하여 서로 밀접한 관련을 맺고 있다는 점이다. 결론적으로 말하자면, 이명준은 언어로 매개되는 남북한 상징계의 사회규범체계를 거부하고, 상상계적 동일성의 세계를 욕망하고 있다. 이런 측면에서 이데올로기는 이명준의 욕망을 억압·좌절시키는 기능을 하며, 여성과의 사랑은 그런 욕망을 강화시키는 기능을 하고 있다. 작품이 전개되면서 이 양자는 유기적으로 연결되어 상징계의 억압적 측면을 폭로하고, 그러한 억압이 극복된 상상계적 동일성의 세계에 대한 강렬한 지향성을 제시하고 있다.

둘째, 이런 측면에서 주체의 형성문제에 접근할 때, 이명준은 상징계에서의 타자발견을 통해 상징계의 주체를 형성하고자 하는 것이 아니라, 상징계를 거부하고 상상계의 동일화를 갈망한다는 점이다. 후술하겠지만, 이명준이 욕망하는 상상계의 동일화는 위대한 소설이 궁극적으로 지향하는 루카치적 선험적 총체성에 맞닿아 있다.

셋째, 이처럼 상징계와 상상계를 구분하여 접근할 때, 이 작품의 최대약점으로 지적되는 밀실과 광장 개념의 모호성 역시 극복될 수 있다. 이명준은 '상징계의 광장'을 부정하고, '상상계의 광장'을 강렬히 욕망하다 자살에 이르게 된다. 이에 따라 '상상계의 광장'은 극도로 좁힘의 방향을 띠게 되는데, 이 좁힘을 통해 상징계에 대한 비판을 가하고 있다.

넷째, 이러한 논의들을 바탕으로『광장』의 의의를 간략하게 언급하고자 한다.

이상의 논의를 위해, 이 글은 6차례의 개정판본 중, 갈매기의 상징을 완전히 새롭게 바꾸면서 가장 많은 개작을 한 1976년 문학과 지성사판을 주된 텍스트7)로 삼고자 한다.

2. 상상계의 동일화와 선험적 총체성에 대한 욕망

『광장』은 '중립국으로 가는 타고르 호 선상→남한 사회 비판과 좌절→타고르 호에서의 난동→북한 사회 비판과 좌절→전쟁터에서의 사랑→타고르 호에서의 자살'로 구성되어 있다. 주인공 이명준의 이러한 행보를 이끌고 가는 일차적 원인은 남북 이데올로기에 의한 좌절과 사랑의 실패이다. 그러나 보다 근본적인 원인은 작품의 심층에 내재해 있는데, 이는 명준의 무의식에 내재한 욕망의 특질을 통해 밝혀질 수 있을 것이다.

작품 전편에 걸쳐, 명준의 경우 삼자적 관계에 입각한 상징계의 사회문화규범체계에 편입되는 것을 거부하고, 나르시스적인 이자적 관계에 입각한 상상계의 동일화, 곧 '이상적 자아'에 의한 동일화를 강력하게

---

7) 「광장」은 여섯 번에 걸쳐 개작이 이루어졌다. 이 중 가장 중요한 변화가 일어나고 있는 것이 1976년에 발간된 문학과지성사 판으로, 이 개작을 통해 최인훈은 갈매기의 상징성을 완전히 새롭게 바꾸어 놓고 있다. 이를 두고 김현은 "이데올로기 대신에 사랑을 택한 것"으로 평가하고 있다(김현, 앞의 글). 본고는 이데올로기와 사랑의 연관성을 논하기 위해, 사랑의 측면을 대폭 강화한 1976년 개정판을 텍스트로 삼고자 한다.

욕망하고 있다.

    (A) 애당초부터 이게 아닐 텐데, 이런 게 아니지 하는 겉돎이 앞선다. 삶
이 시들해졌다고 믿고 싶지는 않다. 왜냐하면, 그는 부지런히 무엇인
가를 찾고 있었기 때문에. 다만 탈인즉 자기가 무엇을 찾고 있는지 저
도 모른다는 것이고, 자기 둘레의 삶이 제가 찾는 것이 아니라는 낌새
만은 분명히 맡고 있다는 게 사실이다.[8]

    (B) 늘 묵직하게 되새겨지는 일 한 가지가 있긴 있다. 신이 내렸던 것이라
생각해온다. (중략) 온 누리가 덜그럭 소리를 내면서 움직임을 멈춘다.
조용하다.
  있는 것마다 있을 데 놓여져서, 더 움직이는 것은 쓸데없는 일 같다.
세상이 돌고 돌다가, 가장 바람직한 아귀에서 단단히 톱니가 물린, 그
참 같다. 여자 생각이 문득 난다. 아직 애인을 가지지 못한 것을 떠올
린다. 그러나 이 참에는 여자와의 사랑이란 몹시도 귀찮아지고, 바라
건대 어떤 여자가 자기에게 움직일 수 없는 사랑의 믿음을 준 다음
그 자리에서 죽어 버리고, 자기는 아무 짐도 없는 배부른 장단만을 가
지고 싶다. (중략) 만일 이런 깜빡사이가 아주 끝까지 가면, 누리의 처
음과 마지막, 디디고 선 발 밑에서 누리의 끝까지가 한 장의 마음의
거울에 한꺼번에 어릴 수 있다고 그려본다.[9]

    (C) 광장에는 맑은 분수가 무지개를 그리고 있었다. 꽃밭에는 싱싱한 꽃
이 꿀벌들 넝닝거리는 속에서 웃고 있었다. 페이브먼트는 깨끗하고
단단했다. 여기 저기 동상이 서 있었다. 사람들이 벤치에 앉아 있었다.
아름다운 처녀가 분수를 보고 있었다. 그는 그녀의 등뒤로 다가섰다.
돌아보는 얼굴을 보니 그녀는 그의 애인이었다. 그녀의 이름을 잊은
걸 깨닫고 당황해 할 때 그녀는 웃으며 그의 손을 잡았다.
  "이름 같은 게 대순가요?"
  참 이름이 무슨 쓸 데람. 확실한 건, 그녀가 내 애인이라는 것뿐.[10]

---

  8) 최인훈, 『광장』, 문학과지성사, 1976, 32-33쪽.
  9) 위의 글, 1976, 33-34쪽.
10) 위의 글, 1976, 116-117쪽.

(D) 명준은 일어나 앉아 여자의 배를 내려다 봤다. 깊이 패인 배꼽 가득 땀이 괴어 있었다. 입술을 가져간다. 짭사한 바닷물 맛이다. "나 딸을 낳아요." 은혜는 징그럽게 기름진 배를 가진 여자였다. 날씬하고 탄탄하게 죄어진 무대 위의 모습을 보는 눈에는, 그녀의 벗은 몸은 늘 숨이 막혔다. 그 기름진 두께 밑에 이 짭사한 물의 바다가 있고, 거기서, 그들의 딸이라고 불리울 물고기 한 마리가 뿌리를 내렸다고 한다. 여자는, 남자의 어깨를 붙들어 자기 가슴으로 넘어뜨리면서, 남자의 뿌리를 잡아 자기의 하얀 기름진 기둥 사이의 배게 우거진 수풀 밑에 숨겨진, 깊은, 바다로 통하는 굴속으로 밀어넣었다.11)

(A)는 작품 서두에 제시된 부분으로, 명준이 "자기 둘레의 삶" 즉 남쪽의 상징체계에 적응하지 못하고 겉돌면서, 확실치는 않지만 "부지런히 무엇인가"를 찾고 있음을 보여주고 있다. "무엇인가"는 "이상주의자적 사회개량의 열정"12)으로 제시되고 있는데, 이 열정은 상상계적 동일화의 추구로 구체화된다.

(B)는 대학 신입생 때 겪은 신내림의 기억에 관한 내용으로, 이후 신내림은 명준의 무의식에 깊숙이 각인되어 "묵직하게 되새겨지는 일"로 자리 잡는다. 명준이 신내림을 통해 경험하게 되는 세계는 상징계가 아니라 상상계에 해당된다. 그 세계는 "세상이 돌다가 가장 바람직한 아귀에서 단단히 톱니가 물린"것처럼, 모든 것이 가장 바람직한 상태로 합일되는 "조용한" 세계이다. 그러면서 "있는 것마다 있을 데 놓여져서, 더 움직이는 것은 쓸데없는 일"로 여겨지고, "누리의 처음과 마지막, 디디고 선 발 밑에서 누리의 끝까지가 한 장의 마음의 거울에 한꺼번에 어릴 수" 있는 세계이다. 또한 그 세계는 "여자가 자기에게 움직일 수 없는 사랑의 믿음을 준 다음 그 자리에서 죽어 버리고, 자기는 아무 짐도 없는 배부른 장단"만을 할 수 있는 곳으로, 마치 말을 배우기 전의 어린아이가 어머니의 사랑을 맹목적으로 요구하는 것과 같은 곳이다.

---

11) 위의 글, 1976, 194-195쪽.
12_ 위의 글, 1976, 122쪽.

곧 그 세계는 모든 것이 자신의 고유한 개체성을 지니면서, 동시에 처음과 끝이 서로 상응하고, 그러면서 이 모든 것은 거울에 비친 영상처럼 주체에게는 자신과 똑 같은 것으로 여겨진다. 이러한 친밀한 합일의 관계는 상상계의 나르시스적 동일화의 단계에서나 가능하다. 인간과 자연, 개인과 사회, 남성과 여성, 너와 나, 몸과 영혼 등이 미분화된 상태로 모든 것이 합일되는 세계가 상상계인 것이다.

(C)는 명준이 월북하는 배 속에서 꿈꾼 "새로운 광장"인데, 이 광장 역시 상상계적 동일성의 세계에 다름 아니다. 이 세계는 꽃과 꿀벌과 인간과 분수와 무지개가 합일된 광장이며, 상징계에서 부여되는 "이름"이 필요치 않은 광장으로, 삼자적 관계에 입각한 '나'와 '너'라는 변별적 주체성의 확립이 불필요한 곳이다. 모두가 서로의 분신이기에, 서로는 서로에게 "애인"과 같은 존재이다.

(D)는 명준과 은혜가 전쟁터의 동굴에서 상상계적 동일화를 이루는 장면이다. 상상계적 동일성의 세계는 궁극적으로 모든 것이 합일되는 어머니의 자궁 속에 맞닿아 있다. 따라서 명준은 은혜라는 자기분신(타자)을 통해 "바다로 통하는 동굴"로 진입함으로써 상상계적 동일화를 이룬다.

이처럼, 이 작품의 주인공 명준은 신내림을 통해 겪게 되는 상상계적 동일성의 세계에 대한 욕망을 무의식에 깊숙이 각인한다. 무의식에 각인된 이 욕망은, 이후 명준으로 하여금 상징계에 의해 의미 부여된 가면을 쓴 주체[13]로서의 '자아이상'이라는 동일화를 거부하게 하고, 상징계의 가면을 벗고 맨몸(알몸)으로서 상상계에서의 '이상적 자아'로서의 동

---

13) 상징계는 주체와 실재계(le réel) 사이에 형성된 제3의 체계로, 언어체계이자 기표의 세계이며 실재계와 직접적인 연관이 없고, 실제의 '밥'을 '밥'이라는 기표로 대신한다. 주체는 부모로부터 '이름'을 부여받으면서 상징계의 언어적 교환의 순환 속에 끼어들게 되는데, 이처럼 주체가 기표의 연쇄고리 속으로 들어가면서 기표의 체계가 출현할 때 실제 주체는 사라진다. 주체는 고유이름을 부여받으면서 자신과 세계에 대한 언술 속에 가면을 쓰고 나타나게 되며, 그 언술 속에서 존재의 결여를 경험하게 된다. J. Lacan, *Scilicet*, no. 1, Le champ freudien, Editions du Seuil; Paris, 1968.

일화를 지향하게 한다. 곧 명준은 타락한 자본주의와 타락한 공산주의 이데올로기가 지배하면서, 종국에는 두 이데올로기가 대립하여 전쟁이라는 광기를 드러내는 상징계에 절망하고, 그러한 상징계에서의 동일화를 거부한다. 대신 명준은 상징계에서는 실현 불가능한 상상계적 동일화를 욕망하는데, 명준이 욕망하는 이러한 상상계적 동일성의 세계는 흔히 정신분열자들에게서 볼 수 있는 것처럼, 언어를 배우기 이전의 어린아이 상태로의 단순한 퇴행을 의미하는 것은 아니다.

그것은 인간의 원초적 고향이라 할 수 있는 어머니의 자궁 속과 같은 세계에 대한 강렬한 욕망을 내포하고 있다. 인간과 자연, 물질과 정신, 육체와 영혼, 나와 너가 구별되고 대립되는 상징계와 달리, 상상계에서는 그 모든 것이 합일되고 평화롭게 공존한다. 마치 어머니의 자궁 속처럼 모든 것이 미분화된 채 친밀하게 합일되는 세계인 것이다. 인류사적 측면에서 볼 때, 이러한 세계는 인류사의 유년기라 할 수 있는 루카치적인 선험적 총체성의 세계14)에 다름 아니다. 대우주와 소우주, 신과 인간과 자연, 주관과 객관, 육체와 영혼이 합일되는 이 세계는 "우리가 갈 수 있고 또한 가야만 할 길의 안내판 구실을 밤하늘의 별이 해주는 시대" 혹은 "어디를 가든 낯설지 않고 혼이 이르는 곳은 마치 집안에 있는 것과 같은 상태", 곧 신과 더불어 있던 목가적 세계이다. 루카치는 이를 두고 선험적 총체성의 세계로 명명하고 있다. 발생론적 관점에서 볼 때, 소설은 근대 자본주의의 산물이다. 흔히 자본주의는 선험적 총체성이 상실된 시대 혹은 신이 사라진 시대15)로 규정된다. 무릇 위대한 소설은 개인과 세계의 구성적 대립에 입각하여, 자본주의의 모순을 비판하고 상실된 선험적 총체성의 세계를 강렬히 지향16)한다.

---

14) G. Lukács, 반성완 역, 『소설의 이론』, 심설당, 1985.
15) 골드만은 자본주의를 두고 신이 숨어버린 시대이자 타락한 교환가치가 지배하는 시대로 규정하고 있다. L. Goldman, 송기형 외 역, 『숨은 신』, 연구사, 1986.
16) 루카치는 소설의 이러한 특성을 두고 "내 영혼을 증명하기 위해 길을 떠난다(I go to prove my soul)"라고 표현하고 있는데, 여기서 영혼은 상실된 선험적 총체성을 의미한다. G. Lukács, 앞의 책, 1985.

명준이 욕망하는 상상계적 동일성의 세계는 바로 이 선험적 총체성의 세계에 맞닿아 있다. 명준은 이러한 상상계적 동일성의 세계 내지 선험적 총체성의 세계를 욕망하면서, 그것이 상실된 남북한 사회적 상징체계의 모순에 대한 비판을 가함으로써, 이 작품은 위대한 소설의 반열에 오르게 되는 것이다. 이 작품에서 이러한 명준의 욕망은 '남→북→전쟁터→타고르 호'로 이어지는데, 처음에는 욕망이 뚜렷한 실체를 갖지 못하다가 점차 그 실체가 명료해지고, 이에 따라 그것에 대한 욕망 역시 강화되면서, 그 욕망으로 인해 명준은 상징계로부터 고립·추방되어 결국 자살하게 되는 것이다.

3. 몸의 사랑을 통한 상상계적 동일화의 추구와 좌절

명준의 상상계적 동일성에 대한 욕망은 여인과의 사랑을 통해 그 실체가 뚜렷해지면서 욕망의 정도도 강화된다.[17] 상상계적 동일성은 남쪽에서는 윤애를 통해, 북쪽에서는 은혜를 통해 추구된다.

처음, 윤애와는 "서로 눈치를 보고 그럴 듯한 발뺌을 늘 마련하면서, 어느 쪽도 알몸을 먼지 드러내기를 꺼려"하고, "어줍잖은 위신을 다치지 않고 또 한번 만날 수 있는 것만을 은근히 기뻐하는 관계"[18]에 머문다. 그러다가 S서 고문사건 뒤 "누르듯 무거운 공기에 견디다 못해서 불현듯 망막에 떠오른 윤애의 모습"[19]을 쫓아 인천으로 달린다.

---

17) 김윤식, 정호웅은 이 작품에서 사랑은 객관현실 탐구에의 절망을 싸안기에 따뜻하고 감동적이지만, 사랑은 끝끝내 지켜야 할 고귀한 것이라는 지당한 사실 이외에는 아무것도 말해주지 않기에 안이한 해결책에 불과하다고 비판하고 있다. 김윤식, 정호웅, 앞의 글, 1993, 350쪽.

그러나 이 작품에서 여인과의 사랑은 이명준의 상상계적 동일화에 대한 욕망을 강화하면서 그 세계의 실체를 뚜렷하게 하는 중요한 기능을 하고 있다.

18) 최인훈, 「광장」, 앞의 글, 1976, 61쪽.

19) 위의 글, 1976, 76쪽.

(i) 윤애는 무심히 부채질을 해 주고 있다. 늘 그렇게 해온 사이처럼. 명준
은 덫에 걸린 느낌이 든다. 그러자 갑자기 거짓말처럼 흥이 돌아온다.20)

(ii) 부드러운 살결이 벽처럼 둘러싼 이 물건을 차지해 보자는 북받침이,
불쑥 일어난다. 그러자, 언젠가 여름날 벌판에서 겪은 신선놀음의 가
락이 전깃발처럼 흘러온다.21)

(i)은 명준이 윤애를 찾아갔을 때, 윤애는 "늘 그렇게 해온 사이"처럼
명준을 대한다. (ii)에서, 그런 윤애를 사랑하면서, 명준은 그녀를 신내림
의 순간에 경험했던 상상계적 동일성 획득을 위한 타자로 설정한다. 여
기서 윤애를 "부드러운 살결이 벽처럼 둘러싼 이 물건"이라는 표현에
대해, 다음 두 가지 측면을 주목하자. 먼저 "벽"은 명준이 상징계의 폭력
에 의해 위협받으면서 허물어질 때, 자신을 지켜주고 자신의 욕망을 지
탱시켜주는 대상으로서의 여성을 지칭하는 개념이다. 다음, 흔히 기존
연구에 있어서, 명준이 여자를 두고 "물건", "짐승"이라 표현하는 것을
들어, 명준의 사랑을 남성의 일방적이고 지배자적인 사랑으로 평가하는
측면이 있는데, 이는 타당하지 않은 것으로 보인다.

지식을 다룬다면 어항 속 들여다보듯 빤한 그녀들의 속이, 성이라는 자리
에서 보면 보석처럼 단단한 벽으로 바뀌지고 말아, 관찰이라는 빛은 그 벽
에 부딪쳐 구부러져서는 그만 간데 없이 되고 만다.22)

명준에게서 여성은 상징계의 지식으로 관찰되는 대상이 아니다. 곧
상징계의 지식에 기초한 의식(마음)으로 여성을 대하는 것이 아니라, 그
러한 일체의 지식을 배제하고, 때묻지 않은 알몸(성)으로 여성을 대하면
서, 그 몸을 통해 여성과 일치되고자 한다.

20) 위의 글, 1976, 60쪽.
21) 위의 글, 1976, 82쪽.
22) 위의 글, 1976, 48쪽.

남자의 몸은 잘 안다. 자기 몸이기 때문이다. 그 속에서 타는 불길이 얼마쯤 뜨거운지도 잘 알고 있다. 금방 살갗 밑에서 타는 불이니까. 그러나 그녀들의 몸과 불은 알 수 없다. 자연과학이란 건 꼬투리가 자기에 가까와지면 질수록 법칙으로 고쳐 놓기가 어려운 모양이어서, 생리학 책은 전혀 도움이 되지 않는다.[23)

여기서 "불"은 본능을 의미한다. 명준은 상징계의 사회문화규범체계에 길들여진 "마음"을 버리고, 상상계적 동일성에 기초한 "불(본능)"에 의한 사랑을 갈망한다. 그 사랑은 상징계의 지식(책)으로는 접근할 수 없다. 상징계의 모든 "타부"를 제거하고 알몸의 사랑을 행할 때 상상계적 동일성을 획득할 수 있는 것이다. 그런 "몸"의 사랑을 행하는 대상은 더이상 '나'에 반하는 '너'가 아니라, 거울에 비친 자기 영상이자 자기 자신이다. 그러기에 명준이 "애인"이라 할 때, 그것은 상상계적 동일성의 성취를 가능하게 하는 타자에 대한 또 다른 명명에 해당된다.

마음은 몸을 따른다. 몸이 없었던들, 무얼 가지고, 사람은 사람을 믿을 수 있을까. 눈에 보이지 않는 신을 보고지라는 소원이, 우상을 만들었다면, 보고 만질 수 없는 <사랑>을, 볼 수 있고 만질 수 있게 하고 싶은 외로움이, 사람의 몸을 만들어 낸 것인지도 모른다. 사람의 몸이란, 허무의 마당에 비친 외로움의 그림자일 것이다.[24)

신의 부재가 "우상"을 만들었다면, 보고 만질 수 없는 사랑 때문에 "몸"을 만들었다는 것이다. 그런 "몸"을 통한 사랑이야말로 상상계적 동일화를 가능하게 하는 진정한 사랑이다. "마음은 몸을 따른다"라는 표현은 상징계에 오염된 "몸"을 버리고 상상계적 동일성에 입각한 "몸"을 지향할 때, 상징계에 오염된 "마음"도 변할 수 있다는 의미이다. 이러한 "몸을 통한 사랑"이 상징계에서 흔히 말하는 단순한 육체적 쾌락추구와

---

23) 위의 글, 1976, 49쪽.
24) 위의 글, 1976, 88쪽.

거리가 먼 것임을 다음 구절이 잘 보여주고 있다.

(i) 그것은 살이 아니었다. 빛이 아니었다. 모양이 아니었다. 따뜻함이 아니었다. 매끄러움과 뿌듯함도 아니었다. 가파른 몸부림은 더구나 아니었다. 그런 것을 가지고 붙잡으려고 하면 새고 빠져나가는 어떤 것이었다.25)

(ii) 사람 모양을 한 살을 안았대서 어떻게 될 외로움이 아니다. 스스로 몸을 얽어오던 그리운 사람들의 사무치는 마음이 그리웠다. 마음이 몸이었다.26)

(i)에서 포로수용소의 갈보들 얘기를 통해, 명준은 갈보와의 몸 섞음은 전쟁터에서의 강간과 같은 것으로, 상상계적 동일성에 입각한 몸 섞음과 다르다는 것을 제시하고, (ii)에서 상상계적 동일성에 의한 몸 섞음은 "사무치도록 그리워하는 사람들의 마음"이 내재된 것이며, 그러한 "그리운 마음"이 곧 "몸"임을 제시하고 있다.

이처럼, 상상계적 동일성에 입각하여 "몸"의 합일을 지향하는 명준에게 윤애는 전혀 다른 사랑을 원한다. 윤애는 "책이 즐비하게 꽂힌 책장이 놓인 방안", "철학의 탑", "딱딱한 얘기"와 같은 상징계의 지식을 지향함에 반해, 명준은 그런 윤애를 "푸른 들판"으로 명명되는 상상계쪽으로 이끌려 한다. 그러나 윤애는 그런 명준을 거부한다.

　　명준이 진저리가 난 잿빛 부엉이가, 그녀한테는 금누렁 앵무새로 보였는지도 모른다. 틀림없이 그때 그녀의 몸은 스스로를 깨닫고 있지 않았다. 그런 그녀를 나는 비싸게 군다고 탓했지만, 그녀로서는 억울한 누명이었던 게 아닌가. 어떤 사람이든, 다른 사람에게 만지우고 잡히고는 걸 싫어하지만, 애인한테만은 다르다고 보아야 했다. 그런데 윤애는 곧잘 그를 밀어내는 것이었다. 그럴 때 그는 창피스러웠다. 그녀가 고분고분하면 좋아라하고, 마다

---

25) 위의 글, 1976, 107쪽.
26) 위의 글, 1976, 108-109쪽.

하면 비로소, 그녀도, 움직이지 않는 물건이 아니고, <사람> 하나라는 것을 알아차렸다.[27]

명준은 상징계를 지향하는 윤애를 두고 "물건"이 아니라 "사람"이라 표현하고 있다. 곧 "사람"은 상징계에 안주한 윤애를 의미하고, "물건"은 상징계의 모든 "타부"를 버리고 상상계의 "몸"에 의한 사랑을 원하는 "애인"을 의미한다. 윤애는 상징계의 가면을 쓴 주체로, 그 가면을 "마음"으로 삼고 "몸"을 "마음"의 지배에 두는 "사람 같은 사랑"을 원한다. 반면 명준은 상징계의 가면을 벗고 제도화된 의식 이전의 본능에 의한 "몸"과 "살"의 만남을 통해, 상상계적 동일성의 세계를 획득하고자 한다. 그러기에 명준에게 있어서, 상징계의 질서에 입각한 남성/여성의 구분에 따른 대화적 사랑은 애초부터 존재하지 않는다. 그러나 명준이 윤애에게 "체면과 타부와 거짓의 벽, 비곗살"을 버리고 "알몸으로 불"탈 때 자신도 변신할 수 있다고 애원하지만, 윤애는 그런 "몸"의 사랑을 보여주다가도 그 다음날이면 "마음"의 사랑을 드러냄으로써, 명준의 사랑을 끝내 거부한다.

　　가슴이 있다. 그가 만지게 맡겨주던, 촉촉히 땀밴 가슴이, 가랑비를 맞으며 둥둥 떠 있다. 그 분지에서 자지러지게 어우러지다가, 그녀는 불쑥
　　"저것, 갈매기……"
　　이런 소릴 했다. 그녀의 당돌한 말이 허전하던 일. 그 바다새가 보기 싫었다. 그녀보다도 더 미웠다.[28]

명준이 "몸"으로 사랑을 할 때, 윤애는 그런 "몸"과 동떨어진 "마음"을 드러내고 있다. 그런 윤애에게서 명준은 "윤애라는 사람 대신에 뜻이 통하지 않는 억센 한 마리 짐승"을 보게 되고, 결국 그는 "구렁 속"에 처박히게 된다.[29]

---

27) 위의 글, 1976, 93-94쪽.
28) 위의 글, 1976, 90-91쪽.

남쪽에서 윤애를 통해 상상계적 동일화를 이루지 못한 명준은 새로운 광장을 꿈꾸면서 월북한다. 그러나 월북 후 명준은 북한이라는 사회적 상징체계의 실체를 파악하고 그것에 절망한다. 그러다가 은혜를 만난다. 은혜는 윤애와 달리 명준의 상상계적 동일화에 입각한 "몸"의 사랑을 적극적으로 받아들이는 존재다.

> I) "더러운 물건이 갑자기 아름다와 보일 때, 저는 제일 반갑습니다 눈이 열린다 할까요?"
> "더러운 물건이어야만 하나요?"
> "아름다운 물건이, 아름답게 보이는 건, 뻔한 일입니다. 그러나 그대로는 더럽게밖엔 보이지 않던 물건이 그대로 아름다움 속에 돋아나 보이는 건, 마음이 더 높은 곳으로 옮아갔다는 겁니다."
> "그렇겠지요."
> 오호, 그렇겠지요라구. 이 텅빈 말. 귀밑 머리가 구름처럼 나부끼는 그녀의 옆 얼굴을 쳐다보며, 명준은 알 수 없는 미움이 치받쳤다.
> "바다와 산, 어느 편을 좋아하세요?"
> "둘 다 좋아요. 산은 산대로 맛이 있구……그렇잖아요?"
> 주여, 이 깡통을 용서하옵소서. 일곱을 일흔 번 하여 용서하옵소서.[30]
>
> ii) "은혜, 나를 믿어?"
> "믿어요."
> "내가 반동 분자라두?"
> "할 수 없어요."
> "당과 인민을 파는 공화국의 적이라두?"
> "그럼 어떡해요?"
> "은혜의 그런 용기는 어디서 나와?"

---

29) 김인환은 명준이 윤애와의 관계에서 파경을 맞는 이유로 명준이 상대방의 의식을 주격으로 받아들이지 않으며, 사랑을 신체를 소유하는 행위로 받아들이기 때문이라 보고 있다. 김인환, 「파국의 의미」, 앞의 글, 1994.
   그러나 명준이 원하는 '몸'의 사랑은 그것이 상징계적 의미의 '육체' 내지 '몸'과 관련이 있는 것이 아니라, 상상계적 동일화와 관련이 있다.
30) 최인훈, 「광장」, 앞의 글, 1976, 82쪽.

"모르겠어요"

(중략)

명준은 윤애를 자기 가슴에 안고 있으면서도, 문득문득 남을 느꼈었다. 은혜는 윤애가 보여주던 순결 콤플렉스는 없었다. 순순히 저를 비우고 명준을 끌어들여 고스란히 탈 줄 알았다. 그런 시간이 끝나면 그녀는 명준의 머리카락을 애무했다. 가슴과 머리카락을 더듬어오는 손길에서 그는 어머니를 보았다. 어머니와 아들, 아득한 옛적부터의 사람끼리의 몸짓.31)

(i)에서 보듯, "몸"의 사랑을 원하는 명준을 이해하지 못하고 윤애는 상징계의 "마음"의 사랑을 원한다. 그러기에 명준의 애원에 대해 윤애는 차갑게 "제가 뭔데요?"라고 반문하고, 매정하게 "싫어요"라고 하는 것이다. 그런 윤애에게서 명준은 "남"을 느낀다. 반면, (ii)에서 보듯, 은혜는 명준의 "몸"의 사랑을 기꺼이 받아들인다. 은혜는 순순히 "저"(상징계의 주체의 가면)를 버리고, 명준의 몸을 적극적으로 받아들인다. 윤애가 상징계적 질서에 자리 잡고 있다면, 은혜는 상징계적 질서에서 벗어나 있는 것이다. 은혜는 "사상을 아랑곳 않"으며, "자기 영혼과 아무 탯줄이 닿지 않는, 시대의 꿈에서 떨어져 있을 수 있"고, "파리에서 그림 공부를 했으면 도움이 되겠는데"라는 말에서 보듯 "이데올로기로 갈라진 세계지도를 잊어버린 사람처럼 망발하는 때"32)가 많다. 그런 은혜에게서 명준은 어머니의 사랑을 느끼는데, 명준이 은혜에게 스스로를 "당원도 아니고 인민의 일꾼도 아니고, 어린애 노릇하는 바보"33)라고 말하는 이유가 여기에 있다. 곧 은혜와 명준의 관계는 어머니와 자식의 관계로, 명준은 어머니 같은 은혜를 통해 상상계에서의 '이상적 자아'라는 자기동일성을 확보할 수 있는 근거를 마련하게 된다.

---

31) 위의 글, 1976, 138쪽.
32) 위의 글, 1976, 146쪽.
33) 위의 글, 1976, 140쪽.

세상에 태어나서 지금 이 자리에서 처음으로 진리의 벽을 더듬은 듯이 느꼈다. 그는 손을 뻗쳐 다리를 만져 보았다. 이것이야말로 확실한 진리다. 이 매끄러운 닿음새. 따뜻함. 사랑스러운 튕김. 이것을 아니랄 수 있나. 모든 광장이 빈터로 돌아가도 이 벽만은 남는다. 이 벽에 기대어 사람은, 새로운 해가 솟는 아침까지 풋잠을 잘 수 있다. 이 살아있는 두 개의 기둥. (중략) 나에게 남은 진리는 은혜의 몸뚱어리뿐. 길은 가까운 데 있다?[34]

일찍이 대학 시절 신내림을 통해 경험한 상상계적 동일성의 세계를 확보할 수 있는 유일한 타자를 명준은 비로소 찾는다. 그런데 그런 은혜가 거짓말을 하고 모스크바로 떠난 후, 명준은 유일한 타자를 상실하게 되고, 상징계의 광기에 전면적으로 노출되어 전쟁에 참여한다. 그러다가 낙동강 전선에서 은혜를 다시 만난다.

이 동굴의 입구는, 그 틀처럼 모서리가 반듯하지는 않았다. 모서리가 부숴진 네모꼴처럼 엉성한 데다가, 가장자리에 길죽길죽한 잡초가 무성하게 뻗어 있다. 그런 대로, 그렇게 열린 공간이 뚜렷했고, 내리 맑은 날씨로 아물거리는 아지랑이 속에 펼쳐진 풍경은 아름다웠다. 이 굴에서 풍경을 보기 비롯하면서, 세상에 있는 모든 풍경은 다 아름답다는 것을 알았다. 왼쪽으로도 막히고, 오른쪽으로도 막히고, 아래위도 가려진 엉성한 구멍을 통하여, 명준은 딴 세계를 내다보고 있었다. 굴 속, 손바닥만한 자리에 짐승처럼 웅크리고 앉아서, 전차와 대포와 사단과 공화국이 피를 흘리고 있는 저 바깥 세상을 구경꾼처럼 보고 앉은 자기의 몸 가짐을 나무라기에는, 이명준은 너무나 지쳐 있었다. 훈훈한 땅김이 자기 체온처럼 느껴지는 동굴 속에서, 이명준은 땅굴 파고 살던 사람들의 자유를 부러워했다. 땅굴을 파고 그 속에 엎드려 암수의 냄새를 더듬던 때를 그리워했다. 이렇게 내다보는 풍경은 아름다웠다. 원시인의 눈에는, 모든 게 아름다웠을 게다. 저 푸짐한 햇빛들의 잔치. 이 친근한 땅의 열기. 왜 우리는 자유스럽게 이 풍경을 아름답다고 보지 못하는가.[35]

---

34) 위의 글, 1976, 136-137쪽.
35) 위의 글, 1976, 170-171쪽.

전쟁터에서 재회한 은혜와 함께 명준은 동굴에서 서로의 "몸"을 탐한다. 동굴은 폭력적인 상징계의 질서와는 동떨어진 곳으로, 마치 어머니의 자궁 속과 같은 곳이다. 명준은 은혜와 함께 모든 것이 합일되어 조화롭게 공존하는 어머니 뱃속 같은 아늑한 공간에서 '이상적 자아'로서의 상상계적 동일화를 획득한다. 그 동일성의 세계에는 인간과 자연, 인간과 인간, 몸과 마음이 미분화된 채 조화롭게 공존하는 선험적 총체성의 세계에 다름 아니다. 명준은 동굴 속에서 상상계의 아름다운 풍경과 일체가 되면서, 동시에 그 세계 밖에서 벌어지는 상징계의 참혹한 살육을 구경꾼처럼 바라보고 있는 것이다.

> 눈을 뜨고 은혜를 들여다본다. 그녀도 눈을 뜨고 남자의 눈길을 맞는다. 서로, 부모미생전 먼 옛날에 잃어버렸던 자기의 반쪽이라는 걸 분명히 몸으로 안다. 자기 몸이 아니고서야 이렇게 사랑스러울 리 없다. 그는 팔을 둘러 그녀의 허리를 죄었다. 뉘우치지 않는다. 내가 잘나지 못한 줄은 벌써 배웠다. 그런 어마어마한 이름일랑 비켜가겠다.
> 이 여자를 죽도록 사랑하는 수컷이면 그만이다. 이 햇빛. 저 여름 풀. 뜨거운 땅. 네 개의 다리와 네 개의 팔이 굳세게 꼬여진, 원시의 작은 광장에, 여름 한낮의 햇빛이 숨가쁘게 헐떡이고 있었다. 바람은 없다.[36]

은혜를 두고 "부모미생전 먼 옛날에 잃어버렸던 자기의 반쪽"이라 여기는 것은 바로 상상계에서 '이상적 자아'로서의 동일화를 이룰 때 가능하다. 이 순간 은혜는 명준이고, 명준은 은혜이다. 그런 상상계에 상징계의 규범체계가 개입할 틈은 없다. 상징계의 그 어떤 제도화된 격식도, 그 어떤 언어도 필요하지 않다. 따라서 인간과 자연의 구분은 무의미하다. 모두가 하나의 고유한 존재이자, 서로로 하여금 자아동일성의 확보를 가능하게 해주는 타자로 평화롭게 공존하고 사랑할 뿐이다. 하나의 수컷이 되어 자연과 더불어 사랑을 나눌 수 있는 이 공간이야말로 명준

---

36) 위의 글, 1976, 173쪽.

이 그토록 욕망해 오던 상상계적 동일성의 세계에 해당된다. 그러나 그런 동굴은 상징계의 가공할 폭력 앞에 허물어질 수밖에 없다. 상징계의 광기에 은혜가 전사하면서, 명준의 상상계적 동일화는 비극적 좌절로 끝나게 된다.

4. 광장의 좁힘과 확산에 의한 상징계의 모순 비판

이 작품은 여성과의 사랑을 통해 상상계적 동일성에 대한 욕망을 추구하면서, 동시에 그러한 욕망이 좌절될 수밖에 없는 원인을 상징계의 모순과 결합시킴으로써, 남북한의 분단과 전쟁에 대한 비판을 가하고 있다. 그런데 남북한이라는 상징계의 모순 파악과 그 비판은 관념적이고 추상적인 형태를 띠고 있다. 남북한의 상징계에 대한 비판은 각각 정선생과 아버지와의 대화 형식을 통해 제시되면서 관념적 진술로 일관하고 있다. 이 관념적 진술 속에 남쪽에서는 형사의 고문과 윤애와의 만남이, 북쪽에서는 자아비판과 은혜와의 만남이 구체적 현실성을 확보하고 있을 뿐이다. 이것은 명준이 "관념의 창"으로 상징계의 현실을 바라보는 것에 기인한다.

명준은 "양심이 마지막 숨은 곳인 철학의 탑 속에서 사람을 풍경처럼 바라"37)보거나, 현실과 차단된 방안에서 "창으로 내다보면서 헛궁리질할 때 가장 즐거움"38)을 느낀다. 곧 명준은 철학으로 상징되는 지식의 영역에서 "단단함" 혹은 "마음을 쏟을 만한 일"을 욕망한다. 이러한 욕망은 앞에서 살펴보았듯이, 상상계적 동일화에 대한 욕망으로 구체화된다. 명준은 그와 같은 욕망을 내재하고 상징계와 일정한 거리를 둔 채, 다만 방안의 창문을 통해 상징계를 바라보고 그것을 비판한다. 따라서 명준의 상징계에 대한 비판은 추상적이고 관념적일 수밖에 없다. 이상

---

37) 위의 글, 1976, 95쪽.
38) 위의 글, 1976, 35쪽.

362

적인 것에 대한 관념적 지향이 앞서고, 그러한 관념으로 상징계를 끌고 들어와, 관념과 동떨어진 상징계의 측면을 관념적 진술의 형태로 비판[39] 하고 있는 것이다. 이로 인해, 이 작품은 당대의 객관적 현실에 대한 총체적인 구현이라는 측면에서 볼 때 다소 미흡한 측면을 지닐 수밖에 없다. 그럼에도 불구하고, 이 작품은 당대의 그 어떤 작품보다 남북한 상징계의 현실 모순에 대해 신랄한 비판을 가하고 있는데, 그것은 광장의 좁힘과 관련이 있다.

흔히, 이 작품에 나타나는 광장과 밀실에 대해, 광장은 사회를, 밀실은 개인을 의미하며, 남쪽은 광장이 없고 밀실만 있는 것으로, 북에는 광장은 있고 밀실은 없는 것으로 제시한 후, 광장과 밀실의 개념을 뒤섞어 사용함으로써 그 개념을 모호하게 한다고 비판하고 있다. 그러나 이러한 비판 역시 타당하지 않는 것으로 판단된다.

개인의 밀실과 광장이 맞 뚫렸던 시절에, 사람은 속은 편했다. 광장만이 있고 밀실이 없었던 중들과 임금들의 시절에, 세상은 아무 일 없었다. 밀실과 광장이 갈라지던 날부터, 괴로움이 비롯했다. 그 속에서 목숨을 묻고 싶은 광장을 끝내 찾지 못할 때, 사람은 어떻게 해야 하는가.[40]

명준은 개인의 밀실과 광장이 서로 합일되는 이상세계를 지향한다. 그러나 남한과 북한은 그러한 광장과 밀실이 분리되어 있다. 명준은 광장과 밀실이 분리된 상징계에서, "목숨을 묻고 싶은 광장"을 욕망하는

---

39) 일종의 헤겔적인 관념변증법적 사고에 해당된다. 헤겔 철학은 정신에서 출발하여 외화된 정신(자연)을 거쳐 다시 정신으로 복귀하는 정신의 자기전개 과정이다. K. Marx, 김태경 역, 『경제학 철학 수고』, 이론과실천, 1987, 121-143쪽.
『광장』은 이러한 관념변증법적 사고에 무게중심을 두고 있기 때문에, 흔히 리얼리즘 작품에서 볼 수 있는 객관적 현실에 대한 총체적 형상화로 나아가지 못하고 있다. 이 작품의 이런 측면을 부각시켜 이 작품을 폄하하는 경우가 있는데, 이는 극복되어야 한다. 이 작품은 객관적 현실을 관념화시킨 약점을 분명히 지니고 있지만, 다른 중요한 미적 장치들을 통해 그런 약점을 충분히 상쇄하고 있는 것으로 판단된다.
40) 최인훈, 『광장』, 앞의 글, 1976, 81쪽.

데, 이 때 그 광장은 다름 아닌 상상계적 동일성의 공간이다. 곧 이 작품에서 광장은 두 가지 의미로 사용되고 있다. 상징계의 모순을 비판할 때 사용되는 광장은 사회적 측면을, 밀실은 개인적 측면을 의미한다. 그러나 그런 상징계를 비판하고 상상계적 동일성의 공간을 지향하면서 그러한 공간을 "광장"으로 명명하고 있다. 말하자면, 광장과 밀실이 분리된 상징계에서 상상계적 동일성을 확보할 수 있는 공간을 또 다른 "광장"으로 명명하고 있는 것이다. 상상계적 광장은 작품이 전개될수록 점점 좁혀지는데, 그 좁힘의 극점에서 명준은 자살한다. 이러한 좁힘의 원인을 상징계의 모순과 연결시킴으로써, 이 작품은 상징계에 대한 관념적 접근에 기초함에도 불구하고 그 나름의 강력한 비판력을 갖게 된다. 그 과정을 '남한→북한→전쟁터의 순'으로 살펴보면 다음과 같다.

i) 개인만 있고 국민은 없습니다. 밀실만 푸짐하고 광장은 죽었읍니다. 각기의 밀실은 신분에 맞춰서 그런 대로 푸짐합니다. 개미처럼 물어다 가꾸니깐요.
좋은 아버지, 불란서로 유학 보내준 좋은 아버지. 깨끗한 교사를 목자르는 나쁜 장학관. 그게 같은 인물이라는 이런 역설. 아무도 광장에서 머물지 않아요. 필요한 약탈과 사기만 끝나면 광장은 텅 빕니다. 광장이 죽은 곳. 이게 남한이 아닙니까? 광장은 비어 있읍니다.41)

ii) 자기라는 낱말 속에는 밥이며, 신발, 양말, 옷, 이불, 잠자리, 납부금, 담배, 우산 …… 그런 물건이 들어 있지 않았다. 오히려 어떤 물건에서 그것들 모두를 빼 버리고 남은 게 자기였다. 모든 것을 드러낸 다음까지, 덩그렇게 남는 의심할 수 없는 마지막 것. 관념 철학자의 달걀이 명준에게 뜻있고, 실속있는 자기란 그런 것이다. 아버지가 그의 <나>의 내용일 수 없었다. 어머니가 그의 나의 한 식구일 수는 없었다. 나의 방에는 명준 혼자만 있다. 나는 광장이 아니다. 그건 방이었다. 수인의 독방처럼, 복수가 들어가지 못하는 단 한 사람을 위한 방.42)

---

41) 위의 글, 1976, 57쪽.
42) 위의 글, 1976, 63쪽.

iii) 분명히 그녀와 나란히 서 있다고 생각한 광장에서, 어느덧 그는 외톨박이였다. 발끝에 닿은 그림자는 더욱 초라했다. (중략) 한번 명준의 밝은 말의 햇빛 밑에서 빛나는 웃음을 지었는가 하면 벌써 손댈 수 없는 그녀의 밀실로 도망치고 마는 것이었다.[43]

i)에서, 남한은 밀실은 있고 광장은 비었다고 비판하고 있다. 여기서 광장과 밀실은 상징계의 영역에 자리 잡고 있다. 곧 남한의 상징계는 타락한 광장과 타락한 밀실이 있는 곳으로, "일제는 반공이다. 우리도 반공이다. 그러므로 둘은 같다라는 삼단논법"[44]이 횡행하고, "비루한 욕망과, 탈을 쓴 권세욕과, 그리고 섹스"[45]가 난무하는 곳이다. (ii)에서, 명준은 그런 상징계에 편입되는 것을 거부하고, 자기만의 "방"에 머물고 있다. 이 방은 아버지와 어머니로 상징되는 상징계의 모든 것이 절연된, 일종의 상상계적 공간이다. "나는 광장이 아니다, 그건 방이다"라는 진술은, 자신의 방이 상징계의 광장과는 거리가 먼 것이라는 의미이다. 그 공간에서 명준은 "관념 철학자의 달걀"처럼 고립·유폐된 채, 창문을 통해 상징계를 바라보고 비판하면서 자신의 욕망을 달성하려 한다. 명준이 정 선생과의 대화에서 "한 판도 안 한 패가 많다"고 말하는 것은, 그가 상징계와 한번도 부딪치지 않았음을 의미한다.

그러다가 명준은 월북한 아버지로 인해 형사에게 모진 고문을 당한다. 이 고문은 명준이 상징계로부터 당하는 일종의 첫 폭력이라 할 수 있는데, 명준은 이 고문으로부터 큰 상처를 입는다. 이것은 그가 관념적으로 상징계의 모순을 파악하고 있다가, 실제로 그런 모순을 직접 경험하면서 겪는 충격 때문이다. 명준은 이 충격을 두고, "정치의 광장에서 온 칼잡이가 침실 앞을 서성거리는 것"[46]으로나, "방문이 무너지는 소리" 내지 "튼튼하리라고 믿었던 문이 노크도 없이 무례하게 젖혀지고,

---

43) 위의 글, 1976, 115쪽.
44) 위의 글, 1976, 73쪽.
45) 위의 글, 1976, 121쪽.
46) 위의 글, 1976, 59쪽.

흙발로 들이닥친 불한당이 그를 함부로 때렸다"47)로 표현하고 있다. 이로 인해, 명준은 절망하고 "검은 해가 비치는 어두운 광장에서는 피어날 수 없는 씨앗"48)과 같은 상상계의 "방"을 윤애를 통해 회복하려 한다.

그러나 (iii)에서 보듯, 윤애 역시 상징계의 질서에 안주하는 인물이기에 명준의 욕망을 충족시켜 주지 못한다. 윤애를 통해 상상계적 "광장"을 마련할 수 있다고 믿었던 명준은 자신의 상상계적 광장에 자기 혼자 외톨박이로 있음을 알고 절망한다. 이 절망이 새로운 상상계적 광장에 대한 지향으로 연결되면서 그는 월북한다.

> I) 개인적인 <욕망>이 타부로 되어 있는 고장. 북조선 사회에 무겁게 덮인 공기는 바로 이 타부의 구름이 시키는 노릇이었다. 인민이 주인이라고 멍에를 씌우고, 주인이 제 일하는데 몸을 아끼느냐고 채찍질하면, 팔자가 기박하다 못해 주인까지 돼버린 소들은, 영문을 알 수 없는 걸음을 떼어놓는다. (중략) 당이 뛰라고 하니까 뛰긴 해도 그저 그만하게 뛰는 체하는 것뿐이었다. (중략) 광장에는 꼭두각시뿐 사람은 없다. 사람인 줄 알고 말을 건네려고 가까이 가면, 깎아놓은 장승이었다.49)

> ii) 그는 가슴에서 울리는 무너지는 소리를 들었다. (중략) 그의 마음의 방문이 부숴지는 소리였다. 이번 것은 더 큰 울림이었다. 그러나 먼 소리였다. 무디게 울리는 소리. 광장에서 동상이 넘어지는 소리 같았다. 할 수만 있다면 그 자리에 엎드려서 울고 싶었으나, 울기 위해서는 그는 네 개의 벽이 아직도 성한 그의 방으로 가야했다. 아니 그의 마음의 방이 아니다. 마음의 방은 벌써 무너진 지 오랬으므로. 그의 둥글게 안으로 굽힌 두 팔 넓이의 광장으로 달려가야 했다. (중략) 이제 명준에게 남은 우상은, 부드러운 가슴과 젖은 입술을 가진 인간의 마지막 우상이었다.50)

---

47) 위의 글, 1976, 71쪽.
48) 위의 글, 1976, 80쪽.
49) 위의 글, 1976, 129-130쪽.
50) 위의 글, 1976, 134-135쪽.

i)에서, 명준은 새로운 광장을 꿈꾸면서 북한의 상징계로 갔지만, 북한 역시 자신이 지향하는 상상계적 광장이 아님을 깨닫는다. 북한의 상징계(광장)은 "볼세비키 당의 역사"로 획일화된 "장승"만 있는 "잿빛 공화국"에 불과하다. 그 광장에 있는 아버지 역시 혁명을 팔고 이상과 현실을 바꾸면서 타락한 채 살아간다. 더구나 그 광장은 지식마저 왜곡한다. '마르크스 이론'은 창시자의 뜻과는 달리 그 계승자에 의해 철저히 왜곡[51]되어 있다. 명준은 절망한다. 결국 명준은 북한의 상징계의 광장에서도 자신이 꿈꾸는 상상계적 광장을 전혀 발견하지 못한다. 그는 다만 자신의 마음속에서만 상상계의 광장을 꿈꿀 뿐이다. 그러나 그러한 마음의 방도 자아비판에 의해 허물어지는데, 그것이 ii)에 제시되어 있다. 명준은 마음의 방마저 허물어진 채, "두 팔 넓이의 광장"으로 내몰리게 되고, 그곳에서 은혜라는 마지막 "벽"을 통해 상상계적 동일성을 겨우 욕망할 수 있을 뿐이다. 명준이 자아비판에서 잘못을 인정하는 것은 자신이 지향하는 상상계적 동일성에 대한 욕망을 최후까지 유지하려는 몸부림에 해당된다. 그 몸부림은 은혜라는 타자가 있었기에 가능하다.

은혜가 거짓말을 하고 모스크바로 떠난 뒤, 명준은 허물어진 광장에서 마지막으로 기댈 "벽"을 상실하고 상징계에 그대로 노출된 채 전쟁에 휩싸이게 된다. 은혜가 있었다면 명준은 시간을 두고 상상계적 동일성을 회복함으로써 남과 북이라는 상징계의 모순을 비판·극복하려고 했을 것이다. 그러나 은혜로부터 배신감을 느낀 명준은 상징계의 광기에 자포자기식으로 몸을 내 던진다. 그것이 전쟁터에서의 광기로 표출된다. 명준은 철저하게 상징계의 광기에 편입되어 새롭게 태어나고자, 태식을 고문하고 윤애를 겁탈하려 한다. 그러나 그런 행동은 그의 무의식에 강렬하게 각인된 상상계적 동일성에 대한 욕망으로 인해 실패로 돌아간다.

명준에게서 상상계적 동일성의 광장을 확보할 근거는 거의 전무하다.

그러다가 낙동강 전선에서 은혜와 재회하면서 명준은 다시 상상계적 광장을 확보하려 한다. 그러나 그 광장은 현실과는 전혀 동떨어진 비현실적 공간으로 변질된다. 이러한 변질은 상징계의 가공할 폭력에 기인한다.

ⅰ) 누워서 보면, 일부러 가리기나 한 듯, 동굴 아가리를 덮고 있는 여름풀이, 푸른 하늘을 바탕삼아 바다풀처럼 너울너울 떠 있다. 접은 지름 3미터의 반달꼴 광장. 이 명준과 은혜가 서로 가슴과 다리를 더듬고 얽으면서, 살아 있음을 다짐하는 마지막 광장.[52]

ⅱ) 나는 평범한 사람이 좋다. 내 이름도 물리고 싶다. 수억 마리 사람 중의 이름없는 한 마리면 된다. 다만, 나에게 한 뼘의 광장과 한 마리의 벗을 달라. 그리고, 이 한 뼘의 광장에 들어설 땐, 어느 누구도 나에게 그만한 알은 체를 하고, 허락을 받고 나서 움직이도록 하라. 내 허락도 없이 그 한 마리의 공서자를 끌어가지 말라는 것이었지. 그런데 그 일이 그토록 어려웠구나.[53]

ⅲ) 돌아서서 마스트를 올려다본다. 그들은 보이지 않는다. 바다를 본다. 큰 새와 꼬마 새는 바다를 향하여 미끄러지듯 내려오고 있다. 바다. 그녀들이 마음껏 날아다니는 광장을 명준은 처음 알아본다. 부채꼴 사북까지 뒷걸음질친 그는 지금 핑그르 뒤로 돌아선다. 제 정신이 든 눈에 비친 푸른 광장이 거기 있다.
자기가 무엇에 홀려 있음을 깨닫는다. 그 넉넉한 뱃길에 여태껏 알아보지 못하고, 숨바꼭질을 하고, 피하려 하고 총으로 쏘려고까지 한 일을 생각하면, 무엇에 씌었던 게 틀림없다. 큰일날 뻔했다. 큰 새 작은 새는 좋아서 미칠 듯이, 물 속에 가라앉을 듯, 탁 스치고 지나가는가 하면, 되돌아오면서, 바다와 놀고 있다. 무덤을 이기고 온, 못 잊을 고운 각씨들이, 손짓해 부른다. 내 딸아. 비로소 마음이 놓인다. 옛날, 어느 벌판에서 겪은 신내림이, 문득 떠오른다. 그러자, 언젠가 전에, 이렇게 이 배를 타고 가다가, 그 벌판을 지금처럼 떠올린 일이, 그리고 딸

52) 위의 글, 1976, 175쪽.
53) 위의 글, 1976, 191쪽.

을 부르던 일이, 이렇게 마음이 놓이던 일이 떠올랐다. 거울 속에 비친 남자는 활짝 웃고 있다.[54)

상징계의 폭력으로 인해 명준의 상상계적 광장은 (i)의 "동굴"을 거쳐 (ii)의 "한 뼘의 광장"으로 극도로 좁혀져, (iii)에서 "사북의 끝자리"라는 극한 상태로 치달리다가, "바다라는 푸른 광장"으로 확산된다.

이 좁힘과 확산은 상상계적 동일성을 욕망하던 명준이 도달할 수밖에 없는 필연적 과정이다. 광기를 부리는 상징계에서 상상계적 동일성의 획득은 불가능하다. 그것은 죽음을 통해서만 획득될 수 있는 것이다. 그러기에 명준의 자살은 상상계의 '이상적 자아' 실현이라는 욕망을 치열하게 추구한 결과물이라 할 수 있다. 죽음을 통해 도달한 푸른 광장에서 명준은 비로소 은혜와 그의 딸과 함께 상상계적 동일성을 획득하게 되는 것이다.

이처럼 이 작품은 상상계적 광장의 좁힘과 확산의 과정을 상징계의 모순과 유기적으로 연결시킴으로써, 현실비판이 비록 관념적 진술의 형태를 띠지만, 현실에 대한 객관적이면서도 총체적인 접근을 행하고 있는 다른 어떤 작품들보다 더 강력한 비판력과 감응력을 확보하게 된다.

5. 맺음말

이 작품은 상상계적 동일성을 지향하는 주인공이 자신의 욕망의 실체를 점점 뚜렷하게 자각하고, 그 욕망으로 인해 자살할 수밖에 없는 과정을 제시하고 있다. 그 과정은 일종의 폭로의 기법에 의존하고 있다. 곧 서두에서 명준은 타고르 호를 타고 가면서 중립국에서의 새로운 생활을 꿈꾼다. 아무도 자신을 모르는 제삼국에서 그는 "병원문지기", "소방서 불직이", "극장 매표원" 등을 하면서 새로운 생활을 하고자 한다.

---

54) 위의 글, 1976, 200쪽.

그의 희망은 선장의 호의(조카딸의 소개)로 볼 때, 얼마든지 실현 가능한 것이다. 그가 그런 중립국에 안착하는 것은 남한도 아니고 북한도 아닌 새로운 상징체계에 편입됨을 의미한다.

그러나 그는 타고르 호의 출발부터 따라오는 은혜와 딸의 분신인 갈매기를 통해 자신의 무의식에 내재한 상상계적 동일성에 대한 욕망의 흔적을 서서히 떠올린다. 처음에 그는 그 욕망을 애써 억제하려 한다. 그러다가 남한과 북한, 전쟁터의 회상을 거치면서 명준은 자신의 욕망의 실체를 뚜렷하게 자각하고, "무엇을 할 것인가"로 고민하다 결국 자살한다. 이 과정을 통해 작품은 명준의 상상계적 동일성에 대한 욕망을 점점 강화시키고, 이와 더불어 그런 욕망을 좌절시키는 상징계에 대한 비판을 가하고 있다.

이러한 각도에서 『광장』에 접근할 때, 다음 두 가지 측면에 대한 논의가 가능하다. 첫째, 『광장』은 기존의 평가처럼, 전후문학의 한계를 넘어선 분단소설이면서, 동시에 그러한 분단소설을 넘어서고 있다는 점이다. 이 작품에 제시된 상상계적 동일성의 세계에 대한 강렬한 지향성은 인류사의 유년기이자 황금시대라 할 수 있는 선험적 총체성의 세계에 맞닿아 있다. 그런 점에서, 인류사의 황금시대라 할 수 있는 선험적 총체성의 세계를 지향하는 『광장』은 한국의 분단 내지 전후 소설이라는 지방성과 개별성의 영역을 뛰어넘어 세계사적 보편성의 영역에 진입해 있으며, 자본주의의 모순이 첨예화되면 될수록 그것은 더욱 강력한 현재형의 기호로 작동하면서 아직도 그 유효성을 확보하고 있는 것이다. 『광장』이 비록 현실에 대한 추상적 인식이라는 한계를 내포하고 있지만, 문제적인 이유는 여기에 있다.

다음, 『광장』은 작가 최인훈의 문학적 전개 과정에 있어서 하나의 글쓰기의 원형으로 자리 잡고 있다는 점이다. 이 점은 1990년대 초에 발표된 『화두』와의 관련성 때문이다. 『화두』에서 작가는 미국 문명체에 대한 경사를 은밀하게 내포하고 있다. 『광장』에서 이 명준이 욕망한, 남한도 북한도 제삼국도 아닌, 상상계적 동일성의 공간이 왜, 어떻게 해서

370

『화두』에 이르러 미국 문명체로 변질되는가에 대한 검토는, 작가 최인
훈의 세계관과 그것의 질적 변화에 대한 탐구와 맞물려 있으며, 나아가
1960년대 소설의 전체적인 지향점과 그 전개과정에 대한 탐구와도 맞물
려 있다. 이 점에서 『광장』은 또한 문제적이다.

주제어 : 주체의 동일화, 상상계, 상징계, 이상적 자아, 자아이상, 이자적 관계,
　　　　삼자적 관계, 선험적 총체성, 몸의 사랑, 상상계의 광장, 상징계의 광
　　　　장, 광장의 좁힘과 확산

◆ 참고문헌

구재진, 「최인훈의 <광장> 연구」, 『국어국문학』 115집, 1995.

김병익, 「다시 읽는 <광장>」, 『최인훈 전집 1』, 문학과지성사, 2001.

김윤식, 「관념의 한계」, 『한국현대소설비판』, 일지사, 1981.

김윤식, 정호웅, 「자유, 평등의 이념항과 새로운 소설형식」, 『한국소설사』, 예하, 1993.

김인호, 「최인훈 소설에 나타난 주체성 연구」, 동국대 박사논문, 1999.

김인환, 「모순의 인식과 대응방식」, 『문예중앙』, 1982. 봄.

_____, 「파국의 의미」, 『비평의 원리』, 나남, 1994.

김주연, 「최인훈 문학의 두 모습」, 『문학과 정신의 힘』, 문학과지성사, 1990.

김 현, 「사랑의 재확인」, 『광장/구운몽』, 최인훈 전집1, 문학과지성사, 1976.

송상일, 「소설의 현상—최인훈의 <광장> 연구」, 『현대문학』, 1981. 7.

염무웅, 「상황과 자아」, 최인훈, 『현대한국문학전집』16, 신구문화사, 1967.

이동하, 「최인훈 <광장>에 대한 재고찰」, 『우리문학의 논리』, 정음사, 1988.

이태동, 「광장과 밀실의 변증법」, 『문학사상』, 1989. 4.

임경순, 「최인훈의 <광장> 연구」, 『비교어문연구』 9집, 1998.

정호웅, 「<광장>론—자기 처벌에 이르는 길」, 『시학과 언어학』1호, 2001.

조남현, 「최인훈의 <광장>」, 『한국현대소설의 해부』, 문예출판사, 1993.

최인훈, 『광장』, 문학과지성사, 1976.

한기, 「<광장>의 원형성, 대화적 역사성, 그리고 현재성」, 『작가세계』, 1990. 봄.

Goldman, L., 송기형 외 역, 『숨은 신』, 연구사, 1986.

Lacan, J., *Écrits* (1), (2), Éditions du Seuil, Paris, 1966.

_____, *Scilicet*, no. 1, Le champ freudien, Editions du Seuil; Paris, 1968.

Lukács, G., 반성완 역, 『소설의 이론』, 심설당, 1985.

Marx, K., 김태경 역, 『경제학 철학 수고』, 이론과실천, 1987.

372

◆ 국문초록

이 글은 주체의 동일화 이론을 원용하여 『광장』에 나타나는 이명준의 욕망이 무엇이며, 그러한 욕망에 이데올로기와 사랑이 어떤 기능을 하는지를 통합적 관점에서 논하고자 하였다. 주체는 상상계에서의 '이상적 자아'와 상징계에서의 '자아 이상'이라는 두 번에 걸친 동일화 과정을 겪는다. 이명준은 남북한의 사회상징체계에 절망하여 상징계에서의 동일화를 거부하고, 상상계에서의 동일화를 욕망하는데, 이러한 욕망을 억압하는 것이 남북한 이데올로기와 사회현실이며, 그러한 욕망을 강화하는 것이 두 여인과의 사랑이다.

먼저 이명준은 여인과의 '몸'의 사랑을 통해 상상계적 동일화에 대한 욕망을 강화한다. 특히 북쪽의 은혜는 이명준의 상상계적 동일화에 대한 욕망을 강화하는 유일한 타자로 기능하지만, 은혜가 전사하면서 이명준의 상상계적 동일화는 비극적 좌절로 끝난다. 다음 이데올로기 측면을 보면, 이명준의 상상계적 동일화에 대한 욕망을 남북한 이데올로기는 억압하는 기능을 한다. 여기서 광장은 상징계의 광장과 상상계의 광장이라는 두 가지 개념으로 사용되고 있다. 이 작품은 상상계적 광장의 좁힘과 확산의 과정을 상징계의 모순과 유기적으로 연결시킴으로써 남북한의 사회상징체계에 대한 비판을 가하고 있다.

이를 통해, 이 작품은 인간과 자연, 개인과 사회, 물질과 영혼이 합일되는 상상계적 동일성의 세계를 강렬하게 욕망하는데, 이 상상계적 동일화의 세계는 자본주의가 태동된 이래 대두된 소설 장르가 궁극적으로 지향하는 루카치적 선험적 총체성의 세계에 맞닿아 있다. 그 결과 이 작품은 한국의 분단소설이라는 지방성과 개별성의 영역을 뛰어 넘어 세계사적 보편성의 영역에 진입해 있으며, 자본주의의 모순이 첨예화되면 될수록 이 작품은 더욱 강력한 현재형의 기호로 그 유효성을 확보하고 있는 것이다.

◆ SUMMARY

The characteristic and its meaning
of desire on Choe in−hun's 『An Open Space』

Moon, Heung-Sul

Applying the theory of the 'identity of subject', this thesis tried to discuss in an integrated view the meaning of Lee Myeong Jun's desire in "An Open Space" and the function of ideology and love on this desire. The 'subject' goes through twice the process of identification; "le Je−idéal" in l'imaginaire and "l'ideal du moi" in le symbolique. Lee Myeong Jun denies the symbolic identification due to his disappoint-ment from the social symbolic systems of the North and the South Korea, yet desires for the imaginary identification. However, the reality of the society and the ideologies of the North and the South Korea repress this desire but his love with a woman reinforces it.

Firstly, the "love of body" with a woman reinforces Lee Myeong Jun's desire for the imaginary identity. Especially, Eun−Hye functions as the sole "the other" who reinforces this desire but as she dies during the war, his imaginary identity ends up with the tragic breakdown. Secondly, the ideologies of the North and the South repress Lee Myeong Jun's desire for imaginary identity. Here, 'an open space' is used as the two concepts; 'an open space of the symbolic' and 'an open space of the imaginary'. Connecting organically the process of making narrow and diffusing an open space with the contradiction of "le symbolique", this work criticizes "le symbolique" of the North and the South.

Through this, Choe in−hun's work strongly desires for the world of the imaginary identity where the human beings and the nature, the in-dividual and the society, and the matter and the soul are united. This

374

world of imaginary identity is merged into the world of Lukács' "a priori totality" which has been the direction taken by the genres of novel that appeared since the birth of the capitalism. As the result, this work has jumped over the boundaries of the local and individual character as the division novel and entered into the boundary of the world —historic universality. In addition, as the contradiction of the capitalism becomes more aggravated, it till now holds its effectiveness

Keywords : identification of subject, l'imaginaire, le symbolique, le Je - idéal, l'ideal du moi, la relation duelle, la relation triadique, a priori totality, love of body, an open space of the imaginary, an open space of the symbolic, making narrow and diffusion of an open space.

—이 논문은 2003년 12월 31일에 접수되어, 소정의 심사과정을 거쳐 2004년 1월 31일 게재가 확정되었음.

김종삼의 시 연구*

고 형 진**

1. 서론

　김종삼은 1953년『신세계』에「園丁」을 발표하며 문단에 데뷔한 이후 『십이음계』(1969),『시인학교』(1977),『누군가 나에게 물었다』(1982) 등의 시집을 상재하였으며, 이밖에 시선집『북치는 소년』(1979)과『평화롭게』 (1984)를 펴냈고, 김광림, 전봉건 등과 함께 공동시집인『전쟁과 음악과 희망』(1957)를, 김광림, 문덕수등과 함께 공동시집인『본적지』(1969)를 펴낸 바 있다.

---

　* 이 논문은 상명대학교 2002학년도 교내 학술연구비 지원에 의하여 연구되었음.
　** 상명대 국문과 교수.

376

그는 전후의 황폐한 시대에 시단에 나와 30여 년에 걸친 기간 동안 지속적으로 시작에 몰두하여 우리 현대시사에 뚜렷한 자취를 남겨 놓았다. 그는 다른 시인들에게서 찾아 볼 수 없는 매우 개성적이고 독창적인 시들을 써나감으로써, 우리 시에 새로운 현대성이 요청되던 전후의 현대시사를 드높이는데 커다란 기여를 하였다. 그의 시의 독특한 개성은 한마디로 요약하면 '낯설음'이라고 할 수 있다. 정통적인 통사법을 파괴하고 구문을 생략하는 특이한 어법과 암시와 비약의 모호한 표현법으로 가득 찬 그의 시 문체는 독자들에게 시 형식의 새로운 경험을 제공하였다. 여기에 삶의 구체적인 세목을 누락시키고 한 순간의 미묘한 영상이나 마음의 은밀한 파장을 지향하는 시 세계가 보태짐으로써, 그의 시는 독자들과의 손쉬운 소통을 거부하는 낯선 시 세계의 모형을 제시하였다. 이 생소하고 불편한 시의 형식과 세계는, 그러나 다양한 의미의 파장을 일으키는 묘한 매력을 발산함으로써 그를 문제적인 현대시인의 하나로 각인시켰다.

우리의 현대시가 일찍이 경험하지 못했던 이 낯선 시들을 전체적으로 바라보면서 그 내밀한 미학적 가치를 찾아낸 것은 시인 황동규이다. 그는 본격적으로 김종삼 시의 작품 하나 하나를 분석하여 생략과 여백, 비약으로 가득 찬 그의 시의 미학적 질서를 규명하였다. 그는 김종삼 시의 미학적 질서가 '잔상의 효과'에 기초한다고 풀이하였다. 그리고 그 '잔상의 효과'가 불러일으키는 김종삼 시의 아름다움은 인간의 부재를 지향하는 시 세계에 의해 발생된다고 보았다. 그리하여 생과의 관계를 단절하고 '내용없는 아름다움' 만을 추구하는 김종삼의 시를 미학주의의 한 극치이며, 순수시의 극단적인 표본이라고 규정하였다.[1] 이러한 김종삼 시의 이해는, 음악을 열광적으로 사랑하고 현실적 삶과는 일정한 거리를 둔 채 가난 속에서 순수한 보헤미안으로 살다 간 그의 개인적인 삶의 이력과 맞물려 김종삼 시를 읽는 전범으로 자리잡았다. 황동규 이

---

1) 황동규, 「잔상의 미학」, 「북치는 소년」(해설), 서울: 민음사, 1979, 15-29쪽.

후, 이경수,2) 김주연,3) 김준오4) 등이 김종삼의 시에 대해 보다 부피있는
해석을 시도하여 그의 시의 의미를 넓게 확장시켜 놓았지만, 본질적으
로 황동규 시인이 시도한 해석의 궤도에서 크게 벗어나지 않는다. "김종
삼의 시에는 인간도 없고 자아도 없다", "환상적인 아름다움을 추구하는
비세속적인 시", "사회적 자아의 결여" 라는 지적과 해석에는 김종삼의
시가 삶이 제거된 순수시의 극단적인 형태를 지향하고 있다는 인식이
깔려 있는 것이다.

　　그러나 이러한 종래의 견해에 대해 근본적인 재검토, 혹은 다른 시각
의 해석이 시도될 필요가 있다. 우선, '내용 없는 아름다움', 혹은 '환상
적인 아름다움'을 지니고 있다는 종래의 정설을 다시 한 번 생각해 볼
필요가 있다. 생략과 비약의 시 형태에 음악적인 동경과 이국적인 정서
가 빈번하게 표출되는 그의 시는 확실히 아름다움과 환상적인 느낌을
불러일으키지만, 그 정서는 어디까지나 시의 표면을 장식하는 것일 뿐,
그 이면에는 오히려 여러 빛깔의 비극적인 정조가 짙게 깔려 있다. 뿐만
아니라 시의 표면을 둘러싸고 있는 환상적인 아름다움조차도, 사실은
말뜻 그대로의 순수한 아름다움이 아니라 비극적인 아름다움에 가깝다.
그리고 그 비극적인 아름다움은 환상 속에서 이루어지는 것이 아니라
생의 한 단면에서 촉발되는 것이다. 그의 시에는 삶의 구체적인 세부나
서사가 진술되어 있지 않을 뿐, 절실한 생의 어느 순간에서 짙게 형성되
는 여러 빛깔의 비극적인 정서가 묻어 있다. 이 점에서 이승훈과 이숭원
의 해석이 우리의 주목을 끈다. 이승훈은 김종삼의 시를 크게 두 유형으
로 나누어, 초기시에는 대상이 없는 아름다움의 세계, 음악의 세계로 집
약되지만, 중기에 오면 고통과 죽음의 세계로 물든다고 지적하였고5), 이

---

2) 이경수, 「부정의 시학」, 「김종삼 전집」, 서울: 청하, 1988, 259-269쪽.
3) 김주연, 「비세속적인 시」, 「김종삼 전집」, 서울: 청하, 1988, 296-392쪽.
4) 김준오, 「완전주의, 그 절제의 미학」, 「스와니강이랑 요단강이랑」(해설), 서울: 미래사,
　　1991, 141-148쪽.
5) 이승훈, 「평화의 시학」, 평화롭게(해설), 서울: 고려원, 1984, 142-167쪽.

숭원은 김종삼 시의 순수한 아름다움 속에 깃든 현실적인 삶의 문제를 짚어 내고 있다.6) 이로써 김종삼의 시가 생이 제거된 환상의 절대적인 순수시만은 아니며, 현실적 삶의 세계를 지향하기도 한다는 또 다른 견해가 제시된 셈이다. 하지만, 김종삼의 시가 머금고 있는 생의 구체적인 빛깔과 무늬에 대해서는 보다 심도있는 논의가 있어야만 한다. 이 글은 바로 이러한 문제를 풀기 위해서 쓰여진다.

이를 위해서는 무엇보다도 김종삼 시 이해의 핵심적 열쇠인 독특한 시의 형식에 대한 보다 면밀한 분석이 선행되어야 한다. 그의 시에서 순수한 환상적 아름다움의 세계를 읽어 내는 시각과 그 안에 절실한 생의 문제가 내장되어 있음을 읽어 내는 시각의 편차는 생략과 비약으로 가득 찬 그의 시의 넓은 의미 공간에 대한 해석의 차이에서 발생하는 것이다. 그리하여 이 글에서는 우선 다양한 해석의 여지를 안고 있는 그의 시의 독특한 형식을 보다 정밀하게 분석하고자 한다. 그의 시의 형식에 대한 분석은 황동규 이후, 이숭원,7) 오형엽8) 등이 적극적으로 시도한 바 있는데, 이 들은 시 형식의 전체적인 특징을 지적하는데 그치고 있어서 보다 세밀한 분석이 요구된다. 이 글에서는 김종삼의 시가 보여 주고 있는 독특한 시의 기법과 형식을 몇 갈래로 구분해서 분석함으로써 그의 시 형식의 전모를 규명하고자 한다. 그리고 이러한 시 형식의 세밀한 분석을 통해 자연스럽게 드러날 여러 시적 의미들을 한데 묶어서, 그의 시가 지향하는 시 세계를 종합적으로 정리하고자 한다. 이러한 논의를 통해 김종삼의 시를 새롭게 읽고, 그의 시에 대한 이해를 더욱 넓히려는

---

6) 이숭원, 「김종삼 시의 환상과 현실」, 「20세기 한국시인론」, 서울: 국학자료원, 1977, 325-347쪽
7) 이숭원, 위의 글, 그는 김종삼 시의 형식을 음악의 형식과 대위적 구성을 지닌다고 해석하였다.
8) 오형엽, 「풍경의 배음과 존재의 감춤」, 「현대시」, 1994. 3월호, 서울: 한국문연, 227-253쪽. 그는 김종삼 시의 형식을 시각적 제시에 음향을 개입시켜 풍경을 신비스런 경지로 승화시키는 기법으로 이루어져 있다고 분석한다. 그는 이런 시의 기법을 '풍경의 배음'이란 용어로 규정한다.

것이 이 글의 의도이다.

2. 김종삼 시의 형식과 기법

1) 대비의 기법

　김종삼 시의 독특한 형식을 분석하기 위해, 먼저 그의 시 가운데 대표작으로 꼽히는 「북치는 소년」을 검토해 보도록 하겠다. 이 시는 김종삼의 시가 생략과 암시의 표현법으로 '내용없는 아름다움'을 지향하는 것으로 규정하는데 결정적인 역할을 한 작품이다. 그리하여 이 글에서도 먼저 이 시에 대한 분석을 시작으로 그의 시 형식의 세부를 살펴보도록 하겠다.

　　　내용 없는 아름다움처럼

　　　가난한 아희에게 온
　　　서양 나라에서 온
　　　아름다운 크리스마스 카드처럼

　　　어린 洋들의 등성이에 반짝이는
　　　진눈깨비처럼
　　　　　　　　　　－「북치는 소년」 전문

　매연의 구문이 생략되어 있고 시종일관 간명하게 진술되고 이 시에서 눈여겨봐야 할 것은 제목이다. 이 시는 제목에 명시되어 있는 것처럼 '북치는 소년'을 소재로 쓴 작품이다. 그런데 시의 본문을 검토해 보면, 그 '북치는 소년'은 크리스마스 카드에 그려진 그림이라는 것을 알 수 있다. 그리고 그 크리스마스 카드는 가난한 아이가 서양나라의 누군가로부터 받은 것이다. 그러니까 이 시는 가난한 아이가 서양나라의 누군가로부터 '북치는 소년'이 그려진 아름다운 크리스마스 카드를 받은 것을 소재로 쓴 것이다. 이러한 시적 정황에는 크게 둘로 나누어지는 대비적 상황이 존재한다. 가난한 이곳과 부유한 서양이라는 대비가 그것이다. 그 대비적 상황은 화려한 의상을 입고 비싼 악기를 연주하며 문화적 여가를 누리는 부유한 서양의 소년과 초라하고 궁색한 이곳의 가난한 소년과의 대비로 구체화된다. 가난한 이 곳의 소년에게 화려한 의상을 입고 악기를 연주하는 이국 소년의 아름다운 그림은 자신의 처지를 더욱 초라하게 만들뿐이며, 한없는 쓸쓸함과 절망감을 안겨 줄뿐이다. 더구나 그 그림에는 '내용' 조차 담겨 있지 않다. 이 곳의 가난한 소년에게 따뜻한 마음을 전해 줄 한 마디 말 조차 적혀 있지 않은 이국적인 그림의 아름다움은 더욱 공허하게만 느껴질 뿐이다. 또 이곳의 가난한 소년에게 그림에서나 볼 수 있는 이국적인 양들의 모습과 그 양들의 그림에 붙어 있는 반짝이의 아름다운 장식은 실현 불가능한 동경과 한없이 부유한 치장으로 인해 더욱 큰 열등감을 유발시킨 뿐이다.[9] 시인은 바로 이 가난한 소년의 내면에서 형성되는 정서들을 모두 생략의 구문으로 처리함으로써 차마 말을 잇지 못하는 아득한 절망감을 환기시키고 있다. 아울러 가난한 소년아이가 서양의 내용 없는 아름다운 카드를 받았을 때, 순간적으로 내면에서 형성되는 아득한 정서를 환기시키고 있다. 이렇게 볼 때 생략의 구문은 단순히 제목에 명시된 '북치는 소년'이라는 비유대상이 생략된 문체적인 차원에 머무는 것이 아니라, 이 시의 대비적 상황에서 유발되는 아득한 정서를 깊이 반영하고 있는 것이다.

이 시에서 설정된 가난한 이곳과 부유한 서양이라는 대비적 상황은

---

9) 이 시는 이 시가 발표된 1960년대의 사회, 경제적 상황 속에 읽을 때 더욱 절실한 정서를 유발시킨다. 우리나라가 경제적으로 부유해지기 이전, 그리고 서양과의 접촉이 아직 빈번해 지기 이전 이국적이고 화려한 장식의 외국 크리스마스 카드를 이 곳의 가난한 아이가 받아 보았을 때의 여러 열등감을 염두에 둘 때 이 시의 비극적 정조는 더욱 커진다. 이 점에서 이 시는 지금까지의 견해와는 달리 사회적 상황과 밀접한 연관을 맺고 있다.

그의 시 곳곳에서 나타난다. 시 「스와니江이랑 요단江이랑」에서도 가난한 시골소년과 서양나라의 대비적 상황에서 시적 정서가 유발되고 있다. 이 시에서 시골 소년은 「북치는 소년」과 달리 서양나라를 적극적으로 동경한다. 초가집에서 살고 있는 나이 어린 가난한 소년은 눈이 많이 쌓인 날 누군가에게 들은 적이 있는 '스와니강이랑 요단강'을 떠올린다. 그런데 이 가난한 시골 소년의 서양나라에 대한 동경은, 투명한 동심에서 유발되는 순수한 이국에의 꿈이 아니다. 가난한 소년 화자의 서양나라에 대한 동경은 오히려 그 소년의 가난한 처지를 더욱 비극적으로 만든다. 이 시에서 눈 내린 시골의 풍경은 아름답고 서정적이기보다는 외진 시골을 더욱 고립시키는 답답한 상황으로 설정된다. 시골의 가난한 소년이 이국을 떠올리는 것은 외진 시골이 산더미 같은 눈으로 막힌 답답한 상황에서 일어나는 것이다. 사방이 눈으로 꽉 막힌 외진 시골에 바람까지 불어 을씨년스러운 느낌이 들 때, 혹은 쓸쓸한 시골에서 심심해질 때, 그 가난한 시골 소년은 꽉 막힌 눈더미를 넘어 저 먼 고장을 향해 앞질러 가는 환영을 볼뿐이다. 어디로도 갈 수 없는 외지고 꽉 막힌 시골의 가난한 소년이 그저 어디선가 들어만 봤을 뿐인 이국을 그리워만 하는 상황 속에서 처량한 슬픔이 짙게 묻어 난다. 또 다른 시 「드빗시 산장」에서는 바위와 나무로 둘러 쌓인 산 속에 있는 조그만 구멍가게이면서 사람하나도 찾지 않는 적막하고 초라한 산장의 옥호가 '드빗시'이다. 프랑스 음악가의 이름을 붙인 이 이국적이고 낭만적인 옥호는 그 산장의 허름하고 초라한 몰골을 더욱 짙은 슬픔으로 물들이고 있다.

　그의 시에서의 대비적 기법은, 이처럼 이국의 부유하고 낭만적인 이미지와 이곳의 가난하고 초라한 현실 사이의 대비적 설정 이외에도 다양하게 이루어진다. 다음 시에서는 또 다른 상황의 극적인 대비를 통해 아득한 시의 정서가 유발되고 있다.

　　조선총독부가 있을 때
　　청계川邊 10錢 均一床밥집 문턱엔

거지소녀가 거지장님 어버이를
이끌고 와 서 있었다
주인 영감이 소리를 질렀으나
태연하였다
어린 소녀는 어버이의 생일이라고
10錢짜리 두 개를 보였다.

— 「掌篇 2」 전문

청계천 변의 식당 앞에 서 있는 거지 소녀와 거지 장님, 그리고 식당 주인과의 대비적 상황이 이 시의 핵심적인 형식을 이루어 있다. 거지와 주인과의 대비, 앞 못보는 어버이를 이끌고 온 어린 소녀와 늙은 영감과의 대비, 아무 말도 하지 못하고 그저 돈만 내보이는 불구의 거지가족과 그들에게 크게 소리를 지르는 고압적인 식당 주인과의 대비 속에서 이 시의 짙은 정서가 유발된다. 시인은 지난날에 경험했던 어느 인상적인 풍경을 아주 담담하게 묘사하고 있지만, 그 풍경 묘사 안에 내재된 극적인 대비적 상황으로 인해 거지 소녀의 처량한 삶과 장님 아버지의 앞못보는 불쌍한 처지, 그리고 거지 소녀의 지극한 효심이 눈물겹게 환기되고 있다.

2) 생략의 기법

그의 시 형식의 또 하나의 중요한 미학의 하나로 생략의 기법을 들 수 있다. 생략의 기법은 문학의 여러 장르 가운데서도 특히 시 장르가 특권적으로 구사할 수 있는 기법이다. 시 장르의 기본 형식은 간명한 형태에 비유와 암시와 상징의 응축된 언어를 구사하는 것이기 때문에 생략의 기법이 구사될 여지를 많이 안고 있다. 김종삼 시인은 시 양식 특유의 형식을 미학적으로 활용하면서 다양하게 생략의 기법을 구사하고 있다. 그가 구사한 다양한 생략의 기법은 과감하고 독창적인 것이다. 그의 시가 독자들에게 낯설게 보이면서 미묘한 매력을 주는 것은 이 개성적인 생략의 기법에서 비롯된 바가 크다.

그는 우선 말을 생략하는 독특한 문체를 자주 사용한다. 완전한 문장
을 구사하지 않고 말을 불완전하게 끝맺는 시적 표현을 통해 여러 가지
의 시적 의미와 정서를 창조해 낸다. 앞서 살펴 본 시 「북치는 소년」에
서는 말이 끊어진 채 끝맺는 불완전한 구문처리가, 말로 표현할 수 없는
순간의 막막함을 반영하고, 또 여러 비극적인 정조를 화자의 내면의 정
서로 환기시킨다는 점을 확인한 바 있는데, 시 「墨畵」에서도 이와 유사
한 기법이 구사된다.

> 물먹는 소 목덜미에
> 할머니 손이 얹혀졌다.
> 이 하루도
> 함께 지났다고,
> 서로 발잔등이 부었다고,
> 서로 적막하다고,
>
> ─「墨畵」 전문

할머니의 손이 하루의 고된 일과를 끝내고 물을 먹는 소의 목덜미에
얹혀진 적막하고 안쓰러운 풍경을 제시한 다음 할머니의 마음을 표출하
고 있는 이 시에서, 할머니의 발언은 끝을 생략하는 불완전한 구문으로
처리되어 있다. 말을 마무리하지 않고 끝을 생략하여 여백의 공간을 만
듦으로써, 할머니의 발언이 말을 하지 못하는 소 사이에 이루어지는 소
리 없는 내면의 교감임을 환기시키고 있다. 그런가 하면, 끝을 맺지 못하
는 이 미완의 발언은 연로한 할머니와 기력이 쇠진한 소의 모습을 생생
히 드러내고 있기도 한다. 또 서술어의 연이은 생략으로 발생하는 커다
란 여백은 이 시의 풍경이 환기하는 적막함을 생생하게 환기시키고 있다.

시 「한 마리의 새」에서는 말의 생략이 보다 적극적으로 구사된다. 이
시에서는 앞서 살펴본 두 편의 시에처럼 문장의 끝을 생략하는 부분적
인 축약에 머물지 않고, 하나의 문장을 완전히 생략함으로써 문맥의 이

탈을 가져온다.

　　새 한 마린 날마다 그맘때
　　한 나무에서만 지저귀고 있었다

　　어제처럼
　　세 개의 가시덤불이 찬연하다
　　하나는
　　어머니의 무덤
　　하나는 아우의 무덤

　　새 한 마린 날마다 그맘때
　　한 나무에서만 지저귀고 있었다
　　　　　　　　　　－「한 마리의 새」 전문

　　2연에서 시인은 세 개의 가시덤불이 찬연하다고 진술한 다음, 이어서 가시덤불에 쌓인 세 개의 무덤들을 열고 있다. 그런데 어머니의 무덤과 아우의 무덤까지 제시하곤 당연히 이어져야 할 세 번째의 무덤이 생략되고, 다른 정황을 드러내는 다음 연으로 넘어가고 있다. 여기서 생략된 무덤은 시인 자신의 무덤일 것이다. 시인은 아직 살아 있음으로 자신이 미구에 묻힐 무덤을 빈 공간으로 처리하고 있는 것이다. 그러니까, 화자는 먼저 세상을 떠난 어머니와 아우의 무덤을 보면서 언젠가는 맞이하게 될 자신의 죽음을 '찬연하'게 생각하고 있는 것이다. 이 시의 시작과 끝을 장식하면서 작품 전체를 물들이고 있는 날마다 그맘때 한 나무에서만 지저귀고 있는 새의 울음소리는 바로 세상을 떠난 어머니와 아우, 그리고 미구에 닥칠 자신의 죽음을 생각하는 화자의 슬픔을 반영하고 있는 것이라고 할 수 있다.

　　그는 말의 일부를 생략할 뿐만 아니라, 상황의 일부를 생략하는 보다 과감한 생략의 기법을 구사하기도 한다. 어떤 정해진 상황 속에서 표현의 일부를 생략하는 것이 아니라, 상황의 일부를 생략함으로써 상황의 빈 공간이 유발하는 여러 미세하고 깊은 정서를 환기해 내는 기법을 구사한다. 다음의 시를 보자.

> 1947年 봄
> 深夜
> 黃海道 海州의 바다
> 以南과 以北의 境界線 용당浦
>
> 사공은 조심 조심 노를 저어가고 있었다
> 울음을 터뜨린 嬰兒를 삼킨 곳.
> 스무몇 해나 지나서도 누구나 그 水深을 모른다.
> ― 「民間人」 전문

시인은 1연에서 구체적인 시간과 장소를 말한다. 일체의 군더더기 없이 오로지 시간과 장소만을 적시함으로써 극심한 초조와 팽팽한 긴장이 흐르는 이 위험한 時空의 밀도를 한껏 높이고 있다. 이어 2연에서 구체적인 정황이 제시된다. 2연 첫 행의 간명한 진술은 위험을 무릅쓴 남북의 아슬아슬한 越境을 단적으로 보여 준다. 그런데 이 시의 핵심적인 부분이자 절정에 해당하는 이 구체적인 사건은 더 이상 제시되지 않고 여기서 끝난다. 시인은 여기서 더 이상의 구체적인 상황을 전부 생략하고 갑자기 비약해서 사건이 벌어진 이후의 정황을 묘사한다. 이 시에서 시인이 제시한 것은 越境을 하다가 영아가 울음을 터뜨렸고, 그 영아가 물 속에 빠져죽었다는 것뿐이며, 나머지는 모두 생략되어 구체적으로 어떤 사람들이 어떤 사건을 어떻게 일으켰는지 배일에 가려 있다. 다만 제목을 '民間人'으로 붙여 놓아 배에 타고 있던 사람들이 민간인이라는 것만을 알 수 있게 해주고 있다. 독자들의 상상에 맡겨 놓은 이 생략된 빈 시공과 사건은, 그러나 이 시에서 특별한 의미를 환기시킨다. 그것은 심야의 월경에 울음을 터뜨린 영아를 물 속에 빠트린 이 비정한 행위가 현실 속에서 제정신을 가지고 일으킨 사건이 아니라는 것, 극한 상황 속에서 모든 사람들이 살기 위해 자신도 모르게 정신 없이 벌어진 사건이라는 것을 암시한다. 그 빈 시공은 당시에는 생각이 나지 않는 무시간과 무공간 상태에서 인간의 의지 너머에서 이루어진 것이라는 것을 암시한다. 그 빈 시공은 극한 상황에서 비정하고 야만적인 행동을 벌인 인간의 사건을 두고, 인간의 비정함을 드러내기보다는 인간을 비정하게 몰아가는 극한 상황의 역사적 야만성을 더욱 극대화시키는 효과를 발휘하는 것이다. 이어, 시인은 극한 상황 속에서 영아를 빠뜨려 죽인 현장의 흔적과 그곳을 생각하는 사람들의 마음을 생생히 묘사한다. 인간이 제 정신을 갖고 제자리로 돌아 온 것은 월경을 성공적으로 끝마친 이후다. 그들은 삶을 건진 이후에 비로소 자신이 지난날에 저지른 행동을 냉정하게 반추하게 된다. 지난날의 행동에 대한 반추는 사건 현장의 흔적에 대한 생생한 묘사를 통해 이루어진다. "스무 몇 해나 지나서도 누구나 그 水深을 모른다."는 그 비극적 현장의 흔적에 대한 생생함 묘사는, 자신이 지난날 얼마나 끔찍한 일을 저질렀는가를 통렬히 후회하는 가장 인간적인 반성이며, 평생을 회한과 멍에 속에서 살아가고 있는 한스러운 마음을 생생히 보여 준다. 그것은 분단의 아픔을 전면에서 겪은 모든 '민간인'의 마음을 대변하는 것이라고 할 수 있다.

3) 진솔한 체험과 독백의 기법

그의 시 가운데에는 특별한 시적 기교가 구사되지 않는 작품들도 적지 않게 발견된다. 그는 대비의 기법이나 생략의 기법처럼 시 양식의 규범적인 형식 안에서 활용가능한 시의 기교를 매우 창조적으로 구사하지만, 또 한편으론 시 양식의 형식을 무심하게 간주하면서 특별한 시적 기교를 부리지 않고 한 편의 시를 짓기도 한다.[10] 별다른 시적 특징이 발

---

10) 남진우는 김종삼의 시가 타인과의 의사소통에 구애받지 않는 난삽하고 개성적인 언어로 짜여진 시와 친근하고 일상적인 나머지 동시처럼 여겨지는 천진한 시들이 공존하고 있다고 지적한 바 있다. 남진우, 「미적 근대성과 순간의 시학」, 서울: 소명출판, 2001,

견되지 않는 이런 시들은, 특히 참신한 생략의 기법이 구사된 그의 시편들에 가려져 커다란 주목을 받지 못해 왔지만, 그의 시의 또 다른 형식의 하나로 간주해야만 한다. 그 이유는 특별한 시적 기교가 구사되지 않는 이런 시들이 또 하나의 새로운 시적 기교로 승화되면서 특별한 시적 감동을 전해주기 때문이다. 다음의 시를 보자.

> 5학년 1반입니다.
> 저는 교외에서 살고 있기 때문에 저의 학교도 교외에 있습니다.
> 오늘은 운동회가 열리는 날이므로 오랜만에 즐거운 날입니다.
> 북치는 날입니다.
> 우리 학굔
> 높은 포플라 나무줄기가 반쯤 가리어져 있습니다.
> 아까부터 남의 밭에서 품팔이하는 제 어머니가 가물가물하게 바라다 보입니다.
> 운동경기가 한창입니다.
> 구경온 제또래의 장님이 하늘을 향해 웃음지었습니다.
> 점심때가 되었습니다.
> 어머니가 가져 온 보자기 속엔 신문지에 싼 도시락과 삶은 고구마 몇 개와 사과 몇 개가 들어 있었습니다.
> 먹을 것을 옮겨 놓는 어머니의 손은 남들과 같이 즐거워 약간 떨리고 있었습니다.
>
> 어머니가 품팔이하던
> 밭이랑을 지나가고 있었습니다. 고구마 이삭 몇 개를 주워 놀았습니다.
> 어머니의 모습은 잠시나나 하나님보다도 숭고하게 이 땅위에 떠오르고 있었습니다.
> 어제 구경왔던 제 또래의 장님은 따뜻한 이웃처럼 여겨졌습니다.
> ─「5학년 1반」 전문

이 시는 여러모로 앞서 살펴본 생략의 기법의 시편들과 크게 대비된

190쪽.

다. 생략의 기법을 구사한 시편들에서는 말을 중간에 끊고, 상황을 생략하고, 또 간명하면서도 뛰어난 묘사를 구사했지만, 이 시에서는 시적 진술이 장황하게 서술되어 있다. 게다가 시의 문맥도 매끄럽지 못하다. 얼핏 보면 기본적인 시적 표현의 구사에도 미치지 못할 정도의 투박한 시로 보인다. 하지만, 이 세련되지 못한 언어와 엉성한 문맥은, 그것이 시골에 사는 순박한 5학년 어린이가 진술하게 토해내는 말들임을 알아차릴 때 단번에 비상한 호소력을 발산한다. "5학년 1반입니다"로 시작하는 교과서적인 자기소개의 시작, 그리고 "저는 교외에서 살고 있기 때문에 저의 학교도 교외에 있습니다.", "오늘은 운동회가 열리는 날이므로 오랜만에 즐거운 날입니다."와 같은 지극히 소박한 진술은 순박하기 이를 데 없는 시골 어린이의 솔직한 마음을 그대로 반영한다. 이어서 순박한 시골 어린이의 눈에 비친 운동회의 풍경이 진술된다. 운동회 날 그 어린이의 눈에 들어온 풍경은 오로지 두 가지다. 하나는 장님이고, 또 하나는 멀리서 자식의 운동회를 지켜보고 계시는 어머니의 모습이다. 시인은 운동회의 여러 풍경을 능숙한 언어로 세심하게 묘사하는 대신에, 투박한 언어로 제 또래의 어린 장님이 웃는 모습과 어머니가 지켜보고 계시는 모습만을 진술할 뿐이다. 그 모습은 특별히 호기심 많고 투명한 마음을 지닌 어린아이, 그리고 어머니가 늘 내 곁을 지켜주기를 바라는 본능적인 격리불안을 가진 어린아이의 눈과 마음에서만 비쳐질 수 있는 것이다. 시골 어린아이의 진솔한 눈과 마음을 매우 예리하게 포착함으로써, 우리 모두의 기억 속에 존재하는 어린 시절의 순정한 마음을 일깨우는 보편적인 공감을 불러일으키는 것이다. 이어서 어머니가 손수 싸오신 도시락과 고구마, 그리고 과일을 자식 앞에 풀어놓는 장면을 진술한다. 품팔이를 하는 고단한 어머니가 자식의 운동회 날 자식을 위해 준비한 음식을 풀어놓는 모습을 유심히 바라보면서 어린 화자는 즐거워 손을 떤다고 말한다. 어머니의 손이 떨리는 것은 자식에 대한 사랑과 고단한 생활에서 비롯된 것일 터인데 어머니도 운동회 날 남들처럼 즐거워 떨린다고 생각하는 것에서 자신의 마음을 그대로 투영시키는 어린 아이의 순진한 마음이 그대로 묻어 난다. 이제 그 어린이는 운동회를 마치고 집으로 돌아간다. 그런데 그때 어머니가 품팔이를 하던 밭이랑에서 바로 그 어머니가 운동회 날 싸 가지고 온 고구마를 발견한다. 그것은 어린 화자가 비로소 힘겹게 생활하는 어머니의 안쓰러운 노동현장에 대한 발견의 순간이며, 어머니의 애틋한 자식사랑에 대한 자각의 시간이다. 그래서 그 순간 어린 화자는 어머니가 하나님보다도 숭고하다고 말한다. 어머니의 한없이 넓고 깊은 사랑을 느낀 어린 화자는 이 세상이 모두 사랑스럽게 보이며, 따라서 이상하게 보이던 운동회 날의 장님조차도 따뜻한 이웃으로 여겨진다. 이 시를 읽으면서 우리는 어린 화자의 경험 속에 깃든 천진하고 즐거운 시간들, 그리고 애틋한 모성과 연민을 절실히 느끼면서 잔잔한 감동을 받게 된다. 시인은 별다른 수사적 장치나 시적 기교 없이 화자의 눈과 마음 속에 체득된 경험세계를 생생히 진술하고 진솔하게 표출함으로써 절실하고 보편적인 감동을 전달하고 있는 것이다.

또 다른 시 「운동장」에서도 이와 유사한 시적 태도를 드러낸다. 이 시는 화자가 열 서너 때 두 세살 먹은 어린 동생과 학교 운동장에 놀러 갔던 어린 날의 추억을 담담하게 진술한다. 이 시에도 별다른 시적 기교나 수사적 장치 없이 어린 시절의 추억을 사실적으로 진술하기만 한다. 어린 동생과 함께 학교 운동장에 놀러 간 열 서너 살의 철들기 전의 화자는 철봉대에 매달려 시간가는 줄 모르고 논다. 그 사이에 두 세 살의 어린 동생은 형의 시야를 벗어나 교문 밖까지 나갔다가 길을 잃고 한없이 울기만 한다. 마침내 어린 동생을 찾은 형은 미안한 마음이 들기도 하고, 또 아이의 울음을 달래기 위해 그 애가 즐겨 먹던 것을 사주었지만 아이는 받아 들기만 하고 먹지 않는다. 그 갓난아이의 행위 속에는 길을 잃어 버렸던 공포심과 자신을 돌보지 않은 형에 대한 원망이 뒤섞여 있는 것이다. 갓난 동생과의 이 안쓰러운 추억담은, 그 동생이 자기보다 먼저 죽었다는 사실의 고백이 덧붙여짐으로써 화자의 마음 속에 영원히 지워지지 않는 회한으로 남아 독자들의 마음을 적신다. 경험세계의 생생한 진술과 진솔한 고백이 커다란 시적 울림을 지닌 시적 표현으로 승화되고 있는 것이다. 널리 알려진 그의 작품인 「누군가 나에게 물었다」의 시적 미학 역시 이러한 시적 태도에 바탕을 두고 있다.

> 누군가 나에 물었다. 시가 뭐냐고
> 나는 시인이 못됨으로 잘 모른다고 대답하였다.
> 무교동과 종로와 명동과 남산과
> 서울역 앞을 걸었다.
> 저녁녘 남대문 시장 안에서
> 빈대떡을 먹을 때 생각나고 있었다.
> 그런 사람들이
> 엄청난 고생되어도
> 순하고 명랑하고 맘 좋고 인정이
> 있으므로 슬기롭게 사는 사람들이
> 그런 사람들이
> 이 세상에서 알파이고
> 고귀한 인류이고
> 영원한 광명이고
> 다름 아닌 시인이라고,
> —「누군가 나에게 물었다」 전문

이 시의 미학은, 시의 서두에 나타난 대화체의 친근한 화법과 화자의 솔직한 독백, 그리고 그러한 솔직한 독백을 시적 진실로 승화시키는 사실적인 경험세계의 진술에 있다. 시가 무엇이냐는 질문에 시인은 자신은 시인이 못됨으로 모른다고 대답한다. 이러한 대답은 자칫 겸손의 미덕이 교만한 자기과신으로 비춰질 위험이 있는데, 그 다음에 이어지는 사실적인 경험세계의 진술에 힘입어 말뜻 그대로의 솔직한 대답으로 전달된다. 시인은, 시란 과연 무엇일까 하는 질문을 안고, 무교동과 종로, 남산, 서울역 등 서울시내를 걷다가 저녁이 되어 남대문 시장에 들렀다가 거기서 고생스럽지만 순하고 맘 좋고 인정이 있는, 그리고 슬기롭게 사는 상인들의 삶을 직접 보고 바로 그런 사람들이 시인이라는 것을 깨닫는다. 여기서 시인의 시적 진술은 지극히 평범하기 이를 데 없으나, 그러한 진술은 구체적인 체험 위에서 체득된 질문에 대한 대답이기 때문에 자연스럽게, 또 솔직한 대답으로서의 역할을 하는 것이다. 시인은 시와 시인이 무엇인지를 생생한 경험 속에서 얻은 솔직한 대답으로 응답함으로써 독자들에게 그 참뜻을 일깨우고 있다.

3. 김종삼 시의 세계와 의미

지금까지 김종삼 시의 독특한 형식미학에 대해 여러 유형으로 나누어 자세히 분석해 보았다. 이제 그의 시 세계를 종합적으로 검토해 보도록 하겠다. 그의 시의 형식에 대한 자세한 분석을 통해 이미 그의 시 세계의 윤곽이 밝혀졌지만, 이를 종합하여 그가 지향하는 시 세계의 전모를 종합적으로 정리해 보도록 하겠다.

그가 발표한 시의 목록을 일별해 볼 때, 우리는 그의 시에서 어떤 특정의 인물들이 빈번하게 등장하고 있는 것을 확인하게 된다. 그 인물들은 아이와 노인, 그리고 장님 등이다. 이 중에서 아이들의 경우, 시인의 시선에 특히 빈번히 포착되고 있는 것은 정상적이고 행복한 가정에서 건강하고 밝게 자라는 아이들보다는 가난한 아이, 길을 잃어버린 아이, 곧 병에 죽을 운명에 처한 아이, 아니면 죽은 아이들이다. 그리고 보면 그의 시에 빈번히 등장하는 인물들인 이 특정의 아이와 노인, 그리고 장님들은 특별한 삶의 조건에 처한 인물들이다. 그들은 모두 삶의 중심에 서서 자신의 의지를 펴나가는 생을 영위하기보다는 누군가에게 끌려가거나 보호받아야 하는 처지에 놓여 있는 인물들이다. 그들은 삶의 외곽에서 겨우 삶을 지탱하는 인물들이다. 또 그들은 자신의 잘못이 아닌 어떤 보이지 않는 힘에 의해 가혹한 운명을 부여받은 안쓰럽고 불우한 인물들이다. 시인은 바로 그들의 삶에 드리워져 있는 어둡고 우울한 내면을 들여다보는데 시적 노력을 기울이고 있다.

앞서 살펴본 시 「북치는 소년」은 가난한 아이의 어둡고 공허한 내면을 절실하게 비춰내고 있으며, 시 「스와니江이랑 요단江이랑」에서는 시골에서 고립되어 사는 가난하고 쓸쓸한 시골 소년의 답답하고 처량한 내면을 비춰내고 있으며, 시 「운동장」에서는 길 잃은 갓난 동생의 공포와 투정 섞인 내면을 화자의 어린 시절의 추억담을 통해 애틋하게 보여주고 있다. 이밖에도 시 「그리운 안니. 로. 리」에서는 곧 죽을 운명에 처한 아이가 등장하며, 시 「무슨 曜日일까」에서는 빈 유모차가 한 대 놓여진 적막한 병원의 뜰을 바라보면서 모든 것이 정지된 듯한 석상적인 풍경 묘사를 통해 갓난아이의 죽음이 주는 형언할 수 없는 절망감을 아련하게 드러내고 있다. 또 「掌篇」에서는 거지 소녀와 장님 아버지의 처량한 삶의 내면이 눈물겹게 그려지고 있다. 이 시에서는 생의 외곽에 쳐져 있으면서 겨우 삶을 지탱하거나, 혹은 가혹한 운명에 처해 있는 인물들의 가족을 등장시켜 생의 어둡고 우울한 내면을 더욱 가슴아프게 비춰내고 있다. 그런가 하면 앞서 살펴본 시 「墨畵」에서는 시골할머니의 고단하고 적막한 내면을 보여 주고 있으며, 그의 또 다른 시 「漁夫」에서도 우리는 이와 유사한 시적 태도를 다시 한 번 엿보게 된다.

> 바닷가에 메어둔
> 작은 고깃배
> 날마다 출렁거렸다.
> 풍랑에 뒤집힐 때도 있다.
> 화사한 날을 기다리고 있다.
> 머얼리 노를 저어 나가서
> 헤밍웨이의 바다와 노인이 되어서
> 중얼거리려고
>
> 살아온 기적이 살아갈 기적이 된다고
> 사노라면
> 많은 기쁨이 있다고
>
> — 「漁夫」 전문

바닷가에 메어둔 작은 고깃배가 출렁거리는 풍경은, 늙은 어부의 흔들리는 삶의 풍랑을 반영하다. 그의 힘겨운 삶은 풍랑에 뒤집히는 고깃배처럼 뒤집어 지기도 한다. 바다는 그의 유일한 삶의 터전이므로 생활을 연명하기 위해서 화사한 날을 기다린다. 그런데 화사한 날을 기다리는 노인의 마음에는, 날씨가 좋아져 바다에 나가 열심히 고기를 잡아야겠다는 적극적인 삶의 의지가 담겨 있기보다는, 살아온 기적이 살아갈 기적이 된다는 중얼거림만이 맴돌고 있을 뿐이다. 일을 기다리면서 적극적인 삶의 의지를 불태우기보다는, 삶이란 그저 기적으로 지탱하는 것이라는 독백만을 중얼거리는 이 노인의 힘없는 목소리에서, 우리는 살아갈 날이 그리 많이 남아 있지 않은 힙겹고 고독한 노인의 불우하고 쓸쓸한 내면을 엿보게 된다. 이 늙은 어부의 고독한 삶의 풍경은, 시 「墨畵」에서 오늘 하루도 겨우 넘겼다면서 물먹는 소와 쓸쓸하게 마음의 교감을 나누고 있는 할머니의 적막한 삶의 풍경과 크게 다르지 않다.

그의 시가 지향하고 있는 대비의 기법이나 생략의 기법과 같은 시 형식은 바로 이 불우하고 쓸쓸한 운명적 삶의 내면을 더욱 절실하게 드러내기 위한 방법의 소산이라고 할 수 있는 것이다. 중심에서 벗어나 일반의 시야에서 멀리 벗어나 있는 삶의 처량한 모습은 그와 반대편에 서 있는 삶과의 대비 속에서 더욱 슬프게 각인되며, 그 존재의 비극성을 세상에 알려 준다. 또 그의 시가 창조해 낸 다양한 생략의 기법들은 자신의 의지와 상관없이 가혹하게 부여된 운명의 불가항력성을 암시하면서, 크게 목소리를 높이지 못하고 내면 깊숙한 곳에 서 아득하게 맴돌고 있는 비극적 정서를 드러내는데 매우 효과적인 기능을 하는 것이다.

자신의 의지와는 무관하게 어릴 때부터 운명적으로 가난하게 사는 어린 아이, 또 영문도 모른 채 죽을 운명을 지닌 아이, 그리고 가난과 외로움 속에서 고단하게 살아가는 노인들의 삶의 내면을 애틋하게 바라보던 시인은, 마침내 그들과 함께 이 땅에서 더불어 사는 자신의 존재를 들여다본다. 불우하고 처량한 존재의 비극을 안타깝게 바라보던 시인이 그 애틋한 시선을 자신의 삶의 내면으로 돌렸을 때, 촉발되는 마음은 두 갈래로 나타난다. 하나는 삶에 대한 죄의식이며, 또 하나는 소외된 존재에 대한 적극적인 애정과 헌신이다.

앞서 살펴본 「운동장」이라는 시는 바로 시인의 죄의식의 단면을 극적으로 엿보게 해 준다. 이 시에서 시인은 어린 시절 국민학교 운동장에서 갓난 동생을 돌보던 중 자신이 한눈을 파느라 동생을 잠시 잃어 버려 동생으로 하여금 슬픔과 상처를 준 일을 회상한다. 그 동생은 자신보다 먼저 죽었으며, 살아 남은 형은 어린 시절 동생에게 저지른 지극히 사소한 실수를 회상하면서 짙은 자책감과 회한에 젖는 것이다. 일체의 시적인 수사나 기교 없이 고백체의 진술로 지난 시절의 추억을 지극히 사실적으로 진술하고 있는 것은, 바로 순정한 자아의 순결한 죄의식의 표출인 것이다. 이러한 순정한 죄의식의 표출은, 더욱 확대되어 스스로를 죄인으로 생각하며, 고통과 방황의 고행을 자처하고 나선다.

그 언제부터인가
나는 죄인
수억 연간
주검의 연쇄에서
惡靈들과 昆蟲들에게 시달려 왔다.
다시 계속된다는 것이다.
— 「꿈이었던가」 전문

여긴 또 어드메냐
목이 마르다
길이 있다는
물이 있다는 그 곳을 향하여
죄가 많다는 이 불구의 영혼을 이끌고 가 보자.
그치지 않는 전신의 고통이 하늘에 닿았다
— 「刑」 전문

위의 시들에서 시인은 스스로를 죄인이라고 여기며, 죄가 많은 불구의 영혼임을 자처한다. 주목되는 것은 이 시들에서 공통적으로 확인되는 것은 한결같이 시인이 저지른 죄가 구체적으로 나타나지 않는다는 점이다. 시인은 아무 이유 없이 스스로를 죄인으로 생각하고, 죄의식에 시달리면서, 전신의 고통을 안고 방랑의 고행 길을 찾아 나선다. 그의 후기 시에서 집중적으로 표출되고 있는 이러한 원죄의식은, 그의 초기 시와 연관지어 볼 때 비로소 그 의미를 포착할 수 있다. 그것은 뚜렷한 영문도 모른 채 불우하고 가혹한 운명 속에서 살아가는 자에 대한 시인의 처절한 자책의식의 발로하고 볼 수 있는 것이다. 자신의 의지와는 상관없이 가난하게 태어난 아이, 이유를 알 수 없이 죽어야만 하는 아이, 외롭고 불우하게 사는 노인이 존재하는 부조리한 세상에선, 살아 있다는 것 자체가 죄인 것이다. 그것은 불우한 삶의 운명을 오래도록 애틋한 시선으로 바라본 자 만이 가질 수 있는 순결한 자의식이라고 할 수 있다. 이러한 순결한 자의식은, 또 한편으론 그 불우한 운명의 삶을 위무하고, 그들의 삶의 미래에 희망을 넣어 주고자 하는 적극적인 의지의 표출로 나타나기도 한다.

> 내가 재벌이라면
> 메마른
> 양로원 뜰마다
> 고아원 뜰마다 푸르게 하리니
> 참담한 나날을 사는 그 사람들을
> 눈물 지우는 어린 것들을
> 이끌어 주리니
> 슬기로움을 안겨 주리니
> 기쁨 주리니.
>   - 「내가 재벌이라면」 전문

시인은 아주 직설적인 언어로 자신이 재벌이라면 양로원이나 고아원에서 참담한 나날을 사는 사람들이나 눈물 지우는 어린것들에게 슬기로

움과 기쁨을 주고자 한다. 시적 장치를 전혀 갖추지 않고 대범할 정도의 직설적인 언어로 자신의 생각을 표출로 하고 있는 이 시의 단순한 시적 진술은, 그러나 그의 초기 시와의 연관 선상에서 읽을 때 시인의 진솔한 마음을 느끼게 해주며 독자들의 마음을 공명시킨다. 참담한 나날을 눈물 지우며 보내는 사람들에게 기쁨을 주고, 그들에게 슬기로움을 주고자 하는 것이 진정으로 시인이 꿈꾸는 세상이다. 그의 후기 시의 대표작으로 꼽히는 시인 「누군가 나에게 물었다」에서, 시인은 그러한 삶의 태도를 실천하며 사는 자들을 남대문 시장에서 일하는 상인들에게서 본다. 그리하여 시인은 바로 그러한 사람들을 진정한 '시인'이라고 생각하는 것이다. 시론 쓴 시론에 해당하는 이 시는, 바로 그의 시적 태도를 집약적으로 담고 있는 작품인 것이다. 그의 시는 불우한 자, 소외된 자의 내면을 들여다보고, 그들에게 꿈과 희망을 불어넣고자 하는, 애틋한 연가라고 할 수 있다.

4. 결론

그 동안 김종삼의 시에 대해서는 생이 제거된 환상적인 순수시를 지향한다는 것이 지배적인 해석이었다. 그 후 몇 몇 연구자들에 의해, 그의 시가 현실적인 삶의 문제를 담고 있기도 하다는 것을 지적하였지만, 이에 대해 보다 구체적이고 체계적인 분석까지를 시도하고 있지는 못했었다. 이 글은 바로 이러한 문제제기 위에서 쓰여졌다. 이를 위해서는 무엇보다 그의 시의 독특한 형식에 대한 자세한 분석이 선결되어야만 했다. 그의 시에서 환상적인 아름다움의 세계를 읽어내는 시각과 그 안에 절실한 생의 문제가 담겨 있다고 보는 시각의 차이는 생략과 비약으로 가득 찬 그의 시의 넓은 의미공간에 대한 해석의 차이에서 비롯된 것이기 때문이다. 따라서 이 글에서는 그의 시의 독특한 형식을 몇 갈래로 구분하여 보다 심층적으로 분석함으로써, 그의 독특한 시 형식의 전모를 세밀히 규명하고, 이러한 시 형식의 분석을 토대로 그의 시가 지향하는 의미세계를 종합적으로 정리하였다.

그의 시 형식은 세 갈래의 유형으로 살펴 볼 수 있다. 첫째는 대비의 기법이다. 그의 시는 이국의 부유하고 낭만적인 이미지와 이곳의 가난하고 초라한 현실 사이의 극적인 대비를 통해 시의 정서를 절실히 환기시킨다. 그 외에도 여러 가지의 상반되는 상황의 대비를 통해 가난하고 불우한 삶의 내면을 생생히 보여 준다. 두 번째는 생략의 기법이다. 그는 말을 중간에 끊거나, 하나의 문장을 완전히 생략하는 등, 불완전한 구문처리를 통해 여백의 공간을 만듦으로서, 화자의 내면에서 형성되는 여러 가지 미묘한 정서를 절실히 환기시킨다. 그런가 하면 주어진 시적 상황의 일부를 생략하여 무시간과 무공간의 여백을 만듦으로써 인간의 의지 너머에서 벌어진 행위와 정서를 살려내는 시적 효과를 거두고 있기도 하다. 세 번째는 진솔한 체험과 독백의 기법이다. 그는 과감한 생략의 기법으로 시 형식의 미학을 다양하게 활용하기도 하지만, 또 한편으론 시 형식의 양식을 무심하게 간주하면서 특별한 시적 수사나 기교를 부리지 않고, 경험세계의 사실적인 진술과 진솔한 독백을 통해 커다란 시적 울림을 주는 시적 표현을 구사하기도 한다.

그의 시 전체를 일별해 보면, 그의 시에는 특정의 인물들이 빈번하게 등장하는 것을 확인하게 된다. 그 인물들은, 가난하고 병든 아이와 죽을 운명의 아이, 그리고 가난하고 외롭게 사는 노인, 장님 등이다. 그들은 모두 삶의 중심에 서서 자신의 의지를 펴나가는 생을 영위하기보다는, 삶의 외곽에 소외된 채 근근히 삶을 지탱하는 불우한 운명의 인물들이다. 시인은 바로 그들의 삶에 드리워져 있는 어둡고 우울한 내면을 들여다보는데 시적 노력을 기울인다. 그의 시가 지향하고 있는 대비의 기법이나 생략의 기법과 같은 시 형식은 바로 이 불우하고 쓸쓸한 운명적 삶의 내면을 더욱 절실하게 드러내기 위한 방법의 소산이라고 할 수 있다.

이어서 시인은 그 불우한 운명의 인물들과 더불어 사는 자신의 존재를 들여다본다. 그 때 시인의 내면에는 두 갈래의 마음이 촉발된다. 그

398

하나는 죄의식이다. 자신의 의지와는 상관없이 가난하게 태어난 아이, 이유를 알 수 없이 죽어야만 하는 아이, 외롭고 고단하게 사는 노인이 존재하는 이 세상에선, 살아 있다는 것 자체가 죄인 것이다. 그것은 불우한 삶의 운명을 오래도록 애틋하게 들여다 본 자만이 가질 수 있는 순결한 자의식이라고 할 수 있다. 이러한 순결한 자의식은, 또 한 편으론 그 불우한 운명의 삶을 위무하고, 그들의 삶의 미래에 희망을 불어넣고자 하는 적극적인 의지의 표출로 나타나기도 한다. 시인은 직설적이고 고백적인 언어로 그들의 삶에 기쁨을 주고, 그들의 삶에 슬기로움을 주고자 한다. 그러한 희망이 달성되는 것이 시인이 꿈꾸는 세상이다. 그리하여 시인은 그러한 희망을 실천하며 사는 사람들을 진정한 시인으로 간주한다. 그의 시 가운데 시로 쓴 시론인 「누군가 나에게 물었다」에서는 이러한 그의 시적 태도가 집약되어 있다. 이 시는 특별한 시적 수사나 기교 없이 소박하고 단순한 언어로 진술되어 있으나, 친근한 대화체의 화법과 화자의 솔직한 독백, 그리고 경험세계의 생생한 진술을 통해, 진정한 시와 시인이 무엇이며, 시인이 진실로 꿈꾸는 세상이 어떠한 것인지를 독자들에게 생생히 일깨우고 있다.

이렇게 볼 때, 그의 시는 지금까지 강조되어온 것처럼 환상적인 순수시에 머문 것이 아니라, 어둡고 불우한 삶의 내면에서 형성되는 절실한 정서가 깊게 드리워져 있으며, 그의 독특하고 다양한 시의 형식은 이처럼 깊고 아득한 정서를 실감나게 환기시키기 위한 방법의 소산인 것이다.

주제어 : 낯설음, 대비의 기법, 생략의 기법, 독백의 기법, 여백, 비약, 내용없는
아름다움, 환상적인 순수시, 죄의식, 불우한 인물

◆ 참고문헌

강석경, 「문명의 배에서 침몰하는 토끼」, 『김종삼 전집』, 청하, 1988.

강연호, 「김종삼 시의 내면의식 연구」, 『현대문학이론연구』, 2002.

김인환, 「소설과 시」, 『상상력과 원근법』, 문학과지성사, 1993.

김주연, 「비세속적인 시」, 『김종삼 전집』, 청하, 1988.

김춘수, 「김종삼과 시의 비애」, 『의미와 무의미』, 문학과지성사, 1976.

김 현, 「김종삼을 찾아서」, 『김종삼 전집』, 청하, 1988.

남진우, 『미적 근대성과 순간의 시학』, 소명출판, 2001.

민 영, 「안으로 닫힌 시정신」, 『김종삼 전집』, 청하, 1988.,

오규원, 「타프티스 시인론」, 『현실과 극기』, 문학과지성사, 1976.

오형엽, 「풍경의 배음과 존재의 감춤」, 『현대시』, 1994. 3.

이경수, 「부정의 시학」, 『김종삼 전집』, 청하, 1988.

이승훈, 「평화의 시학」, 『평화롭게』(해설), 고려원, 1984.

하현식, 「김종삼론」, 『한국시인론』, 백산, 1990.

한이각, 「김종삼시 연구」, 서울여대 대학원 박사학위 논문, 1995.

황동규, 「잔상의 미학」, 『북치는 소년』(해설), 민음사, 1979.

황현산, 「김종삼과 죽은 아이들」, 『현대시학』, 1999. 9.

400

◆ 국문초록

　　지금까지 독특한 시의 형식을 시도한 김종삼의 시에 대해 여러 연구자들은, 삶
이 제거된 환상적인 순수시라는데 초점을 맞춰 왔다. 하지만, 그의 시의 독특한 형
식을 보다 면밀히 검토해 보면, 그의 시는 생의 단면에서 촉발되는 여러 비극적인
정서가 짙게 담겨 있음을 확인할 수 있다. 이 글은 바로 이러한 그의 시의 새로운
특징을 찾아내기 위해 쓰여진다. 이를 위해 그의 시의 형식을 몇 가지의 유형으로
나누어 세밀히 분석하고, 이를 토대로 그의 시의 의미와 세계를 종합적으로 정리
하였다.
　　그의 시 형식의 첫째 유형은 대비의 기법을 들 수 있다. 그는 서로 상반되는 상
황의 대비를 통해, 가난하고 불우한 삶의 내면을 극적으로 보여 주고 있다. 두 번
째의 유형은 생략의 기법을 들 수 있다. 그는 말을 중간에 끊거나, 하나의 문장을
완전히 생략하는 등, 불완전한 구문처리를 통해 여백의 공간을 만듦으로서, 화자의
내면에서 형성되는 여러 가지 미묘한 정서를 절실히 환기시키고 있다. 그런가 하
면, 주어진 시적 상황의 일부를 생략하여 무시간과 무공간의 여백을 만듦으로써
인간의 의지 너머에서 벌어진 행위와 정서를 살려내는 시적 효과를 거두고 있기도
하다. 세 번째는 진솔한 체험과 독백의 기법이다. 그는 과감한 생략의 기법으로 시
형식의 미학을 다양하게 활용하기도 하지만, 또 한편으론 시 형식의 양식을 무심
하게 간주하면서 특별한 시적 수사나 기교를 부리지 않고, 경험세계의 사실적인 진
술과 진솔한 독백을 통해 커다란 시적 울림을 주는 시적 표현을 구사하기도 한다.
　　그의 시에는 가난하고 병든 아이와 죽을 운명의 아이, 그리고 가난하고 외롭게 사
는 노인, 장님 등 불우한 운명에 처한 인물들이 빈번하게 등장한다. 시인은 그들의
삶에 드리워져 있는 어둡고 우울한 내면을 들여다보는데 시적 노력을 기울이고 있
다. 그리고 그들의 불우한 운명에 보냈던 애틋한 시선을 자신의 삶의 내면으로 돌려
서, 삶에 대한 자책감과 죄의식을 표출하거나, 또는 그 불우한 운명의 삶을 위무하
고, 그들의 삶의 미래에 희망을 불어넣고자 하는 적극적인 의지를 표출하기도 한다.
　　이렇게 볼 때, 그의 시는 지금까지 강조되어온 것처럼 환상적인 순수시에 머문
것이 아니라, 어둡고 불우한 삶의 내면에서 형성되는 절실한 정서가 깊게 드리워
져 있으며, 그의 독특하고 다양한 시의 형식은 이처럼 깊고 아득한 정서를 실감나
게 환기시키기 위한 방법의 소산인 것이다.

◆ SUMMARY

A Study on Kim Jong Sam's poetry

Ko, Hyung-Jin

So far researchers have focused that Kim Jong Sam's poetry is a fantastic pure poetry that is removed to concret life. But when it is examined throughly, his peculiar poetic form is filled with much tragic emotion dued to a slice of real life.

This thesis aims at finding the new feature in Kim Jong Sam's poetry. For it, we needed to carefully examine his poetic form in terms of several types. Then, we comprehensively shaped the meaning and the world of his poetry.

The first style of his poetry can be called as comparison. It showed, using comparison technique, a poor and the unfortunate side of his life. The second style is the ellipsis which doesn't finish a sentence, purposed to make a space in his poetry. The space creates many mysterious feelings that the speaker have made. Not just cutting sentences but cutting the situation, he made an empty place and the empty time that expresses behaviors and feelings beyond the man's will. He didn't use a special rhetoric, but he used his true experiences and monologues, which is his third technique. In this technique, you can experience a huge sonorant.

In his poetry, there are many appearances of poorly sicked child, a death fatal kid, a lonely old man, a blind, and etc., The speaker tried to look at the inside of their life, the dark and disappointing side. And the speaker turned their unfortunate and unloved fatal into the his life in order to express a positive devotion or, a guiltiness.

As we talked in above, Kim Jong Sam's poetry doesn't just stop at a fantastic pure poetry, but further more, express the variety of different tragic sides hiding in our life, and because he has his own special poetry techniques, it is possible for his poetic to have realistic tragic feelings.

Keywords : unfamiliarity, comparison, ellipsis, monologue, blank, leap, beautywithout content, a fantastic pure poetry, sin consciousness, unfortunate people

－이 논문은 2003년 12월 31일에 접수되어, 소정의 심사과정을 거쳐 2004년 1월 31일 게재가 확정되었음.

세계화와 탈냉전에 대응하는 소설의 형식
: 기억으로 발언하기
— 1990년대 박완서 자전소설의 의미 연구 —

이 선 미*

1. 서론: 자전소설의 등장과 그 배경으로서 1990년대

　박완서는 1990년대에 들어 본격적인 자전소설을 발표한다. 1992년, 어린 시절부터 스무 살 전쟁발발까지를 다룬『그 많던 싱아는 누가 다 먹었을까』(이하『싱아』)를 발표하고, 3년 뒤인 1995년, 전쟁기간 3년과 휴전이 되면서 결혼하기까지에 해당하는『그 산이 정말 거기 있었을까』 (이하『그산』)를 연이어 발표한다. 이 작품들은 연작형식으로, 작가가 실

---

* 연세대 연구교수.

404

명을 사용하면서 어린 시절부터 결혼하기까지의 체험을 이야기하듯이
쓴 소설이다.

박완서는 전쟁기의 체험이나 어릴적 가난한 서울생활의 경험을 이미
소설이나 수필에서 여러 번 언급한 바 있다. 이 작품들은 박완서의 대표
작으로 인식되어 체험하지 못한 것은 쓰지 못하는 작가로 평가받게도
한다. 그런 중에 1990년대에 들어서자마자 진짜 '날 것 그대로'임을 강
조하면서 자전소설을 발표한 것이다. 이를 통해 박완서는 체험의 작가
로 굳혀진 듯하다.

그러나 박완서는 자신이 경험한 것만을 쓰는 작가는 아니다. 작가의
등단작인 『나목』이 자신의 전쟁경험을 바탕으로 쓰여졌으며, 초기작인
「부처님 근처」나 「카메라와 워커」, 또 전쟁기를 다룬 『목마른 계절』 등
에 작가의 체험이 직접적으로 드러나 있고, 박완서의 대표작이 된 「엄마
의 말뚝」 연작이 실제체험에 기반해 있기 때문에 그런 인상이 강한 것
은 사실이다. 하지만 박완서의 수많은 단편소설을 비롯하여 『나목』과
『목마른 계절』을 제외한 많은 장편소설들은 실제체험과는 상관없는 이
야기들이다. "체험하지 않은 것은 이야기로 쓸수가 없다"[1]는 작가의 말
도 이 작가가 체험한 것만을 소설로 쓰는 작가라는 인상을 강화시킨 것
일 텐데, 이 말 역시 자기 시대의 일이 아닌 다음에는 쓸 자신이 없다는
작가의 솔직한 고백일 뿐이다.

2000년, '자본주의'를 비판할 목적으로 쓰여진 장편소설 『아주 오래
된 농담』을 세상에 내놓음으로써 이런 사실은 당당히 증명된다. 이 작품
은 가족의 이야기이면서 여성들의 이야기인 박완서 소설의 오래된 주제
의식의 연장선에 있다. 1970년대의 대표작인 『휘청거리는 오후』(1976)[2]
를 비롯하여 『도시의 흉년』(1976~1979), 『살아있는 날의 시작』(1979),

---

1) 최재봉 작가인터뷰, 「<이야기의 힘>을 믿는다」, 권명아·이경호, 『박완서 문학 길찾기』,
세계사, 2000, 38쪽.
2) 작품의 발표년도는 연재당시의 년도를 쓴다. 단행본으로 출간된 것보다는 작가가 작
품을 쓴 시기를 강조하기 위한 것이다.

『그해 겨울은 따뜻했네』(1982), 『서있는 여자』(1982) 등과 더불어 자본주의적 삶의 방식이 평범한 인간에게 가한 억압과 폭력을 다룬 소설에 포함된다. 이 작품을 계기로 박완서의 자전소설 이후 이어지는 『너무도 쓸쓸한 당신』을 비롯한 소설들의 경향을 작가의 노년정서와 연관시키는 견해는 다소 비약일 수도 있게 되었다. 이 한 편의 소설은 박완서가 아직도 여전히 젊은 작가임을 과시함과 동시에, 1990년대의 소설들이 "낭만적 회상이나 따뜻한 인간주의"3)로 바뀌어가는 하나의 징후로 읽힐 가능성을 부정하게 한다.

그렇다면 "소설이나 수필 속에서 한두 번씩 울거먹지 않은 경험이 거의 없"4)는 자기 이야기를 작가는 왜 또 장황하게 쓰는 것일까? 이 논문은 이 질문에서 시작된다. 박완서의 작품세계가 1990년대에 들어 작가의 노년의식과 더불어 변하는 것은 아니라는 입장을 견지하면서, 그렇다면 이 노작가가 굳이 여러번 울거먹은 사실들을 왜 이야기하는가를 문제시하는 것이다.5)

---

3) 사실, 박완서 소설은 낭만적 화해나 휴머니즘의 정서보다는 낭만적 감상으로 포장된 속물성이나 이기적인 속내를 폭로하고 비판하는 경향이 강하다. 그래서 1980년대 후반 이후 나타나는 노인들의 회환과 연민의 정서를 노년의 사색이나 회고적 취향, 또는 인간주의로 변화한 것이라 평가하기도 한다. 그러나 노년의 심리를 통해 무엇을 얘기하는가를 생각해 볼 때, 노인의 등장을 회고적인 것으로 평가하거나 낭만적 회상으로 보기는 어렵다. 박완서 소설에서 노인들은 사회적인 주류에서 벗어나지 않으려고 다른 사람들을 배제시키고 소외시켰던 젊은 날의 이기적인 속내를 회상한다. 그리고 이들은 쓸쓸함이나 덧없음을 느낀다. 그러나 늙었기 때문에, 또는 낭만적으로 과거를 추억하기 때문에 쓸쓸함이나 덧없음을 느끼는 것은 아니다. 자기만은 소외되지 않으려고 안간힘쓰며 억척스럽게 살았으면서도 여전히 사회적으로 소외된 상태로 살아갈 수밖에 없다는 것을 이제는 알았기 때문에 지난날을 죄스러워 하면서 느끼는 정서이다. 권력이 내세운 삶의 규범에 맞춰 살지 않으면 사회적으로 배제될 수밖에 없는 '근대화'의 대열에서 살아남기 위해 나만을 생각했던 젊은 날의 이기적인 억척스러움이 결국 스스로 빠져든 함정과 같은 것임을 알아차린 자의 비극적 자의식이라 할 수 있다. 이는 과거를 낭만적으로 이상화하고 추억하는 낭만적 회상과는 다른 것이다. 낭만적 회상으로 보는 견해는 「90년대의 징후와 추억으로서의 글쓰기」, 「문예중앙」, 1994. 여름, 임규찬, "'자아'를 넘어선 '자기의 우주'」, 「창작과비평」, 1999. 봄 참조.
4) 박완서, 작가의 말, 「싱아」, 1992, 참조.

결론부터 말하자면, 이 자전소설은 여러 번 했던 이야기를 '날 것 그
대로' 담아냄으로써 작가의 1990년대를 향한 정치적 발언을 소설의 형
식으로 대신하고 있다.

1990년대는 1987년의 민주화운동이 군부정권을 종식시킨 이후의 변
화를 이어받고 있다. 그런가 하면, 1988년 베를린 장벽이 무너지고 동구
권 사회주의 국가들이 시장 자본주의를 받아들이면서 사회주의라는 자
본주의의 대칭항이 사라져버린 시대이기도 하다. 국내적으로는 군부정
권이 종식되면서 분단 이후 최초로 월북작가에 대한 해금조치가 생겨나
이데올로기적 금기가 조금씩 풀려 나가는 때이며, 이런 변화는 어찌되
었건 억압받았던 사람들의 주체성의 발현이었다는 점에서 흥분을 일으
켰던 시대이다. 반면, 국외적으로는 그야말로 사회주의가 없어져 시장자
본주의가 전세계를 장악하는 초국적 자본의 '세계화' 시대이다.

따라서 1987년을 기점으로 이루어지는 국내외의 변화들은 1990년대
에 들어서면서 급작스럽게 삶을 바꿔놓는다. 한국사회의 입장에서 보면,
안간힘을 써서 민주화의 출발점에 서게 되었는데, 전지구적 상황은 이
미 모든 것이 자본의 이해관계를 중심으로 돌아가는 '신자유주의'의 경
제질서를 받아들이고 있었기 때문에 그간의 안간힘이 무색해져버리게
된 셈이다. '탈냉전'은 새로운 돌파구인 듯 보이지만, 그 이전의 문제들
이 증폭되어 질적으로 변화하게 되는 계기일 뿐이다.

또한 반공이데올로기가 일상생활에 강력히 영향력을 끼치고 있는 사
회, 그에 따른 반대급부로 사회주의의 '신화'가 존재했던 사회에서 이데
올로기적 금기가 약화되고 사회주의권과 왕래가 빈번해진다는 사실이
긍정적인 역할을 하는 것은 아니다. 이런 왕래로 인해 확인된 사회주

---

5) 그런데, 이 시기에 단지 '체험작가'로 불려지는 박완서 만이 분단과 전쟁의 경험을 기
억한 자전소설을 쓴 것은 아니다. 최인훈과 이호철 역시 각각 『화두』(1994)와 『남녘사람
북녘사람』(1996)을 발표한다. 대표적인 '분단문학' 작가들인 이들의 이 자전적 작품들과
이 작품들의 사회적 연관성은 자리를 달리하여 논의될 필요가 있을 것이다.

의 실체는 이상화된 이념과는 거리가 먼 붕괴 직전의 사회주의였기에 사회주의에 대한 환멸을 낳게 되는데, 시장 자본주의에 의해 속물화되고 뒤틀린 사회주의는 반공 이데올로기를 강화하면서 탈냉전적 분위기를 역류시키기도 한다. 또는 정치적 무관심이나 냉소주의를 조장하기도 한다. 이것은 유일한 분단국인 한국이 지닌 또 다른 문제이다. 1990년대 한국사회의 '세계화'와 '탈냉전'의 사회상황은 여러 이질적인 것들이 충돌하는 복잡한 상황인 것이다.

분단현실의 산물인 소시민 의식이나 그들의 일상생활을 적나라하게 그려냈던 박완서는 분단상황 속에 가미된 이런 한반도의 변화를 본능적으로 감지해낸다. 그리고 변화의 본질을 포착하는 이 '본능적 감각'은 박완서 소설의 형식이나 주제를 변화시킨다. 1991년 이후 박완서 소설의 변화는 이런 세계질서의 변화에 대응하는 현실인식과 관련하여 설명되어야 할 것이다. 그리고 자전소설의 형식적 특성이나 의미 역시 이와 연관지어 설명되어야 할 것이다.

2. '세계화'의 현실과 1991년 전후 박완서 소설

자전소설의 내용만 보면 1990년대적 변화가 별달리 포착되지 않는다. 그럼에도 불구하고 두 편의 자전소설은 1990년대적 삶의 문제와 직접적으로 연관된 소설 형식이라 할 수 있다. 이를 증명하기 위해서는 1990년대적 현실을 작가 박완서는 어떻게 보았는가, 이것부터 짚고 넘어가는 것이 필요하다.

자전소설을 쓰기 전 박완서는 1988년 남편과 아들의 죽음을 겪고나서 소설을 못 쓰다가 1989년 2월부터 소설을 다시 쓴다. 이 시기에 발표된 「복원되지 못한 것들을 위하여」, 「家」, 「여덟 개의 모자로 남은 당신」, 「엄마의 말뚝3」을 비롯하여 1987년부터 쓴 「저문날의 삽화」 연작을 1991년, 즉 『싱아』를 발표하기 직전에 소설집 『저문날의 삽화』로 엮어낸다.

이 작품들에는 전체적으로 1980년대 후반의 변화를 감지한 흔적들이 역력하다. 특히, 「저문날의 삽화」 연작 이후의 작품들은 시기상으로도 1987년 이후에 쓰여졌기 때문에 1987년 이후 당대에 대한 인식이 잘 드러나 있다.

앞에서도 언급했듯이, 1987년 이후 대통령 선거가 치루어지고 월북작가에 대한 해금조치가 단행된다. 이제 세상이 달라졌다고 생각하게 된다. 그러나 대통령 선거를 이끌어낸 '민주화'의 기운이 변화의 원인이며 동력이 되기는 어려웠다. 유신시절부터 부정선거의 주역이었으며 권력의 자리에서는 개인의 치부를 위해 자리를 이용하던 수많은 정치인들의 정치활동은 시대만 바뀌었지 여전하다. 또 월북작가는 해금되었지만, 이미 그들이 왜 북으로 갔는지, 또는 그들은 분단과 전쟁을 어떻게 겪고 인식했는지 등은 알 수도 없고 알고 싶어하지도 않는 것이 되었다. 월북작가들은 남아있는 가족들의 고통의 원인이었기에 없던 걸로 망각되기를 강요받았으며, 이제 말할 수 있는 정치적 여건이 마련되자 남아있는 가족들의 명예를 위해 사실과 다른 것으로 둔갑하기에 이른다.(「복원되지 못한 것들을 위하여」)

1980년대 후반의 시점에서 남북한이 서로를 적으로 규정하여 살아온 분단의 세월은 40년에 육박한다. 이 40년 세월은 각기 나름대로 역사를 재구성하게 한다. 북이 불멸의 역사 총서를 통해 김일성 신화로 역사를 대신하듯이, 남 역시 전쟁을 통해 북의 가학성과 남의 순결성을 강조하는 전쟁이야기를 만들어낸다.[6] 한반도의 양 체제인 남과 북의 정치권력이 일인독재의 전체주의적 지배형태였던 것에서 드러나듯이, '분단'이라는 조건은 남북 양쪽의 현재를 규정하는 절대적 요인이다. 분단이라는 조건은 이미 그 시간과 더불어 하나의 자기재생산 구조를 배태해버린

---

6) 6·25라는 말에도 이미 이런 피해자의식이 내재되어 있다. 전쟁의 발발을 중심으로 전쟁을 인식하는 것에 전쟁의 책임을 북한에게로만 전가하는 전쟁인식이 깔려있는 것이다.

것이다.[7]

1989년에 발표된 「복원되지 못한 것들을 위하여」의 수기의 주인공과 월북작가인 화자의 선생님에 대한 이야기는 '탈냉전' 시대인 1980년대 후반의 '분단'의 성격을 적나라하게 보여주는 일화이다. 이 작품에서 '망각'은 더 이상 정치권력의 지배전략에 불과한 것이 아니다. 망각은 정치적 요구일 뿐만 아니라, 그 정치를 견뎌 나가는 많은 사람들의 정체 성이 되었다. 수기의 주인공은 수기를 써놓고도, 자기가 고발한 주역들 이 또 다시 대통령 선거에 나서는 것을 보고는 자신이 고발한 과거를 없 애려 한다. 이 노인과 달리, 전쟁기 형무소에서 죽은 서술자의 국어선생 님인 송사묵 선생님의 자식들은 자기들에게 필요한 방식으로 아버지의 삶을 조작한다. 또 송사묵 선생의 죽음을 목격한 사람들 역시 자기 삶에 필요한 정도로 '사실'들을 미화해버린다.

이렇듯 전쟁은 많은 것들을 파괴하고 상처를 남겼지만, 정전과 함께 분단이 지속되었기 때문에 그 파괴와 상처는 원인 규명없이 50년 이상 봉합되어야 했다. 그리고 오랜 세월 분단이 지속되면서 깨어진 조각들 은 깨어진 그대로 깨어진 사실들을 보여줄 수 없게 미화되고 왜곡되어 봉합된다. 이미 깨어진 사실들은 다른 식으로 그 균열이 메워진 것이다. 그 균열을 메운 이물질들은 균열의 모습을 바꾸었지만, 그 이물질 역시 하나의 실체, 자기 존재를 증명할 수 있는 실체가 되어버린 것이다. '분 단'이라는 삶의 조건이 문제적인 것은 삶을 파괴한 것보다도 파괴와 균 열을 이물질로 메꿀 수밖에 없도록 한 그 구조적 속성 때문이다.

이 구조적 속성은 1987년 이후 이데올로기적 금기가 약화되면서 이 '깨어짐'을 찾아내려고 할 때 더욱 강력한 실체로서 부각된다. 1987년 이후의 민주화 기운과 '탈냉전'이라는 삶의 변화를 소재로 한 박완서의 소설들은 이 '망각'이 자발적으로 취한 정치적 태도임을 새삼 강조한다.

---

7) '분단체제론'을 둘러싼 논쟁은 이 '구조적 속성'을 개념화하기 위한 논의에 해당한다. 백낙청, 『흔들리는 분단체제』, 창작과비평사, 1998, 참조.

'탈냉전'이라는 세계적 상황의 변화가 한반도의 '분단'조건에 따른 문제를 풀게할 수 없다는 분단의 '구조적 성격'을 강조하는 것이다. 분단의 구조적 성격을 포착하는 박완서의 본능적 감각은 바로 '탈냉전'으로 인해 전면화되는 이 국면을 일상의 사소한 부분들을 통해 형상화낸다는 것을 뜻한다. 이것은 또 한편에서 진행된 사회주의 인식과 관련된 삶의 문제를 포착할 수 있게 한다.

갑작스러운 탈냉전의 분위기와 동구 사회주의권의 자본주의로의 체제전환은 선거를 통해 이루어진 새정부의 북방외교를 추동하기도 한다. 한국은 동구권의 국가들과 속속 수교를 한다. 게다가 유일한 사회주의 강대국인 중국의 교포들이 한국의 이주노동자의 문제로 떠오를 정도로 큰 비중을 차지하기에 이른다. 내밀한 일상을 포착하는 박완서의 시선은 이런 세계적인 변화들 속에서 우리의 사회주의 인식이 변화되면서 그에 따라 그 인식 속에 내재된 역사적 의미, 역사의 주체가 되려는 열정과 정치적 폭력에 희생된 억울한 죽음들까지도 부정되고 속화되는 것을 발견한다.

운동권 아들을 둔 어머니는 함량미달로 판명된 우황청심환을 경복궁 지하도에서 팔기위해 애쓰던 중국동포들을 보고서 "사회주의가 물욕에 눈뜬 건 더 못 봐주겠다"고 현실 사회주의의 시장도입을 비웃는다. 그러나 사회주의 이상을 위해 집을 나가 운동권이 된 아들을 원망하며 한국 사회의 사회주의 담론에 배어있는 '열정'까지도 비하되어 자기 아들의 존재가 부정될까봐 내심 불안해하며 잠 못 이룬다.(「우황청심환」) 한국전쟁 시절 국군과 인민군 사이에서 방황하다가 어이없게 총상을 입고 죽어간 아들의 한을 곱씹으며 한평생을 살아온 어머니를 장사지내는 딸은 어머니가 감당했던 평생의 한을 죽음의 의식으로 풀어주려 한다. 그러나 이데올로기적 대립 속에 죽어간 희생과 한풀이는 이제 한낱 시대착오적인 "쑈"에 불과한 것이 되어버렸다.(「엄마의 말뚝3」) 또 "노동자가 주인되는 세상을 만드는 일"을 한다는 말에 감동해서 대학생 위장취

업자와 결혼한 여공은 사회주의권이 몰락하고 집으로 돌아간 남편의 변화 앞에서 그 말의 위선에 절망하기도 한다.(「티타임의 모녀」) 박완서의 소설들은 '사회주의'와 연관된 사람들의 상처가 '탈냉전'의 변화 속에서 또 다른 방식으로 덧나고 있음을 보여준다.

사실, 한국사회의 사회주의와 관련된 역사는 그리 만만한 것이 아니다. 식민지 지식인들의 사상편력에서부터 1980년대 후반 민주화운동의 이념에 이르기까지 그 폭과 깊이는 삶과 죽음의 경계선 너머에 있는 것이기도 하다. 1980년대에 등장한 빨치산 소설들이 일으킨 반향만으로도 이것의 역사적 무게를 짐작할 수 있다.8) 따라서 갑작스러운 '탈냉전'의 변화와 돈을 벌기위해 한국으로 밀려드는 사회주의에서 온 사람들의 모습은 오랜 신화에서 벗어나 참담한 몰골 앞에 무방비한 상태로 내몰린 것과 다를 바가 없을 것이다. 1980년대 후반 이후 박완서 소설의 사회주의 인식은 바로 이 '신화'와 비루한 현실의 모습 사이에서 느끼는 혼란을 감상적으로 과장할 수밖에 없는 사회주의 인식의 내밀한 부분을 보여준 예라 할 것이다. 1990년대 초반 발표된 두 편의 자전소설은 이런 당대적 인식의 연장선에서 해명되어야 할 것이다.

3. 자전소설의 형식과 당대를 환기하는 미학적 효과

1990년대 박완서는 두 편의 자전소설을 내놓으면서 스스로 이 소설들이 자기의 실제 이야기임을 강조한다. 박완서는 자전적인 소설을 많이 썼지만, 실제 이야기로 읽어달라고 주문한 적은 없다. 그러나 이 소

---

8) 이병주의 장편 대하소설 『지리산』을 비롯하여 이태의 『남부군』 등 빨치산 소설들은 이데올로기적 금기의 영역을 다룬다는 점 때문에 오히려 대중적 인기를 끌었다. 이와 더불어 조정래의 『태백산맥』은 이런 이데올로기적 금기를 해체하는 데 중요한 역할을 한다. 이 작품들은 한국의 평범한 사람들이 사회주의 인식을 교정하는 데 큰 역할을 했다고 할 것이다.

설들은 작가 스스로 "자화상을 그리듯이 쓴 글"이라고 명명함으로써 실제 체험임을 강조한다. 일본의 식민지 상태에서 근대적인 문물이나 제도를 처음으로 경험했던 작가의 어린 시절이나 해방과 분단, 전쟁 등은 작가(서술자)의 개인적인 체험이면서도 한국 근현대사에서 결정적 요인이 되는 역사적 사건들이기도 하다. 작가는 이런 사실들을 개인적 체험이라는 주관성의 형식, 즉 '자전소설'의 형식 속에 담아냄으로써 허구의 형식이면서도 실제 사실로 받아들여지기를 요구한다.

그런데 이 소설들의 자전소설이라는 장르적 특성은 이야기하는 방식의 독특함 속에서 허구와 실제 사이의 묘한 긴장감을 형성하는데, 이 특성이 바로 당대 현실에 대한 정치적 견해가 된다.

1) 총괄하는 화자의 부재와 주관적 경험의 객관성

이 두 편의 자전소설은 이야기 구성의 면에서나, 이야기 내용의 면에서 개성이 뚜렷하지 않다. 그저 작가가 살아온 세월을 독자에게 들려주듯이, 또는 수다떨듯이 전해주는 이야기이다. 작가가 생각나는대로 자기 얘기를 마구잡이로 하고 있다는 인상을 준다. 또한 무슨 이야기를 전달하려는 건지 종잡을 수 없게 일관성도 없고 주제의식도 없는 듯 보이기도 한다.[9] 이야기는 산만하고, 서술자는 시도 때도 없이 개입하여 이야기의 흐름을 방해하고 있으며, 내용도 전쟁 이야기치고는 이렇다 할 극

---

9) 박완서 소설에서 '구성의 산만함'은 여러 평자들에 의해 단점으로 지적된 바 있다. 여러 단편소설들이 구성이 산만하다는 이유로 미숙한 작품으로 평가되어 묻혀버린 경우도 많다. 그러나 이 구성의 산만함은 박완서 소설의 서술전략 중 하나라 할만큼 주제와의 연관성이 깊다. 예컨대, 「엄마의 말뚝2」는 앞 부분의 아이들 키우느라 일상에 지친 서술자의 하루동안의 일탈과 그 서술자의 엄마가 병중에 겪는 고통은 서로 다른 이야기처럼 병치되어 있다. 그러나 이 이야기들은 병치된 상태로 어우러지고 부딪혀 작품의 주제를 한 단계 고양시킨다. 박완서 소설 중 많은 단편소설들은 이렇게 병치된 일화들이 서로 어색한 듯 섞여져서 주제를 형성한다. 이런 특성은 연관성 없는 이야기들이 뭉뚱그려져 한단계 고양된 주제를 형성하게 된다는 의미에서 '뭉뚱그리기'의 구성효과로 볼 수 있다. 이선미, 「박완서 소설의 서술성 연구」, 연세대 박사논문, 2000, 참조.

적 긴장감을 주지 않는다. 이는 이전 소설들과 비교되는 점이다.

박완서가 1990년대 이전에 전쟁기 체험을 중심으로 쓴 장편소설은 두 편이 있다. 하나는 등단작인『나목』이고, 또 한 편은『목마른 계절』이다. 이 두 작품은 모두 당돌하고 개성이 강한 스무살 여성의 시각으로 전쟁이 그려진다. 이 스무살 여성은 전쟁으로 인해 젊음의 꿈이 전면적으로 부정되는 경험을 한다. 자기 삶의 준거였던 오빠는 비겁한 변절자로 철저히 무너져가고, 지독스럽게 가족을 품고사는 어머니는 무너진 채로 죽어가는 오빠를 보면서 딸을 버려진 자식 취급하는 이기적인 가부장 의식을 보여준다. 이 두 편의 전쟁체험 소설은 이런 자기상실의 체험 속에서 극도로 예민한 자의식을 보여주는 주인공으로 인해 전쟁의 참상보다는 전쟁을 견디는 사람들이 지닌 저마다의 내면이 생생하게 드러난다. 극적 긴장감은 물론, 생동하는 주인공의 내면으로 인해 작품은 강렬한 인상을 남긴다.

어린시절의 이야기도 마찬가지다.「엄마의 말뚝 1」은 작가 스스로의 어린 시절 도시경험이나 학교의 경험을 통해 한국사회의 식민지적 근대화의 한 모습을 보여준다. 이 작품에서도 새로운 세상을 경험하는 어린 아이의 시선은 시종일관 여러 가지 일화를 조율하는 역할을 함으로써 강렬한 하나의 이미지로 작품의 의미를 모아낸다.

그에 비해, 이 자전소설은 그런 극적 구성의 형식을 취하지 않는다. 이야기들을 하나로 꿰뚫는 고리가 없고 마냥 풀어져 있다. 엄마만 해도 할아버지의 장서를 뜯어 그릇을 만들면서 걸죽한 농담을 하여 동서들을 웃기는 모습이다가 자식을 기어이 서울에서 키우겠다고 야멸차게 딸의 머리를 잘라내는 모습으로 그려진다. 그저 있었던 모습 그대로를 재현하려고 애쓰고 있지, 어떤 성격으로 만들어가려는 의도는 별로 없다. 또 딱히 주인공이 있지도 않다. 실제 작가의 이름이 등장할 정도로 사실적이지만, 이야기들이 인물을 중심으로 한 일화들로서 배치되어 있기 때문에 한 사람에게 집중된 형식은 아니다.

이런 특성들은 이 작품의 의미를 형성하는 결정적 요소가 된다. 총괄적인 화자[10]가 없이 여러 측면의 입장이나 관점으로 기술되는 방식은 산만한 구성과 어우러져 작품의 의미를 형성한다.

이는 각각의 이야기를 구성하는 경험은 모두 하나의 관점으로 의미 부여될 수 없는 주관적인 것임을 환기하는 서술로 볼 수 있을텐데, 식민 지의 경험이나 전쟁의 경험이 공식적으로 하나의 관점으로만 얘기되었 던 '역사인식'[11]과 연관된 서술방식으로 볼 수 있다.

전쟁의 경험, 근대화의 경험은 하나일 수 없다. 사람들은 우연적으로 혹은 억지로 전쟁과 얽혀들어가고 억울하게 죽어간다. 전쟁은 당사자가 아니면서도 당사자일 수밖에 없도록 만드는 것이다. 전쟁에 휘말려든 대부분의 사람들은 각자의 방식, 혹은 관점으로 전쟁을 겪는다. 또는 다 양한 순간들로 전쟁을 겪는다. 하나의 경험으로 얘기된다면, 전쟁은 '어 떤' 사람이 겪은 하나의 관점 속에서 재구성된 것일 뿐이다. 그러나 우 리 현대사는 분단이라는 조건 속에서 많은 역사적 사실들을 하나의 관 점, 즉 국가적 이해관계에 부합하는 관점으로 해석하는 경향이 강했다. 특히 1960~70년대의 역사해석방식은 정권의 이해관계와 긴밀했다.

이렇게 볼 때, 생각나는대로 두서없이 자기경험을 이야기하는 박완 서 자전소설의 서술방식은 전쟁에 대한 한 견해라기보다 전쟁을 어떻게 인식할 것인가를 제안하는 하나의 관점이라 할 수 있다. 수많은 이름없 는 피해자들을 낳은 전쟁은 먼저 이러저러한 다양한 경험양식을 통해 개인의 문제로서 밝혀져야 한다는 것을 강조하는 서술방식인 것이다.[12]

---

10) 쥬네뜨, 『서사담론』, 교보문고, 1995, 참조.
11) 이것은 특정의 역사인식을 의미한다. 주로 공식적인 역사기술의 역사인식과 통한다.
12) 이것은 최근 일고있는 한국전쟁 연구에서도 지적된 바 있다. 한국전쟁은 분단이라는 상황 때문에 50년이 넘게 정권의 이해관계를 따르는 공식적인 해석만을 반복해왔다. '공식적인 해석'이라는 것이 따로이 강요되지 않을 때, 개인적 경험을 중심으로 한 전쟁 의 '여러사실'들이 '한국전쟁의 담론'을 형성할 수 있다. 개인의 전쟁경험을 자료로서 모으는 작업에서부터 전쟁과 관련된 사실을 구성하려는 최근의 사회학 연구들은 공식 적인 전쟁인식에 맞서서 전쟁을 실체로서 복원하려는 시도라 할 수 있다. 체험을 이야 기하는 박완서의 자전소설은 이런 복원작업과 동궤의 것일 수 있다. 김동춘, 『전쟁과 사 회』, 돌베개, 2000, 참조.

따뜻하고 합리적인 공산주의자도, 무자비한 공산주의자도, 비인간적인 경찰도, 반성할 줄 모르고 자기 안일만을 탐하는 관리도, 전쟁 중에도 공산주의 교육에 열을 올리는 공산주의자들도, 중공군의 친절과 예의도, 모두 다른 정치적 관점에서 해석될 것들이 그저 자신의 이야기를 두서없이 해대는 서술자에 의해 경험된 '사실'로서 전달되고 있다. 그리고 전쟁이야기는 바로 이런 과정을 거쳐서 비로소 '사실'에 가깝게 실상으로서 밝혀질 수 있다. 서술자(작가)는 여러 이야기들을 산만하게 나열함으로써 전쟁담론을 형성해내고 인식의 다원화를 시도하는 것이다.

예컨대, 한국전쟁은 한강을 건넌 사람들과 건너지 못한 사람들의 갈등, 즉 도강파와 잔류파의 갈등을 겪으며 모두가 피난을 가야하는 전쟁으로 급전하게 된다.[13] 강을 건널 수 없었던 기간동안 서울에서 겪었던 일들은 서울이 수복된 후 가장 큰 죄로 '명명되었기 때문이다.' 그래서 이후로는 당사자들이 내면화한 이데올로기를 상관하기보다 서울에 남아서 살아냈다는 것 만으로 '적'이 되는 상황으로 전쟁은 돌변해버린다. 이와 관련된 이야기에서는 터무니없는 기준이 모두에게 받아들여진다는 이 비합리성이 전쟁의 실상임을 고발하는 시각을 볼 수 있다. 일사후퇴 이후 벌레의 시간을 강조하는 것은 바로 전쟁이 진행되면서 형성되어간 한국전쟁의 성격을 빗댄 말인 것이다.[14]

이런 이야기들 중에는 국가의 공식적인[15] 전쟁인식으로 인해 발설될

---

13) 박완서, 『싱아』, 1992, 270-275쪽 참조.
14) 작품 곳곳에서 이렇듯 평범한 사람들이 벌레로 취급되는 순간에 대한 혐오가 드러난다. 다양한 사람들의 전쟁경험과 일상묘사는 이 와중에 살아남은 사람들의 이야기로 읽히길 바라는 것이라 할 수 있다. 이 인용문은 이런 서술자의 심경이 잘 나타난 대목이다. "유언비어를 더 믿어서가 아니라 중공군이라고 해서 더 무서울 것도 없었다. 말이 통하지 않으면 아무것도 우리에게 자백시키려 들지 못할 것이 아닌가. 자백을 강요당하는 것처럼 치욕스러운 공포가 또 있을까. 오죽해야 소통의 불가능을 꿈꾸려 들겠는가." (박완서, 『그산』, 1995, 17쪽)
15) 한국전쟁을 잊을 수 없는 '민족수난의 6·25'로 인식하는 것을 말한다. 6·25라는 말 자체는 6·25를 북한의 침략으로 인식하고, 공산당의 '침략야욕' 때문에 모든 사람들이 수난을 당한 민족수난으로 인식하는 전쟁인식을 내포한다.(강만길, 『역사는 이상의 현실화

수 없었던 사실들도 많다. 따라서 이런 사실들은 '개인'을 상관하지 않고 권력의 이해관계를 따랐던 한국전쟁의 성격을 폭로하기도 한다. 전쟁이 '개인'을 벌레의 시간으로 몰아간 것은 전쟁이 가하는 일반적인 재난으로서의 폭력성 때문이 아니다. 한국전쟁이 진행된 과정 속에서 권력의 혜택을 못 받은 많은 사람들은 벌레가 되어도 괜찮을 존재로 버려진 것이다. 사실, 별로 개인과 상관없을 수도 있는 전쟁이었지만,16) 전쟁이 권력의 편에 서서 진행됨으로써 권력의 편에 서지 못한 많은 사람들은 저절로 전쟁의 '피해자'가 된다. 문제는 전쟁 자체가 아니라 권력의 이해관계에 따라서 진행된 전쟁이었던 것이다.

주관적인 전쟁경험을 이러저러하게 늘어놓는 박완서의 자전소설은 이처럼 '친공'이냐 '반공'이냐 라는 이분법으로 적과 아를 구별짓는 반공을 국시로 삼는 공적인 전쟁인식과는 다른 다양한 전쟁경험을 말하는 효과를 발휘한다. 공산주의자도 인간적인 모습을 지니고 있다는 '사실' 뿐만아니라, 수많은 일반시민들을 벌레의 시간으로 몰아넣었던 잔혹한 전쟁이 된 원인을 곰곰이 따져볼 수 있게도 한다. 이승만 정권의 무책임한 피난과 전시행정을 증오하면서 전국민이 모두 한꺼번에 사라질 수밖에 없었던 1·4후퇴 후 텅빈 서울에서 울부짖는 작가(서술자)의 모습17)은 바로 한국전쟁을 정확히 따져보라고 충동하는 듯하다. 이데올로기의 대립은 오히려 부차적인 것이 되고, 권력의 이해관계를 중심으로 전쟁

과정이다』, 창작과비평사, 2002, 참조) 그러나 한국전쟁은 북의 도발에 책임이 있는 한편, 거짓말로 국민을 서울에 남게하고 한강다리를 폭파하고서, 서울 수복 후에는 잔류파를 공산세력으로 몰아간 남한 정부의 대처방안에도 책임이 있는 것이다. 그러나 50년이 넘는 동안 한국전쟁은 '민족수난의 6·25'라는 공식적인 전쟁인식에 의해 나머지 전쟁경험은 없었던 것으로 거부된 측면이 있다. 미군에 의한 집단학살인 '노근리 사건'이 2000년대에 와서야 비로소 공론화 될 수 있다는 사실은 한 예이다.

16) 전쟁 중이거나 바로 전쟁 직후에 해당하는 1950년대에 쓰여진 전쟁에 관한 소설들은 전쟁이 절대적인 운명이기보다 그저 개별적으로 다양하게 체험될 수 있는 사건일 뿐이라는 것을 보여준다. 염상섭의 『취우』(1953)나 곽학송의 『철로』(1955)가 이에 해당할텐데, 이후 소설사에서 이런 인물은 별로 찾아볼 수 없다.

17) 박완서, 『싱아』, 1992, 286-287쪽 참조.

이 진행됨으로써 남도 북도 모두 선량한 사람들이 피해자만 되었음을 일관성 없는 서술자의 두서없는 이야기 속에서 상상하게 된다. 총괄하는 화자 없이 두서없이 진행되는 산만한 구성은 하나의 이야기로 공식화된 전쟁인식을 다원화함으로써 전쟁의 실상을 객관적으로 파악할 수 있게 한다. 가장 주관적인 방식이 가장 객관적인 인식으로 전환되는 것이다. 게다가 산만하게 전개되는 서술방식은 결국 허구적 이야기가 아니라 있었던 일을 이야기하는 것임을 환기함으로써 리얼리티를 배가한다.

이런 미적 효과는 전쟁을 하나의 관점으로만 공식화하는 기존의 전쟁담론이 있었기 때문에 가능한 것이기도 하다. 즉 그 인식을 부정하는 한 방식인 것이다. 또한 극적 효과와 강한 자의식을 지닌 인물의 해석으로 집약된 피해자[18]로서의 전쟁미학이 주류를 이루는 전쟁서사에 대한 '저항'이기도 하다. 밋밋하고 두서없는 이야기들의 나열은 '기존의 것'을 의식했을 때 의미가 완성된다. 박완서의 자전소설은 기존의 식민지 근대체험과 전쟁체험을 다원화하려는 인식의 미학적 상관물인 셈이다.

2) '직접 말하기'의 서술방식과 텍스트의 개방성

총괄적 화자 없이 나열된 이야기들은 독자와 서술자가 만나는 방식도 규정한다. 대체로 많은 소설들에서 이야기가 진행되는 동안 독자는 서술시간과 경험시간을 넘나들게 된다. 그런데 박완서 자전소설의 서술자는 서술시간을 환기하면서 경험을 이야기한다. 경험시간 속에서 경험에 동화되지 못하게 하는 서술방식을 취한다. 독자는 항상 현재를 의식하면서 이야기를 따라가게 된다. 이로써 이 과거의 이야기는 항상 현재 속에서 재해석된다. 즉 과거의 이야기지만 과거를 현재의 시점으로 불러오는 형식인 것이다.

---

18) 황순원을 비롯하여 선우휘 등 대부분의 전쟁소설은 이 '피해자(수난자)'의식으로 전쟁을 형상화한다.

초기작인 「부처님 근처」에서부터 박완서 소설들은 '사실'을 '사실'대로 발설하지 못하는 현실을 그 자체로 드러냄으로써 지배이데올로기의 내면화 양상을 비판한다. 그저 뭔가 할말을 못하고 들끓는 인물들의 속앓이를 보여줌으로써 현실이 문제가 있다는 것을 미루어 짐작하게 한다.

그런데 이 자전소설들은 직접 그 못한 말을 미학적 장치를 빌지않고 그냥 말해버리는 것으로 현실과 맞선다. 소설을 통해 조심스럽게, 그리고 조금씩, 또는 우회적으로 발설하던 것들을 아무런 위장을 하지 않고 그냥 말하는 것이다.

이런 변화를 혹자는 반공 이데올로기의 퇴조의 반영이라고 말하기도 한다.19) 이런 면이 없다고 말할 수는 없다. 반공이데올로기가 위축됨으로써 '빨갱이'들의 억울한 죽음도 인정받을 수 있게 되었으며, 오빠의 죽음에서 좀더 자유로워질 수 있었기 때문이다. 그러나 이 작품의 '직접 말하기(기억하기)'는 작가가 진단하는 '탈냉전'의 시대에 대한 평가와 미학적 대응으로 보는 것이 더 타당할 것이다.

박완서는 탈냉전을 그저 반공 이데올로기의 퇴조와 정치적 자유로 받아들이지 않는다. 탈냉전은 민간정부가 가능할 수 있게 하며, 근거 없는 색깔공방이 무색하게도 하며, 미국의 잘못을 공공연하게 비판할 수 있게도 한다. 분명 탈냉전은 한반도를 쓸데없는 이데올로기적 억압구조 속에 몰아넣지 않도록 하는 역할을 하는 것이다. 그러나 앞서 말했듯이, 탈냉전은 곧 미국 자본의 세계화, 즉 시장 자본주의의 냉혹한 논리에 무방비 상태로 내몰리는 것이기도 하다. 박완서는 '탈냉전'이 동시에 초국적 자본(미국자본)에 의해 '세계화'된 현실임을 자각하고 '기억'의 의미를 반성한다.

박완서는 과거를 기억함으로써 복원하는 것을 통해 존재를 확인하다고 말하기도 한다. 이렇게 말할 때 작가에게 소설은 '망각'을 강요하는

---

19) 반공주의의 퇴조를 박완서 소설에 다루어진 자전적 요소가 변화하는 직접적 원인으로 본 것으로는 강진호의 「반공주의와 자전소설의 형식」(국어국문학회, 「국어국문학」, 133호, 2003. 5)을 참조.

정치20)에 저항하는 유일한 수단이다. 「복원되지 못한 것들을 위하여」에서 수기를 쓴 노인이 분단의 삶을 살아내면서 익힌 생존전략이 '망각'이라는 위장술이라면, 이 망각의 내면을 '까발리는 것'이 '망각'의 정치에 맞서는 박완서 소설의 전략이었던 것이다. 이때, 소시민들이 취하는 처세로서의 '망각'은 겉으로 위장하는 태도일 뿐이다. 그런 점에서 「복원되지 못한 것들을 위하여」의 송사묵 선생의 죽음을 목격한 사실이 들통나서 자신의 좌익활동이 시댁식구들에게 알려질까봐 전전긍긍하는 서술자의 친구는 '망각'한 것처럼 위장하고 살아가는 이 구세대에 해당한다.

그러나 납치든, 형무소에서 죽은 것이든 그 사실이 뭐 그렇게 중요하냐며, "불행지는 것도 억울한데 홀로 특별하게 불행해지는 거라도 면해보자는" 자구책으로 아버지의 죽음을 납치로 날조했다고 아무 거리낌없이 털어놓는 송사묵 선생의 장남은 이 '망각'을 자발적으로 받아들인 오늘 이 시대의 사람이다. 이 '망각의 시대'의 주인공을 접하면서, 또 어머니의 죽음을 통해 한풀이 의식을 되풀이 하려는 것을 '쇼'로 생각하는 조카세대를 접하면서, 박완서 소설의 서술자들은 이제 과거를 복원할 수 없게 되었다고 절망한다. '망각'은 잊어버린 듯 꾸민 태도가 아니라 자발적인 태도가 되었기 때문이다. 많은 사람들이 '억압'의 경험을 기억하든 망각하든 상관하지 않게 된 것이다. 새로운 시대에 대한 작가의 본능적 감각이 포착해낸 1990년대의 성격은 바로 이것이다.

박완서는 '탈냉전'으로 인해 전쟁기의 경험을 겪은 대로 말할 수 있

---

20) '기억과 망각'은 사상유례 없는 폭력성과 야만성을 보여주었던 독일이나 일본의 2차 세계대전의 경험과 그것을 해소하는 이후 정치적 과정을 논하는 데 중요한 개념으로 사용된다. 전후사회를 통치하는 정치권력의 정당화를 위해 전쟁의 '기억'을 '망각'하게 하는 정치가 가능할 수도 있고, '기억'을 복원하여 과거를 공론화하고 객관화함으로써 전쟁의 상처를 인정하고 치유하는 정치도 가능하다. 이는 전후 정권의 집권과정이나 그로 인한 성격과 긴밀히 연관된다. 일본과 독일의 정치를 이런 두 개의 가능성으로 해석하기도 한다.(타나카 히로시, 이규수 옮김, 『기억과 망각』, 삼인, 2000, 우에노 치즈코, 이선이 옮김, 『내셔널리즘과 젠더』, 박종철출판사, 2000, 참조) 한국전쟁 역시 당시 국제질서의 재편과정과 직접적으로 연관되어 있기 때문에, 이후 전쟁의 경험을 해소하고 해명하는 과정에서 이런 의미의 정치적 과정이 존재했다.

어서 사실 그대로 말하고 있지만, 그런 얘기를 그저 옛날 이야기로 치부해버리는 '세계화' 시대를 '참담한 것'으로 경험하기도 한다. 꼭꼭 숨겼던 이야기를 한편으론 가슴 졸이며, 또 한편으론 가슴 벅차하며 풀어놓아 보니 이제 아무도 귀기울이지 않는다. 그저 옛날 이야기일 뿐이다.

거기 그 동산 말예요. 그 예쁜 동산을 꼭 그렇게 만들어야 했을까요? 운동할 데가 그렇게 없나요, 라고. 그러나 아무도 호응을 안 한다. 거기가 동산이었다는 것도 모르는 사람도 있다. 그 예쁜 동산을 어쩌면 그렇게 감쪽같이 잊어버릴 수가 있을까? 아니면 일부러 시침을 떼는 걸까. 그 동산이 없어져서 잘 된 사람도 없지만 아쉬운 사람도 없는데 웬 걱정이냐는 투다./ 불도저의 힘보다 망각의 힘이 더 무섭다. 그렇게 세상은 변해간다. 나도 요샌 거기 정말 그런 동산이 있었을까, 내 기억을 믿을 수 없어질 때가 있다. 그 산이 사라진지 불과 반 년밖에 안됐는데 말이다./ (중략) / 그 부부는 개인사인 동시에 동시대를 산 누구나가 공유할 수 있는 부분이고, 현재의 잘 사는 세상의 기초가 묻힌 부분이기도 하여 부끄러움을 무릅쓰고 펼쳐 보인다./ '우리가 그렇게 살았다우.'/ 이 태평성세를 향하여 안타깝게 환기시키려다가도 변화의 속도가 눈부시고 망각의 힘은 막강하여, 정말로 그런 모진 세월이 있었을까, 문득문득 내 기억력이 의심스러워지면서, 이런 일의 부질없음에 마음이 저려 오곤 했던 것도 쓰는 동안에 힘들었던 일 중의 하나이다.[21]

『그산』의 맨 앞에 있는 작가의 말에서 인용한 것이다. 작가는 '망각'의 힘이 너무 막강하여 있었는지조차 알 수 없게 될까봐, 그게 두려워 기억하려 한다. 그러나 '신자유주의'를 근간으로 한 시장자본의 논리는 한갓 과거의 고통이 누구에게 이익도 손해도 끼칠게 없다하여 스스로 잊혀지도록 방치한다. 작가 박완서에게는 인생을 통째로 사로잡고 있었던 고통의 기억이면서도 발설하면 처벌받을까봐 두려워서 망각하려고만 했던 '그산'의 기억이 있다. 그런데 이제 말할 수 있게 되었다고 생각해보니 발설할 수 없어 전전긍긍했던 '사실'들은 아무도 상관하지 않는 그

---

21) 박완서, 『그산』, 1995, 7쪽.

냥 '과거'일 뿐이었다. 인용문의 '두려움'은 바로 '망각'이 만연된 세계화 시대에 대한 두려움인 것이다.

1990년대 이전 박완서 소설의 인물들이 보여준 소시민성, 즉 '못 본 척'의 태도는 '망각'을 도모하는 억압의 정치에 길들여진 '겉꾸밈'이었다. 박완서 문학의 특성인 '소시민성 비판'은 이 '못 본 척'의 내면심리를 파헤쳐냄으로써 못 본 척하게 만드는 '망각'의 정치를 비판한다. '소시민성 비판'이라는 주제의식은 '망각'의 정치를 싫어하고 거부하고 싶어하는 본심을 드러내준다. 이를 드러내기 위해 박완서 소설의 서술성은 다층적이고 이중적이게 된다. 이 마음(본심)은 비열하면서도 여린 사회적 약자들의 마음이다. 박완서 소설은 마음 깊숙한 곳의 비루한 속내를 까발리면서도 그것을 아는 '자아'의 마음인 미안함과 죄의식도 보여주기 때문에 감동을 준다. 박완서 소설에서 '소시민성 비판'의 의미는 '못 본 척'이 지닌 죄의식의 힘으로 완결되는 것이다. 이로써 '망각'은 '못 본 척'한 태도일 뿐임이 드러난다.

그런데『그산』을 시작하는 머리말에서 작가는 '망각'이 이제 꾸며진 겉모양이 아니라, 자발적인 것이라는 점을 이야기한다. 세상이 변하고, 민심이 변한 것이다. '망각'은 정치를 통해 강요되는 것이 아니다. 사람들이 스스로 선택하는 삶의 방식이 되어버린 '망각의 시대'인 것이다. 그래서 박완서의 '기억'은 이 '망각의 시대'에 대한 정치적 견해의 표명이 된다.

사실, 증언은 그것이 증언으로 인식될 때 증언일 수 있다. 지난 고통과 상처를 그대로 말할 수 없어서 더 고통스럽고 더 소외되었던 까닭에 이제 좋아진 세상에서 증언하려고 한다. 그런데 이젠 아무도 증언을 필요로하지 않는다. 따라서 아무리 지난 과거를 증언하려해도 증언이 되지 않는다. 이 무력감과 절망감 속에서 작가는 '망각'의 시대 전체에 대해 '기억'으로 발언하는 것이다.

이렇듯 이 자전소설들은 그 내용도 중요하지만, 내용 속에 드러나 있지 않은 창작의 동기를 해석하지 않고는 작품의 완전한 의미에 도달할

422

수 없다. 텍스트의 의미는 텍스트 외부와의 관련성 속에서 비로소 해명
될 수 있는 것이다.

그렇다면, 이 '기억'은 텍스트 밖에서 의미를 채워주는 상호작용 속
에 있는 것이고, 서술자와 독자가 1990년대라는 현실을 놓고 같이 대면
하는 '공간', 즉 1990년대적 현실을 끊임없이 서로 환기하는 '독서공간'
이 없이는 의미가 채워지지 않는 개방된 상태의 텍스트이다. 이 자전소
설은 '세계화' 시대의 변화된 현실을 문제삼고 있지만, 그런 의식이 텍
스트 안에서는 거의 명시화되지 않기 때문이다. 따라서 이 자전소설은
서술자와 독자가 공유하는 독서공간22)과의 관계나 박완서의 1990년대
다른 작품의 현실인식과의 관련성 속에서 의미를 채워나가야 하는 텍스
트가 되는 것이다. 자전소설이라는 장르로 인해서 허구와 사실의 경계
에 있지만, 이 텍스트의 창작동기 때문에도 텍스트와 텍스트 바깥의 경
계에 있기도 하다. '직접 말하기'의 서술방식은 텍스트가 그 텍스트의
바깥과 소통하게 하며, 그 역사에 대해 정치적으로 개입하게 하는 것이
다. 이로써 박완서의 전쟁이야기는 '증언'에서 '현실비판'23)으로, 현실비

---

22) 필립 르죈이 '자서전의 공간'이라고 말한 것과 통한다. 이것은 작가의 자서전과 자전소
설과 같은 허구적 이야기와의 구별을 위해 설정된 개념이다. 이 공간은 자서전 문학이
자서전을 쓰는 작가들에게 있어서 자기를 드러내는 가장 중요한 공간으로 역할한다는
점에서 르죈의 자서전 이론의 핵심 개념이라 할 것이다. 작가들은 자서전보다는 자전소
설을 통해 자기의 이야기를 함으로써 사실과 허구의 관계를 빌어 자기의 진실된 자아
를 더 잘 표현한다고 한다. 필자는 박완서 소설에서는 이 공간이 작가가 독자를 항상
서술시간인 현재를 의식하게 함으로써 작가가 독자와 같이 공유하고 사유하는 공간이
라는 점을 들어 독서공간이라 하였다. 결국 자서전의 공간의 맥락에서 이해될 수 있다.
필립 르죈, 윤진 옮김, 『자서전의 규약』, 문학과지성사, 1998, 62-63쪽, 오정숙, 「마르그리
뜨 유르나스와 자전전의 공간」, 불어불문학회, 『불어불문학』 47집, 2001.가을 참조.
23) '현실비판'이라 함은 박완서의 전쟁경험이 이야기되는 방식이 지닌 현실성 때문이다.
박완서 소설의 인물들은 전쟁으로 인한 상처 때문에만 고통스러워하지는 않는다. 전쟁
의 고통과 기억을 발설할 수 없는 '현실' 때문에 더 고통스러워한다. 아들이 전쟁에서
죽은 기억을 갖고 있는 어머니는 아들이 죽었다는 사실보다도 그 사실을 숨겨야하는
처지 때문에 더 고통스러워한다. 전쟁 통에 강간을 당한 여성은 간강당한 고통보다도
그 사실을 숨겨야 하는 '현실' 때문에 더 고통스러워 한다. 박완서 소설의 전쟁이야기가

판에서 정치적 '발언'으로 비약하게 된다.

4. 단순한 구성과 심층적 의미공간 – '기억'의 정치성

1987년 이후 한국사회는 민주화운동으로 인한 군부독재의 종식과 세계화의 진전, 또는 탈냉전으로 인한 한반도의 긴장완화 등과 같은 국내외적 조건들 속에 있다. 이는 분단이라는 특수상황과 어우러져 그야말로 복잡다기하고 서로 어울릴 수 없는 것들이 한데 엉켜있는 난맥상 속에서 한국사회를 변화시킨다.

이 변화의 와중에 자전적 이야기들을 소설의 소재로 활용하기로 소문난 박완서가 굳이 실제 이야기임을 강조하면서 두 편의 자전소설을 쓴 것이다. 분단의 구조적 성격과 그 속에서 살아남기 위해 안간힘 쓰는 평범한 사람들의 속내를 탁월하게 그려내는 박완서의 현실감각은 이 자전소설들의 창작동기에서도 여지없이 발휘된다. 식민지 근대화의 체험과 전쟁기 체험이라는 과거의 이야기를 소재로 하면서도 이 두편의 소설이 취하는 형식으로 인해 이야기들은 당대와 긴밀히 교호하는 것이다.

총괄하는 화자의 부재는 실제 전쟁이 어떻게 진행되었는가를 각 개인이 겪은 경험의 방식으로 재구성해볼 것을 요구하는 '역사인식'이 된다. 산만하게 나열되어 있는 이야기들은 실제의 삶과 같은 리얼리티를 제공하며 '전쟁인식'을 재구성한다.

또 직접말하기의 서술방식은 서술자의 경험을 듣는 독자가 항상 서술시간에서 과거를 바라보고 평가하게 한다. 이것은 전쟁경험을 증언하는 것으로는 아무에게도 증언으로서의 효력을 발휘할 수 없게 된 1987년 이후 한국사회의 변화를 감지한 서술방식이다.

현실비판이 된다는 것은 바로 전쟁의 일반적인 고통보다도 고통을 말할 수 없는 '현실'의 문제를 부각시키기 때문이다. 이것은 전쟁을 하나의 경험으로만 공론화해야 하는 전쟁 이후 분단의 역사적 성격과 직접적으로 연관된 작품의 특성이 된다.

세계화의 진전으로 인해 탈냉전의 분위기는 고조되고, 이제 아무도 이데올로기로 인해 고통받은 기억을 숨기려하지도, 한풀이하려 하지도 않게 되었다. 분단과 전쟁 이후 이로 인한 고통의 기억이 잊혀지도록, 그래서 없었던 일처럼 만들어버리는 것이 '망각'을 강요하는 정치였다면, 박완서의 소시민 인물들은 망각하지 않은 기억을 내면에 숨겨둔 인물로 성격화됨으로써 정치적으로 저항한다. 그런데 이제 세상은 망각을 강요하지도 않지만 망각을 두려워하지도 않게 된 것이다. 편리한대로 망각하는 시대가 된 것이다. 박완서는 말하지 못했던 이야기를 하면서 '망각의 강요'도 '안간힘 쓴 기억'도 똑같이 의미없어지는 현실에서 참담함을 경험한다. 이것은 박완서의 '(세계화)시대경험'이다. 이로써 박완서의 두 편의 자전소설은 한풀이가 "쇼"밖에 안되는 이 망각의 시대에 굳이 과거를 복원하는 것을 통해 이 망각의 시대를 일깨우는 정치적 '발언'이 된다.

좀 비약하면, 이 발언은 정치조차도 시장에 종속시키는 상황에 대한 우려이기도 하다. 1990년대의 세계환경의 변화와 국내환경의 변화는 탈정치화, 즉 정치적 냉소주의를 만연시키고 모든 것을 시장자본의 논리 속에 흡수시키는 요소로 작용했다. 민주주의적인 제도가 뿌리내린다는 것은 하나의 정권이 하나의 입장으로 사회를 통일하는 것이 아니라, 여러 정당들이 경쟁을 통해 정치적 대안을 만들어가는 과정 속에서 이루어지는 것이다. 민간정부가 들어선다고 민주주의가 보장되는 것은 아니며, 현실 사회주의에 대한 이데올로기적 금기가 사라진다고 사회주의를 향하면서 꿈꾸었던 정치적 이상이 부정될 수 있는 것도 아니다. 박완서가 망각의 시대를 향해 발언하는 것은 정치마저 시장논리에 종속되어 탈정치화하는 것을 경계하기 위해서이다. 정치적 불신 상태를 경계하기 위한 것이다.

느닷없이 튀어나온 자유란 말이 빈속에 마신 맥주의 첫 잔처럼 속에 짜릿하고 상쾌하게 꽂혔다. 나의 자유에 대한 관념은 맨 존엄하고 비통하고 난

해한 것들뿐이었다. 당장 떠오르는 말만해도, 진리가 그대를 자유케 하리니,
자유 그것이 아니면 죽음을 달라, 자유에서는 왜 피의 냄새가 나는가 등등.
하여 자유에 대한 불가해한 안타까움이 거의 체질화돼 있었다. 그런데 차가
자유라니? 자유가 그런 손쉬운 지름길을 거느리고 있다는 건 미처 몰랐었다.
자유의 여신상으로 상징되는 나라에 유학까지 갔다온 관민이다운 발상에
나는 너무 감탄을 하고 있었다.[24]

「저문날의 삽화 4」(1987)의 한 대목이다. 자가운전자가 늘어나면서
젊은이들 사이에 "차가 자유"라는 인식이 농담처럼 오고간다. 이 말을
듣는 노부인은 자식 세대들의 이런 인식적 전환을 대면하고서 자신의
지난 날을 돌아본다. 그리고 어쩔 수 없이 자신이 생각하는 자유에는 피
의 냄새가 배어있음을 자조적으로 읊조린다.

포크레인이 작은 동산을 뒤엎어 체육공원을 만들어도 그 산이 있는
것조차 신경쓰지 않을 사람들에 대고 산이 있었던 과거를 말하는 자전
소설 작가의 심정이 바로 이 노부인의 심정과 같을 것이다. 그러나 자전
소설의 서술자인 박완서는 작중 노부인과 달리 하고싶은 말을 참지 않
고, '날 것 그대로' 말한다. 있었던 일들이 은폐되고, 논의도 되지 않은
것들이 사회적으로 합의된 것인양 둔갑하도록 내버려두는 정치적 불감
증은 동시대에 대한 책임방기라고 생각하기 때문이다.[25] 그래서 있었던
사실을 말할 수 없어서 말못했던 시대가 있었고, 그 시대를 벗어났어도
그 '사실'은 엄연히 고통스러운 경험이라는 것을 생생하게 들려준다.

이렇듯, 박완서 자전소설 두 편은 이렇다할 소설적 장치없이 그저 자
기의 경험담을 들려주는 단순한 구성인데, 이 단순함이 전쟁을 포함한

---

24) 박완서, 「저문 날의 삽화 4」, 『저문날의 삽화』, 문학과지성사, 1991, 138쪽.
25) '세계화'로 인한 변화는 정치적 불감증이나 냉소주의를 들 수 있는데, 한 정치학자는
　　지식인들 사이에 만연된 냉소주의가 "갈등을 은폐하거나 실제로는 사회적 합의가 없는
　　것을 사회적 합의가 되어 있는 것처럼 만들 수가 있고, 또 기술 관료적인 결정을 상당
　　히 정당화하거나 긍정적으로 평가하는 부작용을 만들 수"(최장집·김우창 좌담, 「우리는
　　어디에 있으며, 무엇을 할 것인가 - 변화하는 세계와 한국의 정치·시민사회」, 『비평』,
　　2002. 봄, 63쪽) 있다도 비판한다.

이 작가의 경험과 현실이 맺고 있는 관계에 균열을 일으키고 개입해 들어가는 효과를 냄으로써 이야기 내부의 심층적 의미공간을 만들어낸다. 이 공간은 텍스트와 현실간의 관계, 또는 박완서의 다른 텍스트들과의 관계에 놓여져 의미가 채워지는 공간이다. 이 '공간'으로 인해 텍스트는 완결되지 않은 개방적 텍스트로 남는다. 또한 이 '개방성' 때문에 현실에 대한 작가의 정치적 견해도 상상된다. 이 '공간' 속에서 박완서 자전소설의 정치적 의미가 생겨나는 것이다.

박완서의 이 소설들은 1990년대 이후 박완서 문학의 한 정점인 듯이 주목받아왔다. 그러나 왜 굳이 이 시점에서 이 이야기를 실명을 거론하며 되풀이하는가에 대한 논의는 별로 없다. 이 글은 사실적인 전쟁경험의 묘사와 노작가의 깊이 있는 시선말고도 이 소설이 당대에 전하는 전언에 귀기울일 필요가 있다는 문제의식에서 "왜? 지금, 또다시, 이 이야기인가?"를 묻고자 했던 것이다. '기억하기'로 전쟁의 다양한 경험뿐만이 아니라, 하나의 경험만을 공식화하려는 정치적 억압까지 선명하게 보여주었던 작가에게 또다시 기억한다는 것이 심상치 않다고 판단했기 때문이다.

이 자전소설의 기억은 박완서 '기억하기'의 또 다른 단계를 열어보여준다. 기억을 억압하는 망각의 정치를 고발하는 것에 그치지 않는다. 기억하는 것을 무색하게 하는 '세계화' 시대의 물신성과 비정치성을 합리적인 것으로 포장하는 '허위'를 알리고자 하는 정치적 행위이다. 그러나 그것조차 별다른 반향을 일으키지 못하고 있기 때문에 '기억하기'는 참담함의 경험이기도 하다. 이제 박완서에게 '기억하기'는 살아있음의 증거와 같은 생명력을 경험하게 하지 않는다. 기억하면 할수록 참담해지게 만든다. 그럼에도 불구하고 기억하기를 그치지 않기 때문에 그의 '기억하기'에서 비극적 여운을 감지할 수 있다. 작가는 과거의 경험만을 말하고 있지만, 말하면서 줄곧 말하고 있는 시대에 어울리지 못하고 겉도는 이야기라는 것을 의식한다. 그러면서도 계속 이야기해야 한다고 생각하며 이야기하는 작가의 내면에서 비극적 자의식을 상상할 수 있는 것이다. "이야기해야 한다고 생각하며 이야기하기"가 바로, 이 자전소설의 문면에 드러나 있지 않지만, 작가가 이 소설들을 쓰는 창작동기이며 작품의 서술방식에 배어있는 정치적 의미인 것이다. 이 논문은 이 창작동기를 작품의 형식과 관련하여 밝혀본 것이다.

주제어 : 세계화, 기억, 발언, 총괄하는 화자의 부재, 직접 말하기

◆ 참고문헌

강만길, 『역사는 이상의 현실화 과정이다』, 창작과비평사, 2002.

강진호, 「반공주의와 자전소설의 형식」(국어국문학회, 『국어국문학』 133호, 2003. 5, 313-337쪽.

권명아, 『맞장뜨는 여자들』, 소명출판, 2001.

김동춘, 『전쟁과 사회』, 돌베개, 2000.

데이비드 헬드, 엔터니 맥그류, 데이비드 골드브라드, 조너던 페라턴(조효제 옮김), 『전지구적 변환』, 창작과비평사, 2003.

박병영, 「지구화의 진전과 국민국가의 동요」, 『현상과 인식』, 2002. 겨울

박완서, 『그 많던 싱아는 누가 다 먹었을까』, 웅진출판, 1992.

_____, 『그 산이 정말 거기 있었을까』, 웅진출판, 1995.

_____, 『저문날의 삽화』, 문학과지성사, 1991.

박혜경, 『박완서의 「엄마의 말뚝」 다시 읽기』, 열림원, 2003.

백낙청, 『흔들리는 분단체제』, 창작과비평사, 1998.

슈탄젤(안삼환 옮김), 『소설형식의 기본유형』, 탐구당, 1982.

오정숙, 「마르그리뜨 유르나스와 자서전의 공간」, 불어불문학회, 『불어불문학』 47집, 2001.가을, 237-259쪽.

우에노 치즈코(이선이 옮김), 『내셔널리즘과 젠더』, 박종철출판사, 2000.

이선미, 「박완서 소설의 서술성 연구」, 연세대 박사논문, 2000.

이재현, 「90년대의 징후와 추억으로서의 글쓰기」, 문예중앙, 1994. 여름.

임규찬, 「'자아'를 넘어선 '자기의 우주'」, 창작과비평, 1999. 봄.

쥬네뜨(권택영 옮김), 『서사담론』, 교보문고, 1992.

최장집, 「우리는 어디에 있으며, 무엇을 할 것인가―변화하는 세계와 한국의 정치・시민사회」(최장집,김우창 좌담), 『비평』, 2002. 봄, 63쪽.

최재봉, 「<이야기의 힘>을 믿는다」, 작가인터뷰, 『박완서 문학 길찾기』, 세계사, 2000, 30-42쪽.

타나카 히로시(이규수 옮김), 『기억과 망각』, 삼인, 2000.

필립 르죈, 『자서전의 규약』, 문학과지성사, 1998.

홍윤기, 「지구화에 대한 능동적 시각의 정립을 위하여」, 울리히 벡(홍윤기 옮김), 『아름답고 새로운 노동세계』 역자서문, 2003, 10쪽.

430

◆ 국문초록

1987년 이후 한국사회는 민주화운동으로 인한 군부독재의 종식과 세계화의 진전, 또는 탈냉전으로 인한 한반도의 긴장완화 등 국내외적 조건들 속에 있다. 이는 분단이라는 특수상황과 어우러져 그야말로 복잡다기한 서로 어울릴 수 없는 것들이 한데 엉켜있는 난맥상 속에서 한국사회를 변화시킨다.

이 변화의 와중에 자전적 이야기들을 소설의 소재로 활용하기로 소문난 박완서가 굳이 실제 이야기임을 강조하면서 두 편의 자전소설을 쓴다. 분단의 구조적 성격과 그 속에서 살아남기 위해 안간힘 쓰는 평범한 사람들의 속내를 탁월하게 그려내는 박완서의 현실감각은 이 자전소설들의 창작동기에서도 여지없이 발휘된다. 식민지 근대화의 체험과 전쟁기 체험이라는 과거의 이야기를 소재로 하면서도 이 두 편의 소설이 취하는 형식으로 인해 이야기들은 당대와 긴밀히 교호하는 것이다.

총괄하는 화자 없이 나열된 이야기들은 실제 전쟁이 어떻게 진행되었는가를 각 개인이 겪은 경험의 방식으로 재구성해볼 것을 요구한다. 산만하게 나열되어 있는 이야기들은 실제의 삶과 같은 리얼리티를 제공하며, 다원화된 경험으로 '전쟁인식'을 재구성한다. 또 직접 말하기의 서술방식은 서술자의 경험을 듣는 독자가 항상 서술시간에서 과거를 바라보고 평가하게 한다. 이것은 전쟁경험을 증언하는 것으로는 아무에게도 증언으로서의 효력을 발휘할 수 없게 된 1987년 이후 한국사회의 변화를 감지한 서술방식이다.

분단과 전쟁 이후 이로 인한 고통의 기억이 잊혀지도록, 그래서 없었던 일처럼 만들어버리는 것이 '망각'을 강요하는 정치였다면, 박완서의 소시민 인물들은 망각하지 않은 기억을 내면에 숨겨둔 인물로 성격화됨으로써 정치적으로 저항한다. 그런데 이제 세상은 망각을 강요하지도 않지만 망각을 두려워하지도 않는다. 편리한 대로 망각하는 시대이다. 박완서는 망각을 강요해서 말하지 못했던 이야기를 하면서 '망각의 강요'도 '안간힘 쓴 기억'도 똑같이 의미 없어지는 현실에서 참담함을 경험한다. 이것은 박완서의 '(세계화)시대경험'이다. 따라서 박완서의 두 편의 자전소설은 이 망각의 시대에 굳이 과거를 복원하는 것을 통해 이 망각의 시대를 일깨우려는 의도 속에 있다.

이는 정치조차도 시장에 종속시키는 상황에 대한 우려이기도 하다. 1990년대의 세계환경의 변화와 국내환경의 변화는 탈정치화, 즉 정치적 냉소주의를 만연시키는 요소로도 작용했다. 민간정부가 들어선다고 민주주의가 보장되는 것은 아니며, 현실 사회주의에 대한 이데올로기적 금기가 사라진다고 사회주의를 향하면서 꿈꾸었던 정치적 이상이 부정될 수 있는 것도 아니다. 박완서가 망각의 시대를 향해 발언하는 것은 정치마저 시장논리에 종속되어 탈정치화하는 것을 경계하기 위해서이다. 정치적 불신 상태를 경계하기 위한 것이다.

이렇듯, 박완서 자전소설 두 편은 이렇다할 소설적 장치없이 그저 자기의 경험담을 들려주는 단순한 구성인데, 이 단순함이 전쟁을 포함한 이 작가의 경험과 현실이 맺고 있는 관계에 균열을 일으키고 개입해 들어가는 효과를 냄으로써 이야기 내부의 심층적 의미공간을 만들어낸다. 이 '공간'으로 인해 텍스트는 완결되지 않은 개방적 텍스트로 남으며, 이 '개방성' 때문에 현실에 대한 작가의 정치적 견해도 상상된다. 이 '공간' 속에서 박완서 자전소설의 정치적 의미가 생겨나는 것이다.

◆ SUMMARY

Narrative of Standing against 'Globalization'
: Speaking by means of Recalling
- A study on the meaning of Park Wan-suh's autobiographic-novel -

Lee, Sun-Mi

After 1987, Surrounding of Korea is very complex. In domestic environment, military government changed up the government of people. In international environment, globalization advanced and socialism degraded.

Anticommunism took important part in Korean literature. This influenced Park Wan-suh's novel. Critical attitude of Park Wan-suh's novel is correspondance.

Park Wan-suh created autobiographic-novels in the first half of 1990's. These novels also are correspondance of 1990's changes.

Narrative (rather than story) of these novel corresponds to these change.

Absence of summarizing narrator, reality of looseness, narrative of taiking, and reading space(autobiographic-space) take part in Park Wan-suh's literature.

Keywords : globalization, speaking, recalling, absence of summarizing narrator, reality of looseness

—이 논문은 2003년 12월 31일에 접수되어, 소정의 심사과정을 거쳐 2004년 1월 31일 게재가 확정되었음.

1960년대 소설의 근대성과 주체

2004년 2월 25일 인쇄
2004년 2월 29일 발행

저 자　상 허 학 회
펴낸이　박　현　숙
찍은곳　신화인쇄공사

110-290
서울시 종로구 인사동 153-3 금좌B/D 305호
T. 723-9798, 722-3019　F. 722-9932
펴낸곳 도서출판 **깊 은 샘**
등록번호/제2-69. 등록년월일/1980년 2월 6일

ISBN　89-7416-127-3
※ 잘못된 책은 교환해 드립니다.
※ 깊은샘은 E-mail : kpsm80@hanmail.net
에서 만나실 수 있습니다.

값 15,000원